初心本色

殷振峰 著

中国文史出版社

图书在版编目（CIP）数据

初心本色 / 殷振峰著. -- 北京 ： 中国文史出版社，
2024. 9. -- ISBN 978-7-5205-4791-8

Ⅰ. I247.5

中国国家版本馆 CIP 数据核字第 2024W614J7 号

责任编辑：刘华夏

出版发行：中国文史出版社

社　　址：北京市海淀区西八里庄路 69 号院　　邮编：100142

电　　话：010-81136606　　81136602　　81136603（发行部）

传　　真：010-81136655

印　　装：济南精致印务有限公司

经　　销：全国新华书店

开　　本：1/16

印　　张：27.5　　　字数：380 千字

版　　次：2024 年 9 月第 1 版

印　　次：2024 年 9 月第 1 次印刷

定　　价：96.00 元

序　言

　　红色历史是中国共产党人创造的，红色文化是革命先烈用鲜血浇灌的。山东枣庄是一片红色沃土，是一个英雄辈出的地方，在抗日战争、解放战争中产生了"五大革命力量"，发生了"五大战役"，为打败日本帝国主义、推翻国民党反动统治、完成新民主主义革命、建立中华人民共和国，做出了重大牺牲和贡献。枣庄属于"沂蒙革命老区"，这里的革命故事多、红色印迹深。在中国共产党的领导下，枣庄人民利用地理优势、社会人脉，凭借赤诚之心、坚定信仰、革命斗志，不怕牺牲，创造出了不少英雄业绩。从地理上讲，枣庄北部岭脉相延、群山连绵，与泰沂山区连成一体；南面地势平坦，有2000多年的大运河穿境而过；西与微山湖对接，南与江苏相连。当时区域内交通发达，有津浦铁路、枣台铁路与连云港、徐州陇海线对接。现在京沪高铁、京台高速公路、菏临高速公路在此交会，是典型的战略要地。由于向北绵延不断的山脉隐蔽性强，向南有铁路、水路交通可进可退，这里成了革命武装的汇集地。从社会人脉看，因枣庄煤炭资源丰富，从清朝开始采挖，民国时期形成规模，并组建了"枣庄煤炭中兴公司"，1931年九一八事变后被日本人占领。在枣庄境内还盘踞了多伙土匪及各种恶势力，一些反动势力抢盗成风，峄、滕人民深受迫害，处在水深火热之中。哪里有压迫，哪里就有反抗，对此，中国共产党人看在眼里，带着初心使命和历史责任走进枣庄。在这块有情感、有温度、有血性的土地上，1926年就有共产党火种被点燃；1931年滕县在国民书店建立中共滕县特支；1931年中共枣庄特委成立；1933年中共峄县县委成立；1935年中共苏鲁边区临时特委在峄县西集镇建立；1936年滕县五所楼懋榛小学党支部成立。随着党组织建设发展，峄、滕地区革命斗争形势发展较快，引起了党中央的高度重视。为了创建全国革命根据地，在中央军委的指挥下，八路军第一一五师挺进峄县北部山区，为建立山东革命根据地打基础，在此发展革命武装力量。其间苏鲁支队、运河支队、峄县支队、铁道游击队、文峰大队等武装相继建立。枣庄人民为抗日战争、解放战争的胜利，以及全国的解放、新中国的成立，都做了重大贡献。

枣庄是典型的革命老区，红色故事多、红色印迹深。在大革命时期和土地革命时期，中国共产党组织建立得比较早；在抗日战争时期，鲁南第一个抗日民主政府在峄县成立。此时还发生了抗击日本侵略者的滕县保卫战、台儿庄大战、津浦铁路阻击战。在解放战争时期，鲁南战役、淮海战役（战争开始在枣庄地区）等，无论是人民军队还是枣庄老百姓，都做出了重大牺牲，人民军队有5万多人的热血洒在枣庄这块土地上。广大人民群众支援前线，达到了男性人人上战场、女性个个忙支前，全民共同参战的局面。历次革命战争也给枣庄留下了厚重的红色文化。经全方位调研认定，红色印迹深的乡镇达20多个，红色村150多个，国家级红色遗址1处，国家红色经典地4处、省级红色文化遗址12处、市级红色文化遗址30处，这些红色遗址对今天的枣庄起到重要影响。

红色文化是在中国5000年文明史的基础上产生的，也是共产党人用生命换来的。红色是中国共产党的底色，如何将底色保护好、传承好，是我们这代人的责任。我作为枣庄市革命老区建设促进会的会长，有这个义务把发生在枣庄地区的红色文化、红色故事、红色基因挖掘好、整理好、弘扬好。为此，我在深入调研、认真思考的基础上，产生了用文学创作的方式弘扬红色文化的想法，想要将发生在大革命时期、土地革命时期、抗日战争时期、解放战争时期中国共产党组织建立情况、抗日战争英雄故事、有影响的重大战役等进行文学创作。在创作中还原红色文化内涵，释放文化正向能量，达到弘扬传承之目的。我作为创作指导人，首先提出了创作形式、创作意图、创作手法、创作提纲。在众多的红色资料中，最终确定有重要影响、有可创作价值、有可弘扬意义的红色经典，定为文学创作的着笔点。同时在兼顾文学价值、艺术审美、篇目结构、小说成色等基础上，确定五部大型历史题材长篇"红色纪实小说"（以下简称小说）。

《国民书店》是以新民主主义革命时期的滕县"国民书店"为背景，讲述1926年共产党火种被点燃，1931年成立滕县共产党特别支部，开始传播马克思列宁主义。小说创作以"国民书店"党的特别支部任务为主线，把"国民书店"培养革命青年走向革命道路、党组织开展革命斗争的过程作为小说创作的路径。小说融合真实红色故事、时代革命情怀、红色基本素材、辩证理性思维、高尚真挚情操，讲述了共产党人经营的特色书店所发挥的作用，以及在革命战争年代所产生的独特价值。小说以"店"为背景，以人为主线，以事为看点，将店的故事、人的作用、事的情节，串联成一部有骨头有血肉的文学大作。相信这部小说，会在红色文化弘扬中展现风采、产生影响、发挥作用。

《沙沟受降》是以抗日战争为题材，将日军受降地"沙沟"作为创作背景。讲述了发生在枣庄地区抗日战争的斗争经过、日军投降的真况、枣庄人民英勇抗日的故事，歌颂了共产党领导的人民军队，揭露了日军在枣庄地区所犯的滔天罪行。作品让人民记住国家蒙辱、人民蒙难、文明蒙尘的屈辱历史。相信此作品可与其他抗日文学作品相媲美，也会在爱国主义教育中发挥作用。

《鲁南硝烟》是以鲁南战役（峄枣战役）为背景，全过程讲述战事的发生、战争的经过。该小说叙说的英雄人物、红色故事、战斗历程、军民团结，皆是鲁南战役的真实写照。小说展现了人民军队应有的特征，证明了共产党领导的人民军队是一支战无不胜的军队，鲁南战争的胜利是人民的胜利。

《初心本色》歌颂了中国共产党组织在枣庄的发展，反映了中国共产党领导人民群众坚持抗战斗争、建立人民政权、发展人民武装、解放劳苦大众的革命历程。小说还讲述了枣庄早期党的建设活动情况，歌颂了中共枣庄特委、峄县县委、苏鲁豫皖特委在枣庄地区革命斗争的壮举。小说以党的组织建设为红线，以共产党人的特质为本色，以革命斗争为基本内容，讲事、说人、论情，是一部较为完美的长篇文学作品。小说的创作出版，会对枣庄地区中国共产党领导的革命斗争史进一步完善补充，增光添彩。

《运河儿女》这部文学作品以八路军第一一五师领导运河支队抗战斗争为素材，讲述了枣庄段大运河两岸的英雄儿女参加革命抗战的历史。小说讲述了一名女共产党员，在抗战斗争中的英雄气概，以及运河支队在抗日战争、解放战争时期活跃在苏鲁大地、运河两岸的抗战英雄故事。小说将运河传统文化、红色革命文化、枣庄风土人情相融合，把女英雄气概和运河女性的内在美，表述得入情入理，是一部既有抗战特色又有运河文化底蕴的文学作品。出版发行后，能让读者了解枣庄大运河的文化内涵、革命抗战英雄故事，也会对弘扬中国共产党的革命精神产生积极影响。

五部小说的创作是一个大型文化工程，又是命题小说。从创意、选题、立纲、定篇，创作指导人和作者都做了认真思考和斟酌。总的创作指导思想是：坚持以习近平新时代中国特色社会主义思想为指导，按照小说创作规则，采用文学创作基本方式，纪实叙述红色故事，力创红色经典作品，为培养社会主义核心价值观提供红色素材，达到启智润志、培根铸魂、释放社会正能量的目的。为了创作好这五部长篇小说，创作指导人对每部小说进行了立意、定性、把关，从故事情节到小说人物，都与作者做了深入交流，形成了创作思维上的无缝衔接，有效提高了五部长篇小说的创作质量。

在创作过程中，创作指导人要求作者盯住四个问题：一是向历史学。学党史、学革命史、学文化发展史，把党的历史进程中三个关于若干历史问题的决议作为创作的政治遵循。要求作者讲党性、遵历史、重实际，坚定创作的信仰、信念、信心；二是走出去学。启发作者灵感，组织作者走入"大别山区"，向革命老区学习，激发灵感，拓宽路径，增加素材，提高觉悟。让五部长篇小说充满红色文化底蕴，展现革命风采；三是向故事发生地学。为把命题小说写实、写真、写好，要求作者到故事发生地学习调研，取得第一手真实素材。每位作者全部走到故事发生地，与知情人面对面交流，了解故事发生的背景、人物的生活经历、革命斗争的真相、抗战取胜的真况、党与百姓的真情，力争小说的内容真实、文创高尚、语言流畅、有情有味；四是向文学经典学。五位作者虽然都有文学创作史，也都有文著，但是创作红色革命历史题材纪实小说还是第一次。创作指导人，要求作者总结创作经验，向文学经典学，向红色著作学，从而找到新的创作理念，注入新的创作动能，激发新的创作灵感，把每部小说创作成文学经典、红色纪实小说的典范。经过两年的创作，每位作者不分昼夜，圆满完成了创作任务。在中华人民共和国成立75周年之际出版发行，这是对国家的大爱、人民的真爱、文学的热爱，也为深耕红色文化、厚植爱国情怀，撰写了五部红色典籍。

小说的创作成功，主要取决作者的艰辛创作、用心耕耘。《国民书店》的作者邵磊，不光有厚实的文学创作功底，还有良好的政治素质，完全具备写好这部长篇小说的能力。这部小说的创作，政治站位高、文学语言好、故事情节多，有高山流水之美，有曲径通幽之感，内容引人入胜，阅后收获颇多，是一部典型的优秀红色文学作品。对于不忘初心、坚定信仰有积极影响。《沙沟受降》的作者张玉军，有扎实的文学创作真功，有良好的政治觉悟，出版过多部文学作品。这部小说准确把握了抗日战争的历史，完整地叙述了日军在枣庄投降的全过程。看后能激发读者的爱国热情、增强爱国认知。《鲁南硝烟》的作者邵磊，是在创作指导人多名遴选者中，谨慎斟酌，反复衡量，确定的最佳人选，来承担《鲁南硝烟》的创作。读完这部作品，犹如亲临鲁南战役战场。小说把鲁南战役的真况，用文学创作手法，塑造了鲜活的军事文学作品，把战役中军队的担当、牺牲、力量、情意化作战无不能的军魂。同时，还把战役中产生的英雄故事、军民情怀融合到小说之中，是一部有血、有肉、有情感、有担当、有使命的红色纪实小说，有战地火花分外重之感。《初心本色》的作者殷振峰，是一位有经验、有品位的作者，从事文学创作多年，又在地方党校任职，对写好《初心本色》具有地方性党组织发展历史的作品是完全胜任的。这部作品对歌颂枣庄地区早期党的组织活动，以及革命斗争有着重要意义。《运河儿女》的作者晏宝银，擅长文学创作，有良好的写作基础，从事过法教工作，出生在大运河岸边，对运河文化颇有研究，对红色文化更有情怀，是承担这部作品的最佳人选。《运河儿女》是一部歌颂运河支队抗战历程的作品，小说对于赓续红色血脉、传承运河文化有积极作用。这五部长篇小说既有弘扬红色文化的共性，又有文学作品的纪实性，还有故事的独特性，出版发行后，会在社会上产生积极的文化反响。

文学作品永远相传，红色经典永不褪色，相信这五部长篇纪实小说，会成为枣庄文化发展史和文学创作史上的重要一笔。集成创作出版大型红色历史纪实性小说，是文学创作的大动作，也是文学创作创新的体现，在我国文学创作史上有不少范例。但是一个地方同时集成连续出版五部长篇红色纪实小说是少有的。实践证明，创作指导人与作者们的坚毅奋进，艰辛创作，排除困难，消除干扰，用两年时间全部完成创作出版任务，这在枣庄文学史上是一个创举，是无私的奉献。在五部作品的创作过程中，创作指导人、作者、协助人员付出大量艰辛的劳动，没有经费、没有报酬，全靠个人拿退休金、工资外出调研、寻找资料，如果没有坚强的党性、崇高的信仰、奉献的精神是办不到的。在创作过程中，创作指导人多次召开动员会、协调会、推进会、审定会，对每部作品全篇通审两遍，提出问题，写出评语，寄予希望，推动小说顺利完成创作。在创作过程中，创作指导人还对小说应遵循的原则、把握的篇章、故事的情节做出系统安排，在会上从每部小说的创作点评，到审后评语，都做了精心指导。

这五部红色历史题材纪实小说的创作，对于枣庄革命老区红色遗迹的保护宣传、红色资源的挖掘利用，都具有重要意义。小说全面完整地把枣庄老区红色文化进行了创新提升、挖掘弘扬、传承延续，是对中国共产党人在枣庄革命历史真相的有力还原和褒扬。通过文学方式将红色经典提升到更高、更远、更深的层面，是对红色经典的致敬，也是对红色历史负责。在枣庄文化发展史上，曾有一部《铁道游击队》长篇小说把枣庄宣传到全国，提升了枣庄知名度。相信这五部红色长篇小说也会像《铁道游击队》一样，进一步扩大枣庄对外影响力，并形成一体效应。多部长篇小说共同发力，会更好地拓展枣庄文化内涵，增强文化自信，推动枣庄经济社会全面发展。枣庄市革命老区建设促进会自 2019 年 10 月 16 日成立以来，就把弘扬红色文化、利用红色资源、传承红色基因作为己责。我作为枣庄市革命老区建设促进会会长，想在心里、抓到手上、干到实处，编辑出版了《枣庄红色记忆》《枣庄革命老区发展史》，记录了枣庄百年红色历史。如果说那几部红色书籍是对枣庄革命历史真况的盘点和保护，那么这五部长篇红色纪实小说更是对枣庄红色经典的传承和奉献。文化的力量是无穷的，红色文化的生命力会更强，通过文学作品将红色文化转化为社会正能量，对助推爱国主义教育、社会主义核心价值观的培育，将起到重要作用。这五部小说的底色和成色是饱满的，可以说底色正、成色足，对于坚持习近平新时代中国特色社会主义思想，推进强国建设、民族复兴伟业，建设中国式现代化，推动革命老区乡村振兴，产生积极作用。

红色纪实小说的创作，要坚守灵魂、遵守道义、保守品格，作品创作坚持什么、反对什么、弘扬什么是底线，也是文学作品应把握的问题。这五部红色小说皆遵循了这些基本原则，应该说都具有马克思主义立场观点，具有中国共产党人的精神品格，具有中华优秀传统文化的脉络内涵，具有文学作品创作的情操，具有可读应知的红色故事，具有作者朴素高尚的真挚感情。在小说中形成了一个系统文学体系，用生动具体的实例、科学合理的情节、高尚的情操，让红色历史可感可及、可读可学。在计划创作这五部红色经典时，我作为创作指导人，思考最多的有两个问题：一是找谁来创作？二是在什么时间节点完成？第一个问题是最难确定的，在我的谋划中，凡是在国内我了解的文学创作爱好者都与本人做过沟通，见面交谈的有 20 多人，按我确定的作者标准，"政治信仰坚定、文学功底扎实、情怀境界高尚、无私奉献担当"的人可作为创作人选，最后确定现在的四位作者。从创作成果来看，这个决定是成功的，达到了我需要的结果。在完成时间节点上，用两年时间赶到中华人民共和国成立 75 周年前出版发行，体现革命老区工作者的爱国之心。2024 年也是《中华人民共和国爱国主义教育法》实施的第一年，从各个时间节点看，本套书出版发行意义重大，对于坚定文化自信，弘扬革命精神，从优秀经典中汲取营养和智慧，延续红色血脉，萃取思想精华，展现红色魅力，升腾民族意志都会产生重要影响。

小说的创作需投入精力，更需时间打磨，还需各方配合。一次性创作出版五部红色纪实小说，工作量可想而知。特别是作者邵磊，承担了两部作品的创作任务，实属不易，更不简单。这五部共计230多万字，从调研采风、素材收集，用时半年，征集史料达3万多份，创作指导人和作者都付出了艰辛劳动。在这里首要感谢作者。小说的创作出版是一项综合性工程，不仅需要有作者的文学智慧和奉献精神，还要有为红色纪实小说出版发行的服务者，没有他们给予的支持也是办不到的。在这里，要衷心感谢中国文史出版社给予的支持肯定，感谢山东诗韵书坊文化发展有限公司给予的大力帮助。再好的远景预期，没有众人的支持是不成功的。枣庄市革命老区建设促进会有关人员，为红色经典创作提供了热情服务，值得称赞。五部红色纪实小说在各方的帮助下，创作出版才得以圆满成功。这五部小说除了在内容上用心用情创作外，小说的封面也做了精心设计。封面景照为北京八达岭长城，意在"江山就是人民，人民就是江山，红色文化有人民的贡献"。压底照片采用"大运河枣庄段画面"，意在大运河2000多年的文化史孕育了枣庄这片有温度、有情感、有血性的热土，产生了许多红色文化、红色故事，体现了枣庄特色。小说的出版发行，是对枣庄革命老区红色文化传承的贡献，也是向红色经典致敬的最好形式。作为创作指导人，深感高兴。红色纪实小说的出版发行，也填补了枣庄历史题材长篇红色纪实小说创作的空白，无论对枣庄、山东，乃至对全国都是一份厚重的文化大礼。枣庄市革命老区建设促进会，对这份厚礼会倍加珍惜，积极呼吁社会各界搞好宣传，并在此基础上做好影视作品的创作生产，为宣传沂蒙枣庄革命老区做出积极贡献。

枣庄市革命老区建设促进会会长　刘宗敏

2023 年 12 月 12 日

目　录

第一章 懵懂

1926年初，反奉战争进入胶着状态，日本帝国主义为维护自身侵略扩张利益，派军舰驶入天津，掩护奉军舰队进攻大沽口，炮轰国民军，公然插手出兵援救张作霖，国民军被迫开炮还击。3月12日，日本方旋即纠集《辛丑条约》签字国的英国、美国、法国、意大利、西班牙、比利时、荷兰等8国公使，对指挥大沽炮台之军事官宪暨青岛舰队之海军将校提出5项要求，于16日向北京政府发出最后通牒，17日，20余艘军舰云集大沽口，武力威胁北洋政府。

消息传到北京，整个京城一片哗然，有志之士奔走相告，同仇敌忾，北京各所学校纷纷响应，罢课游行，声讨帝国主义国家军舰云集大沽口，悍然挑衅中国主权。北京的国民党执行委员会与中共北方区委决定组织各学校和群众团体在天安门集会，召开北京各界人民群众示威大会，强烈抗议日舰炮击大沽口，反对帝国主义的八国驻华公使侵犯主权、干涉内政。

国家危亡之际，京城有志之士挥笔疾呼，爱国学生为唤醒四万万同胞的觉醒，纷纷走上街头呐喊，偌大北京城到处弥漫着革命的气息，但仍有一地界灯红酒绿依旧，醉生梦死不休。1913年，参众两院成立，幕僚阴谋参政纵横派系斗争，云集八大胡同狎优宿娼，暗地里商议时局接洽贿赂，八大胡同俨然变成了政治、军事、商务、外交等重要社交场所，从业风月人数在万人之上。八大胡同青楼生分为四等：一等人称清吟小班，二等叫茶社，三等为下处，四等被讥讽是暗门子。达官贵人形成的青楼社交场，基本流连在"清吟小班"和"茶社"，客人们打牌、吸烟、洽谈政商公务，钱权交易泛滥，青楼里阔床边悬着鲛绡宝罗帐，帐上遍绣洒珠银线海棠花，致使在京不少院校频遭骂名，成为亟待整顿校风首选事宜。

各大校联合倡议，自发组建进德会，加入此协会，必须符合三项基本条件：不嫖、不赌、不娶妾。立刻得到广大师生的一致拥护，进德会社团为防止有些教授学生对约束不以为然，对进德会成员定期进行监督防范，一旦发现违规者，进行教育提醒规劝。

进德会分为三种：甲种会员——不嫖、不赌、不纳妾；乙种会员——不嫖、不赌、不纳妾、不做官吏、不做议员；丙种会员——不嫖、不赌、不纳妾、不做官吏、不做议员、不吸烟、不饮酒、不食肉。入会会员注册申报为某种会员，公诸《北京大学日刊》，不咎既往。该会成立后公定罚章。

16日晚间，北大的佟程乾率燕大、民大、清华的进德会成员奉命督察校风肃纪，进德会收到两封信举报陈、刘两位教授，光顾风月场所有损校风师德。进德会为秉承校风师德，决意查实严办，绝不姑息丧失师德的败类败坏校风。

风声日甚，进德会决意抓典型，迅速部署，由佟程乾率朱家鼎和梁石生潜入前门外大栅栏附近，排查出入八大胡同的教授及学生。三个人得了经费先犒劳自己，跑宣武门虎坊桥东北的臧家桥，在广福馆美美吃了一大碗炒疙瘩，吃饱了嬉笑够了，一路打闹顺前门大街行至观音寺街、铁树斜街，再由陕西巷到百顺胡同，各色大中小旅店、书寓、茶室、青楼、堂子、戏院、大鼓书、酒肆、饭铺、烟馆、当铺、杂货铺、膏药春药烧纸店、算命摊、杂耍布满街市胡同，尽收眼底。濒临夜色，暗娼游妓搽脂抹粉立于街市胡同，嘴角叼支烟，搔首弄姿招揽行人。

前门外大栅栏周遭，在乾隆时期四大徽班的三庆、四喜、和春、春台，相继落户韩家潭、百顺胡同、陕西巷、李铁锅斜街一带，逐渐形成了规模较大的民间娱乐消遣场所，三教九流云集此地，吃喝嫖赌抽场所特别兴盛。时至清末民初，西方列强在中国长驱直入，军阀割据混战，中央政府内忧外患，无法制约军阀，散兵游勇军纪涣散，人民在饥寒交迫中生活贫苦，国库空虚，财力匮乏，列强扶持不同军阀从中获利，加剧了军阀之间的利益冲突，显贵军阀趁乱世聚敛大量金钱，便把不义之财存放在英国汇丰银行。

1912 年伊始，苏杭一带风尘女子瞅准了京师达官显贵云集，是各派军阀角力场，纷纷云集京师，与北班子形成风格迥异的南班子，可谓南金粉北胭脂两班争艳，"两院一堂"中一堂恣意逍遥，致使"八大胡同"声震南北。

国家正处于危亡之际，同学们忙于为国家兴亡奔走，佟程乾窝囊自己应了这等下作差遣，浑身冻得直哆嗦，迎面北风冷飕飕，犹如小刀片割裂般痛，他觉得自己在做违背良心的勾当。

"问鼎中原的逐鹿鼎，拜托兄台干点光亮事儿，顶着寒风游荡青楼周围，狗拿耗子让同学们瞧不起。"

"肃风纪是为学校荣誉而战，让这些假学道颜面尽失，滚出道德制高点的讲台。"有感而发的豪言壮语仿佛是在说自己，朱家鼎不由得咬咬牙，把后面的话咽回去。朱家鼎，山西大同人，恼恨同学们戏称他逐鹿鼎，少时随吸食鸦片的二叔出入烟馆妓院，看惯了嫖客逛烟花柳巷用上等黄米斗量好后付账，长大了渐渐向往吃喝嫖赌的快活，后进京入了大学堂贼心不死，逛妓院没量黄米的资本，于是哄骗族长把四匣黄花梨的朱氏族谱借阅，供京城名家追索朱氏渊源研究修谱，进京后转手就典当 27 块大洋，他兴冲冲奔胭脂胡同莳花馆，人进了门，抠抠搜搜掏出 10 块大洋拍柜上，直呼跑厅的要打茶围，朱家鼎暗里打听出"开盘儿"需 1 块钱，清吟小班为 2 块钱，他派头十足一出手就是 10 块大洋，跑厅的屁颠颠引见权杆儿和领家来应付客人，权杆儿和领家认钱不认人，自然极尽奉承，招呼姑娘们前来见客，姑娘们一一与朱家鼎见过面，他极力摇头表示不满意，权杆儿灭了兴致，留下老鸨应付客人。朱家鼎扫眼柜上白花花的10块大洋，老鸨也顺着眼神看了看，"这位爷啊，我们这儿的姑娘，您由着性子打听打听，青倌品色数一数二的，擎等这位爷出啥花头了。"朱家鼎踏进荪花馆就是奔水牌上的红倌崔玉娇来的，水牌外出花名格没有崔玉娇，证明人在荪花馆但未曾引来相见。老鸨王佟氏乃出了名的母夜叉，"短命香"名头不是白叫的，若想让头牌崔玉娇端盘子来，没有熟人引荐，不拿出200块大洋休想见人。她眉毛一扬，扫眼柜上白花花溜圆的10块大洋，亲自上了一盘瓜子，奉上一杯茶，好生劝慰这个不知深浅的年轻人，荪花馆不缺姑娘，拿钱说话，但凡这位爷看入眼的尽管开口。朱家鼎自认为10块白花花的大洋，倒柜台上叮当响，执意不松口，老鸨哼哼冷笑两声："真是新鲜啊！袁家大管家袁大爷来荪花馆，鞋掖里随便掏张钞票打赏下人，点瓜子盘都在10块钱以上，南洋富商随随便便坐会儿，随手丢下200块大洋连眼皮也不眨呀，这位爷讥讽荪花馆的人没见过大洋不成吗？"短命杏讥讽朱家鼎不识清吟小班是干吗的，荪花馆非比三流的下处暗门子，卖了朱家祖坟也不足以见崔玉娇一面。二人互不顺眼动了嘴皮子，不容朱家鼎分说，两个大茶壶连推带搡，一拳就把癞蛤蟆打出大门。胡同卖胭脂的伙计，扶起羞愧难当嘴角流血的朱家鼎，朱家鼎恨死了荪花馆里面的人，发誓非报复不可。

梁石生受进德会社团指派，唯有默默地尾随二人身后而行，他瞧不起暗地里向进德会举报的做法，认为要光明正大去抵制，而不是畏畏缩缩地暗查跟踪。他更愿意并肩与广大的同学走上大街，高呼"打倒封建帝制，打倒反动军阀"。可学校上层不关心国家兴盛民族存亡，却热衷于整肃师德校风转移同学们的视线，事不关己高高挂起。进德会联盟指派学生会协助监督，梁石生服从调遣为第三组，他缩脖子把衣领立起来，勉强遮挡点寒风。

“兄台，瞧梁石生闷闷的，八成想开荤呢。”佟程乾逗闷子，拽一把朱家鼎，二人回头瞅梁石生乐。

“嘴上积点德，我就纳闷了，教授逛妓院，朱家鼎你小子怎么门儿清啊？”梁石生追上二人，照每人后背捶上一拳。

朱家鼎咯噔站住了，眼底流露出一丝慌乱：“我、我是逛街无意间撞见的。”对偌大的北京城来说，寻常百姓吃了上顿没下顿，整日里就是琢摸怎么填饱肚子，那些小贩、剃头匠、戏班子、木匠、赶骆驼的人，苦于为生计奔波，没日没夜地忙乎，啥维新、民主、科学也就听个新鲜，在这社会的大染缸里谁敢说自己一尘不染。上至达官贵人，下至三教九流，生逢乱世，娼赌业得益，兴盛异常，嘴上对吃喝嫖赌抽嗤之以鼻，龌龊事暗地里没少染指，撺掇饭局若没叫妓女助兴，都不好意思摆场，闲暇时不抽上几口大烟，显摆的资格也没了，教育人做正人君子都是说给别人听的。

梁石生轻拍朱家鼎肩膀莞尔一笑，笑朱家鼎能有闲情逸致逛街，捎带发现教授们嫖宿，而他轻描淡写的解释过于牵强，说出来的理由，听着别扭。

佟程乾似乎听出些猫腻：“闲逛街，就能帮助教授修私德呀，我看你梦游了吧，艳鬼向你举报二位教授常去胭脂胡同呀？”

朱家鼎发毛了，眼神发慌立住脚：“你俩、你俩怎么怀疑起我了，哼！我要抗议，向社团抗议无耻的猜忌。”

梁石生哑然失笑，过去拉着朱家鼎：“同学间原本闹着玩儿，你小子怎么当真了？”

朱家鼎用力一甩手，一把推开梁石生：“少假惺惺的。”

眼看着朱家鼎甩手走人，佟程乾追上去，一步步逼近他，口气不容置疑：“朱家鼎，你尽管回去，没人拦着你，别忘了这事是你小子检举，我和石生才有幸揽这档子破事，大家索性一块回去，正好说开。”

朱家鼎蔫了，说话的口气也不张狂了：“我只是不满少数同学浑浑噩噩地生活，唯我独尊，没有国家没有人民，整日间一味的空谈国论。”

“你说清楚，谁没有国家没有人民，是我，还是梁石生？”

面对朱家鼎的责难，梁石生清楚他因何有如此态度，他是有所针对的，因为朱家鼎先期是无政府主义者，现在又成了戴季陶主义的坚定追随者，对共产主义学说嗤之以鼻，他在各大学有一定的威望，也越发骄横起来。

"梁石生，咱俩人生地不熟的，悉听朱家鼎安排，八大胡同集聚三教九流，各色人等稠密嘈杂，不可莽撞行事呀。"

话不投机半句多，朱家鼎也不言语，头也不回地直奔胭脂胡同。佟程乾和梁石生只能紧紧地跟着朱家鼎，他往哪走，他俩就往哪走。

现在各大学同学为党派之争极力表白各自立场，可谓冰火两重天，共产主义学说深深扎根在梁石生心中，消灭私有产权，消除社会隔阂和阶级，把全人类从压迫和贫困中彻底地解放，建立没有阶级制度、没有压迫剥削的新社会。这些革命理想主义令梁石生无比向往。

"今日国之忧患，兴亡匹夫之贱哉，勾栏瓦舍倡优怜耻，奈何蝼蚁鼠辈滋延，岂泱泱神州聚同心，吾唤起四万万同胞，肝脑涂地气血焉。"

八大胡同的戏楼、茶园、酒楼、饭庄、堂寓、下处斗相麇至、打情骂俏，不堪入耳。老北京俗语："人不辞路，虎不辞山，唱戏的小崑白顺、韩家潭。"

青楼上传来阵阵媚笑声、混杂搓麻将的打牌声，呼应着梁石生一番感言，三个人板着脸相互望望，抿嘴笑笑，和解了。

胭脂胡同原名胭脂巷，全长 100 米，宽约 5 米，呈南北走向，北口开在百顺胡同，南口开在两广路上。胡同虽小，一等妓院却有十多家，莳花馆为胭脂胡同最奢华的一家，三进院落改建成两层回字天井形楼房，二层砖木结构，入院映入眼帘的是仿上海青楼内部设计，一、二层回字形排列的房间，按等级居室三至五间，等级高的屋内陈设十分豪华，隔扇门、烟榻、圈椅、茶具、琴台、餐桌、牌桌、梳妆台、挂钟、铜床、绣花幔帐、丝绸衾枕、雕花木窗应有尽有，室内悬挂名流题字和书画及香艳水彩画。倒座房位置改建成卷棚顶蛮子门式砖木二层楼，挑高 5 米，大门上筑小坡檐式门罩，有砖雕在门额下方，方砖圆雕"莳花馆" 3 个大字，蛮子门左手建角门，窗采用西洋半圆拱券形式，一楼室内室外砖墁地面。莳花馆为"南班"，有扬州、苏杭一带的女子，色艺俱佳，尤以清吟小班头的青楼级别最高。香车络绎不绝载客重，彻夜呼酒唤客醉霓虹，掩盖不了烟花柳巷的恶名，乃至坊间传颂"不信美人终薄命，谁教英雄定早夭"的噱头，添了些许脂粉英雄豪气。

莳花馆头牌崔玉娇出身名门望族，8岁时家遭变故流落风尘，经受过吊房梁上鞭笞，用针刺、用竹签扎的折磨。老鸨短命香收拾刚入门不听话的丫头，有的是招数，最毒的是把饿了两天的猫放进她的裤裆里，狠命地敲打猫，猫在裤裆里乱窜抓挠撕咬，叫女孩子痛不欲生喊妈妈求饶，直至逼人就范。崔玉娇历经的苦难谁人能懂，挣扎在风月场苦熬苦爬，成了京师名噪一时的头牌，与名妓杨翠喜结拜金兰姐妹，常周旋于达官显贵之间，卖笑供人取乐。年初，日本派军舰驶入天津大沽口，掩护奉军舰队进攻大沽口，八大胡同却因此热闹起来，各路军阀云集花街柳巷，躲在青楼里为国担忧，混脂粉堆里博弈未来。一时间八大胡同顾客盈门，莳花馆六位南方姑娘通晓琴、棋、书、画、笙、管、丝、弦，略通诗词，虽不及环采阁、金美楼、满春院风头盛，但与云吉班有得一拼，于是莳花馆成了深居简出的达官贵人和学堂里的教授光顾地，生意红火，应接不暇。老鸨短命香日进斗金欢喜不尽，这会子就愁姑娘少了，小李纱帽胡同的新升楼能出条子的竟达17人。短命香挣钱挣红了眼，念起天津彩凤班的权杆儿盘算进京师开馆，眉头一皱计上心来，托崔玉娇会袁二爷出面通融天津彩凤班，迎彩凤班的两个头牌彩凤玉和花宝玉离津进京，先在莳花馆挂牌添彩打前阵，闯出名堂，然后彩凤班在京开新馆水到渠成，价码好说五五分成外加提成，彩凤玉和花宝玉巴不得入京师开眼，二人坐火车由天津到京师，入驻莳花馆助势。

崔玉娇双鬟插花钗，着红花蝴蝶葡萄五镶五滚素青色缎女袄河青紫藤靡月华裙。她右手提茶蘼月华裙，左手丝帕托一把香瓜子，款款走下楼梯，一步一摇跷起兰花指嗑瓜子，贴身老妈子吴妈和小丫头珠儿，一左一右紧紧跟在身边，身后跟着花枝招展的彩凤玉与花宝玉，二人相互取乐媚笑。忽见两个跑厅的推开四扇门，"来人伺候，迎倪大爷等贵客！"几个身穿长袍马褂的随从，簇拥着前国务总理曾荃舒与直隶副省长倪辉同等，一行人皆西派装束，趾高气扬迈入蔚花馆。老鸨短命香满脸堆笑，一连声问候："哎哟哟，这不是在天津卫呼风唤雨的曾爷吗，多日子不见，您可来了！倪爷您躲在后面干啥呀，亏您二位爷常年照应，蔚花馆花开四季呀。"不等老鸨短命香招呼，蔚花馆姑娘们蜂拥而至。

彩凤玉双脚平行站立，双手微微屈膝，弓腰半蹲，行蹲安礼："总理大人呀，曾爷万福！"

曾荃舒藏了一肚子心事，脸上勉强笑笑："总统府名号快赶不上蔚花馆人颂的总统府啦！"

众人闻听皆大笑，姑娘们纷纷围住恭候客人。

倪辉同凑上前逗趣："彩姑娘满眼曾大爷，凡夫俗子要甘拜下风了，哈哈——"

花宝玉粲然笑着，冲着倪辉同行蹲安礼："道尹大人呀，倪爷万福！"

"彩姑娘和花姑娘刚到京师落脚，曾大爷后脚就追来呀。"老鸨短命香挽住崔玉娇往前凑凑，笑嘻嘻问候着客人们。

曾荃舒不似以往，径直从崔玉娇身边走过。

"怎么着，玉娇不上来唱一曲吗？"倪辉同岂敢忽视了蔚花馆头牌，抛彩头替曾荃舒打圆场。

崔玉娇把彩凤玉、花宝玉推至曾荃舒、倪辉同面前，自然是奉承献媚一番，"倪爷该打，本姑娘想着念着，您也该算算多少日子没来了，苦了本姑娘没啥，可这儿的姑娘们不乐意了。今儿呀，彩姑娘和花姑娘难得进京逛逛，巧了，倪爷闻香就巴巴来了呀！"众人皆笑，姑娘们簇拥着一行人奔二楼倚香阁和月宫阁。

"我算是服了，那赛金花、小凤仙两个加起来，比不得一个崔玉娇啊，哈哈、哈哈——"倪辉同神情愉悦调笑着，回身走过来伸手抓崔玉娇。

短命香过来侧身挡住倪辉同，"倪爷，您这回来了，就不能一走就石沉大海，回头让玉娇好好陪您弹唱几曲就是了，今晚罪在敏爷身上，敏爷邀几位同僚请袁二爷在庆云楼品尝鲁菜，庆云楼伙计持袁二爷的红纸帖请我们姑娘，晚间去武定侯胡同谭宅堂会，程砚秋唱《红拂传》，您说玉娇能不去吗？"

崔玉娇乐得大方，反手拽住倪辉同俏皮飞个媚眼："见了袁二爷，说倪爷死皮赖脸地要跟来，走啊，走啊？"二人竟旁若无人地嬉笑打闹，引得周遭人跟着打趣儿。

"玉娇姑娘，瞧不起倪爷是吧？现在俺拔根汗毛也比袁二爷腰粗呀，你见了袁二爷告诉他，打茶围的钱由倪爷出。"

"哟哟，倪爷啥时候小肚鸡肠了，犯得着跟袁二爷叫板呀，苏皖鲁剿匪司令，还等着会会您呢，到时候我一定奉陪。"

曾荃舒一行人走上二楼，他不耐烦地一把推开花宝玉，大嗓门冲楼下喊："惠卿，休要嬉闹了，还等你商议要事呢。"

倪辉同回过神来，忙笑呵呵地往二楼跑去。

崔玉娇神色憔悴，睡眼惺忪地望着众人上楼，右手捶捶后腰，老鸨短命香看在眼里不动声色，她吹吹右手指，摸摸袖口里的翡翠镯子。崔玉娇是她精心调养出的金字招牌，苕花馆能在京师红火至今，全凭崔玉娇绝色才艺响彻京城，不消说受北洋将领的青睐，单单是苕花馆半个家业，统算下来，也仰仗着袁二爷和银行帮的慷慨相助。银行帮打牌的赏钱不少于120块，赶上其他客人打牌赏钱近乎十倍。短命香善于动点小心思，合着该破费点小财，她从不含糊："玉娇呀，昨晚陪少帅和张将军打了一宿牌，妈妈瞧着还没歇过来，这刚过八点，京师学堂的教授这阵子常来打茶围，姑娘先吃点点心，上楼歇会儿，晚间听戏也累啊。"

"妈妈，年前年后忙参议院、众议院的客人，张宗昌这阵子也不消停，哪得闲啊。"崔玉娇用手帕抵住嘴角，打个哈欠。

老鸨王佟氏杀人于无形之中，虽蛇蝎心肠但不喜形于色，她满脸堆笑从手腕上退下一只翡翠镯子，喜滋滋给崔玉娇戴在左手腕上，拿手绢擦拭着："咋说呢，赶上兵荒马乱的年头，学堂里读书的学生成天上街游行，偌大北京城不得消停，苕花馆能红火至今，祖师爷管仲显灵，全靠姑娘们担待，单这只镯子水头足满翠，赛二爷腕上的翡翠镯子，哪只不是价值连城的绝品啊，姑娘整日里抛头露面的，戴着也添个彩不是。"

翡翠镯子戴在崔玉娇左手腕上，令人浮想万千，遥想赛金花何等的盛名，落败了如一片枯叶，"阜欧大爷撒手辞世，苦了彩云姐的下半生，姐妹们花期几岁，命比枯草呀。"崔玉娇说到此，不禁潸然泪下。

"谁说不是呀！刚过不惑之年，魏斯炅便撒了手，赛二爷呀，认命吧！顾妈说前阵子，赛二爷遭官司，亏了众姐妹鼎力相助，勉强脱身，现今生意大不如从前，感念苕花馆姐妹恩重如山，拿珍藏的翡翠镯子做答谢。"短命香擦擦眼角，偷眼瞅瞅崔玉娇。

崔玉娇抬起左手腕，仔细端详翡翠镯子："翠绿绿的水头，真好看啊！"

"上茶啦。"短命香喊了声。

珠儿捧茶过来："妈妈请喝茶。"

短命香哑巴嘴，神秘兮兮道："姑娘有所不知，顾妈说这镯子从景仁宫走出来的，老洋鬼子瓦德西送给赛二爷的，赛二爷感激姑娘在张爷跟前为他说情，张爷做花头出手大方，属头一号。那张宗昌命副官给赛二爷送千百块光洋做帮衬，赛二爷感激不尽，说是一定拜谢妈妈，妈妈我心里明镜似的，自然想着姑娘呀，好生戴着吧。"

"妈妈，玉娇有事相求。陕西巷白门烟馆，道赛二爷赊二十两剑阁烟土，怎么着，咱也得费点心呀。"

"姑娘尽管放心好了，妈妈自然安排管事的去结账就是了。"

崔玉娇若有所思，定神想了想："张司令派士官送来的白狐狸毛披肩，妈妈常念叨好，待会儿让珠儿给妈妈取来。"

短命香喜不自禁，搓着手："玉娇呀，妈妈人老珠黄，大冷天的，自个儿留着呗。"

崔玉娇苦笑，凝神望远处："张宗昌现在重兵在握，已被任命为直鲁联军总司令。"

短命香听了直咂嘴，羡慕不已："哎哟哟，大炮一响黄金万两呀，真长祖宗脸哟！"

胭脂胡同寒风凛冽，冷飕飕的北风似乎要把北京城冰冻住，寒风里的人望着灯火辉煌的青楼，哈出的气形成了霜雾，青楼里却是另一番天地，珠帘轻曳，烟雾袅袅，丝弦悦耳，暖洋洋香浓袭人。守在街道墙根下的梁石生，苦不可耐，冻得浑身僵硬，望望佟程乾、朱家鼎也站在墙根处瑟瑟发抖，也许是无功而返的无奈，内心却期盼出现想要看到的一切。

街道黑暗处，站着涂脂抹粉的下等妓女或是暗娟，多是年老色衰的，做暗门子生意的，向走过身边的各色男人抛媚眼，调笑声不绝于耳。

青楼上花枝招展的妓女，一边嗑瓜子，吐着瓜子皮，还不忘手摇丝帕，频频向路人招手。梁石生和佟程乾很难为情，只能是充耳不闻。

时间仿佛与凛冽的寒风交融，一分一秒都在冻裂三个人的意念，都希望有个人站出来说回去吧，可话到嘴边又咽回去，唯有趑摸来往胭脂胡同的行人。朱家鼎突然悄悄喊了声："快看呀。"梁石生和佟程乾顺着朱家鼎眼神望去，两辆骡车在莳花馆停住，骡车上下来三个人，细看是陈教授和刘教授，身边还有一位同乡会的人。

莳花馆高挂一溜两串栀子灯，映红了胡同，红光中人的脸显得阴郁，陈、刘二位教授与同乡会的人不时张望四周，胡同里过往的皆是出入妓院的嫖客，三个人放下心来，相视放浪笑起来，青楼里两个跑厅的闻风而动跑出来，冲三人打横礼。

朱家鼎咬着牙，心里对各色嫖客充满了羡慕嫉妒恨："登天入地，等来了这窝偷鸡的黄鼠狼。"

梁石生感觉是自己被人窥见了隐私，说不出的恶心，瞪大眼望去："哎哟，真是陈教授和刘教授啊！"

佟程乾气得鼻孔冒烟："道貌岸然的东西，白天在课堂上满口的仁义礼智信。"

现实啪啪打脸，同一个人，白天正人君子，夜间变成登徒子在烟花柳巷深处寻花觅柳。梁石生颇为伤感："商女不知亡国恨，嬉戏寻欢夜笙歌。"

朱家鼎顿时来了精神，长长出了口气："二位瞪大眼瞧瞧吧，刚才还有人怀疑我呢，事实打脸了吧。"

"别磨叽了，快躲一躲。"佟程乾捅捅他俩，三个人只能往莳花馆大门左侧逍遥堂暂时一避。

逍遥堂半间房门脸不大，药铺门口竖立春药招牌，主打春药。入夜时，做春药买卖的店铺生意格外红火，小伙计见三位来客人高马大的，面堂红晕不似以往烟鬼、痨病、衰老者，与店老板对下眼色，像只苍蝇似的飞过来。

逍遥堂店铺里各色春药琳琅满目，三个人面面相觑，春药老板拿来一个手指粗的小玻璃瓶，"印度神油过时了，用了大唐太医署秘制的'红鸡冠'，抹上一滴，保管你销魂一夜，蜡头枪不倒。"

梁石生和佟程乾没见过这阵势，连连后撤。朱家鼎沉住气，拿起小玻璃瓶搁鼻端嗅，春药老板邪乎道："离远点，这药有灵性，蹭上了，长大象鼻子。"

梁石生和佟程乾瞅朱家鼎嘿嘿乐，朱家鼎一本正经地胡说八道："有阿肌苏丸、龟龄集吗？我身边这两位先生急等着用。"

店老板色眯眯的，吧嗒眼皮："嗬，行家啊，有、有，不知三位爷急用啊，还是慢慢温火呀？"

小伙计笑容可掬地往柜台摆上两盒药。

店老板抄起柜台上的算盘一抖："噼里啪啦"算账。

朱家鼎仰脖子咳嗽："急温嘛，就看这二位爷啦。"

梁石生和佟程乾瞧着偷乐，贸然闯进春药店进退两难，二人硬着头皮凑上去："慢慢温火啥意思？"

朱家鼎坏笑起来，小伙计拿起一个铜祖给梁石生和佟程乾比画："补好了，就像这样儿。"朱家鼎一脸严肃："咱们年纪相仿，钢筋铁杵硬得太久了，有回软的吗？"梁石生和佟程乾干赔笑脸，那朱家鼎依旧一本正经地与小伙计胡说八道，梁石生和佟程乾感觉在听天书，正陶醉其中，忽听店铺外一阵马蹄声。

5个威风凛凛的人，骑高头大马嘚嘚作响，勒住马缰绳在莳花馆门前立住，前面两个骑枣红马的人翻身下马，四下观察一番，后面3匹马上的人也翻身下马，过来牵住枣红马的缰绳，五匹马在胡同里显得很突兀。跑厅的见这阵势，欢喜来了趁钱的主，跑过去奉迎骑马者。骑枣红马的两个人头戴礼帽、眼戴墨镜、身穿黑色呢子大衣，权杆儿也屁颠颠跑出来，请客人进楼消遣，听不清说啥，戴礼帽的两人神色紧张，仍不放心四下瞅瞅，低头耳语，权杆儿凑上前恭请，这二人大步流星地往前走，权杆儿和跑厅的跟在身后小心伺候。

留在大门前的三人飞身上马，牵着两匹枣红马"嘚嘚、嘚嘚"跑出胭脂胡同。

三人走出逍遥堂，躲在西墙根处，梁石生抱手放嘴边哈气，跺跺冻得发麻的脚："任务完成了，人也快冻死了。"

朱家鼎挤眉弄眼坏笑："怎么着，咱三个也进莳花馆暖和暖和？"

佟程乾一旁逗闷子："咱就看梁石生怎么安排了。"

梁石生抠抠搜搜从口袋里摸出皱皱巴巴的几毛钱，仔细数数整七毛："胡同口有家炒肝摊，每人来一碗儿？"

寒夜冷风飕飕，能来上一大碗热乎乎的汤汁油亮酱红、肝香肠肥、味浓不腻、稀而不澥的炒肝，简直把冻得瑟瑟发抖的朱家鼎乐疯了。他伸手摸了一把嘴角的哈喇子，夺过钱拉住梁石生就要走："再没有什么比寒冬腊月天吃炒肝舒服的了，咱赶紧走人吧。"

梁石生仰望天空，弯弯月牙闪烁着淡淡的银辉。

佟程乾从上衣口袋抽出笔，一一记下时间地点，把小本子递给他俩过目，三个人点头，掸了一下身上的尘土，坦然离开西墙根，走到莳花馆门口，见大门开了半扇，三人好奇伸长脖子往里瞧，飘出的脂粉香醉人，朦胧红雾中摇曳着卖笑女子的身影，三人不觉驻足瞭望，二楼左侧隔窗人影晃动。

"砰"的一声枪响，"啊"一声女人凄厉的尖叫，不等三个人回过神来，"砰砰"又是两声，跟着又是一声"砰"。整个荪花馆内顿时惊叫声不断，男声女声吱哇乱叫，"杀人啦！杀人啦——"呼啦啦冲出一大群人来，妓院打杂的男女惊呼着跑出门向楼上张望，嫖客中甚至有光身子光脚的，裹挟着花红柳绿的丝绸衣服；推搡的妓女们，拼了命地挤出大门四下乱跑。噔噔走出两个杀气腾腾的人来，头戴礼帽，眼戴墨镜，身穿黑色呢子大衣，手提枪，快步跑向胡同口，飞身上马扬长而去。行人看傻了眼，茫然地观望着荪花馆门口。

街面上各色店铺闹不清咋回事，熙熙攘攘各色人等伸长脖子围观瞧热闹，好事的蜂拥到荪花馆大门前，踮起脚瞧从堂子里惊恐跑出的人。从荪花馆跑出的男男女女跌跌撞撞，惊叫声一片，梁石生突然看见了慌不择路的刘教授，他居然只穿了一条裤子，光脚丫跑出来的。二人相互一瞥，刘教授像一匹挣脱缆绳的老驴，光着大脚丫，一蹦二跳没了命地往胡同口跑，梁石生在嘈杂的人群中寻找佟程乾和朱家鼎，着急中猛地一转身，结结实实把个奔跑的女子碰出 1 米多远。女子"哎呀"一声，仰面摔倒，她顾不得疼痛，急忙爬过去找掉在地上的珠花，梁石生推开人群捡起被踩断的珠花。两个小姑娘跑过来扶起摔倒的姑娘，喊着："姐姐、姐姐"。那姑娘站起来"哎哟"一声，扑通又倒下，两个小姑娘吓得哭起来，连忙喊着："姐姐、姐姐"。

拉洋车的也闻风而动，越聚越多，几乎堵塞街道。

崔玉娇忍住痛，只能无望地寻找头上掉落的珠花。

梁石生忙过去把其搀扶起来，把珠花递给她说："姑娘没事吧？"

崔玉娇很欣喜，因为这枚珠花对她来说太珍贵了。

胡同里慌乱的人群乱跑乱撞，梁石生奋力地护着崔玉娇。

"走开。"姑娘用力推开梁石生，她爬起来仅走了一步，"哎呀"一声，疼得直接坐在地上。

胡同西口"啪啪"两声枪声，警笛大作，穿灰大褂的侦缉队出现在胡同口，围观的人群顿时大乱，各色人等都怕惹祸上身，人群越发惊慌失措，狂奔乱跑，没人顾及她们，两个小姑娘吓得越发大哭起来，齐声唤"姐姐"。

逃散的人群，没人顾及两个小姑娘的哭喊，梁石生眼巴巴望着倒地的姑娘。

两个小姑娘只能拽住梁石生哀求："大爷呀，行行好，救救姐姐吧。"

梁石生碍于弱女子相求，走不是跑也不是，索性心一横，喘口气，弯腰吃力地抱起姑娘，姑娘目光直视着他，二人不觉怔住，一下子被对方吸引住，忘了时间，忘了地点，也忘了空间，仿佛这世界就剩下他俩，相视的目光，闪出一道电流，直逼心田。

珠儿一旁跺脚催促："愣啥神啊！赶紧往东走呀，去珠市口。"

梁石生醒过味儿来，紧紧地抱姑娘往东猛跑，跑几十米下来，实在是跑不动，招呼身后的两个小姑娘帮忙，背起姑娘，他担心俩小姑娘裹脚跑不动。

"你俩跑得动吗？"

"珠儿、朵儿没缠足，快跑吧。"姑娘双臂死死地揽住梁石生的脖子。

梁石生也顾不了啥了，憋足劲猛跑。

胡同里随处都听见行人的尖叫声，胡同两边是店铺"嘭嘭"的关门声，叫喊声、惊叫声相互交织，身后的警笛"嘟嘟"刺耳，梁石生跑得口干舌燥，整个人气喘吁吁地跑蒙了，总算落脚李铁锅斜街。汗流浃背的梁石生身上背着姑娘，站在如意门台阶下，朵儿一屁股坐门墩石大口喘息着，珠儿擦了擦汗，急切叩门钹"嘭嘭、嘭嘭，嘭嘭、嘭嘭"。

不大一会儿，院子里有人搭话，如意门缝影绰绰烛光晃动："谁啊？"

"瘪五开门，快点儿。"

"听着是珠儿吗？哎哎，来了。"

门闩"哗啦"一响，瘪五挑着灯，忙不迭地开了半扇院门，探出一老一少两个人头，"天嘞"惊出声，顿时愣住了，不晓得出啥大事，待要张嘴问，珠儿连连摆手，张罗着赶紧关院门。

事不宜迟，朵儿过来给梁石生搭把手："这位爷放下姐姐吧，奴家来搀姐姐。"

梁石生好难为情，寒冷深夜，身背如花似玉的大姑娘，浑身冒热汗，一扫身上的寒气，姑娘脸上的脂粉蹭了他一脖子。

珠儿与朵儿搀扶好姑娘，梁石生迟迟不肯进院门，深施一礼："姑娘，告辞了。"

姑娘踮起脚忍住痛，不容梁石生迟疑："这位爷，临近几条街必是戒严了，倘若巡警或门警遇见，进局子就难说了，不妨进来暂避一时。"

梁石生听罢，开始犹豫了。

朵儿连忙过来拽住梁石生："姐姐说了，大爷进院暂且避避风头，迁就一宿，天亮了，看看情形，再走不迟。"

"这位爷，事已至此，不必拘礼，快请进来吧。"崔玉娇对这位相救之人分外感激，真情相邀。

梁石生这会子又饥又饿，人跑得虚脱，两眼冒金星，搁不住谦让，两腿不由自主地跟着三位姑娘进了一所四合院，老汉站在照壁前掌灯引路，瘸五伸手"咣当"快速把院门关上。

随众人进了院子，梁石生又后悔自己不该跟来，恨自己耳根软，被人这么一客套，就不由自己了。

单进四合院极其规整，大门设在东南角 1 间门房，院子接近正方形，北面是 3 间正房，左右各 1 间耳房，倒座房与正房相对，东西各有 3 间厢房。

倒座房走出一位掌灯的妇人，见了生人不住地打量着。

梁石生站在倒座房旁不肯往前再走一步："深夜叨扰姑娘，实属不得已，正房内居住女眷，岂敢冒昧打扰呀。"

姑娘侧身细细打量梁石生一番："大叔，您先请这位爷去倒座房歇息。"

那妇人凑上前，把手上提灯递给朵儿："姑娘呀，正房天天规拾，天冷怕姑娘回来受寒，这阵子天天给烧着炕呢，四儿快把烛台摆放好。"

小丫头四儿听了，快步跑向正房。

"瘌五，去给姑娘屋里生把火，让炕头再热乎些。"

望着三位姑娘去了正房，老者在前面指引着梁石生进了倒座房东间。

梁石生一步三回头，随老者进了倒座房。

护院老者用手巾包了又黑又硬的两个杂粮窝头，冲了一碗糖水："姑娘没说过来住，我们今儿吃窝头就臭豆腐乳，怕您嫌臭，喝碗红糖水吧。"老者忙了会儿，转身去正房。

护院的妇人穿戴干净利索坐炕沿，笑呵呵招呼梁石生盘腿坐炕上，拨亮炕桌上的煤油灯，脸上涂抹厚厚的脂粉，掩盖不了一道道皱纹，元宝发鬟一丝不乱，人虽上了年纪，眉眼间尚存妩媚，目光直射过来："这位爷，年纪轻轻，敢问哪个堂口的呀？"

梁石生忙跪起身，左手中指食指并拢拍打右手心，意在言明自己是个学生："免尊，梁。"

妇人把细长的乌木烟袋杆照鞋帮用力磕磕，嘴对白玉烟嘴吹两口，示意梁石生坐下，心说原来是个读书的学生，兴趣减了大半："哦，梁爷呀，深更半夜的，说是您把玉娇姑娘背过来的？"

"这、这个——"梁石生手持窝头，吞吞吐吐，人一时顿住，想不出怎么回答妇人。

婆子把红糖水白瓷碗往里推推，手搭在梁石生左手上，轻轻一捏手腕："吃您的，吃吧，吃杂面窝头掉渣，得用手接着，听口音不像是本地人呀。"

梁石生越发局促，奈何饿坏了，大口吃窝头，噎得说不出话来，喝口红糖水压压，勉强蹦出五个字："山东峄县的。"

"山东人厚道，我们姑娘算看对人了，不瞒您说，我坐堂子时风光不输玉娇姑娘，在庆乐园唱皮黄，与王瑶卿同台唱过《棋盘山》，亲王贝勒见多了，天天琢磨换着花样儿吃，全聚德烤鸭都吃腻了。现今年老色衰，每天吃个杂粮窝头都算奢侈呀，进入腊月天，哪条街没有饿死人呀，碰上这兵荒马乱的年头，能喝上一碗稀粥就不错了。"

梁石生听愣了神，吧嗒眼皮望着妩媚的妇人。

"窝头吃得惯吗？"

"吃得惯，吃得惯。"

"梁爷生得细皮嫩肉的，皮肤细滑如脂，还没尝过女人吧？"那婆子眼睛放出幽幽的光来。

仿佛自己的身体被对方的目光穿透，梁石生挺直了身子，浅浅一笑。

婆子轻笑着拿过炕上的烟笸箩，往烟袋锅里装上烟丝，摘下玻璃灯罩，对着煤油灯"吧嗒吧嗒"吸两口，徐徐吐出一口烟来。

梁石生愣住，真正领教了青楼人说话的犀利，不拖泥带水的。

"没尝过女人呀，到底是个雏啊！"妇人望着梁石生发笑，冲着他喷了一口烟。

屋里方桌上座钟"叮当"响起，在这深夜里，听着格外刺耳。

"自打俺懂事儿，长辈就给定了娃娃亲。"梁石生被女人讥讽不谙风月，况且是流落风尘的老女人，男人自尊心不容伤害，强调一下自己身边不乏女人，无非炫耀罢了。

"哼哼。"婆子轻笑笑，"女孩儿开了苞，瞳孔闭合透亮，男孩子嘛，折瓜蔫了，瞳仁光就灭了，少了童子的灵性，老拙瞅梁爷目光如炬，炯炯有神，八九不离十呀。"

梁石生暗自咋舌，想这风尘女子阅人无数，一搭手便摸出他还是童子身。

婆子不屑挥舞纸糊小旗满街跑的学生，穿开裆裤能闹出啥名堂，远不如当年的义和团来得干脆利索，起码人家手上握长矛大刀，一帮学生每日间叫嚣啥革命共和的，没瞧着比大清子民强多少："正值青春年少，啥大清共和的，岁岁年年早为先，及时行乐才不枉为人呀。"

"举国上下为共和奔走，这样的国家，才是天下人的天下，大清灭亡，现今国家内忧外患，民族危亡命悬一线，岂能流连于儿女之情。"梁石生深恶痛绝那些醉生梦死之徒，听不得污言秽语，污染了他的情操。

婆子眼睛发亮抽着旱烟，烟袋锅忽闪忽闪冒着烟。

整个北京城谁人不知谁人不晓，达官显贵存放在英国汇丰银行的钱，多达两亿元以上，这些钱没去搞革命，掌握生杀大权的富豪们把钱流进了青楼，一味地逍遥，争权夺利。婆子不等梁石生多想，单刀直入："满大街愣头青的学崽子，闹没了皇上，端出啥大总统，末了舞枪弄棒地争地盘，不就为了多得钱养姨娘吗，光绪帝支持维新派也没袁世凯活得滋润，没枪没银子穷闹腾啥呀。"

"现在休提啥皇帝，所以袁项城做了83天皇帝就彻底完蛋了，学生们游行示威为真理而战，就是为了唤起四万万同胞的觉醒，穷人才有活路呀。"

"皇帝完蛋了，没了袁世凯，还有赵钱孙李的玩枪把子呀，整个北京城闹几茬子兵祸了，梁爷想必也清楚，京津上海堂口书寓红火，烟柳巷布满城，不就为了达官显贵寻欢作乐嘛。"

"京城遍布书寓会馆，青倌粉头招摇过市，普天下空谈国强民富，'我自横刀向天笑'，寥寥数人啊！"

"哼哼，说好听是书寓青倌，说难听点就是青楼妓女，国无名主，大小官吏无不狎妓行乐，上行包养戏子青倌，下效三妻六妾使婢，青楼的门堪比国门，由南到北，比比皆是，贫寒家的孩子命比草贱，用不了几个钱，买个小丫头比吃窝头容易。"

"所以民众要觉醒，建立新社会，国家就有希望，民众才有未来啊。"

"我本下九流的贱民，流落风尘一生，只求温饱足矣，从大清到如今，哪君哪主不说为了百姓，耳朵都磨出老茧了，南北革命党推翻了大清朝，末了窝头还是窝头，如革命党所说大清封建腐朽，可在大清朝重典治娼，凡狎妓宿娼者，官吏革职，枷号三月杖一百，得受娼家财物者，仍照枉法计赃从重论，尔等大小官员胆敢拿仕途做儿戏。"

"现在大学也成立了进德会，整肃校风师德，我今晚上就是、是……"

"宋妈妈，宋妈妈您忙着哪？"屋外传来叫门声。

护院婆子忙起身，出了屋门："朵儿呀，姑娘歇息了吗？"

"出了这么档子事儿，咋睡呀，四儿照看茶炉，让我来招呼客人呢。"

"深更半夜的，出啥幺蛾子了，问四儿也说不清楚，咋就闹出人命了呀？"

"宋妈妈您是没见呀……"

隔道门，梁石生只听见二人窃窃私语，过了一会儿，朵儿放开了声："姐姐叫请这位爷去正房吃点心，说有话要问。"

"这位爷，是哪位爷呀，八成该叫姐夫了。"

"宋妈妈您又胡说了，巴巴地还不知哪里人呢。"

"姑娘如今儿，千八百大洋做底，养个穷学生不愁。"

梁石生听了哑然失笑，笑自己被青楼女子蔑视。

"宋妈妈，小点声，别笑啦。"

"嘿嘿，就你小丫头鬼机灵，他还能偷听咱说话不成。"

一阵轻笑声划过夜空，星星眨眼睛，月亮羞红脸躲进云彩里。

屋外二人一问一答言笑，嬉笑间压低声音，梁石生站门口侧耳听，忽听宋妈妈嬉笑称他姐夫，心底荡起莫名暖意，急忙撤身坐回去。

"吱"的一响，屋外二人推门进来，朵儿额头一字式前刘海，后梳一条过腰长辫子，酱色五镶五滚高领像朝天马蹄袖，给梁石生行万福礼："敢情是梁爷呀，才听宋妈妈提及，我们姑娘请您过去。"

宋妈妈磕磕烟袋杆，用力吹吹烟嘴："梁爷请呗。"

朵儿弯下腰，殷勤地给炕下的鞋摆正："穿上吧。"

"天色太晚，深闺不方便吧。"梁石生越发地不安，手里的窝头藏在身后，人也紧张起来。

"哟，梁爷是开明人，怎么拘泥起来了，这屋炕头还没烧热乎，您在这儿也寒冷些，正房火炕火盆的齐整，过去暖和暖和呗。"宋妈妈倒是乐得慷慨，执意请梁石生快去。

"梁爷尽管把心放到肚子里,没上百大洋的,也难见我们姑娘一面。"朵儿瞧梁石生一副寒酸学生打扮,显然没看得起他,一脸的蔑视。"我就在这儿,将就一夜。"梁石生窝憋受女人犀利的目光盯住看,如同自己站在操场中间任由围观的人指指点点,纠结去与不去,不知如何是好。"没说请您住上房,是姑娘有话问梁爷。"

"梁爷悉听尊便就是,请吧,别再磨叽了,我们姑娘还在等着您快点去呢。"宋妈妈对梁石生行满族男子打千儿。

梁石生犹犹豫豫站起身,磨磨蹭蹭跟在朵儿身后,去了正房。

惊魂未定的崔玉娇,好大会儿才回过神来,简单擦洗后,解开裹脚布,费力脱了鞋袜,脚踝红肿得厉害,老宋头找来消肿散,兑酒化开,朵儿、珠儿帮其敷上,枝儿小心给卸下双鬟上珠花银钗,珠儿一旁打下手,褪去红花蝴蝶葡萄五镶五滚素青色缎女袄和青紫茶藘月华裙,崔玉娇通身换了素青色棉袄棉裤,坐在明间东侧楠木玫瑰椅上,抱纯银镂雕花纹暖手炉,羊毛毡围住下半身,前面搁置一个满工雕刻铁火盆,朵儿、珠儿在一旁伺候,摆上两碟豌豆黄、驴打滚。

崔玉娇平复了怦怦心跳,长长出口气,老宋头送来点心开水,朵儿拿来香片沏上,崔玉娇左手提暖手炉,右手轻揉太阳穴,喃喃说道:"那位爷面相年纪轻轻的,蛮有一把子力气呀!"

珠儿笑吟吟:"到底年轻力壮,背着姑娘跑得那个欢实呀!"

朵儿白了一眼珠儿,撇撇嘴:"年纪轻轻的跑烟花柳巷,不是抽就是嫖。"她瞧眼崔玉娇,顿觉失了口,想着姐姐徐舒婉现已成陕西巷头牌,小凤仙去奉天,邀她姐姐一同来莳花馆辞别,小姐俩私底下还商议寻找落难的爹爹。南京夫子庙徐记茶庄遭盛宣怀旧部赛章算计,家财散尽,父亲徐茂根带弟弟逃匿生死不明,母亲悬梁自尽,朵儿与姐姐花儿被收作官奴折价贱卖,流落青楼卖笑,幸遇袁二爷庇护,姐姐在京师熬出名堂,朵儿盼天盼地早日寻见爹爹,解救她姐俩能脱离苦海。

瞧朵儿捧着茶碗愣神儿，崔玉娇轻声喊："朵儿，过去瞅瞅宋妈妈，安排妥当，请那位爷过来，姐姐有话要问。"

朵儿打个激灵儿，连忙放下茶碗，抽身奔倒座房而去。

梁石生右脚踏进明间，瞧屋里点亮四座蜡台，满屋通亮阵势迫人，心里打退堂鼓，收回抬起的右脚，人立门口。

朵儿见梁石生立门口不进来，抽身回来，双手推梁石生："梁爷，端哪门子架子啊。"

梁石生局促进来，崔玉娇坐直了身子："哦，是梁爷呀。"

"却之不恭，姑娘有啥话吗？"

"珠儿，请梁爷上座。"

朵儿又站在他身后用力推，珠儿这边拽，好容易把梁石生按在太师椅上。大红酸枝蝴蝶纹平头条案，上面摆放大理石紫檀木插屏，分列一对粉彩百宝纹掸瓶，墙上挂高仿范宽的《溪山行旅图》，平头条案前设大红酸枝八仙桌，左右摆大红酸枝太师椅。

崔玉娇扭头瞧坐在左手太师椅上的梁石生，怯生生羞惭惭，目光不敢对视，"扑哧"乐两声："梁爷不会是个雏鸟吧。"

梁石生立马站起来，坐下，又站起来。

珠儿、朵儿二人笑弯了腰。

崔玉娇忍住笑："梁爷坐稳了。"

"俺、坐稳了，姑娘们笑啥？"

"笑狍子傻呗。"崔玉娇仔仔细细打量着梁石生，心头不免热热的，"陌上人如玉，公子世无双啊！"

梁石生喉咙干咕隆"嗯嗯"声，眼睛盯住自己的双脚。

"梁爷夜游莳花馆赏月，挑牌子选姑娘啊？"崔玉娇跌入青楼做了头牌，习惯于在达官显贵间周旋，即便是青头蒜的贝子或王府的公子哥，哪个不是痴迷癫狂拜倒在石榴裙下，乍一见这样儿的，多少动点心思。

梁石生低下头不语，依旧盯住自己的双脚瞧。

"我猜是头一回得了闲钱儿，瞒了爹娘来莳花馆寻欢作乐吧。"

朵儿一旁忍不住插嘴嘲讽："怕是背着长辈偷拿学费，消遣三等姑娘价码也不够呀。"

珠儿转动眼珠子，用右手食指戳戳脸羞梁石生。

梁石生站起来，马上大大方方坐下，仰起头："吃喝嫖赌抽没鄙人的份，穷学生一个。"

崔玉娇止住笑："凭梁爷这身打扮，本姑娘认准你是个学生，既然是个学生，就该坐在学堂里认认真真读书才是，青楼勾栏之地，大清亡了，北洋政府达官贵人云集于此，纸醉金迷，每日里抛掷万金，脂粉堆里可不是学生光顾得起的。"

珠儿凑趣儿："梁爷逛窑子，不会说成来饱读圣贤书吧。"

姐三个瞧梁石生发窘，放声一通好笑。

梁石生涨红了脸，人被激怒了："寡廉鲜耻之地，也就配几个丧尽师德的败类，毁坏了学校的声誉罢了。"

崔玉娇一脸淡定，人不急不躁，没计较梁石生蔑视的态度，她抖起精神说道："莫说几个丧师德的先生，仗着腰包里有几个大钱，终究比不了北洋握枪炮的将军，本姑娘何曾看在眼里。"

一席话，梁石生没了脾气，他清楚北洋的军政要员经常光顾八大胡同，头牌的青倌与他们夜夜欢歌作乐，弹曲吟唱笑谈，视国运如同儿戏。

"朵儿，把条案上折断的珠花拿给梁爷瞧瞧。"崔玉娇嘴角漏寒气，要让这个穷学生好瞧的。

折断的银镀金红宝石点翠穿珠簪，上面镶嵌了石榴籽大小二十多粒的红宝石，烛光中映衬得璀璨夺目，梁石生哪里见过这等奢华物件。

"袁大总统赏蔡松坡八大件，单这一件归了小凤仙，头年张宗昌邀张汉卿吃宵夜听戏，闻蔡松坡辞世后，小凤仙受牵连无着落，张汉卿规劝小凤仙暂去奉天养些日子，我们姐妹一场不忍离别，小凤仙走时，我们姐妹相互交换留作念想，所以才拼了命去拾，幸亏梁爷给捡起来，不然可惜了！"

崔玉娇见物思人，眼眶噙满了泪水。

"嗯，我们，路过胡同时听见楼里枪声大作，街上挤满了人，慌乱中不想给姑娘撞倒了。"梁石生很是惭愧，喃喃解释自己。

"胭脂胡同没几家挂电灯的，莳花馆楼上楼下通了电，我和姑娘们与妈妈，正在观一楼门厅上水晶吊灯，砰的一响，原以为耳朵听岔了，妈妈说听着像二踢脚，妈妈话音未落，紧接着就是几声，彩凤玉从楼上大呼小叫地跑下来，说花宝玉房间杀人啦。"

崔玉娇细说凶险，珠儿和朵儿瞪大眼睛，小姐俩紧紧地攥住对方的手。

"谁在花宝玉的房间里？"梁石生追问一句。

"能有谁，天津来的前国务总理曾荃舒和直隶副省长倪辉同。"

"屋里的人难道都死了？"梁石生感觉后脊背发凉。

"彩姑娘的魂都吓掉了。"她哭诉着，"一声枪响，想是二位爷与花姐打闹玩儿，摔碎了妈妈刚摆上的粉彩桃花纹直颈瓶，彩姑娘便想着进门去与他们嬉戏，哪想啊！跟着就是连发几声，听着像曾爷发出的惨叫声，花姐和倪爷连声求饶。刺客用枪指着他们，'与尔等无干，安心吧'。彩姑娘壮着胆子靠近门缝往里瞧，就见两个持枪的，又在曾爷身上补了一枪，惊得她没命地呼喊，发了疯地跑下楼。"

珠儿和朵儿心有余悸，不敢想象那血淋淋的场面，她们能平安跑出来，实属万幸。

"看来这是有针对的刺杀，谁会这么大胆，怎么没人阻止呀？"梁石生猜测着敢闯京师进青楼行刺，背景一定很深。

"梁爷说得轻巧，'乱哄哄你方唱罢我登场'，皆在争权夺利，偌大北京城还不够直奉皖绞杀的呢，张宗昌的马弁头阵子在莳花馆嚷嚷，张大帅非得杀一儆百不可，哪想真有人举枪杀进书寓，那彩凤玉吓掉魂没命地喊'杀人啦、杀人啦'，楼上楼下的人谁不跑呀，谁敢阻拦，等着挨枪子啊。"崔玉娇百思不得其解，怎么偏偏让莳花馆摊上了。无辜摊上人命官司，莳花馆的风光算到头了。

"估计场面很惨，我倒是撞见学校的一位教授，身上就穿了一条裤子，光脚丫子跑出来。"梁石生想着刘教授落荒而逃的样子，好气又搞笑。

"白天满嘴仁义道德的教授，夜里成了采花折枝的野兽。"崔玉娇为好为人师的先生所不齿，为单纯的梁石生所不值。

"出了人命案，姑娘们不会受连累吧？"梁石生为她们生计担忧。

"青楼何曾青，人散花飘零。蒔花馆吃了人命官司，只怕是在劫难逃，当年赛金花赛二爷开办的怡香院，就因凤林姑娘自尽，吃了官司，险些要了赛二爷的命，现如今蒔花馆只能念阿弥陀佛保佑了。"

珠儿和朵儿仿佛回过神来，张嘴想问，崔玉娇抬手止住二人："朵儿，送梁爷去歇息。"

梁石生站起身，冲崔玉娇鞠躬。

珠儿靠近崔玉娇悄声道："宋妈妈说，铺盖用东厢房一整套的。"

崔玉娇沉思了一下，喊住朵儿："稍等会儿，西间炕柜压在底层的狼皮褥子，拿来给梁爷铺上，盖的嘛，就用东间的双鹤绸缎棉被。"

珠儿满脸诧异："那不是姐姐用的铺盖吗，拿给梁爷盖呀？"

崔玉娇一瞪眼，朵儿不再多问，转身去西间取狼皮褥子，珠儿进东间抱双鹤绸缎棉被。

"大小伙子火力旺，凑合一夜，怎么着都行，别弄脏了姑娘的铺盖。"梁石生深为崔玉娇的体贴而感激，崔玉娇凝视他的目光，让他心底荡起一股从未有过的暖流，人也越发地拘谨起来。

"既来之则安之，本姑娘崔玉娇聊表心意，念梁爷英雄壮举。"话音似滴滴水珠儿，滴入梁石生的心田。崔玉娇静下心来，凝视着梁石生，她不由得坐直了身子，真真是神品啊！诧异世间竟有如此精致五官的年轻人，羞涩的囧相，让人看了忍不住想掐他的脸，她就这么直直地望着。梁石生躲避崔玉娇投射的目光，只觉浑身热辣辣的燥热，脖颈奇痒难忍，不由得伸手使劲抓挠。

崔玉娇放下暖手炉，悄声走过去取来一把团扇，把丝帕放在团扇上，拒人于千里之外般把团扇伸向梁石生。梁石生望着团扇上的丝帕迟疑了，崔玉娇抬起团扇抵住梁石生的下巴，局促中的梁石生不敢直视灿若明星的美貌，下意识闭上眼，崔玉娇收了团扇，拿起丝帕轻轻地递到梁石生手上："梁爷，脖子上蹭了胭脂粉。"崔玉娇瞅准机会，伸手去掐梁石生的脸颊，又舍不得下手掐，轻轻地拧了一下脸颊，伸手抚摸梁石生的下巴。梁石生没有躲避，平生第一次被女人亲昵地抚摸，内心情愫激烈碰撞着，他真想把崔玉娇拥在怀里，但他努力克制住自己的情绪，慌乱中用丝帕胡乱地擦了几下脖子，崔玉娇点头望着他。二人相视而笑，都有句心里话要说，忽闻各自身后冒笑声，发现抱棉被的珠儿和拿狼皮褥子的朵儿，在偷偷笑他俩，一时间，幸福沐浴了每个人，千言万语只能留在心田，向明月诉说。

崔玉娇跟朵儿悄声耳语："多个心眼儿，问问梁爷姓甚名谁。"朵儿心知肚明，不住地点头。

三个人一前一后去了后座房，宋妈妈已把炕收拾利索，老宋头早已睡下，宋妈妈手握烟袋，坐在炕上打盹儿。

"宋妈妈，我们送梁爷回来了。"

"我抽袋烟的工夫，就打个盹儿，把铺盖搁炕上呗。"

有宋妈妈帮衬，珠儿告辞回去服侍崔玉娇。宋妈妈摩挲着狼皮褥子，啧啧称奇："天哪，这么大一张狼皮，咱寻常百姓哪见过呀！"

朵儿一脸得意儿："当年段芝贵段大爷，宴请长春宫四司八处大总管，杨翠喜邀了胡宝玉、小荣喜和我们姐姐作陪，小德张给名冠京师的四位姐姐送表礼，说准备不足仓促了，隔日又派人送了几样儿，这张狼皮褥子便是那日送来的，念叨漠北巴格尔王爷进奉了30张，光绪帝腰膝酸软，只夸巴格尔王爷眼力见儿好呢。"

宋妈妈听了一阵心绞痛，现在还有谁知道名冠八大胡同陕西巷的娇允儿，当年小王爷巴格尔每次进京参事，与贝勒爷载鹏抛掷千金力捧娇允儿，小王爷信誓旦旦承诺迎娶她，凭老王爷一句"下贱女子只配嫁王府的马鞭子"，小王爷巴格尔违背当初的誓言，烟消云散终无情，她现已人老珠黄，靠浆洗衣服做帮工勉强度日，陕西巷成了她过眼云烟的回忆，她的心冷得像冰坨，漠北草原化作浮云，只有梦里的小王爷巴格尔了。

梁石生触手摸摸："真好呀，原本是宫里的稀罕物件，姑娘真就舍得呀！"

朵儿趁机感叹一番："倒是梁爷梁爷喊了一夜，只怕明日一走，天各一方，竟不知姓甚名谁，岂不可惜了。"

待在一旁的梁石生欲言又止，顾虑朵儿也就随口一说，不敢冒失唐突。

真就把朵儿急死，偷偷给宋妈妈使眼色，宋妈妈不解其故："姑娘多虑了，梁爷自进门，就是我们这儿的姑爷，以后你们多喊几声姐夫，还愁他不来吗？"

朵儿抱起棉被砸向宋妈妈："您老今儿没喝粥吧，糊涂了，大叔没给您说啥吗？"

"咋没说呀，说闹出人命啦，疯跑的人群给姑娘撞伤了，多亏梁爷给送回来，我正合计着明天问问姑娘呢。"

"出了这等大事，姐姐寻思着不能忘了梁爷的恩德，倘若日后相见，竟不知姓甚名谁，咋好呀。"朵儿明着与宋妈说着话，眼睛不时望着梁石生。

宋妈妈不以为意："嗨，趁人还在，问问就是嘛。"

坐在炕上的梁石生听着宋妈和朵儿悄声细谈，想着惊心动魄的这一夜，崔玉娇明艳动人的容貌时刻在脑海里忽闪，扭头见宋妈和朵儿愣愣地瞅他，脱口而出"梁石生"。

朵儿和宋妈妈二人先一愣，扑哧乐了，故意装作没听清楚："梁啥？"

"梁石生。"介绍者难为情，顺势滚到狼皮褥子上，背对着宋妈妈和朵儿睡着了——真的假的啊。

第二章　初晨

清华明斋男生宿舍的三楼，睡梦中的刘明洋被梁石生和李东魁揭开被子拖下床："懒鬼，王尽水、刘婉珍他们都行动了，你还赖在床上不醒。"

刘明洋穿着单薄衣服，搓着双手翻找棉衣："学兄把椅子上的棉裤拿过来。"

李东魁拿起棉裤砸向刘明洋："真就冻死鬼托生的，看看梁石生棉衣都没穿。"

刘明洋眯缝眼打哈哈："哼哼，陷入爱河，美丽冻人吗！他典当棉衣，不妨一桩风流美事，刘婉珍女士身着呢大衣，好在清华园招摇呀。"

梁石生疾走过去，用力按住刘明洋捶打："屁大点事儿，到你嘴里，天天嘚巴嘚巴。"

刘明洋奋力挣脱开梁石生，跑李东魁身后躲，梁石生追着打，三个人嘻嘻哈哈正闹着，刘延刚、顾习武和朱家鼎三人结伴而来。

顾习武一进屋拽把椅子坐下："好嘛，现在各所学校的同学们，都去北大云集了，我仨代表中大、教会、民大三所大学，亲自来清华报到，你们居然还躺在被窝里，空想革命啊。"

梁石生表示抗议："你们调查清楚再说吧，怪刘明洋这个懒虫拖后腿，连累了我和李东魁。"

就读私立教会大学的朱家鼎摆出教授作态："燕京大学学风浓厚，到处是琅琅的读书声，可你们这几所大学劳心政治，整天游行示威这些破事，解决不了问题，大清朝签订的《辛丑条约》，北洋军政府一样遵守呀，各位必须承认，这就是当今中国的现状吧。"

刘明洋不赞成朱家鼎的观点："江亢虎在《社会》杂志发表了《社会主义商榷案——社会主义商榷之商榷》，犀利指出，'共产主义乃社会主义之中间，共产主义之作用，必须根本上改革现在之经济制度，而举个人私有者悉变为社会公有者'。"

朱家鼎跟叔父朱尔聪过活，朱尔聪经王士珍推荐，幸而成了清政府中央练兵处军令司副使冯国璋的手下，一步步升至参将之职，朱家鼎深受其教诲，他对刘明洋的观点不屑一顾："时下，俄国的共产主义学说大行其道，与中山先生的'三民主义'并不相左，游行示威只逞一时，从根本上救不了中国。北洋军脱胎于大清朝，实施的纲领，骨子里还是大清朝的那一套。"

"弱国无外交啊！八国公使提出要求五项，向北京政府发出最后通牒，大沽沙洲至天津之航道，拆除水雷、地雷及防御障碍物，保障各国海军在天津及海滨间之航道自由，严禁中国政府对于外国船舶的一切检查，否则施以武力解决。所以说，各位同学要积极研读西学，掌握运用科技发展，来增强国家的军事能力，抵抗外来侵略，这才是真正的救国之道。"

顾习武就读于中国大学，崇尚西学，尊崇"科学与民主"为救国之道，对刘明洋和朱家鼎二人争执的观点也有不同的看法："学兄们一见面就起争执，各述自己的观点，都对也不对，中山先生提出'天下为公'，天下是大家公有的，不是哪党哪派的，当前着力点是反帝反封建的革命斗争，同学们理应放弃门派之争，乃是国共两党共同奋斗的目标。"

朱家鼎气不过，刘延刚举双手热烈鼓掌，他以退为进来阐述自己的认识："本人极为赞赏习武兄的观点，富国强民不在一朝一夕，大力提倡中山先生的'三民主义'，培养民主革命人士才是现在的根本。这就是为什么我和石生只加入国民党，而不加入共产党的理由。"

刘明洋知道梁石生已加入了共青团，但没有公开，现在是双重身份，正积极向党组织靠拢，组织上严守秘密。刘明洋欲张口辩驳，无奈地咽了回去。

李东魁做个停止的手势："梁石生、刘明洋和我还要去东城区运滚筒油印机，辩论就此打住吧。"

梁石生与刘明洋把夜里刻好的传单蜡纸仔细清点一遍，郑重交给朱家鼎，与三个人握手告别。

刘明洋把红色毛线围巾给梁石生围上："寒冬腊月天不穿棉衣，冻成冰棍儿，回头让妈妈也给你织一条围巾。"

李东魁看了好生羡慕，摸摸自己的脖子哀怜："饱汉子不知饿汉子饥，人家有刘婉珍呀，顾及一下身边的同学啥感受。"

梁石生解下毛围巾给李东魁围上："刘妈妈视天下的儿女为孩子，孤苦守着明洋一个儿子，好辛苦好伟大啊！"

李东魁稀罕这条大红毛围巾，只顾对着墙上的镜子左右照美不够："咋样儿，比梁石生拉风吧。"

刘明洋照李东魁的头拍了一下，扮个鬼脸："去清华园门下撒泡尿照照自己，拉你的西北风吧。"

三人嘻哈闹起来，裤子袜子满天飞，踢翻了水盆，人滚落床上厮打，哈哈大笑一番。

18日上午，天安门广场北面临时搭建的主席台上悬挂着孙中山先生的遗像，对联撰写先生遗言"革命尚未成功，同志仍须努力"，台前横幅上写着"北京各界坚决反对八国最后通牒示威大会"。上午10点，中共北方区委、北京市委、北京总工会、学生联合会等团体，与国立八校学生会代表、全国学联驻京代表杨善南及各中学代表、中国大学、国立北京大学、国立清华大学、教会燕京大学、北京女子师范大学、国立北京中俄大学、外语专校、新闻记者联合会、马克思学说研究会、民权运动大同盟、北大平民教育讲演团、中国国民党北京执行部、国民党北京市党部、留日学生归国团、四川外交请愿团、广东外交请愿团、北京各学校教职员联合会、报界工会、北京印刷业工会、人力车工会、北京总商会等总共60多个团体、80多所学校，包括北大、清华的学生等5000多人在天安门前举行"反对八国最后通牒的示威大会"，大批各行各业的北京市民也云集于此，人头攒动，号称十万人的抗议大会，场面蔚为壮观。

各界社会团体，诸如学生会、各大学、报社、市民等，高呼"打倒反动政府！""打倒段祺瑞！""打倒军阀！""推翻段执政！""建立国民执政委员会！""取消《辛丑条约》！""取消不平等条约！"等标语口号。

传单抛向天空中像飞舞的雪花，飘向人潮，飘向天安门广场的各个角落，飘向大街小巷，传递到人民手中。

传单内容简练犀利，铅印黑色标题，"同胞快醒、同胞……快醒""警告，此次抵制日货要始终如一，勿为他人所笑""誓死抵抗，还我青岛""五月九日，勿忘国耻""请看亡国之后惨状"等。

各团体挥舞着自制的彩色旗帜，口号声此起彼伏，汇成怒吼的海洋，大游行的人们高亢、兴奋，呐喊着。

刘婉珍光顾着捡拾散落地面的传单，不承想却与同学们失散了，她翻阅着手中的传单，百感交集，漫天飞舞的传单，正是她与同学们夜以继日付出的辛勤汗水啊。她娇小的身体被裹挟在人群中动弹不得，她努力推开前面的人群，急切地寻找熟悉的同学，攒动的人群中好容易看见了孙美熙，她用力挥舞手上的彩旗："美熙——美熙——"

孙美熙挥舞彩旗扭头望去，惊喜高喊："哎呀，婉珍——婉珍——"

二人努力挥舞手中的彩旗，奋力朝对方挤去，"对不起，请让一让。""诸位同学、诸位同学，让一下。"

刘婉珍、孙美熙终于拥抱在一起，笑啊、跳啊、欢呼着："今天游行太壮观啦！人民开始觉悟了！"

　　"嘿！看看我身后吧。"孙美熙侧身一转，闪出一个头扎绷带的毛头小伙子。

　　"哎呀，明洋君！"刘婉珍一下子欢快起来，见刘明洋头扎绷带，伸手摸摸，"是昨天请愿受的伤吧？"

　　"不碍事，我们20名代表向段祺瑞执政府递交请愿书，与守备的军警发生了冲突，我算最轻的，被枪柄砸了一下。"刘明洋拍拍脑门，眉毛一扬，轻笑笑。

　　"北大和清华制作的彩旗，最具革命意义！"孙美熙望着刘明洋手举的彩旗，上面写着"中共北方区执行委员会"。

　　"再不是任人宰割的清朝了，人民已经觉醒了，人民万岁！"刘婉珍欣慰人民为国反帝的英勇决心。

　　"帝国主义有五条，这次大会议决八条，就是人民的心声：一是通电全国，一致反对八国最后通牒；二是通电全世界被压迫民族支援中国反对帝国主义侵略；三是督促北京政府反对并驳复八国通牒；四是驱逐提出八国通牒的八国公使出境；五是撤除津沽外国驻军；六是撤退外国在津沽的军舰；七是惩办大沽战事祸首；八是勖勉国民军严守国土。"刘明洋把宣传单递给刘婉珍、孙美熙。

　　"向女师大致敬，向女师大敬礼！"刘明洋手执旗敬军礼。

　　"冲锋陷阵，尽显北大、清华、燕大英勇，我们女生向男同学致敬敬礼！"刘婉珍大拇指伸向刘明洋，望向眼前的人海，眼神中露出一丝惋惜。

　　"你俩瞧瞧，前后左右，满眼是各大学山东籍的同学，来得真不少啊，咱们山东人，今天成了为国请愿的钢铁战士！"孙美熙不断给刘婉珍指点着山东籍同学的名字。

　　"别找了，石生没来，他必须服从命令。"刘明洋表情很沮丧，无奈地摇了摇头。

"你们仨快点吧，示威大会结束了，李教授率领大家游行请愿，必须让政府接受人民的呼声。"王尽水等四位同学挤到三人中间，催促刘婉珍他们快点跟上游行队伍。

望着浩浩荡荡的游行队伍，清华、北大、燕大、女师大的同学们走在队伍的最前面，高呼着口号："反对帝国主义干涉内政！""反对东交民巷八国公使最后通牒！""反对外国驻军！""撤除天津、大沽一带外国军舰！""反对外国军舰在中国内河航行！""反对帝国主义的工具奉系军阀！""勖勉国民军坚守大沽炮台！""驱逐签署最后通牒的八国公使出境！"

"婉珍、美熙，你俩的彩旗杆太细了，不利于保护自己，刘延刚拿你的换换。"说话间，王尽水和刘延刚把自己手上的彩旗与刘婉珍、孙美熙调换过来。

七八个朝气奋发的火热青年，勇敢地奔向请愿示威的游行队伍。

清华学堂校园的建筑风格，中西文化荟萃，占地面积450余亩。原是清小五爷奕譞的王府，清华园原是皇家园林康熙行宫的熙春园。清华园牌坊，青砖白柱三拱"牌坊"式建筑，古典幽雅，门楣上刻着清朝军机大臣那桐题写的"清华园"三个大字。机械科生的梁石生神情失落，低着头，身子倚靠在牌坊左侧白柱旁，望着行色匆匆的同学们，心中涌出莫名的惆怅。

梁石生，山东峄县人士。峄县地处鲁南，煤炭蕴藏丰富，早在元至大元年已有人在此地掘窑采煤，至清朝北洋大臣洋务运动蓬勃发展，光绪帝和慈禧太后照准续开枣庄煤矿，使得偏安一隅的峄县声名远播。

梁石生先人是峄县的名门望族，崔、宋、黄、梁、金、李、田、王等八大家为最。靠山吃山，靠水吃水，枣庄地下煤炭储量惊人，煤低灰分、低硫分、高发热量，因此峄县名门望族的八大家，多以煤业起家。到了梁石生这一代，虽为梁氏后辈，憾在梁石生的爷爷吸食鸦片致使家道中落，梁家男士靠帮富足梁氏族人打理煤炭销售账务养家糊口。

家贫日薄，父亲梁步严的哀怨与母亲梁许氏的泪水，激发幼小的梁石生立志做一个振兴家族的扛鼎之人，但一次次现实的无情，打碎了少年的梦想。

梁氏宗族致力于宗族昌盛，寄望梁氏后辈走仕途经济，广招氏族子弟进梁氏私塾，梁石生头悬梁锥刺股，饱读圣贤书，一目十行，吟诗对联出口成章。塾师逢人便夸其"乃后辈之楷模，国之栋梁，可造之才焉"。

疯传日甚，峄县地域奉若神明，神童耶！

峄县城望族王家，祖辈是安徽歙县人，靠取盐引贩盐起家，秉承徽商理念亦商亦儒，重教兴学成为徽商普遍共识，王氏祖辈高瞻远瞩，尤其重视对下一代的培养，在家乡兴建书屋，督促子弟读书，教育本族子弟，期盼后辈鲤鱼跃龙门奔仕途，成为家族的政治靠山，以此来振兴家业。王氏祖辈下重金拜访天下名师，兴办王氏宗族私塾，激励晚辈做个饱读诗书的学子，积极科考，过关入乡试、会试，光宗耀祖，进保和殿应试，成为国之栋梁。王氏族人王广崇，字寿昌，高中举人又中进士，搭上大清朝废除科举的末班车，官至南京都察院右佥都御史，奈何末世的大清日薄西山，经济凋敝，军队涣散，政局动荡，加之吏治腐败，致使国家内外交困难以自拔，王广崇不堪官场派系林立相互掣肘，忧愤洋务派遭守旧派碾压，他论述了《通筹夷务全局酌拟章程六条》自强策略。恰逢盛宣怀将汉阳铁厂、大冶铁矿、萍乡煤矿合并，成立"汉冶萍煤铁厂矿有限公司"，他身为公司总经理，正为缺乏管理人才发愁，看了王广崇的"自强""求富"理念，正契合他经济强国的远大抱负，于是上奏朝廷，把王广崇招至麾下，王广崇迎来他人生第二次高光时刻。世事难料，1911年10月10日，武昌起义爆发后，盛宣怀支持袁世凯出山，犯了保皇党众怒，早就对他心怀不满的官员趁机弹劾，谴责他实施的收路政策，才是动乱的导火索，盛宣怀被革职，永不再用。

王广崇受牵连，辞官归隐。族叔王福田在峄县枣西开煤窑，经营隆兴钱庄，城南北大街南北段开设酒店、油坊、磨坊，沿街开设钱庄、粮店、当铺，东西巷街两侧是日用品百货商铺，几乎满街的店铺不动产，皆归王举人家"恒隆"资产。

恒隆鼎盛时期，占地 260 顷，广布峄县的四个区，南到运河船埠村、北至郭里集花庙、东绵延到吴林乡、西到王庄，共有 19 个外庄子，各外庄专设管家，经收土地租赁款，动用枪支弹药，武装家丁多达 200 人，成立护卫、保家局，其家业之大，聚财之广，富可敌城，在峄县当地冠以"王半城"。奈何国家危亡，时局动荡，鲁西南匪患日益严重，峄县地域尤甚，峄县知县谢熙打着抗匪名头任意增加田赋税，大肆敲诈引发民怨，秀才张希才怒斥县衙不顾民生抬高银价，带头抗税，知县谢熙令衙役拘捕张希才，八大家的梁氏族长梁步渊，对县衙增加田赋税义愤填膺，得知亲戚张希才抗税身陷牢狱，他联合各庄势力，率郭北社众保家局子，大闹峄县大堂，闯进县衙内宅搜找知县谢熙，寻不见县令，便逼迫谢熙夫人交出官印，躲在厢房里的女儿谢安卿，见母亲被狂徒围在堂屋发出呼救，惊吓过度的谢安卿旋即上吊自尽。众人看闹出人命，又寻不见县令谢熙，吓得六神无主，梁步渊盘算着王福田乃官宦出身，平日里与谢熙素有往来，跑了和尚跑不了庙，料定谢熙是躲在王福田家里，他振臂一挥，率众直奔王福田宅邸，从此王、梁两家结下梁子。王福田背上剿匪士绅名头，各路盗匪也伺机报复，叫嚣攻陷峄县县城，砍杀王半城，各处恒隆商号遭骚扰损毁严重，王氏产业遭受前所未有的重创。

峄县八大家财力影响着峄县经济命脉，王氏富甲一方，财力为峄县八大家之首，三十年河东，三十年河西，王福田与梁步渊恩怨家仇，耗尽了后半生的精力，偌大家业靠他一人苦苦支撑力不从心，不忍心王氏家业毁于自己手里，正交困之际，本家侄子王广崇辞官归来，让愁眉不展的王福田喜上眉梢，家族事业后继有人，侄子家的基业厚实，老家安徽歙县祖上留有田产茶园近 600 顷，王广崇的哥哥王广利和其弟王广牟，在鲁西南做茶叶生意，全仰仗他不遗余力地照应，加之兄弟俩上有王广崇铺设官道，生意异常兴隆，在峄县置办宅邸商铺。近些年，峄县枣庄煤炭走运河销售，滚滚红利诱人，兄弟俩投资万两白银押注航运，家业昌盛直逼八大家。

王广崇褪去官服，携家眷及仆人共 27 人，雇单套马车 2 辆，单套骡车 4 辆，坐长辈、妇孺、管家、师爷等，双套敞车 5 辆，坐从、杂役和家具物品等，车由南京到杭州，由运河坐船至台儿庄码头下船。

峄县县长唐广廷闻风而动，亲自登门拜见王氏兄弟，商议迎接事项，其兄王广利按照家书算准了日子，其弟王广牟备齐轿子车马，负责门前伺候王氏长辈行程。提前一天浩浩荡荡奔往台儿庄，一行人先在驿站落脚，第二天午后，早早来到台儿庄码头，翘首以盼。

王广崇下得船来，人未站稳，撩袍向王福田等跪地行礼，跟来的晚辈连忙帮其扶起，叔侄相见未语泪已流，免不了一番慨叹："贤侄儿才智贯通四海，踌躇满志之际，解甲归田，岂不痛哉！"

王福田挽住王广崇的手，给县长唐广廷引荐："贤侄儿荣归故里，从今往后仰仗县长恩泽庇护了。"

县长唐广廷忙行礼："王大人威名远扬，谁人不知，谁人不晓啊！"

众人哈哈大笑，王广牟招呼车马穿梭其间，排列好一旁等候。

王广崇满脸惭愧："寿昌不才，唐县长一定要免尊，鄙人已是归隐之人，岂敢在叔辈跟前作伥作势，上愧朝廷重托，下愧家乡父老殷切期盼！"

"贤侄儿啊，此乃天意，人生得意忽略不计，贤侄为国家呕心沥血，上苍感念，此番归故里，乃王氏家业重振雄风之际呀。"

"寿昌无颜，拜叔父提携所赐，侄儿每一步战战兢兢地遵循前辈的脚印，不敢唐突恐半步闪失，父母在世时，侄儿身为朝廷命官不能尽孝，承蒙叔父慈悲，常年不辞泽被后世。"

"贤侄儿，言过其实了，蒙祖上恩泽，吾辈发愤图强，仕途经济方坦荡绵长，老朽还望贤侄久居峄县，为后辈开拓基业。"

"兄长一直打理歙县的祖业,下个月便回安徽,家舍由俺和老三料理。"

"好!好!"望着一干后辈儿孙,王福田已哽咽得说不出话来。

众人聚拢相劝,回家再叙浓浓亲情,唐广廷亲自搀扶王广崇坐稳轿子,大家陆续上马的上马、坐大车的坐大车,直奔峄县县府,唐广廷为表地主之谊设盛宴款待。

峄县的王家已今非昔比,连续一个多月,王广崇跟在王福田身边走遍了峄县地域的煤窑、隆兴钱庄,城南北大街南北段开设的酒店、油坊、磨坊,沿街开设的钱庄、粮店、当铺,东西巷街两侧日用品百货等各处的恒隆商号商铺,偌大峄县十有八九是恒隆的不动产,这让王寿昌内心感叹不已,王氏产业俨然是个独立的金融王国。王福田年事已高,呕心沥血苦撑打拼家业,奈何鲁西南匪患日渐成势,钱庄商铺屡遭劫掠,苦于不能抽身安享晚年,好在王广崇纵横官场十几年,打理过航运、煤炭、钢铁产业,熟知商海沉浮,现今脱离官场束缚,是接盘打理王氏产业的不二人选。王氏宗族几经商议,对年近40岁成熟稳重的王广崇甚感满意,推举王广崇为恒隆商号总会长。

新会长接盘,先着手整治分布在峄县四个区迫在眉睫的治安问题,南到运河南福银庄西南、北至郭里集东北、东到苏家埠东南,西至永安夏庄西北,现有17个外庄子,各外庄的管家账房悉数调整,经收的土地租赁款账目一一核算,招募200多名18岁至30岁的武装家丁,解决保家局兵勇不足问题,缓解了各处钱庄商号兵匪骚扰局面,又联络鲁西南地区菏泽、济宁一带红枪会,亲自登门拜访了玄门、坎门、离门、乾门等派系会长,纵横联手,加强防御攻势,为商道货运的安全畅通,给予强有力的保证。春夏秋冬,经过十多年的经营打磨,恒隆商号恢复元气,回归兴盛正轨,王广崇步入商业辉煌,被当地人奉为活财神。

1912年11月30日,政府建立不久,盛宣怀从日本横滨回到上海,在上海租界中继续主持轮船招商局和汉冶萍公司。回到上海的盛宣怀首先想到了王广崇,王广崇不忍辜负前辈提携,即赴上海与之相会,表明心已成灰，立意不再涉足官场，恳请前辈体谅晚辈不才。盛宣怀岂肯放手不可多得的人才，暂且忍一步，允他为轮船招商局名义董事，参与筹建事务。碍于恩师眷顾提携，王广崇推辞不过，只能应允恩师厚爱，频繁在上海、南京、台儿庄三地往来。途经杭州采买丝绸完毕，协商因漕运煤款产生的纠纷，在杭州绊住脚，一连几天跑码头，几经交涉，这位负责运河航运督办的竟然是恩师旧部，早年在恩师邮传部谋差的赉章。此人三十多岁，个头适中，人干净，五官单薄不讨人嫌，谈漕运头头是道，道自己熟知船政事务、王广崇欣喜结识才俊，不胜感激，竭力邀请由运河经台儿庄到峄县走走，赉章感激不尽，闻王广崇就任过南京都察院右佥都御史，乃峄县响当当的王财神，仿佛茫茫大海上漂来一条救命船，恨不能立即跪拜，王寿昌急忙搀扶起。赉章拍胸脯承诺："御史大人信得过晚生，只要晚生在此，不辞绵薄之力，凡恒隆任何船只过杭州渡口，畅通无阻。"

"感激，感激啊，仰仗督办鼎力支持，恒隆再无忧虑了！"

"区区小事，不足挂齿，日后晚生若有相求，恳大人泽恩永驻啊。"

"凡是督办看得起，恒隆发达，自然同荣同贵，休再提及恳字。"

聊得酣畅，少不了美酒助兴，二人同时想到了西湖楼外楼，一干人簇拥二人，携手同游西湖走断桥，登上西湖第一楼俞曲园，各自吟咏一首西湖的宋词，诗词未尽，喉咙涌起酸水，你一言我一语聊起西湖醋鱼、东坡肉、龙井虾仁、叫花童鸡、宋嫂鱼羹，美酒佳肴让一干人失了诗兴，倒泛起酒兴来，大踏步走向楼外楼。

赉章乃朝廷缉拿要犯，遁入杭州隐姓埋名十来年，诈骗购置12艘商用货轮巨额资金，养活三辈子没问题，庆幸大清朝落幕，你方唱罢我登场，当年轰动江宁秦淮河北岸贡院街徐记茶庄的特大诈骗案，湮没在岁月的尘埃里。赉章感觉市面上风平浪静，靠他三寸不烂之舌，游走杭州12家航运公司，依靠航运公司经营杭州以北运河的航线，他不愁白花花银子没处花，凭自己精通航运业务，他选择了悬挂英国旗的公茂轮船公司，高悬的英国国旗下便于隐匿，胆子也渐渐地越发大了。他招摇过市混入杭州运河航运成了督办，害得茶商徐茂根一家妻离子散、家破人亡，两个女儿花儿朵儿，被折价卖入青楼。

楼外楼近在眼前，王广崇、赍章相互谦让进入饭店。

酒过三巡，大家开怀畅饮，言语放开，相互恭维，献媚之词不绝于耳。

"大人不为功利迷茫，实业救国，为商界的俞荫甫啊。"

"督办言过其实了，实乃靠赚取蝇头小利的商人罢了。"

王家师爷王布丁趁机献媚，"我家老爷进士出身，才高八斗，王氏这一脉凤毛麟角，贵婿乃峄县第一神童啊！"

神童原名梁食升，后上京城入清华学堂，因女同学嫌弃他名字庸俗改成了梁石生。当初峄县人云亦云，把才智过人的孩童传言成神童，传到王广崇师爷王布丁耳朵里，变得越发神奇。他啧啧称奇梁氏出了个小二郎神，比齐天大圣孙悟空多了一般变化，时常在王广崇耳边吹风，言梁石生熟读诗词歌赋，提笔挥毫行云流水，心智超群，生得韩湘子容貌，说得王家上下无人不知无人不晓，若是亲戚登门，更是吹嘘得有声有色，堪比韩湘子重返人间。

王广崇纠结王、梁两大家积怨已久，斗来斗去，两家彼此纠缠，商路怕不平，其结果两伤俱败。奈何另外六大家冷眼看热闹，就盼着王、梁两家斗得两败俱伤，他们得利益。王广崇苦于找不到破解之道，嫉妒这个梁氏后辈，极为慨叹，感伤王氏宗族后辈无良才。

王布丁捋着下巴上一小撮整齐的山羊胡子，摇头晃脑道："老爷家财万贯，披金挂银，破费点小钱，招进府来，天作佳成，定娃娃亲，自当养半个儿子，此乃王梁两家的破冰之路矣。"

"师爷所言极是，正合本公心意，择日不如撞日，即刻安排内眷，托媒人讨来生辰八字，推算属相是否般配。"王广崇容颜大悦。

王广崇主意拿定，他一路寻思着直奔内宅，向正妻吕氏言说选了一门好姻缘。梁氏望族常常拿梁步严的儿子吹嘘炫耀，吕氏自然晓得，可等吕氏闻丈夫自作主张，要把女儿许给梁家做儿媳妇，内心不爽，安排佣人找来二房许氏，说了心中的顾虑："老爷素来独断专行，两个儿子的婚约，由老爷一言九鼎，咱们娘们儿呀，哪敢多一言啊。闺女大了不中留，任由老爷许配人家，总该先给当娘的说一声吧。"

偏房许氏也一肚子怨气，大女儿王佑莲和二儿子王守业是自己生养的，一双儿女不如正房生养的金贵，儿子选的人家也不入流，寻思着大房大倒苦水，瞧这眉目哀怨，是在埋怨老爷行事武断，擅自定夺儿女的婚姻，只是这次相中的梁家，老爷在床笫间向她吹嘘不少，自然欢心梁家选王佑莲，也算是自己生养的闺女，好歹许配书香门第的人家。"大娘贵为福气人，何必暗自神伤，饶是老爷相中的人家，咱王家的三个闺女金枝玉叶，一准选作东床快婿。"偏房许氏内心欢喜，擎等着换帖子，梁家人上门提亲，闺女王佑莲说了一门好婆家。

老爷王广崇一言九鼎，他言梁家是贤德人家，家里的上上下下谁敢不服，吕氏哪还敢有半句怨言，默许与梁家结成儿女亲家。

王广崇当即安排管家张守忠和师爷王布丁，备了厚礼去寻雷村的刘媒婆保媒拉纤。刘马氏是吕氏三姨奶奶的二闺女，视作远房二姨。刘马氏打小就好吃懒做，嫁了个大烟鬼，生养了三个孩子，仅活了一个儿子叫恶应，不等儿子成年丈夫便死了，刘马氏眼看着公公婆婆先后被活活饿死，母子俩不能眼巴巴地等死呀，也就认了穷苦命，跟她娘学神婆下神，她自己头脑活泛，操起媒婆生意，渐渐地远近闻名。

梁石生出生于1905年2月3日，农历甲辰年，腊月二十九除夕，时逢5岁。王家的大女儿与二女儿都属鼠，月份相差半年；四女儿1岁属猴。

属龙与属猴结姻缘最佳，与属鼠的也是上签，梁家长辈相中正房10岁的王佑纯，姑娘大五六岁正当时，正好照顾未来夫婿。

梁家喜极王家富甲一方，靠王家羽扇纶巾装门面，长辈皆满意。选吉日换帖，梁家先遣刘媒婆向女方议聘，将议定聘金及新郎的庚帖放入小匣子内，并用红布将小匣包裹，连同彩礼纹银、衣物、食品等，梁家长辈在刘媒婆指引下下聘礼到女方家。王家收下聘金、彩礼和男方的庚帖后，将庚帖放入原匣内，连同回送的衣着、嫁妆、喜果等由媒人转交男方家。商议3年后缔结秦晋之好。

天不可测，连年祸事，国恨家仇，大清不复存在，王家与梁氏望族，因官府苛捐杂税、修枣台铁路等结下梁子，致使婚期一拖再拖。

1912年，大清覆灭，峄县百姓们倒没有惶惶不可终日，只是对官民改着汉服、男子剪掉长辫、女子不许缠足不忿，民间抵触情绪很大。200年过去了，汉服湮灭在历史长河中，把长衫截一半，衣衫长短不伦不类，走在大街集市上，人们衣着打扮得五花八门；百姓们剪断辫子，后脑勺头发蓬松像个鸡窝；缠足的依旧走莲花步，放足的又偷偷地裹脚；加之赶上军阀割据混战，民不聊生，百姓们念起大清的章法，没了皇帝无法无天，草头王扛火枪坐龙椅，为非作歹，由南到北，到处是炮火连天。

举国上下都在期盼，再出个指引国民安居乐业的圣主明君。治国安邦，让经过西方洗礼的知识分子广开思路，历经变法维新等，西方的科学民主成了挽救旧中国的一剂良药，可随着十月革命一声炮响，带来了马克思列宁主义，唤醒了一大批真正意义上为中国劳苦大众求解放的革命者，他们像黑暗世界里的一盏明灯照亮了神州大地，一个崭新的世界即将拉开大幕。

同盟会在峄县成立分会，清末秀才张希才思想活跃，积极推动当地士绅加入同盟会。张希才与梁氏族人联姻亲，闻听梁石生阅文章过目不忘，对算学理解格外透彻，他便亲自登门游说梁石生父母，言明科举八股早已被废除，不如送儿子入新学，堪当国之栋梁。

峄县高等小学堂校长龙吉三，老同盟会会员，他不畏强权奔走呼吁民生，使得民主进步思想得以广泛传播，快速在峄县这片土地上生根开花了。

龙校长久闻神童梁石生年少聪慧，时常把一些新文化新知识灌输给他。梁石生聆听龙校长的教诲，挑灯夜读《革命军》《扬州十日记》，第一次读到《申报》《大公报》《东方杂志》等进步期刊，龙校长鼓励梁石生走出去，走出家门。憧憬美好理想的少年，从此踏上了北上寻求真理之路。

旧的观念早已在人们心中根深蒂固，反对者坚决维护封建礼教，断发易服，妇女放足，上层显贵坚决抵制。峄县百姓对剪辫放足举棋不定，每每听到哪村哪户的媳妇或女儿因抗争放足殉命，搁到今日，真是难以想象。王财神的正妻吕氏恪守礼教，信奉女子无才便是德，着意三纲五常来调教女儿。二女儿王佑纯生得美人坯子，樱桃小口、瓜子脸、杨柳细腰、三寸金莲。

王佑纯正值12岁，家境优渥，人生得像盛开的海棠花，性格刚烈叛逆，极为崇尚新潮，入新学堂接受新思想，私自放足。峄县夹在运河与中兴煤矿公司之间，摩登新派西洋风气极为盛行。王佑纯对于家庭包办的婚约坚决抵制，喜好穿枣庄洋街布衣店缝制的新潮衣料，将袄身缩短，腰身收紧，拆了裹脚布，穿上皮鞋，手挽姨哥于洪奎四处乱跑，王家亲戚的脸全被她丢尽了，祖辈亲戚登门指责。王家名门望族，族规严明，祠堂石碑矗立"族规""三纲、六纪"，二闺女早已许配了梁家，唯恐传出门风不严，王家人马不停蹄地赶往梁家，商议拜堂事宜。王佑纯闻听坚决不从，只因她心中懵懂藏了一个人——姨兄于洪奎。

于洪奎与姨妹王佑纯两小无猜，在嬉戏亲昵间长大，两家的母亲是一母同胞的亲姐妹，想必两个孩子不会有啥出格的事，但藏了心事的两个孩子，隔三岔五见一面，难免不生出事端来。当王佑纯对母亲说出了心里话，着实把吕氏吓着了，守着女儿面前坚决不允许，当爹的闻听女儿私订终身，简直是奇耻大辱，便大发雷霆。

家人把王佑纯锁在二楼的闺房里，一日三餐不许下楼，派仆妇严加看管，王佑纯在二楼上哭喊抗争，绝不受婚约约束，固执地要跟于洪奎去上洋学堂，离开峄县，逼父母向梁家退掉婚约。这若传到婆家如何是好！

吕氏哭天抢地，数落咒骂不孝的二女儿，任凭谁劝也不行。王佑纯不屈封建礼教，居然逃出家门跑到了台儿庄，向思想开明的大姨家寻求帮助，不料姨妈与母亲一个鼻孔喘气，看不惯王佑纯不缠足，露出一双穿皮鞋的大脚，不伦不类不说，这算哪门子大户人家的小姐啊，姨哥于洪奎躲着不见她，大姨家的人撺她走，真就把王佑纯逼得无路可退。

王佑纯懵懂年少，仅靠她的微薄绵力，何以撼动2000多年的食古不化，她哭泣绝食无济于事，反遭来亲戚们的齿冷嘲讽，拿三从四德说教，如同一道道枷锁吞噬着她。高墙困住她人，锁不住心，王佑纯末了投运河而亡。

无妄之灾的婚姻，把一个鲜活的生命葬送在运河里，王家深感愧对梁家。梁步严认为换了帖，即便是人没过门，也是梁家的媳妇。前走旗锣伞扇，鼓乐齐鸣，后有人马相随，梁石生披红插花、穿缎靴、戴礼帽、坐绿网官轿，抬龙凤喜饼、喜果、纸糊的衣服、首饰，花轿一乘随行。迎至女家通亲，四妹捧上二姐的照片。

拜天地，坐帐，成婚，没过门的王佑纯得以葬入梁氏坟茔。

梁家深明大义，举办冥婚，轰动了峄县县城，感动了父老乡亲，乡绅名士为其点赞。

王广崇行举人大礼，跪地向梁家人感激，他泪水纵横，吕氏后悔莫及，哭昏数次，感念梁家人深明事理，大义人家。吕氏为完成二女儿夙愿，拿出嫁妆钱，执意送女婿梁石生进京求学，上高等洋学堂。

第三章　呐喊

　　北京各界参加反对八国最后通牒示威大会的代表、学生、群众，从天安门出发，游行队伍声势显赫地经东长安街、东单牌楼、米市大街、东四牌楼，口号声此起彼伏，浩浩荡荡进入铁狮子胡同东口，云集在段祺瑞执政府门前广场请愿，"反对帝国主义干涉内政！""反对东交民巷八国公使最后通牒！"

　　示威群众公推王尽水、刘延刚等代表，走向政府大门，紧闭的大门前，站着数百名排列整齐，身着新军冬常服的卫士，头戴士兵常服帽，横向六排，东西向两排。

　　20名示威代表手持请愿书，勇敢地走向荷枪实弹的卫士，"请你们打开大门，我们代表广大的市民，向总理递交请愿书。"

　　一排排荷枪实弹的卫士，一个个面无表情，像庙堂里的泥塑门神，面无表情地冷眼对视请愿代表。

　　请愿代表与卫士几番交涉，毫无结果，负责守卫的士官，站在三排卫士后面，昂首挺胸倒背手："请你们后撤，散开，否则军法处置。"

　　维持请愿队伍的组织者，手持扩音长喇叭："段祺瑞出来，国务总理贾德耀出来，听听人民的呐喊！"

"外争国权，内惩国贼！"

"取消二十一条！"

"拒绝和约签字！"

"反对东交民巷八国公使最后通牒！"示威群众挥舞着拳头，口号声此起彼伏，一浪高过一浪。

清华校园人去楼空，冷冷清清，梁石生静静地坐在连椅上，整个人似乎沉浸在书本里，书本里夹一张四寸刘婉珍半身近照，身着五四以来流行的文明新装，浅蓝色大襟衫袄腰身窄小，盘纽扣，衣长不过臀，袖短沿肘呈喇叭形，露腕七分袖，衣摆圆弧形，相配不带花纹的黑色长裙，裙长及踝，后渐缩至小腿上部，没有佩戴耳环发簪，齐刘海青年头。

初入北京，满怀少年情怀的梁石生，正赶上轰轰烈烈的五四爱国运动，历经火的洗礼，革命的火种点燃了梁石生的心灵。

北京各个大学、学校成了进步思想的摇篮，抱定宗旨、改变校风、思想自由、兼容并包、教授治校、民主管理，但封建传统思想仍然占据上风。

梁石生在这种革命思潮中成长，他对革命、民主、自由的理解，局限于他的旧思想基础上，也徘徊犹豫过，直到遇见改变他一生的一个人。

1925 年，在声援女师大学生复校宣言集会上，女师大几个女生搬运宣传品，体力不支，正在发愁，恰巧一位高个子的男生站在她们身边。这个男生相貌堂堂，英挺的眉毛，高挺的鼻梁，双眸深邃，几个女生看见了哈哈笑，便怂恿孙美熙去把男生招呼过来帮忙，孙美熙执意让刘婉珍去请，刘婉珍很大方，向男生走过去："大个子，傻站着干什么，快来帮我们搬书呀。"在这群望着他哈哈笑的女生中，梁石生有幸结识了大他一岁的刘婉珍。

刘婉珍秀美可人，声音婉转，一身文明装，特别飒爽有朝气。梁石生不觉看呆了，而一大群活泼可爱的姑娘，围住他一个劲儿地哈哈笑。

"刘婉珍，瞧他呀，长得像大卫。"孙美熙上下打量着梁石生，非常满意这个大个子男生。

"哪儿人啊？"徐素青问道。

"山东，峄县人。"梁石生羞红脸，手足无措。

"怪不得，山东大汉啊！水泊梁山，出草莽。"刘婉珍逼近梁石生，仔细打量，"顶天立地的大个子，模样儿羞答答的，不是本姑娘喜欢的类型。"

"俺家里，有、有妻子。"梁石生结结巴巴说着。

女生们彻底笑开了锅，有的笑弯了腰，捂肚子喊痛。

这一年说长不长，梁石生喊着"婉珍姐"，积极投入学生运动。每逢课闲或星期天，常常不离刘婉珍的左右，《新青年》等革命报刊，成了二人间不二的话题，他和刘婉珍研读新思想，谈论新思潮，与同学们为唤起四万万同胞，走上街头，积极宣传爱国、进步、民主、科学精神。

梁石生通过刘婉珍结识了不少进步人士，接触到了马克思主义的革命真理，俄国的十月社会主义革命成功，让饱受侵略压迫的中国人民看到了光明和希望，更是震撼了梁石生的心灵。梁石生义无反顾地投入革命的洪流中，把宣传革命思想的任务，视为己任，行走在通县、顺义、密云、怀柔、昌平、大兴、宛平、良乡、房山、蓟县、香河、三河、平谷，在宣传革命真理的队伍中，梁石生总是走在队伍的最前列。

每日为革命工作奔走的梁石生，日益消瘦，刘婉珍看在眼里，爱在心底："这趟蓟县还顺利吗？"

"嗯，该去的都去了，就是那里匪患太严重。"梁石生望着刘婉珍甜甜一笑。

"所以，我和孙美熙呀，今天要犒劳一下大英雄，说吧，想吃什么？"刘婉珍与孙美熙二人挽手笑起来。

"炒肝、爆肚、面茶、焦圈、艾窝窝、糖火烧，任你选。"孙美熙瞪大眼睛望着梁石生。

"下乡这阵子水土不服，肠胃不太好，我就吃炒肝、糖火烧吧。"梁石生不好意思，嘿嘿两声。

"刘婉珍，你不能光请他，我要吃驴打滚、豌豆黄。"孙美熙表示反对。

兴高采烈的三个人，忘了自我，忘了寒冷，轻装直奔护国寺享受美食。

深秋夜寒，梁石生穿得单薄，连日劳顿不曾休息，油水再不足，加之年轻人嘴壮，凉的热的，甜的稀的，尽情开吃，明知下乡冷饭凉水充饥，饱一顿饥一顿，自己肠胃再不济，填饱了一肚子甜酸小吃，回去路上，肚子闹革命，肠胃一阵阵发痛，可就由不得他控制了。

孙美熙吃得很美，不停跟梁石生嘻嘻哈哈，取笑他如进高老庄吃馒头，不论个论蒸笼屉。刘婉珍倒是看出梁石生头冒虚汗，哭丧着个脸。

"看你脸色不好，估计这阵子太累了，回去早点休息吧。"

梁石生闹肚子碍面子，回去路上强忍着，三个人再没钱坐车，走不到一半路程，肚子可就憋不住了，"我屙肚，哎哟！去哪儿！"

"啥是屙肚？"刘婉珍不解峄县土话。

"哎哟、哎哟哎哟！"梁石生捂住肚子，原地打转。

"下神啊，快走吧。"孙美熙催促道。

"啊——拉肚子啊——哎哟、哎哟哎哟——"梁石生这下可惨了，提紧裤子也撑不住了。

等刘婉珍、孙美熙弄懂屙肚是拉肚子，梁石生拉了一裤子，两人这才慌了神，是笑也不敢笑，没法子当掩护，让梁石生跑胡同拐弯墙根底下解决。

梁石生脸丢尽了，哭丧着脸，双手提裤子走出来："这咋回去啊！"

"你回去不回去，跟我们说啥呀。"孙美熙不耐烦地说。

"就是，裤子里面也有。"梁石生没法子，实话实说了。

刘婉珍和孙美熙同时"啊——"了一声。

孙美熙气得捂鼻子，刘婉珍善解人意，梁石生要这样儿回去，糗大了，执意要梁石生换洗，请孙美熙帮忙轰走宿舍里的同学，二人偷偷溜进女生宿舍，孙美熙把门，梁石生难为情："婉珍姐，你、你出去会儿。"

"我都不怕，你怕啥。"刘婉珍端来一盆热水放下，走到梁石生跟前瞧瞧他，莞尔一笑，伸手就解开他的裤腰带。

裤子被刘婉珍褪下来，梁石生紧闭眼睛，牙齿咬得咯吱响。

刘婉珍笑死了："瞧你吓得，好像一辈子没见过女人似的，快去洗洗。"

屋里传出的笑声，让屋门外的孙美熙愈发好奇："刘婉珍，笑啥啊？"

刘婉珍笑着冲门外命令道："没你的事，好好站岗，我等着杀猪哪。"

屋里二人嗨嗨嬉闹声，门外的孙美熙听了百爪挠心，"嘣嘣、嘣嘣、嘣嘣"敲裂了门。

真怕孙美熙破门而入，二人放孙美熙进屋来，梁石生腰围碎花大红床单，人发窘地坐凳子上，刘婉珍神色淡淡，收拾着脏内裤。孙美熙审贼般看看他再看看她，刘婉珍挽袖子，端一盆衣物出去。

孙美熙哼哼两声，冷眼望着梁石生："还有脸笑呀，贪嘴吃坏肚子，躲女生宿舍丢人现眼。"

梁石生小声吭哧："俺声明，本人喝不惯北京豆汁。"

明摆着在强词夺理，孙美熙抢白他："驴打滚、豌豆黄填饱了肚子，喝了两碗酸豆汁，不跑肚拉稀才怪呢。"

梁石生失笑了："都是你俩存心害俺，知道俺肠胃不好，一个劲儿逼着俺吃。"

孙美熙挥拳砸向梁石生："不怨你馋狗牙喝凉水吧，枉费姐姐们的好意，单单为了请你吃好的，估计刘婉珍这几天得饿肚子，钱都花饿死鬼身上了。"

梁石生不言语了，由着孙美熙肆意奚落："倒霉蛋，刘婉珍看你光屁股了，丢人！"

梁石生脸绯红，努力辩解着："别那么下流，她背过身了，不信你去问她。"

孙美熙咬咬嘴唇，伸出食指点点梁石生脸颊："问她，我还是问你吧，她笑什么呀？你故意拉肚子，她忙着帮你洗屁股，骗谁啊，呸！"

梁石生可怜巴巴地举起双手，讨好地苦笑着："好好，俺投降，俺说啥你也不信，只求姑奶奶保守秘密。"

孙美熙倒背手，红扑扑的脸蛋摇着头："这口气还差不多，咱下次什么时候拉肚子呀？"

梁石生不解，瞪大眼睛，张大嘴："啊？"

二人各怀心事，磨叽嬉戏，梁石生只得任由孙美熙追着打闹，他尴尬得无处躲藏。恰在这时，刘婉珍端一盆洗好的衣物进来，"在外面就听见你俩的打闹声，这会子还不消停呀，孙美熙过来帮帮我。"

梁石生嘿嘿乐："孙美熙，她问俺下次什么时候拉肚子。"

刘婉珍气不忿儿，把手上的水甩向他俩。

孙美熙抱住头"哎呀哎呀"喊，跑到门口："一股酸臭味。"

仿佛戳穿了心事，梁石生和刘婉珍脸羞红了，刘婉珍自怨自艾："石生呀石生，装满了不拉肚子才怪呢，叫石生就不拉了。"

孙美熙撇撇嘴："叫你的梁石生好了，我才不想当电灯泡呢。"她一转身，便飞跑了。

刘婉珍追出屋门外："帮我把徐素青的炭熨斗拿过来，听见了吗？"

跑远的孙美熙，高声回应着："没听见！"

刘婉珍爱这个山东籍的小伙子，高大英俊、随和腼腆、沉默寡言，总是静静地聆听你的歌声、笑声、话语声。

"石生，你为什么要学机械科呢？"刘婉珍喜欢把手放到梁石生大大的手掌中，常嬉笑他山东大汉，头脑简单。

"婉珍姐，我的家乡峄县有石榴、长红枣、煎饼、缸贴子，大片的煤田啊，好像取之不尽用之不完，挖啊、挖啊！"梁石生瞅四下没有同学碍眼，托起刘婉珍纤细的小手，用嘴唇去触碰，淡淡的香气，他试着轻轻咬住。

"哈哈，笑死我了，像个啃骨头的小狗。"刘婉珍缩回手，用手绢擦擦手指。

"婉珍姐，见了你，就想啃你。"刘婉珍似春风般柔美，秀气灵动，总给人暖暖的感觉，梁石生就喜欢这种朦胧美，一旦离开刘婉珍，隔天不见，他便魂不守舍的，他愿这美好永远留存，一生不离不弃。

"食升，若没有了压迫，没有了剥削，生活在平等自由的国度里，人民该多幸福啊！"刘婉珍怀揣崇高理想，她把这理想赋予行动，并为此而奋斗。

"婉珍姐，不知我们还能看到那一天吗？"梁石生心底莫名升起一丝忧愁。

"为了真理而斗争，活在当下，不一样幸福吗？"刘婉珍多次因梁石生对待理想的主观认识，毫不留情去驳斥他。

"俺在行动上，绝对服从婉珍姐指挥。"梁石生苦笑笑，把头扭向一边。

"不是谁服从谁，也不是谁对谁错，你亮观点，能把我说服了，就是好弟弟啊！"刘婉珍向来喜欢梁石生这一点，从不与她正面争执，绝对服从。

从清末到如今，国家饱受列强欺侮，人民频遭奴役和压迫，革命志士发起一次次武装斗争，一次次失败，却没有吓退追求真理的人民，他们用生命和一腔热血，唤起四万万同胞为民主自由而战。

梁石生在刘婉珍面前，自行惭愧，她美丽善良，兼具男孩子的果敢。

有理想的信念者，总是勇敢无畏，在每一次革命行动中，常常会付出血的代价。梁石生深深自责自己，只有干革命的蛮力，缺乏干革命的智慧，刘婉珍在行动动员紧急会议上，针对他和盲目的英雄主义提出了严肃批评。

在 3 月 16 日深夜的行动中，险些出现重大纰漏，间接造成五名同学被捕入狱。

针对北洋政府外务部，在接到列强外交团"最后通牒"后的种种软弱表现，在北京的国民党执行委员会代表同中共北方区委，决定组织各学校和群众团体在天安门集会。

配合集会游行的手摇彩旗、传单、横幅标语等宣传品，急需在 17 日凌晨赶制完毕，以备大会、游行所需。

中共北方区委反复甄选，确定由国立北京大学、国立清华大学、北京女子师范大学、国立北京中俄大学 4 所大学的 16 名骨干学生肩负这项艰巨任务。

组织筹备：王尽水、刘婉珍、梁石生、刘明洋。

成员：刘明洋、孙美熙、刘延刚、李东魁、易永芳、顾习武、蒋梦琳、朱家鼎等。

行动口号：为了自由，准备战斗。

晚上 6 点，骡马市大街魏染胡同 30 号，一座中西合璧坐东朝西的两层小楼，大门口两侧是典型的欧式石柱，门口上方建有观光阳台，《京报》的三名记者，接到中共北方区委指示，通过接头暗语，同学们准时到达楼西两间校对室。

王尽水清点人数，看看怀表：“7 点宵禁，人员到齐，去运滚筒油印机的梁石生、刘明洋和李东魁也快到了，同学们，行动吧。”

“报社有 3 台油印机，再来 1 台滚筒油印机，速度会大大加快。”报社记者感叹道。

校对室的窗户遮挡得严严实实，不漏一丝光，刘婉珍和几个女生借着微弱的煤油灯光，校对刻板蜡纸：“石生刻得真好啊，同样的蜡纸，多印出二三十份呢。”

“石生来了。”孙美熙轻轻喊了声。

梁石生、刘明洋、李东魁三个人费力地把滚筒油印机抬进屋。大家对着三人空拍掌。

梁石生用衣袖擦擦脸上的汗水，从口袋抽出一张手写纸：“婉珍姐，执行委员同志送来的。”

大家围过来，孙美熙捧在手上轻轻念着：“诸君知欧洲合约各国，均已签字乎？诸君知我国代表，因青岛问题，拒绝签字乎？诸君知我国今日之危状乎？诸君忘救国之责任乎？抵制日货，勿要只有五分钟！诸君知中国存亡，在此一举乎？快快提倡国货，勿要虎头蛇尾！"念到最后，孙美熙激动得流出眼泪。

"说是从无锡传过来的。"刘明洋很得意自己率先得到的。

"文笔犀利，直戳痛点。"王尽水攥起拳头挥舞着。

"石生，辛苦把蜡纸刻出来，今晚一块儿印出来。"刘婉珍拿来了蜡纸、铁笔。

"石生多刻两张，刻钢板也拿来了。"蒋梦琳挥臂鼓舞斗志。

几乎一夜无眠，传单印刷大功告成，同学们按不同内容分好类，记下每所学校的份数，核查校对完毕，把所有蜡纸、样稿、相关资料放到脸盆里烧掉，泼上水。处理好，已是凌晨4点17分。

废纸铺地当床躺，报纸铺开当被盖，革命者的骨头真是硬啊！

同学们各自随便找个地儿，合眼眯一会儿。

"婉珍姐，你等我睡着了，再睡啊。"梁石生往地上铺了一层报纸，用毛巾围住眼睛，蜷曲着身子躺下。

刘婉珍"喊"了一声，照准梁石生后背用力一拍："老封建。"

用毛巾捂住眼睛的梁石生，瓮声瓮气道："怕你睡熟了，我不老实。"

刘婉珍咯咯笑起来："打倒孔家店，打倒老封建。"

梁石生手抓毛巾，一骨碌坐起来："本人不是孔老二，历来反对封建专制。"

刘婉珍摸摸梁石生的脸颊："这阵子瘦多了，熬过这几天，等胜利了，国事家事喜事连连。"

梁石生内心惆怅，家里几番书信催促，拖了一年多，父母主意已定，王家念旧情想由四女王佑熙替二姐再续姻缘，家里长辈盼着他速归。

"家事国事天下事，事事关心，却关心不了自己啊！"刘婉珍望梁石生满脸愁云惨淡，理解他为家事犯愁。

"婉珍姐，天太冷了，地上躺不住，不如姐靠在弟弟怀里，相互取暖。"梁石生悄悄看了一下四周，同学们极度疲乏，各自七倒八歪地进入了梦乡。

刘婉珍双手支撑身子向梁石生怀里挪挪，冲他脸上吹了一口气："坏小子，少打鬼主意。"

梁石生坐在刘婉珍身后面，伸出双臂揽住刘婉珍，把她紧紧地抱在怀里，一股暖流传遍全身："婉珍姐，月亮在偷偷地看咱俩呢。"

刘婉珍甜甜笑起来："窗户堵得死死的，哪来的月亮偷看呀？"

梁石生歪头用下巴抵在刘婉珍的肩头上："月亮在我的心里，温暖了我的心。"这颗心不但温暖了梁石生，今夜 16 颗火热的心，也要温暖这冰凉的世界，点燃黑暗的国度，有了照耀东方的一束光明。

刘婉珍抬起右手，拍拍他的头："石生，咬牙再坚持一年，远离封建枷锁，我俩一块儿去法国，那儿是大革命的圣地。"连续几天奔走辛劳，梁石生真的累坏了，他头枕在刘婉珍肩膀上，微微打着鼾声，安静地睡着了，刘婉珍听着他的呼吸，抚摸着他的大手。

东方发白，临时宵禁时间一到，王尽水唤醒大家："同学们，咱们分两组，分头离开。刘婉珍，你还有什么要求吗？"

刘婉珍往前走一步："最后一组，梁石生负责把传单、印刷品交给报社，随报纸运出，这样安全无误，任何人不得私带传单。"

同学们举起右臂："为了自由，准备战斗。"

王尽水带几个女生安全撤离，刘延刚等两个男生断后保护，一切顺利。

报社的几个记者帮助同学们，把传单、印刷品夹藏在一摞摞报纸里。

朱家鼎悄悄抽出几张："石生，同学们都盼着看我们的劳动成果呢，我藏裤腰里，绝对万无一失，我向关公爷保证。"

朱家鼎违反组织纪律的要求，令梁石生犹豫不决："这个，这个，为了安全，还是听婉珍姐的命令吧。"

李东魁不以为意："他们五个人相互照应，放心吧。"

"组长呀，你就放心吧，朱家鼎鬼着呢，应付警察不在话下。"

刘明洋欲言又止："朱家鼎，此次集会意义重大，一路上多加小心啊。"

梁石生不放心，过来摸摸朱家鼎的腰部，外面天气寒冷，厚重的衣服上身，让人看不出腰部有什么异样："好吧，注意安全。"

梁石生、刘明洋、李东魁望着朱家鼎和几个同学走远了，三个人安心去装滚筒油印机，他们随送报纸的邮差撤离。

18 日上午，寒风依旧不舍告别残冬，街道上的军警也增添了凛冽的肃杀气。但是，北京城敲响了春天的战鼓，阵阵的战鼓声，召唤着中国大学、国立北京大学、国立清华大学、教会燕京大学的同学们。在游行示威队伍中，梁石生盼望着尽快到天安门广场，自己好早点与刘婉珍她们会合。可在距离广场 6 公里处，梁石生则被王尽水、刘婉珍从示威队伍中不容分说地拉出来。

"梁石生，你被停止行动。"刘婉珍一脸严肃。

"为什么？凭什么呀？"梁石生简直不相信自己的耳朵，人蒙住了。

"朱家鼎他们，出事了。"王尽水用眼瞪着他。

梁石生闻听如五雷轰顶般，浑身一震："不可能，这、这、这，婉珍姐，不可能啊，难道？"

刘婉珍气得说不出话来，她对梁石生太失望了。

"巡捕房的暗线送来消息，巡警从朱家鼎身上搜出传单，你清楚吗？"王尽水简单一说，摆出问题的严重性，明确地告诉梁石生，责任出在你身上，你没有严格的组织纪律，才造成 5 位同学身陷囹圄。

梁石生顿时耷拉脑袋，低头不语。

刘明洋也跑过来："咋啦，同学们都在准备出发了。"

"朱家鼎说意外也不意外，巡捕房不但增加男女巡警，国民军也加入搜身盘查。"王尽水看着梁石生说。

刘明洋举起右臂："我有责任，当时也赞成朱家鼎拿了，不能让梁石生一人承担，李东魁算一个。"

"不用替他辩解了，他是这次行动的负责人之一。"刘婉珍不容他人置疑。

　　沿着颐和园宫墙，梁石生往西城区文华胡同缓步前行，他行走在大街上，叫辆黄包车也不容易，想必天安门举行"北京各界坚决反对八国最后通牒示威大会"，黄包车都去内城揽活了。梁石生越往前走，遇见的军警就越多，一路上时不时地被巡警拦住，搜查全身，时不时碰见国民军的队伍来往穿梭，同样搜查全身，甚至更严格，梁石生佩服刘婉珍考虑问题细致缜密："婉珍批评得对呀，自己太大意了，没有认识到局势的凶险性。"想到此，便深深自责，他必须加快脚步去西直门，尽快在京张铁路西直门车站与北方区委委员戴舒伦接上头。

　　1905年12月12日，京张铁路西直门站正式动工，1909年开始运营。京张铁路是中国自主设计建造的第一条干线铁路。梁石生迟到了近7分钟才来到站房的西北侧，这里是火车站候乘、售票、行包、驻站集中区域，乘车旅客，货运物资的各类车辆及各色人等嘈杂，混杂其中相对安全。梁石生手持《建国铨真》在人群与各类车辆中来回踱步，自己因为坐不上黄包车而来迟，若是接不上头耽误了大事，他回去怎么向刘婉珍交代啊！梁石生看到火车站周围也布满了军警，严加盘查过往旅客，他焦急万分，不知如何是好，不觉额头冒出汗来。恰在这时，东面飞快跑来一辆黄包车停在梁石生跟前，"先生，坐车吗？"只见拉黄包车的身穿长袖小白褂，套件号坎，黑裤子，裤筒特别肥，脚腕上系着细带，脚上是宽双脸千层底青布鞋，头戴一顶破旧的宽檐礼帽，帽檐压得很低，只能看清半张脸。梁石生不耐烦地朝他挥挥手，"我是来接站的，不坐。"拉黄包车的不慌不忙地抽出一条毛巾，上下抽打身上的尘土，"今天的黄包车都奔广场了，能叫一辆黄包车，不容易啊。"梁石生分明看见毛巾里裹着一本《建国铨真》，他大喜过望，简直不敢相信自己的眼睛，他恨不能上前去拥抱戴舒伦，"兄台！"戴舒伦故意高声喊，"好了您的，先生，请您上车嘞。"

飞奔的黄包车穿过人群，出了西直门车站，直奔白塔寺方向。梁石生坐在黄包车上，看见戴舒伦的后背都湿透了，"兄台，要不你坐上来，我来拉你一会儿吧？"戴舒伦回过头瞅了一眼，"石生，你瞅瞅，这满大街的，有我这身打扮的坐黄包车，让穿着体面的人拉着满大街跑的吗？"梁石生不敢再言语。

戴舒伦这个人真不简单，他憋足劲硬是把梁石生拉到白塔寺西南北街，临街一处原京师警察厅济良所的大门前，现在更名为北京警察厅济良所。戴舒伦和梁石生来济良所找一名叫修启占的士官，他的大爷是功德林监狱的副典狱长，商议营救被拘押的朱家鼎等5名同学的措施。

戴舒伦停下黄包车，扶梁石生下车，悄悄把通行证递给梁石生，"食升，你过去把通行证给看门的守卫看一下，他就会打开栅栏门，放我俩进去。"

戴舒伦拉着黄包车尾随梁石生进了济良所前院，瞧见院子里站立两排面容憔悴，身材瘦弱，高矮不一的三至十多岁的26名孩子，修启占站在两排孩子前面，正在给被诱拐遗弃的孩子训话，旁边站着几个看管警察。1913年，京师警察厅颁布了《厘定京师济良所章程》，规定京师济良所由京师警察厅呈明内务部设立，收留"诱拐抑勒，来历不明之妓女；受人羁束，不能自由之妇女；不愿为娼之妇女；无宗可归，无亲可给之妇女"。该规章明确规定了"'教养择配'制度，允许无妻无妾的人来认领所内女子为妻为妾，并要负担一定费用"。

修启占瞥见戴舒伦带着一个学生模样的人进来，向身边一名年轻的警察耳语一番，年轻警察不住地点头，他瞅瞅戴舒伦和梁石生，朝着戴舒伦走过去，"戴先生，修士官让您随我去他的休息室，把穿戴换了。这位先生您稍等，过会儿，修士官带您去会客室。"

梁石生只能留下来等修启占训完话，随他去会客室，眼巴巴地望着戴舒伦和年轻警察去了后院。

戴舒伦为人谨慎，警惕性极高，绝不放过一丝风吹草动，他慎重地审视着这名年轻警察，细高的个子，五官俊朗，特别是说话腔调，仔细听与他家乡徐海道口音相似，估计不是当地人。戴舒伦善于伪装成不同类型的人，能模仿上海、湖南、河南、察哈尔等地的口音，他对于家乡徐海道的口音再熟悉不过了，只要这个人在徐海道生活3年以上，多少都会留下一点徐海道的口音，这个年轻警察不但说话声调相对来说比较简单，一般只有平声、上声、去声三个声调，他还带有浓厚的徐海道的口音，"您多大了，看着很年轻啊！"年轻警察很拘谨，低着头走路不敢与戴舒伦对视，"先生，甭客气，请别用您尊称，再过两个月，就17岁啦。"戴舒伦闻听好生感慨，"十七八岁，如同朝阳啊！听口音，你不是本地人吧？"年轻警察停住脚步，仰望天空，"先生，我是被遗弃在京师的，在济良所长大的，家在哪儿，我记不得了。"戴舒伦听了深表同情，也不好再问下去了。

戴舒伦由年轻警察服侍着褪去号坎、长袖小白褂和黑裤子，换了内衣裤，简单梳洗一下，戴上金丝边眼镜，穿上长衫，年轻警察沏上香片，就此告退。

戴舒伦百无聊赖地环视着修启占的休息室，被床头橱的一张照片吸引了，一个六七岁的光头小男孩，目光呆滞，全身穿白色粗布衣裤，站在坐椅子上的修启占的身边合影。单从小男孩子五官上看，隐约感觉就是刚才的那位年轻的警察。"戴先生，看什么哪？"戴舒伦不好意思，直起腰来，"哟，修士官您来了，正看照片呢，修士官一身警服，照得很精神啊！"修启占拿起床头橱上的照相框瞧瞧，"戴先生夸奖呗，我照得再精神，也比不了您一表人才啊。"修启占说完，二人哈哈大笑起来。

"有句话不知怎么讲，多有冒犯啊，照片上的孩子，是您的公子吗？"

"让戴先生见笑了，不是。这孩子大概是民国四年，四月下旬还是五月初，具体情况不太清楚了，他被人牙子拐卖到京津一带。人牙子原本奢望卖给王府挣一笔钱，哪想到风水轮流转，大清朝灭亡，原先威慑一方的各王府，早没了趾高气扬的做派，吃铁杆庄稼的也落得个变卖家产、遣散奴仆的下场啊。"

"戴先生，您怎么对照片上这孩子感兴趣呀？刚才那位小警察，就是这个孩子呀。唉，终于长大了，若是爹妈能见到该多欣慰啊！"

"亲情难割舍啊！不瞒您说，我刚才听他的口音，一准是我家乡徐海道的人。"

"戴先生，这回啊，您一定是判断错了。"

"修士官，绝不会错，我相信我的直觉，这孩子是徐海道出生的人。"

"戴先生啊，这孩子是山东峄县枣庄人。"

戴舒伦如梦方醒，他想起来了，梁石生就是峄县人，峄县距离徐州160多里地，口音极为相似，地方戏拉魂腔都喜欢听，"果真啊，一定是的，就是枣庄人。不过，怎么会到您这儿啊？"

"唉，说来话长！这伙人牙子从枣庄拐骗了30多个孩子呢，已经出手卖了20多个了，留下7个面容长相好的，琢磨着卖大价钱，这孩子是双胞胎，长相又极好，就是卖给戏班子，出价也不会便宜的。您想啊，戴先生，从山东到京津一带，一路颠簸，这孩子生了疾病，人牙子看孩子病得快不行了，就给丢弃在白塔寺西墙外，不是遇见好心人送到济良所，这孩子早完了！"

"真是可怜啊！您是怎么知道他是峄县枣庄人呀？"

"来的时候，6岁多了，懂点事了。他只知道是枣庄人，家里是挖煤的，有爷爷奶奶，爸爸妈妈，叔叔姐姐，姓甚名谁不记得，只记得哥哥叫大宝，他叫二宝，济良所的老师给他起了一个大号，叫'京峄城'。"

戴舒伦送了梁石生一程又一程，他这才放心让梁石生去石驸马后宅，从口袋里摸出两毛钱，"石生啊，这离石驸马后宅不远了，咱俩在这儿告辞了，这两毛钱你拿着，看看你的头发都能扎小辫了，得空去修理一下吧。见了师母拿了钱，连同修启占写的信，回去一并交给学校，一定要按照修启占信上的要求去做。"

"兄台，放心吧，我一定完成任务。这钱，还是您留着吧。"

"拿着，这是兄台关心你呀。你到了石驸马后宅，快去快回啊！"

戴舒伦等梁石生走远了，忽地想起来，该向梁石生提及一下，适才偶遇一个他的同乡，是地道的峄县枣庄人，一段离愁别恨之事，真乃大千世界无奇不有。时光错换，戴舒伦再也没有提及此事，梁石生无从知晓来龙去脉，间接造成了远在枣庄山亭凫城王湾村的吴孝莲，错失了寻找被人牙子拐走的双胞胎弟弟的一个线索。

远远看见师母站在如意门口，右手遮住眼眶向南远望，梁石生加快脚步跑过去，长长喊一声："师母——"

等梁石生跑过来，师母诧异道："哟，石生呀，快进屋吧，我这右眼皮呀，一个劲儿跳，就怕你们先生和同学们出啥事呀，正闹心呢，可算来个人啦。"

三合院，分为南北两个院落，硬山顶合瓦屋面，北房3间，东、西耳房各2间，东、西厢房各3间。先生一家住在北院。

师母请梁石生进了西厢房，人还没落座，忙着倒开水沏茶，被梁石生拦住："师母您歇着，我不渴。"梁石生舔舔嘴唇，他渴极了。

师母手脚麻利，不一会儿，一杯热腾腾的香片，捧到梁石生的手上："饿了吧，我给你做点吃的。"

梁石生忙站起身子："师母，我吃了，您歇着吧。"

师母微笑着坐在梁石生对面，双手交叉，仔细端详着他："婉珍呀，好阵子没来了，每次见面都风风火火的。"

"是吗，我也老长时间没见她了。"仿佛被师母看透，梁石生面带羞涩，躲避师母投来的慈祥目光。

"我夸婉珍有眼光呀，多好啊！"师母面带微笑，仔细地打量着梁石生。

"说是，叫俺来，"梁石生微低头，怯生生地问，"钱，是吧？"

师母"哎哟"一拍手，忙站起身，进了北房东屋，片刻工夫，拿来沉甸甸的一个蓝色小布包，"120块大洋，都在这儿，你打开数数吧。"

梁石生打开，认真数数，钱数正好："师母，这是干什么用的？"

"唉！你们先生几天没进家门了，昨晚上回来，就问家里还存多少余钱，我说不是被你拿走了吗，家里就剩下7块大洋了。他低头念叨啥嘞，瞧我这脑子哟，说有 5 个孩子被巡捕房关进去了，急需拿钱解救，他就不看看，家里这日子该怎么过呀。"师母细说端详，看来先生经常拿家里的钱花在事业上。

梁石生眼眶红了："这钱咋来的？"

"能有啥法子呀，去当铺，当呗，你们先生说开春了天不冷，让我把他的皮棉袍，加上我的首饰全当了。蔡教授夫人，昨天送来了 70 块大洋，正好凑足了。"

二人正说着话，忽听见大门外"咣咣"急促敲门声，听见家里人开门声，没等二人站起来，闯进三个大学生，陈念祖哇哇大哭，"师母，大事不好了，反动军阀开枪了，铁狮子胡同一带枪声不断，跑出来很多人，不少同学受了伤！"

"啊——"

梁石生一把扶住险些晕倒的师母："师母，师母啊。"

师母慢慢地睁开了眼："同学们怎么样儿啊，都跑出来了吗？"

"先生受点轻伤，只是、只是还有很多同学没能跑出来，生死不明啊！"

梁石生抬腿要跑出去，被陈念祖拦腰死死地抱住："满大街站着荷枪实弹的国民军，你跑去送死啊。"

梁石生挣脱开陈念祖，快步往外走："你们都不要动，我到学校去，一切等我回来再说。"

陈念祖这三个人，望着师母，默默地垂下头。

如果我牺牲了——

那是因为黑夜太过漫长

如果我牺牲了——

那是因为硝烟肆虐苍生

如果我牺牲了——

那是因为江河变成了焦土

如果我牺牲了——

那是因为太阳还滴着鲜血

如果我牺牲了——

那是因为理想还在路上。

北京各界坚决反对八国最后通牒示威大会结束后，大会决议："通电全国一致反对八国通牒，驱逐八国公使，废除一切不平等条约，撤退外国军舰，电告国民军为反对帝国主义侵略而战。"要求把八国公使赶出中国，并撕毁《辛丑条约》。大会一共通过了8条决议。

大会组织者倡议与会者去示威，表达人民的呼声，与会者群情激奋，游行队伍由王尽水、刘延刚、刘明洋、李恩泽、赵宏存率领，李教授等与同学们并排走在队伍最前列，刘婉珍、孙美熙、易永芳、陈天磊、佟程乾、张崇德等引领大家高呼口号。

浩浩荡荡的游行队伍从天安门出发，经东长安街、东单牌楼、米市大街、东四牌楼，一路上引来不少围观的群众，在一旁摇旗呐喊。游行队伍陆陆续续进入铁狮子胡同东口，前排的1000多人已进入门前广场。执政府对面筑一座大照壁，东西建两座辕门，中间是封闭的广场。

示威群众公推王尽水、刘延刚等代表去向卫士长交涉，要求打开大门，放请愿代表进去，并请段祺瑞和国务总理贾德耀出来见面。

执政府内，开会的总理贾德耀一干人等知难而退，慌不择路从侧门离开。

广场乌泱泱站满了人，执政府门前排列200多名荷枪实弹的卫兵，领章上扣"府卫"两个黄铜字。一面是一队队群情激昂的游行群众，一面是阴森森冰冷的枪口，僵持着，对立着。

"建立国民执政委员会！"

"取消'辛丑条约'！"

"取消不平等条约！"

"请段祺瑞、贾德耀快点出来。"

排山倒海的口号声，一浪高过一浪，严阵以待的士兵被这气势所震撼，紧紧握住枪的双手开始发抖了。

刘明洋和王兆奎挤过人群，好容易找到了刘婉珍："大门两侧围墙上也站满了持枪士兵，王尽水叫同学们注意些，你们女生尽量往后面站。"

刘婉珍也注意到了这些，朱家鼎等5位同学被捕入狱，她心里就隐隐约约地预感到，事态进一步升级，双方处于剑拔弩张之际。望着围墙上荷枪实弹的士兵，黑黝黝的枪口正对准下面呐喊的群众，刘婉珍招呼孙美熙、易永芳、陈天磊、佟程乾、张崇德分头行动，组织女同学和身体较弱的男同学们往后撤。

人潮中，气氛也越来越紧张，几千人群情激昂，对面士兵的眼睛也瞪起来，隐隐可以听见枪栓声。

在拥挤的人群中，刘婉珍望着女同学们陆陆续续往后撤，见游行的队伍都进了广场，心里稍稍松口气，她被人群推搡着动弹不得，正想转过身抬头寻找王尽水和刘延刚他们。仅仅过了四分钟，"啪啪啪"三声撕裂天空的枪声，让在场的六七千人一下子蒙住了，人们还无法判断是不是枪声，前排有两个人来不及反应，"扑通"直挺挺倒在地上，殷红的鲜血从身上的枪口处流出来，前排的人嗡地炸开了锅，一下子被点燃了怒火，勇敢地直接就向持枪的士兵冲上去，一时枪声大作，眼看着前一排的人纷纷倒下，胆怯的拼了命地往后跑，后面的人群搞不清情况，也拼了命地往前挤，"啪啪啪、啪啪啪"枪声大作，此时三面响起了枪声，一排排的人倒下，示威队伍顿时大乱，一片片的人捂着伤口倒下，惊恐的人群相互踩踏跌倒，哭喊声、叫骂声、惨叫声不绝于耳，身边中弹人的鲜血，飞溅到周围人的身上，中弹者或是头部、胸部、腰部、四肢，鲜血喷涌，子弹横飞，枪药味血腥味弥散在空气中，加剧了人们的惊恐，仿佛世界翻滚，人们脸上不知是汗水还是血水。

包围在广场外的军警听闻枪声，手持大刀、棍棒从四周杀向手无寸铁的学生，一时杀红了眼，枪声、惨叫声不绝于耳，执行政府广场成了血腥的屠宰场！刘婉珍几次被混乱的人群冲倒，她努力爬起来要冲到最前面去，她要去阻挡这罪恶的枪口，可她瘦弱的身躯扛不住横冲乱撞的人群，她奋力勇敢地往前冲。冷不丁，她的一只手，被人牢牢地攥住。

"刘婉珍，教授让同学们快撤，不要做无谓的牺牲。"刘明洋的左手，还紧紧地攥住惊魂未定的孙美熙。

"婉珍姐，快跑吧！"孙美熙终于哭出声来。

"啪啪啪、啪啪啪"，一阵阵的枪声，夹杂着手持大刀棍棒的军警，发了疯地冲向人群，大肆地砍杀，同学们如同被饿狼撕裂的羊群，任人宰杀，哪还容刘婉珍犹豫，刘明洋紧紧攥住她俩拼了命地向外跑。

枪声不断，眼前、身后、左右，时不时有人中弹倒下，大刀棍棒下"啊——啊——"的惨叫声，撕裂了天空，仿佛走进了人间炼狱。刘明洋感觉心都到嗓子眼儿上了，他双手紧紧地拽住刘婉珍和孙美熙，用尽全力，没了命地跑，跑啊！跑啊！跑啊！脱离这人间的屠宰场。

"啪啪啪、啪啪啪"的枪声中，一颗子弹打中了张崇德的后脑，他仰面直挺挺地摔倒在地上，头部一大摊鲜血，刘婉珍用力挣脱刘明洋的手，向着张崇德跑去，刚跑到他的身边，一颗子弹就打中她的左肩，刘婉珍身体踉跄一下，跪倒地上，她爬向张崇德："张崇德，张崇德。"突然间，刘婉珍看见在张崇德的不远处，还躺着王兆奎和美丽的蒋梦琳，她仿佛睡着一般，安静地躺在地上，胸前流着鲜血，刘婉珍泪水顿时模糊了双眼："王兆奎、蒋梦琳啊——"

稚气未脱的同学们，用血肉之躯，去抵挡无情的子弹、大刀、棍棒的肆意猎杀，广场上到处鲜血飞溅，仿佛世界都被染红了！同学们用坚贞不屈去抗争这罪恶的世界，血流成河啊！

"刘婉珍呢？"孙美熙向刘明洋喊着。

刘明洋一下子清醒过来，他的右手空空的："孙美熙快跑，快跑啊！"

孙美熙愣了一下，拔腿拼命猛跑。

刘明洋急忙转身往回跑，远远看见刘婉珍怀里抱着蒋梦琳："刘婉珍，刘婉珍——"

刘婉珍也看见了刘明洋，她瞪大眼睛奋力喊着："刘明洋不要过来，不要过来，你快跑啊！跑啊——"

军警挥舞着大刀在肆意砍杀，两个手持棍棒的军警扑向刘明洋，刘明洋在乱棍之下被砸倒，他手捂头奋力挣扎着，鲜血从头上流出来，他用力呼喊着："刘婉珍，刘婉珍——"一个手持大刀的军警赶过来，照着刘明洋的脖子恶狠狠地砍下去，一股鲜血溅了军警一脸，刘明洋如血人一般，他努力站起来，踉跄几步要徒手去夺大刀，三个军警被这阵势吓坏了，吓得连连躲避，刘明洋望着刘婉珍方向："刘婉珍，刘婉珍——"

刘明洋看向远方，踉跄几步倒下去——

"刘明洋，刘明洋——"刘婉珍惊呼着，"啪啪"两颗子弹射向她，刘婉珍仰望天空，右手攥紧拳头，高高举起！

1926年3月18日，这一天，惨案发生了，死47人，伤199人。

第四章　觉醒

一连两天，梁石生都没能顺利进入宁铁的北京、丰台火车站，倒不是车票难买，而是奉军控制了整个北京地区，重要交通要道、驿站、骡马大车店、汽车站、火车站实施重兵把守，严查革命党人和进步人士，特别是北京各大学的教授、学生一律不准放行。

中共北方区委遭受巨大破坏，转入地下开展秘密工作，为避免遭到严重破坏，组织要求身份暴露的党员、团员尽快转移，保护自己，若失去组织联系，待到安全时期，组织会积极给予联系。

中共北方区委委员戴舒伦秘密约见梁石生，二人相见，梁石生如见了亲人般，一时哽咽得说不出话来，眼泪夺眶而出，他努力克制住自己的情绪，浑身颤抖着："兄台，可好！"

戴舒伦眼眶里含着泪水，伤感令他一句话也说不出来，他示意梁石生坐下说。

梁石生一步跨上去，二人紧紧相拥，抱头痛哭。

"石生啊，现在还不是哭的时候，我们应该擦干泪水，继续战斗，才不枉英烈们的鲜血啊！"戴舒伦泪流满面，右手轻轻地拍着梁石生。

梁石生转过身去，擦干泪水："我想请组织批准，把刘婉珍的工作交给我吧。"

戴舒伦扶住梁石生的肩头，把他转过身来："中央执行委员会改组国民党，奉行'以俄为师'的政党体制，也符合共产党的建党、治党方法，组织上已批准你、赵宏存和陈天磊等7名同学入党，北京目前的形势严峻，为了减少牺牲，保存有生力量，两党原则上分散转移。"

"在北京的国民党执行委员会代表，已要求在京的各院校国民党身份的学生，尽快奔赴各属所在地，加快改组国民党建设，我也接到命令了。"

"组织上就是为了这件事，安排我来找你的。"

"我打算退出国民党，加入共产党。"

"共产党配合国民党进行党务改革，这也是我们党的一项重要工作，你兼具双重身份，所以组织希望你回到家乡峄县，更好地开展革命工作。"

"那什么时候入党啊？"

"待组织恢复后，再着手落实你们入党问题。"

"为什么啊，入了党，不就能更好地为党工作了吗？"梁石生颇为费解。

"这个问题出在组织内部，面对敌人的屠刀，一批人为了自保，出卖组织和同志，站在了党的对立面。你现在是共青团和国民党员身份，已经非常危险了，在这种危局下发展党员，很容易被隐藏在组织内部的变节分子出卖，造成更大的损失。"戴舒伦说得语重心长，伸手握住梁石生的手。

"那我们申请去法国勤工俭学，批准了吗？"梁石生进一步探问。

"批准了，6月份经广州到香港，坐邮轮去法国。"戴舒伦面带愧色。

"太好了，我不要回家乡，我要去法国了！"梁石生兴奋得要去拥抱戴舒伦。

戴舒伦面色凝重地推开："组织上已决定你必须回原籍开展革命工作，开辟新的战场。"

"啊！"的一声，梁石生失落地慢慢坐下，疑惑地望着戴舒伦。

"北洋政府昏庸无能，各系军阀为争夺地盘相互厮杀，国家危在旦夕，日、德为在山东的利益相互撕咬，西方列强虎视眈眈觊觎山东的主权，从'二十一条'到'五四运动'，又有多少仁人志士为其呐喊流血，直至牺牲生命啊！"戴舒伦深望着梁石生，殷切希望他放下个人意愿，去面对新的战场。

"回去，回到峄县又能做什么呢？"梁石生站起来，无奈地摇摇头。

"你回去就是一颗革命的种子，等到春天来临，就会生根破土发芽，矗立起一棵参天大树，为革命遮风挡雨，你懂吗？"戴舒伦似乎在说服自己，他努力冲着梁石生深深地点头。

"我请组织重新考虑，我不回封建的家庭，我要去追求革命，我要去完成刘婉珍为之奋斗的理想！"梁石生郑重地表明自己态度，不容置疑。

"这个建议嘛，就是刘婉珍生前向组织推荐的。"

"啊！"梁石生惊愕地跌坐椅子上。

"革命不分地域，不分东西南北，是进步阶级推翻反动阶级的统治，用先进的社会制度代替腐朽的社会制度的根本性变革，一个革命者要肩负这项神圣的使命。如果个人的情绪凌驾于革命之上，便没有了革命精神，就不能为共产主义事业贡献应有的力量。"

"那那，我想不通……"梁石生陷入深深的迷茫中，他希望和同学们战斗在一起。

"一个革命者，就是有生力量的革命火种，每到一个地方，都能折射出光明和未来。"

"到了峄县，是组织安排我，还是当地的国民党负责我的工作？"

"这次游行示威，牺牲了这么多同志，两党皆认清了现实，枪杆子在军阀手上，屠刀之下，民主成了一句空话。现实面前，两党必须团结，必须坚持统一战线，放手发动全国各地的农民，坚决依靠农民，建立巩固的工农联盟，必须重视武装斗争，建立党和人民直接掌握的革命军队，才能使革命最终走上胜利。你的公开身份是国民党，你的团员身份要保密，不要向任何人泄露，你接受组织的安排吗？"

梁石生咬咬牙："我接受组织的安排，服从命令。"

戴舒伦伸开左手掌："宣誓吧！"

梁石生望着戴舒伦伸开左手掌，上面写着：拥护党的纲领，永远跟党，永不叛党，为共产主义奋斗终身。

"我宣誓：拥护党的纲领，永远跟党，永不叛党，为共产主义奋斗终身！"

戴舒伦双手紧紧地握住梁石生的双手："梁石生，我是你的入党介绍人，经过组织审查后，你就是一名真正的共产党员了。"

当梁石生告诉赵宏存要离校返乡，远离纷扰的世界，回去过男耕女织的生活时，赵宏存简直不敢相信自己的耳朵，他告诉同学们梁石生最终的选择，同学们大跌眼镜，直呼不能理解。赵宏存、顾习武、张月山三个人轮番疏导也不能让他迷途知返，又找来孙美熙、易永芳、陈天磊、佟程乾等，天天守候加以劝解，可得到的态度是铁了心要回去，仅仅是口头上答应，有时间再回来与同学们聚首。

梁石生亮明态度回家乡，心意已决，同学们也只能默默接受，因为这次惨案，很多同学自行离校，刘延刚、李东魁等一批人连招呼一声也没有，登报声明脱离一切党团群体，恢复清白之身，做一个饱读诗书的学子。

孙美熙伤心不已，与佟程乾相伴来找梁石生。孙美熙穿一件驼色全毛呢篷篷衣，站在梁石生面前，她今天是给梁石生带来一个好消息，佟程乾的大伯，东方汇理银行天津分行的账房副经理，疏通国民军关系，顺利买到一张4月22日上午10点，从天津总站发往浦口的第三次寻常快车的车票，全程17个多小时，约凌晨3点50分到临城车站。

梁石生拿出20元钱递给佟程乾："甭管具体多少先拿着吧。"

"没那么多，二等车厢，好像是15元3角，等到那天，拿了票再付吧。"佟程乾把钱退给梁石生。

梁石生没接钱，眼睛直直地望着驼色全毛呢篷篷衣。

孙美熙抖抖篷篷衣："怎么，不认识了？是人还是大衣啊？"

佟程乾向孙美熙使个眼色："好了，别再难为石生了，他心里的苦，我们不能理解。"

孙美熙吧嗒吧嗒掉眼泪："就他苦啊，刘婉珍命都没有了，我是替刘婉珍不值。头一天，还信誓旦旦说与大家一同去法国寻求光明，隔了一天，就变卦了？梁石生，你就是个逃兵，比叛徒强一点。"

佟程乾无奈地摇摇头："石生不是说了嘛，家里母亲生病，需要他立即回去，照顾一阵子，过阵子再去法国嘛。"

孙美熙咬咬嘴唇，抬手狠狠打了一下梁石生："你说啊？是不是啊？"

梁石生只是呆呆地发愣："为啥婉珍姐不喜欢这件大衣啊？"

孙美熙放声大哭："梁石生，你还有良心吗？刘婉珍心疼你当了棉大衣，就去旧衣市估了这件大衣，她是赌气才说不喜欢的，她抱着这件大衣，夜里哭了好几场，她把自己所有的钱都献给革命事业，舍不得给自己买一件新衣服，所以才跑到旧衣市试衣服的。"

同学们听了，忍不住哭泣。

梁石生再看到刘婉珍时，她躺在同学们编制的松柏花丛中，眼睛似睁微睁，嘴唇微开，依依不舍之态："婉珍姐，这几天真冷啊，你冷吗？"

"石生，我不冷，我的心是热的。"

"婉珍姐，冰冷的世界里，你害怕吗？"

"石生，这冰冷的世界里，我有了你和同学们，就会慢慢地温暖的。"

梁石生把手伸向刘婉珍，他想去温暖刘婉珍冰冷的手，他要握住她的手，一起往前走。可是，一切都变了，刘婉珍的笑容永远定格在他的心里。

孙美熙见梁石生两眼空洞地望着远方，浑身颤抖，她轻轻叫了一声："石生，你怎么了？"

梁石生两眼直直的，突然叫了声："婉珍姐走了，再也不会回来了。"

佟程乾抱住梁石生，口中念着鲁迅题写的挽联："死了倒也罢了，活着又怎么做。"

梁石生号啕痛哭，佟程乾也痛哭起来："尽水、四喜，多所学校的同学们，为了国家利益，为了民族自强，牺牲在自己人的枪口下啊，刘明洋死得好惨啊，怎么舍得丢下孤苦伶仃的妈妈呀，世上再也没有亲人了啊，我的同学们啊！"

孙美熙泪流满面，过来抱住他俩："婉珍姐啊婉珍姐，出门前，还拿出大衣紧紧地抱了好久，说穿着它多暖和啊，孙美熙，如果我牺牲了，你就穿着它，在寒冷的世界就会有温暖。"

北京4月份的风，仿佛失去了往日的温暖，带着一丝丝凉意，街上冷冷清清，人们还没从惨案的阴影中走出来，天空阴霾重重，空气散发着血腥味儿，以至于看见红色，都能把小孩子吓哭了，越发让人感觉凄凉！

朱家鼎获准出狱，赶在梁石生离开学校辞别之际，与孙美熙、易永芳、陈天磊、佟程乾赶过来为梁石生送行，大家都默不作声，孙美熙、易永芳不时垂泪。

这些日子，同学们拒绝在缅怀英烈时期饮酒，饯行饭自然也免了。离别就在眼前，同窗几年结下的情谊，总让人不舍，陈天磊建议相互留下通信地址，顾习武说环境不允许，把姓名及通信地址带上车不妥，同学们这才醒悟，大家仍在白色恐怖之中，严守秘密，就是保全自己。

孙美熙打开行李包，把《新青年》《革命军》等报刊统统拿出来："一路上盘查，带着这些太危险了，平平安安去，早早盼君归啊。"

赵宏存和顾习武进屋来催促："行李拿好了吗，驴车在外面等着哪。"

易永芳拉住梁石生的手："不是明天的车吗？和同学们多待一天不好吗？"

佟程乾苦笑："怕明天有闪失，毛驴车走得慢，让梁石生早点走吧。"

孙美熙从包里抽出一条长长的红围巾，踮起脚给梁石生围上，欲言又止，轻轻摸摸他的下巴，滚落一行泪珠儿。

梁石生摸摸刘明洋留下的红围巾，哽咽了，他站直了，恭恭敬敬地向同学们深鞠一躬。

第二次鸦片战争，清政府签订了丧权辱国的《天津条约》和《北京条约》，天津被迫开埠，西方列强纷纷在此建立租界。天津卫地处九河下梢，南北运河通大江南北，子牙河通冀中平原，海河注入渤海，成为北方最大的通商口岸，海路与河路来往天津的漕船、商船、海船等在常关河沿卸货，装货的大小船只频繁在三岔河口聚集，商业优势愈加得天独厚。

辛亥革命后，清朝的皇亲国戚及王公大臣，由北京搬至天津以求慰藉，北洋政府的下野高官也看中此地的繁华安逸，大肆营建别墅，南北的富贾巨商及各界名流也纷纷在此投资经营。此繁华的商业聚集地，通商口岸、租界自治、各国银行林立，商铺繁华、戏院青楼兴盛、赌场烟馆云集，三不管八不问之地，自然是社会闲散人员、流落难民、地痞混混格外垂青的地方，三教九流齐聚天津卫，各色人等鱼龙混杂，因而便于隐匿逃难避祸之人。

进了天津卫，城南的紫竹林一带是法国租界区，梁石生人生地不熟地寻遍三条大街，驴车走了近两个小时才见到租界大法国路上巴洛克式的东方汇理银行天津分行。

一栋平顶砖木结构的三层楼房，台基以天然石料砌筑，红砖砌筑墙面，女儿墙用西洋古典宝瓶式栏杆，屋顶转角安置一个帕拉第奥式的四坡顶亭子，各层门窗错落有致，铁铸雕花大门和窗栏，格外引人注目。

打发了赶毛驴车的车夫，梁石生站在银行大门处，徘徊了很久，终于盼来一身笔挺洋装的佟查理。圆圆的脑袋，头顶贴几缕头发，鼻梁上架一副金丝边眼镜，一双贼溜溜的小眼睛，死死盯住梁石生上下打量着，看他寒冷天穿着落魄的穷学生相，马上仰起脸来，嘴角哼哼道："业务繁忙，来迟了。"

"伯父您好，晚生冒昧打扰，望您包涵。"梁石生躬了一下身子。

佟查理掏出怀表，翻开盖："10点开车，这才8点多，尚早尚早啊，早饭还没吃吧？"

梁石生笑笑："来时，程乾给准备了糖火烧，现在不饿。您方便的话把车票给我就行了。"

佟查理"哼哼"两声："真不知好歹啊，凭你这身打扮，上得了车吗？"他挥下手，示意梁石生往墙根处站："闹学潮，闹得好好的学不上了，人就彻底废啦。三一八后，跑出不少学生来天津避祸，这阵子监狱关押了不少。"

梁石生低下头默默站着，搓搓右脚。

佟查理眼睛猛地一亮，他死死地盯住梁石生脚上的皮鞋，款式西派，居然和东方汇理银行总经理脚上穿的一模一样："这、这皮鞋，哪买的？"

经这一问，梁石生满脸绯红，因为这双皮鞋是中兴煤矿公司的德国工程师送给他岳父王寿昌的，王财神念贵婿在皇城根旁的清华大学就读，专程派丈叔王广牟送到清华大学。梁石生刚上脚两个月，皮鞋锃亮锃亮得刺目，"家人说，这是意大利产的芬迪。"

佟查理好生汗颜，东方汇理银行总经理来天津视察，行走大街遇上下雨天，泥水污了皮鞋，人回到分行，这双意大利刚上市的芬迪皮鞋金贵，交由分行的账房副经理亲自打理，这鞋面、鞋帮、鞋底他再熟悉不过了："芬迪牌呀，穿着不挤脚吧？"

梁石生搞不懂佟查理是在羡慕皮鞋："没布鞋舒服，穿着捂脚。"

佟查理没了盛气凌人的态度，转而换了一副和颜悦色的嘴脸："哼哼，没穿过皮鞋的，是不会懂得哟，捂脚会得脚气哟，你家做什么生意的？"

梁石生一向反感被人追问家事，看惯了势利小人的做派，对佟查理这样的人，往高处说，想着岳父开采煤窑运煤啥的，随口一说："煤炭。"

佟查理拘谨起来了，想起火车票是去山东临城的："中兴公司天津总部我倒是去过几次，煤矿是否就在临城？"

说起家乡，梁石生一下子轻松了："不是的，在峄县枣庄。"

佟查理越发恭敬起来，在去年12月份，坐落在南大门里街的广东会馆戏楼，台深10米、宽8米，观众可从三面看戏，光是台下散座可容500

余人，舞台对面和楼上东西两侧设 10 个包厢。天津戏迷花大价钱争看梅兰芳、程砚秋、尚小云合演的《断桥》，整所戏院座无虚席。开场戏是由昆曲名伶韩世昌、马祥麟、白云生合演的《佳期》，正演到高潮，台下散座的看客乌泱泱站起身，往东侧包厢张望，坐在西侧包厢的佟查理，问了茶童才明白，敢情是中兴煤矿董事长黎元洪，为陆军中将张学良洗尘，偶发雅兴来广东会馆观戏，东侧 6 个包间坐满了达官显贵，中兴董事会会长、总经理朱启钤、驻矿经理胡希林、前清大总管太监小德张等作陪，抢了戏台上的戏，看客们纷纷伸长脖子往上瞧，晾了台上的红娘、崔莺莺、张生。没人观戏，这可咋整啊，戏院老板站在台口抓耳挠腮，扮演红娘的韩世昌眼珠一转抖机灵，伸兰花指一指扮演崔莺莺、张生的马祥麟、白云生，念白道："好你个张生张君瑞，见了我们小姐，你侬我侬的，你不怕老夫人。"抬手指向东侧第三个包厢，"难道你还不怕大总统啊！"整个戏院台下和包厢是叫好声一片，黎元洪与张学良笑得前仰后合，小德张站起来鼓掌。羡煞了佟查理，黎元洪可是风云人物，任职两任大总统，小德张想当年伺候过慈禧皇太后和光绪帝，又是隆裕皇后身边的红人，那张学良虽年少，可他老子是称霸东北的张作霖，认中兴股银 6 万两。凭佟查理这种身份的人，也只能远远望几眼罢了。

自诩买办高人一等的佟查理，这会子就差给梁石生下跪磕头了，只因一双意大利产的芬迪穿在穷学生脚上，梁石生立马金贵起来，"晚生相貌堂堂，一表人才啊！"佟查理庆幸侄儿引荐，难保其人命运几何，他深知莫欺少年穷，后生可畏啊。

梁石生明白此人对他忽冷忽热的，未必是顾及侄儿佟程乾的面子："伯父高抬了，晚生自愧不如，有劳您购置车票，晚生感激不尽，不知这些钱够吗？"

佟查理掏出火车票，按价取了钱："咱先去写字间稍作休息，我安排门童买点狗不理包子，你到天津一定要尝尝哟。"在佟查理心中，这叫肉包子打狗吃了就得回。

如此盛情，让人却之不恭，梁石生岂敢再劳烦他人："实不敢劳烦伯父，容晚生自行去吧。"

见梁石生执意要走，佟查理也没强留，面无表情牙缝里兜风："自打北京那边出事，火车站进出口盘查严了十倍，单学生模样儿的，能否顺利上车，这就难说了。在下考虑，银行押运车进站便利，由银行里的熟人送晚生上车，可否周全，咱再商议？"

果然奏效了，梁石生清楚佟查理没有言过其实，他带着苏联使馆签发的特别通行证，一路上过关口险情不断，多亏孙美熙先知先觉，把《新青年》《革命军》报刊统统拿出来，不然后果不堪设想。他小心翼翼地把特别通行证递给佟查理过目。

佟查理只简单看了一眼，随手扔给梁石生："出了北京城，就他妈一张废纸。"

既来之则安之，梁石生由佟查理摆布，吃了一笼屉狗不理包子和两碗猫不闻饺子，肚子撑得溜圆，直打饱嗝。一双意大利皮鞋，换来佟查理的热情好客，他准备了天津大麻花和耳朵眼炸糕，不容梁石生客气，要他一定带上，给家里的长辈尝尝新鲜，若是客气不收，他要找佟程乾评理。理由虽牵强，但不乏真诚，梁石生岂有不收之理。佟查理管了大半辈子的账，在他眼里一分一毫都事关大局，所以他为人啬奸诈，投资放贷要看准人和事，梁石生这个人虽不晓得几何，但中兴公司名号他如雷贯耳，花几个小钱弄来的狗不理包子、猫不闻水饺、冰糖大麻花、耳朵眼炸糕，足够这小子记一辈子，薄利投资，保不准日后能换来巨大的贸易盈利，他惯用此道加强业务往来，你好我好大家好，互通有无，方能利益最大化，发了财，躺被窝里嘿嘿偷着乐呗。

火车徐徐地驶出天津总站，梁石生扑通扑通的心才稍许平静些。气温尚未回暖，头等车厢冬季调至靠火车头。一、二等车厢的男旅客多是头戴毛绒暖帽，身穿西式貂皮毛领长款大衣，戴红帽的脚夫帮其肩扛旅行皮箱、手提大小行囊等物品，送入车厢摆放妥当，索取脚夫费后匆忙下车。三等车厢的旅客，穷苦人居多，相互抱团取暖，只能在火车站搭建的风雨棚候车，坐硬板车座，几乎人人衣着补丁摞补丁，上身破棉袄，下身破单裤，肩背身扛铺盖卷，锅碗瓢勺，俨然是一个流动的家，家里所有的吃穿物件都裹在铺盖卷内，车厢内逼仄如沙丁鱼铁盒罐头。梁石生孤身一个学生，行李简单，两身衣服都包在铺盖卷里，幸而上二等车厢，雇了一个头戴红帽子的脚夫把铺盖卷扛上车，他手里提一个行李包，想着佟查理跑前跑后忙乎，光亮额头上冒出一层白毛汗，梁石生既惭愧又好笑，摸摸麻花和耳朵眼炸糕，感念佟查理热情周到的帮助，不然上不了火车又是一番天地。

列车过了沧州驶入德州站，梁石生才深刻感到回乡之路的险恶。从沧州站到德州站，沿路上除了偶见高耸的天主教堂，铁道两旁低矮的土坯墙茅草顶民房，错落有致，时而看见挂在电线杆上被砍杀的人头，血顺着电线杆流淌出一道道暗痕。列车上的旅客挤在车窗上观看，指指点点，悄声议论，对抛头颅洒热血不感兴趣，对杀了多少人，具体死了多少人，津津乐道，甚至添油加醋去描绘。梁石生内心一阵阵恶心愤怒，恨不能去怒斥他们的卑劣无知，刘婉珍的话又在耳边回响："天下兴亡，光靠我们是不行的，几千年的封建统治，国人思想已被牢牢桎梏，早已习惯了苟延残喘、逆来顺受，任由统治阶级剥削压榨，要解放困在他们身上的枷锁，我们必须走出去，到祖国的每一寸土地上，传播我们的革命理想，唤起四万万同胞，同仇敌忾，勇敢去推翻这反动腐朽的强权，建立起一个民主自由祥和的国家，任重道远啊。"想到此，梁石生深深领悟到刘婉珍一番肺腑之言的真谛，他就是一颗火种，身负重任和希望，去点亮腐朽黑暗的世界，哪怕前面有风有雨甚至是屠刀。

家乡越来越近了，夜色也慢慢降临了，每到一站，车童高声报站名："济南站快到了，下车的旅客请注意，检查一下随身携带的行李，做好下车准备。"一遍一遍不断重复着。列车"咣当"一动，发出"嗡嗡"鸣叫声——

两个查票员如期而至："先生、太太、小姐们，辛苦把车票再拿出，现在开始查票了，哟嗨，这位胖先生，您把票举高点。"

二等车厢内一排排软垫椅，座位较为宽敞，零散着空闲座位，车厢内不乏特殊身份的人，冲查票员瓮声瓮气吐怨气："查来查去的，上车就查了两轮，吃饱了撑的！"

高个子查票员闻听俩眼一瞪："先生、太太们，甭不耐烦，京津这阵子，革命党兴事儿，漏掉乱党，大伙儿跟着掉脑袋。"

一旁的查票员站在身后捅一下高个子："嘴不把门，瞎咧咧啥呀，真遇上乱党了，整个车厢人连窝端，乱党身上捆着炸弹，可不是闹着玩的啊。"

一位浑身绫罗绸缎的妇人，正烦车厢内乌烟瘴气，闹哄哄让人烦躁，她的5岁皮小子，玩闹不听话满过道跑："阿弟，别乱跑，侬快回来坐好，小心座位下的皮箱，藏炸弹啊。"

好家伙！呼啦一下子，半个车厢的人站起来："炸弹，有炸弹啊。"

快走到南头的两个查票员闻听，立马缩脖子，趴在座位挡板后面，扯嗓子喊："都别动，小心爆炸了。"

查票员发出一声惊呼，旅客们顿时炸了锅，慌乱中你推我搡，北面的旅客一窝蜂地往南面跑，只剩下了梁石生和与他隔一排的一位身穿深灰色长棉袍，头戴黑缎子底边，镶一寸多宽锦缎滚边的瓜皮秋帽，鼻梁戴墨镜，太阳穴贴膏药，走单帮模样的人。小商贩摘掉墨镜，瞎了一只眼，旅客们见了更是吓出声"啊——"，两个查票员同时冲小商贩喊："打开箱子，快点打开。"小商贩颤巍巍地打开皮箱："俺是做生意的，真没炸弹啊，一些家常衣服。"他神色慌乱地打开皮箱，胡乱拿起几件衣服抖了抖，"吧嗒"，居然从一件衣服里掉出一个砖头大小的黑色油纸包，滚到梁石生脚下。

"啊——"车厢里一片惊呼，梁石生也吓得哆嗦一下，定了神，没等小商贩反应，他过去弯腰拾起来，仔细瞧瞧，小商贩慌了神，伸手过来夺，两个人来回争抢。

两个查票员估计不是炸弹，放胆过来，高个子一把夺过去，另一个控制住小商贩，打开一瞧，高个子捧鼻端嗅嗅，坏坏一笑："味很浓啊，一准印度烟土。"

小商贩扑通跪倒："两位大爷高抬贵手啊，烟土是用来治病的，不是吸食的啊。"小商贩"咚咚"使劲磕响头。

南边旅客也跑过来瞧热闹："侬啥炸弹啊，小赤佬带阿片，侬看看呀，20多两咧。"

贩烟土的小商贩，终于被车警押走了，清洁工过来打扫车厢，抱孩子的夫人嘤嘤哭泣，小孩子受惊吓，老实趴在妈妈的怀里睡着了，这妇人随口一句恐吓孩子的话，竟惹出这么大的乱子，想着被带走的小商贩，她深深自责。在梁石生的对面，坐着一对看似夫妻的男女，男人穿制服，女人穿裘皮大衣，夫妇左手座位上的两个半大孩，天性所致，打闹嬉戏不止，"你是乱党。""你是乱党。""哈哈——""乱党、乱党。"

夫妇俩敏感，瞧坐对面的年轻人面带厌烦之色，妇人推开丈夫，站起身走过，兜手给了俩孩子每人一巴掌："死孩子，闹闹，叫警察把你俩都逮走，枪毙。"

俩孩子哭得像挨了针扎，做丈夫的见不得儿子哇哇大哭，硌硬媳妇说枪毙孩子，听着不吉利："妇道人，跟孩子生啥气啊，有本事，你指出哪个是乱党呀。"嘴里说气话，抬起手来回乱指，俩孩子对面坐两个人，一个老学究带着一个规规矩矩的少年，穿着平常，眉眼老实巴交的，耷拉头谁也不理，他指向靠东面车窗坐的梁石生，愣了一下神，不好意思地收回手。

梁石生站起身，从行李架上的包内取出两个耳朵眼炸糕，过去递给两个孩子："吃吧。"

俩孩子见了点心，立马不哭了，夫妻俩直点头感谢，妇人瞧他年轻朝气，学生装文雅，聊起话来自然亲近些，"先生在哪儿下车啊？"

"临城。"梁石生犹豫会儿，直说了。

"当家的，和我们一块儿的呀，你知道中兴公司吗？"同一个目的地，一下子拉近了彼此的距离。

当丈夫的轻推推妇人，瞄一眼梁石生座位下的铺盖卷，咳嗽一声，意在提醒妇人对面的人寒酸，"鄙人是中兴公司销售业务经理。"

"幸会，中兴公司，俺小时候去过。"梁石生很高兴能遇见中兴公司的人，一下子来了兴致，随口说起关于慈禧、光绪、李鸿章的种种传说。

当丈夫的闻听来了精神，一撸袖子，口若悬河，侃侃而谈。

"先生这么年轻，走水路还是走旱路的。"妇人一脸不屑，嫌弃丈夫吹嘘，用手绢遮住半个嘴角，仔细打量着年轻人。

梁石生微笑笑："此番出门，是收货款的。"

妇人没话找话："这年头走外收款，干的事靠身家性命担保呀，家里有人了吗？"

梁石生脸发红，对面女人穿着妖艳，白狐狸围巾披肩，胸脯高耸，浓妆艳抹，一双狐媚眼，眉心长一颗黑痣，嘴唇涂抹厚厚的口红，似血盆大口，笑起来五官夸张。男的身材瘦瘦，凹骨脸，招风耳，仓鼠眼，蒜头鼻，薄嘴唇下一排白细牙，穿着中兴公司冬季制服，戴一副金丝边眼镜。梁石生顾忌这对夫妇穿着打扮非比寻常人，没再言语，望向车窗外。

当丈夫的派头十足："艳红，出门不问家事，规矩呀。"

马艳红瞟一眼丈夫，嫁给他之前，她6岁时被卖给北京一家唱大鼓书的姓马人家，亲爹娘早就不记得了，她9岁就在津运一带跑码头，唱京韵大鼓，没唱出名堂。中兴公司天津总部当差的胡作为，平时进书场，就为了听15岁的马艳红唱的《坐楼杀惜》《李瓶儿》。老天爷没赐给马艳红靠天吃饭的嗓子，模样却出落得八面玲珑，一来二去，她与胡作为厮混熟了，同居三年，生了两个儿子，胡家也认命了，允许唱大鼓书的马艳红做了儿媳妇。他们埋怨自家儿子白上了几年私塾，虽然精通八股文，偏偏生不逢时，大清取消了科举考试，断了进取秀才、举人、进士的仕途之路。胡作为跺脚叫嚷着要去投河，到河边腿软了，挥刀上街要去造反去革命，可听到革命党要被杀砍脑袋，吓得哑巴了，做买卖亏本，出苦力没体力，干啥啥不行，走投无路。他一路求到本家亲戚相助，本家亲戚在中兴煤矿当副经理，靠爬狗洞攀附这门子富贵亲戚，胡作为居然轻松地在天津总部混了4年，混了唱大鼓书的媳妇得了两儿子，天天是吃了睡，睡了吃混日子。天公作美，1924年12月，中兴煤矿公司改组董事会，黎元洪任董事长；1925年10月，吴炳湘辞驻矿总经理，胡希林接任峄县中兴煤矿公司的驻矿总经理，紧跟着中兴煤矿公司上上下下部署人事变动，该当胡作为走狗屎运，本家亲戚自然与胡总经理相交深厚，胡作为由天津总部升迁任峄县中兴煤矿公司煤炭销售业务经理。等胡作为携带家眷，千里迢迢由天津到了峄县枣庄中兴煤矿，都是任船务煤炭销售副经理，薪金也由先期说好的乙类第一级300元，降至第三级的240元。胡作为搬出本家亲戚做靠山，找到驻矿总经理胡希林，先续本家，后又是争闹，胡希林纠缠不过放一马，把薪金调至第二级260元，若另有高就，公司不勉强。胡作为咬碎了牙往肚里咽，只能认栽，问题是他也回不去天津总部了，只求来日方长，去上海总部或是再回天津总部。

此次回天津说是走亲戚，其实是打小算盘走门子，趄摸能否再回天津总部，谋求一个差事。老婆马艳红住不惯山东峄县枣庄，从天上到地上，哪哪都黑黢黢的，看不见海摸不着江。选衣料没像样的大商场，天津劝业场是购物天堂，任你撒腿跑三天也逛不完啊。胡作为打拼一天回到家，热乎饭没顾得吃上一口，马艳红就上演哭闹大鼓书，哭天抹泪闹着要回天津，吃虾酱锅饼，两个儿子没了狗不理包子喂养，也不似往日欢实了，见天没精神打蔫，胡作为心疼老婆孩子，就由着老婆带孩子回天津住上一段时间。此次三一八事件，北京、天津巡捕房到处抓人，闹得人心惶惶，马艳红写信给远在山东峄县的丈夫，接娘几个回山东静静。为坐车的事，两口子怄气，胡作为是分厂经理能坐头等车厢，舟车费回矿能报销，老婆、两个孩子费用自理，胡作为算计钱，便买了二等卧铺，怎奈火车二等卧铺规定，男女必须分开，胡作为岂能和老婆孩子分开坐，他将就买了二等坐票，马艳红认为一年坐不了几回火车，坐头等车也风光啊，这一路上她冷着脸，冲着两个孩子恶声恶语的，无非表示对丈夫的安排不满。

"咣当、咣当"的列车，一路向南奔驰，长途奔波令人昏昏欲睡，胡作为忙于照顾两个熟睡的儿子，没了攀谈的兴致，马艳红头靠车窗早已进入梦乡。12点36分过了兖州站，受不了熬夜的旅客抽起烟来。坐在梁石生身边的老者摸出旱烟袋，"吧嗒吧嗒"抽起来。旱烟呛人，车厢内顿时烟雾缭绕。车童哈欠连天，如鬼魂般在烟雾中穿梭，有气无力喊着："下一站，临城车站，旅客们请注意。下一站，临城车站，旅客们请注意啊。"报站声渐渐远去，梁石生受不了旱烟味儿，索性站起身，走向列车贯通道松动一下身体，这里风大人稀，感觉浑身冻得慌，梁石生双手抱肩，眼望车外，茫茫黑夜远处零散着点点灯火。此时，他似乎比在北京还思念家里的爹娘和妹妹，思念家乡的山山水水，仙人洞、石榴园、青檀寺，县署周围的福神祠、马神庙、二郎庙，仿佛不曾离开过，就在自己的身边，一行热泪滚落而下。

凌晨3点50分，列车驶入临城车站，站台上灯光仿佛被黑夜吞噬了，忽明忽暗的，到站的旅客纷纷拿起行李下车。胡作为的两个儿子困意正浓，哭咧咧不肯动弹，左等右等也不见扛行李的脚夫上车，梁石生背上铺盖卷，少不了腾出一只手帮其提行李，马艳红在身后一个劲儿地咒骂："临城这个鬼地方，到了就黑天黑得心慌，死东西偏跑这儿，一个脚夫也看不见呀！"胡作为左手拽大的右手抱小的，马艳红两手也提着大小礼盒，一边招呼着丈夫，一边加快脚步追赶着梁石生："梁先生，梁先生，您慢点。"

马艳红不愧是唱大鼓的，一口的京片子，声音脆生干净，惹得同行人侧目，胡作为寒了脸："喊啥呀，快走吧，姑奶奶。"

梁石生放慢了脚步，他身着单薄，感念孙美熙把刘明洋生前的毛围巾留给他，抵御了阵阵寒风。梁石生索性站住了，等着拖儿带物的胡家人，胡作为感激梁石生伸手相帮提行李，他们说说笑笑往前走，望见检票口聚集了一大群人，周围布满了荷枪实弹的军警，梁石生心里一紧，因为手提胡作为的行李，心想着沾光硬头皮往前走。

"后面的，听见了没有，排成四列，老人、妇女、儿童一列，其他的排三列。"

听见有小孩喊妈妈的，不时有喊"老总行行方便吧"，夹杂着哭声。

戴眼镜的、穿长衫的、年轻人属于严查对象，马艳红和两个儿子顺利地进入检票口，胡作为掏出中兴公司的证明，军警扫一眼放行。

夫妻二人回头见梁石生被军警推出队列，二人瞪大眼睛不知所措，马艳红对丈夫说："去给说说呀，梁先生是和我们一块儿的。"

胡作为猛地一拽妇人："长膘了，想挨枪子，尽管留下，没人拦着蠢猪。"

马艳红立马奔拉肩膀："怪不得没见脚夫，都在检票口不让过来呀。"眼巴巴望了一眼梁石生，一家人低头赶忙赶路而去。

梁石生等一大群人被军警押解拐角处，火车站的杂役手举信号灯，强光照得他们睁不开眼睛，临城警察队长杨二狗，趾高气扬地站在高台上，手上晃动搜查出的一本《新青年》，"听好了，宣布直鲁联军张总司令张宗昌手谕：一、凡参加三一八暴乱的嫌疑分子；二、私藏携带禁书报刊宣传单的；三、散布煽动乱党言论者，格杀勿论，就地正法。"当场就有四个人跪地喊冤求饶，军警们哪管三七二十一，手持棍棒一通乱打，生生被拖走。

军警们一一检查车票，从天津东站、天津总站、天津西站、沧州、德州、济南府上车的，一律暂时扣押，由泰安、曲阜、兖州上车的，说明来意，当即放行。

盘查出27名嫌疑人，多数是年轻人，悉数被押解到车站仓库看押，20多个军警站在四周，车站的人员做登记，姓名、年纪、籍贯、来临城、峰县、枣庄具体干啥，必须出具走亲戚或游玩做生意证明，是否有人证明，证明人的姓名、男或女、行业、住址。

梁石生没登记岳父王寿昌信息，静等警察联系到父亲，估计当地人无大碍。

天蒙蒙亮，军警进车站仓库点名，重点盘查近几天被拘押的看管人员，他们眼含恐惧，满脸的绝望。后陆续有9个人被亲戚认领走，稍作反抗的便被生拉硬拽，哭喊着拖走了。新进来的惊魂未定，只顾东张西望，对早进来的人问这问那。人自然分成两大群，穿长衫的形成一群，短打扮的零零散散四下坐着。

梁石生因在北京下乡宣传过革命真理，熟知穷苦百姓有亲近感，他便在穿长衫的和短打扮的之间，随便找一块空地，放下铺盖卷坐下，左手旁坐着一位短打扮，通身利索干净不沾油污泥泞，头戴巴拿马帽的人，他的铺盖卷旁边放一堆木匠工具，让人忍不住多瞧几眼，只见这人轻轻地弹着锯齿发出"噔噔"声，看来已在此一阵子了。

二人熬时间无趣，相互打量对方，虽说这人出苦力，相貌却夺人，特别眉下一双深邃的大眼睛炯炯有神，透出一股硬气，梁石生被他锐利的目光逼得低下头去。肚子饿，两眼发昏，他感觉身子发冷，伸手摸麻花，早就被搜查的军警拿走了，想起夜间有人悄声骂这帮军警坏透了，若有人带的财物多，便随意编造是从北面过来的革命党，立即押解到没人烟的地方，人财两空，冤死的不计其数，砍下头颅被高高挂在电线杆子上。

偌大仓库里空旷阴冷，那人见梁石生冻得发抖，不住声咳嗽，额头冒虚汗，估计他是饿了，摸出半个棒子面窝头，站起来递给他，没等梁石生反应过来，一旁的几个过来疯抢，看来都饿几天了。

这一刻，拉近了二人的距离，梁石生冲他无奈地苦笑笑："本地人吗？"

那人摇摇头，也冲他苦笑笑："过来找活干的，你是本地人吗？"

梁石生望着他，五官棱角分明，身材结实高挑，浑身充满了力量，声音低沉，说出话来给人亲切感，便放下戒备心，与其攀谈："本地人，峄县的。"

短打扮的人，摘了帽子，挨着他坐下："哦，到家门口了，家里怎么没人来接你啊？"

梁石生顿住了，军警搜查北京外逃的学生，不便直说："这个，我，在药铺做学徒，回来，家里人不知道。"

那人瞅瞅他，哑然失笑："年纪轻轻的，庄稼汉哪有四月天扛不住冻的，伸出手来。"

梁石生伸出右手，那人也伸出右手："看看，满手的老茧，常年做工磨出来的，你的手细皮嫩肉，一看就是拿笔杆子的，警察阅人无数，一眼就瞧得出你是哪条道上的人。"

观此人的言谈举止，透出一股灵气，让梁石生对他刮目相看，很难把他和干苦力的画等号："您是哪里人啊？"

那人思索一会儿："我四海为家，住在哪儿，哪里就是我的家。"

时下杀机重重，所处环境，迫使人人自危，梁石生不便多问，眼望远处。

坐在身边的人，轻轻打个响指，压低声，"郊县人。"

二人相视飞了个眼神，看似打哑谜，内心荡起一股暖流，如老友重逢般很想敞开心扉深谈谈，可各自心中的一道坎迈不过去，千言万语到了嘴边也化成一声叹息，琢磨着对方的言语，观察着对方的举止。而后，便长时间沉默了。

临近中午时分，火车站的几个杂役，担进6个水桶，里面装满了高粱面稀粥，像吆喝喂猪似的："统统过来，一人一碗，不许哄抢啊。"

梁石生坐着不动，那人过来拽他起来："人是铁饭是钢，一顿不吃饿得慌，来呀。"

突然来了一个警察，冲着仓库内高喊："纪瑞民，纪瑞民，谁叫纪瑞民。"

那人拿只空碗走过去："老总，俺是纪瑞民。"

警察来回看了几眼："妈的，烧高香了。"

火车站的杂役问："哪门子亲戚啊？"

警察道："南马道大井的绞车工杜宝财，说是他老表，来矿上寻活的。"

走出去意味着自由，仓库里被拘押的人投射出羡慕的目光，纪瑞民迟疑地把碗放回编筐里，他琢磨着一步三回头，过去收拾木匠工具，他努力思索判断是否存在凶险，从警察的面目言语上没啥隐晦神色，这突如其来的脱离险境让人难以置信，内心波澜起伏，也许性命就在今天结束，组织交给的任务也将就此终结，与前两次一样，派遣的人消失得无影无踪，在这行将离去的时刻，怎么能向党组织留存一点信息呢？纪瑞民心如刀绞，梁石生静静地走过来帮他把铺盖卷背上身，愣愣地望着他，纪瑞民内心萌生一丝希望："先生姓甚名谁？"

"梁石生，石头的石，生存的生。"

纪瑞民默默地念几遍，背起木匠工具："如果哪天有人寻找郊县来的纪木匠，麻烦说声他走了。"纪瑞民从入党那一刻，便把生死置之度外，对于顷刻间生命面对抉择，纪瑞民慨叹壮士未捷身先死，自己还没见到中兴煤矿公司，近在咫尺若牺牲了，内心无比抱憾，"走了"的语气格外加重，着意暗示梁石生"走"的深意，能把自己遇害的信息传送出去，也是没有希望的希望了。

梁石生望着纪师傅眼睛深处的一丝期盼，大脑一片空白，兵荒马乱的凶险环境下，枪口之下，无论什么人的性命都如蝼蚁般轻贱，他郑重地向木匠点点头。

仓库大门口的警察不耐烦地催促："放你小子出去，磨蹭个啥呀，他娘的快点儿。"

纪瑞民郑重地向梁石生点点头，拎起木匠工具，走到仓库大门，回头向大家告别，再次向梁石生刻意挥挥手，脚底有力地走出仓库。

第五章　萌芽

临城存史不足百年，1912年津浦铁路开通。坐落临城的火车站始建于1912年，由德国人以哥特式设计建造，砖木结构，砖砌圈门的三等小站，共有站房13间，建筑面积227.6平方米，旅客站台2座，货物线3股，停车线3段。枣庄境内筑三条铁路建成通车，一条贯穿枣庄南北的津浦铁路、一条连接津浦铁路临城车站至中兴煤矿所在地枣庄的东西走向的临枣铁路，一条从枣庄往南连接台儿庄的枣台铁路，成为津浦铁路和临枣支线交汇处的一个重要站点。

在火车站货运仓库关押几天，乍一出来，阳光刺得纪瑞民睁不开眼，他挪动脚步往出站口慢慢地走，身背行李手提木匠工具，走在冷风里，感觉手脚冰凉，他茫然地四下望望。

"老表，你是从潍县来的吧？"杜宝财只记得把兄弟张福海千叮咛万嘱咐，嘱托他来临城火车站接老表，他是来中兴煤矿找活干的。杜宝财临来时，张福海特意交给他一张中兴煤矿公司开具盖印的招工单，以此为领人的凭据。

"老表是？"纪瑞民收住脚步，确定不了来人目的，本能让他提高了警惕。

"你是从潍县来的纪师傅吧，做木匠的。福海是俺仁兄弟老三，他今天当班，托俺来接站，咱走吧。"杜宝财瞅他满脸憔悴，浑身尘土，估计八九不离十。

"家里待不下去了，寻思着投奔老表，好养家糊口呀。"纪瑞民沉住气，耐心等对方对暗号。

"做木匠哪行的？"杜宝财呆着脸，看看装工具的木盒，锯、锛、斧、凿、锉、钻、刨子、尺杆、墨斗、角尺一样不少。

"细木匠，凑合着混口饭吃呗。"纪瑞民仔细地观察着对方。

"峄县文昌阁，在二层楼里，挂两个明朝时期用青檀木做的走马灯，坏了一个，纪师傅能给修修吗？"

"青檀木，树皮树根能祛风透疹、消食化滞，果实清热利咽，好木料啊，家里有陈货吗？"

"有，三方木料。"

"我要五方青檀木料。"纪瑞民压低声，伸出五指。

杜宝财从怀里掏出一柄木梳子："就是这种木料。"

纪瑞民接过来，仔细一看，梳子上刻一行字："木有梳，梳有隙。"心里窃喜，暗号终于对上了。纪瑞民走出货运仓库大门时，自己胸怀悲壮，想着即将牺牲，可转眼间柳暗花明，怎么能不喜出望外啊，他强压住喜悦。

杜宝财吧嗒眼皮，神色紧张地左右瞅瞅："这种青檀木呀，就是为你留着的。"

"家里人都好吗，俺姑和姑父身体还硬朗吧？"纪瑞民望着从身边走过形形色色的人，有话没话地问一句。

"好着哪，家里老人硬朗着呢。"杜宝财刻意大声应道。

纪瑞民手提木匠工具跟在杜宝财身后，行李扛在杜宝财的肩膀上，走出拥挤的火车站检票口，二人这才稍稍松口气，怕生意外不敢久留，加快脚步走下候车广场。

火车站广场人头攒动，外出务工的人皆粗布短衣打扮，少数几人头戴毡帽、绒帽或藤帽、草帽，四月天穿破棉袄，穿草鞋、趿拉破布鞋、打赤脚的也不少。警察及国民军夹杂人群中，旅客中的政府官员、学者和各色商贩居多，男士穿长袍马褂头戴礼帽或如意帽，或着立领斜襟缎面小袄、长衫、文明装、西式大衣，脚蹬皮鞋的神气十足；居然还有手拄文明杖的洋人，津津有味地欣赏着异国风情；年长的手持长杆琉璃嘴旱烟袋，身穿前清便服，后脑勺拖一条长辫子，低头走一步咳三声；太太小姐们则身着旗袍，或着立领斜襟镶边缎面女袍，上下身短褂马面裙，倒大袖袄裙文明新装，西式衣裙，上年纪的老妇依旧迈着小脚，一扭一扭地走；黄包车、毛驴车、手推车、独轮车是多数人出行的首选，汽车、大马车穿行其间。

火车站广场北面，是一排简易帆布棚小吃摊，有卖粥、辣汤、萝卜丸子汤、炖羊血、蒸包、油条、烧饼、缸贴子、杂粮窝头等，纪瑞民在车站仓库被拘押了4天，每天只喝两碗稀粥，整个人饿得仿佛成了空壳，闻到饭香一步也走不动了，两眼直直地看着。杜宝财摸摸口袋里的钱，若是雇驴车回枣庄，估摸着钱不够两个人吃饭。张玉林找他来临城火车站接人，给了吃饭雇车五毛钱费用，他得了钱，转身买二分钱酒二厘钱猪头肉下肚，等到了临城火车站，才晓得想把关进仓库的人领出来，没有临城警察队长杨二狗开具的信条，甭想过了这一关。杜宝财没法子，花两毛钱买了一斤龙井，花七分二厘买了两包哈德门，拿着中兴煤矿的招工单，进警备室把烟茶孝敬了杨二狗，他这才顺利地把纪瑞民领出临城火车站。钱花去大半，现在正愁回去怎么跟老三张福海解释。

火车站内外人流涌动，男女穿着五光十色，杜宝财看花了眼，悄声说道："自打辛亥革命一闹，火车站竟是些二道毛子呀。"

纪瑞民不解，望着杜宝财打愣："义和团？"

杜宝财窃窃发笑，腾出右手，伸出食指中指做剪子状，在耳根剪剪。

纪瑞民伸头望向不远处，两个身穿旗袍肩披大衣，头剪短发的女子，格外惹人注目。

"兄弟，咱俩今儿算认识了，福海说你叫那个啥？"

"免贵姓纪，纪瑞民。"

"对对，叫纪瑞民，俺叫杜宝财，小30岁的人了。"

"年长你一岁，兄弟呗。"纪瑞民这才细细打量杜宝财，皮肤黝黑，个不高，身板结实，圆盘脸、圆头鼻子、小圆眼，人一团和气。

"纪大哥显得年轻，看着二十五六岁，人长得耐看。"杜宝财眼里的纪瑞民生得几分洋人的立体五官，宽额头、耳轮分明、鼻梁直挺、嘴角刚毅、双眉浓黑贴近眼眶、两只眼睛大而深邃，发出灼灼光芒。

"不年轻了，一把胡子啦。"纪瑞民抿嘴微笑，摸摸这几天没刮胡子，胡子楂儿刮手。

"火车站小吃摊不分贫贱，有钱的没钱的，出门也在这儿吃几口，咱将就先吃点儿。"杜宝财招呼着纪瑞民向小吃摊走去。

他们选靠近路边一家卖萝卜丸子汤的小摊，五分钱一碗，烧饼二分钱一个。二人放下行李工具，各自搬来三块砖坐下，杜宝财招呼着："上一碗丸子汤来，三个烧饼。"

丸子汤、烧饼一端上来，立刻围上几个衣衫褴褛穷要饭的，伸出黑乎乎的破碗或破瓢："老爷呀，可怜可怜吧——"

卖丸子汤的夫妇顿时黑了脸："滚一边去，去去——妈的，比苍蝇都多，闻见味就挤进来。"

纪瑞民和杜宝财望着皱眉头，一群要饭的悻悻地离开，杜宝财唉声叹气道："过了年，庄稼断季，村村都有外出讨饭的。纪大哥，三个烧饼够吗？"

纪瑞民见这面食圆圆大大的，薄了些，吃五六张不成问题，内心体谅他人难处："够了，够了。"等烧饼丸子汤端上来，人饿坏了，猛地咬一大口烧饼，端起碗喝一口丸子汤，没等咽下去张口全吐出来，呛得鼻涕眼泪直流。

"慢点吃，刚出锅的，烫了点。"杜宝财傻笑笑。

纪瑞民吐吐舌头："不是烫，是辣，太辣了！"

杜宝财一脸的怅然："辣，这还辣呀，就给你舀了半勺辣椒油，俺当地人吃高粱棒子面煎饼，卷辣椒揾蒜，怕你受不了呢。"

纪瑞民不了解峄县人好食辣，辣椒是这里菜的灵魂，没有辣椒，厨师便不会做菜了："俺不能吃辣，这太辣了。"用筷子撇碗里漂浮的辣椒油，一抬头见杜宝财干坐着抽旱烟，好难为情，自己光顾着吃了，"兄弟不吃点吗？"

"俺吃饱饱来的，你放开吃，不够再要。"杜宝财深吸一口旱烟，望着纪瑞民光亮的大脑门，"纪大哥，在峄县是顿顿辣椒盐，你还真不能吃辣呢，额娄盖子冒汗了咧。"

"欧罗盖子，欧罗盖子。"纪瑞民哑然失笑。

"不是欧罗盖子，额娄盖子。"杜宝财指指自己的脑门，纠正着发音。

一个两眼昏花的老年妇人，佝偻身子，牵着两个没穿裤子的年幼孩子，头发乱蓬蓬满脸泥污，脸上挂满泪痕，冻得瑟瑟发抖。老妇人探着头："老爷，行行好吧，可怜俺两个没爹的小孙子吧，快饿死了呀！"

纪瑞民望着饿得奄奄一息的祖孙三人，心里一阵阵酸楚，他站起来，随手把两个烧饼，递给两个破衣烂衫的孩子。

老妇人立刻跪下来，纪瑞民连忙扶起老人家，老人家哆哆嗦嗦感激，"俺遇上恩人啦！拢共养了一个孙子和一个孙女，爹死得早，老爷若不嫌弃，拿一元钱，麻利点挑个呗，还巴望给家里生病的媳妇买药啊。"

纪瑞民摸摸衣襟，一分一厘也被警察都搜刮去了，回去从行李包抽出两件旧衣服，来到老妇人身边："咱都是穷苦人啊，俺身上没钱了，两件旧衣服拿回家，给孩子们改改穿吧。"

杜宝财看了于心不忍，索性留出饭钱，把身上剩下的几个钱一股脑地全给了老妇人。

老妇人拉着两个小孙子一起跪下，二人忙把老人和孩子们扶起来。卖丸子汤的过来，往老妇人的要饭破瓢里倒了一碗干炸萝卜丸子，老妇人不停地向她作揖，领着两个小孙子一步一步地走开了。卖丸子汤的瞅瞅两个客人："哼，要饭的穷鬼多了去了，可怜这个可怜那个，谁可怜咱呀。"卖丸子汤的，为了生意起早贪黑，手背手掌粗糙开裂，买卖做久了，也变得六亲不认了。

杜宝财从褡裢里取出几个铜板，递给小吃摊女主，这个胖女人两只油手仔细地点着铜板："哎，这枚湖南的铜钱不行。"

杜宝财一把夺过去，搁手掌上瞧瞧："怎么不行啊，不就一分钱吗？"

小吃摊女主人脸一沉："南边闹革命党，湖南的钱，说不管用就不管用，俺做小本生意的，亏不起呀。"

杜宝财把一分铜钱搁手心掂掂："剩下的钱都施舍了，褡裢里一厘也没有了。"

小吃摊女主蛮横地嘴一撇："没钱装啥穷大方呀，俺这儿，少一厘也不行。"

纪瑞民不能眼看着杜宝财受憋："这枚钱不管用吗，信得过的话，回头再把钱送过来。"

小吃摊男主人顾着忙生意，过来帮衬胖媳妇："你两大男人，手上就没丁点活钱呀。"扭头对胖媳妇道："外省的钱先收下吧。"

胖媳妇嘟嘟囔囔，一脸不情愿地收下钱："装圣人，又送衣服又撒钱的，这会子哭穷了，老婆娘一针一线缝制的衣服，不当钱呀。"

纪瑞民闻听，脑袋嗡地一声，心里一阵绞痛，他想起了远在家乡慈母的双眼和媳妇的双手。

棉纺车在昏暗的油灯下，吱扭扭地响，老太太的头发全白了，三个儿子外出务工，大儿子病死了，二儿子音信皆无，小儿子与先前离家时仿佛变了个人，每次回家来，沉默寡言，昼伏夜出，行动神秘，当娘的心里明白，从来也没问过，家里人为此担惊受怕。此番小儿子突然回家，脸色凝重，查阅书籍，当娘的做媳妇的看了伤心，怕他在家待不了几天，一去便几年不见人影，婆媳二人无语，默默地看着他修理家里木家具的边边角角。

纪家凭木匠手艺过活，虽不是大富大贵，三个儿子都继承了父亲的衣钵，制作家具和木料雕刻，榫卯接合严丝合缝，细木匠手艺十里八乡远近闻名。可兵荒马乱的年代，尚不足靠手艺吃饭养活家人。大儿子纪瑞祯带着小儿子去青岛在四方机厂寻活路，长期没日没夜地过度劳累，竟死在劳作现场。二儿子纪瑞祥远走他乡，生死不明。纪家就剩下纪瑞民这一个独苗了，老人家担忧儿子常年奔波在外，为了他所说的啥理想。村里人说儿子的这条命，如同在死亡线上行走。

"三啊，你大哥走了，你二哥在外头是生是死，家里一点音讯也没有，娘老了呀，家里这里里外外，全靠你媳妇一个人照顾啊。"

"娘，儿子不孝，让您老人家受苦啦。"

"瞧你说的，娘有了你知足啊，媳妇也孝顺，娘就是巴望着儿子呀，待在娘身边，不离开家门，守着娘过活啊，娘也活不了几天啦。"

纪瑞民扶住娘坐稳，扑通跪倒在地："娘，让儿子给您磕个头吧。"

望着儿子跪地磕头，当娘的泪水滚落："媳妇，你放下手里的活，拿过来，咱娘俩一块儿缝补，他大哥留下的那件棉坎肩，也给他带上，路上冷啊。"

媳妇拿来一个包袱，放到婆婆跟前："娘，我找过了，是不是还在衣柜里。"

儿行千里母担忧，婆媳埋头赶制针线活，当娘的心系儿子安危，当媳妇的顾及丈夫路上饥寒，千言万语都系在一针一线上，衣服上细密的针脚，饱含多少慈母泪媳妇的情啊！

纪瑞民深感对不住媳妇，从她嫁到纪家做媳妇，为了远在他乡的丈夫担惊受怕，为了赡养婆婆吃糠咽菜，一年四季地里的农活全由她操持打理，没过上一天的舒服日子，婆婆面前恪尽孝道，丈夫跟前没诉过一声苦叫过一声难，纪瑞民怎么去跟娘和媳妇说他的事业伟大，凭啥让她们受苦受饥。忠孝两难全让纪瑞民自责不已，唯有泪水相赠。

"人民饥寒交迫，挣扎在死亡线上，让普天下穷苦的孩子们吃得饱穿得暖，出路在哪里？幸福又在哪里？"一路上奔波，满眼是饥寒交迫流离失所的穷苦难民，纪瑞民陷入深深的思考中。1895年，纪瑞民出生在山东郯县里岔村，年仅14岁时，随大哥离开家乡，到青岛四方机车车辆工厂做木匠，受尽了军阀、买办对工人的残酷剥削和压榨，没有屈服。胸怀壮志的少年，善于观察和思考，在黑暗的社会，他积极寻求光明，在苦难的岁月里滚爬摔打，历练成一个不屈不挠的勇者，淬炼成一个出色的共产党人。

五二九青岛惨案发生后，上海也相继发生五卅惨案，青岛支部、胶济铁路总工会遭到严重破坏，军阀大肆通缉逮捕共产党人，一大批党员牺牲在军阀的屠刀之下。纪瑞民身为青岛工运的组织领导者，身处险境被迫转移。中共山东省委领导看准了纪瑞民在胶济铁路大罢工中展现出的顽强斗志和组织能力。中共山东省委总结以往派遣到峄县中兴煤矿开展工运和建党工作中屡屡受挫、打不开局面的症结，把突破困难寄托在纪瑞民身上，希望他发挥聪明才智，打开中兴煤矿这一薄弱环节，拓宽山东党的事业。

1926年初春，在青岛转入地下秘密从事党的工作的纪瑞民，接到中共山东地方执行委员会的命令，派遣他到峄县中兴煤矿开展工运和建党工作。纪瑞民匆匆回到郯县里岔村，向母亲妻子告别。

"纪大哥，想啥呢？"杜宝财招呼着愣神的纪瑞民。

"没啥，咱现在去煤矿吧。"纪瑞民回过神来，揉揉眼眶，克制住自己的情绪，不能让眼泪流出来，这泪水是给故乡的，给母亲和媳妇的。

"唉！人在外地不容易啊，女摊主说得你想家了吧？"

"是，惦记着家里的老母亲啊！"

"帮助穷人没啥，人家说咱也对，咱哪一件衣服不是亲娘媳妇，点灯熬夜，一针一线赶制出来的啊。"

"说得是，俺记住了。早先在四方机车厂做木匠活，见不得受苦的兄弟们为难，身上有几个钱，就去帮助他们，到了下半个月，吃饭的钱都没有了，没少挨大哥剋。"

"俺也让你感动了，手一松，雇车的钱也没了，临城到枣庄60多里地呢。"

"咱们穷苦人走了一辈子的路，当年随兄长步行到青岛的四方机车厂，120多里的路程，一走就是一天。"

"纪大哥，扛起家伙什，咱向东走呗。"

"兄弟，咱这儿姓梁的多吗？"

"姓梁的，备不住，叫啥呀？"

"随便问问，舅家的远房亲戚，家在峄县城西住，多年没来往了，这兵荒马乱的日子，就不知还能不能遇见呀。"

"在峄县呀，找个把人丝粘，峄县八大家名头里有梁家，得空帮你拨搂拨搂。"

"嗯，那倒不必，俺去找吧。"

杜宝财肩扛行李，纪瑞民身背木匠工具箱，二人一步步向着枣庄走去。

天擦黑，张福海配合检修人员调整轴瓦间隙后，注完油，检查了小绞车制动闸及离合闸，劳累一整天，这才稍稍松口气。张福海家境贫寒，早年父亲在煤矿的窑户铺一带卖菜汤，收入微薄，不足以养家糊口，母亲只好去地主家当佣工补贴家用，幼年的张福海在矿山捡煤渣，饥荒年跟随母亲四处讨饭，18岁给峄县的崔家大户放牛，22岁进入枣庄中兴煤矿公司干小工，现在南大井开绞车。张福海收拾完工具，他火急火燎地与陶洪源交接班完毕，眼看着差一刻不到7点钟，招呼也来不及打，他就匆匆出了绞车房。

陶洪源后面追出十几步远："三哥，等等啊，我的话还没说，你咋走了。"

张福海收住脚，透着一股不耐烦："俺急等着有事儿，你又捣鼓啥啊？"

陶洪源到了近前，一把拉住张福海："老七结婚的事，份子钱咋随，老大说听你的。"

张福海一拍脑门，笑了："头两年凑整5毛钱，不然加1毛，6顺。"

在枣庄中兴煤矿当窑工，若想立足，不被人欺辱，那就得一拜窑神、二拜把子、三拜师傅、四结干亲、五认帮会。窑工们会通过这种方式抱团取暖,以至于拜把子会相互融合,或一个人拜几伙仁兄弟。在中兴煤矿外工群体中,以张福海结拜机务处和电务处的这帮仁兄弟最为出名,大哥为杜宝财。若仁兄弟家里遇见红白喜事,大哥杜宝财多推给在仁兄弟中威望高的张福海拿主意,张福海为人仗义,料事足智多谋,不光在绞车房受工人弟兄们拥戴,整个中兴公司下煤窑人中也是数一数二的人物。老七佟振江人长得好,平日里爱说大话,年初结干亲认窑头孙晋友为干爹,混上工头跟班的,眼眶子高了,不招兄弟们待见,越发不尊重大哥杜宝财不说,说不了三句话就抬杠,老大索性推给老三料理老七,佟振江人奴性强,见了性格光明磊落的三哥就腿肚子抽筋,说啥应啥没二话,老五陶洪源对兄弟几个人性格门儿清,"三哥没意见的话,咱这么着吧,等见了大哥说一声,弟兄们听哥哥们的安排。"

张福海手搓上衣口袋,语气支吾:"老、老五呀,身上带钱了吗?"

陶洪源摘下毡帽,从毡帽夹掏出3毛钱,抽出2毛钱递过去:"天黑逛逛,2毛钱足够。"

张福海照着陶洪源胸口轻打一拳:"狗嘴吐不出象牙,当成老七呀。"兄弟二人闲扯会儿,张福海放开大步走出南大井,往矿西南门走。

1878年,中兴煤矿公司成立伊始,着力规划布局公司未来发展和建设,随着中兴公司的建设,南大井铺设铁路后,围绕矿区筑高墙,由东、西、南三面建圩门。随着中兴公司的蓬勃发展,从1921年至1924年,中兴煤矿公司建成北大井,采用外国新式提升机、抽水机和采掘机,小槽煤使用无极绳运输,迅速提高了产量,增加了利润。同时在陶庄正式建立分厂,在山家林、汤庄、佟楼等地增开小井多处,中兴煤矿公司拥有了两座新式大井和140余口小井,年产煤82万吨,资产增至917.1万元,加之枣台铁路、运煤船舶和数座辅助厂,中兴煤矿公司仅次于日资控股的抚顺煤矿、中英合资的开滦煤矿,成为中国第三大机械化煤矿。

矿西南门北马路最西头，立一座耶稣教堂，因这一带靠近中兴煤矿南大井，众多下煤窑早晚轮班的窑工，多走矿东南门和矿西南门，此处形成娱乐商业区，日渐繁华。1910年，滕县人冯建成在耶稣教堂所在的南安宁街北建同乐剧院，可容观众400余人，邀请京剧、梆子、拉魂腔、落子等戏班唱戏，同乐剧院成为枣庄最重要的娱乐中心。

矿东南门北马路中路以南，矿区人流量逐年增大，形成了一条150余米的小街，其发展规模日益兴盛，街道两旁店铺林立，又依照中兴公司哥特式建筑模式，街道陆续扩建了一些新的欧式建筑。1919年，中兴公司出资6万元改建成买卖十字大街，装上电灯，筑砖瓦市房部分出租，出租以福、禄、寿、喜命名的店房302间，以仁、义、礼、信命名的房屋392间，租赁省内外客商，并在买卖街自设商店、粮店和设备配件店等，南圩门嵌有"中新街"石刻匾额，意为中兴公司的新街之意，俗称"洋街"，这里一时成为枣庄最繁华的商业街。

1925年中新街商铺陆续安装电灯，洋街至安宁街、扬州街到同乐剧院，由小商小贩、小吃摊小饭馆、说书和拉地摊唱小戏、宝局、牌场、当铺、窑姐渐形成商铺、戏院、青楼、杂耍场密集地，吃喝嫖赌抽的声色场地，成为枣庄最繁华的地方，不但是达官贵人云集于此，也供出窑的煤黑子消遣玩乐。

戏园子及中新街，巨大广告绘制山东梆子戏码：《奇错》《换妻》《玉虎坠》《两狼山》；红脸魏二、小生么五、黑脸李二黑心、小旦三托、花旦一棵葱等梆子戏名角荟萃，云集枣庄同乐戏院轰动一时，十里八乡的富足人家，扶老携幼踏破戏院门槛，么五和李二黑心带着三托、一棵葱逛街，在杂耍场吃枣庄小吃大鏊子菜煎饼，李二黑心吃得开心，扯嗓子吼两声《两狼山》，引来里三层外三层的人围观，洋街上的泼皮伸长脖子瞪眼瞅小旦三托和花旦一棵葱，"小娘子来一段吧，来段小和尚爬墙头，咋样呀？""三托，大小姐一棵葱嫩得出水呀。"泼皮戏言惹得众人起哄嬉笑，好不热闹。

踏进了杂耍场，在同乐剧院南侧，便是号称风月场的扬州街。张福海挤过喧闹的人群，只见饭馆小吃应接不暇，西面排一溜卖面食摊位，他称了10张高粱面煎饼，在街角孙家酒肆要了1斤高粱酒，在挨边的宋记酱菜铺点了五香豆腐干、咸花生米、老咸菜、酱豆子，交了4个碗和食盒的押金，宋老板正往木质食盒里装酱菜，张福海肩膀被人重重一拍。

"可让俺逮着了，三哥，买小酒小菜自斟自饮呀！"佟振江梳大分头，头发遮住半个耳朵，一身工头打扮，腰间扎一副宽腰带，神气活现地冲张福海嬉闹。

"老七，大喜的日子快到了，跑这干吗。"张福海看佟振江里外透着神气劲，也不好说啥，两个月前他摇身一变成了工头跟班的，出入井口不比从前，说话也越发地张狂了。

佟振江吹了声口哨，往左侧一努嘴："船务的胡经理，今天刚从天津回来，干爹招呼四五个同仁，去米家羊肉汤馆接风呢。"说话间，他从食盒碗里捏出一块豆腐干搁嘴里嚼，扫一眼价目表，"哼哼，宋记臭酱菜，也跟着煤价涨价了。"

宋记酱菜老板手拿扇子在酱菜摊上扇，一边不忘招呼着来往的行人："来呀、来呀，新出锅的酱菜，酱菜嘞。现在中兴的煤呀，是铁路上一列列火车往外走，焦炭是水上一排排驳船往南方运，中兴挖煤发了大财，还在乎俺这小本买卖的蝇头小利呀。"

佟振江俩眼一瞪，脖子冒青筋："小本买卖，话说得轻巧，中兴是家大业大造化大，也架不住浙奉和国奉大战以来，把津浦铁路和运河漕运，一股脑儿，全他娘的被南北各路军征用来运输兵马粮草了，中兴现在煤炭销售一落千丈，小井停产，大井限产，苏皖鲁剿匪司令张宗昌的第七军第六旅，打着征收煤炭生产税旗号，讹诈中兴勒取几十万的军饷，下煤窑的去年没挣几个钱，今年还拖欠个把月的工钱呢。"

"老七，大街上少说话。"张福海连忙打断了佟振江，冲酱菜老板点点头，硬是把佟振江拉走了。

"哎哎，三哥，你拉俺干啥，俺得跟黑心的宋老芯理论理论，前儿买了2斤酱豆子，足足少了2两，俺今晚就折断他的秤。"

"你四下瞅瞅，人多眼杂的地儿，是讲理的地方吗，小命不要了？"

佟振江挠头傻笑："说啥呢，还是三哥疼俺，炮捻子性，一点就炸。"

"俺正有事找你商量，就是俺姑老表，去矿上试活的时候，你臭小子，咋打算的？"

远处的窑头孙晋友，向这边挥手，高声招呼佟振江："快点，这边还等你呢。"

"好嘞，俺就来了。"佟振江应了声，他急火火与张福海说了声："三哥，你等会儿呀。"便向北飞跑，眨眼工夫又跑回来，手里托着热乎乎的草纸包，"刚出锅的热狗肉，兄弟的婚事，少不了哥哥们操心啊。"

"花这钱干啥？"张福海埋怨佟振江花钱穷大方。

"甭管，喝高粱酒吃狗肉特美。哥托俺的事儿，小弟说好几次了，干爹也犯惆怅，矿上招下窑的，背煤可是重体力活呀，下啥煤窑呀，到时候再想着呗。"

"少废话，哥现在就问你，这事行不，你看着办吧。"

"三哥一说话就瞪眼，弟弟没说不行呀，为这事花了近1块大洋，俺说啥了。"

"臭小子，你在这儿翻箱底，跟哥算账是吧，得空咱细算算，这一年四季的，哥花你臭小子身上多少钱啊。"

"嘿嘿，小弟的意思，哥吩咐啥事儿，跑断束腰带，咱也得干呀。"

"眼瞅着下个月拜天地，揭红盖头，少去逛窑子进烟馆的，不然仔细你的皮，听见了吗？"

佟振江砢磣脸要去抱抱三哥，被张福海推开，佟振江只能二皮脸坏笑笑，打个响指，一溜烟跑远了。

张福海望着跑远的佟振江，真遇上事，内心有说不出的感激，穷兄弟结拜，不求同生但求同死，一句话一件事，穷苦兄弟们心心相印，"若不是老七弄来中兴招工单，省里派来的人凶多吉少啊！下煤窑这档子事，无论如何，也必须跟老七说死了。"张福海拿定了主意，人反倒是轻松了许多。

人来到这个世上为了什么，张福海从懂事起，这个问题就一直困扰着他，后来通过老八房洪春，认识了省城来的李先生，给他全面解释了"人来到这个世上为了什么"。房洪春说李先生像传教士，张福海接触后虽然弄不懂这人究竟是干啥的，言谈举止也不像传教士，可从他的亲切话语中，体会到从未有过的激情，明白了许多从未领悟过的道理，穷苦工人不是生来就穷的，是因为资本家对工人的剥削压榨，他领悟了无产阶级要组织起来，向剥削他们的资本家地主老财做斗争的革命思想。

李先生在峄县枣庄短暂住了三个月便走了，仅仅不到半个月，一个肩背褡裢跑小买卖装扮的人，来到枣庄三合街南小围子，敲开了张福海的家门，恰巧张福海歇班在家。陌生人突然造访，张福海怕娘担忧，叮嘱媳妇搀扶婆婆去中新外街，揽缝补浆洗衣服活计。等娘和媳妇孩子走后，这才忙把在小院里等候的来人，请进低矮的一间半草房。

"此番造次，蒙李先生引荐，鄙人姓张，张鸿礼。恁是张福海，张师傅吧？"

"先生客气了，只是寒舍连坐的地方都没有，恁将就坐木墩吧，李先生还好吧？"张福海搬来一个木墩，转身在一摞饭碗里，挑了一只没碎瓷口的碗，顺水缸舀了半碗凉水，递给来客。看来者左顾右盼神色警觉，心里便猜出八九，估计这人与先前的李先生是同路人。只是家里的长辈，老实穷苦一辈子，低头走路小心说话，过颠沛穷苦生活习惯了也麻木了，辛辛苦苦把儿女养大成人，成家立业，粗茶淡饭微薄度日，巴望儿子交往踏实本分之人，老少一家人平平安安足矣，见天在儿子耳边磨叨，莫要招惹是非，远离生人和不务正业的人。

"张师傅，李先生托我带一本书给恁。"张鸿礼说着话接过去，瞅瞅屋里连一张吃饭桌也没有，随手只好把水碗放到脚边，从一摞账簿内抽出薄薄一本书，坐木墩上观察着张福海。

张福海接过书上下翻看着，封面印着满脸大白胡子的外国老头："不瞒你，俺大字不识几个，李先生还鼓励俺识字呢，'共产'这两个字，俺认识。"

"连起来念就是《共产党宣言》。"张鸿礼站起来，指着书上的字一个一个地念，"有时间，我好好地跟您讲讲这本书。"

由《共产党宣言》说到李先生，自然聊到中兴公司的发展历史，这位张先生谈古论今口气如李先生所说，言语间多次提到了"革命"二字，讲到了世界上还有许许多多的工人阶级，与中兴煤矿下煤窑的工人同样忍饥挨饿，受压榨遭剥削，若要彻底改变被奴役被压榨的命运，就要把像一盘散沙的中兴煤矿工人组织起来，勇敢地跟压迫剥削工人的资本家做斗争。

一连几天，张鸿礼经常与张福海促膝长谈，讲工人史，讲革命，讲共产主义。这些革命思想，张福海听了倍感亲切，仿佛进入了一片新天地，革命思想像一把打开黑暗世界的钥匙，让彷徨苦闷的张福海有了从未有过的体验，他不敢想象，穷苦的人民还会有当家做主人的那一天，二人一下子拉近了距离。

张鸿礼出入枣庄，随张福海或杜宝财、房洪春深入矿区，了解矿区工人的生活状况和生产情况，还乔装跟着张福海混进井下掌子面，亲身体会刨煤工的劳作境遇，在房洪春三合街大桥西侧开的小旅馆里，在南马道杜宝财家里，向工人们宣传革命思想，短时间聚集了大批煤矿工人过来聆听革命道理，打开了枣庄中兴煤矿工人认识自我了解世界的窗口。

通过熟读《共产党宣言》，煤矿工人们明白了李先生和张先生所讲的革命道理，都是通过这本书而来的，他们所做的一切，是为劳苦大众奔走说话的，不是教会和儒道，也不是国民党和军阀，共产党是解放全人类，引劳苦大众彻底翻身解放，是为推翻剥削阶级的社会建立起人人平等的社会主义，进而实现共产主义。

夜色渐沉，三合庄东面热闹的鱼市街上，路上行人渐渐稀少，张福海走过鱼市街南街口，来到南马道，再向南走3里地，眼瞅着到了杜宝财家的两间茅草房。土坯院墙西面已坍塌大半，迎面的院门旁长了一棵大枣树，树枝已发嫩绿芽头，两扇破烂不堪的院门，勉强竖立在门框中间，似乎伸手一推连门带框便会顷刻倒塌。

隔着院门，张福海高声向院内喊："大哥，大哥。"从破门缝望见杜宝财趿拉着鞋跑出屋。

开了院门，杜宝财见张福海两手拿着食盒和酒，忍不住咧开嘴角乐，忙接过去："山东人邪性儿，正念叨兄弟呢，隐约听见院门外你喊俺。"

"接着了？"张福海问着话，抬眼见屋里走出一个器宇轩昂的人，一步步向他走来。

"老三，纪大哥。"杜宝财站在张福海身后介绍。

"纪、纪、大哥？"张福海迟疑地望着眼前这个人。

"纪大哥长得年轻，比俺还大一岁呢。"杜宝财两手不停地比画着。

"终于见到你了。"纪瑞民跨前一步，双手紧紧地握住张福海的右手。

"站着干啥，屋里说呗。"杜宝财晃晃两手上的食物。

张福海仔细打量一番来人，相貌英气非凡，一双大眼睛格外炯炯有神。

纪瑞民笑而视之，只见张福海长得一团和气，方方正正，大高个子，国字脸，佛耳朵，一双剑眉、细长眼、直鼻梁、薄嘴唇，自带一身正气。

岂料张福海二话不说，憋足气力拦腰抱起纪瑞民，抡起整个人猛地用力向前一甩，纪瑞民反应相当快，翻身在空中打个旋风腿，双腿一弓稳稳站住，杜宝财顿时就看傻了眼。

纪瑞民与张福海瞪大眼睛相互望着，二人默不作声，杜宝财走到二人中间："黑天了，恁兄弟俩想比试比试呀？"

纪瑞民非常诧异这个叫张福海的，冷不丁猛地来一手，人都被整蒙住了。

张福海转动手腕，嘴角上仿佛挂上一丝灿烂阳光："好身手！走，屋里说。"

三个人前后脚进了屋，张福海请纪瑞民落座，杜宝财放下东西忙着倒开水，张福海搬来一张小方桌，帮着杜宝财收拾着酒菜，二人手忙脚乱地把小菜摆放好，杜宝财捧起草纸包闻闻："嗬，今晚开荤了，哪来的狗肉啊？"张福海没接话茬："大嫂和孩子们哪？"杜宝财把酒倒了满满一碗："帮弟妹缝补浆洗衣裳去了，想着给纪大哥找块兜裆布，到咱这儿，光屁股下井，怕他不习惯呀。"张福海邀纪瑞民往饭桌上首坐："纪大哥坐这儿，来这儿习惯吗？"纪瑞民面带羞涩："初来乍到的，感觉还行吧。"杜宝财端上一盘烤红辣椒，稳稳当当地坐下："嘿嘿，纪大哥吃不了辣，就不是枣庄人啊，看看俺兄弟俩怎么吃煎饼卷辣椒。"没等他说完，三人相互望望，顿时哈哈大笑起来。

"纪大哥，望恁原谅啊，刚才是试试恁的力气，等后天去矿上包工柜试工，没两把子力气，包工柜头是不会要人的。"张福海端起酒碗，双手奉上，"这碗酒啊，咱兄弟三人转着喝。"

"咱都是苦出身，两把子力气，咱还是有的。"纪瑞民自信地点点头，抿了一口酒，把酒碗敬重地递给杜宝财。

"纪大哥，恁有所不知啊，虽说南北大井，都用新式提升机，但南大井薄煤层采掘面，依旧靠刨煤工和背煤工搬运煤，矿上包工柜试工，一天要背20遭，一遭规定120斤，从掌子面往井口背，来回十多里路，若力气顶不上，甭想应聘上呀。"杜宝财放下酒碗，扒开自己的衣领，露出道道勒痕。

纪瑞民惊异地望着杜宝财肩头上的道道勒痕："中兴今天的兴盛，就印在煤矿工人这道道的伤痕上啊！"

"下煤窑呀，就不是人干的活，如同下地狱，每个巷道都铺满了窑工的尸骨啊！"张福海深深地叹口气，解下腰间的旱烟袋，往烟袋锅里装满了烟丝，对着煤油灯吸几口，把点着的旱烟袋递给纪瑞民，"烟叶是峄县青檀寺西边八里屯种的，发酵两年了，香味足解乏，纪大哥抽两口。"

纪瑞民接过烟杆，烟杆系一个绣鸳鸯的烟袋，对着烟嘴吧嗒吧嗒抽两口，"好，不燥不苦，香味绵。"随手又把旱烟袋递给张福海。

"纪大哥初来乍到，俺说句冒犯的话，看恁也像苦出身，靠出苦力混饭吃，你们三番五次到峄县，究竟为了啥啊？"

"福海说得是，不瞒纪大哥，见了恁，俺憋了一肚子话，想和恁说说呢。"

纪瑞民思量着张福海和杜宝财的话，端起酒碗向二位深深一敬："我们来峄县不是做发财梦，是中国共产党派我们三个人前后来枣庄，就想与工友们共同去唤起劳苦大众，争取民主、自由和平等，同黑暗的反动势力做斗争，不再是吃不饱穿不暖，过着牛马不如的苦日子，我们要迎接一个劳苦大众当家作主的社会。那时候，穷孩子们也能上学堂，天底下的母亲不再有泪水，我们人人平等，不是为了地主资本家去劳作，而是为了国家和我们自己去工作。"

李先生和张先生也说过同样的话，张福海和杜宝财今晚听起来却格外亲切，正是因为这位纪大哥来峄县枣庄，证明了李先生和张先生与他们畅谈的理想不是一句空话。张先生是第一个向他们说出了共产党，这位纪大哥承认他是共产党的人，共产党的人到中兴就是来号召下煤窑的人团结起来，抱成团去抗争矿主窑头和包工柜的压榨，暖心话听起来，比喝一口水酒还沁人心脾，心里也忍不住直呼"痛快！痛快啊！"

经过一夜促膝长谈，纪瑞民迫切想了解中兴煤矿工人的生活状况和诉求，而张福海和杜宝财内心有所顾虑，不知这位纪大哥能在峄县枣庄待多久，若蜻蜓点水来去如走马灯，则没必要走窑头门子下井受罪，黑漆漆的井下随时会有生命危险。纪瑞民看出二人的顾虑，他亮明态度，自己真的要脱几层皮，腰缠麻袋片下煤窑当矿工。

在领导和组织胶济铁路员工大罢工中，纪瑞民一步步成为一个马克思主义的信仰者，锻炼成了一个出色的领导者；为四方机车厂工人争取权益罢工并取得胜利，使他历练成为一个真正的共产党员。他在推动中共青岛地方党组织领导青岛纱厂1.8万工人参加的大罢工中，积极投入纱厂工人运动，总是身先士卒冲在第一线。山东督办张宗昌在日方的威压利诱下，训令胶澳督办温树德，派遣军警2000余人包围纱厂镇压罢工，对赤手空拳的工人进行血腥镇压，当场开枪打死8人，重伤17人，75人被捕，数百人被通缉，3000多名工人被遣送回原籍，发生了举世震惊的五二九青岛惨案。军阀的屠刀没有吓倒纪瑞民，他与同志们奔走呼吁各界声援青岛纱厂罢工的正义斗争。

中共山东地区委员会书记邓瑞铭，极为推崇纪瑞民在工运中的组织能力和领导能力，中共山东省委领导也对他寄予厚望，希望他去峄县开辟建立党组织，扩大中国共产党在山东的进一步发展。纪瑞民临危受命服从中共山东省委派遣，到峄县枣庄煤矿区开展工运和建党工作。他奉党组织命令不敢耽搁，风尘仆仆由青岛到济南转车来到临城，一路可谓惊险重重，在临城火车站遭羁押盘查三天，总算平安来到峄县枣庄，为的是秘密开展革命工作，加快峄县地区基础党组织建设，增强中共山东省委党的组织力量，提高党的凝聚力和战斗力，确保党的路线方针政策和决策部署得到迅速贯彻和落实。

峄县枣庄中兴煤矿公司，创建于1878年，是中国首家纯民族资本股份制企业，发行了中国民族工业史上第一只股票，拥有自建商用铁路、港口、码头、船舶和远洋轮船公司，是引进使用先进机械设备和先进采煤技术的中国第三大煤矿。经清北洋大臣李鸿章、山东巡抚周恒棋批准筹建以来，两任大总统徐世昌和黎元洪任过中兴公司董事会会长，发展到今日，可谓渊源深厚、资产雄厚、产业发达，上可通天，下可入地，周旋于士绅军阀和买办列强中间。在夹缝里生存的独立王国，容括矿产开发投资、发电、机修、炼焦、钢铁、建材、运输、金融等方方面面，践行实业救国理念，支撑起中国现代工业的重要一脉。依附于这条产业链上生存的，不光有广大的煤矿工人，还有主导其生产利益链条的少数大资产阶级和军阀买办，这些是中兴煤矿公司的真正统治者。纪瑞民对于中兴煤矿公司的了解仅限于书面资料，对广大的煤矿工人，更是知之甚少，他要吸取前两任的经验和挫折，彻底打开重重屏障，要把党的火种在峄县中兴煤矿点燃，去照亮在黑暗中饥寒交迫的煤矿工人。

第六章　升华

　　中兴煤矿驻矿总经理胡希林近段时间踌躇不决，因为中兴煤矿公司早期依托北洋大臣李鸿章和山东巡抚周恒棋的鼎力支持，以资本 2 万元在枣庄设立中兴矿局总局，是中国唯一一家由两任总统徐世昌和黎元洪任董事会长，总理周自齐、朱启钤任财务总监的企业，历经不断融资扩股发展成第一家完全由中国人自办的民族矿业，也是中国近代设立较早的民族资本煤矿。修建了枣台铁路至运河，参与建造了上海港、江阴港、连云港、青岛港、汉口港，营造航运。幸而负责津浦铁路北段工程总办内务总长朱启钤为中兴股东，在修筑津浦铁路时积极运筹，赶建了临枣铁路接轨津浦铁路，使中兴煤炭公司彻底摆脱了靠人力畜力销售外运的局面，资本扩充到 750 万元，拥有两座近现代化大型煤矿、140 余个小井，煤产量 84 万吨，还有近百座焦池、数十处分销厂栈和辅助厂，盈利 360 多万元，矿工达 1.8 万余人，与开滦、抚顺齐名，为中国三大煤矿之一，而且中兴公司是唯一的"民族股份制企业"。

　　1925 年 3 月，孙中山在北京逝世后，北京政权已被奉系首领张作霖控制。军阀混战多遭兵燹，面对北伐军乘胜追击压顶之势的打击，北洋军阀早已分崩离析，皖系黯然退出军备制衡舞台，直系奉系相互制约胶着对垒，而辉煌之下的中兴公司，自然招引各路军阀"舔舐"，津浦铁路车辆和运河船只被军阀随意征用，致使中兴公司煤炭运销陷于停顿，财经面临崩盘，时逢张作霖任命张宗昌为苏皖鲁三省剿匪总司令。4月份，张宗昌从徐州率大队人马进入山东，出任山东省军务督办。张宗昌令直鲁军第七军第六旅进驻枣庄，先是在同和祥、兴利永、天昌永及南马路、金庄街、鱼市街的商店疯狂抢劫，而后把齐村一带的商场民房，中兴学校的办公楼教室强作军营。张宗昌肆意画圈圈钱，以筹措军费为名向中兴公司强征煤炭出产税，每吨0.4元，限10日内上交28万元，否则军法从事，严惩不贷。

中兴董事长黎元洪和总经理朱启钤二人退出政坛，说得好听是解甲归田悠然东篱下，实为弃戎从商另辟蹊径，面对盘踞山东的狗肉将军张宗昌，犹如秀才遇见兵，有理说不清。没了枪顶腰眼刀压脖颈，纵然财势滔天也无能为力。中兴公司内忧外困举步维艰，重重困局全系在时任中兴驻矿经理吴炳湘身上。

吴炳湘是安徽合肥人，先期在武卫军前军随营学堂修业，后任武卫军前军随员，东三省转运局提调，入直隶淮军营务处。早年追随袁世凯在山东任巡警道总理、山东全省营务处山东警卫队马步营统领。而后几年间任京师警察厅总监，后调任总统府秘密侦探处主任、京师警察厅厅长兼市政公所会办，又升任督办，兼任京师行政局局长。1920年因段祺瑞被直系军阀击败下台而去职。1923年5月，他转行从商，经徐世昌和朱启钤力荐，担任山东枣庄中兴煤矿驻矿经理。早在1912年就当选中兴权理董事，1916年当选为驻矿副经理的胡希林，可以说熟知中兴公司的每一座矿井每一吨煤。1923年1月驻矿经理戴绪万病逝后，胡希林成了最佳人选，代理驻矿经理。胡希林敬佩戴氏两代7人投资，经营中兴的发展，戴绪万胸怀宏图之志，招股建机械化大井、修筑台枣铁路，沿800里运河建起了济宁、台儿庄、码头、界首、韩庄、瓜州6个分销煤场，在中兴公司资金最为困难之时，戴绪万找到驻节徐州的中兴招得10万两白银，挽救了危局，胡希林感同身受，誓要秉承戴绪万的远大宏志，把中兴煤矿公司做大做强。偏不遂人愿，总公司任命吴炳湘为驻矿经理。先期入股 3 万两白银的胡希林，在股东会里也算是屈指可数的人物，他在中兴公司纵横 11 年，受够了靠舞枪弄棒起家的兵匪欺诈，警棍出身的吴炳湘继任了驻矿经理，胡希林愤然请辞。

吴炳湘担任峄县中兴煤矿驻矿经理不久，便碰到了震惊中外的临城劫车大案。孙美瑶是枣庄北庄白庄村人，因在家排行老五，乡间称其孙老五，孙氏是当地有声望的富家大户。其胞兄孙美珠，清末秀才出身，生不逢时，大清朝废止了科举考试，彻底断了他的仕途。后来，孙美珠看准时机，效水浒聚盟起事，联络峄县地方武装和各路"竿子"，变卖所有的家产与五弟孙美瑶一起闯马子，投奔抱犊崮首领周天伦。各路竿子鱼龙混杂，吃喝嫖赌横行乡里，孙美珠秀才出身，他思想开明不愿与其同流合污，拉起的人马纪律严明，公开抗官吏劫富济贫，不伤无辜百姓，深受当地百姓拥戴，称孙美珠的人马是"仁义马子"，威名远播，孙美珠被众兄弟们推举为抱犊崮大寨主，其族叔孙桂芝被尊为老寨主，筑寨于抱犊崮，加之苏、鲁、豫、皖四省数十县的饥民，相与云集峄县，不期而聚者达七八千人。1920 年清明节，孙美珠联合西部山区五伙马子，在龙门观扯旗放炮，一时在鲁西南一带声名大噪，声势波及远在北京的北洋政府，各路军阀窥其人马纷纷抛出橄榄枝愿与其联手，想要招致麾下扩充自己的武装力量。

孙美珠恪守自己当初的信条不为所动，与五弟孙美瑶发生了分歧，亲兄弟俩最终走向决裂，各自单拉一伙队伍，孙美瑶所领的团伙被称为红头马子，等兄弟俩再次交集已是生死离别。各路军阀混战，不顾民众死活，更加重了匪患。地处山东最南部的峄县台儿庄和徐州贾汪一带，偏远闭塞，山多地少，交通落后，属于"三不管"地带，穷山恶水适合土匪藏匿，他们到处打家劫舍，烧杀抢掠，掳人勒赎。各地民不聊生，百姓们苦不堪言，盼望着官军能早日出手清剿。北洋政府的官兵为权贵而战，剿匪无能却扰民有方，肆意对当地百姓敲诈勒索，搜刮盘剥手段甚至比土匪有过之而无不及。老百姓期盼官府无望，被迫自发地组织队伍奋起自卫，抵抗匪患。自1922年伊始，从苏北陆续传来了各种形式的民间组织，一村鸣警，各村救援，深得当地群众的信任，特别是在鲁西南至苏北一带各类民间组织日益壮大，土豪劣绅为求自保积极壮大红枪会，不惜花重金购置武器装备，豢养家丁，长枪在手嚣张到极致，各路红枪会合纵连横，打起灭匪旗帜，村村高筑墙，在要道设烽火，真就控制住了不堪其扰的匪患。

7月中旬，天气炎热，鲁南大部分地区持续干旱，村村户户粮食绝收，地主老财们也捉襟见肘，更是严防土匪下山滋扰，杨庄和西集的红枪会加大人防数量，一旦发现土匪下山，36路暗哨随时鸣锣报警，从而达到村村联合户户拿枪，彻底阻断了各山寨横穿西至滕县东江村以西，南至枣庄以南峄县的打家劫舍的通道。熊耳山大当家的赵喜龙首先坐不住了，抢不到粮草，困山上等着饿死，绑不了肉票，便断了财路，于是率领人马风风火火地登上抱犊崮。

赵喜龙身轻如燕，一袋烟的工夫徒手攀岩上了崮顶："哟嗬，五哥抢先一步来了。"二人说着话一搭手，赵喜龙借孙美瑶手发力一拖，飞身落地，十几个随从围住他，一个人递上满满一大碗山泉水，赵喜龙一仰脖"咕咚咕咚"喝干净，右手用力抹了一把湿漉漉的嘴角。

"喜龙，你小脚女人走路呀，送了两道信才慢吞吞赶来啊。"孙美瑶看见赵喜龙满心欢喜，一顿丰盛酒席是跑不了。

赵喜龙没搭话，伸长脖子往崮崖下望，双手靠嘴上做喇叭状："喂——六子啊，每个登点立一个人扶住绳索，俺让二寨主放箩筐，把二夫人吊上来。"

用箩筐吊女人，孙美瑶顿时来了精神，他扒拉开赵喜龙，双手卷袖子："大家都闪开点，吊女人呀，恁五哥最在行，让俺也瞧瞧弟妹呀。"立在崖壁上探身，远远望见穿一身蓝土布印花的盘头女子，距离远，眉眼瞧不清楚。

崮下面叫六子的后生，年纪十六七岁，仰脖子向上高喊："二夫人说了，打死老娘也不上去。"

孙美瑶麻利地把上身背褡一脱，油亮亮的膀子，身板一挺："喜龙，咱牛魔王下山，把弟妹背上来咋样儿？"

赵喜龙照准孙美瑶胸口轻打一拳："得了吧你，顶日头做美梦，想得美！"

"好你个赵喜龙，重色轻友，没媳妇时，冬天钻被窝找我取暖，而今有了两房媳妇，就嫌弃五哥啦。"话没说完，二人失声大笑，随从们"哈哈"跟着赔笑。

"瞧瞧兄弟这身筋骨，是那号人吗？咱们拉竿子起誓，钻树林为家，天当被，地当床，山间岩洞当作房，刀尖上背靠背的生死兄弟，方能争得一番天地啊。"赵喜龙活动一下筋骨，把后脑勺的长辫子绕脖子一圈，蹲下身勒紧左右绑腿，侧身搓手准备下崖去，不想被孙美瑶一把拉住。

赵喜龙人逢喜事精神爽，说话一套一套的，孙美瑶听了撇嘴："五哥驴踢的脾气，耳根子硬，听不得文绉绉鼓捣酸菜缸的说辞。待会儿，留点酸汤跟大哥喝吧。"手一招，四个随从已把齐腰深的笸筐抬过来，孙美瑶从笸筐里拿出绳索，仔细检查一遍，用力扽扽，随手扔进笸筐里，"哼哼，就这笸筐吊过100多斤的牛犊子，皇上用太监尽管放心吧，喜龙，咱们会大哥去。"

抱犊崮曾称楼山、仙方山、抱犊山、君山、豹子崮，峰顶广阔，位于枣庄东南部20多公里。低山丘陵崮山地形，海拔584米，面积13.5平方公里，山势雄伟险峻，峰峦叠嶂，山坡陡峭难行。清光绪年间《峄县志》记载："君山有抱犊崮，山势险峻，壁立千仞，去海三百里，天气澄朗，海上望之宛然在目，一曰抱犊山，平田数顷。昔有王老抱犊耕其上，后仙去，因得此名。山上有池深数尺，旱涝无所增减，雨加之水出焉。"抱犊崮之名系由抱犊山一名而得，因其四周峰岩若刀劈斧砍，峰顶平展，与"崮"字之意相符，称之为抱犊崮。

正值7月，抱犊崮巍峨壮丽风光无限，苍翠欲滴的山林飞鸟不绝，微风吹拂群山，松涛阵阵回荡，山麓的峭壁上下，生长着珍稀的槲栎、榛树、香榧、鹅掌楸、留香久，山坡渐次是挺拔的杨、柳、榆、槐、桐、楸、栋、桑、柏、松，相映的桃、李、杏、柿、枣、梨、苹果、山楂、核桃、板栗、樱桃、石榴、花椒等果木枝繁叶茂，白腊、荆条、胡枝子、紫穗槐、玫瑰、酸枣、绣线菊各类灌木覆盖了山岗崖壁，奇花异草竞相生长，香附、益母草、野半夏、黄芪、茵陈、枸杞、石竹花、地黄、车前子、薄荷、何首乌、小蓟、菟丝子、马齿苋、刺耳菜、茅草、狗尾草、灰灰菜、爬地秧、米蒿、猫耳眼、稗草、三棱草、黄白草、白菜草、羊胡子草、翻白草、野苜蓿、苦苦菜、荠菜、灯笼棵随处可见。满崮山野花烂漫，各类小动物穿梭其间，生机盎然的抱犊崮，醉了赵喜龙的心。他撇开孙美瑶，冲向花海左一把右一把，不大一会儿，怀里抱了一大束各色野花，冲着太阳放声大笑，"好啊！好美啊！"

孙美瑶一众人，急火火走没留意，闻见笑声收住脚，转身方见赵喜龙离人群五丈远，一个人在山神庙西侧的灌木丛中怀抱一大束山野花，仰天大笑，孙美瑶看了难为情，人家是娶了媳妇忘了娘，赵喜龙是有了媳妇人发狂，"一个大男人跑花堆里扑腾，没出息，叫兄弟们看了笑话！"吩咐手下速速唤回。

孙队副美言憋足气高喊："赵寨主呀，快回来吧，副总司令说了，咱别学野狗扑花草，浑身沾茅草。"

孙美瑶把黑丝绸坎肩狠命地往肩膀上一甩："哎哟嘞，浑小子抱完媳妇抱野花，真是个风流痞子性，折枝觅柳自在死啦。"

一众兄弟闻听，再瞧怀抱野花的赵喜龙，憋不住龇牙咧嘴乐。

远处传来兄弟嘻哈嘲笑声，赵喜龙满头冒汗，臊红了脸，风火火地跑过来："五哥，你们笑啥呀，这漫山遍野花红草绿的，人间仙境，兄弟看了高兴。"

"抱犊崮的草木呀，比熊耳山差点呀，俺倒是没留意啥花红柳绿的，就是瞧见这阵子啊，兄弟的脸色黄了。"孙美瑶嫉妒赵喜龙走桃花运，明抢大财主家的闺女做二房，走路摔跤没磕着，空手捡个大元宝。

"五哥没见媳妇咋的，兄弟娶了两房媳妇，身边再有个把女人，也不至于夜夜笙歌呀。"赵喜龙听了孙美瑶的话，很不服气。

"哟嗬！你小子是说五哥眼馋你女人多呀，俺是吃了苍蝇，俺呸！五哥是见不得你，近了女色，就变得婆婆妈妈的，麻利地把你怀里的野花扔掉，免得四叔见了腻歪。"孙美瑶话是这么说，羡慕赵喜龙人逢喜事精神爽，整天美滋滋得合不拢嘴，他心痒痒瞅着气得慌。

熊耳山压寨二夫人黄淑女，山亭大北庄前槐村大财主黄静斋的独生女儿，落地时母亲因难产大出血撒手人寰。那黄静斋幼年出天花落下一脸麻子，素喜研古嗜戏，黄家长辈为儿子娶妻犯了愁，好在台儿庄举人崔文忠看中人品，将女儿嫁入黄家，与黄静斋喜结连理，小夫妻平日里舞文弄墨情趣相投，外人眼里相亲相爱，想象着夫妻二人琴瑟和鸣，花开并蒂，枝繁叶茂，白头偕老。不想娇妻产厄之灾，黄静斋哭得是死去活来，每每思念妻子常常酒醉不起，因麻子脸寻门当户对人家不容易，一晃5年就过去了，屋里没有铺床叠被说悄悄话的人，爹娘看在眼里痛在心上，寻思着先找个通房丫鬟伺候，黄静斋抗拒，扬言说要随运河船去上海闯荡，吓得爹娘不再言语，拿出120吊钱、丝绸衣料、烧酒两坛，外加干果红枣、柿饼、栗子、花生，装满整整独轮车，作为去枣庄雷村找媒婆的媒人费。

独轮车断后，黄家长辈领着本家的婶子大娘，坐毛驴车一路来到枣庄雷村，经人指点推开了刘媒婆的院门，院落不大，鸡屎鹅粪满院子，鸡鸭鹅见生人闯进"扑啦啦"四下飞奔，院内的黑家犬冲着来客"汪汪"狂吠，唬得黄家一行人后退不迭，只见东屋破烂窗户露出半张粉脸："死狗乱叫啥呀，明天就送狗市卖去。"众人说话间，搽脂抹粉的刘媒婆，头梳喜鹊尾，插满银钗头花，上身着鸳鸯纹镶边青色暗花绸女衫，下身藏蓝粗布窄脚口，由脚踝至膝关节打横竖绑腿，脚蹬绣花草蝴蝶鞋，花枝招展地踮小脚跑出来，"俺的娘嘞，南来的北往的，进了门就是客呀。"黄家的婶子大娘们满脸堆笑，先忙着向刘媒婆作揖："刘姑婆早，刘姑婆万福。"一通客套，相互道了姓甚名谁。

刘媒婆搭眼一瞧满车的东西，见一行人衣着不俗，没有打赤脚的，顿时眉飞色舞，左手拉住婶子，右手拽住大娘，"哎哟嘞，俺姐姐嘞，俺的妹子哟，今大清早，屋檐上落了两只长尾巴灰喜鹊，足足叫了两刻钟，俺姐姐嘞，俺的妹妹哟，俺心里就念叨，皇天有喜事了！"

黄家人等刘媒婆过目礼品后，把沉甸甸的120吊钱放到她手上，不消废话开门见山，说了少东家的生辰八字，遗憾是麻子脸，定要选一个上等人家，巴望新禧年迎好运，黄家入住新人，消灾免祸。

前面说到刘媒婆保媒拉纤，沾亲峄县首富王寿昌正房吕氏的远房二姨，摸底黄家贵为大北庄数一数二的高门大户，黄家大少爷虽是麻子脸，可黄家财大气粗，嫁进门做正房，自然是满口应了这等美差，可劲地奉承，拍胸脯向黄家下保证，"俺姐姐嘞，俺的妹子哟，恁大爷喝点茶，咱姐妹们踏实坐下慢慢说。"

黄家人总感觉刘媒婆空口无凭不踏实："刘姑婆，好事难全，少东家先前那个，十人见了九人夸，天作之合，偏偏愣被老天爷收走，可坑死俺少东家了。"

刘媒婆一边虚张声势，内心盘算咋说："生死有命富贵在天，可不能这么说呀。从八字测少东家正财星弱或无，正财星代表妻子，如果八字中正财星弱或无，则说明命主妻子缘薄弱，难以觅得佳偶。七杀星旺而克身，七杀星为凶星，代表暴戾、争斗。如果八字中七杀星旺而克身，则命主婚姻不顺，夫妻容易反目成仇，最终分道扬镳，咱少当家的吉人自有天相，婚姻大事自然是命中注定呀。"

算命算心，心给蒙蔽了，黄家众人算被唬住，刘媒婆微闭双眼，双手向上掐指，口中念念有词，嗯嗯唧唧也听不出是个啥，众人只是随着刘媒婆的脑袋摇晃。

刘媒婆咕哝嘴皮，念念有词，抬起双手猛地一拍大腿："俺的娘哟，九九八十一难，月姥娘显灵，扫帚星灭，所有劫难就是为了这一门喜事，下个月初一前，送60斤香油、6个猪头、五色点心各2斤、香6炷、20丈红布。这酒嘛，就用今天送来的酒吧，能少花点就少花点。"

黄家的女眷们给弄糊涂了，忍不住小声嘀咕。

黄家的男丁们，吧嗒吧嗒抽旱烟，坐后面干咳嗽，坐前面的好歹表个态："破财免灾的事不能省，这酒不能少。刘姑婆呀，今天送来的酒，恁尽管享用，下个月初一前避灾上供的酒，黄家理应再准备就是了。"

刘媒婆心里踏实了，没人提出异议，凭她几句话就又捞取一宗财物："若老亲们不放心，尽管一块儿去峄县敬神上香，县北的城隍庙上供，要在早上太阳出时；县东的阎王庙、元帝庙上供，要在日上三竿时辰；县西面的关帝庙选下午未时；县署东面的福神庙和县南面的火神庙，落日前摆上供品即可，摆错一处，便前功尽弃。"

黄家一干人听得脑袋都炸了，异口同声表态："刘姑婆呀，您就麻姑转世，好人做到底，俺庄户人家，弄不懂这些拜神供事的，您救苦救难，辛苦走一遭呗。"

刘媒婆的头摇得像拨浪鼓，再三谦让，黄家一干人则执意恳请刘媒婆把善事做到底。

"咋说呢，俺这些年呀，吃斋念佛，修炼成菩萨心肠啊！感念黄家老少慈悲，俺妇道人啊，行善事就豁出去啦。"

黄家一干人等千恩万谢，就差给刘媒婆磕头了。

"咱老少姊妹，乡里乡亲的，活着为了口气，俺姐姐嘞，俺的妹子哟，咱亲大爷呀，回去禀告黄老爷，尽管让老太太放一百个心，咱少东家顶呱呱的人品，讨门亲绝不输于崔家就是，姑婆俺呀，就是跑断腿，一准给黄家选个门当户对的富贵亲家。"话好说，事难料，刘媒婆被满眼的财物迷昏了头，大话说得满满的。

峄县地界的显贵人家，哪家大户不巴望自家的金枝玉叶明媒正娶进豪门。就黄家摆出的条件，说好进了门做正房，其实明摆着去续弦做填房，在亲戚眼里好说不好听，最嫌弃黄静斋一张麻子脸，刘媒婆碰一鼻子灰不止三家，顿时没了主意，蹙眉头茶饭不思。要说小门小户人家的闺女，巴不得倒贴进黄家，偏偏黄家门槛高瞧不上眼，逼着刘媒婆兑现承诺，不说吃的喝的，单凭到手的钱物，刘媒婆吃进嘴里还能吐出来不成？一旦传出去，也毁了自己多年积累的名声，这方圆十几里地界，还有谁家找她说媒拉纤当媒人呢。

刘媒婆抓瞎害了头疼，登李家门又奔张家院，脚板子磨出水泡，拿针锥挑破，套上袜子打上裹脚布，穿上鞋走鸭步又进赵家庄，不等喝两口茶，闻恒昌商号的人寻至此，急等见人，刘媒婆谢过赵家内眷，便匆匆忙忙坐上王家预备的3匹大马车，长鞭一甩，马铃声声，撒欢奔向峄县。

王佑纯刚满10岁，当娘的怎么舍得这么小的闺女，就离开娘许配了人家，派人寻来二房许氏诉委屈，二房则事不关己高高挂起，心里一套，嘴上一套，迎合大太太打哈哈，吕氏心里明镜一般，瞧二房嘴角挂着惬意，气得心口窝疼，找话支走二房，不等缓过气，立马安排佣人套车去雷村寻人，招远房二姨刘马氏，速进王家府邸。

大马车在王家府邸正门前停住，刘媒婆双脚面用力磕磕，俯身掸掸裹脚布上的浮土，左右臂张开抻抻袖口，摸了两把发髻，把银簪子重新固定一下，拔下右耳旁红油纸头花，捋捋花瓣搁嘴边轻轻一吹，摸索着插上，忘了带桂花油，照手心啐口唾沫，双手搓搓，撸撸头发，等赶车的摆好下马凳，招呼婆子丫鬟扶她下马车。

一众人前呼后拥进了二门，走右手游廊经正房的东耳门入后院内宅，身边的粗活婆子丫鬟低头退回去，游廊立几个衣着鲜亮的仆妇丫鬟，纷纷施礼："姨奶奶可到了，太太念叨两天了。"

"姑娘、嬷嬷们好，费心给太太传句话。"刘媒婆略微施礼。

众仆役高接恭迎，引刘媒婆进后院东厢房落座，奉茶递烟，点心伺候，召唤后院厨灶，摆上来热气腾腾的四个肉包子、馓子、老咸菜、咸汤。刘媒婆憋足气合眼狠吃，捏起羊角蜜一个一个地往嘴里送，忽听见门外丫鬟嫣红喊："请二姨奶进正房。"

烀的老咸菜味足，刘媒婆忍不住多吃几块，口渴难耐，端起沏好的碧螺春盖碗，思量着喝上一口，哪还容她细品，一旁的婆子忙接过去，丫鬟嫣红进门过来搀扶："姨奶奶呀，快走吧，太太等着呢。"

后院正房，三台阶，面阔五间，进了明间，屋内寂静，众仆人大气不喘，脚轻抬缓放，皆立在东次间门口，再不敢越雷池半步，只听东间传来哀叹声。

"太太，姨奶奶到了。"

"请姨奶奶进来呀，下人退下吧。"

刘媒婆仰起头左右瞧瞧，拍拍胸口窝，好让自己喘口长气，挑开门帘走进去。

陪做针线活的婆子，起身向刘媒婆轻摆手，刘媒婆点点头，人立住不动，两只手没着没落地咕哝着嘴，念念有词。八九雁来的时节，吕氏身着素装，下身围缎面被子，怀里抱着黄铜暖手炉，微闭双眼盘腿坐着，青素缎八字形装饰"福、禄、寿、禧"吉祥文绣抹额放在床边上，额头掐一溜红点子，眉心掐得最大最红，床边跪着丫鬟碧云给其捶腿，床上跪着丫鬟墨砚给其敲背，刘媒婆张张嘴，嘴干舌燥让她说不出话来。

吕氏眼皮不挑，语气阴死阳不活的："姨奶奶坐呗。"

配房张守忠家的忙搬来靠背椅，右手拽住袖口，擦擦座椅面，扶刘媒婆坐稳，立在她身后像个木头人。

刘媒婆坐不住，扭头瞅瞅身旁的配房："咋说呢，劳恁上碗茶来。"

身旁的配房似蜡人，纹丝不动。

盘腿坐床沿的吕氏微微皱眉："恁老呀，犯不着给下人客气，茶呢？"

门帘外传来丫鬟嫣红的声音："早就预备好，等太太吩咐呢。"

张守忠家的撤身走到门口，挑门帘接过茶盘，青花瓷盖碗冒着热气。

刘媒婆从茶盘端出青花瓷盖碗，捏起碗盖钮划划浮起茶叶，一股清香拂面而来，抿嘴呷一小口茶："茶味真足啊！"

"滴水香，前儿嘞，参天回老家歙县，带来一些黄山毛峰、黄山绿牡丹、黄山银钩、歙县滴水香，俺喝了胃寒，今儿姨奶奶赶巧，您老走时带上些，回家慢慢品呗。"王家两个儿子，大儿子王守金，字参天，二儿子王守业，字参树，可谓参天大树。

刘媒婆欠欠身，心思活泛起来，盘算着不能白来，得踅摸些东西，"哎哟嘞！"嘴里呷摸味儿"啧啧"两声，"大少爷宰相命，在天津求啥洋学堂，花销大吗？"

吕氏听不得亲戚磨叽儿子不求功名学武行，手扶额头"哎哟"一声："世道不安稳呀，兴哪门子洋学堂呀。"

丫鬟婆子给刘媒婆暗暗打手势，她满脑子坑蒙拐骗，低眉呷摸嘴装晕："啥糖，咱光听说私塾啥的，就闹不懂啥糖、啥糖的？"

"您老不懂就别问，北洋讲武堂。"吕氏提起暖手炉，婆子连忙近身去接过来。

"蜒毛乎子吃盐，可睁眼了，俺这会子算明白了，白养姜糖呀。"刘媒婆自言自语，似乎没听清楚。

床上床下的碧云和墨砚捂住嘴乐，身旁的婆子笑出声，学京腔拿调道："姨奶奶吃盐齁住了，啥白养姜糖，是北、洋洋滚他堂。"

刘媒婆瞪大眼睛，简直不相信自己的耳朵，"哎哟嘞，不是姜糖呀，敢情是白养滚他娘！"

吕氏纵然涵养再深也绷不住了，手一指刘媒婆，方觉失礼，忙收回手："恁老呀，是东西耳朵南北听，别再在这儿砢碜了，若让外甥孙子听了笑话。"

"参天参树俩少爷，进了洋姜糖读私塾，那就是上凌霄宝殿见了大世面，姨姥姥老糊涂，说错啥话呀，少爷们不会笑话俺老婆子。"

"话是这么说呗，如今世道变了，谁还念叨三纲五常呀！惦记着闺女留娘身边多待两年，偏生老爷不知动了哪根筋，相中梁家的穷小子，没法子啊。"吕氏揉揉心口窝，恨儿子参天好高骛远，时至今日没有娶妻生子，二房的参树生养了两个儿子满地跑，尤其恨丈夫，居然给闺女选个云里雾绕的小女婿，亲戚们嬉笑，言说小女婿夜晚睡觉还得由娘搂着。

刘媒婆碍于王家势力大，且亲戚缘故，只字没提梁家按规矩谢媒只给了10吊钱，不及黄家的一个零头："大奶奶，说句不该说的话——"见吕氏催促她快说，刘媒婆瞅瞅丫鬟，扭头撇嘴站身后的婆子，欲言又止。

"都下去吧。"吕氏沉下脸。

丫鬟婆子悉数退下，刘媒婆站起身，走到屋门口挑起门帘左右瞧瞧，轻轻掩上门，耳朵贴近门仔细听听，她搬起椅子靠吕氏右脚边放下，人坐稳了轻声"咳咳"两声："俺一生没养闺女，见了大太太呀，养十个闺女也不及啊。"摸索着从袖口掏出素白手绢顶住额头，遮住眼露出嘴："恁二姨苦命呀！一年到头风里来雨里去拼老命，俺日子可是咋过的呀，俺苦命呀，苦呀——"

吕氏久已习惯了跑媒拉纤的二姨唱过场戏，由戏精哭诉一通，听女人掉眼泪哭诉，能治胸闷憋气，敞开话匣子不分长幼尊贵，哭能让女人暂时忘记彼此的恩怨，心自然相映。吕氏把手上的丝帕摊开，丝帕上残留着一片片的泪痕，仿佛一生的苦都浸染在丝帕上，嘴里念叨着为王家、为儿子、为闺女死的心都有，独独忘记了她自己。

刘媒婆抹眼泪斜眼偷瞧吕氏，见对方泪眼婆娑比自己哭得更甚，窃喜火候到了："偌大峙县城呀，谁不言太太是观音娘娘现世，就咱这亲戚的吃喝拉撒，没太太逢年过节的挂念，早喝西北风了。"

"二姨呀，俺顾及亲情，亲戚们老少不论，遇上啥事，大把使银子呀，就这，还、还埋怨呢。"吕氏吐出苦水，烦闷心情自然消减了大半。

"太太呀，这些殃头养的没良心，不念太太的好，死了下地狱。"刘媒婆恶狠狠地指着窗户外咒骂，到底指向谁她没说，反正吕氏恨谁她就指谁。

"二姨呀，二妮的婆家寒酸，女婿6岁不到，将来过了门，这不是把孩子推进火炕了吗。"把穿开裆裤的小屁孩儿当女婿，吕氏越思量越揪心难受，啪嗒啪嗒落泪。

刘媒婆惯于陪人一把鼻涕一把泪地诉说："今听了太太的话，俺这心呀，都碎了。俺怕太太落下心病，一直忍着没敢张嘴，老爷扬赫小女婿啥屋梁屋脊的，俺倒觉得神童神童，神通广大呢。"

吕氏咯噔不哭了："老爷的意思是国家栋梁，啥屋梁屋脊的呀，您老说神通广大啥意思啊？"

刘媒婆翻翻眼皮，眉头一皱计上心来："俺的娘啊！太太嘞，人若通神，无边无沿，贵婿姓梁名食升，吃粮食论升，论升呀！只怕将来王家基业被这小子吃干抹净，太太，俺的太太呀，您就思量思量吧。"

吕氏伸手抓住刘媒婆右臂："二姨，此话当真，咋前阵子，您老跟王布丁在老爷面前，吹嘘得天花乱坠，王家上下合着欢喜，惹得嫁不出门的瞎眼三姑，寻死觅活哭闹一场，愣是把堂屋砸个稀巴烂，摔坏两方珍藏的古砚呢。"

王家闺阁里的老姑娘王寿龄，是老爷王寿昌的亲小妹，得过青光眼，留下眼疾，即便家资雄厚，藏在深闺没人知底细，三姑娘指骂兄长砸堂屋，后宅的太太咽不下这口气，索性把家中隐私给刘媒婆说个底掉。刘媒婆听了两眼放贼光，真应了踏破铁鞋无觅处，得来全不费工夫，刘媒婆一拍脑门："这真是瓜熟蒂落，水到渠成啊，这宗好事打着灯笼也找不着呀，罪过、罪过啊！"

刘媒婆这番话，让吕氏疑惑了："您老的意思，敢情把二妮姻缘说给她三姑吗，恁老是这个意思吗？"

刘媒婆收敛喜色，暗暗向佛祖祷告，三姑王寿龄身价不菲，黄家续弦儿媳妇的事终于落了地，她长长出口气："哎哟嘞，俺的太太哟，咱这三姑娘少说也20岁出头了，恁二姨再是老糊涂，也不能乱点鸳鸯谱呀。"

吕氏越发不解刘媒婆是啥意图："若是李代桃僵，真把20岁出头的小姑子，嫁给梁家5岁的小屁孩儿，就是说破天，梁家也未必愿意呀。"

刘媒婆双手合十念念有词，眉开眼笑："太太所言极是，合着李代桃僵，方能破解王家的症结。"

吕氏被刘媒婆牵着鼻子走，绕来绕去，把自己绕糊涂了："俺是说她三姑，恁老说'瓜熟蒂落，水到渠成'，您老到底是说二妮呀，还是她三姑啊。"

"太太，咱关起门悄悄地说，对错全凭恁周旋，王家选个通神的女婿，后门得有个铺神道方妥。"

"铺神道，王家上下谁能铺神道啊？"

"远在天边近在眼前呀。"

"恁指的是俺啊！"

"俺的太太嘞，就是她三姑娘王寿龄呗。"黄家人找刘媒婆说媒，自然谈到黄氏后裔出处，聊到道神嫘祖，刘媒婆听得津津有味。为了促成黄王两家结亲家，刘媒婆自然会大赚一把，她善于察言观色，揣摩主家喜好，在吕氏跟前胡联系一把，人神做铺垫，唬住吕氏。

"啥，二妮她三姑还能铺神道，恁这是抬出啥神仙呀？"吕氏活了大半辈子，不信爹娘信鬼神，遇见刘媒婆这等逢人说鬼话，说神必恭，言鬼必敬。

"俺是估摸爹娘辞世，三姑娘笃信佛道，奉洁守孝，一晃20年耽误了青春，贞女呀，仰仗嫘祖开悟。"

吕氏知道小姑子王寿龄一整根，说她是贞女，吕氏的鼻子都气歪了："您老真会掰扯，啥奉洁守孝呀，二姨怕有所不知，三姑娘自幼身患眼疾，说白了跟瞎子差不多，成日里吃斋念佛，人大心也大，嘴上不说，心里急得很。"

"俺娘哟，俺天嘞，这事真的吗，正月初一去青檀寺上香，没觉着三姑娘眼神不好呀？"

"二姨呀，她三姑是一米之外看不见光。"犹如一盆水泼出去收不回来，吕氏念叨小姑子逮哪说哪没个够，视嫁不出去的小姑子如同仇人一般："谁家的小姑子，赖在娘家一辈子不嫁人呀，吃着喝着，就这，还三天两头撒泼找别扭，老爷这几年为她操碎了心，就怕嫁错人家，三妹子不受待见，拖来拖去的，眼瞅着岁数不饶人啊！"

三姑六婆中，尼姑、道姑、卦姑、师婆、药婆、稳婆属于上九流，牙婆、媒婆、虔婆为下九流，刘马氏身披媒婆外衣号称卦姑，上下合流，不呱呱出子丑寅卯花花肠子，真没别人的活儿："俺今个儿来，倒是成全了太太，山亭大北庄前槐村西北源众山，有座道神嫘祖庙，前槐村一带是黄氏嫘祖的后裔，前槐村黄家大户的少东家叫黄静斋，家里有房有地，鸡鸭满天飞，牛羊满圈跑，吃喝不愁，头茬妻子走5年了，屋里无妾无通房丫头，先前的生个闺女，岁数尚幼，哪哪都好，最大缺处长个麻子脸，三姑娘眼神弱，嫁到黄家也不亏她呀。"刘媒婆把后半截话打住，她要引发吕氏的好奇心，方能按方子下药。

"二姨呀，咱娘俩有啥话不能直说啊，恁老别磨叽，有啥话呀，敞亮说呗，别说半句留半句的。"

"哎、哎，太太大富大贵之人，无人能比呀。"刘媒婆起身把靠背椅再往吕氏跟前拽拽，欠身子坐半个身位，"太太，俗话说'闺女大了不能留，留来留去留成仇'。"

"咱娘们是为她好，才这么说，也不知老爷咋想的，总这么拖着也不是法呀，亲戚跟前也说不过去呀。"

"咋想的，三姑娘在王家身价占几成呀，留着老姑娘不嫁人，亲戚们还不说老爷惦记妹妹的财产，不给找婆家呀。"

屋内顿时静下来，二人吧嗒眼皮，相互望着对方，吕氏呜咽抹眼泪，刘媒婆也跟着呜呜抽泣，吕氏烦闷道："唉！由老爷去吧，家里养个姑奶奶当家，这日子呀，消停不了啊。"

刘媒婆转动一下眼珠，拿手帕抵住嘴角："要说呢，老王家在峄县富甲一方，风风光光把三姑娘打发就是，一来免了亲戚们的闲言碎语，说老爷为霸占家产，毁了亲妹妹的婚姻大事。二来该是三姑娘的资财，陪嫁过去就是，婆家见了大宗资财，自然欢喜，谁还敢小瞧了三姑娘呀。"

刘媒婆的话句句在理，吕氏当然明白，顾及丈夫王寿昌爱财如命，摆上的饭菜，香油滴多了还咆哮一通，真要把当初公婆留给三姑娘的财产，随三姑娘嫁入婆家，简直要了丈夫的命。若不这样吧，小姑子都这岁数了，不能再等了，公婆走了，长兄为父。若是把小姑子的婚姻大事视而不见，作为长嫂也要被宗亲戳脊梁骨，她一时还拿不定主意，思来想去，还是再听听刘媒婆的想法："二姨呀，虽说公婆都不在了，留给三姑娘的资产，与大姑和二姑一分不差，这三个姑是地产房产都没有，公婆留给她的金银细软，三姑娘都收下了，名分上的银两，是按照二位哥哥的名号放出去的，利钱按月算，一厘不差。"

刘媒婆听红了眼，心说一个瞎眼的姑娘，竟然天天招财进宝，吃饱了，就跟哥哥嫂子斗闷气玩儿，天底下的穷人真没法比呀。"哎哟嘞，这得多少银子进账啊，三姑娘坐了金山银山呀，老黄家迎娶这房儿媳妇，算烧了高香啦！泥沟孙财主家想不开，贪财阻拦小姑子出嫁，小姑子婆家告状，末了告到州府，闹得孙家是人财两空。"

吕氏心底咯噔一下，"二姨，泥沟出了这等事，俺咋没听说呀。"

"都闹上天啦，太太居然不知道呀！"

"寻常百姓人家分财产，至于闹到州府，俺不信。"

"太太呀，孙财主人称孙老鳖，一毛不拔的瓷公鸡，一辈子都在算计人，居然算计到收养的妹妹身上，陪送嫁妆还赔了人，他剜心抽筋般疼，寻思着自个儿娶，守住了私财，留下来人，哎哟嘞，遭五雷轰的玩意儿，州府降罪道他是违背人伦，开刀问斩了。"

刘媒婆这一番话，似钢针扎在吕氏心上："二姨呀，三姑娘的婚事，真不能再耽搁了，今天必须给老爷明说，您说的黄家少东家黄静斋，若是三姑娘满意，两家联姻，再好不过了，啥日子合适哪？"

刘媒婆掰着手指算起来："下个月十六，黄道吉日，全凭老爷同意，黄家洞房等5年了，急等着迎娶呢。"

吕氏开口深表为小姑子的婚姻大事担忧，道刘媒婆保媒前槐村黄家大户的少东家，身家如何富足，如何与三姑娘般配等，王寿昌听了仅仅敷衍几句没当真，找来管家张守忠和师爷王布丁商议扩充保家局兵勇事宜，三人坐下闲聊，王寿昌顺便提一句黄家请刘媒婆给三姑娘保媒，张守忠闻听极力赞成，王布丁晃动眼珠，瞅王寿昌的脸色不表态，有一句没一句地闲扯篇，话头就被购置枪弹的事岔开了。

"老爷，西集请来汶山县的皮秀俊来峄县传授'金钟罩'，现已收徒2700余人，皮秀俊说他堂哥正准备联络各地绿林豪杰，去南方投奔革命党，找孙文、黄兴处借武器粮饷，会合大刀会、白朗义军攻打汴梁。"张守忠跟随王寿昌20年，王家上下极为尊敬这个大管家。

"大管家一说，倒是想起来啥，山亭大北庄一带的红枪会学董，那个、那个那个，常说的那个？"王布丁抓耳挠头想不起来了。

"峄县方圆几十里有头有脸的谁不认识我呀。"王寿昌不耐烦道。

"姓啥颜色来呢？"王布丁急得原地打转。

"该不会，老爷常念叨的黄静斋？"张守忠反问道。

"对对，老爷说的大北庄的黄静斋，就是刘媒婆给黄静斋保的媒呀。"

"哦，群山庙宇多啊，是骡子是马，拉出来遛遛。"王寿昌猛地看见了一丝希望，恒隆事业不断开疆拓土，保家局兵勇严重不足，各地产业饱受兵匪祸害，购置枪弹需要花费大量的财力，恒隆拓宽事业正处于上升期，家业各处都伸手要银子，王寿昌正为一大宗枪弹费用苦恼，若三妹妹嫁入黄家，黄静斋统管的红枪会，势力波及山亭大北庄整个地域，王黄两家联姻，恒隆节省了扩充兵勇购置枪弹的费用，真乃两全其美的好事。

姑且不论，黄静斋对新娶进门的王寿龄满意几成，等生米做成熟饭，黄家自当吃了哑巴亏，自己儿子一张大麻子脸，也怨不得新媳妇眼瞎，咬碎牙往肚里咽，好在黄家里里外外的亲戚们嫌贫爱富，长了一双高眼眶，眼馋排成列的人马车队绵延十几里路长，装满了各色嫁妆，王家特意为黄家三服以内的长辈们，和姑父与姨父，通通置办一身里外新衣裳，彻底把嘴堵得严严实实，个个揣着明白装糊涂，可劲地夸赞新进门的媳妇福相旺夫命。望着白花花的银子装满了4箱，黄家爹娘见钱眼开默许了，银子成堆，大不了再给儿子说两房。王寿龄虽眼神不好，礼数规矩一丝不差，在家孝敬公婆善待丈夫，对待黄静斋的闺女视如己出，陪嫁过来的侍女翠莲纳为妾，黄家上下真就说不出王寿龄一个岔子。

时光一晃，到了1921年初，黄家财大业大，成了山亭大北庄首屈一指的大户，翠莲接连生养了两个胖儿子，公婆待患眼疾媳妇的内心纠结，在春夏秋冬十几年的岁月间也释怀了，原指望日子稳稳当当地过下去，偏偏天不遂人愿。症结出在闲暇时，黄静斋喜好研戏文，平日里与王寿龄爱听戏听瞎腔，常带女儿黄淑女出入戏园子，坐戏台下随拉魂腔走魂。日复一日，黄淑女打小就耳濡目染，深陷剧中卿卿我的才子佳人，也痴迷听戏看戏。

滕县东郭苏楼村苏家班，结合柳子戏、瞎腔和肘鼓子、花鼓等曲调，形成独树一帜的拉魂腔，在临沂、滕县、峄县及徐州一带，唱得异常火爆。苏家班少班主苏小天，艺名红春牛（水萝卜），出师5年正值18岁，生旦俱佳，奸白脸唱得滑稽可爱。唱小头时，粉面桃红浮黛眉，忽闪一双水汪汪的眼睛，直唱得婉转圆润，清脆甜美；唱小生时，头戴软花罗帽，通身走水抱衣绣花彩裤，脚穿薄底鞋，英姿飒爽，扮相俊朗，成了《三岔口》里绿林侠士任堂惠，迷死了成片的戏迷，台下的太太小姐们更是被苏小天唱得背过气去。王寿龄带着黄淑女追着苏小天跑滕县、峄县和枣庄的戏院，王寿龄听不够，黄淑女看不够，恨不能住在戏园子，还嫌不够过瘾。

进入5月，苏家班在峄县唱戏。班主苏笑天，艺名三两金，在苏家班兴盛期，没10两银子请不动苏家班。戏班唱完一个月的戏码，人马劳顿，正准备回东郭苏楼村休养一段时间，再赴徐州唱三个包月，同乐戏院老板冯建成不请自到，挽住苏笑天的手，盛情邀约苏家班去枣庄唱20天拉魂腔。苏笑天知道枣庄因中兴煤矿成了繁华之地，同乐剧院是可容400余人的超大剧院，煤矿上的人舍得花大价钱看戏，20天的包银不低于济宁州。苏小天遵照冯建成罗列煤矿人的喜好，排列前三天打炮戏《八件衣》《三岔口》《双开膛》《张四姐下凡》《王二姐思夫》《双换妻》《铁冠图》等。

6月6日，苏家班在枣庄西马道的同乐剧院，锣鼓敲起来，戏台上唱尽了山河破碎风飘絮，生离死别送佳人。一时间剧院前车水马龙，四乡八里扶老携幼，涌进同乐剧院看大戏，哭了笑了品人生。

戏台上活灵活现的张四姐和王二姐，苏小天演得惟妙惟肖，转过天换行当，头戴软花罗帽，脚穿花薄底靴，一身英武的白花抱衣抱裤，演活了《三岔口》里的任堂惠，栩栩如生，让台下的黄静斋看了赞不绝口，他陪同太太王寿龄闺女黄淑女连看了三天炮戏。

三天炮戏，头一天开场，苏小天便抛出一个大彩头，头戴武生巾，身穿月白花氅，内衬一件桃红衬袍，足蹬薄底靴，眉清目秀，年少焕然，另有一番英雄气概，在《锦毛鼠盗三宝》"滚铡刀"一折中演得惊心动魄；在《绿珠坠楼》"坠楼"一折中，从三层高桌上腾空翻下，演得是有惊无险。苏小天戴上泡子、鬓簪、鬓蝠、泡条、串三联、六角、边凤、偏凤、面花、压鬓、后三条、包头联、竖梁、横梁、后兜、凤挑、耳挖子、耳坠、鱼翅等炫彩点翠头面，把绿珠演得楚楚动人。两出戏分别扮武生和花衫，演得活灵活现，把坐雅座看戏的黄静斋牢牢吸引住，内心不免动了一下，沉下心来静静观戏，欣赏舞台上大放异彩的苏小天。花篮匾额，日日摆满了舞台，第三天戏一开场，大红纸包了200块大洋，托戏院老板冯建成亲自送到班主苏笑天手上，把个苏笑天乐得语无伦次。冯建成焉能不解黄静斋深意，戏罢，冯建成恭敬地把黄静斋请到后台，给苏笑天引见当地豪绅——道山亭大北庄黄静斋黄老爷乃高深雅士，作词高手，唬得苏笑天手脚并用连连作揖："黄老爷乃高山仰止，俺乃在梨园卖艺之人，游走江湖勉强混口饭吃，承蒙冯老板看得起贱辈，幸遇高人啊！"

苏小天一袭团狮开氅戏服下场来，候场的小旦花瓜一声溜山腔，挑帘子登台唱《双换妻》。

打开戏箱，清点道具，后台的人忙碌起来。

黄静斋冲苏笑天竖大拇指："苏家班唱、念、做、打俱佳，乃鲁西南第一班。"

"二位财神爷乃是俺冯建成的贵人，同乐剧院红火至今，全仰仗二位贵人的鼎力相助啊。"

"黄某深有感受，苏家班技高一筹，唱响鲁西南。"黄静斋说着话，伸脖子不时望着苏小天。

"苏家班能打出名头，黄老爷是逢场必捧呀。"

"哈哈，冯老板言重了，得说戏好，角也好啊，少老板泰斗矣！"

"过誉了，过誉了。"苏笑天深深地向二位鞠躬。

"苏老板过谦了，苏家班才艺双绝，红透鲁西南，谁人不知谁人不晓啊。"黄静斋对苏笑天说着话，眼角扫着一旁正在卸妆的苏小天。

冯建成用脚触碰苏笑天使眼色，苏笑天会意，忙过去把苏小天拉过来："犬子蒙事，出道十年，上不了台面，就这点破玩儿，还欠火候呀。"

正用澡豆卸妆的苏小天，勒头还没打开，被父亲拽到黄静斋面前，整个人拘谨，微微瞅瞅，便低垂头，毕恭毕敬站稳了，不敢言语。

"喊黄老爷呀。"苏笑天见儿子对麻子脸打怵，忙提醒一声。

"给黄老爷请安。"苏小天忙不迭下跪，行礼。

黄静斋似见珍宝般，弯腰轻轻扶起，仔细打量：眉眼风流一等，细腰扎背人俊秀，脖颈上冒出一层细汗，扑面一股英气，不由得赞道："好一个英姿的锦毛鼠白玉堂啊！"

苏笑天与冯建成相视而笑："不才凑个雅兴，我冯某做东摆个场，就看黄老爷的意下如何了？"

"仰仗黄老爷抬爱，不妨认下犬子，只怕苏家高攀不起呀。"

"黄某惜才，哪来高攀说辞，苏老板岂不折杀了俺吗？"一番说笑，契合了黄静斋的心意。

冯建成熟知人情世故，为人处世圆滑："黄老爷高贵，诸事慎重方万全嘛。"

黄静斋不好意思起来："哪里，哪里呀，只怕认了，苏老板未必乐意呢。"

苏笑天瞅黄静斋尚在沉思，双手一拱："苏家祖坟冒青烟呀，天儿，快磕头喊干爹呀。"

苏小天双腿一跪，"咚"的一声，结结实实给黄静斋磕了一个响头，仰脸喊了声："大，儿子给您老磕个头。"

"这咋说的,咋就磕上了。"黄静斋慌了神，浑身摸索着，摘下银质怀表，"匆忙点，我儿先拿着，等正式行礼的时候，干爹定会厚礼相待。"

苏小天望着怀表，迟迟不敢接，眼望着苏笑天，冯建成一把接过去，郑重放到苏小天手心上："认了黄老爷做干爹，你小子今后龙腾虎跃发达了，赶明儿，也喊俺声'大'，俺给你小子弄只金怀表戴戴。"

下了场的小旦花瓜过来凑趣："俺也想戴，唱潘金莲挑竹竿。"三个人各怀心思，快意大笑，臊得苏小天干赔笑脸，攥银怀表的手心冒出汗来。

冯建成看了调笑："花瓜小模样儿呀，可人疼，回头认我做干爹吧。"

老旦熏茄子过来一把抓住花瓜："你天哥认干爹，有你啥事呀，万岁爷的茅坑，没有你的份（粪），走走，准备上场唱《小寡妇扇坟头》。"

小旦花瓜挣脱老旦熏茄子的手："天哥，天哥——"

黄静斋望着老旦熏茄子把小旦花瓜推走了，他拉住苏小天的手："下午场的《三岔口》头遭听，拉魂腔戏码里以前没有这出戏。"

"大，您老说得极是，唱本由曹县曹家班得来，从唱梆子戏的黄娃那学来的。"苏小天不相瞒，苏家班学山东梆子丰富曲目，在鲁西南独树一帜。

那苏小天钟灵毓秀天资好，黄静斋听得认真："儿子难得有心，把戏唱绝了！"

"赶明儿，叫恁干爹花大钱，咱也学红黑脸的王绍明，去上海百代公司灌制唱片。"冯建成一本正经地戏谑苏小天，挑唆黄静斋花大价钱捧角。

黄静斋这会子，沉浸在与苏小天的谈戏上："今儿听的前三声，与头天听的，开场走板不押韵，家藏谭鑫培谭老板的《三岔口》唱片，这样吧，明天我派人把唱片给苏老板送来，你对比一下，仔细听听。"

"不妥不妥，鄙人之见，唱完了20天的戏码，由少老板亲自登门，去黄老爷宅邸拜干亲，不是还得拜干娘吗，姊妹们相认，一举两得。"冯建成趁机捅一下苏笑天，皆表示事不宜迟，及早登门。

"唐突了，贱辈岂敢迈进黄老爷的高贵门庭，别让犬子贱了门槛。"苏笑天明白，唱戏的被世人损为戏子，下九流不得入祖坟，实指望儿子认大富大贵之家做义子，无非是讨个名头，岂敢真的登堂入室。

黄静斋闻言极力赞成，"极好极好！这样更稳妥一些，家里都是自己人，也随便些，俺正好移植皮黄戏《岳家庄》，按照拉魂腔调门调戏文呢。"

此言一出，立刻得到大家赞许，真就是诗书之家唱江湖，哪承想，一场生死离别的大戏正等上演。

第七章　混浊

徐州官立初级师范学堂，随着大清朝在风雨中摇摇欲坠，至辛亥革命前曾一度停办，1912 年 1 月在其基础上建立了江苏省立第七师范学校。古彭城在徐州地处华北平原东南部、江苏西北部，京杭大运河穿境而过，陇海铁路、京沪铁路两大干线在此交会，素有"五省通衢"之称，成为各路军阀争夺的经济战略要地，四面八方的英豪常会聚于此搏杀，上演了一幕幕攻城略地的英雄传奇。在反帝反封建的五四运动中，北京、上海、南京、济南、峄县等地的爱国学生络绎不绝地来往徐州，也带来革命道理，点燃了革命的火种。在反帝反封建的爱国主义思想影响下，陆续传来的马列主义学说，在七师贫寒出身的学生中掀起波澜。多数同学来自社会底层家庭，目睹列强横行、军阀混战、盗贼蜂起、民不聊生的惨状，更痛恨帝国主义列强对中国侵略和瓜分，新思潮彻底唤醒了七师学生的心灵，一股砸碎旧世界翻身求解放的强烈愿望油然而生。于是，七师的广大进步学生，以极大的热情积极投入反帝反封建的爱国运动中去。

江苏督军直系军阀齐燮元，与北洋军第七十四混成旅旅长兼任徐海镇守使的陈调元，为北洋武备学堂的同学，二人遂攀附靠拢，齐燮元也想利用陈调元的兵马，扩充自己在江苏的实力，以便在苏鲁豫皖拥兵自重，故荐举陈调元为苏鲁豫皖四省"剿匪总司令"。为了让剿匪总司令名头坐实，陈调元积极筹划实施镇压农民暴动和大刀会组织的行动。1921年初，在李大钊创立的马克思学说研究会影响下，《赤潮》旬刊宣传共产主义理论与反帝、反封建、反军阀的思想，赤色刊物在徐州地域学校传阅，七师校长陆裕楠仇视"赤潮社"创办石印的《赤潮》旬刊宣传赤色思想，害怕赤色思想祸乱学校影响自身，暗中与军阀陈调元勾结。陈调元下令彻查省立第七师范，查封第七师范号称"七师三杰"创办的赤潮社，焚毁《赤潮》旬刊、《新青年》等赤色刊物，捣毁印刷设备，大肆诋毁马克思学说研究小组成员是妖言惑众。江苏省立第七师范学校迅速布告全校：查陈亚安、解慕唐、郭西华、李沐晴、张忠斌、郭广清等思想不端，印发《赤潮》旬刊，散布不经之谈，屡教不改，本着养天地正气，严肃校风，警戒之效，悉陈亚安等十余名学生开除学籍，永不录用。

省立第七师范大礼堂正壁上方高悬校训——"虚心实力"，整个礼堂座无虚席，台上的人神色凝重，台下的师生冷若冰霜，礼堂内气氛异常紧张，最后排的同学突然打出横幅"反对军阀校霸、维护正义之师""虚心实力有可为、正义之声不可压"，前排的同学们纷纷冲上前台，会场秩序顿时打乱，整个校园在抗议声中颤抖着。布告激起学生极大的义愤，同学们纷纷拥向学监室，坚决要求收回成命，学校当局不接受学生的抗议。"赤潮社"的成员果断发出倡议，实行罢课罢教，声援被开除的同学。校方拒绝收回开除决议，再三阻挠学生请愿，学生们不甘忍受，召开学生会研究对策，推举学生联合会会长郭西华率众，到学监室交涉。郭西华在学监室当众宣布学生会一致通过，开除校长陆裕楠，将其立即驱逐出校园。罢课罢教斗争坚持近三个月，江苏各地学校发表声明，声援支持江苏省立第七师范学校同学们的正义呼声，省教育厅迫于无奈，宣布撤销陆裕楠校长职务，委派张宏业来接替校长之职，居然答应了学生会提出的两项要求：一、撤销开除学生的决定，恢复他们的学籍和名誉；二、聘请北大教师来任教。

在陈亚安、郭西华（省三）等人的领导下，学生们的正义斗争终于取得了完全的胜利，也是同学们走向革命胜利的起点。

革命之火燃遍了省立第七师范学校，陈亚安计划利用暑假期间，把马克思学说研究小组的骨干成员秘密组成徐州共产主义小组，向邳县土山区郭宋庄连发两封催促信："西华兄，早归急盼，论文成稿，亟待斟酌，速、速、速"。

郭西华看罢信件，紧紧攥在手中，思索着如何向父母言说提前回校的缘由，可面对父母愁苦的面容迟迟张不开嘴，家里吃了上顿没下顿，已无钱供他上路。

当娘的最知儿子的心，不忍心瞧儿子手握信件坐立不安，猜出儿子归心似箭，怎奈家里艰难，她厚着脸皮登门求到游乡行医的孩子七叔郭春湖。

省三娘在院门口转悠再三，她立在院门旁喊了声："春湖呀，春湖在家吗？"

灶膛口生火做饭的郭家三闺女闻声，丢下锅铲迎出来："二大娘，进来呀。"

"好闺女，恁爷在家吗？"

"在，里屋躺着呢。"

"敞亮的大白天，咋躺着呢？"

三闺女压低声音，神经兮兮地指大木盆一件血衣："后半夜才从贾家汪回来，说去救治一个戏子，腿都被打断了呀。"

"这年头兵荒马乱的，一个唱戏的碍咱啥事呀，造孽呀！"

娘俩正嘀嘀咕咕，屋里躺着的郭春湖听得真真，生气喊了声："三妮子，送碗水来。"

"哦，听见了，二大娘找你嘞。"三姑娘忙擦把手，进锅屋拿只黑釉瓷碗，从水缸里舀半水瓢水，"咕咚咕咚"自己先喝一气，再往黑瓷碗倒满水，笑盈盈走出锅屋。

郭春湖满脸倦容打着哈欠，光膀子在屋门槛上坐下，手里拿着旱烟袋。

省三娘忙接过水碗小心递上去："他七叔呀，喝口吧。"

郭春湖欠欠身子，把水碗接过去，细抿了一口："家里啥都好啊，一口凉水都甜啊！"话音中充满了凄凉，随手搁下水碗，手上摆弄着白玉烟嘴的乌木旱烟杆。他把银烟袋锅伸进烟袋里转两下装满烟丝，三姑娘用打火石给点着。

一丝青烟袅袅飘起，烟草的香气似乎让郭春湖陶醉，他双眼微闭红肿，人如石佛般。

天气闷热，人烦躁，浑身汗津津的，三姑娘瞅二大娘额头上的汗水顺着脸颊流，忙从袖口拽出手绢递过去，进屋里拿来马扎子："二大娘恁歇会儿，俺给恁端碗水来。"

眼瞅着三闺女去了锅屋，郭春湖慢悠悠说道："切点大各斗吃。"郭春湖吧嗒两口烟，重重地咳嗽，"省三放暑假了，他回来多少日子了？"

"叫他七叔惦记着，二嫂俺可咋说呀，省三想着回徐州，家里没盘缠钱呀，唉！"

"托省三的福，省三大了，人也出息了，瞧不起他七叔挑药箱走街串户的，一辈子做个郎中，勉强混口饭吃呀。这回省三迈进洋学堂，将来再扛上枪，大炮一响黄金万两啊。"

"俺的天嘞，啥黄金万两，将来省三有七叔小拇指粗的本事，俺就烧高香了。"

"别价，省三跟俺学了5年医术，临走一句话没说，扭头就进城了，这话没错吧，二嫂？"

"儿大不由娘啊，俺和他爷也管不了呀，家里把所有的钱供他上学，也没指望他升官发财。这回家没几天，他就想回去，家里一个铜板也没有了，二嫂俺舍脸登门，求七叔帮一把呗。"几句话勾起辛酸事，省三娘不由得抽泣起来。

"爷，弄啥子呀，别难为俺二大娘啦，昨个枣庄来的人，不是给恁一笔钱吗？"

"丫头片子，荤荤菜吃多了，少插嘴，俺比卖老鼠药的强不了多少。"

省三娘擦干泪水，叹了一口气："他七叔呀，恁回屋歇着吧，我回去了。"攥紧双手站起来，她头不回地径直一步步走向院门。

三闺女见状，她急忙追了过去："二大娘，恁留步，二大娘呀，听俺爷他咋说。"

郭春湖追过去，张开双臂拦住："二嫂，恁晓得俺是啥脾气的人，等俺把话说完，再走不迟。"

省三娘捂住脸痛哭，三闺女过来搀扶住："二大娘，再坐会儿，俺给恁准备的金银花还没拿呢。"

郭春湖聊起昨天后半夜发生的一桩奇事。他在睡梦中被居住在枣庄的宋二爷率领的一伙人吵醒，这伙人雇马车请他务必去贾汪一趟救急。其中艺名叫熏黄瓜和花瓜的见到郎中，仿佛遇见了救星，二人放声哇哇大哭，一旁的宋二爷急得是抓耳挠腮："这都啥时候了，还哭哭啼啼的，赶紧的磕头吧。"

熏黄瓜和花瓜连忙跪地磕头，花瓜哭着喊道："郎中啊，郎中大爷呀，救救俺们吧！俺戏班子遭了大难呀，老班主身亡，少班主奄奄一息，苏家班濒临绝境啊，久闻郭郎中家藏云南的百宝丹，巴望恁救救俺少班主，恁就是再造的父母啊，俺们就是背，也要把恁背到贾汪去。"

伏地痛哭的一老一少，哭声凄厉，让人听了揪心，宋二哽咽道："郭郎中，苏家班在枣庄出大事了，峄县一带没人敢接招，俺爹当年常念叨郭家医术高深，悬壶济世，俺这才带着苏家班的人，赶夜路求到恁家里，恁大恩大德没齿难忘，去救救人吧！"

花瓜合俩眼绝望地大哭："救救俺天哥啊，啊——"

郭春湖行医十几年，深谙民间疾苦，深更半夜敲门求医的见多了。但今晚格外不同，求医的哭声震天，必是遭了劫难，宋二又是行侠仗义之人，素来令人敬仰。郭春湖人未言泪已成行，他连连点头。

宋二为郭春湖重情义所感动，他向郭春湖深深施礼："郭郎中，救人不能耽搁啊，咱只能马不停蹄地赶夜路了。"

事不宜迟，宋二帮其带上药箱，熏黄瓜和花瓜扶着郭春湖上了大马车。郭春湖随一行人一到贾汪大庙西街刘家客店，屋里人见了郎中，仿佛见了救星般，扑通跪倒在地，抱头痛哭："神医啊，救救少班主吧，老班主惨死，戏班一众老小的身家性命，全系在少班主身上了。"

宋二安抚众人起来，郭春湖借着煤油灯光查看床上人的伤势，心里"咯噔"一下，左腿血肉模糊，身上布满了鞭痕，人昏睡不醒，床铺一角放着李店生氏正骨膏——

郭春湖简直不敢相信自己的眼睛，眼前这个血肉模糊的人，竟是名噪一时的红春牛苏小天！

7月初，苏家班在枣庄唱完20天的戏码，苏笑天带着戏班一众人先行回滕县东郭苏楼村，打算休整一段时期，单独留下儿子苏小天，6日去山亭大北庄前槐村拜干亲。爷俩又为剪辫子的事怄气，苏家班是极少数几个还保留前朝装束的戏班，衣着尚没大的变化，独独后脑勺长长的辫子惹人侧目。苏小天伙同戏班几个年轻人，几次拿起剪刀，苏笑天一通狂骂，才不敢造次。现如今，苏小天大哭说后脑勺拖条猪尾巴，没脸去大北庄认干亲，好在同乐戏院老板冯建成在枣庄接触思想开明的人士多，中兴煤矿公司的德国工程师也来过戏院听戏，中兴公司的职员几年前就断发易服了，新服饰新发型在枣庄司空见惯，少不了晓之以理，爷俩间动之以情，让苏笑天务必认清时局，大清倒台都9年了，说合了爷俩各让一步。戏班年轻人剪断辫子，乐呵呵随冯老板去中兴煤矿大澡堂，痛痛快快泡个热水澡，戏班年长的仿佛成了老古董，有几个趁着班主没留神，找来剪刀请少班主"咔嚓"一下，脑袋顿时轻快多了，照镜子又流泪了："赶明儿回去，进不了村可咋好呀。"

苏笑天醉醺醺地被戏院经理人侃任硕搀扶回来，大环境都变了他能言语啥，没承想为做件拜干亲的新衣服，爷俩又起纷争大动干戈。

132 · 初心本色

中兴煤矿公司这一年事业蒸蒸日上，洋街开张了不少新店铺，黑底金字匾牌"润增祥"20平方米的成衣店，在中新街鞭炮声中开张。店主生裕润的成衣店先前在滕县桑村辛庄，是生裕润的岳父家开设的裁剪店铺，尤以"做工精到、样式新颖、价格公道"著称。生裕润裁剪手艺高超，地方豪绅、士子纷纷主动请生裕润加工成衣。生意做大了，生裕润迁店至枣庄东门里中新街。生裕润10岁时开始学习制衣手艺，天资聪明，练就镂月成歌扇，裁云作舞衣的手艺，加之裁剪店添置的西洋手摇缝纫机惹人稀奇，中兴煤矿公司职员制作西服，基本上把润增祥作为首选，峄县当地的地方豪绅、士子纷纷请生裕润加工成衣。

苏家班在峄县唱戏声名大噪，在枣庄同乐戏院连续唱20天拉魂腔，轰动了中兴煤矿公司周遭一带，人们如潮水般涌进戏院观大戏，无人不唱拉魂腔，人人争观苏小天，水萝卜红春牛涨价抵人参——苏笑天一踏进润增祥店门，老板生裕润就迎上来："苏老板大驾光临，小店蓬荜生辉呀。"

冯建成跨前一步，把苏小天推到生裕润跟前："生老板，过阵子苏家班要凯旋，少班主要做件可心的新衣服，急等着拜干亲，怎么着，您给掌掌眼呗。"

那苏小天风流一等人物，身材绝佳，天生的衣服架子，即便披破麻袋片子上身，也丝毫不减俊秀。生裕润脱口而赞："好个小苏老板啊，唱得好，扮相好，身材也绝佳呀！"

苏笑天内心惬意，儿子荣光当老子的喜不自禁。随着儿子戏台上越发出息，父子俩私下交集也少了，儿子的脾气也越发狂傲了，苏笑天为此担忧儿子涉世不深，目空一切，保不定惹祸上身。

苏小天望着店内悬挂一排的西式服装驻足，苏笑天抚摸柜台上从瑞蚨祥购进的绸缎面料，爱不释手，生裕润招呼店员拿来几块进口的呢绒毛呢面料。

"少老板俊秀，不妨试试做身西服。巧得很，中兴公司的总矿委员刚刚定制了几套，面料刚刚从上海发来几匹，您瞧瞧。"

苏小天剪了辫子，正想穿新鲜玩意儿，试试洋服穿身上有啥异样感觉。他乐悠悠地拿起一块面料贴身上试试，调笑道："穿了洋装得改戏码了！"

苏笑天阴郁的脸有些着急了，气不忿儿儿子的做派。

生裕润拿起一块驼绒色面料："少老板，这块面料老气，瞧瞧这块白色面料。"

苏笑天看了有点兜不住了，气儿子张狂不识好歹："白色的丧气，不好！"

周围人一时尴尬住，无奈地摇摇头，生裕润只好作罢。

店伙计推销生意，忙选了驼绒色面料，一边添油加醋地凑趣："少老板，不如做件改良西装，立领、三个暗袋、七个纽扣，穿上身呀，别提多摩登啦。"

苏笑天看了直摇头，他内心纠结，瞧不起自己唱了一辈子戏，巴望儿子穿着体面些，亲戚面前看了也舒服些："做件缎子长衫，咱规规矩矩的，别穿得鬼不鬼人不人的，裤腰带系脖颈上，瞎嘚瑟。"

店伙计失笑，过来打圆场："苏老板说话真逗啊，那是领带，不是裤腰带。"

周围的人嘿嘿笑起来。

苏笑天习惯了受人尊敬，不想店伙计嘲笑他没见过世面，顿时涨红了脸："老子管教儿子，不会错吧，不能穿狗娘养的洋皮。"

店伙计脸讪讪的，不敢再吭气。

生裕润看出父子俩八成杠上了，眼瞅冯建成巴望他递句话："冯老板经多见广，给少老板拿个主意呗。"

冯建成心说，好嘛，把球踢给我了，他是"嘿嘿、嘿嘿"赔笑脸，光笑不吱声。

苏小天拿定了主意，不容老子定夺，抖抖驼绒色呢绒面料，随手丢给生裕润："做件改良西装，多少钱？"

苏笑天憋一肚子火，眼瞪着儿子，碍于众人不便发作。

店伙计扒拉算盘珠子"噼里啪啦"响，报出做一身的价码，"减去零头，

360 元整。"

苏小天脑袋"嗡"愣住了，360 元啊，冒了一头冷汗，说不做又难为情，"那、那就做吧。"

"得了，新式西服，360 元。"店伙计一声吆喝。

仿佛点燃了炮捻子，一旁的老子苏笑天彻底怒了："娘的，熊败家子，给恁老爹的棺材板也当了吧，好给牛犊子披件洋服。"控制不住自己的情绪，苏笑天冲上去，抬手"啪"一巴掌，打在儿子脸上又脆又响，生生地打出 5 个红手印子，苏笑天见状后悔下手狠了点。但是，老子不能由着儿子的性子胡来，还逞强故作再来一次，高高地举起手来，彰显老子的威风。

戏台上红得发紫，苏小天整个人飘在风头上，富豪士绅争相捧角，再遇上富甲一方的黄老爷巴巴地认干亲，他挺直腰板，仰起脸走路，还觉得不够拉风呢，老子守着形形色色的众人，脆生生"啪"地扇了一巴掌，打得他两眼冒金星，顿时气昏了头，照准老子前身猛地一推，苏笑天没防备"咣当"一声，身子直挺挺地把柜台都撞歪了，几匹绸缎面料砸了他一脑袋，苏小天见状可吓坏了，碍于情景又不敢上前。

唬得众人连忙帮其扶起来："苏老板，有话好说嘛，咱消消气。"

苏笑天怒瞪双眼，随手抢起一匹布，唬得众人纷纷上前死命地阻挡住。

生裕润见过戏台上翻跟头，没见过唱戏的抢绸缎走场子，顿时犯了难，左右赔不是："哎哟哟，哎哟哟，苏老板，面料进口英国的，贵了些，凭少老板喜欢，本店看在苏老板面子上，手工费免了。"

苏小天哭出声来："吃窝头喝凉水，真是麦秆吹火穷惯了，舍不得花一个子。"

"告诉你个熊龟孙子，俺不是嫌贵，大热天穿洋服也不匹配，等秋凉，做两身的钱还是有的，娘的，俺三两金不是白叫的，苏家班不差这点小钱。"

"儿子三伏天头戴盔，脚蹬厚底靴子，穿长裤耍花枪都不怕热，大冬天光屁股睡觉木板不怕冻，冷热由儿子自己受，没让恁穿啊，恁吭哧赖歪不让做，就是小气，小气鬼！"

冯建成不能眼看着父子俩在裁缝店争吵："苏老板呀，哎哟嘞，少老板给戏班子挣大钱，就依了他吧。"

"咋的，熊龟孙子敢教训起老子啦，操你姨奶奶的，你当是唱《挑滑车》呀，由着你小子耍横呀，老子剥了浑蛋儿子的皮。"

"恁剥恁剥，恁不剥，儿子就敢光身子唱大戏。"苏小天一边说一边脱衣服，袒露出线条流畅而有力的胸膛，把褂子踩在脚底下用力搓几下。

简直把苏笑天气疯了，脱下一只鞋狠命地砸向儿子，苏小天唱文武生，手脚利索，人不躲飞身旋腿，不含糊，真就把一只臭鞋踢飞上天，"唰"直接砸冯建成的脑门上。

"哎哟嘞，俺娘啊！"冯建成惨叫一声，蹲下身揉脑门。

飒爽身手，飞旋腿干净利索，堪比舞台上打飞旋精彩，伙计们看傻了眼，忘记了这是在裁缝店，连声叫好："好身手啊！好啊！"

苏笑天吧嗒眼皮张大了嘴，他被儿子的举动惊住了，连冯老板也给打了啊，儿子眼里没长辈还了得啊，顺手抄起案板上的剪刀，奔儿子冲过去。

生裕润也顾不得啥了，与冯建成合力把苏笑天扯住，冯建成冲苏小天高喊："兔崽子，还不快跑啊。"

苏小天一跺脚"唉"，光膀子拔腿便跑，褂子也顾不得穿了。

苏笑天追出门，跳起脚，高声叫骂："小王八犊子，老子闯码头哪个地界都有人，任你跑哪儿，非打死熊败家子不可。"

苏小天跑得急了点，一不小心摔出八丈远。

裁缝铺一片狼藉，生裕润苦个脸，冯建成连声"唉唉！"

一路上，冯建成等好生相劝，苏笑天黑着脸，一众人回到戏院。

迈进门，苏小天背对门，挺直身子跪倒在地，苏笑天见了一路小跑，从后台戏箱里拿出道具鞭子，怒冲冲折回身，把鞭子高高扬起："今儿呀，老子非抽死这个不孝玩意儿，俺抽死你，俺抽、俺抽、抽死你——"见儿子泪流满面，前大襟都湿了，苏笑天看了又生气又心疼，怒吼声一声高过一声，竟然把鞭子狠命地往自己身上猛打，"俺不活了呀，俺没脸见人了呀，啊啊——"

凭这阵仗，苏小天也乱了阵脚，一双大眼睛可怜巴巴地求助众人快伸把手。

戏班看管行头的岳老头，等老班主气力缓下来，少不了拿出长辈口吻劝解一番，其他人合力把苏笑天手中的鞭子夺下来。

手中的鞭子没有了，苏笑天倚老卖老倒地翻滚，怒气这会儿才真正发作："俺天啊，世道真的变了呀，儿子忤逆打亲爹了呀，老子不活了呀，苏家班唱哪门子忠孝两全，仁义廉耻啊，《天雷报》里的天雷呀，劈死小畜生吧。"

冯建成两边瞅瞅，望着戏班里的人，个个缩头不敢近前劝阻，冯建成没法子，硬头皮蹲在苏笑天身旁："苏老板，少老板跪地认错了，放孩子一马呗。"

"冯老板呀，您可是亲眼看见的，王八犊子把老子往死里打呀，今儿事给大家摆明了，小畜生是咋想的呀。"

小旦花瓜小声嘟囔："认黄老爷做干爹，入住富贵人家，怎么也得置办几件体面衣服才是呀，黄家深宅大院，人要脸树要皮，戏班再难，也不能叫天哥穿百家衣拜干亲呀。"

苏笑天气得双手猛拍地，地上的尘土飞起："俺娘啊，认干亲，当是你小哥俩摇团扇唱《游园惊梦》呢，黄家锦衣玉食啥也不缺，黄老爷学问深，看人不看衣服好嘛。"

老旦熏茄子站起身来："班主，咱心里最清楚，小天这孩子呀，不抽不嫖不赌，现如今挑大梁连轴转，戏班靠他养活大家，想穿点好的，也没啥，不然稠倒高粱稀倒谷，你看着办吧。"

小旦花瓜给苏小天打气："若没了天哥撑台面，哪来的苏家班今天呀。"

苏小天得了撑腰的话，哭出大声，扭脖子一仰头："大，恁用不着哭天喊地的，儿子这就跳井死给恁看。"

儿子放言老子说自己去跳井，苏笑天闻听一骨碌爬起来，手脚比画着扑向苏小天，众人原以为老子冲过去打儿子，呼啦啦团团围住，抱腰抱腿拽胳膊，苏笑天挣扎着动弹不得："哎嗨嗨，拉着俺干啥呀，快去绑住这小畜生，别让王八犊子真跳了井啊，恁亲娘嘞！"

众人闻听"扑哧"乐了，苏小天抹泪"嘿嘿"笑，大家撒手彻底不问了，由父子俩哭打闹去，苏笑天倒是不吼不叫了，他盘腿坐地上"吧嗒"旱烟，耷拉脑袋人发蔫，人也消停了。

7月6日，天气晴朗，冯建成跑遍了枣庄最时兴的洋街，忙得脚不沾地，由东西的兴商街到南北的中新街，帮苏小天置办了拜干亲必要的礼物：8条哈德门牌香烟、4坛兰陵老酒、2斤狮峰龙井，第四样最稀罕，专门找到中兴公司西餐厅，得益于厨师长魏长顺是个戏迷，面包装了满满一米见方的纸箱。见缝插针又到"润增祥"成衣店。生裕润选用瑞蚨祥销售的杭州小提花绸缎，缎面质地厚密光泽明亮，缝纫机不好使，他亲自上手缝制。蓝缎长衫透气好，且华美不张扬，面料与手工费合计27元，生裕润特意给了不缝合裤裆的黑布裤，免费相赠，留着拜干亲时用。冯建成把长衫拿在手中，看了又看，中式服装大气，与众不同，耐看不说，上身庄重，这韵味只有中国人能穿出效果，他索性让伙计量量身材，叮嘱生裕润为自己照原样式也做一件。

时针指到10点，同乐戏院前，停了山亭大北庄前槐村黄家3辆大马车，黄家大管家任千奏，盘腿坐大马车上，两条腿发麻坐不住，现在总算落地了。黄静斋黄老爷嗜好研戏，任千奏就陪着黄老爷乐呵。本来嘛，吃喝嫖赌抽是有钱人脾性，黄老爷抽大烟还算节制，人不赌不嫖，好听个戏啥的也高雅，瞧不起有俩臭钱捧戏子的痴人，可自打苏家班进枣庄唱大戏，感叹黄老爷像变了个人，大把大把地花钱捧戏子，家不要了田产也不问了，死乞白赖地认唱拉魂腔的红春牛做干儿子，说出去也不光彩，族里长辈闻听找到黄家大管家说和。任千奏自己还糊涂呢，趁这次黄老爷派他去枣庄接苏小天，斗胆请黄老爷明示，咱犯不着认个戏子做干儿子，花钱请戏班子来村上唱一个月大戏，花不了几个钱。

"大管家呀，只可意会不可言传啊，西集红枪会磨刀霍霍，一直想着合并大北庄红枪会，把咱们纳入西集红枪会，做大做强，击匪仇兵在次，以抗官围城、抗粮抗税为目的。"

"老爷大可不必担心，咱舅老爷是谁啊，在峄县雄霸一方，往西走，滕县、济宁、兖州，河南的豫南、豫西、豫北一带的红枪会，谁敢不敬重舅老爷呀，小小的一个西集红枪会，能奈何咱啥？"

众人听罢，不住地点头："大管家为老爷着想啊。"

黄静斋不以为然："树挪死，人挪活，多个人，多条路。凭苏小天的身手，有几个人能及。"

任千奏打小算盘："老爷，请来这么多拳师，干啥呀？"

"大管家坐井观天了，可知西集的红枪会练'金钟罩'术，号称刀枪不入，呼啦啦，引了多少人为伍呀。"

"老爷，俺倒是糊涂了，以俺跟随老爷多年，知道老爷不信邪术，所以咱不看重红缨枪，注重刀枪火药，舅老爷也是这种观点呀。"

"大管家，你只知其一不知其二，红枪会从创建伊始，自卫是目的，抵抗兵匪侵扰村子。红枪会脱胎于义和团、红灯照、白莲教、八卦教、大刀会、金钟罩、硬肚会，通过过场烧香、跪拜、喝符、念咒、口传真经、戒条等，号称入了会，人便能练就刀枪不入，金刚不腐之身。"

"真如了老爷的意念，便好了，只是老爷最清楚，这不是糊弄人的吗？"

"哈哈，大管家言重了，我们跟家丁和会员道实话，'什么刀枪不入的金钟罩，北洋军一枪就能崩了你，会怎样儿啊？'"

"老爷的话是，到那时没人敢冲锋陷阵了，红枪会成了纸糊的灯笼。"

"我们不但要信，还要把'金钟罩'发扬光大，深信不疑，说得越邪乎，参加红枪会的人就越多，哼哼！"

"老爷，咱大北庄红枪会不缺拳师，缺的是响当当的高人啊！"

"河南红枪会，会员多达150万之众，嵩山有少林寺，各红枪会不乏高手拳师。"

"话是这么说呀，只是远水解不了近渴啊。"

"嘿嘿，大管家多虑了，舅老爷不期邀俺去菏泽、济宁一带红枪会，亲自登门拜访了玄门、坎门、离门、乾门等派系会长，此次定要请几位拳术高深的师傅来大北庄。"

"灯不拨不亮，俺这回明白老爷的意图了，那红春牛、苏小天一身的好武艺，轻功了得，意在此啊！"

"咱们得树立天下俊才为我用的理念，苏小天不但戏唱得好，功夫了得，在济宁、滕县、峄县、徐州一带闻名遐迩，无人与其争锋，没有一身的真功夫，滚铡刀是演不了的。咱有了苏小天这个噱头，不愁十里八乡的人，不来追捧参加大北庄的红枪会呀，哈哈哈——"

"老爷真是高明呀！哈哈哈——"

人生在世不称意多的是，患难见真情的人寥寥焉，相互利用，相互攀附，难免不包藏祸心。

任千奏得了真谛，人也坦然了，明白黄静斋的真实意图，他笑容可掬地迈着方步，戏院经理人侃任硕，率众已等候多时了。一行人直奔经理室，冲着冯建成行抱拳礼："冯经理红光满面，戏园子歌舞升平，财运当头啊。"

"哪里，哪里呀，大管家风尘仆仆，携朝阳远道而来，理应美酒佳肴相叙，奈何回程遥远，黄老爷尚在久候，咱担待不起呀。"

侃任硕把两盒老刀牌香烟，硬塞进任千奏的衣袋里，红纸包的6块银圆喜钱递到手上，"苏老板走时，专门为谢大管家准备的。"

任千奏右手掂掂，银圆压手，欢喜得眉飞色舞："黄老爷一再挽留苏老板，这点面子都不给呀，怎么就走了。"

冯建成弹弹手上烟灰，一脸的无奈："苏家班出来大半年了，家里老小眼巴眼望的，还等着一众人早点回去团聚呢，苏老板不得不考虑啊。"

"也是啊，家有千口主事一人呀。"任千奏咂咂嘴。

"来人啊，快喊少老板过来，好给大管家叩个头。"冯建成冲门外喊了声。

戏院主事的悉数在场，客气请大管家一行人坐下品茶。

闲聊不大会儿，只听得经理室外一阵急促脚步声，任千奏一行人站起来，冯建成站起身请大家坐定。

"冯经理，少老板门口等您吩咐。"剧院事务喊了声。

"快请进，各位爷好开开眼。"

众人敬神般屏住呼吸——

门帘一挑，清风掠过花枝展，任你东西南北中，闪进一个俊美的年轻后生。

任千奏一行人"呼啦"立马站起来，冯建成等戏院主事的也跟着站起来。

一袭蓝缎长衫，右手衣袖挽起二寸，纳鞋底黑布鞋，中分头油亮亮，面如冠玉、长眉银海、通关鼻梁、唇红齿白，撩起长衫，欲行跪礼。

任千奏跨前一步，急忙挽起年轻人："免了免了，少老板不必拘礼。"

一行人看直了眼，苏小天相貌令人咋舌。

冯建成瞧一行人看直了眼，笑呵呵打圆场："大管家，意下如何啊？"

任千奏不住搓手，啧啧称赞："舞台上光鲜亮丽，见了真人，胜出十分啊，好！好！面如潘安俊秀，赛过二郎神呀！"

"少老板，大管家任大爷。"

羞红脸的苏小天，低垂头："任大爷万福。"

任千奏扬起手臂，亮声嗓子："冯老板呀，那咱就走呗。"

呼啦啦，众人一通忙乎，车夫牵过三辆大马车。

马车夫长鞭一甩"叭叭"作响，三辆大马车在山路上奔驰，斑鸠在蔚蓝天空中飞翔，銮铃鸣动悦耳，山野间回荡着鸟叫蝉鸣，山峦起伏连绵，树木葱郁茂盛，花草争艳蝶飞舞，山间的溪流清澈明快，哗啦啦潺潺流动，入夏的山亭布满了绿色，绿莹莹尽收眼底惹人醉，高大的柿子树结满了果实，红红樱桃正当时，风儿清爽拂面，激发出道不完的喜悦，越往大北庄前槐村走，不见了黄土墙茅草房，一排排石头建筑的房子，伫立在半山坡上。

早饭过后，闫翠莲亲自用盖碗沏了龙井茶，黄静斋坐圈椅上一边看戏文一边轻声哼哼，闫翠莲奉茶来到身边："老爷呀，歇歇眼，茶沏好了。"

黄静斋放下唱本，忽然想起王家师爷王布丁来："翠莲，太太家的王师爷，安排哪个院了？"

闫翠莲媚笑着："后院内柜东面的客房呀，楼院客房早就收拾好了。"

黄静斋接过盖碗，拇指食指捏起碗盖，端茶碗搁鼻端嗅嗅："翠莲，老宅前院西厢房的雕花木床，搬过来了吗？"

闫翠莲扭过身撇撇嘴，转脸甜甜笑着："老爷真是贵人多忘事呀，絮叨三遍了。"

黄静斋轻笑笑，呷一口茶："蚊帐支了吗？"

闫翠莲噘嘴瞟了眼黄静斋，掰手指数："老爷见天叮嘱，红春牛住正房西屋，收拾要干净利索，窗纱昨儿新换的，怕热着红春牛，安排人骑马跑峄县新买来蚊帐。"

屋里一下静了，二人各怀心思，苏小天踏进黄家，每个人要熟悉他的脾性相处，也不是一朝一夕的事，翠莲感到了一丝威胁，是来自苏小天，还是黄静斋，一时她拿不准。

沉默良久，黄静斋板着脸："今天拜了干亲，苏小天如同岁儿、年儿，从今以后，黄家人，不许叫红春牛啥水萝卜的。"

闫翠莲尤其恨黄静斋拿她生的儿子跟戏子比，讪讪地迎合着："十里八乡地听戏，叫惯了艺名，秃噜嘴了嘛。"

黄静斋闭目养神，似乎这间屋里就他一个人。

闫翠莲不忿黄家上下给苏小天大把花钱，站在圈椅后给黄静斋揉肩，抬起右手伸过去："老爷呀，不该妾身多嘴，岁儿和年儿也该请私塾先生了，吃穿用度紧手，每月添补点方妥啊。"

"黄家大户人家，礼数规矩严，吃穿用度自然样样不能缺少，穷养儿子富养女，岁儿和年儿衣服穿四季，吃饱不挨饿，就不错了。"

"老爷句句都在理，都是为了岁儿、年儿考虑周全，妾身自然明白，俺是考虑今儿黄家不同以往，认进门的干儿子再风光，毕竟比不了亲儿子对吧？"

闫翠莲这番话柔里带刚，意图在黄家的财产上打转转，黄静斋岂能容她："哼，这个用不着你来提醒老爷，儿孙自有儿孙福，俺视天儿如己出，分得一份家产谁又能如何？"

黄静斋冷言道出翠莲最不想听的话，顿觉心里拔凉拔凉的，一股幽怨让她心上横了一把刀，她愤愤不已："妾身低贱，守着两个院子，没有老爷吩咐，早起晚走两点一线，即便有了岁儿、年儿，从不敢以生母自居，处处看太太眼色行事，黄家家财万贯，妾身也不曾眨眼皮呀。"闫翠莲原以为太太生养两个前后都夭折了，感激老天爷的眷顾，她吃点苦受点罪，黄家家财早晚都归岁儿、年儿，尚且能容忍，也能等几十年。可今听黄静斋这话音，黄家的大宗财产，日后还指不定咋分呢。

"你随太太陪嫁过来，通房升了偏房，得懂规矩，太太陪嫁装满了十几车，可一年四季粗布衣裳，计较过啥呀？"黄静斋说把苏小天视为己出，就是随口说说而已，可他疏忽了丫鬟出身的翠莲，如今翻身做主人，她要的不仅仅是名分，满足翠莲胃口的是黄家财产，末了归属谁做主，如此一来，她杀苏小天的心都有了。

闫翠莲以陪嫁丫头做通房三年，前后生俩儿子，有了立足黄家的资本。她打着自己的如意算盘，太太王寿龄家势雄厚，她这丫鬟命在王寿龄跟前，怕永世不得翻身，她认命了。她在老爷黄静斋跟前唯唯诺诺，毕竟那是岁儿、年儿的亲爹，她也得认。怎么一个下九流的戏子，登堂入室，老爷黄静斋居然花了近8两金子，定制金碗做表礼，凭啥她要向戏子低头。翠莲更气不顺黄静斋对正房养的闺女，备了丰厚的嫁妆，待侧室生的两个儿子一分一厘算得清清楚楚，反倒认戏子视如己出，即便黄家的看门狗，也比戏子强上百倍，胃堵得慌憋了，难咽一口恶气。

黄静斋岂容贱妾挑眼，闫翠莲絮叨亲生暗在说偏，意在指苏小天不配，做老爷的自贱身份，他的脸唰地黑了，"哼"了声，站起身用力把盖碗一放，"哗啦"一声，茶水顺着茶几流淌，闫翠莲惊得双手抵住胸口："老爷息怒，妾身闲说话，自当是刮过一阵风儿。"

黄静斋瞅瞅怀表，估计大管家一伙人快到枣庄了，伸个懒腰，哈欠连天，嘴里嘟囔着："要吃还是家常饭，要穿还是粗布衣呀，贪心不足蛇吞象，小命不长终难保呀。"

闫翠莲识趣暂且忍住，连忙过去扶黄静斋卧烟榻上，她麻利地点着烟灯，加热烟膏，双手搓出烟泡，塞进烟枪的烟锅里，擦干净烟枪递过去，黄静斋侧身把烟锅对准火苗，美美吸食起来。

座钟秒针咔嚓咔嚓地响，人容易犯困。账房一溜烟跑进堂屋，忙不迭高声喊："老爷，老爷，咱家的大车进村里，大管家正招呼人呢。"

叫喊声惊醒了黄静斋，忙掏出怀表看，不想自己打个盹儿，下午1点多了，翠莲忙捧茶碗过来，黄静斋翻身要翠莲快拿衣服。

鼓乐声鞭炮声齐鸣，前门院子里，乌泱泱进来一大群人。

黄静斋整理衣身，快步走出堂屋，笑着迎上去。

苏小天两步并作一步，人不等站稳，双膝跪地"嘣"地磕个响头："大，儿子来看您了。"

黄静斋乐开了花，笑得特别爽朗："俺儿快起，爹早就盼着这一天了。"

鼓乐喧天，鞭炮声大作。

黄家上下除了女眷，不分老幼挤满了院子讨喜，新宅共摆6张方桌，老宅单独设1桌。大管家任千奏按照主次宾客尊卑长幼，招呼各处管家与师爷和账房，毕恭毕敬请宾客入席。黄家增添人口，理应大喜之事，使女、侍从、家丁、院工、长工、短工全员张罗，酒席安置在新院的后院。

拜干亲仪式就在新宅堂屋举行。堂屋内两张方桌，铺一张大红色的桌布，上方摆上祖先牌位，一侧设神龛，下桌设黄家置办的酒、茶、糖果、糕点等，最耀眼的是金碗金筷子，金灿灿亮瞎人眼。

黄静斋得意满满放眼望去，宗族长辈逐一落座。

第一步，在认干亲仪式开始前，认干亲的一方需要先拜另一方的长辈，表示诚意和敬意，苏家长辈就由冯建成代受礼。

仪式开始，转移先祖牌位，冯建成把苏家先祖牌位供奉到方桌最上头，黄静斋亲自点香火叩拜。

而后苏小天站黄静斋身后，共同再拜神灵。

苏小天跪拜黄家先祖牌位。祭拜先祖之后，邀请"恒隆"的王家师爷王布丁宣读认干亲文书："兹有山亭大北庄前槐村士绅黄静斋黄老爷，忠孝两全，家业兴盛，博爱宏志……"

宣读完毕，黄静斋与冯建成一左一右并坐一排，苏小天跪地，王布丁捧拜见面礼高喊："赐儿，一个金碗、一双金筷子。"

热火朝天拜干亲仪式进入高潮，一阵阵的笑声飞出堂屋传至院子里，锣鼓鞭炮声大作，黄家大院挤满了亲朋好友，祝贺声不断，以至于整个大北庄前槐村都荡漾在喜悦之中，黄家大门外，拴马石不够用，家丁和院工忙着牵骡马赶驴车，忙得不亦乐乎。

热热闹闹的拜干亲场面，欢喜了大北庄前槐村男女老幼，皆因家家户户有一个男劳力入了红枪会，特别是争强好胜的青壮年，常年粗布破衣打赤脚，想迈进黄家大门不容易，哪敢想与惊若天人的红艺人苏小天，相聚在山亭大北庄前槐村。一传十，十传百，大家争先恐后来到前槐村瞧热闹。

大管家任千奏逢人便说，苏小天已是红枪会的督办，入了红枪会的会员，有机会跟苏小天学飞檐走壁绝技。所以，黄家大院的拜干亲仪式还没开始，前槐村男女老幼但凡得空闲的，早早就在黄家大院门口转悠，眼巴眼望地想瞧一眼当红艺人苏小天，家丁时不时驱赶走靠近大门的乡民，"老少爷们，姊妹娘们，都别挤了，咱们闪开个道，周围四乡八里的，穿绫罗绸缎的老爷太太们尊贵，来咱们村有了闪失，别丢了咱村人的脸面。"面对家丁的驱赶，前槐村的男女老少不减反增，还是乌泱泱地往前挤，家丁们只能排成两排，分出一个人行过道，以供前来道贺的客人。前槐村村民淳朴，男人们自然躲一边瞧热闹。

一大群小屁孩儿，拍着小手："叫出来、猫狗站，叫出来、猫狗站——"

村西口三婶子直嗓子："六叔家的，哦，满村老少娘们儿，干瞪眼腰都站酸了，单为看一眼人影呀，咱咸菜烧豆腐，有盐在先，非得叫水萝卜唱一段《爬墙头》不可。"

年轻的小媳妇听了羞红脸，忙转过身去。

村里的男女老少围了里三层外三层，拍手叫好起劲儿，正热闹。

"二愣家的，二愣家的。"胖家丁黄胜推开瞧热闹的人。

老光棍李大"哎哟"声，周围人齐喊："大太太来了，大太太来了。"

村民们呼啦闪开一条通道，老家丁黄窝窝撑着油纸伞。黄窝窝八九岁一路讨饭，饿晕在前槐村黄家西墙根下，正赶上寒冬腊月天，眼瞅着这孩子被冻饿致死，乡邻们可怜这无依无靠、奄奄一息的孩子，用木板抬到族长家，央求黄家积德救孩子一命，黄老财让管家问过之后，叹这孩子的爹被抓壮丁下落不明，娘又饿死在讨饭路上。黄家在前槐村属大户，又是族长，推出去遭乡邻非议，黄老财瞅着男孩与儿子黄静斋年纪相仿，正好陪伴少爷左右做个照应，慷慨应允收留下要饭的孤儿。要饭娃有了饭的滋养，没几天就活蹦乱跳随处跑，不想他贪嘴偷吃粘窝窝喝井水，吃撑了肚子胃疼挛疼得满地打滚，眼瞅着人不行了，真就是命大，邳州游乡的郎中郭春湖偏巧来到前槐村，黄家管家忙把青年郎中请进大院。郭春湖诊了脉，针灸梁丘、天枢、承山等穴位，又取青艾条点燃，燃着一端对准肺俞穴，似麻雀啄食般一起一落，忽近忽远地施灸，孩子总算是脱离了鬼门关，叮嘱管家派人去枣庄中药铺抓三服芍药甘草，煎汤药服用。前槐村人记住了郎中郭春湖，黄老财索性把不晓姓氏的要饭娃起名叫黄窝窝。

油纸伞下站着一脸威严的一位太太。王寿龄头梳元宝发髻，通身藏青色粗布大襟衣，不戴一金一银，裤脚缠裹黑色脚布，一对三寸金莲惹人注目，使女杏花和桃红站身边一左一右搀扶。

二愣媳妇知道大太太眼神不好，她麻利走过来："大太太，家里添人口大喜呀。"

胖家丁黄胜走上前，左右推搡着凑上前的男女老少："往后，往后，脏兮兮的，别熏了太太。"

王寿龄动动嘴皮子，直觉得乌泱泱噪声，她欲言又止。

六大娘拽下肩膀上的毛巾，递给二愣家的。

二愣媳妇掸掸身上的灰尘，捋捋鬓角，往前凑凑："大太太，庄上人嚷嚷着咔嚓咔嚓嚼水萝卜，巴望水萝卜在咱庄上唱几出呢。"

胖家丁黄胜立起双眼："放肆，新进的少东家，黄老爷还礼让三分呢，你算什么东西，水萝卜水萝卜地叫。"

老光棍李大嘿嘿笑着："庄户人铺床的，见过啥世面呀，狗嘴能吐出象牙吗？"

乡亲们哈哈大笑起来，二愣家的没嘴的葫芦，说不出话人发窘："死李大，守着大太太，你咋说的人话呀？"

老光棍李大挠头，吭哧会儿，招呼远在一旁的二流子狗蛋。

"狗蛋儿，快见过大太太，问你话。"

二流子狗蛋被一群老娘们好一通戏弄，腰疼腚痒脚脖子酸，一瘸一拐磨蹭过来，仍不忘给王寿龄作揖："大太太，啥事儿？"

王寿龄因青光眼视力严重受损，看啥都模糊，遇到啥事多默不作声，静静地聆听，听力特灵敏，听庄户人嬉笑怒骂的，也习惯了，她没搭理二流子狗蛋，又往前走了一小步："二愣家的，麦子煎饼，都烙好了吗？"

杏花扭头给桃红悄悄地使个眼色，桃红松开太太，走近一步："四婶，上回烙麦子煎饼，掺了多少地瓜面呀，别觉得大太太瞧不出来，吃嘴里啥味儿，蒙混鬼啊。"

二愣媳妇嗫嚅道："糊子盆没洗，粘了些地瓜面。"

杏花哼了声："地瓜煎饼用得着稀糊子吗？大太太送御史府邸的10

斤麦子煎饼，四婶巴巴地做手脚，不是念四婶老咸菜炸得好吃，早让六大娘摊了。"

富甲一方的王寿昌，前清官至南京都察院右佥都御史，解甲归田在峄县商界独占鳌头。王寿龄遵从哥哥王寿昌的安排，嫁到山亭大北庄前槐村黄家大户，在黄家饭来张口衣来伸手，安心过相夫教子的生活，奈何天不遂人愿，生了两胎都没成活，便把陪嫁丫鬟翠莲，应允给黄静斋做了通房，两年生了俩儿子，乳名唤作岁儿、年儿。黄静斋俩儿子绕膝，心思渐渐在翠莲身上，又惧怕大舅哥王寿昌财势，极为敬重正房的王寿龄，便把前妻生的闺女放在王寿龄身边教养。那王寿龄虽是大富大贵人家出身，衣着朴素，乐善好施，平日里吃斋念佛，闲暇时喜好听戏，待黄淑女如亲生一般，饮食起居无不挂在心上，黄静斋由心称赞："怕是亲娘，也赶不上大太太对闺女如此事必躬亲。"

大北庄前槐村摊煎饼出名，峄县一带的集市上卖煎饼的，多是前槐村摊的煎饼。黄家拜干亲，增添新人口，那水萝卜苏小天唱拉魂腔响彻鲁西南，周遭亲朋闻讯争相目睹，纷至沓来。黄静斋拜请王寿昌的师爷王布丁，为拜干亲司礼，筹措弄璋之喜。王布丁见过黄老爷黄静斋之后，便往老宅拜见大太太，也就是王家的姑奶奶。闲聊间，说起娘家的大太太吕氏，念叨前槐村煎饼掺了地瓜面，还怪好吃的，让王布丁操办完拜干亲，回去多带些煎饼。说者无心听者有意，王寿龄明白了二愣家的烙煎饼时，偷偷往白面里掺了地瓜面，若告诉大管家二愣媳妇烙煎饼掺假，二愣两口子非得挨打不可，好在吕氏对掺地瓜面的煎饼非常满意，忍住话没说。

时逢黄家拜干亲吉日，王布丁明日便要回峄县，王寿龄顾不得家里家外热闹，把烙煎饼的前因后果，细说给使女杏花和桃红听，便急忙走出宅邸，寻二愣媳妇烙煎饼，烙好了让师爷王布丁带上。可丑话先说头里，你二愣媳妇烙煎饼往白面粉掺地瓜面，俺心里明镜一般，糊弄太太可不行，这话还得王寿龄亲自去说，这才有了前面一出审问。

二愣媳妇自知理亏，吓得惊慌失措，偷眼瞅大太太似乎不是太计较，心里这才稍稍松口气，她灰溜溜地跟着王寿龄一行人，进了黄家大院拿面粉，以便回家赶制煎饼。

黄家大院前围坐在树荫下的乡亲们，巴望着苏小天走出黄家大院，大家能看几眼，无聊打哈哈，二流子狗蛋喜欢往女人堆里钻，成了挨敲打的冤大头。

乡邻们闲来无事，拿二流子开怀解闷，气鼓鼓的狗蛋自认倒霉。他一肚子怨气，恨在水萝卜苏小天身上，臭戏子不好好地唱戏，跑大北庄前槐村拜干亲，狗蛋恶狠狠地望着黄家大门怒骂，"娘的，婊子无情，戏子无义，黄老爷栽沟里了！"

拜干亲热闹喜气延续多日，黄老爷常陪着水萝卜去村前小溪吊嗓子，成了大北庄前槐村茶后饭余的谈资。

村里赶大车的刘大头，盘腿坐在磨盘上，用力磕磕烟袋锅："活该骂庄户人不识抬举，那是少东家，少东家好嘛。"

村西口三婶子手搓麻绳，照手心啐口唾沫："既然是黄家的少东家，咱庄户人说话直，有啥说啥，买儿招闺女婿，图热闹，少东家生得像韩湘子，大小姐赛天仙下凡，天生的一对呀，黄老爷何不成全了这对孩子呢。"

刘大头忙站起身给打住："三婶子呀，恁这话可别再说了，苏小天是戏子出身，不能入老林，黄老爷怎么能把亲闺女许给戏子呀。"

二流子狗蛋呆着脸，懒散地躺在西墙根阴凉处，他听了心里咯噔一下，黄家大小姐近两年岁数大了，大门不出二门不迈，不似往年还陪着大太太出门看戏啥的，自己总能远远地看几眼，俗话说"女大十八变"，按照三婶子话头，十五六岁的黄淑女花蕊般美，狗蛋揉着肚皮，嗓子眼儿焦渴似的咽唾沫。

二愣若有所思望着黄家大门："六叔，恁拉黄老爷去峄县，黄老爷咋没回来啊？"

赶大车的刘大头把脸仰得高高的："县长唐广廷，开维持治安的会，召集峄县枣庄一带士绅，谁敢不去啊，要知道这次主持会议的是黄老爷的大舅哥，恒隆大掌柜王寿昌。"

二愣咂摸嘴，点点头："王老爷的族叔人称王半城，在峄县枣西开煤窑，经营隆兴钱庄，城南北大街的酒店、油坊、磨坊，还开设粮店、当铺，王家在峄县财大势大啊！"

乡邻们投来的羡慕目光，让能接触到黄老爷的刘大头来了精神："这回县署做担保，主要商议联络鲁西南菏泽、济宁地区一带的红枪会，邀请了玄门、坎门、离门、乾门等派系会长，达成纵横联手，加强防御攻势，为商道货运的安全畅通，没十几天工夫，黄老爷能回来吗？"

老百姓视衙门为老虎口，能进老虎口抢食的人，都是些有权有势的财主老爷，至于现在是皇帝还是啥总统的，在老百姓眼里都一个样儿，婶子大娘们放下手里纳的鞋底，老少爷们窃窃私语，都关注红枪会做大做强，是不是就不畏惧山里的土匪了。唯独二流子狗蛋内心活泛起来，黄静斋这一走妙啊，看家护院的兵勇也跟着去了不少，黄家大院人去楼空，不妨自己乘黑夜探探黄家大院，顺手牵羊偷点值钱的东西，捎带着偷瞧瞧日思夜想的黄家大小姐，岂不是一举两得的美事。狗蛋搓着前胸汗津津的灰条，抬手闻闻，一股汗腥酸臭味儿直钻脑子，想着燥猫狗臭之事，仰望天空，旁若无人嘿嘿坏笑起来，"哈哈、哈哈、哈哈哈——"

三婶子好奇地走过去，俯身摸摸狗蛋的额头："笑啥呢，傻笑，小狗日的大白天发癔症，钻骚窝啊！"

二流子狗蛋也不理会，翻身爬起来，胡噜胡噜后屁股裤子上的灰土："嘿嘿、嘿嘿嘿、哈哈哈——"扬长而去。

大家伙儿大眼瞪小眼，被二流子狗蛋的莫名坏笑闹糊涂了，二愣正恼狗蛋前阵子与媳妇厮打嬉闹，见了狗蛋就愤愤不平："二流子诨名不是白叫的，狗蛋儿白天睡觉夜里欢，一肚子花花肠子，没准又瞄上谁家小媳妇了，又冒坏水呢。"

大家伙儿晓得二流子流氓习性，好这口，狗蛋在前后村子偷鸡摸狗的事没少干，前阵子夜里去后湾村会荡妇，没想到给矿上当包工头的袁算盘撞个正着，二人厮打一块儿，袁算盘婆娘泼辣，每人打了一巴掌，掩上门独自睡觉，留下二人继续打，打累了，两个没脸没臊的家伙，各自扬言明天晚上再战，至于二流子去了没有，狗蛋说去了，还和袁算盘坐一块儿喝酒呢。

　　自打拜干亲后，一连三日晴光荡漾，黄家大院内丝弦悠扬，黄静斋手捧皮黄戏《岳家庄》唱本逐字念着，苏小天一板一眼逐句唱着，闫翠莲穿插二人中间递茶送水不得闲，苏小天聪慧悟性高，老天爷赏了一副好嗓子，加上黄静斋与王寿龄悉心教导，开口行腔押韵有板有眼。

　　黄静斋轻声哼唱几声皮黄戏，"天儿，二黄节奏舒缓、平稳、高腔凝重浑厚，西皮节奏紧凑，唱腔轻快、流畅、明朗、活泼，二者结合为一恰到好处呀。"

　　苏小天放下盖碗茶，走到干爹面前，做了一个云手转身："大，受您指点，真乃茅塞顿开，拉魂腔在唱腔的落音处，女腔善小嗓子翻高八度，男腔高亢拖后腔，甩腔不如皮黄合辙，但运腔圆润，很少走板。"

　　爱屋及乌皆在此，人生如戏，黄静斋佩服苏小天悟性高，源于黄静斋痴戏："拉魂腔的精髓，全在一口唱腔上，行腔恢宏磅礴，淋漓恣肆，抒情舒缓悠扬或激越高昂，一咏三叹醉人心，随情转腔撩人醉，缠绵悱恻煽情思，哀婉悲凉动深情啊。"

　　闫翠莲看二人胜似亲爷俩，腻歪几个时辰读唱本也不嫌烦，她捧茶侍奉视如空气，催促吃饭得来回叫几趟。她还羡慕嫉妒大太太王寿龄，能给苏小天调教几句行话，"一身之戏在于脸，一脸之戏在于眼，你不动情谁动情，开口行腔鬼叫门啊。"闫翠莲唯有在衣食住行处处留心，悉心照料苏小天，合适的时候，还和苏小天玩笑几句，那苏小天也感激二娘不辞辛苦，对他悉心照料，一日三餐，嘘寒问暖。若是大太太从老宅过来闲聊，黄静斋则想到哪说到哪，多是家长里短的人情世故，亲戚家的儿娶女嫁，闫翠莲尊王寿龄礼数滴水不漏，一如做丫头时左右小心伺候。黄静斋看在眼里默不作声，一家人倒也和和气气的。

　　逢苏小天把《岳家庄》中的一折戏唱完整了，黄老爷便派下人请来大太太王寿龄品戏，虽看不清苏小天在院子里走圆场的手眼身法步，他每一个动作耳朵听得真真的，一旁黄淑女悄悄地给母亲点化。苏小天入了黄家大院，大太太天不亮早早起身，支开窗户，一声声高昂清亮的嗓音，划破长空，唤醒了整个村庄，那是苏小天在村南小溪边，吊嗓子练道白，从发声、咬字、行腔、归韵，她听得津津有味，常常忘了时辰。那一边大小姐黄淑女，也同样早早起身听苏小天吊嗓子，小丫头樱桃和奶妈打洗脸水，挂起蚊帐，收拾铺盖，服侍大小姐洗漱完毕，穿戴整齐，赶早过来给太太请安。王寿龄依旧沉浸在苏小天的行腔中："又亮又透，高音不破，归韵拿捏得真准啊，奇才，奇才啊！"站一旁的杏花和桃红忍不住提醒："太太，大小姐来跟恁请安了。"黄淑女努力克制住自己，末了还是忍不住，忙用手捂住嘴，"啊"打个哈欠，耳边又响起苏小天石破天惊吊嗓子"啊咳、咦咦——啊——"，前槐村大公鸡飞墙头上打鸣了，狗儿出窝弓腰伸腿了，敞开屋门，小媳妇大闺女拎起扁担水桶，去井台担水，还能听苏小天"咦咦——啊——"吊嗓子。

　　黄家其乐融融的日子，在苏小天踏进大门那一刻，嫉妒猜忌酝酿成，蓄势待发。黄家老少聚焦点都在苏小天身上，忽略了大小姐已满16岁了，再不是喜笑颜开、爱蹦爱跳的女孩子，整个人变得越发沉默寡言，平常不爱搭理人。家人背后跟黄静斋叽咕："大小姐现在古怪得很，越发像大太太脾性了。"

　　亲戚们的体贴话，黄静斋听罢一笑了之："到底是闺女大了，现今讲民主自由，讲女子平等，本人不守旧，嫁女寻婆家，门当户对的信条不能改。"黄静斋的开明，能理解的人不多，黄家财势兴旺，大舅哥王寿昌财富显赫，乃名冠峄县响当当的人物，峄县方圆百里哪家显贵不想巴结攀亲，黄家的门槛都快被媒婆踏破了。只是黄静斋藏心思，一门心思照搬二舅哥择婿原则，不看重财富，未来女婿必定是才高八斗的天之骄子，你王寿昌女婿是神童梁石生，我黄静斋女婿也不差分毫，财富比不了你，讲新潮就那么点玩意儿。倒是二舅哥提及济宁这宗姻亲，合了黄静斋的意，嫁妆筹备自然丰厚。

苏家班游走在山东、江苏、安徽、河南四省接壤交界地区，一唱就是两年没回家，苏小天想家心里慌慌，东郭的辣汤、蒸包、粥，鲁寨的羊肉汤，鲍沟辛集的缸贴子烧饼，睡梦中被家乡的美味熏醒，几次央告干爹，放他回滕县东郭苏楼村，好歹与家人见一面。奈何黄家上下对苏小天印象极佳，黄静斋还没稀罕够这个干儿子，任凭苏小天怎么说，他也得住上个把月再走。黄静斋道苏老板也应允了，苏家班休整一个多月，添了新戏码再去徐州打炮戏。黄家历来喜好"舍命梆子腔"，拉魂腔多取材于高调梆子剧种戏，黄静斋深谙皮黄戏，苏笑天承望苏小天在黄家德艺熏陶，练就才艺俱佳，苏家班走遍鲁西南，唱红一片天。

苏小天在大北庄前槐村养尊处优，干爹一家待自己好吃好喝的，处处悉心周全，苏小天也不好执意走，勉强答应了黄静斋。好巧不巧，当天峄县县公署派一名警察，到大北庄前槐村拜见黄静斋黄老爷，当面奉上一封书信："兖济道峄县公署：命县辖31个区社众保家局子，即日速到县公署筹备警署联盟事宜，不得有误。"书信赫然盖县公署大印，黄静斋不敢迟疑，带上管家兵勇随这名警察奔往峄县。

正值阴历七月中旬处暑，天地间孕育肃杀之气，山间的雄鹰开始捕猎鸟类储脂强体，天地万物开始凋零，阴气肃渐升清，萧瑟之气弥漫整个黄家大院。黄静斋一行人走了半个月不见回来，黄家大院人稀月明，整个院子一下子静下来，夜空深邃浩渺，时间仿佛凝固住。天气闷热难耐，虫鸣低吟，一丝风儿划过树梢，后院高高的西院墙上，匍匐一个人影，黑影战战兢兢地立起身子，往院子里探望，远处传来人走动的脚步声，黑影脚点墙头纵身跳到梧桐树杈，顺势勾紧树干大气不敢喘，耐心静等时机。

黄静斋走得匆忙，特意叮嘱管家任千奏，务必把家里诸事安排妥当，走前先把少东家吃住料理稳妥，前院住二夫人和俩小少爷等女眷，少东家再住前院不方便，任千奏遵黄老爷意思，安排苏小天后院选住处。

黄家大院依山傍水，坐北朝南，占地90多亩号称过百亩，由新老两个院子组成。四面高耸院墙，黄家先人营造新舍留恋旧居，峄县八大家的金氏金明景引荐工程师李代图，实地考察一番，建议新老相合，保留旧宅，往西面扩建，鉴西中用的建筑理念深得黄家先人赞许，特设四角炮楼防匪患。新宅邸整体布局一院五进式，分为前院、后院、内柜、楼院、堂楼，院中的楼、房、堂、院呈井字形，垂花门、飞罩拱门、宝瓶门、月亮门贯通各内院，房间共计359间。悬山式屋顶，青砖灰瓦，屋檐挑山飞罩，构四个雀替，严谨规整，房屋结构外形庄重大方，坚固耐用，院内楼门采用西式拱形券门、半圆拱券形窗、木窗栏板镂刻"福禄寿"，房檐下廊道左右立直径一尺粗抱柱，抱柱石礅四面镶三阳开泰、五鹿呈祥、翠鸟戏莲、飞马坐猴、步步高升等吉祥图案，刻工精细，构思巧妙的石雕、木雕、砖雕的花鸟吉兽，刀工精细、线条流畅、造型别致、栩栩如生。老院子在东侧，新院子毗邻老院子建造，院墙开有东、西、南三门，新老院子向南各新建一字形门罩石库门，新院东侧开两扇便门，前排为外屋外柜。老院后院与新院三进院隔墙开了一个月亮门，方便老宅的内眷出入新院便利。老院前一对大石狮子及上马石，大院前面对一条宽道，道南建柴房及马坊、水井、石磨、石碾子。柴房和马坊是空旷麦场，向南是大片的绿油油的菜地，梨树园的果实挂满了枝头，一条蜿蜒大路绕村一直向西而去，路南有一条经年不息的涧水溪，哗啦啦地在村前欢快流淌，溪水清澈见底，鱼儿游动在鹅卵石间，溪水甘甜，村民有时就担溪水饮用。

黄家大院主人，率一行众人匆忙去了峄县县署，按照保家局子分工，再西行济宁菏泽两地共商红枪会事宜，黄家整个大院越发的静谧，因故滞留在黄家大院的苏小天，整个人无所事事，也越发的落寞无聊，不似刚入大院看哪都稀奇，楼房中形态各异的石雕、砖雕、木雕无不抓苏小天的眼球，瞧啥都稀奇："大，这上面的蝙蝠像活的一样啊！"

"天儿，咱黄家几百间的房屋，走一遍没几天是不行的，得空让管家带你各处看看，稀罕啥，跟大说，一准给你。"

苏小天忽闪大眼睛，慢悠悠地问道："大，堂屋里香案上那方砚台，为啥任何人不许动啊？"

黄静斋不觉哈哈大笑："鬼儿子，数你机灵儿，这才来几天，就瞧出干爹的稀罕物呀。"

苏小天不好意思地挠挠后脑勺："俺是看大天天擦拭它，不就是一方砚台吗？"

黄静斋沉下脸来，凝视了一下苏小天，倒背手来回踱步："这块砚产自歙州龙尾山的眉纹石，苏东坡赞其'涩不留笔，滑不拒墨，瓜肤而縠理，金声而玉德'，这是其次。其二，这块砚，乃是你干娘陪嫁珠宝中最为珍贵的。其三，这块砚从制坯、设计、雕刻、配盒，如天然混成，它的第一个主人便是号易安居士的李清照，千古第一才女，'生当作人杰，死亦为鬼雄'，写尽英雄气概啊！"

苏小天忧心在舞台上塑造好岳云，并非易事，唱懂了戏词，人物性格拿捏还需打磨，拉魂腔多《王二英思夫》《丝鸾记》《混二小爬墙头》薄戏，身段虽有凤凰展翅、踩席头、蹉四步、门腋窝、压花场、顶碗、提灯影、鸭子扭等技艺，若要唱足本《岳家庄》，难度不小："大，人杰鬼雄不好唱啊！"

"天儿，你这样想，入戏八分了，明白大，执意留你多住几日，就是让你把行腔练得炉火纯青呀。"

"云步小蹉步，上下翻滚，俺再练练，就是开场的最后一句归韵欠火候，吐字气息不稳，得让干娘再给酝酿酝酿，好好把把关。"

"说戏嘛，大在行，唱腔嘛，就得你干娘了。"黄静斋压低嗓音念白，"少年英雄志未酬，凌云气概关斗牛。闻鸡起舞显身手，不灭金人誓不休。"

"俺，岳云。乃河南汤阴县人氏。父字鹏举，宋室为臣。奉旨前去剿灭金人未见捷报。是俺自幼爱习武艺，练就白银锤一对，能挡万军。"苏小天按照拉魂腔喷口，吐字归韵，一气呵成。

一板一眼，亲如父子的二人，一念一韵白，何等的其乐融融。

苏小天信心满满，想着苦练几日，等苏家班休整完，去徐州打炮戏，唱《岳家庄》《柜中缘》连台本戏。

奈何，鲁西南匪患猖獗，商道船运屡遭抢劫，各乡镇合纵连横各地红枪会刻不容缓，熊耳山区匪患聚集，大北庄前槐村的首富黄静斋被县署倚重，离家远行召唤各地红枪会合纵，匆忙中只能稍加叮嘱苏小天，交付一众女眷照应，真就放一百个心。当家人一走了之欠妥当，把个灵秀冤孽，搁在内宅中游弋，云遮月袭花影，幽兰芳草缱绻，天地岂不生情，血光之灾近在咫尺。

第八章　坎坷

　　枣庄中兴公司办公大楼是1923年建成的哥特式风格建筑，由河北籍建筑工程师李代图设计，山东掖县籍工程师潘成书组织施工，大楼为混合结构，主体为东西走向的两层建筑，大坡度红瓦屋面，层高4米，总建筑面积2813平方米。正楼中间凸出部分由两根红色方柱拱托呈半圆形雨篷，楼顶有钟楼。楼内中间门厅有4根花岗岩圆柱拱托，两端与楼梯间相连。东西两侧50米外各建有配楼一座，为两层砖木建筑。楼前楼后各建有红砖花墙，与主楼相呼应。正楼后部南北向设计为一楼会议厅，长26米、宽9米，南端设门与门厅相连。从高空俯视主楼会议厅似展开飞翼的一架飞机，枣庄人戏称其为"飞机楼"。

　　总经理胡希林西装笔挺，脚下的一双皮鞋刚刚擦过油，他不习惯戴领带，除非应酬没办法。为迎接天津总部的要员，他提早起身梳洗，身着正装，以备照相环节所需。他徘徊在飞机楼前，低头冥想。胡希林，号圣余，安徽泗县人，知名财阀，是涉足中兴公司较早的大股东之一。1912年他刚过30岁，就当选为权理董事，1916年当选为驻矿副经理。1923年1月，驻矿经理戴绪万病逝后，胡代理驻矿经理，同年5月辞职。1925年10月再度被推选为驻矿经理。

峄县人说四十五腌臜年，这个岁数人诸事不顺，胡希林总经理哀叹中兴公司历尽劫难，眼瞅着发展走上正轨，偏大清亡了，国家四分五裂，军阀巧取豪夺，令中兴公司苦不堪言。他神情凝重地在飞机楼前徘徊，迎接从天津赶来的总经理首席协理张仲平一行人。总经理秘书渠怀水看在眼里，他注视着总经理胡希林，深深地叹口气，轻轻挥手示意驻矿办事委员、生产矿长、总工程师等分站两列："各位老总，时间差不多了，咱站好了。"

胡希林低头与驻矿副经理兼总矿师朱严筹交谈，渠怀水把手上的毛呢大衣给胡希林披上："总经理，外面寒冷。"

"怀水，金家来人，说老爷子身体欠佳，捎来一封书信搁你那了？"

"放您写字台上了。"

"金铭乃峄县著名的士绅，枣庄煤矿的奠基人之一，开口相求，得慎重对待啊。"

"金老爷子能为其疏通，此人非同一般啊！恒隆商会在峄县富甲一方，王广崇的族叔当年百般刁难中兴，言说台枣铁路从峄县过，破坏了林地的风水，打了快一年的官司，逼着台枣铁路绕行增加了8公里，建了3座铁桥，中兴公司多花了多少银两啊，王广崇有啥脸呀，还把女婿送中兴公司寻差事呀！"

"此一时彼一时嘛，金老的信不言明了吗，贵女婿刚从清华荣归，喝过洋墨水的。"

"杨局长言说，北京政府严查学运分子，省府下达口谕'格杀勿论'，矿巡警局正在排查新入职人员身份，这个、这个人，您看哪？"

"哼哼，杨竞业狐假虎威习惯了，北洋政府扼杀国民政府中的国民党，双方你死我活，现在又冒出个共产党，打出'民主、科学、自由'的旗帜，中兴靠挖煤起家，这党那派的，能奈何中兴啥呀。"

"嗯，转告杨竞业，务必严格审验新入职员工身份、籍贯，外工也要严加把控，一旦查出有政治倾向的，永不录用。"

"梁石生的简历，已交给驻矿办事委员会传阅了，估计下星期提交董事会了。王广崇的女婿梁石生，清华机械科生，光绪三十一年生人，年龄21岁，中兴还真缺少机械科的人才，嘿嘿、嘿嘿——"

胡希林听不得有人在他面前肆意坏笑，而且周遭还有一群中兴公司的要员站在旁边，眉头皱起来："青天白日的，怀水你笑啥？"

"金老的推荐信上写梁食升，叫白了粮食升，估计也是金玉其外、败絮其中，来中兴吃干饭的。"

满脸愁绪的胡希林听了这话，不由得苦笑笑。

"来了，车来了。"渠怀水身后的驻矿副经理兼总矿师朱严筹喊了一声。

大家抬眼望去，一辆破旧的黑色庞蒂亚克缓缓地行驶过来，后面居然尾随一辆大马车，马车上坐着六七个持枪的县警察，这辆旧庞蒂亚克是中兴公司淘汰白送给峄县县署的，以此顺通友好关系。中兴公司在峄县地界开疆拓土发展煤业，地头蛇这关绕不过去，必定要拜的。

胡希林等快步迎上去，"总矿师，走啊。"渠怀水恭敬地打开车门，车上随行秘书急忙下车，搀扶一位身穿棉长衫套黑缎棉袄的中年人下了车，朱严筹微笑着："您慢点，小心头。"但见这人面色沉稳，头戴黑绸缎六合帽，帽边正中间，缀一块四方形和田玉帽正，银质帽疙瘩，来客不等站稳便开口寒暄："胡总经理久等了，告罪，告罪呀！"

"铸九兄贵为县知事，大驾光临，解开中兴困局就有希望了。"

"总经理过誉了，不才受之有愧啊！"峄县县长辛铸九恭敬地从轿车请下一名外国的传教士。"各位，万美利女士，乃美籍德国人，不远万里来峄县行善积德，创办孤儿院、学校、诊所，造福一方民众，如此善举，令人敬仰啊。"

"先生们好吗，吃了吗？"万美利女士用生硬的中国话，向大家问候。

"吃了吃了，都吃了，还喝了，哈哈哈——"大家附和着，哈哈大笑。

"县知事气派啊，坐轿车前行，大马车断后护卫，中西结合呀！"总矿师朱严筹也不妨幽默一把。

"哈哈、哈哈——"在场众人无不发出畅快的笑声。

峄县知事辛铸九抱拳向大家拱拱手："近期匪患猖獗，鄙人不得不防啊。"

"有铸九兄博学笃行的才华，镇守峄县县署，加上中兴公司煤业的雄厚财力，峄县百业丰泽，指日可待啦！"

"胡总经理，天津的客人还没到吗？"峄县知事辛铸九，开明士绅，名辛葆鼎，字铸九，以字行。山东省章丘市辛寨乡辛寨村人，兄弟排行老九。他自幼聪颖敏达，19岁即通晓四书五经。清末最后一科的乡试中，他被录为奖级举人，当时正值洋务运动方兴未艾之期，乡人又称其为洋举人，后就读于章丘县优级师范学校，毕业后回乡教私塾。除教书外，他温经读史，亦写点"八股"和时论文章，创办"经文"绸缎店，兼"裕兴""仁丰"纱厂董事长，曾任济南商会会长。

胡希林掏出怀表瞧瞧，侧过身遮挡直射的太阳光："7点20分进站，9点多了，估计快了。"

辛铸九与胡希林同龄人，身高体态相似，高挑偏瘦，人清冷，光清白净的脸庞，五官儒雅，印堂宽阔，通关鼻梁，眉如匕首，双目有神，若辛铸九不留八字胡，胡希林不戴近视镜，不熟悉的很容易搞混，胡希林仰慕辛铸九才学，辛铸九敬佩胡希林虔诚睿达。1923年5月发生震惊中外的临城劫车绑票案，峄县山亭狂匪孙美瑶纠徒千余众拦劫火车，39名外国人，200余名中国乘客，一起成了绑匪的人质。英、美、法、意、比五国公使先后向北京政府提出了最严厉的抗议，限北京政府于三日内将全体被俘外侨救出，否则每隔24小时，须加赔款若干项目。北洋军阀政府极大恐慌，唯恐引起国际争端，停顿一切政务，集中全力讨论营救外侨问题，责令山东督军田中玉派劲旅进山剿捉肇事匪徒，一时间军政要员冠盖云集峄县枣庄，撤职查办峄县县长，辛铸九临危受命为新任峄县县长，参与劫车案斡旋。辛铸九力排众议主张和平谈判，显示出卓越才能，他认为孙美瑶在进退维谷的窘境中，正处在山穷水尽骑虎难下之势，绑匪只有两种退路，一是拿在押旅客中的外国旅客做人质，换取政府对招安条件的妥协；二是招安无望，铤而走险，杀掉洋人给政府酿成大祸，造成不可收拾的局面。谈判的目的首先要争取实现最大限度地确保被绑旅客的生命安全。辛铸九派"三反"头子李林葛进山与孙美瑶谈判，不剿而抚，变匪为兵的原则，最终促使临城劫车绑票案圆满收官，但圆满的背后蕴藏着杀机。孙美瑶部被成功招安，改编为山东新编第十一旅，孙美瑶当了旅长，其手下也赏相应官职，匪巢中无论男女老幼，一律给以免死证，收编入伍，不愿入伍的，准其缴械遣散，个人财物准其携带回家。这深深刺激了鲁、豫、皖一带的土匪，各地连续发生好几起绑架洋人勒赎案，大有愈演愈烈态势，猖獗活动起了推波助澜的作用，土匪们纷纷跃跃欲试效法孙美瑶绑架"洋票"，捞取政治资本的投名状。因此，临城劫车案的解决方式，引起公论对北洋政府的谴责，北洋政府非"杀一儆百"不足以奏效。1923年12月19日，吴佩孚指派新任兖州镇守使张培荣，与驻扎枣庄的第十八团吴可璋，联手设计鸿门宴，诱骗孙美瑶把酒言欢，在中兴煤矿公司大衙门西院厅房生擒后枪杀。

同年，矿里铁路以南，经理办公大楼（飞机楼）竣工，公司经理们搬出大衙门（老办公楼）。

中兴公司多次出资剿匪，孙美瑶在中兴公司惨遭暗杀，中兴公司算是与孙美瑶残部结下梁子，那老当家孙桂枝是孙美瑶的族叔，为抱犊崮的老寨主，真正的匪首，他与熊耳山大寨主赵喜龙岂肯善罢甘休，赵喜龙趁黑夜独闯龙潭，用一把雪亮的匕首，把挑战书插在飞机楼大厅墙上。血淋淋的挑战书写着："背信弃义之徒，岂容苟活在世，俺要用尔等狗头，祭奠抱犊崮的英雄豪杰，杀尽不恕！"飞机楼里的办公人员惊诧挑战书用鲜血书写，清除了两天才收拾干净，血腥气弥漫了整栋大楼，让人不寒而栗，面对挑战血书，人人自危，惶惶不可终日，生怕各路不要命的"竿子"寻仇报复，用枪弹匕首杀向他们，多名员工借故不敢进楼办公，吴炳湘更是借故段祺瑞下台，随之请辞中兴公司驻矿总经理之职，元老胡希林才得以升任枣庄中兴驻矿总经理。几番风雨几番愁，令胡希林百感交集。中兴公司因军阀混战掣肘，军阀大肆征用中兴公司的船舶、火车、煤炭及资金，中兴公司久陷困扰苦不堪言，各个井口被迫停产减产，大量煤炭因外运阻断滞销，资金链已濒临断裂。

胡希林是在中兴公司危局中继任驻矿总经理的，每一天，他都是在寝食难安中度过。两任大总统徐世昌和黎元洪，先后任中兴公司董事会会长，北洋政府代理国务总理朱启钤任中兴公司总经理，成为中兴公司发展的坚实后盾，但依然不能摆脱外强蚕食举国纷争的困局，中兴公司每走一步，时时刻刻都伴随着风风雨雨，也总是在波折中发展。

胡希林愿毕生奉献采矿业，对煤炭的勘探、开采、加工了然于胸，唯独销售环节欠缺，而今不同以往做副手，他现在是中兴公司的驻矿总经理，煤炭外运销售亟待恢复，成了拯救中兴公司解套的唯一希望，在这一点上，他佩服辛铸九既通晓四书五经，又善于经商开工厂，对其刮目相看，所以二人相互敬重。

两辆德国产奔驰飞速行驶在枣临公路上，后面为一辆护行的奔驰卡车。总协理张仲平一行人走出临城火车站，中兴煤矿巡警局长杨竞业等人已在检票口久候了。一行人匆忙上了轿车，杨竞业等率 12 名矿警察上卡车，他一挥手，三辆车加足马力驶向枣庄。

商办山东峄县中兴煤矿股份有限公司创始人张莲芬，又名张毓蕖，浙江余杭人。历任办理津榆铁轨公司直隶候补道、永定河道、天津道、山东兖沂曹济道兼运河道、山东盐运使。1881 年（清光绪七年），应山东峄县中兴矿局创办人戴华藻之邀，参与矿局投资，并动员永镇总兵贾起胜、直隶候补道戴宗骞，一起帮助集股银 5 万余两。

以张莲芬为首的一部分官窑局股东，于 1898 年 10 月（清光绪二十四年），决定禀告办理北洋通商事宜直隶总督王部堂，要求复业开矿。清政府恩准，于光绪二十五年春招收德股（德国人的股份），集股 200 万两，将公司定名为华德中兴煤矿公司，自任总办。

1908年（清光绪三十四年），中兴公司将公司改名为商办山东峄县中兴煤矿股份有限公司，注销"华德"字样，取消洋总办。张莲芬经营中兴煤矿股份有限公司17年，计筹股本300万（连同借款共500万）银圆，修筑50公里运煤铁路一条，近代化大井一座，并附建了自备电厂、机械修理厂和车辆修理厂，学习运用西方的先进机器设备和先进采煤技术，拥有自建商用铁路、港口、船舶和远洋轮船公司，从事水、铁煤运输和客货运输，发行了中国工业史上的第一支股票，中兴公司从形式到实质都完完全全是中国人自办的民族工业。

1915年2月1日，南大井透水，灾情惨重，停产半年多，功勋卓著的经理张莲芬因忧致疾，是年年底病故。张莲芬之子张学良，字仲平。巧了，此张学良与中兴公司大股东少帅张学良重名，早在张莲芬逝世前，就参与中兴公司与德国公司之间贸易业务谈判，参与中兴公司的建设和发展，在中兴公司人气极高，当选过董事、主任董事、总经理协理、总经理首席协理，可谓少年出道即才俊，把中兴的兴衰视为己任，对中兴每一座矿井的勘探、生产、运输了如指掌，从中兴南大井到新建成的北大井，及陶庄正式建立分矿，在山家林、汤庄、佟楼等地增开小井多处，率先使用无极绳运输，选用西方新式提升机、抽水机和采掘机，使得中兴拥有两座新式大井和140余口小井，年产煤炭82万吨，近百座炼焦池，年产焦炭1.6万吨，加之台枣铁路、运煤船舶和数座辅助厂，迅速提高了生产，增加了利润，中兴公司仅次于日本控股亚洲第一大露天煤矿抚顺煤矿和中英合资的开滦煤矿，一举成为中国第三大煤矿。中兴煤矿的每一步，都留下了父辈的脚印，张仲平还要沿着父辈的脚印走下去。此番总部派他来峄县枣庄中兴公司，也是深思熟虑后，总经理朱启钤叮嘱再三，中兴在津浦铁路车辆和运河船只被征用从事军用，事实是难以抗拒的，迫使中兴公司煤炭运销陷于停滞，总部在竭尽全力筹措资金挽救中兴的困局。

至1926年4月，整个中国战事趋缓，中兴公司想抓住这个大好时机，开工复产。总部同意驻矿总经理胡希林上报招募员工的申请，单就外工

500人原则上同意，招外少内；里工则宽采矿工程、机械专业，寡文史专业，30人待商榷。总部委以重任全权代表，张仲平深感此行责任重大。

由天津到临城，躺在头等卧铺车厢的张仲平，在咣当当的一夜火车声中不曾合眼，琢磨到了枣庄该先商议哪些棘手的事，他在胡思乱想中走出了火车站，人坐在中兴公司派来的轿车上，疲惫的身心仿佛一下子松弛下来，汽车行驶的路面坑坑洼洼，张仲平似坐在摇篮里在颠簸中睁不开眼皮，头一歪慢慢地睡着了。

五月春暖花开，经过一夜淅淅沥沥的雨水，一早一晚寒气袭人，风没有了冬季穿透骨头般的冰冷，吹拂脸颊麻麻的凉，公路两边是一望无际绿油油的麦田，小麦抽穗扬花挂满了露珠，四处弥漫着春天的气息，香甜芬芳，令人心旷神怡。这般如画的美景，春的气息伴随张仲平进入梦乡，同样也感染了生机盎然的大地。大卡车后车厢上，矿巡警局长杨竞业，迎风瞪大眼睛直视前方，他的鼻端时刻嗅到血腥气，尽收眼底的山川河道，隐匿着劫财掠夺、出没无常的土匪。枣庄中兴公司为迎接总部总经理首席协理，从接待流程、食宿安排、考察参观等安保，事无巨细，唯恐闪失。早上6点整，3辆车由中兴公司按预定时间准时到临城火车站，临城警察队长杨二狗笑脸相迎，把二叔杨竞业扶下奔驰轿车："二叔，中兴总部谁啊，整这么大动静？"杨竞业挥挥手，示意矿巡警闪一边去，从上衣口袋掏出一盒老刀牌香烟，抽出一支叼在嘴上，随手把一盒烟拍给了杨二狗。

杨二狗笑嘻嘻摆弄烟盒，忙又掏出打火机给杨竞业点上："嘿嘿，二叔，为了这事，俺特意当了班。"

"二狗啊，年前年后兵荒马乱的，北京学生借机闹事，督军下达严查可疑分子，火车站也不消停吧？"

"可不嘛，这阵子消停多了，不瞒二叔说，3月下旬至4月份最厉害，从天津、沧州、德州、济南、泰安、临城、徐州、宿州、蚌埠、浦口，这些站卡，哪天不杀几个嫌疑人啊，人头挂在电线杆上，重点是盘查学生和革命党。"

"哦，临城站也逮住共产党嫌疑犯了？"

"祸祸人的事，能当真吗？啥革命党国民党的，瞅着不顺眼的，就随便抓几个，上面也好应付呀。"

"二狗，革命党中包含共产党和国民党，你这个要弄清楚。"

"二叔，俺听了头疼，这满眼男人和女人，都是一个鼻子两个眼的，脑门上又没写啥共产党国民党的，嘿嘿，抓几个有钱的发点小财，嘿嘿。"

"你真是个不开窍的蠢货，共产党得了势，首先杀你个狗头。"

"哎哎，二叔，谁得天下，咱为谁卖命，共产党凭啥杀俺呀？"

"凭啥！就凭你祸害穷老百姓，这一条就足够了。"

"啥啥，穷鬼的命值几个钱呀，历朝历代谁为穷鬼说话撑腰呀，恁这话听着真新鲜，二叔，恁大早上没喝酒吧。"

"共产党如同劳工党，组织领导劳工闹革命，煽动劳工和农民要当家作主，还要组织一个革命的无产阶级政党，引导无产阶级革命去向资本家争斗，从资本家手里获得政权。"

"这些资本家在大清朝连奴才都不如，如今摇身一变，就成了有钱的大爷，腰杆子也粗了。"

"政权是靠钱巩固的，没有钱就没有枪炮，没有枪炮怎么武装军队，没有军队怎么夺取政权呀？"

"谁都凭钱活着，咱们就得为有钱的看家护院嘛。"

"共产党就手上没有钱，没有枪炮，所以到处武装暴动，煽动工人罢工、学生罢课，惯用这种手段夺取政权，闹得社会不安生呀。"

"二叔，中兴超级大股东手上，可有不少钱呀，共产党向财神庙革命，保准发财呀。"

"二狗，你活腻歪了，这种灭族话说出去，小心要了你的狗命。"

"嘿嘿嘿，俺就是嘴贱，没事跟二叔念叨呗，就上个月，恁猜怎么着？"

"能怎么着，你小子撞大运，逮住一个共产党，领赏钱了。"

"领赏钱，恁真逗，幸亏县知事出面调停，不然俺呀，就见不着二叔恁啦，唉！”

"这话咋说的，抓错人了？"

"二叔，峄县恒隆的王财神，恁知道吗？"

"王广崇字寿昌，该不会，是你小子把王寿昌当共产党抓了不成？"

"就得说是俺二叔啊，张口就说对了一半。"

"别嘻哈的，快说，咋回事儿。"

东方渐渐发白，临城火车站满眼是进进出出的旅客，行色匆匆。

"二叔，进入4月，临城站里外，站满了苏皖鲁三省剿匪军，排查从北京、天津过来的嫌疑人员。4月22日，凌晨3点50分的车，天黑看不清人脸，临城警察队配合剿匪军盘查过往乘客，把一个从天津上火车的年轻人，当嫌疑人拘押在火车站北仓库。咋就这么寸，这个年轻人居然是王寿昌的金龟婿。"

杨竞业听不得有钱人，他端警察这个饭碗，就是帮有钱人打点一切："不打不相识啊，盘查一下，不就清楚了吗？"

"二叔，恁也这么说是吧，偏这小子邪性充大头，说的全是他自己家的人，谁晓得他是王寿昌的女婿啊。"

"当嫌疑人拘押，又是从北边来的，很容易挨枪子呀。"

"该着这小子命大，关在仓库里寒冷，饭水再不济，冻得高烧不退，险些死在仓库里。"

"王寿昌是怎么知道的？"

"恒隆的师爷，接到过电报，按车次接人，接不到人，他也不问问咋回事儿。这老夫子寻不见人就打道回府了，偏巧王寿昌去徐州不在家，等回来呀，这就过3天了，问师爷，家婿如何，这老夫子说，等了两趟车不见人，正准备向老爷禀告呢。"

"这不是大水冲了龙王庙，一家人不认得一家人了，王寿昌可谓经风见雨，响当当的一个人物啊！"

"二叔恁看得真准啊！王寿昌何等聪明啊，购买的车次，上下车地点，到站时间，预先都知道，人怎么会突然寻不见了，加之各地车站扣押三一八惨案参与学生，估计女婿是被临城火车站扣留了。"

"二狗，听你这话的意思，是王财神亲自出马，来临城站寻人了。"

"二叔，没那么简单呀，王寿昌真人不露相，找到县署咆哮一通，县知事派人到火车站严查，还查不出吗？好嘛！师爷引路，王家二儿子率30名家丁，挥刀持枪地闯进火车站，蛮横索要人。哎哟嘞！火车站大小头目，闻见风，脚底抹油开溜了，剿匪军的何团长更他娘的操蛋，他是'大肚罗汉戏观音，睁只眼闭只眼'，恁侄儿找人费劲巴拉的，给人抬出来，王家不道谢就罢了，十几个家丁往死里打呀，俺的个娘啊，悬悬没被打死呀！全让恁侄儿受了！"

"王寿昌仗着有钱有势，威震一方，他眼里能有谁啊。"

"不瞒二叔说，恁侄儿也得打，抬出来像个活死人，也就剩下半口气了，王家人能不火吗？往死里打俺呀。现在想想，俺就不该认账，让王寿昌女婿死在仓库里算了。"

"哼！二狗呀，莫怪二叔嘴碎，怨你小子熊二杆子，人家偷马骑，没逮着偷马贼，踢了拴马橛的。你小子充啥能啊，王寿昌家富得流油，弄死你，比踩死一只蚂蚱容易，你小子以卵击石，能捡条狗命就不错了。"

杨二狗见了二叔杨竞业，趁机向二叔诉说自己受了窝囊气，意在让二叔找机会给王寿昌拌馅子，杀杀王寿昌的威风，也让他在临城火车站遭王家人打，找回一点面子遮遮脸。可听二叔口风极尽嘲讽，埋怨他是不知天高地厚的东西，合着挨打受骂活该呀。实指望亲二叔在中兴公司当矿巡警局长，在峄县也是呼风唤雨的人物，让吃五喝六的王寿昌知道姓杨的也不是好惹的，他也在临城警察队拍胸脯吹过牛，可等见了二叔杨竞业，他一提及峄县富豪王寿昌，二叔竟然比剿匪军的何团长还尿蛋。杨二狗还能指望谁替他出气啊，他窝了一肚子火，守着二叔杨竞业就开骂了："龟孙揍的，啥事都让有钱有势的做绝了，下死命令，今逮国民党，明抓革命党，冷不丁又冒出啥共产党，老子抓东逮西的不说辛苦，你们财主老爷的倒是活得自在啊，真把俺当狗养啊！王寿昌，好你个恶霸，纵容家奴逞凶火车站，峄县没人能治得了你呀，保佑你女婿成共产党，革你的命，分你的财，让你死无葬身之地，才过瘾呢。"杨二狗喋喋不休地咒骂，暗戳戳捎带着连杨竞业也骂了，他气的是二叔在煤矿巡警局作威作福，真遇到地方权贵，奴才相比他还惨，同属一类人。杨二狗还说啥，他还能说啥，自认吃哑巴亏，报仇雪恨就免了吧。

侄儿杨二狗恶狠狠地诅咒，杨竞业装没事人悠闲地抽着烟，倚仗权势作恶多端看似风光，其实会埋下诸多的复仇杀机，令他后脊背阵阵发凉。中兴的煤黑子也绝望地呐喊："杨阎王，多少窑工被中兴榨干了血汗，无情地丢进了乱坟岗，白骨塔下，又有多少窑工任野狗撕扯下，咽了最后一口气，煤黑子变作厉鬼，也不会放过你们这些吃人的恶魔！"想到此，杨竞业浑身一哆嗦。杨竞业靠心狠手辣，肆意欺压工人，他在中兴公司是出了名的，视窑工是能说话的牲畜，用鞭子抽打穷鬼不解气，他把警棍加长一倍，对老弱病残不能出力的煤黑子，抡起长棍劈头盖脸狠命地抽打，死活不管扔进乱坟岗。所以他上书矿管理层，多招外乡人下井当窑工，人死了任意处理，还能节省几个月的工钱。生命甚至比不上运煤的骡马驴！凭这，杨竞业爬上了煤矿巡警局长位置，当听了侄子的诅咒，他首先想到了自己，倘若煤黑子翻了身，被欺压窑户，会不会也拿起刀枪闹革命，挥刀要了他的命啊？

中兴公司随着产业不断地做大做强，产业工人也在不断地扩充，公司每年不断加大招收挖煤工（外工）的人数，加速了煤炭的大量产出，滚滚红利收入账下。

"要老命了，乌泱泱一群人，喊破嗓子没人听啊！" 胡作为吆喝了东面的一群人，北面的人群又散开了，再跑过去指挥，西面的人群又乱了营，眼看着南面的人群打起架，东面的人又纷纷跑过去瞧热闹。胡作为一屁股坐路牙子上："娘的，这五六百人赶上砸鸡窝撵狗赶鸭子，鸡飞狗跳的！"

下煤窑挖煤，地狱般的煤井深处，瓦斯爆炸、塌陷崩塌、突泥突水、冒顶片帮、煤尘岩爆、滑坡顶板，无处不在吞噬着生命。几十几百的煤矿工人的性命，瞬间就葬送在煤巷间。可在兵荒马乱的岁月，穷苦人的命贱如草芥，能混口饭吃都成了奢望，若进了中兴煤矿公司下煤窑，不但能吃上饭，还能挣钱装腰包里，让流离失所的穷苦人，犹如发财登上天堂。在忍饥挨饿的穷苦人眼里，能吃饱才能活下去，哪管是地狱还是万丈深渊。

中兴公司矿井大门是3个洞门，大门前有6名持枪的矿警把守，新招的窑工，集中排成7人队列。走进矿井大门，映入视野的新式工业园，充满了魔幻，远处的矸子山，巍然突兀，弥漫着白烟雾，散发出刺鼻的硫黄味，令人作呕；走过煤山，走过一排排煤斗车，高耸入云的电务处烟筒，冒着浓浓的黑烟；南大井的井口与铁路线相连，三层煤楼、钢结构井架上的马达、绞车房、抽水机房如同困兽，发出阵阵刺耳的轰鸣声；煤仓皮带输送机像穿云的游龙，火车头发出"轰隆轰隆"响声，装满煤炭的运煤火车厢，一列列地蜿蜒驶过。天上地上，周围的一切，都被黑色灰尘遮蔽，黑土黑水形成黑色世界，告知你步入了煤的世界。

因煤衍生出相应的炼焦厂、割机器厂、铁工厂、铆工厂、铸造厂、木型厂、修车厂、铁路房等，鳞次栉比，电务处厂房，能装下两个哥特式建筑的临城天主教堂，高大厂房连成排，明亮的玻璃窗户，大的如半个城门，机器在这里嘶吼，把人类羁绊住，为它运转为它奔波，输送到煤层深处。煤层深处的挖煤工，整个人被煤泥包裹，成了地层下蠕动的蝼蚁，眼睛牙齿泛白，个个身心疲惫，挤压得没了灵魂。手提的矿灯在巷道摇晃，犹如索命的无常鬼，一边是机械般挥动着铁锹镐头，一边是奋力推动煤斗车，在告诉世人他们是还活着的挖煤工。在老矿工眼里，新招的挖煤工，用不了几天就变成了行尸走肉，同样呼吸煤粉吐煤灰痰，在黑暗的世界里苟延残喘，直到生命熄灭，变成了累累的白骨。

新世界震撼了新窑工，一路上的煤山煤海，吸引了他们的目光，五六百人不觉来到南大门，看到砖筑城墙大门上的匾额"中兴公司"。走过似山海关半圆顶的大门洞，门洞前后分列 6 名持枪的矿警，冰冷的枪口对准他们，让新窑工兴奋中夹杂一丝恐惧。越往里走眼界越新奇，又是与众不同的新天地，如临仙界花园，足以颠覆新窑工的感知。没了粉尘刺鼻的硫黄味，办公楼像一架巨大的飞机，六大处、东花园、同仁宿舍、小洋楼等，各色西洋式建筑楼错落有致、色调独特。没有防水防风屋瓦的平顶，人行走上面欣赏美景，石材精雕细琢、玻璃晶莹剔透、钢筋与混凝土裹成厚实的墙壁，相互映衬，水泥道路干净平整，树木花草点缀其中。美不胜收的画面，映在这些底层人眼里越发神奇，祖祖辈辈住在茅草屋、石头房，幻想着天上的凌霄宝殿——神仙住的大抵不过如此吧。

新奇世界令新窑工目不暇接，管不住自己的眼睛东瞅西看，矿警们吆喝声越发犀利，赶羊般陆续来到大衙门（机车修理车间）北面的空旷地，矿巡警与护矿队打配合，来维持秩序。庶务处长刁风胜，召集来其他部门的负责人，负责新窑工招募验收；矿警局、产业处总务与包工头负责盘查体检。

新招募的 570 个窑工，在大衙门北面空旷地站好，庶务处的人每数到 20 人，站成一组，六组人，手持招工表，在大衙门西侧摆放的六张桌子前登记。人多拥挤，年龄大小不一，多是底层人和无业的游民，任凭矿警察和护矿队喊破嗓子，人群中依旧乱哄哄。

窑头孙晋友带着佟振江走上来："胡经理，刚入行的不懂规矩，敲打些日子，人就老实了。"

胡作为哭丧着脸，不忿道："叫几个部门经理，来面试协理员，来了又安排体检外工，这到底干哪头啊？"

孙晋友笑呵呵道："听说，杨局一大早就去临城火车站，接总部的首席协理，就抽销售部的人当公差呗。"

佟振江把夹在耳朵上的一支烟拿下来，恭敬递给胡作为："胡经理，恁抽支烟，歇会儿。"

胡作为望着人群思量着，用手捻着烟，佟振江麻利给点着，胡作为深深吸一口，缓缓吐出烟雾："孙头，你们几个人，也是帮着体检的吗？"

孙晋友忙点点头："嘿嘿，窑头窑头，眼长天灵盖，下井不挖煤，大巷走一遭，财神跟屁股跑呀。"

佟振江冲着远处人群啐了一口："拿人当牲口赶，比上山放羊，下井挖煤，轻松多了。"

三个人望着乌泱泱破衣烂衫的人群，头顶太阳茫然失措的神态，多数人面黄肌瘦，头发脏乎乎像乱麻，披破棉袄的，穿烂半截裤子的，没穿鞋光着双脚，浑身散发恶臭，像是关进牢笼几天不得食的囚犯，满脸灰尘、眼窝发黑、双腮深陷、饿得唇裂齿长。包工头袁算盘、彭德彪、谷账本、高启富等十几个人，没法子伸长脖子喊人，各自清点招来人数，因为这些穷鬼若是下了煤窑，就会变成进包工头腰包里的钱。所以，包工头们希望招来的人，都能留下来下煤窑刨煤去。

中兴公司董事会调整投资结构，加快煤炭生产多出效益，招募500个外工充实各井口，招工告示张贴一个月，呼啦啦竟多达七八百人云集中兴矿大门口。包工头把人头数如运输带上粗略分拣的煤块，按照中兴公司意图放开外地逃难流浪人员，严格把控当地人入中兴下井，避免日后缠手的劳务纠纷，剔除岁数大年纪小瘦弱的，留下570个体力过得去的人，入矿体检。护矿队指挥方向，矿巡警三三两两各管一摊，悠闲抽着烟闲聊。

庶务处、产业处、矿业警察保安队、包工头各怀鬼胎，都巴望自己揽的人能招募成新窑工，秉公执法虎脸做做样子，眼睛瞅自己的关系户打算盘，抽空把自己的关系户往前排，人群还能不乱？

矿巡警队长刘德奎跑过来："胡经理，这下好了，徐学辉副经理说等杨局一到，由他调度。"中兴公司的巡警保安队增至200多人，配备枪支，一身黑皮警察制服，扎皮腰带，大檐帽围白色布条，打绑腿蹬皮鞋，比600余人的护矿队神气，个个趾高气扬，注视着破衣烂衫的人群，厌恶地躲得远远的。

"问题是杨局啥时候到啊？"胡作为咧着嘴，望着乌泱泱的人群发惆怅。

"队副陈学伦，去矿大门候着呢。"

巡警见队长来了，忙挥舞起警棍："娘的，西边那几个聋子呀，快点往这边站。""南边那几个，都瞎眼了，臭要饭的，还往前面挤，滚后面去。"

人群聚拢，越发拥挤，纪瑞民困在人群中动弹不得，他用力往后挤挤。

"哎哟，踩脚了，没长眼啊？"

纪瑞民扭头一瞧，一个十六七岁的小伙子，打赤脚，怒视着他："对不起，人多太挤了。"纪瑞民很诧异，人群中很多人没鞋穿，光着脚来的。

"挤，也不能踩俺脚啊。"

"好了，歇会儿吧，人挤人的，难免啊。"旁边的瘦子帮其解围。

浑身补丁摞补丁的小伙子，手还牵着衣不遮体的半大孩子，他睁大双眼，惊恐地望着四周，纪瑞民用力侧身让出半个身位："你俩年纪小，往前站。"

见周围都是生人，小伙子胆怯，一个劲儿地推让："不碍的，不碍的。"

纪瑞民伸手把半大的孩子拉到身边："站俺跟前，俺来保护你。"

纪瑞民揽住浑身冰凉的半大孩子，冲他笑笑，小伙子往前凑凑，"叔，恁是哪个村的呀？"

纪瑞民打量一下这个小伙子，衣着寒酸，兄弟俩都打赤脚，身材过于单薄，但眉目清秀，人也精神，便放下心来，压低声音道："做木匠活，讨饭过来的。"

"叔，俺兄弟俩呀，是从沧浪渊来，翻山越岭，俺走了一夜，总算没耽误事。"

"没把脚踩伤吧？"纪瑞民低头望着。

"没事儿，俺山里人，整日爬山走石子，铁打的脚板。"小伙子言语中透着亲切。

纪瑞民心头一热，自打来枣庄，他昼伏夜出，了解了中兴煤矿，接触了许许多多的煤矿工人，越了解越接触，越觉得深不见底。自己远离组织，不清楚在峄县还有哪些同志，孤身奋战，想要开展党的工作，真乃举步维艰，只能靠自己去观察体会身边的每个人。山东地方执委会派来的人，对杜宝财、张福海、陶洪源、房洪春四人，多次进行党的教育，打下了良好的基础，若能再团结更多的同志，成立一个党支部，就能更好地发挥党的主导作用，领导广大的煤矿工人团结起来，揭露资本家和包工头对煤矿工人的压迫和剥削，挣脱被奴役的命运。纪瑞民心里想着："这穷苦孩子透着一股灵气劲儿，让人看着喜欢，像这样儿心地纯净朝气的，若能加入革命队伍，日后开展党的活动，不就有活力了吗？"

纪瑞民陷入深深的沉思中，他所看见的中兴公司分两个阶层，里工和外工，里工有知识有文化，属于管理阶层，社会地位收入上都高，他很难与他们接触上，加之中兴公司对里工有多项优惠，在股份分红上把里工与公司牢牢地捆绑一起，很难在思想上与之交流和沟通，更不要说教育他们拿起思想武器与中兴公司斗争。而中兴公司的外工，生活在底层，挣扎在死亡线上，没有地位与尊严，所以阶级觉悟高，对待剥削压榨他们的恶势力敢于斗争，但人与人之间，冷漠不团结，虽下窑挖煤生活穷苦，在当今的中国工人阶层，收入算高的，平日里恶习严重，吃喝嫖赌抽的不在少数，不像青岛四方机车厂和青岛纱厂，有工人自己的工会组织，思想觉悟上倾向革命，这也是党派他来枣庄中兴煤矿公司的真正意义，组织发动群众积极向上，不畏剥削压迫，勇于革命，翻身求解放。

一辆大卡车卷起尘土飞驰过来，人群骚动起来："别说话了，管事儿的来了。"

刘德奎招呼庶务处和包工头们，急急忙忙地迎过去。

卡车被警察围住，陈学伦和几个警察在车上搀扶，刘德奎和包工头们负责在下面接应，几个人费了一把子力气，才把杨竞业搀扶下车。高大肥硕的杨竞业，满脸横肉，一对贼眼珠，狮鼻扩口，八字胡像展翅的蝙蝠趴在鼻端翘起，大腹便便，八字腿，脚蹬一双高腰皮靴，走起路来"咔咔"作响，手里提着一米多长的木棍，气势汹汹地往人群走去，前排的新窑工还没明白过来，木棍"噼里啪啦"迎头打过来，伴着"哎哟！""娘啊！"的惨叫声，后面的人群惊恐得纷纷后撤，冲撞中摔倒了很多人，十几人被踩踏，惨叫声不绝于耳。

"哈哈哈——"杨竞业咧开嘴狂笑，"娘的，想进中兴捞油水，矸子石当煤烧，没那么容易，都站着干啥呀，狗日的玩意儿，都给俺蹲下。"

呼啦啦，惊掉魂的人群纷纷蹲下，茫然不知所措。杨竞业居高临下踱步在人群前来回走着："穷鬼们，这是什么地界呀，你们知道吗？这是中兴煤矿公司，不是难民收容所，更不允许受人蛊惑，在矿上乱说乱动，一经查实立马关进大牢，就怕脖颈上脑袋不撑砍，那可不是闹着玩的。不过话说回来，咱一旦进了中兴公司呀，可就一步登天了，饭啊，管饱吃，手上还能拿大洋，买房子置地，娶花媳妇。"

"杨局长训话，别不长耳朵听，每句话呀，都事关你们的身家性命，都给俺小心点。"刘德奎跟在杨竞业屁股后面狐假虎威。

刁风胜看在眼里佩服到心底，杨竞业人一到，三下五除二，乱哄哄的人群，立马像被赶进了羊圈："杨局，得亏你来了，这么多人成灾呀。"

"刁处，看着管着煤黑子，吃力不讨好，俺这是干下三烂的活儿呀，钱嘛，可没庶务处拿得多啊！"杨竞业阴阳怪气地瞟一眼刁风胜。

"嘿嘿嘿，咱中兴煤矿走一走，谁也抹杀不了杨局的功劳，咱都是为了中兴公司发展呀，这头一功当属杨局，没有矿警局看家护院的，矿上早乱套了。"刁风胜佩服杨竞业辖制人有一套，但又从心底不信服杨竞业，瞧不起粗大壮的狠人，与他接触浑身不舒坦。

杨竞业心里也明白，矿上各处室油水大，唯独矿警局属看门狗，不受驻矿委员会待见，要点经费啥的，如同割了驻矿委员会的肉，他把一肚子怒火发泄到窑工身上，靠打窑工解闷，死耗子生蛆坏透了："哼哼，刁处长呀，咱少提功劳，俺吃几碗干饭的还不清楚呀，中兴煤矿是乱了和尚乱不了庙，咱中兴上有大总统照应，周遭是总理、部长、陆海军大元帅入股架势，谁敢惹咱啊？"

刁风胜挑大拇指向杨竞业晃动："高论，兄弟佩服，高论啊！"

"登记多少人了？"杨竞业扫视着蹲在眼前的人群。

"忙活了一上午，登记180人了。"

刘德奎望见一排小轿车驶来："杨局，总经理陪同首席协理巡视了。"

胡希林率驻矿委员会主管，陪同总部张仲平一行人巡视中兴煤矿，这第一站因故临时调整，张仲平闻听新招募下井工，很感兴趣。

杨竞业与刁风胜等急忙迎上去，恭恭敬敬地跟在后面走，胡作为和总务的人见总经理一行人巡视，大气不敢喘，低头登记新窑工，随口问新窑工："名字会写吗？"

纪瑞民也留意到身边的达官显贵，听登记人员问他会写名字吗，他疏忽没留神，匆忙中拿起桌上的毛笔，蘸上墨汁，提笔便写：纪瑞民。

纪瑞民三个毛笔字写得铁画银钩，胡作为看了诧异："字写得力道，这样儿的下井挖煤，可惜了！"

纪瑞民心里"咯噔"一下："坏了，太大意了，下井的挖煤工，几乎多数不识字，会写字的更是凤毛麟角，若不小心露文采，不利于保护自己呀。"

走过去的胡希林闻听，驻足折返回来，拿起外工登记册留神看，杨竞业凑过来瞧瞧："娘的，讨饭的游民，会写啥字呀，这样的下井不安生，一律不要。"

佟振江傻了眼，他和窑头孙晋友保张福海的表哥下井当窑工，眼看着过了一关又一关，他才稍稍松口气，岂料大表哥提笔写字显摆，这下大象踩蚂蚁算完蛋了。佟振江回去没法和仁兄弟交代啊，他站在孙晋友身后用力捅几下，孙晋友并不傻，他荣华富贵攥在这群大佬手上，大佬说啥，孙晋友没二话，他点头哈腰地必须服从："是是，马上叫他滚蛋。"张仲平饶有兴致地从朱严筹手上把登记册拿过去瞧："不错呀，这字写得漂亮呀，中兴将来做大做强，下井工也得有文化呀，机械化设备也得由下井工操作嘛。"得到张仲平赞赏，一下子峰回路转，胡希林认为张仲平说得有先见之明，着眼在中兴公司未来的发展上，他抬眼打量眼前这个新窑工，器宇轩昂，整个人衣着朴素，特别是一双明亮的大眼睛，透出一股刚毅来，不像是农民，由不得再次审视此人："在家务农吗？"纪瑞民心里凉透了，随口附和着："做细木匠。"胡希林释怀了，轻笑笑："难怪呀，细木匠得识文断字啊。"周围的人都笑了，佟振江笑的声音太响了，孙晋友恨恨地瞪一眼，吓得他忙捂住嘴。

登记这一轮下来，纪瑞民紧张得出了一身的冷汗，他回到了20人组的队列后面，前面还剩下5个人，刚才的小伙子和他弟弟兴奋地向他道贺："叔，恁真行呀，居然会写字！"纪瑞民说不出的懊悔，唯有向兄弟俩苦笑笑。小伙子用乞求的眼神，望着纪瑞民："叔，给俺弟弟起个名字吧。"纪瑞民疑惑地问："你俩都没名字吗？"小伙子羞惭："俺叫刘二顺，弟弟喊三狗蛋。"纪瑞民哑然失笑："三狗蛋。""叔，恁见笑了，俺们没大号，村里人，叫俺二狗蛋，俺也是托人进矿，族里长辈给起的，三狗蛋偷着跟俺跑来的，没钱起大号。"纪瑞民神情凝重了："原来你叫二狗蛋呀，咱们穷苦人只有乳名，居然连像样的名字都没有呀！"瘦子伸过头来打趣："俩狗蛋滚蛋，提溜转。"刘二顺小声骂着："滚你娘的蛋，一边待着去。"纪瑞民想起了患难之交的梁石生，如果身边有他在帮助自己，那该多好啊："二顺，你弟弟就叫刘三生吧。"刘二顺眨巴眼睛想想，望向弟弟，他也兴奋地点头，瘦子笑嘻嘻："你们三个，三生有缘啊。"包工头袁算盘跑过来："二蛋三蛋，耳朵聋了，轮到你俩登记了，不是宋二叔可怜恁家穷，俺才懒得问呢。"刘二顺、刘三生兄弟俩急忙跑向袁算盘，瘦子笑呵呵望着兄弟俩的背影："二蛋三蛋跑得快，中兴井下凿石蛋，黑不溜秋真好看。"纪瑞民瞅瞅瘦子："你叫啥呀？""狗剩子。"纪瑞民忍俊不禁，狗剩子无奈耸耸肩："爹娘给起的。"身旁的囊鼻子望着天解嘲："恁爹娘的学问真大啊，管你叫狗剩子，没叫狗屎就不错了。"自嘲戏谑谁人家，忽闻他人唤牛马，忘了是人还是鬼，枉在世上笑人傻！这500多个乡下人，没有大号叫歪名的，真不少啊：石头蹦子、狗蛋、狗牙、二狗、和尚、呱呱、癞猫、瞎碰、傻六子、九子、门栓、傻儿、锤子、坷垃头、驴粪蛋等，登记人员没法子，只能临时按姓氏起名，穷人啊，穷得只剩下赤条条一个人了。

这一轮，视力模糊的、腿脚不利索的17人当即清退，在哀求声中，护矿队不容分说都给拖走，剩下的553人，打起精神向北大井走，来到北大井的澡堂，队副陈学伦嘴对喇叭筒："前排的30人，就在这门前脱光了检查，合格的进澡堂洗浴，30人一组，去矿医院查体，快点儿，都是爷们，别磨磨蹭蹭的。"

前排的人没法子，相互看看，陆续脱光衣服，光溜溜抱着肩膀，两个穿白大褂的指挥着，几个矿警粗暴地推出30个人，分列站成三排，后面瞧热闹的众人，乐不可支地瞎起哄："哈哈哈——快瞅呀，中间那几个，身上一层黑灰，都用不着穿衣服了。""屁股蛋白呀，哈哈哈——""瞧那小子，起劲了，哈哈哈——"刘德奎笑着骂："后面的，你们就笑吧，轮到你们起劲了，挨个儿割掉。""哈哈哈——"笑声更大了，两个穿白大褂的似乎习惯了，没受影响，脸上无任何表情："伸臂。"光溜溜的30个人没反应，被众人笑傻了，穿白大褂的胖子伸开双臂示范："就这样，伸开双臂。"30人僵硬伸开双臂，两个穿白大褂的继续命令："双臂向上，前后抬腿。"30人双臂向上，两条腿不听使唤，踢腿的、蹬腿的、晃腿的，还有腿画圈的，这群光屁股的30个人，傻兮兮蠢相，做动作滑稽可笑，不光众人瞧着乐，两个穿白大褂的医生也绷不住了："三十几个傻蛋儿，照着这样儿做，先把右腿向前抬起，然后向后伸，然后是左腿。好，蹲下，站起来，好。"前面的30人好歹算过了关，顺利地进澡堂洗浴。

人列队横竖几排，如同牲口市场的牛马羊，被几个包工头是横挑鼻子竖挑眼，几轮挑选下来，刘二顺兄弟俩紧紧跟在纪瑞民身边，也顺利地进了澡堂，30人站一排没等来洗浴，彭德彪和高启富手持高压水枪，对准30人直喷射过去，瞬间打倒几个人。这一招够损的，体质弱的烟鬼肺痨绝对扛不住，如踩冰面瞬间就被打翻在地，人被彻底打蒙了，在湿冷的地面上爬不起来，无情地惨遭淘汰。

好在有纪瑞民和刘二顺，二人用肩膀扛住强大的水压，为瘦小的刘三生遮挡，有惊无险勉强挺过去了，矿警察又陆续拖走身体孱弱的 27 人。

浴池经过几轮人泡洗，水质变浓发黑，热水池漂浮着一层油腻的黑灰，泛起一股烫死猪的臭味儿，刘三生挤在嘈杂的浴池里翻白眼，气味熏得人干呕，他晕堂子趴在池边大口呕吐，喝得高粱面糊全吐出来了。当初爹娘死活不同意刘三生下煤窑，他是瞒着爹娘，偷偷跟随二哥来到中兴煤矿，他现在脑海里的新奇梦幻，被几轮查验消磨殆尽，他想起了山花烂漫的山岗，山涧溪流清澈见底，温暖的家，亲切的爹娘，一天到晚与侄子侄女的欢声笑语，自由自在地在山坡上打滚。可从他踏进煤矿，没有领略到招工头许诺的白面烧饼和滚热的羊肉汤，他们像地主家的牲口，被人任意棍打斥责，就像撵来赶去的鸡鸭，脱光衣服遭人耻笑，悲凉羞愧让刘三生呜呜哭起来，凄凉的呜咽声刺耳，在浴池雾气中向四周扩散，感同身受的人也咧开嘴号哭，陈学伦抢起木棍狠命地砸向水池，冲击得水花溅起："哭丧啊，现在滚蛋还来得及，快点洗，洗完了去医院查体。"刘三生紧紧地揽住刘二顺脖子："二哥，俺想回家去。"刘二顺抱紧弟弟一声不吭，纪瑞民望着兄弟俩伤心，他似乎也麻木了，跟着他们被驱赶，为了能吃口饭，成了任人宰割的牲口，感觉与他们共命运，离开党和党组织，如同刘三生离开了爹娘，党交给他的神圣使命，似乎被巨大的矸子山阻隔，煤山几乎要把他掩埋，绞车把他的心都搅碎了。

中兴煤矿公司原董事会会长大总统徐世昌，字卜五，号菊人。1923 年，徐世昌来峄县中兴煤矿公司视察，中兴煤矿公司为讨好徐世昌，即以其号音命为医院之名："鞠仁医院"。中兴煤矿公司独立经办的鞠仁医院，占地 40 多亩，建筑面积 4100 平方米，设主任兼医师、助手、调剂师、护士、护工、杂役等，分诊疗科室，分内科、外科、眼耳鼻喉科、皮肤花柳科等，在东庙东厢后面添盖了手术室及病房等 30 余间。鞠仁医院秉慈善救治，除花柳病患者，无论其他人包括附近农村人就诊，医药均不收费，煤矿职工伤病，经医生批准，住院者伙食也由公司担负，故声名远播。

新窑工在医院检查三项：视力、肺部、皮肤花柳。鞠仁医院院子里，摆5张长条桌，铺着白布，摆着3个听诊器，西边的医师戴一副宽大黑眼镜框，嘴唇上一撮小黑胡子，不嫌弃窑工，待人和蔼可亲，人群都往西边挤，西边拿招工表的女护士，人显得不耐烦了："李磨盘、张碾子，往前站。"西边的队列人众多，茫然不知道喊谁："谁是李磨盘？""张碾子，叫张碾子啦！"女护士索性绕过长条桌走到队列前："东噶哒埠的，李磨盘？"队列中磨蹭走出个绿豆眼的半大孩子："俺从东噶哒埠来的，都叫俺傻儿。"女护士气呼呼走过去："姓李吗？"傻儿点点头。女护士把招工单拍到傻儿手上："手印是你按的吧？"傻儿拿过招工单横竖端详会儿，他慎重地点点头。"嘿嘿，俺叫李磨盘。"傻儿很满意，新大号居然能写成字啊，他乐呵呵拿着招工单，反反复复地看，"恁把这三个字写在胳臂上，俺回去念念，往后就记住了。""李磨盘""李磨盘"人群里不断起哄。傻儿乐呵呵点头："哎、哎，俺叫李磨盘，嘿嘿——"女护士按顺序念："张碾子，张家沟的？"狗剩子直接走过来："别喊了，张家沟就俺一人。"女护士翻翻眼皮："知道了，你还不快点过去呀？"狗剩子挠着后脑勺："真会整呀，请登记先生起大号，叫碾子呀，咋听着还不如叫狗剩子呢，好歹还能喘口气呀。"队列里爆发出笑声，刘德奎和彭德彪感觉西面乱哄哄的，二人气哼哼地奔过来："注意队列，谁再喧哗，立马滚蛋。"女护士把一摞招工单递给彭德彪："招工的时候，名字没登记好呀？"彭德彪把招工单递给刘德奎："刘队长，胡经理八成登记累了，就差把牛马驴牵上来了。"刘德奎和彭德彪哈哈笑，队列人群哄然大笑，刘德奎瞪大眼："笑啥笑啥呀，村里的孩子叫歪名好养活，家里没钱请私塾先生起名，叫狗叫猫的没啥，叫碾子嘛，挺好、挺好的呀。"刘德奎向张碾子和李磨盘挥挥手，二人随女护士来到长条桌前。

留小黑胡子的医师，用手推推黑眼镜框，笑容可掬地冲张碾子和李磨盘点点头："碾子桑、磨盘桑？"狗剩子和傻儿疑惑地瞪大眼睛，女护士忙介绍："牧野医师，日本人。"狗剩子一拍脑门，双手作磨转动："碾子不脏，磨盘也不脏，磨面烙煎饼，做吃的物件，懂吗？"牧野扭头望着女护士："吴小姐，碾子不桑？"吴云书只好双方解释："牧野先生，您中国话口音重，他俩听桑，以为是不洁净；桑，不是脏，称呼君的意思，君子。"牧野满意地笑了，狗剩子和傻儿笑得更甜，表示听明白了，狗剩子装明白跟傻儿解释："日本人呀，是桑不是脏，桑脏。"傻儿听了脑子犯糊涂，很是纳闷："丧葬，要死呀？"刁凤胜和陈学伦一前一后走过来："哎哎，查完的，别在院子里站着，通通出去。"

纪瑞民招呼着刘二顺和刘三生兄弟俩，随大家往外走，医院大门口，胡作为在清点人数："515、516，哎，细木匠，来得真巧呀，你快过来。"胡作为吆喝牲口般的口气，让纪瑞民站住脚，板脸走过去，"先生，什么事儿？"胡作为一脸不高兴，"在中兴称呼按职位，我嘛，是销售业务经理，胡经理。"中兴销售业务经理胡作为，在纪瑞民的眼里不过是一个为资本家卖命的走狗，他气定神闲地尊一声："胡经理。"胡作为瞧出这个细木匠器宇轩昂，非比一般的人，不由得退一步，盛气凌人的气势灭了一半："呵呵，木匠师傅，中兴小学的一些课桌椅损坏了，庶务处刁处长派你去学校看看。"纪瑞民定定神："家伙什儿有吗？"胡作为满脸不屑："有有，中兴不缺木匠工具，扳子、斧子、刨子锯啥都有。"纪瑞民很轻松："没问题，啥时候去？"胡作为做个请的姿势："教务杨主任，正好在这儿，跟我去诊疗科。"

中兴学校小学部的梁娴家老师，因小同学打架，故而带着打破头的小同学来鞠仁医院包扎伤口，教务主任杨益民站门口正批评一个耷拉脑袋的小男生："上二年级了，什么都懂了，学校规章约束不了你吗？"班上小学生受了伤，梁娴家身为班主任深深自责，杨益民双手叉腰提高嗓门。"童子军的课，是以培养公民忠孝、仁爱、信义、和平为己任，教育同学们从小树立爱国主义情操，上旗语课，能用旗杆打余启满同学的头吗？"小男生吓得缩身子："我不是故意的，是不小心打到的。"梁娴家满脸惭愧："杨主任，您批评我吧，马运忠同学说的都是实话。"

庶务处长刁风胜带着护士吴云书走过来："杨主任，这些孩子真不让人省心呀！"

"刁处长，你家刁宝恭学习很用心呀。"杨益民脸色为之一变，笑脸相迎。

刁风胜坏笑笑，手抚摸马运忠头："臭小子，犯错误了？"马运忠哇的一声，咧嘴哭开了。

梁娴家一把拉过马运忠："小男子汉，不许哭啊。"

吴云书悄悄把梁娴家拽到一边，递给梁娴家一张录用表格："你哥咋回事儿呀？今天是最后一天体检了，刁处长这就要把表格交到驻矿办事处。"

梁娴家拿着录用表格，着急得手心冒出汗来，忽见胡作为带着一身粗衣穿着的人走过来。

杨益民讨好刁风胜，他喜笑颜开聊刁宝恭，刁风胜心不在焉地听着，扭头望远处的吴云书："吴小姐，这位没来查体的叫啥？"

不等吴云书回答，梁娴家双手捧着录用表格，她急不可待地回答："梁石生，梁、石、生——"

梁娴家拉长音喊"梁石生"三个字，恰好胡作为领着纪瑞民来到诊疗科，纪瑞民听得真真的，他怔住了，深望着梁娴家——

第九章　重生

距离峄县东部 30 多里的箩藤流进乡，春打六九头的这一天闹匪患，孙美瑶旧部联合熊耳山、苍山一带各路杆子突然夜袭箩藤流进乡的两个村子，乡绅贾金秋和孟不醒两大财主家损失惨重，两家人仓皇逃至峄县县署，呼天喊地向知事哭诉横遭劫难，家财被席卷殆尽，孙桂枝、赵喜龙砸开贾、孟两家院门，开仓放粮，贫户蜂拥疯抢，储备粮一粒米也不剩啊！

抱犊崮北面的山洞，洞口几个有气无力的护卫歪靠在洞口，赵喜龙阔步走来，四个护卫打足精神，勉强站起来："司令，有啥吩咐？"

"老当家的睡了吗？"赵喜龙此时犹豫不决，怕老寨主孙桂枝责怪他遇事沉不住气，琢磨深夜打扰老人家是否合适。

"请司令进来呀，熬神没闭眼呢。"孙桂枝身披棉衣，站起身迎接。

赵喜龙裹紧棉袄，搓着手进洞来，望望胡子花白的四叔越发憔悴，内心好不凄苦，蹲下身来往火盆里添些木炭，歪头用力吹气。

"喜龙啊，有啥话就直说呗。"孙桂枝吧嗒着旱烟，阴森森的山洞间，一股股烟雾飘荡。

"张宗昌派遣的两路军队，围困咱快半年了，咱为了自保，潜伏走外线，出击箩藤流进乡首战告捷，四叔不减雄风，老当益壮啊！"赵喜龙扒拉着火炭盆，若有所思地轻声说着。

"钱财一到手，山上的兄弟们呀，总算是又能熬一阵子。"孙桂枝语气凝重，痛苦地叹了一声。

"四叔，奉系的张作霖，这阵子又托人来招安，中华国民政府在广州成立，俺想亲自下山走一趟，瞧瞧广州的形势如何？总不能让兄弟们困死在这儿吧。"赵喜龙在等孙桂枝拿主意。

"此一时，彼一时啊！俺孙家门，有良田 300 亩，美珠幼时读私塾，腹有经纶善结友，立志远大，奈何世道黑暗，官府相逼，你大哥孙美珠走投无路，众兄弟推举为总司令，末了死在西集红枪会手上。你五哥孙美瑶又被兄弟们推举为总司令，也想打出一片天地，山东督军田中玉几番招安，承诺高官厚禄，美瑶鬼迷心窍，蒙蔽了眼，在徐海镇守使陈调元的枪口下丧命，血的教训啊！"孙桂枝眼红红的不堪回首，他这个老寨主历尽风雨，眼看着两个侄儿落得个惨死的下场，他屈指算着每一天的日子，自己无非是多活在世了。

"中兴公司配合兖州镇守使张培荣，在中兴煤矿公司摆下'鸿门宴'，诱骗俺五哥赴宴，前脚刚跨入大厅门槛，他们就下黑手啊，一把石灰劈头盖脸地迎面撒过去，不是石灰眯了五哥的双眼，指不定死谁手上呢！中兴这群人好狠毒啊，俺赵喜龙与他们不共戴天，俺非得一个个宰了他们不可！"赵喜龙从腰间拔出匕首，牙咬得"咯吱"响。

"冤冤相报何时了，别说是中兴煤矿的四周布满了矿警守备军，就是白旗会和红枪会的人，正愁找不到机会呢，你去了等于白白送死呀。"孙桂枝为这与赵喜龙发生多次争执，赵喜龙牛性子，脾气上来谁也拦不住，孙桂枝拿刀抵住胸口，要死给他看，赵喜龙见了哇哇大哭："四叔，恁再逼俺，悬崖下面就是俺的埋身处。"众兄弟闻听泪流不止："老寨主啊，叫大当家的去吧，报了仇，就是死在那儿，他也安心啊！"孙桂枝老泪纵横，手握匕首浑身颤抖："即便俺去死，也不能让喜龙去死，没了喜龙呀，这山上的老老少少，还能活吗？"赵喜龙发疯地抱住头："就让俺五哥白死了不成吗？"孙桂枝走到赵喜龙跟前，二话不说扑通跪地："恁四叔给你跪下了。"孙桂枝这一跪，众兄弟跪倒一片，赵喜龙跪在孙桂枝面前欲哭无泪，"四叔，恁比拿刀子捅俺心口窝还疼啊！"时间一晃，近三年了，经过这一场变故，当年意气风发的赵喜龙，一下子风霜浸染，人也越发成熟稳健了。

没了孙美珠、孙美瑶，兄弟们死的死散的散，留下来的人已减少大半，多是老弱病残，无家可归之人，孙桂枝不忍心丢下跟随多年的兄弟们，一把年纪苦苦支撑，困苦中不是熊耳山的赵喜龙临危相助，抱犊崮的兄弟们早玩完了。久困山中的兄弟们，饥病窘迫缠身，赵喜龙召集各山头竿子，联合行动，让山中的困局得以解脱："喜龙啊，四叔老了，山中一干兄弟的性命，以后仰仗你去打拼了。"

"俺也是百思不得其解，上山头拉杆子拼性命，哪天哪夜不是握刀而卧，终究不是长久之计呀！"

"喜龙，上得梁山绝后路，咱走刀尖的，投靠谁也是死路一条，没人信服当过土匪的，混一天过一天呗。"

"四叔，恁听说过吗，说是啥叫共产党的，领导青岛胶济铁路和四方机厂工人大罢工，青岛日本纱厂一万多名工人举行大罢工，连军阀和洋人都害怕，共产党比国民党还厉害吗？"

"恁四叔活了大半辈子，见过的幌子多了，啥党不党的，糊弄人呗，就没见过为穷人说话讲理的地方，那李自成、太平天国闹腾得多厉害呀，咔嚓咔嚓给朝廷镇压下去了，咱小打小闹的就不错了。"

"一无所有的工人，靠一条命两双手过活。咱穷棒子，房无片瓦地无半垄，靠租地扛活，流血流汗糊口，共产党能领导工人，就能和穷棒子一起打拼呀。"穷苦出身的赵喜龙，跟随父母吃糠咽菜四处漂泊，居无定所，受尽了剥削压迫，父母先后在饥寒交迫中死去，哥哥在讨饭途中走失，小妹妹饿死在母亲怀里，9岁的孩子成为孤儿，被拉进地主家放牛抵债，一年四季在皮鞭下长大，真可谓苦大仇深。

赵喜龙存啥心事，孙桂枝该想到的都想到了，不该想到的也想到了，怎奈世道艰难，人心叵测，对国家啥概念、军阀啥德行、达官显贵啥能耐，心如死灰，看得透透的。他认为赵喜龙各处寻路子投门子，只会撞得头破血流死路一条，一旦当了土匪这辈子脱不了坏名声，当初孙美瑶盲目听信他人蛊惑，认为穿上曹锟收编的政府军军装，便洗白了自己，仅仅戴了 6 个月的旅长名头，就一命呜呼了，当初拍胸脯下保证的，可都是当今的政府军政要员，你让孙桂枝去信谁，还能信谁啊？

"喜龙，咱单说这次，黑老七的马副官，抢了一个刚过门的小媳妇，前面咋说的，劫富济贫，不得扰民，他黑老七纵容手下胡作非为，俺孙桂枝不惯着，就是你五哥活着的时候，他也不敢在俺跟前耍横呀，一枪崩死马三这个畜生，黑老七还不依不饶地用枪顶住俺脑袋上，俺眼皮没眨一下。"

"黑老七这个孽障，恶贯满盈，坏了咱弟兄们的名声，一时不得逞，离开恁老的眼，那一伙就是吃人豺狼。"

"黑老七这回血洗杏花峪，拿维护村费说事，狮子大张口，要钱要粮，杏花峪的村民，学红枪会，围村筑墙，修筑了 10 多个角楼，武装村民，日夜防守，拒绝足额缴纳摊派，双方谈不拢交手，黑老七手下死伤 100 多人，他一下子就杀红了眼，血腥屠村四个时辰，尽情烧杀，抢走年轻妇女不说，婴儿用石磨碾轧，孕妇开膛破肚，浇油烧死男女老幼村民，全村 700 多人杀了 393 人，俗话说'兔子不吃窝边草'，黑老七屠杀寨门下的杏花峪，一旦杀红了眼，绝不善罢甘休，他会来抱犊崮宣泄的。"

"哦，四叔恁这么看吗？"赵喜龙心底一沉，回想着近段时间，黑老七的种种不端行径，一丝凄厉寒风飘过头顶，赵喜龙佩服孙桂枝眼光独到、深谋远虑。

崮县铁石镇贫苦户刘守义，盼来一个胖儿子，家贫志不贫，取名刘桂蟾，期望儿子将来一飞冲天，成为国家栋梁，奈何家贫食不果腹，桂蟾从小为地主放羊，放羊的活风餐露宿，晒成了一个小黑娃，成年后长得粗黑壮实，长大后被人戏称黑老七。地主吝啬，拿小黑娃不当人使唤，时常借故责打克扣工钱，幼小的刘桂蟾默默忍受，伺机报复，暗地里小偷小摸拿地主家的财物，岁数大渐渐地偷拿大宗财物变卖，养成了欺软怕硬的性格，偷鸡摸狗上瘾，满足了他吃喝嫖赌的劣根，黑老七早已不满足于小打小闹，生活残酷泯灭了他的人性，开始结交无赖地痞，干起了拦路抢劫的勾当，事发被官府缉拿无路可逃，索性拿钱财买路，拜倒在孙美瑶旗下充当匪徒，委以重任。

早先在抱犊崮山寨，有孙美珠、孙美瑶兄弟俩压制，黑老七束手束脚，在孙家兄弟俩跟前谨小慎微不敢造次，奈何天下没有不散场的宴席，他也像赵喜龙下山各自扯旗立门户，打造自己的人设。没了孙美珠死了孙美瑶，黑老七彻夜狂欢，大肆掳掠民女做压寨夫人，多达 72 名女子，加之手下兵多将广，自认为老天是老大，他是老二，称霸鲁西南的时运到了，越发地野蛮骄横，无恶不作不说，也不把其他山寨放在眼里，一门心思想做总寨主，当西部山区五伙马子创建的五路联军的总司令，不想孙桂枝把五路联军总司令的头衔，给了熊耳山的寨主赵喜龙，黑老七气炸连肝肺，锉碎口中牙，亲自率领一众人马，杀气腾腾，直奔抱犊崮讨要说法。

200 多个精壮手下持枪荷弹，趾高气扬护卫在黑老七左右，气势汹汹上得山来，怎奈抱犊崮没了往日煊赫，崮顶上多残兵败将，黑老七瞧不上眼，不等通报直闯寨门，吆喝着拜见老寨主。忠义堂昏暗幽深，黑老七不由得摸摸腰间的匕首："小的们，都给俺退下。"三十几个随从闪到一边，他迈步跨进门槛，整个堂屋鸦雀无声，正中太师椅上，孙桂枝歪靠身子打盹儿，黑老七四下瞅瞅就一人，后脊梁阵阵发凉，轻轻喊了声："四叔。"孙桂枝盘起腿"呼呼"打鼾，黑老七转转脖子走近前，眼放凶光："俺来了，四叔。"孙桂枝微微睁开眼皮："哦，老七来了，坐呗。"黑老七"嘿嘿"奸笑两声："国军围困渐紧，俺想着接四叔出山，到俺那儿，躲阵子养养身子，唉！四叔年纪也大了，五哥走了，俺老黑想着孝敬您，特来接您啊。"

孙桂枝盘腿装上旱烟袋，黑老七麻利地端来蜡台，用烛火给旱烟点上。

"老七呀，你能绕过围困抱犊崮的国军，堂而皇之进山，不简单啊！"

"瞧四叔说的，有钱能使鬼推磨，国军也是人呀，花不了几个钱，谁不为钱，想挨枪子呀。"

"哦，那是这阵子，老七发横财了？"

黑老七的脸红一阵子白一阵子，暗暗骂道："老东西，甭在这跟俺打哑巴缠，装糊涂。"他故作镇静强笑笑："哼哼哼，当了杆子呀，就装不了善，干的就是杀人越货的勾当，哪有不滴血的钱啊！"

"老七，咱就把话挑明了说，道不同不相为谋，志不同不相为友，亦各从其志也。"

"哈哈哈，笑死俺咧，老虎牙挂块肉说要吃草了，额拉盖子王拆开，就是'土匪'二字。"

孙桂枝用力一拍桌子："黑老七，你这个挨千刀万剐的畜生，作孽呀，纵容手下血屠杏花峪，绝了11户人家，杀死多少人啊，不怕天打五雷轰吗？"

黑老七被孙桂枝怒骂，他忐忑的心反倒释怀了："嘿嘿、哈哈哈——瞧把恁老人家气的哟，恁就不怕气伤了身子，断了气嘛。"

孙桂枝随手把旱烟袋朝黑老七砸过去，黑老七头一闪，旱烟袋甩出三丈远，黑老七屁颠屁颠过去弯腰拾起来："哟喂，烟袋锅还没灭火嘞。"他搁嘴上"吧嗒吧嗒"吸两口，"四叔，金烟袋锅真好啊，旱烟味儿，足嘞。"

孙桂枝气得浑身如筛糠，一口气顶嗓子眼儿上，他张大口使劲地喘，"你、你——"

黑老七坏笑起来："哈哈哈，恁老哆嗦啥呀，咋像抹脖子的鸡哎。"

孙桂枝憋住气，用尽全身力气抄起椅子，黑老七见状，他用力去夺，孙桂枝年老体弱不慎摔倒在地："畜生啊，俺跟你拼了！"黑老七用脚狠命地踩着孙桂枝："老东西，俺这是给你面子，别不识抬举，娘的！抱犊崮的气数到了，俺就是来给恁撒气的。"

"住手。"平地一声雷，震得房梁抖动灰尘纷纷落下。抱犊崮的兄弟们举刀站在赵喜龙身后，赵喜龙怒目圆睁走进来，双手攥拳"嘎巴嘎巴"响。

黑老七吓得目瞪口呆，扯嗓子叫："兄弟们呀，快来呀。"呼啦啦，200多个精壮手下，把个忠义堂围得是里三层外三层，双方剑拔弩张，一声咳嗽就能杀得血肉横飞。

赵喜龙一脸淡定，他双手摊开："到了抱犊崮地界，谁敢胡搅蛮缠，尽管过来试试。"

大厅内登时静下来，黑老七吓得张口结舌："俺、俺这是，哎哟，俺四叔嘞，怎这是唱的哪出戏呀。"忙不迭弯腰把孙桂枝扶起来，别看黑老七杀人如麻，实则内心胆小如鼠，脾性欺软怕硬，他惧怕赵喜龙以一敌十的身手，弄死他如同捏死一只癞蛤蟆，当年也是因为孙美瑶跟前有个赵喜龙，黑老七不得不收敛三分。

气得孙桂枝抬手就要打黑老七，他一把拽住孙桂枝："您老消消气，正好俺九弟来了，正好，好啊！咱打开窗户说亮话，忠义堂可是讲理的地方。"

黑老七200多个手下异口同声附和："七爷说得对，咱得讲理啊。"

抱犊崮的兄弟们也不含糊："有老寨主，轮不到黑老七讲话。"

刀棍声噼里啪啦炸响，孙桂枝强打精神："都给俺住手。"一句话说完，孙桂枝身体摇晃险些摔倒。

赵喜龙过来搀扶威震一方的老寨主，孙桂枝颤巍巍俨然是位年迈的老人，只剩下了喘气的力气，那个一言九鼎的寨主，即便打个喷嚏，孙美珠、孙美瑶也不敢吭气，现今成了一个靠人搀扶的老人，孙桂枝望着赵喜龙潸然泪下："喜龙啊，喜龙，唉！咱这些穷弟兄，非死在这畜生手上不可，造孽啊！"

赵喜龙心如刀绞，眼泪模糊了视线，扭头抹把泪水，"七哥，你吆吆喝喝地带一众人上山，到底想干啥？"

黑老七眼珠一转："俺黑老七明人不说暗话，论资排辈，论功劳大小，俺黑老七比不了大哥、五哥，单与老九论，咱指啥当自治军司令，当初大哥称雄，立下汗马功劳，五哥荣任，威震全国，俺心服口服，凭你个赵喜龙吃盐没俺多，断奶没几天，凭你当司令，俺就是不服，不服！"黑老七200多个手下帮腔助威："不服，就是不服。"孙桂枝手哆哆嗦嗦指向黑老七："撒泡尿照照你个熊样儿，当初七八个丧家犬，身无一丝布口无一粒米，遭人唾弃的地痞流氓，被官府追杀得无半点立足之地，谁可怜过你们？谁留下的你们？龟孙儿摸摸良心，莫要恩将仇报？"黑老七双手叉腰仰起头，在众人面前来回走动："打人不打脸，骂人不揭短。刘备卖过草鞋，做了83天皇帝的袁世凯，谁没有走过背字呀，哈哈哈——"黑老七200多个手下挠了痒痒窝，一通狂笑，"哈哈哈——"赵喜龙"哼哼"两声："树没皮必死无疑，人没脸天下无敌，活成了一个畜生！"哎哟喂，赵喜龙敢骂他是没脸没皮的畜生，简直捅了黑老七的肺管子，蹦起来离地三尺高叫骂："兔崽子敢胡吣，老子俺非宰了你不可！"黑老七抽出明晃晃的匕首，他吹胡子瞪眼奔着赵喜龙直冲过去，孙桂枝一看不好，对着刀尖扑过去，黑老七慌乱中挥刀一挑，"唰"的一声，孙桂枝的棉袍被划破一尺多长的大口子，露出白花花的棉花，众人刹那间愣住了，孙桂枝捂住胸部笑笑，"没事儿，没事儿。"殷红的鲜血顺着指缝流出来，划开的棉花被慢慢染红，赵喜龙怒从心头起恶向胆边生，左手掐住黑老七拿刀的手腕用力一拧"咔吧"响，黑老七发出惨叫"哎哟"一声，"啪嚓"匕首落地，赵喜龙顺势右手锁死黑老七的喉咙，黑老七挣扎不了，他嗓子嘶哑，没命地喊："兄弟们呀，都不要过来呀，九弟九弟，撒手，快撒手呀。"大家顿时没了主意，谁也不敢轻举妄动，孙桂枝晃悠悠慢慢坐在地上："都给我住手，住手啊！"赵喜龙松了手，照准黑老七腹部抬腿踢一脚，黑老七捂住裤裆满地滚："哎哟嘞，俺的娘嘞，踢死人啦，俺的娘嘞——"赵喜龙脚面一磕刀柄，匕首弹起落在手中，没人敢动，他直瞪瞪看着，黑老七顾不得惨叫，没命地往大门口爬去："兄弟们呀，兄弟们呀，抱犊崮欺压兄弟们呀，大家都看见了，是老寨主自己扑过来的，怨不着俺呀，俺冤枉呀。"晕倒在地上的孙桂枝，气喘吁吁地喊："喜龙、喜龙呀，放了他们吧，俺死不了，死不了呀。"

竟然出手伤了老寨主，出了这等事来，黑老七也清楚，在江湖上容不得以下犯上，挨了赵喜龙一脚正好装孬种，黑老七200多个手下自知理亏，不敢恋战，连忙架起黑老七仓皇溜走，灰溜溜的黑老七还不忘找回点尊严："好你个赵喜龙啊，两面三刀充好人呀，你他娘的，给红枪会的黄麻子做女婿，这会子当他娘的二杆子呀——"叫骂声渐渐远去了，大家手忙脚乱地给孙桂枝包扎，幸好穿着棉袍，胸部刀口不深，上了些蛇盘栀药，服侍老寨主躺下，大家才稍稍松口气。

赵喜龙坐在床边，望着老寨主脸色蜡黄，憔悴得像枚掉落在泥水里的枯叶，刀伤痛得让孙桂枝时不时抽搐，赵喜龙眼睛模糊了，想着山头一众兄弟，还承望老寨主遮风挡雨，可眼前的凄惨情景，也让兄弟们倍感凄凉，赵喜龙眼泪止不住扑簌簌流下来，伸手把老寨主的手攥在手心里："四叔，恁睡吧。"时间拨弦泣，风鸣诉呜咽，唏嘘抽泣谁悲凉，怎堪岁月稠！孙桂枝无力地睁开眼，望着泪流满面的赵喜龙，纵是内心愁苦，不忍儿孙辈泪流："喜龙啊，天天舞枪弄棒的，伤见多了，流点血算啥呀，见血就哭，还不得哭死呀！"赵喜龙努力克制自己，可眼泪不争气哽咽着："眼睛进灰了，揉揉呗。"孙桂枝眼角流出泪，自己真老了，时局风云突变，扛把刀就能立山头的时代，几乎走到了尽头，靠赵喜龙一人，领兄弟们刀尖上行走，独撑一片天，谈何容易啊，"别哭了，臭小子哭啥呀，把恁四叔的心啊，都哭碎了呀！"赵喜龙过惯了饥寒交迫的日子，任人当牛做马使唤的孤儿，悲惨生活练就一身钢筋铁骨，牛性子好打抱不平，气不忿儿东家强行婢女实施不轨，一拳打残了恶霸，押解途中逃脱，逼上抱犊崮，孙桂枝稀罕这苦孩子性格刚毅，无微不至，百般呵护，拜东亳山形意拳大家赵廷凯，教习5年，改姓起名赵喜龙。时光荏苒难回首，岁月如梭历人愁，多少年的风风雨雨，多少年的季节变换，少年不谙世事的赵喜龙，时至今日，把孙桂枝视为再生的爹娘，如今孙桂枝一把年纪，带着一众兄弟苦苦支撑，竟遭忘恩负义的畜生欺辱。赵喜龙咽不下这口气啊，百感交集，把头埋在床边放声大哭："活的什么劲儿啊！怪儿子们没本事，连累四叔受委屈，四叔流血，是割儿子的心啊，俺四叔、俺四叔啊，啊啊——"赵喜龙涌出的泪水，如同孙桂枝流出的鲜血一样猩红，闻到了血雨腥风的气味儿，滴滴殷红的鲜血痛人心上，孙桂枝明白江湖纷争拿命来，终归你死我活举刀相向，四分五散末途亡："喜龙啊、喜龙啊，这天底下，真没咱穷人的一条活路了吗？"孙桂枝老泪纵横，守候门口的一众兄弟，闻大寨主赵喜龙痛哭，谁人不伤心啊，早已都泪水涟涟，忍不住哇哇大哭不止。

今晚月亮如新峨眉月，老寨主发出轻微呼吸声，赵喜龙俯身侧耳听听，把被子压实，枕头拉平整，放下心，他轻轻抬脚退出来。赵六子和几个守卫跟过来："司令，饭都热几回了。"赵喜龙凝望着天空："六子，俺不饿，让兄弟们注意点，其他人都睡吧。"赵六子欲言又止："是，司令。"大家见赵喜龙不语，赵六子和守卫各自散开，赵喜龙就在台阶上坐下，一摸烟袋，落在东屋床上了，就这么干坐着，想着黑老七的叫骂声：你他娘的给红枪会的黄麻子做女婿，这会子当他娘的二杆子呀——

1922年，山亭大北庄前槐村大财主黄静斋，前任正房闺女黄淑女16周岁，黄家上下言连日喜鹊登枝，大喜的日子临近了，黄家大管家任千奏，按照黄老爷吩咐，前去老宅回禀大太太王寿龄，老爷的意思按舅爷王寿昌的主意，从兖济道的济宁八大家、八中家、八小家中选中了顾家。顾家虽是八中家之一，但漕运生意贯穿京杭大运河，在峄县算得上大家，资产家业皆在黄家之上。所需嫁妆业已筹备，舅爷王寿昌，把台儿庄四进院的油坊，日产30匝、28匹骡子资产，一并折价归黄家产权，用作大小姐的嫁妆等。王寿龄只是默默听着，不明的地方稍加问问："家哥惦念绸缎生意，这次算是放手了。嗯，倒是油坊，用工不下20人，俺的主意呢，让老爷和舅爷商量商量，依旧雇佣原先油坊的雇工，老师傅手艺熟练，榨油出得多。"任千奏听了直佩服："到底是大家出身啊，太太说得句句在理，俺这就回禀老爷去。"王寿龄若有所思欠欠身："你俩退下吧。"使女杏花和桃红屈身，给大管家稍加施礼，二人退下，任千奏凑上前："太太有啥要紧的话吗？"王寿龄右手在方桌摸索，任千奏搭眼望去，是足本《岳家庄》薄戏本《混二小爬墙头》，随手帮其拿起递过去："太太。"王寿龄摸摸唱本点点头："老爷这阵子带家里人，常去枣庄同乐戏院听戏，见天没有别的话头了，三句话离不开红春牛，头几天说认红春牛做干儿子。唉！喜好随老爷就是，俺这屋里的有啥说的呀。"任千奏瞧出对待苏小天这档事上，黄家宗亲颇有微词，二房闫翠莲最为激烈，虽说生了两个儿子，毕竟是庶出，保不准黄静斋发癔症，家财分给苏小天一半，到那时就晚了。大太太王寿龄没生养，拉扯前任生的闺女，家里诸事不上心，仰仗娘家人家大业大做靠山，黄家上下谁敢小瞧。他思量着怎么说方稳妥："太太，您和老爷好听戏，老爷痴迷戏，太太最懂的。再者说，老爷竞选山亭红枪会总会长，费尽了心血，把归隐多年东凫山形意拳大家赵廷凯搬出来，也是壮前槐村的声势，那苏小天正赶上如日中天，名气日甚，风头盖过名流，老爷收他做干儿子，也打响了老爷知名度，两全其美的好事啊。"正如大管家所说，苏小天的风头也盖过了黄家联姻大事，黄静斋陶醉在研词吟唱上，乐不可支，拜亲仪式搞得风风火火，上了《济南汇报》的头条，一时间峄县街谈巷议，谁人不知谁人不晓，黄静斋也飘上了云端。

峄县县公署召山亭红枪会新会长黄静斋，游走考察苏北的八卦道、离门教、红枪会等组织架构，召集各地红枪会合纵防卫事宜。

黄静斋带着学长、团长、总团长、总会长、督办、拳师、家丁浩浩荡荡走了，偌大的黄家大院几乎空巢，仅剩下女眷居家。大院人少了，苏小天迁住西院客屋，活动区域越发狭窄了，限制在后院客屋、内柜、楼院、堂楼，没有大管家引路绝不能到前院。苏小天憋闷了走西便门，老家丁黄窝窝敲木鱼走在前面，招呼女眷们及时避让，顺顺当当过两三天。入伏以来，一早一晚也不见一丝凉风，苏小天在闷热的夜间思念家人，就这样迷迷糊糊地熬到公鸡打鸣，黄窝窝与后厨早就把饭端来。肚子饿得咕咕叫，苏小天顾不得洗漱，撕开挎包火烧，用筷子夹大块狗肉塞进去，坐下来大口嚼，黄窝窝立一旁好心提醒："少东家，慢着些，喝点粥，别噎着。"苏小天吃得美，没心思与这么又老又呆的家院搭话，一边吃一边说："怎么没辣汤，粥喝腻了。"黄窝窝瞅苏小天与他说话时侧着身子，明白是嫌弃他人老，苏小天可人生得俊秀，黄窝窝倒是很喜欢伺候这位少东家，偶尔和少东家说话时尽量站远点："咋没有，怕少东家喝了凉，毛巾包裹的瓷罐里。"苏小天这才注意到方桌上的黑瓷罐。

"窝窝叔，少东家起身了吗？"任千奏站在屋门口喊。

"哟，正吃饭呢，大管家。"黄窝窝小跑过去，接过任千奏手上的唱本。

苏小天放下碗，连忙站起身，整理一下衣服："大管家，您吃了吗？"

"哈哈哈，俺不如少东家好起早，睁开眼就在院子里各处走走，这会儿走到少东家院子，俺就进来瞧瞧。"

苏小天挥挥手，黄窝窝忙搬把椅子来，苏小天用衣袖掸掸椅子面："大管家，您就在这儿吃呗。"

"真不愧少东家啊，礼数周全，哈哈，俺哪能和少东家平起平坐呀。"

"大管家客气了，俺没那么多讲究，尽管喊小天是了。"苏小天见放桌子上的唱本《王二英思夫》《丝鸾记》《混二小爬墙头》，微微皱眉。他一踏进黄家大院，便知晓了眉眼高低，从黄家里亲外戚、宗族、家人、仆役的言谈举止上，眼底流露出的一丝寒意，隐约隐含着对唱曲的蔑视，练功喊嗓子尽量回避，即便练身段唱曲，也是有黄静斋在身边，其他人绝口不开。

任千奏活了半辈子，惯于在人眼皮底下过活，一根针落地也听得见，苏小天面如冰霜，他便猜出八分："大太太念叨老爷不在家，院子空荡荡的寂寥，念着少东家独自清冷，在院子里也没亲近的人，想让少东家去东院散散心，高兴哪，就唱一段。俺看少东家有心事，不然回大太太，就免了吧？"

苏小天上了脾气，谁的面子也不给，唯独待这位大太太王寿龄，他得去，还得唱。

男主不在家女眷称霸王，王寿龄眼神不好，整所大院的里里外外，全由翠莲操持应承。这边摆放好青供，王寿龄宅院整洁雅致，屋内最显眼的是纺线车和脚踏式织布机，少了浮华富贵气派，别有一番农家气韵，擎等着任千奏引苏小天过来。

苏小天撒欢跑过绿油油的黄瓜地，穿过挂满果实的梨树园，一条蜿蜒绕村大路上，行走着三三两两的担水人，路南流淌一条哗啦啦欢唱的涧水溪。苏小天站在溪水边想喊两嗓子，瞥见有担水的农民偷偷围观，登时垂头丧气地往东走。身后的黄窝窝年纪大，追不上正值青春的苏小天，知道少东家素喜东山凹的山水，山坳间的积水潭清冽幽深，吸引着少东家去畅游。黄窝窝索性由少东家独自前往，他抽着旱烟袋，坐下游河岸边，与担水的乡亲们拉拉呱。

铆足劲猛跑下来，浑身的汗水浸透了衣服，山凹溪水清澈见底，欢了苏小天的心，崖坡下的积水潭伴随瀑布声，召唤着苏小天的目光。望望四下无人，他脱光了衣服，用石头压住，苏小天活动一下身骨，黑黑油亮的头发，脖颈白皙秀颀，俊秀的脸庞透着几分冷颜，眉目清秀如画，眼眸深邃闪动着灼灼的光芒，鼻梁高挺笔直，嘴角微扬带着一股不屑的神态，唇线分明轻抿，下颌棱角如雕塑般，五官立体完美，身材修长挺拔，肌肤在晨光中泛着玉质的光泽，整个人越发英气逼人。苏小天放胆下水往潭水深处游去。夏秋季，这处一直是山里人洗澡的好去处，白天成了孩子们的乐园，傍晚是忙碌一天劳作的村民洗浴，后半夜村里的妇女们结伴在溪水里嬉戏。头几天都是大总管带几个家丁，天蒙蒙亮，等苏小天喊过嗓子，来此畅游一番，好不快活。

黄淑女晨曦中没迎来苏小天喊嗓子，正胡思乱想纳闷，樱桃和奶妈在隔壁悄声嘀咕，黄淑女侧耳听。"催两遍了，俺说小姐还睡着呢。""数杏花古灵精怪的，说啥太太呀，眼瞅着过七夕节啦，令苏少爷唱几段曲消遣，想着二太太和小姐闲去散散心，一家人热热闹闹的。""俺不知小姐闹啥脾气，这阵子听不得苏少爷丁点事，要说呀，顾妈怎说去。""哟，瞧你个小丫头，俺说还用来找你呀。""嘘，怎小点声。""嘿，瞧你那憋屈样儿。小姐，小姐嘞。"顾妈壮着胆子往卧室探头喊。

"顾妈，让樱桃拿玄青色长袍。"黄淑女闻会见苏小天，抑制不住内心"扑通扑通"狂跳。顾妈瞥眼樱桃，樱桃连忙给打手势："小姐，大热天，准备了碎花绸衫。"卧室里没有一点动静，"知道了，像是在衣柜里，俺这就去找。"顾妈麻利地拿热水壶给铜脸盆续了热水，轻轻推开卧室门，端脸盆进去，回身又把热水壶拎进去。

黄淑女秀发及腰，亭亭玉立，雪肤花貌，灿若桃花，鹅蛋脸、柳叶眉、丹凤眼、鼻如玉葱、粉唇小口，酒靥笑浅浅，难怨黄静斋心里眼里，总是爱不够这宝贝闺女，亲戚们夸赞大小姐是娘娘运公主貌。黄淑女洗漱完毕，樱桃把玄青色长袍挂衣架上，帮顾妈给小姐梳头施粉黛，梳三股长辫子，打结玄青辫穗，玄青色长袍套上身，放脚穿黑缎靴，穿衣镜前照照，飒爽无比，活脱脱像个俊俏的年少粉郎，黄淑女满意地俏媚笑笑。

杏花、桃红笑喳喳破门而入："小姑奶啊，鸡叫三遍了，咱也收拾利索了，二太太摆青供，埋怨太太屋里太寒素，苏少爷见过世面讲究，不设大红大绿的，总该花花草草的点缀才雅致，太太吩咐我们带小姐去山坡转转，采摘些翠枝山花装点助兴。"樱桃乐得拍手，黄淑女在一旁娇羞红了脸。

一等二等连三等，日上三竿了，仍然不见苏小天人影，闫翠莲瞅二叔家太太蔡颖舒与闺女黄淑芬坐不住，拿手绢抵住嘴唇"咳咳"两声，没留神5岁年儿，踮起小脚，伸出小手抓花生，"咣啷"一声，打翻了果盘，花生撒了一地，闫翠莲气哼哼，抬手打了年儿一巴掌："死崽子，熊贱命，攀啥高呀！"年儿扯开嘴"啊啊啊——"哭号，暗戳戳骂苏小天贱皮攀黄家门，王寿龄忍不住了："黄胜，大管家晒太阳哪，害太太小姐们干等呀。"胖家丁靠门框正打盹儿，人激灵一下，忙弯腰点头："是是，太太。"撒开脚丫跑出院子。

满屋人正百无聊赖地干坐着，门外传来了大管家恶声恶语的斥骂声："老了老了，净干糊涂事，罚你两个月的工钱，算轻了。""大管家，恁高抬贵手，怨不了俺呀，谁晓得哪个挨千刀的，砸了少东家呀，老奴冤枉啊！""叫恁老人家，寸步不离少东家半步，恁说，少东家受了伤，恁在哪儿，俺要不去，恁还在河沿穷呱呱呢，说错恁了吗？""哎哟，俺的天呀，俺一把年纪了，大管家啊，高抬贵手啊……"

闫翠莲听出猫腻，踮起小脚，屁股一扭一扭跑出去，年儿紧紧跟在后面。只见黄窝窝死死拉着任千奏后襟，不住声地哀求，黄胜扶着苏小天走在后面，闫翠莲扭头又跑进来："俺的天哪！太太出大事啦！"年儿一蹦一跳地进来："哎哎哎，来了呀，天哥来了呀，他包头来啦。"不等王寿龄问，大管家几人进门来。

苏小天额头包扎厚厚的粗布条，脸颊、脖子尚存血痕，众人吃了一惊，黄窝窝跪地爬向王寿龄："太太，恁给老奴做主呀。"黄胜不含糊，他一把扯住黄窝窝，连拽带拖，给推搡出去。任千奏扶苏小天坐下："俺就离开一袋烟的工夫，窝窝头倚老卖老，撇下少东家，老东西自顾自乐呵，太太们啊，恁快瞧瞧吧，少东家给人砸伤了，这可咋办呀？"

王寿龄震怒，一拍桌子："哪个混账东西呀，吃了熊心豹子胆啦，敢惹俺黄家，胆子不小啊！"话音未落，樱桃先哭了，杏花和桃红直哆嗦，大家正疑惑，小姐黄淑女怯生生站起来："我、我。"闫翠莲一跺脚："天上的星星，地上的罗罗，相差十万八千里哪，大小姐何来砸伤少爷呀？"黄淑女不顾羞直望着苏小天，苏小天很诧异，抬眼瞅黄淑女，头一回四目相对，不觉心头荡起一股涟漪，二人眼神慌乱，忙低下头，可逃不过翠莲的眼睛，心生一股歹念。

二叔家的蔡颖舒平日里难得见苏小天一面，即便是见了也是远远地欣赏，今天这阵仗，千载难逢的机会，假模假样地走过去，盯着苏小天瞧个够，她的脸几乎贴到苏小天的额头上："哎呀，祖宗哟，可了不得了！啥砸的呀？"苏小天捂住额头，躲躲闪闪："婶娘，是石头，一块大石头。"王寿龄闻听念阿弥陀佛："罪过，罪过，佛祖保佑呀！"樱桃泣声解释："俺们和小姐，上山坡采野花回来，一路上好好的，想着去水潭洗洗花草，杏花姐站崖坡，看见有人在水潭里游泳，桃红姐说真扫兴，谁啊？大清早的，脱光衣服瞎扑腾。"王寿龄闻听，气得捂胸口："啥！你们几个小蹄子，就撺掇小姐下去瞧呀？"杏花连连摆手："不不，太太嘞，一个光身子男人在水潭里游泳，打死俺们，也不敢啊。"蔡颖舒忍不住好奇："咦，这倒奇怪了，你们没下崖，咋就砸了少爷呀？"黄淑女用眼角扫扫苏小天，气得自己咬手指："都怨石头，圆滚滚的正好在脚下，俺踢了一脚，就回来了，千不该万不该呀，谁想就砸了他啊！"屋里人大眼瞪小眼"唉"了声，闫翠莲双手用力一合"啪"："恁巧哎，月老娘碰了太阳蛋，不偏不倚砸了少爷。"任千奏也感慨万分："亏了太太，天天吃斋念佛，烧高香，咱小姐花拳绣腿踢一脚，若是少爷飞旋腿，恁大的石头蛋，准能砸死人啦！"并非危言耸听，拳头大小的石头蛋，从崖坡上飞落下来，不是砸偏了擦伤额头，若直接砸头顶上，人不死也得半死了。

　　天赐机缘，飞来石一下砸进苏小天和黄淑女二人的心窝里，二人得空眉来眼去，心念念朝朝暮暮，又恨不能长相厮守，意浓浓情浓浓，难解相思苦。闫翠莲也没闲着，挖空心思寻找二人相会的机缘，她一改往日心境，待樱桃和顾妈格外殷勤，隔三岔五买这弄那招来聊天，探听大小姐的一举一动，对老家丁黄窝窝更是酒喝足肉吃饱，苏小天放个屁，她都能闻见味儿。闫翠莲有事没事找个理由，就抱着年儿找苏小天玩乐，若有大小姐黄淑女在场，她则借故走开，留下年儿缠着大哥哥去找姐姐嬉戏。苏小天、黄淑女越发乐在其中，赶上王寿龄招苏小天唱戏文，黄淑女一旁当观众，居然与苏小天坐在一起，给王寿龄烹茶递水，饭桌上说不尽的话，王寿龄欣喜一对金童玉女左右孝顺，淑女教小天纺线织布，小天教淑女吟唱，嬉笑间难免肢体接触，从手指相触，到肢体相碰，撩拨着春情萌动的遐想。苏小天那一招一式的英姿，融化了黄淑女的芳心，黄淑女娇蕊花貌的容颜，迷醉了苏小天的双眼，真乃天作之合。

　　爱海生波荡春情，一丝春光藏不住。闫翠莲瞅准时机要捅破窗户纸，瞅准黄窝窝打盹儿，便拿一册《金瓶梅》寻苏小天问生僻字，又故意抱年儿出去撒尿，久等不来，估摸看入迷了，折返取书，隔天又拿另一册如法炮制，暗里观察苏小天面红耳赤眼迷离，慢火熬靓汤，静待火候设机关。

顾妈闲坐唠家常，聊起二儿子结婚想做两床被子，念叨说时下时兴用洋白布做被里，央求二太太留心给想着点。

这日天气异常闷热，闫翠莲招呼顾妈寻治痱子的偏方，顾妈给大小姐说了缘故，便与二太太去后院摘蚂蚱菜，二人采了半柳条筐的蚂蚱菜，顾妈帮着清洗，翠莲则一旁当下手，顾妈挑拣着蚂蚱菜："二太太呀，越是老根越好，把蚂蚱菜煮水，用煮好的蚂蚱菜水，早晚擦洗年儿身上的痱子，保管药到病除，恁信俺的，没错。"闫翠莲笑盈盈地把洗好的蚂蚱菜放进陶盆里："上回顾妈念叨洋白布，大管家说北庄才进了两匹洋白布，做被里结实耐用，俺想着顾妈二儿明年迎亲，正愁洋白布，俺是念旧的人，丫鬟命走大运，仰仗顾妈当年的帮衬，俺这才熬出了头呀，恁去大北庄扯两床洋白布，算是俺送的贺礼。"顾妈和樱桃这阵子被闫翠莲哄得团团转，上午赏尺头，下午送点心，她说啥堪比锦言绣语，二人早忘了二太太的尖酸刻薄性。现经常与二太太说笑一块儿，二人离开时，都不曾空手过，顾妈年纪大贪财，一天不见二太太，她心里便空落落的，比大小姐见少爷还着急，闫翠莲一声召唤，撇下一切跑过来，听二太太又要送两床洋白布被里，激动得不知咋好了，喜得合不拢嘴："二太太哎！二太太嘞！"那闫翠莲"哼哼"冷笑，心里却一刻也不想搭理干活的佣人："顾妈呀，见了恁就像俺亲嫂子，咱二侄儿要结婚，俺自当欢喜呀，就十几尺洋白布，算个啥。给了恁洋白布，总得想着樱桃呀，恁带着樱桃，今每去大北庄走一遭，捎带给樱桃扯身花布，钱打总算给俺就是，到喝喜酒的时候，樱桃也光彩不是。"妖惑顾妈灌足了迷魂汤，财迷鬼也被忽悠迷糊了。

闫翠莲初步运筹已成局，顾妈和樱桃自然欢喜不尽，她俩连哄带骗把黄淑女送至二太太院内，意在让二太太与奶妈照看好大小姐，她二人兴高采烈地去大北庄扯布去。闫翠莲事先安排了后厨，赶集时买二斤狗肉，她还亲自下厨，炒了一盘花生米，备了两瓶高粱酒，让奶妈寻来黄窝窝。老头满脸不乐意，正蹲屋山下陪护院狗凉快打盹儿，他嘟嘟囔囔站在二太太面前，闫翠莲满脸堆笑："窝窝叔，恁老一辈子辛苦，俺知道。"黄窝窝嘟囔脸："哦、哦。"翠莲拧开酒瓶子盖，倒茶碗里一些酒，洗涮一下，随手泼地上："扣了恁呀，两个月的工钱，俺也劝过大管家，好歹等老爷回来，找机会再给恁补上就是。"黄窝窝闻见酒香掉了魂，眼神迷离瞅酒瓶子咽口水："是是，还靠二太太在老爷跟前美言呀，二太太，有啥吩咐的，恁尽管说，啥酒呀？"闫翠莲没搭理黄窝窝，她又把纸包打开露出酱狗肉，肉香顿时弥漫了整屋，黄窝窝吃不住劲了："二太太，二太太嘞，闻着是狗肉吧？"闫翠莲脸若冰霜不搭茬儿，她伸手打开食盒，满满的油炒花生米，黄窝窝嘴角流口涎，他擦了一把哈喇子："哟哟，吱吱，真香哎！这是给谁吃的呀？"闫翠莲翻动着狗肉，撕一块肉搁嘴里嚼："煮得不柴，劲道弹牙，真好吃呀！"黄窝窝可怜巴巴地往前凑，伸长鼻子来回嗅，嘴里吱吱作响，闫翠莲瞟了黄窝窝一眼："在黄家，好人难当呀，谁叫俺长了颗菩萨心啊！念着窝窝叔辛苦，别人又说恁喝酒犯迷糊，俺正想着算了吧。"黄窝窝一听光闻味，捞不着喝酒，气得脖子冒青筋："二太太呀，恁别听兔崽子们瞎咧咧，俺好喝两口不错，俺也不至于迷糊呀。"闫翠莲单等黄窝窝这句话，打了包拎起酒，一并放到黄窝窝手上："窝窝叔，恁就喊上黄胜唠嗑，在俺后院西屋悄悄喝两盅，再躺会儿，等醒了酒，神不知鬼不觉的，别提多美了呀。"黄窝窝手颤抖嘴哆嗦："哦，哦哦，哦哦。"他怀抱着食盒、狗肉，拎着两瓶酒，像是抱着祖宗牌位，两脚生风，屁颠颠寻黄胜喝酒去了。

午后美美睡一觉，闷热异常，天际西边翻滚浓浓的乌云，闷热唤醒了苏小天，一摸后背全是汗水，口渴得很，喊了几声，不见来人搭话，光脊背坐椅子上，抱起茶壶猛灌几口，冰凉茶水下肚，感觉舒服多了，"天哥，天哥。"听是年儿在外砸门，苏小天起身打开屋门，一抬眼羞得满脸通红，二太太挽住淑女笑盈盈站在石台阶下，苏小天忙不迭抽身回屋，忙乱中找件短袖罩衣穿上，盘扣还没系完，闫翠莲拉着淑女踏进屋："害啥臊呀，一家人的。"苏小天瞅黄淑女背对着他，挠挠后脑勺："二娘、妹妹，坐吧，年儿，来呀，来哥哥这儿。"闫翠莲抱起年儿，右手用力推一把淑女："天儿好着呢，咱大方些。"黄淑女见苏小天紧张，紧张时喊"哥"，松弛时喊"天哥"，瞅苏小天手忙脚乱地拿起茶壶又放下，"扑哧"一笑。闫翠莲摇动年儿的小手："瞧啊，姐姐哥哥还不好意思呢。"年儿拍小手让淑女抱，黄淑女难为情不好意思抱，苏小天过去接过年儿："嚄，够沉的，姐姐抱不动呀，让哥抱会儿。"二太太眼瞅年儿："小孩子呀，人倒下呼呼睡一夜，这阵子院墙外，野猫叫春，闹得俺夜里睡不着。"苏小天懂得猫叫春，羞得脸绯红，伸头亲一口怀里的孩子。年儿这阵子与苏小天混熟了，恋着与大哥哥玩闹，大哥哥折腰翻跟头打旋腿，感觉是天兵天将来到人间，见了苏小天，他就缠着抱腿爬腰往上蹿，有了年儿夹在中间当铃铛，黄淑女与苏小天接触也显得自然和谐，二人也没了芥蒂顾虑，欢欢乐乐的一家人，越发地和谐自然。

小孩子疯一会儿，直喊渴，闫翠莲笑盈盈责怪："小屁孩儿，不让你来，闹着来，来了便喊渴。"苏小天又往院子里瞅："窝窝叔八成又喝醉了，俺喊了一会子，也没见人影儿。"闫翠莲起身挽起淑女："天儿，你俩不然也一块儿去二娘院子吧，二娘特意给你煎了凉茶，走啊？"苏小天感觉异样，说不上哪儿不对劲，迟疑不肯去，黄淑女瞅出苏小天碍于男儿身，随女眷不方便："天哥，咱去呗，二娘说给你找总本乱弹《八段锦》，杭州富商赉章，他慧眼识珠，从苏州昆班全福班重金购得，特意送给太太珍藏，《清宫南府升平署戏本》的本子，轻易不示人的。"闫翠莲神色凝重，一边比画着，一边说得有鼻子有眼："天儿有所不知，说是一本奇书也不为过呀，能落到老爷手上，真是不简单呀，花了500块大洋，赉章才脱手给老爷。这可是光绪帝载湉亲自执笔润色成句的，总本16段，八出的昆腔，翻成二黄，又转成乱弹，弱化姜子牙凸显苏妲己，戏词中，无不彰显文韬武略的武王，加重摔打戏，僵身、吊毛、蹑子、抢背、倒插虎、甩发，重戏最精彩，老爷说留给天儿学，不是淑女前天念叨，俺都忘了呀！"苏小天的魂，顷刻间飞到《清宫南府升平署戏本》里去了。

柜屋在苏小天居住的客房隔道墙前面，一所独立院，主柜屋为两层楼坐北朝南，东西厢房堆放大型器物家具等，柜屋为黄家禁地，存放贵重物品，如瓷器、字画、文玩、典籍、族谱、账目、金银细软、银圆、汇票、股票、合同和地契等，从院门到东西厢房和柜屋的钥匙，由黄静斋和大管家各持一把，同时方能打开，黄静斋出门交由大太太王寿龄保管。闫翠莲今天持两把钥匙令人费解，难不成是黄静斋宠溺二房暗自配备的？皆不是的，问题出在大管家任千奏这当口。黄静斋喜欢结交四海朋友，常出门几天甚至十天半个月至两个月不归，留给家里贪财人巨大的发挥空间。闫翠莲出身贫寒家庭，7岁就被爹娘卖到王家，伺候王寿龄6年，作为陪嫁来到黄家，因大太太不能生养，她做了通房丫头，生养了两个儿子，才容身做了二房，对闫翠莲来说，可谓咸鱼翻身春风得意。奈何家穷不济，三个哥哥病死一个，都打光棍，最小的妹妹与亲娘饿死了，亲爹吸大烟成瘾，有事没事，就死皮赖脸上门索取，求不得满地打滚耍无赖，翠莲被逼得没法子，想方设法从黄家挤出点钱财，偷偷接济家用，在用人眼里抬不起头。大管家任千奏，服侍黄家两代人，一点点熬成大管家，黄家支付一分一毫，都需经过任千奏的手，日子久了难免不长出三只手，由零打碎敲逐渐到雁过拔毛，时至今日，胆大妄为地篡改账目，他必须有内应串通联手才行。他瞅准了二房黄闫氏闫翠莲过得拮据，挖空心思克扣家财，这二人成了一丘之貉，一个贪财找机会下手，一个缺钱见老鼠洞就钻。翠莲遇到钱紧手，任千奏曲意逢迎慷慨解囊，禁不住日积月累，任千奏捧着账簿，找二太太算账。"噼里啪啦"算盘珠子作响，闫翠莲的后脚跟可就疼了，任千奏施压恐吓逼其就范，偷移柜屋里物件，典当补账目窟窿，翠莲无计可施，只能与任千奏一拍即合。闫翠莲趁黄静斋吃酒酣睡之际，由她偷偷拿出柜屋钥匙，交给任千奏去外面配齐两套钥匙，配好了交给翠莲，她藏在首饰箱内底层，每逢黄静斋远行，成了闫翠莲与任千奏发横财的契机，二人仅限财物分赃，不牵扯半点儿女私情。

　　二太太抱着年儿前面引路，钥匙触锁即开，一路畅通无阻。她花言巧语与任千奏说了通好，趁老爷远行，大院人稀，她独自进柜屋踅摸点东西，任千奏领会，嘿嘿奸笑："好的！好的！"他万万没料到，歹毒的闫翠莲，心生恶念设相思局，支走了大小姐身边的顾妈和樱桃二人，放醉看家护院的家丁黄窝窝和黄胜，骗取任千奏与她攻守同盟的信任，直至闹出人命来，真应了那句"人为财死，鸟为食亡"。

任千奏事必躬亲去把外宅各处大门，悉数落了锁，内宅除了二太太和两个儿子，还有被黄静斋弟弟遗弃在家的太太和闺女，就是做太太的蔡颖舒与闺女黄淑芬，这娘儿俩从不来柜屋转悠，大太太王寿龄视力弱，居住老宅，轻易不出门，再者就是丫鬟、婆子、奶妈等，任由闫翠莲调遣，被尊为两个宝贝的黄淑女和苏小天，全凭闫翠莲怎么搭台唱戏了。

踏进柜屋映入眼帘的，屋里没有插脚的空，堆满了东西，浓浓的霉味呛鼻子，一楼幽静昏暗，二太太怀中的年儿吓得慌："出去，不在这儿，出去。"苏小天拍手要把孩子接过去，二太太忙用手挡住："天儿，唱本在二楼。二楼亮堂些，年儿在这儿闹，俺送他找奶妈去，顺便拿盏灯来。"

听二娘说得合情合理，黄淑女和苏小天啥也没想，急等着上二楼。闫翠莲抱着年儿麻利退出。她假借乌梅陈皮凉茶骗苏小天喝了两碗，她太紧张了，春药"红鸡冠"倒了小半瓶，入楼梯，就瞧苏小天额头冒汗喘粗气，想必是药力猛，开始发作了。

二楼上，柜子挨立柜，摆得满满当当，黄淑女手指靠东墙的大立柜："天哥，东面那个柜子，本子怕受潮，搁在最上层。"苏小天这会子头发蒙，感觉天旋地转，喉咙喘气凤鸣，嘴唇干裂，他大口喘气，使劲晃脑袋，怎奈眼睛越发模糊："楼上怎么这么黑呀，看啥都模糊啊？"黄淑女回身瞅瞅苏小天，感觉他眼睛直勾勾的："还行嘛，窗户透亮，楼上不那么黑，你过去看看，够得着？"苏小天绕过黄淑女，踮起脚试试，柜子太高还是够不着，苏小天的小腹火辣辣的，裤裆里的牛牛，直挺挺不老实了。裤裆撑起凉棚，他努力克制情绪，遮掩升腾的欲火："俺拽个橱子来。"怎奈橱子里装满了东西，他根本拽不动，苏小天发力一使劲儿，身子似被火点燃了，他嘴唇发抖腿打战，他这时有些怀疑："刚才二娘，为啥不让妹妹喝茶呀？"黄淑女轻笑笑："二娘不是说了，女孩儿不适宜喝凉茶，好的都给你喝了，别拽了，你抱俺起来，俺来试试。"苏小天两眼发直天昏地暗，下身的牛牛似乎要把整个人撑起来，红红的眼睛射向猎物，黄淑女怀揣少女喜悦陶醉在梦里，苏小天舔舐猎物的眼神越发恐怖，昏暗中黄淑女根本没有意识到，她伸开双臂等苏小天抱起来，苏小天喃喃自语，嘴唇干裂到冒出血丝，他握拳用力擦擦嘴唇，用舌头舔舔拳头，大口喘着粗气，黄淑女慢慢转过身来，眼前一幕让她"啊"大叫一声，她想奋力推开这头猛兽，冲破阻挡她的一切。

闫翠莲放下年儿，天上乌云滚滚压下来，风声大作，树枝漫无目的地摇晃，屋门窗扇被风吹得啪啪作响，她不敢耽搁，拐出院门，她撒腿就往柜屋院子跑，风沙眯住她的眼睛，她也顾不得了，跑到柜屋楼门喘口气，努力使自己平复些，她手提裙摆，斗胆慢慢往楼上走，越往上走，越听见急促的喘息声。

黄淑女迷迷糊糊中，渐渐地清醒了，她想起来了，苏小天恶狼般扑过来，她重重摔到地上，那苏小天在她身上乱啃乱亲，嘟嘟囔囔喊妹妹，她挣扎捶打他，苏小天整个脸都扭曲了，双眼喷火，喉咙嘶哑，口中发出嘶鸣，干裂的嘴唇在滴血，她吓坏了，如同坠入深渊，伸手去抠他冒血丝的眼睛。苏小天一拳捶下来，黄淑女不再反抗了，身子软了。

闫翠莲抑制不住激动，终于按照她的设想进行中，不在这时等待何时啊，她加快了脚步，裙摆绊了脚险些摔倒，她也顾不了，冲了上去——苏醒的黄淑女，睁开双眼，苏小天脱得一丝不挂，又扑过来——闫翠莲看见浑身赤裸的苏小天，在用力按住黄淑女，"轰"的一声，电闪雷鸣，翠莲"啊"尖叫一声，苏小天扭头人僵住，黄淑女顺势用力猛推一把，站起身兜手一巴掌"啪"，打蒙了苏小天，黄淑女顾不得凌乱的衣衫，迎头把惊呆的二太太撞个四仰八叉，自顾没命地往楼下跑。

闫翠莲伏地浑身哆嗦，赤条条的苏小天，瞪着双眼在一步步逼向她，欲火已把苏小天的灵魂烧焦，眼前的女人成了猎物，他要去撕扯猎物，他要把这欲火连同她一块儿去燃烧，化为灰烬。

春药猛烈持续发作，撩拨 18 岁的苏小天像头暴躁的雄狮，烧得他浑身发烫，他在嘶吼在咆哮，闫翠莲完全被苏小天的状态吓傻了，她想反抗却为时已晚，她扭动身子做最后的挣扎，虎狼般的苏小天轻易把她制服，苏小天在翠莲身上恣意宣泄，闫翠莲慢慢地接受了他，因为她清楚阻止不了疯狂中的猛兽，催情药燃烧到极致，把苏小天青涩稚嫩的心底火山彻底点燃了，火山爆发征服了身下的闫翠莲，她抚摸如玉润滑的躯体，臀部浑圆结实，起伏力度急如星火，闫翠莲情不自禁迷醉了，当苏小天人疲乏软，她又渴望撩拨这头小狮子发起威来。

黄淑女整个人从楼梯上滚落下来，人摔蒙了，心痛覆盖了全身的疼痛，她没有丝毫犹豫冲进暴风雨中。悲伤中，她分不清是泪水还是雨水，跌跌撞撞回到自己的闺房，浑身湿透的她，颤抖着蜷缩在墙角处，大脑不停回闪着被狼撕扯的画面，童话般的花园，顷刻间毁于电闪雷鸣，恐惧、愤怒、羞愧一并涌上心底，她发了疯地哭喊着。这哭声似乎要将她崩裂了，瓢泼的暴雨声也无法遮盖，冲出庭院划破天际——雷雨交加，庭院里积满了雨水，杏花和桃红手忙脚乱的，忙着关窗闭门阻挡风雨，纺车"吱呀呀"转动忽停忽响，王寿龄手中棉束条发潮，拉不出线来，隐隐约约听见一丝凄凉的哭号，心被针扎了似的："你俩忙啥呢，听听西院谁在哭呀？"杏花和桃红停了手中的活计，扭头侧耳听听，屋外面哗啦哗啦，滂沱大雨倾盆而下，时而夹杂着电闪雷鸣，天空撕开了一个口子，雨水伴着狂风从空中犹如瀑布一般横扫倾泻，风吹雨打整个大地。杏花和桃红相对笑笑："太太，雷雨天，猫狗都不敢叫，这会儿子哪来的哭声呀，想必是屋檐的流水声。"王寿龄屏住气，凝神仔细听听："从西院传来的，是哭声，像是、好像大小姐在哭呀？"杏花和桃红索性笑起来。

顾妈与樱桃被浇成落汤鸡，怀中死死地抱着心仪的棉布料，在泥泞的道路上，她俩深一脚浅一脚地前行，艰难地回到了前槐村，好容易进了村，二人刚至空旷的麦场，雨水越发猛烈，樱桃躲在柴房西侧檐下避雨，顾妈躲在马坊南面避雨："樱桃呀，真是好事多磨啊，总算是回来了。"一撮刘海紧贴额头，遮住了樱桃的眼睛，她用手分开湿漉漉的刘海，瞧见暴雨中一个人影，急慌慌出了黄家大院西角门，忙不迭地向村西跑去，樱桃望着眼熟，像是少东家苏小天，她诧异地伸头向西望，密集的雨水模糊了跑远的人影："顾妈，恁快过来，往西看，那是谁呀？"顾妈挪动身子往西面靠："看啥啊？"樱桃不敢确定，又不自信地摇摇头："不看啥，看雨呗。"顾妈气不忿儿："死妮子，魔怔了，这么大的雨，还用看呀。"好容易等雨水减弱了，樱桃扶着顾妈蹚水踩泥跑进黄家大院。

电闪伴着雷鸣，瓢泼大雨倾盆而下，迸发了黄家大院内的干裂燥热，前院和后院的火药味十足，等顾妈、樱桃进了小姐的闺房，二人仿佛遇见了鬼，吓得二人抱一块儿，嗷嗷喊"啊——"，眼前的人还是大小姐吗，披头散发，衣衫不整，右眼红肿，拳头大小乌青，人蜷缩在东南墙角处，昏睡不醒，二人发了疯似的跑向东院。

闫翠莲惊恐地望着神情恍惚的苏小天，她双手抱臂不知所措。苏小天绝望地拿起衣服胡乱穿上，两眼涌出泪水，紧咬嘴唇，随手抄起一块木板，狠狠地向二太太整个人砸去，"啊——"闫翠莲本能地抱着头躲闪一边，"哐啷"木板摔得四分五裂，苏小天的双手都划破了，他发了疯似的把大小木柜逐一推倒，翠莲抱着头大气不敢喘，"哐啷哐啷"橱柜倒塌声中，苏小天发出狰狞的笑声，人如瞎了双眼的猛兽，肆意乱砸乱叫，疯狂中他恨不能把柜屋推倒了，方解心头的耻辱和羞恨。

雨声渐缓，柜屋内黝黑，闫翠莲四下瞅瞅，没有了发疯的苏小天，害人的相思局居然害了设局人，这令闫翠莲是万万没想到的。她把掉落地上的银钗拾起来，逐一插发鬓上，理理头发，淡定整理好衣衫，手扶着腰四下走走，眼里是满屋狼藉。珍贵的典籍、族谱、账目散落一地，明清瓷器滚落满地，她弯腰抱起一件明正德青花缠枝莲纹罐，高高举过头顶，用尽全力摔去，"啪"的一声炸裂声，明正德青花缠枝莲纹罐摔得粉碎，闫翠莲哭着笑着，她突然有了前所未有的畅快，明青花缠枝莲纹罐炸裂了，预示着煊赫的黄家大院的坍塌，积累起的人设就此坍塌。闫翠莲想着这一切的结果，嘴角露出了"哼哼"冷笑，捡一些金银细软包裹好，揣在怀里，一步三回头地走下楼，任风吹雨打，目不斜视地走回去。

黄家大院在狂风暴雨中震颤，闫翠莲跌跌撞撞地回到前院，西厢房内奶妈搂着年儿熟睡，做粗活的老妇和烧水洗涮的两个小丫头，也在哗哗啦啦的雨水声中睡着了。闫翠莲悬着的心稍稍松口气，她匆忙洗漱换了一身衣服，略施粉黛，左肩膀被苏小天啃咬得火辣辣地疼，一时又找不着药涂抹，只好用丝帕垫肩上。闫翠莲沉思片刻，她轻轻走到西厢房，装作若无其事来看年儿。奶妈不好意思抱起年儿："二太太，恁还没歇着呀，下雨天，动静这么大，反倒是睡得踏实了。"闫翠莲正在胡思乱想，一抬眼见奶妈瞅着她，顿觉不安起来："怎么了，俺哪不合适吗？"奶妈扭头笑笑，放孩子卧下："二太太，恁别动。"闫翠莲紧张得喘不上气来："你、你想干什么？"奶妈扳住二太太的头，从发髻上取卜一块木屑："二太太，恁瞧啊。"闫翠莲迟疑地接过小木屑，大小如掏耳勺，闫翠莲把小木屑紧紧地攥在手中，她强作笑脸："年儿呀，瞧啥都稀奇，想必黄胜劈柴的时候蹦的。"奶妈摇头慨叹："太太、小姐呀，头上插满了金簪银钗，光晶晶地亮眼，沾点草木棍就刺眼了。"闫翠莲心急如焚，她只能机械地与奶妈闲聊，故作镇定随便应付了几句，起身走到南间，叫醒了做粗活的婆子，安排她去后院西屋，立马寻来黄窝窝和黄胜，去堂屋回话二太太。

闫翠莲独自回到堂屋，她如热锅上的蚂蚁坐立不安，右手紧紧攥住前襟，她把前后林林总总的事，尽量把最坏的地方想周全些。可转念一想不稳妥，在这紧急时刻，她必须尽快见到大总管任千奏，急得她站起来直跺脚。

杏花急火火两脚泥水跑进堂屋："二太太呀，大事不好了，太太命二太太赶紧过去。"

闫翠莲急火攻心，这时候倒是稳住了，人呆滞木讷，喃喃自语："哎哟，哎哟喂，俺身子发热，去不了呀。"

杏花被二太太不紧不慢的作态给急哭了："求求二太太，赶紧去吧，大管家也在那儿。"

闫翠莲后背捅了火钳子般，刺溜站起来："俺去，俺去，俺这就去。"

二人疾步来到东院，穿过垂花门，内院死气沉沉，正房空无一人，杏花往东面指指，连忙退出去，闫翠莲胆战心惊地踏进东耳房，王寿龄与任千奏两眼放光，死死地盯着她，闫翠莲腿一软，整个人悬悬没站住，但她咬紧牙关稳住了自己的状态："太太，翠莲来迟了，出啥事了？"任千奏恶狠狠地照桌面砸了一拳："水萝卜跑了！"闫翠莲战战兢兢的，顿时浑身冒冷汗："跑了！跑了！"王寿龄一脸的阴郁："咱老爷没回来之前，内院任何人不得走动，黄家抓个人的本事还是有的，谅这个王八羔子能跑哪去，非活剥了他的皮不可。"任千奏低头沉思，站起身来回踱步："老爷才出去，哪想有这等糟心的事啊，没伤着二太太和孩子，实属万幸啦！"闫翠莲简直不敢相信自己的耳朵，听话音没牵扯到她，闫翠莲浑身发软，她想哭想笑想睡觉了，身心疲惫到极点，但愿挨过一天算一天吧。

回去的路上，人如同踩了棉花，闫翠莲晃悠悠咋回来的都不晓得，桃红见二太太睁开眼，算放了心，眼泪吧嗒吧嗒落："二太太恁呀，真是菩萨心肠，听大小姐遭了难，难受得昏死过去了，看了让人难受呀！"闫翠莲昏沉沉，她努力想忘记一切，只见桃红张嘴，听不见她说啥，脑海里依稀是苏小天面目扭曲，整个人张牙舞爪地闹腾，咆哮过后，又在她怀里依偎，可怜的像一只小猫。苏小天在她怀里抽泣，可这哭声太过苍凉，如同一个长者在哭泣，闫翠莲彻底清醒了，原来是大太太的哭声，一阵哭一阵号，见闫翠莲醒过来，大太太王寿龄收了声，大管家立在一旁长吁短叹，闫翠莲摸摸床铺，她现在是躺在自己的床上。

一场大雨过后，屋里凉爽了许多，桃红和奶妈扶翠莲到堂屋坐下，用靠枕顶住腰，任千奏支走所有人："都下去吧，俺要请示一下二太太。"

桃红和奶妈拉着小丫头们，陆续离开，堂屋内一下子安静了。

"水萝卜年少不更事，毕竟根基浅，终于被二太太连根拔起了。"

闫翠莲懂得任千奏啥意思，她没任何表情："大管家，你云里雾里说一通，何来此话呀？"

任千奏立起眼珠，莞尔一笑："嘿嘿嘿，事出有因必有妖，不是吗，二太太？自打水萝卜迈进黄家大门，二太太就瞧他不顺眼吧？"

闫翠莲怒目圆睁："放屁，老爷太太默许的人，坐偏房不乐意，管得了吗？"

任千奏仰起头"呵呵"笑起来，拉着长音："此言差矣，有人不敢明面来，暗地里使绊子，调虎离山，声东击西，瞒得住谁啊。"

闫翠莲索性"哈哈哈"大笑，笑得双臂高高扬起："大管家的意思，俺就挑明了说，黄家的大宗财产，维系在岁儿和年儿这兄弟俩身上，黄家上下谁人都懂呀，用不着大管家在这暗戳戳拨弄是非。俺还告诉大管家，闫翠莲若死定了，大管家也不远了。"

任千奏皮笑肉不笑地靠近闫翠莲："二太太够毒辣的啊，在下佩服！苏小天唱了那么多精彩的戏，比不了二太太设局唱得过瘾呀，掰了水萝卜，还想套住任千奏啊，哼！没那么容易，不信咱走着瞧。"

闫翠莲笑得浑身哆嗦，笑得不住咳嗽，这才忍住了笑："翠莲打小就被爹娘当牲口卖，吃糠咽菜的日子俺过过，享受了锦衣玉食，啥事也看得清，人为财死、鸟为食亡，若拼得过，便拼一拼，拼不过，大不了一死。"

任千奏嘴角哆嗦，眼冒凶光："想死呀！二太太死得了吗？"

经过了这段时间的心灵搏杀，闫翠莲跳不出恐惧的死结，处在癫狂的她，反而豁出去要拼一把自己的命运："俺就是一个出身下贱的丫鬟，连自己的姓氏，也排不到祠堂的灵位上，能活到现在，俺也值了，但求墓碑上刻上'黄闫氏'足矣。"

任千奏望着眼前这个癫狂的女人，真让人看不懂她了，她若抱了必死念想，九头牛也拉不回来，任千奏对闫翠莲开始发怵了："二太太，相思局害人不浅啊，居然害了两个人呀！恁想一走了之，走得了吗？"

人既然想开了，舍得一身剐敢把皇帝拉下马：闫翠莲也没啥藏着掖着的，她嘤嘤而泣："此乃天意呀，世事难料，难料啊！做局做成了死局，这相思局害了何止两个人，是三个人啊！"

任千奏登时糊涂了："啥啥！三个人？"

闫翠莲示意任千奏坐下，听她慢慢说："大管家，这第三个人就是俺。"

任千奏头摇成拨浪鼓，打死他，也不愿意相信闫翠莲所描绘的英雄救美。那苏小天见黄家大院人稀少，他便色胆包天，对大小姐欲行不轨，诱骗大小姐去了柜屋院子，恰巧二太太正在二楼盘点物件，正好撞见院子里的二人在撕扯，她二太太不顾安危，舍命拼死相救大小姐，不然大小姐险些被苏小天糟蹋了身子："俺听了二太太，一番惊心动魄的说辞，让人不寒而栗呀，说书唱戏也没这么玄乎啊！大小姐幸而脱身跑了，二太太您在干啥？那水萝卜又在干啥呀？"

闫翠莲被她编造的英雄救美感动了，她"哼哼"冷笑两声："大管家问得滴水不漏呀，在黄家大院，什么事瞒不了老爷，也瞒不了大管家不是，苏小天得不到美人，看见柜屋大门敞开，就上楼疯抢财宝呗，临了还捎带顺走了老爷心爱的命根子，易安居士李清照的龙尾山眉纹砚呢。"

"此话当真，这苏小天不是找死吗？"

"大管家，过去看看吧，条几上的紫檀木匣是空的，眉纹砚不见了，不是苏小天偷的，还能有谁啊？"

事态比任千奏预想的还要复杂，听闫翠莲说发生地在柜屋，这不明摆着贼三年不打自招，暴露了家人私藏仓库钥匙。打开库门必须两把钥匙，大管家这把钥匙也得同时在才行，也就顺便暴露了他包藏祸心，黄静斋若明白了一整根，绝不会轻饶了这个大管家。任千奏棋差一着心说毁了，他一屁股跌坐圈椅上，立刻蔫头耷脑了。

大小姐黄淑女遭变故又逢淋暴雨，人发烧胡言乱语，断断续续说苏小天妄为，没提及任何人，想必惊吓过度，大脑一片空白，记不得啥了，暂时救了闫翠莲一条狗命。闫翠莲急于撇清嫌疑，大包大揽说得有鼻子有眼，到时候黄静斋也未必相信，定会仔细追查。闫翠莲索性把丢失财物统统推到苏小天身上，想着就此脱身，到时候黄静斋清查账目物品，来往账目上一条条的亏损，苏小天是偷不走的，那时的大管家百口莫辩，黄静斋会让他死无葬身之地。好嘛，临危救场的大管家，被闫翠莲牵着鼻子走，成了一条线拴俩蚂蚱，任千奏岂能甘心，后悔自己小瞧了闫翠莲的手段，与她同流合污反而害了自己，闫翠莲捣鬼闹出祸端，连累他无辜受牵连："二太太为晚辈不惧生死，舍身救大小姐，令任某感动呀！若如二太太所言，牵扯了儿女私情，这就问题严重了。二太太也清楚，咱大北庄祠规祠戒甚严的，往重了说，即便是浸猪笼，也洗不白大小姐的名誉啊。"

言说浸猪笼果然奏效了，闫翠莲登时蔫了，说书唱戏舞台上演过，街坊邻居骂街骂过，那都是嘴头上痛快，没真事。想都不敢想人被剥光衣服，装进猪笼沉塘淹死，喂了鱼虾螃蟹王八。闫翠莲感觉浸猪笼，任千奏意在指向她，一丝惊恐向闫翠莲袭来："大管家呀，咱、咱前槐村没有，没有池塘，沉水潭里，河道都弄脏了呀？"

任千奏窃喜闫翠莲中套了："哎哟嘞，俺的二太太嘞，宗族宗祠一年到头立规矩，就巴望整出男女偷情行苟且之事，中兴煤矿四周净些塌陷坑，插上竹杠，六个人抬起猪笼，走五六十里路游街串巷，十里八乡的人，无非图个热闹，那阵仗大了去了。"

闫翠莲毕竟是没经过大事的女流之辈，任千奏随口吓唬一通，她彻底不装了，脱下演戏的面具："大管家呀，救救俺吧，俺原想着把苏小天踢出黄家大门，谁想这天赶地催的命，年轻人干柴烈火，大小姐真就恋上这下贱痞子，这可咋办？这可咋弄呀？"

任千奏右手不停地敲击茶几，左手抵住椅子扶手："二太太，事不宜迟，咱就编造说苏小天趁暴雨天行窃，砸了柜屋的门锁，毁坏了橱柜账目，二太太和大小姐行至柜屋躲雨，正好撞见苏小天行窃，他狗急跳墙打伤了大小姐，一来保全了大小姐的名声，二来便于咱销毁过往账簿上的流水账，咱就先下手为强，把呆账和典当的东西统统销毁，没了清晰的账目可查，同时也保全了咱们啊。"

任千奏出此计谋,编造得带有致命伤,说出来如同儿戏,经不起推敲,令闫翠莲绝望:"哼哼,真就保全了大小姐的名声呀,等老爷回来,抓住了苏小天人赃并获,大管家的说辞,不攻自破了。"

任千奏现在是极力从保全自身的安全着想,姑且杀了苏小天本人,方能掩盖其私配仓库钥匙的罪责,反倒落个擒贼的美名。他眼冒凶光,愤愤地站起身,做了个杀人手势:"人不为己天诛地灭,先灭了他,免得大家不安生!"

杀人算不了上策,闫翠莲也必须默许,总比捅出她私藏仓库钥匙的严重性来得容易些,闫翠莲同时也撞了大运,黄淑女惊吓过度,她在黑黢黢的屋里挣脱了苏小天的撕扯,人在极度的惊恐中,她慌不择路只顾东跑西撞,根本没意识到撞到了个人,压根儿就没说二太太啥事。

夜深人静了,闫翠莲谨小慎微地跟在任千奏身后,二人鬼影般往柜屋走。狗蛋匍匐在高高的西院墙上,他观察多时了,他战战兢兢脚点墙头,纵身跳到梧桐树杈上,远处传来人走动的脚步声,外貌上是一男一女,站院子里四下观察,挑灯的男人直接进了柜屋。狗蛋侧耳听听,顺树干滑下来,他蹑手蹑脚地尾随着摸进了一楼,屋里伸手不见五指,楼梯口偶尔闪过烛光,狗蛋悄声躲木楼梯下支耳听,传来男人的声音:"咱把账本撕烂,抽走几本烧了,就万事大吉了。"又听见女人的声音:"锤头带了吗?""带了,过会儿下去,把锁都砸开。"静了一会儿,传来翻找东西的声响,狗蛋吓麻了爪,踮起脚尖溜走,神不知鬼不觉地爬上树,过了好一会儿,一男一女鬼鬼祟祟地出了柜屋,女的挑灯,男的把门锁放地上,拿锤头用力砸几下,胡乱扔院子里,二人东张西望地快步走开了。狗蛋隐蔽在梧桐树杈上,看清了是二太太和大管家任千奏,狗蛋瞅库房的门居然没锁敞开着,他心花怒放没法说:"嘿嘿,哈哈,真新鲜呀,他俩居然成了一对狗男女,居然深更半夜来砸库房的门锁,敞开大门,赇等着窃贼光顾啊!"狗蛋抱住树干耐心瞅瞅听听,估计是没人了,他顺势滑下来,屁颠颠地溜进柜屋,他像条狗从木楼梯爬上二楼，两眼一抹黑，随处瞎摸，居然摸到装银圆的钱柜，趁机胡乱抓几大把装满了裤兜，火速出了柜屋，飞身上树，越过高墙，人影消失在黑暗中。

黄静斋一行众人，随汶上县人皮秀山，来到河南舞阳、叶县、宝丰等地，传授"金钟罩"术，收徒986名。在此期间，接连三封家书，写满了"急急急"，只得向皮秀山等人告别，坐马车到漯河站，几经倒车在临城火车站下车。站台上，王寿昌、王布丁和任千奏等翘首以盼，众人顾不得寒暄，直奔枣庄。

同乐剧院的经理冯建成与戏院经理人侃任硕等人，站在西马路十八间屋南侧，二人手持怀表算时间，久等多时，远远听见北马道传来马蹄声，五辆大马车陆续到了西马路，冯建成等急忙迎上去，简单寒暄过后，任千奏领着众人先行回大北庄，王寿昌与黄静斋王布丁一同去了同乐剧院，奔总经理室。

洋街南门外路西宋家店的宋二，把众人迎进经理室，大家各自落座，黄静斋闷个头，脸色死灰，冯建成向大家引荐宋二："各位各位，在枣庄无人不识宋师傅，民间起了纷争，多由宋师傅出头说和。"王寿昌摸出一盒哈德门递过去，宋二客气推辞："各位爷，俺行不改名坐不改姓，枣庄的老少爷儿们都喊宋二，俺乐意接受。各位爷，以后见了面尽管喊宋二便是。"王布丁在一旁捋胡须，不住地唉声叹气："真不该啊！不应该啊！黄老爷把苏小天视作亲儿子，谁料他见财起意啊！"王寿昌百般不解："路上闻听，怎么苏家父子都亡了？骇人听闻呀！"冯建成眼泪流下来："黄老爷在这儿，我本不该这样说，小天罪该万死，可苏师傅一世英名，竟让儿子给毁了，怎么不让人伤心啊！"黄静斋眼眶红了："宋师傅，劳您说说经过吧。"宋二想了想："恁大管家，也是为黄老爷着想呀，家丑不可外扬，出了这等糗事，若报官处理，小商小贩乐闻花边新闻，一味地胡说八道，捏造事实的事层出不穷呀！黄老爷，恁黄家大管家真有能耐啊，居然找了杀人不见血的黑老七，一队人马四下埋伏，在官桥附近堵截住了苏小天。"冯建成狠狠地捶头悔恨："小老板呀，从黄家跑到我这儿，任我好说歹说，说破了天，好歹等你干爹来，咱把经过说清楚了再走不迟，他勉强住了一天半，我这一没留神，他就偷跑了呀。"宋二一跺脚："嗨，出了枣庄没20里地，给黑老七逮个正着，冯经理接了信没耽搁，即刻去苏楼村找了苏笑天，按指定地址，到前窑神庙与黑老七相见，黑老七狮子大张口，'三两金厉害呀，当年你一开口，黄金万两呀'。苏笑天见儿子被打得惨不忍睹，断了一条腿，当爹的肝肠寸断呀，苏笑天绝望地给打手跪地求饶。"黄静斋腾地站起来："怎么，怎么还打断了一条腿啊？"黄二点点头："黑老七说，'大管家要命不要人，花钱能保个全尸，不花钱碎尸万段'。苏笑天一听就怒了，'要命行，现在就拿去'。苏老板真是条汉子呀，夺过对方的刀，照自己心口窝一刀下去了，哎哟嘞！"冯建成捂住脸，泪水顺着手指缝流淌："天啊！天啊！是我害了小天啊！是我害死了苏老板啊！小天啊小天！老天呀！打雷劈死我吧！"王布丁一旁垂泪，手哆嗦着："苏楼村抬两口棺材发丧，估计浑身是伤的苏小天，回村便咽气啦！"黄静斋默默站起来，径直往前走，一直走啊走，走啊走——

一连几天，黄静斋默不作声，仿佛人一下子老了十几岁，想着宋二说的话，苏小天咬死口不承认偷拿钱财，任千奏上报单金银细软就少了三十几件，怎奈死无对证，真追下去便是黄家要出人命。无风不起浪，若惊动济宁的顾家，月底下聘礼如何是好呀！联姻不成，辱没了黄家的门面，黄家在大北庄就很难立足了，闺女嫁不了婆家，寂寥一辈子，活着比苏小天还惨，黄静斋左右为难，一边是绝望的闺女，一边是济宁的顾家，时间不能再等了，亲戚不能明说，家里人指望不上，他想听听最敬仰的人怎么说。

任千奏受了黄静斋旨意奔东皋山，请形意拳大家赵廷凯来大北庄，一行人走到村口，远远见一群乡民，围住二流子狗蛋嘻嘻哈哈取乐。狗蛋头戴一顶新礼帽，沾一身绸缎衣穿，人群里往那一站，人模狗样儿："哎哎，别拽，拽破了赔得起吗？"老光棍李大张开泥手，故意往狗蛋身上摸："穿这身下地干活儿，凉快吗？"狗蛋撇撇嘴："李大，说话也不怕闪了舌头，有穿丝绸干活的吗？"刘大头摘下狗蛋的礼帽，戴自己头上试试："老少爷儿们，戴着咋样儿，像走单帮的吗？"老光棍李大瞅着羡慕，伸手过来抢："哎哎，俺也戴试试。"狗蛋一把夺过去："去去，没见过世面的一群穷光蛋，戴席夹子和泥，哪凉快去哪。"狗蛋这一身行头亮眼，村西口三婶子瞧着眼热："狗蛋呀，爬谁家墙头了，哪个相好送的呀？"狗蛋瞅见黄家大管家几个人从他们身边走过，他恬不知耻地挺起胸脯，提高了嗓门："马不吃夜草不肥，人不得外财不富啊。"任千奏听狗蛋阴阳怪气放高声，后脊背发凉，人咯噔站住，撤身走回来："熊二流子，龟孙懂个屁呀，夜草不肥劳病马，横财不富穷命鬼。"狗蛋直吐舌头，吓得不敢回嘴，任千奏走近前照狗蛋屁股踹一脚："踹死你个狗日的，穿身破烂玩意儿，给俺擦鞋都不要，你他娘的，今后少在俺跟前晃悠，不然俺挑断狗日的筋。"狗蛋吓黄脸往后躲，任千奏骂骂咧咧走了。乡亲们见不得恶霸欺负人："呸，狗仗人势的东西，啃骨头的狗，牛气个啥。"村西口三婶子，帮狗蛋拍打身上的脚印："泥都蹭上去了，造孽呀！"狗蛋小声骂着："滚他娘的蛋，家贼难防，监守自盗。"村西口三婶子，她听着话里有话："说谁家贼呀？"狗蛋望着走远的任千奏，努努嘴。

赵廷凯70多岁，耳不聋眼不花，银发白须，精神矍铄，中等身材，微微发胖，行如风，站如松，加之徒弟众多，上了年纪轻易不出门。去年大北庄各村筹备红枪会，习武之人顿时火爆起来，各庄争相聘请。士绅黄静斋，善广结天下名士，而黄静斋在学识、财势、人脉上，在北庄一带首屈一指，赵廷凯敬仰有加，欣然应允黄静斋请求，来北庄教习红枪会会员拳术，他也按照红枪会规程，烧香、跪拜、喝符、念咒、口传真经和戒条，入了红枪会。去年黄静斋顺利被推为大北庄总会长，赵廷凯功不可没，交情深似海，有了难题困局，二人不分彼此，彻夜畅谈。现黄静斋被苏小天之事纠缠得焦头烂额，闺女黄淑女的婚姻也即将泡汤，妥善解决，给济宁的顾家有个解除婚约的理由。

当黄静斋迫不及待地见到女儿时，由不得他不信，残酷的现实就摆在眼前，花朵般的女儿仿佛被雷暴摧残，花瓣被打得七零八落，又有谁能面对如此残酷的现实啊！黄淑女闻苏小天已死，她才意识到自己是真的爱上苏小天了，此时心痛令她绝望，她拼尽全力向天呼号，"啊啊啊——"。王寿龄、顾妈、樱桃三个人也按不住肝肠寸断的人，等她不喊不叫了，两眼呆滞一滴泪也没有，滴水不进。黄静斋明白，即便济宁的顾家娶了黄淑女，不出一天也得休回门，到那时进退两难，女儿死路一条。事已至此，黄静斋见到赵廷凯，开门见山地说了缘由，赵廷凯沉思良久："黄老爷，赵某乃山野粗人，说话不着调。"黄静斋站起身向赵廷凯深鞠躬："赵师父，黄家深陷水深火热之中，小女名节、性命悬一线，俺还有啥苛求的呀！"赵廷凯听后也是百感交集："鲁西南匪患频发，大户人家难保被劫持的命运，各地才有了红枪会、大刀会，绑肉票索赎金，大户人家的小姐媳妇被抢走的不少，婆家一旦摸底，主动退婚约，当今没人敢笑话，保不了自己就成了下一家。俺的关门弟子赵喜龙，年方 23 岁，相貌神宇，品性、风度、神情出众，响当当的一条汉子，家贫上熊耳山当了杆子，头一房媳妇因丈夫在熊耳山常年不入家，加之兵荒马乱，离家出走，至今生死不明，喜龙找了两年未果，像是被仇家拐卖了，他也死了心。若唱一出赵喜龙强抢民女，既封了民众的闲言碎语，又给济宁的顾家有了合理的口实，黄家就此保全了名节，遮盖了不必要的麻烦。"黄静斋错愕半响，难以释怀，最终同意了，这才上演了一出精彩大戏"明抢暗嫁"，轰动鲁西南。

时光飞逝，到了 1926 年，而今的赵喜龙，正在抱犊崮山顶心如刀绞，与黄淑女可谓天涯结姻缘，原本二人属于天涯各一方的两路人，民间传赵喜龙强抢黄家大小姐做了压寨夫人，石破天惊的卖点，堪比丞相之女王宝钏下嫁叫花子薛平贵住寒窑，与丞相父亲王允堂前三击掌，演绎出折子戏《三击掌》。好事的鲁西南旧文人，编纂赵喜龙强抢富家小姐成戏，在鲁西南各处上演《明抢暗嫁》，整出戏火爆异常，传说是由滕县苏楼村先唱出来的，流传到鲁西南各戏班。徐州春怡班来峄县唱拉魂腔，各戏口首点《明抢暗嫁》，票价特卖，戏台下人山人海。赶上山亭沧浪渊三月三庙会，春怡班搭台上演到《拆十庙》高潮一折：富家小姐黄淑女，携带家财与秀才苏小天私奔，为躲避官府缉拿，逃至熊耳山一带荒坡上过活，奈何每日里山泉野菜充饥，搁不住日久生变，躲在深山老林，财宝无处花销，小夫妻常为吃穿拌嘴，砍柴的闫婆子乘虚而入，言说熊耳山上，驻扎一个威风凛凛的山大王，且能文能武，妇人若是随了他，绫罗绸缎穿不完，吃喝用度不犯愁，日长月久的疾苦，让妇人动了心——

二脚梁子唱：俺娇花玉体饮甘露，闺房内描眉胭脂红。虚度青春十六整，结伴丫鬟游春园。偶遇秀才苏小天，两相情愿蜜意浓。只念天上比翼鸟，忘了爹娘养育情。

念白：呀呀！黄淑女随夫逃至熊耳山，终日里与狼为邻与虎伴，担惊受怕，呀呀！到何时啊——

奸白脸唱：饱读诗文枉书生，鬼迷心窍终乱情。执笔书写度日苦，悬崖峭壁砍薪柴。

念白：唉！想俺苏小天，九岁中秀才，修得状元命，一念之差，眷恋儿女私情，落得今日，砍柴度日，悔不该啊——娘子，开门来呀——老拐走前引路，毛腿子率一队人马"乌呀呀、乌呀呀——"下山而来。

毛腿子唱：劈山断水云飞兮，盖世英雄儿好汉。堪比赤眉上梁山，山尊难度美人关。

毛腿子念白：俺，熊耳山，山尊赵喜龙，下山游兴，撞见一个美娇娥，想俺山中莽夫，军师任欠揍，出谋划策，托付柴婆闫氏从中周旋，幸小娘子应允，熊耳山张灯结彩，俺今夜入洞房，好不快活啊——

奸白脸唱：何来强盗撞破门，欺压百姓天不应。天不应啊。

奸白脸念白：俺读书人流落此地，请大王高抬贵手啊。

老拐念白：穷秀才，实话告诉你吧，你家娘子，金枝玉叶，受不了风餐露宿，也是大王呀，吃斋念佛的大善人，要收留你家娘子，进山过夫妻呀。

奸白脸念白：野婆子，休得胡言。

唱：头顶三尺有神明，强抢民女罪不恕。俺手无缚鸡之力，愧不惧。

二脚梁子唱：夫妻本是同林鸟，大难临头各自飞。休说白头枉为人，终将归去自家门。

毛腿子唱：人生苦短乐逍遥，该放手时须放手。五子登科不思量，金榜题名将相女啊。

奸白脸念白：大王，俺夫妻情深似海，如胶似漆，纵然是粗茶淡饭，在所不惜。现藏金银财宝，统统归大王，只念大王放过俺夫妻一遭。

毛腿子念白：哇呀，呀呀呀，说什么如胶似漆深似海，俺偏要抽刀断水拔山兮，嘟，吃俺一刀啊。

老拐念白：啊呀呀，哎呀哎呀，大王啊，横刀毙命在眼前，秀才命休矣。

二脚梁子念白：啊大王，放俺夫下山求学，可是大王，说好的啊。

毛腿子念白：小娘子，休得胡言，众将官，大王今日洞房花烛，还待何时？带上小娘子、金银财宝上山去啊——

台下听得津津有味，赵喜龙气炸肝肺，咬碎口中牙，二十几人冲上戏台，把道具砸个稀巴烂。他一把薅住毛腿子，照大花脸"呸"啐了一口："睁开狗眼，仔细瞧瞧俺赵喜龙，咋能像你个鬼样子啊！"花脸毛腿子吓得浑身哆嗦："你、你，长得比苏小天还俊呢。"赵喜龙一脚踢飞毛腿子："唱啥《拆十庙》，今后哪个戏班子，胆敢再唱《明抢暗嫁》，俺就拆他十台戏！"熊耳山赵喜龙发了狠话，闯江湖的戏班子，哪还敢唱啊，《明抢暗嫁》从此绝迹。熊耳山上偶尔飘来哼曲声：劈山断水云飞兮，盖世英雄儿好汉。堪比赤眉上梁山，山尊难度美人关——那孙桂枝怡然自得地哼唱，一睁眼，赵喜龙瞪着眼瞅他，孙桂枝磨不开老脸："好听好听！喜龙，唱得真好听呀，四叔说的是戏词，戏好听。""四叔，您老后脚跟抽筋，睡糊涂啦。"编排黄淑女遭赵喜龙抢上熊耳山，演绎成大戏，孙桂枝唱得美，抱犊崮上兄弟们憋得吭吭鼓肚子，任谁一戳鼻涕眼泪淌，笑炸了。

现实往往很残酷，1922 年 8 月 27 日，孙美珠率领本部 200 余人夜袭西集红枪会，因歼敌心切，身先士卒攻进北门不幸战死，死后惨遭割首级悬挂临城火车站示众，赵喜龙和孙美瑶将其尸体运回家乡，铸锡头下葬。

抱犊崮熊耳山一带土匪，夜袭箩藤流进两个村子，峄县仓储粮损失巨大，县署分管社会治安的各部门，纷纷下乡维持治安。峄县县署改称县公署，内设3科，主管民政、财政、司法；3室由秘书室、会计室、收发室组成；3所中劝学所分管文化教育、稽征所分管赋税征收、政警所分管社会治安。

5月12日，新旧式教育更迭同时，根深蒂固的顽固派仍在抗争，县知事辛铸九就出动乡警，捣毁私塾桌椅，取缔私塾，一律强制封闭，确保"县立高等小学堂"的大力弘扬，逐步推进"峄阳中学"日臻完善；对能胜任教学的塾师，聘请其教初级班国语和书法课，对年长、疾病、长期旷工不称职的，予以解雇或改行。县、各乡、保设乡中心国民小学和保国民学校，把孔子牌位换上孙中山像，学龄儿童和青少年一律进国民小学和保国民学校。劝学所颁布取缔私塾十条通令。峄县各行各业急需人才充实，县署不遗余力地挖掘本地才俊，县教育科会同教育界人士研究决定，并推荐、保送一批有志从教青年赴南开、省师范专科讲习班、暑期师范进修班带职进修，实施落实峄县教育事业发展举措会议，在县公署礼堂召开。校舍建设一直困扰着峄县县公署，怎奈财力微薄，发展国民教育起步艰难，靠峄县商业巨贾义举捐赠也是杯水车薪，把当地的庙宇楼阁加以维修利用，以解校舍久而不决的困局，乃利国利民的好事。峄县县城及周围庙宇道观众多，福神庙、马神庙、二郎庙、三清观、文昌阁、水月庵、节孝祠、文庙、元帝庙、阎王庙、泰山庙、兴国寺、书院、九贤祠、八蜡庙、城隍庙、社稷坛、玉皇阁、关帝庙、火神庙等，庙产本身丰厚，可利用空间巨大，维修改造资金亟待合理解决。

会议结束，主席台上，辛铸九一把拉住王广崇："寿昌兄，事关峄县百年树人事业，务必留步。"峄县保卫团团长梁步渊与县署要员卜谷修等，一行人先行到文庙，辛铸九则与王寿昌和特意留下峄县高等小学堂校长龙吉三，坐轿车出县东城门，车轮飞奔直奔文庙。

　　同盟会在峄县成立分会，清末秀才张希才思想活跃，积极推动当地士绅加入同盟会，龙吉三就是那时候加入同盟会的。峄县王、梁两家大户，却因峄县知县谢熙以抗匪名头增加田赋税，张希才怒斥县衙不顾民生抬高银价，带头率众抗税，知县谢熙令衙役拘捕张希才，梁步渊得知亲戚张希才抗税身陷牢狱，他率郭北社众保家局子大闹县衙，而与知县谢熙交好的王宝田，参与朝廷搜捕革命党，峄县同盟会对此义愤填膺，这次王家公开支持县衙征税，王梁两家从此结下世仇，直到王寿昌避其锋芒，主动与梁氏联姻，那龙吉三是王家女婿梁石生的恩师，才稍稍缓和了王梁两家剑拔弩张的态势。

　　县知事辛铸九空降到峄县，愿用毕生绵薄之力泽福当地民众，王、梁两家大户又在峄县八大家中举足轻重，左右着峄县经济发展的命脉，若大户间你死我活闹不团结掣肘，对当地经济发展有百害而无一利，他要携手王梁两家大户，打造出峄县一片新天地。

　　龙吉三受县知事挽留，明面上共商保国民学校事宜，实质上面对共商峄县境内匪患猖獗，各区自发组建武装如"保家局子""白旗会""红枪会""大刀会"等，成立合纵抗匪部署。龙吉三私下里与梁步渊作陪王寿昌把酒言欢，推动峄县商会号召各个商铺众筹资金营建公益事业，调停各派系士绅因争夺县立高小校长位置，各自操纵部分学生闹学潮后续问题，深层意义皆在此，龙吉三非常清楚辛铸九打啥小九九。作为高小校长的龙吉三，充当双方调停人再合适不过了，由他举荐王寿昌的女婿梁石生，入县署教育科负责学制改革，梁石生又是自己培养的亲学生，真可谓皆大欢喜。

　　庞蒂亚克轿车驶过城墙东门，辛铸九扭头望着破败的城墙，不无忧虑地感慨："杆子劫财频发呀，箩藤流进乡绅董天秋见了本知事就诉苦，孙美瑶是被正法了，当年和他四叔孙桂枝砸开董家院门，名曰开仓放粮，附近的贫户抢得一粒米也不剩啊！"

　　"修城墙的款项，前年就筹集齐了，知事要明察呀。"龙吉三意在提醒辛铸九县公署账目不清，县各界人士久已诉病，多次实名上诉，久拖未果。

"峄县遭受临城劫车案牵连，崔知事因祸事罢免，不才临危受命，方知县公署面对民穷财尽，举步维艰啊！"辛铸九温经读史，古董鉴赏颇有造诣，深谙经商、做官、搞教育、办慈善，胜任一方知事绰绰有余。

"知事乃峄县父母官，上通天文，下通地理，治理峄县既能承前，也能启后，黎民百姓之兴焉！"恒隆商号在峄县是捐资第一家，王寿昌深为纠结的是，"恒隆"资产就是一头大象，也搁不住群狼撕扯。县公署兴办新学，赈灾济民，皆依靠恒隆财势大，鼓励恒隆好善乐施，王寿昌心里明明白白的，辛铸九点到城防破败疏于维护，意在道明县公署财税匮乏，指望"恒隆"慷慨解囊。城内大大小小店铺，单是"恒隆"占了半个城，防匪防患"恒隆"捐资责无旁贷。

"城防城建事关每人的身家性命，铸九才疏学浅，在职战战兢兢，仰仗诸位同心同德万死不辞，黎民百姓如父母恩情，诸事万不敢造次。"朝代更迭，军阀割据，举国上下努力国民革命，各地域财阀当道，兴邦安民任重道远，辛铸九为国而忧，为民惆怅。

龙吉三心心念念藏心事，国民党山东省党部派魏棣九、李佩贤来滕县，改组国民党，发展接收党员，峄县党务改革更是重中之重。魏棣九多次来峄县会晤党员，言明省党部意在峄县建立一套新的党组体系，推进发展接收党员，龙吉三欣然允命。他欣喜梁石生以国民党员身份由北京回到峄县，龙吉三犹如神助，举荐梁石生进县署入职隐含深层意义。魏棣九见了梁石生甚感满意，随即电报给省党部。

"龙校长，咱到文庙了，想什么哪？"王寿昌拍拍龙吉三，他心中无限感慨，遥想当年何等的自负，意气风发的年轻人，20岁出头便中进士入翰林院，愿意为终将要实现自己的远大抱负，历经了中央吏、户、礼、兵、刑、工六部，担任过两个部的主事级别职务，编纂论述了《通筹夷务全局酌拟章程六条》自强策略，可命运抗不过世道沧桑，终究是宦海沉浮难为继，王寿昌失落入商海沉浮，虽犹不甘心不死，奈何天意难违，现实面前就是一个商人罢了。

"咱没坐过八抬大轿，不知道是啥滋味儿，汽车可比八抬大轿快多了！"龙吉三心里打鼓，他不敢对视王寿昌，私底下多次与梁石生商议，任何人求职不得擅自主张，服从省党部调度指挥，尽快在峄县站稳脚跟，与峄县同人发展接收党员。龙吉三着意栽培梁石生在峄县县公署谋职，又苦于绕不开王寿昌这头，只因王寿昌初步拿定主意，调动人脉活动女婿进中兴公司就职。今天见了面一旦捅破窗户纸，王寿昌若大发雷霆不依，唯一的希望全看辛铸九啥魄力了。

峄县城西，明朝时期修建的文庙，规模颇巨，古老雄伟，坐北朝南，中轴对称，建筑布局以大成殿为中心，南北城一条中轴线左右对称排列。自南至北的主要建筑包括万仞宫墙，左右立下马石，对面南侧左奎楼右节孝祠，往南为棂星门、泮池、大成门、大成殿、东西配殿、明伦堂、尊经阁，明伦堂前则为仪门；东区依次忠义孝悌祠、启圣祠、名宦祠、教谕宅，西区当牲所、乡贤祠、射园、元帝庙、训导宅，其祈福牌德配天地、道冠古今，坊为砖式重檐坊，南派建筑风格，庙学合一，文庙不仅是祭孔场所，也是教育场所。常见的布局有左庙右学、左学右庙和前庙后学等，其中大成殿前面有戟门、棂星门两道门，学门两道门，建筑面积9000余平方米。

1915年，峄县地区第一个国民学校设在文庙，早先设学堂，有住宿学舍，学田基金，义学的学生不收学费。现国民学校义务教育贫寒子弟，注重道德教育，以实利教育、军国民教育辅之，教育方针包含了德、智、体、美。民初学制成形，史称"壬子癸丑学制"，学制主系列分为三段四级，初等教育，初等小学4年，为义务教育性质，高等小学3年，法定入学年龄6周岁，不分设男校女校；中等教育4年，得专设女子学校；颁布课程标准：初小设修身、国文、算术、手工、图画、唱歌、体操，女子加缝纫；高小设修身、国文、算术、本国历史、地理、理科、手工、图画、唱歌、体操，女子加缝纫，男子加商学、农学，有条件可加英语；中学设修身、国文、算术、外国语、历史、地理、数学、博物、物理、化学、法制经济、手工、图画、唱歌、体操，女子中学加家事、园艺、缝纫。作为峄县地区第一所标准国民学校，缺少经费为其次，主要是奇缺师资充实学校，清华学堂毕业的梁石生，在峄县称得上奇珍异宝了。

众人簇拥着县知事来到大成门前，耳边书声琅琅，众人止步，辛铸九笑意满满："两耳不闻窗外事，一心只读圣贤书啊。哈哈，好像不合时宜了。"龙吉三走上前："现国家宣布，取消前清教育宗旨中的忠君和尊孔，对尚公、尚武、尚实，加以改造，侧重公民道德教育、军国民教育、实利主义教育、世界观和美育，实行'五育并举'的教育方针。以此加强国家观念教育，来实现国家统一与独立。"辛铸九边听边点头："蔡元培先生在《教育独立议》中，主张教育应脱离政党和宗教独立，不知诸位意下如何啊？"王寿昌口气平和，轻言细语："天赐食于鸟，而不投食于巢，鸟兽依靠觅食才能存活繁衍；天造化于人，而不造功于命，人类凭借实干才能立业达志。"辛铸九大为赞赏："嗯嗯，好，此言真谛矣！"梁步渊率县署要员迎面而来。

"终于盼来了，知事，我们已候多时了。"梁步渊一侧身，往人群后面喊，"请状元拜见知事大人，拜见啦。"

一身笔挺淡雅学生装，显得梁石生越发修身挺拔，他快步上前施礼："晚生梁石生，拜见知事，拜见诸位前辈。"

王寿昌猛然见到女婿，顿生几分不悦，脸若冰霜，不怒自威。

龙吉三搭台唱戏，心知肚明，眉头一皱计上心："嘿嘿嘿，食升呀，要拜嘛，拜了县长大人，老泰山是要跪拜的哟。"

梁石生瞅岳父面带怒容，越发忐忑，低下头支支吾吾。

辛铸九疑惑地望着众人，周围人不便点破，眼神统统望向王寿昌。

"哼！难登大雅之堂，此乃小婿，让知事见笑了。"王寿昌微微欠身，脸上勉强带一丝笑意。

"哦，久闻大名呀，今日一见，果然了得啊，玉树临风，神童初见成，恒隆的金字招牌呀！"

面对县知事由衷发出啧啧称叹，梁石生汗颜，偷眼瞅岳父，王寿昌无可奈何地叹口气。自打梁石生由京返乡，王寿昌喉咙里像卡根刺，吐不出咽不下地难受，自己一辈子的仕途梦，在心灵深处烙下深深的烙印，哀叹自己生不逢时，随着大清覆灭，他不甘心沦落成为一个仕途经济的商人，希望用钱财给后辈打造出一片新天地，族中后辈自不用说，唯独这个女婿以神童著称，王寿昌不惜财力，实承望女婿学识渊博，在当下的军政界打出个名堂，再不济留洋混个博士头衔，自己在亲朋好友跟前也好显摆一番，他一出手汇去 2000 块银圆，资助梁石生留学费用，末了只落得蹦子没有，拖个病身子苍凉回来，险些死在临城火车站。

"哈哈，龙校长常发表公论，讥讽县公署不重视人才，堂堂知事不知道你葫芦里装的什么药，原来故意将我的军，藏了一手啊。"辛铸九的耳朵早被龙吉三灌满了，今仅仅与梁石生一面之缘，年轻的后生，浑身透着一股向上的精气神，像一只冲上云端翱翔的雄鹰。

"知事两袖清风，勤政为民，不才岂敢妄议县公署，俺先向会长告罪，莫怪俺叫晚辈拜见诸位长者，有才智的青年才俊，理应属于国家，鼓励他们出来服务于社会，与天地共呼吸，于国有功，于民有利，咱不能把食升锁在家呀。"龙吉三悄悄给梁石生使眼色，告诉梁石生现在有县知事为他撑腰做主，不要忌惮岳父的态度。

在大革命的滚滚洪流下，中国共产党率先提出反帝反封建的政治主张，日益成为人民迫切需求的共识，共产党由弱渐强，在群众中的政治影响迅速扩大，党的组织建设得到很大发展，千百万工农群众开始在党的领导下组织起来，积极推动了国共两党的合作，以推翻帝国主义列强在华势力和北洋军阀为目标，国民大革命浪潮席卷中国。在这历史节点上，梁石生身负神圣使命奔赴家乡，虽然这里的山山水水是他熟悉的家乡，可等待他的将是艰苦卓绝的斗争。如何开展工作，他首先要站稳脚跟，静静地等待党的召唤，问题在于身份的双重性，一切都要从零开始。

"做长者尊严可敬，但不能用来辖制晚辈，就我来看，食升很为难呀！

不来吧，辜负了恩师教诲；来吧，触犯了岳丈的尊严，哈哈哈——"就这点猫腻，辛铸九心知肚明，年轻人在长辈跟前拘泥，伸不开身，那就由知事来打破僵局。

梁步渊双手抱拳："各位各位，咱愣这儿干啥呀，东面的忠义孝悌祠清净，不妨走走。"

大家闻听，一致响应，迈步往东走。

忠义孝悌祠，一座简朴悬山式屋顶的单门祠堂，匾额上题写的"忠义孝悌"是由魏碑集字而来，多是明清孝子义士供奉于忠孝祠里，最为人所共知的是西汉的匡衡、疏广、疏受和王良。忠孝祠常年历尽风雨侵蚀，整个祠的地面建筑破损严重，正在修葺中。一行人中，年长者对破败的忠义孝悌祠关注，年轻人则对院子内平锯开板的两个解匠感兴趣，解板的木头架子齐胸高，解匠把圆木用粗长码钉固牢在木架上，量厚度弹墨线分板，光膀子的两个解匠各执锯把，二人一左一右，对准墨线来回拉扯横锯，阳光照在解匠流汗水的脊背上，泛起油光光的亮泽，你一声"嗨哟"，他一声"嗨呀"，相互哼和，张嘴喘气声从鼻孔出，"嗨哟、嗨呀——"，一块木板解完了，看愣神的梁石生忍不住想试试身手。年岁长的解匠，给年轻的解匠使个眼色，二人歇了手，老解匠装一袋旱烟点燃，年轻的解匠从瓦罐倒了一碗水递过去，老解匠望着梁石生："解匠怕木匠，木匠怕漆匠，这木板是否平直，木匠一刨就知道了，干这把力气活，先生细皮嫩肉的，吃不了这苦啊！"辛铸九远远地听着，不胜感慨："几个年轻的，都过来瞧瞧。"

祠前立祝文碑刻"维灵禀赋贞纯，躬行笃实，忠诚奋发贯金石而不渝；义问宣昭，表乡间而共式。秖事懋彝伦之大，性挚裒蒿克恭，念天显之亲情，殷棣萼楷模，咸推乎懿德纶恩。特阐其幽光，祠宇维隆，岁时式祀，用陈樽篚，来格几筵。尚飨"。石雕栏板开裂，碑文模糊残损，辛铸九看了颇为伤感，"后世子孙，理应顶礼膜拜，忠义孝悌方得以传承呀！"

"知事，砖石木料都备齐了，因为侯桥的老石匠被派去南京修中山陵了，咱这文庙修缮暂时停滞了。"龙吉三说话工夫，搬来一块青砖，呈给辛铸九瞧。

"侯桥石雕独树一帜，所用石料，多选裴山、白马山、青石山、鹰嘴山、笔架山等地，属于青色石灰岩石，上等的鱼籽石、水纹石可制作砚台。编磬、八音响石出自锅箕山、石屋山、狮山象山一带。论石质蛟山石最佳，中山先生在南京手书'天下为公'四字的跨街牌坊，就是咱蛟山石料呀。"王寿昌如数家珍跟辛铸九一一道来。

"哈哈哈，久闻王会长研究砚台，造诣很深，家藏颇丰，不才何时登门造访，有幸过目呀？"王寿昌提及砚台，勾起了辛铸九的雅兴。

"升儿，过来。"王寿昌抬起头喊梁石生。

梁石生走上前，规矩站好："岳丈。"

辛铸九听了摇摇头："翁婿未免太客套了，尊声爸爸既亲切又和蔼。"

龙吉三微笑着凑过来："知事大人，您有所不知呀，俺这儿，不叫爸爸，也不叫爹，儿子管老子叫大，大小的大。"

辛铸九听了，颇感兴趣："大？哎哟，大大，太大了！"

王寿昌忍不住也乐了："升儿他，不能叫俺大。外人听了，分不清是儿子还是女婿了。"

辛铸九不失幽默，存心转移话题，他在找机会："升儿一路求学进京，喝过洋墨水，叫啥大小的，听着膈应，叫声爹，咱区别大。儿子女婿这不分清了吗？"

梁石生脸发涨，羞惭地冲着王寿昌亲切喊了声："爹。"翁婿一搭眼瞅谁都别扭，绷住脸憋得通红，辛铸九照准王寿昌腰眼一捅："老虎打盹儿，机会难得，咱拿啥劲儿。"王寿昌碍于县知事开尊口，他只得连声答应："哎哎、哎，好升儿，以后呀，你就叫俺爹吧。"梁石生低头微笑，众人大笑起来。辛铸九瞅准时机，再下一城："龙校长，咋没眼力见呀，留住人才，咋说都得有个见面礼吧？"龙吉三脑筋不开窍："知事，啥、啥礼物，守着这多人，焉能贿赂？"辛铸九瞪起眼来，手指龙吉三："你个老迂腐，喝一肚子墨水充好人,撺掇本县屈尊,眼巴巴地求人呀?"龙吉三使劲搓手:"那啥,这儿,就看食升要啥了?"王寿昌虎着脸:"升儿,没见过世面,乳臭未干的孩子,知事高抬他了。"辛铸九索性放声大笑"哈哈哈——",梁步渊急得跺脚:"爷爷哎,倒是说话啊!"梁石生忍不住:"爹,我来说吧?"王寿昌双眼一瞪:"升儿,闭嘴。"辛铸九眼泪都笑出来了,用手指揩揩眼角的泪珠:"就咱这儿,草窝里趴状元,你们还一个个地抱怨缺人才呀,啊?"龙吉三用力推梁步渊:"梁团长,恁来说说看。"梁步渊与梁石生同族近支,王梁结下世仇,梁石生是化解矛盾的一把开锁钥匙,龙吉三深受王梁两家认可,对举荐梁石生入县署任职教育科,梁步渊举双手赞成,碍于王寿昌对女婿另有打算,顾虑两家结梁子,他碍于开口。

言谈话语间相互打埋伏,王寿昌感觉一行人在糊弄自己,勉强随大家苦笑,辛铸九便不再打哑谜,开门见山:"狗年的戊戌年,光绪二十四年,废除八股取士也近十八年了,而今的政府将教育宗旨,确立为注重道德教育,以实利教育、军国民教育辅之,更以美感教育完成其道德。扭转几千年国人的认知谈何容易,立国之本在于民心,不破不立,乃需几十年、几百年、上千年教育啊。食升,说说你的卓见。"梁石生见县知事言谈中,目光停留在自己身上,他内心打鼓抽身往后撤,辛铸九直接冲他喊话,就由不得他了:"这么多长辈在跟前,晚生岂敢造次。"龙吉三听了直叹气,"哎——",辛铸九望王寿昌,希望他打破僵局:"升儿,这也是前辈对晚辈的期望,大胆说吧。"梁石生心有顾虑,欲言又止,龙吉三沉不住气了:"食升,知无不言,言无不尽,放量说呗。"梁石生定了定神,瞅瞅岳丈:"望晚生口吐狂言,冒犯不当之处,恳请长辈们海涵。"梁步渊跨前一步:"哎嗨,哑巴吹喇叭,咋都是个响,不吹憋死哑巴。"诙谐歇后语,竟把王寿昌逗乐了,女婿谦虚谨慎令他满意:"升儿,别文绉绉卖弄了,直抒胸怀吧。"辛铸九眯起眼瞅梁石生:"放量说,恁爹都发话了。"

梁石生抬头望着匾额上题写的"忠义孝悌",认真想了想:"时下中国,船坚炮利不足以救国于危亡,商贾、造船、制器等先进科技,只是西方的

'末'，西方立国之本，在于重视'政教'革新民主，大清的'洋务运动'根本上是无本之术，只是在追逐西方的'末'，日本奉行明治维新，着力实施新政，采取脱亚入欧的全面改革，真正做到触及西方的'本'，若不由里到外摈弃腐朽思想，就不足以推动国家民主自由的发展，没有了民主自由，就没有了国家的繁荣富强和希望。"

龙吉三听罢，如喝了琼浆玉液般："好，好啊！"兴奋得使劲地鼓掌，抬眼一瞧大家愣神，尴尬地收了手。

辛铸九沉默良久，大家皆默不作声，跟在身后往齐圣祠走，过名宦祠，奔文庙院正北明伦堂的尊经阁，珍藏熙宁七年（1074年）宋刻本玄奘译经《大般若经》《大毗婆沙论》。正是熙宁七年，监安上门、光州司法参军郑侠以人民流离失所，婉画一幅《流民图》，上书请愿宋神宗，他认为正是因为王安石的变法，造成蝗灾大作，秋冬二季无雨干旱，麦苗干枯而死，农作物无法播种，民不聊生，砍伐桑柘，拆屋典妻，卖儿卖女，四处逃亡。宋神宗看罢夜不能寐，陷入了深深的反思中。第二天，宋神宗就下令暂时罢免青苗、免役、方田、保甲等十八项法令。四月，王安石第一次罢相，出任江宁府知府。六月，宋神宗命国子监，刊刻玄奘译的大小乘经论《大般若经》《解深密经》《大菩萨藏经》《瑜伽师地论》《大毗婆沙论》《成唯识论》《俱舍论》等，为天下黎民百姓祈福诵经！

落在后面的王寿昌、梁石生翁婿间难得说上话，梁石生不时用眼偷望着岳父："爹。"王寿昌收住脚："升儿，'恒隆'家大业大乃王氏产业，大小事皆由王氏族人商议定夺，爹不能一人做主啊！安插几个人料理王家的产业，就现在的规模也不算多，毕竟女婿入王家产业，爹不好说话，留你在王家产业上料理事务。爹刻意走门子让你去中兴公司谋差事，也是考虑你的将来，可今天情形看，你是准备入县公署是吧？"梁石生一脸的尴尬："爹，怎生气了，俺是想在县公署历练一下自己，还没来得及跟爹说呢。"王寿昌不置可否，毕竟是女婿不是儿子，女婿这态度令他不悦："升儿呀，爹一心供你求学，实指望你在求学道路上扬鞭策马，更上一层楼，奈何你去留已决！也承世道波折，说好了留学，你既然回来，爹也不怪你，准备留学的 3000 块大洋，只得给佑熙的姨哥，于洪奎 2000 块，游学日本，在早稻田大学法学科。恁爹只能眼热他人啦！"梁石生听了木头人似的，他出国资金充足，不愁勤工俭学，当个人命运与党的事业碰撞时，梁石生彰显了追求理想的崇高境界，把自己的全部融入了党的事业中，他无条件服从回到故乡积蓄拓展党的力量，建立秘密联络站，为党组织的发展做有力的保障。王寿昌说于洪奎去日本早稻田大学，意在惋惜女婿放弃追求，葬送了前程似锦的人生，终将落得默默无闻而惋惜。梁石生不吭气默默地跟在身旁，2000 块大洋算丢水坑里没听见响，王寿昌恨铁不成钢："升儿，爹的话，就是一个建议，今后怎么走啊，靠你自己了。"王寿昌望着女婿若有所思的神态，他是恨铁不成钢，索性放开脚步向前走去，留下梁石生呆呆地冥想未来。王寿昌哪里知道女婿梁石生藏啥心事，他正苦于找不到组织而焦愁，如何尽快与组织取得联系，乃是梁石生最迫切的想法，至于岳父纠结他的事业和人生，翁婿间交流越发显得格格不入了。

辛铸九转身回望轻笑笑，大声说道："亲不亲，自家人啊！咱们看看，人家翁婿间交谈，有秘密呀！"

梁步渊随声附和："所以啊，打架亲兄弟，上阵父子兵，咱峄县若要很好地杜绝匪患，俺看是远亲不如近邻，抗匪保平安，重在团结，方能一致对外。"

辛铸九停下脚步，等王寿昌走过来："王会长，黄静斋去鲁西南一遭，联络菏泽、济宁一带红枪会初见成效。就现在的时局来看，峄县商会和梁团长都设立了保家局子，二位资金雄厚，武器装备不输县署啊，除暴安民，王、梁两家要勇于承担责任呀。"

王寿昌瞅眼梁步渊："梁爷家，单是地产就 7000 多亩，除暴安民，不保能行吗？"

梁步渊当即表示不服："王会长的意思，偌大峄县就俺梁步渊财大呀，王会长别忘了，恁可把持着城南北大街南北段，王家悉数的酒店、油坊、磨坊，沿街开设钱庄、粮店、当铺，东西巷街两侧日用品百货商铺林立，几乎满街的店铺不动产，皆归'恒隆'的产业，这还不算投资枣西开的煤窑呢。"

谈到捐资，王梁两家便唇枪舌剑，辛铸九伸开双臂向两边摆摆手："本知事明白，在峄县的经济上，二位是无可争辩的左膀右臂，我看二位就无须争执了。食升，你过来，刚才的话没说完，我问问你，国富民富关键点在哪儿？"

龙吉三自认为他在峄县，数得上才学八斗的老学究，论国富民富关键点非他莫属，便抢话头亮观点："知事，这事关民族大业，小孩子家嘛，毕竟见识浅啊，不如俺来表述一番？"

辛铸九摇摇头，招手把卜谷修叫身边："谷修，你回秘书室，好好斟酌，把今天的谈话内容，重新梳理一下，记好了，下次会议做个总结。"

卜谷修眼镜片泛光，咧开嘴露出白牙，努力使自己的脸笑出花朵般："知事的话，我记在脑子里，刻在心底里，回去加班加点及早整理出来，嘿嘿。"

梁步渊硌硬卜谷修谄媚相，县署里人人鄙夷他，梁步渊伸手把卜谷修扒拉一边："你闪开点，别把食升的话打断了，食升快说呀。"

梁石生顾及王寿昌在跟前，斗胆走上一步："爹，怎看哪？"

"升儿，尽管说吧。"

"以晚辈拙见，国富民富关键点，岂有百姓穷困而国家自求富强之理，《洪武圣政记》中述，'维我中国人民之君，自宋运告终，帝命真人于沙漠，入中国为天下主，其君父子及孙百有余年，今运亦终'。中华百病之灶，乃言民枉为民，富国枉为民，痛彻千年哉！君王居殿郁寡，民殍不覆国贼当道，且黎民百姓呜呼？"

龙吉三听得张开嘴，不相信自己的耳朵，惊叹后生可畏："食升项橐焉，乃俺知事与众，甘拜为师啦！"

王寿昌则不以为然，不敢苟同女婿的一番论调："哼哼，小孩子一番理论，何足挂齿，年少轻狂，不谙世事，乃过桥少焉！知晓精神不熟果腹，世间布道善蛊幼稚，富利达泽岂为穷焉。烽火旖旎天涯时，痛载苒惜流年。明刀锋上皆利妄，富腴聪耳诱与民。善莫大焉欺维天啊。"

翁婿各抒己见，针砭时弊，听呆了众人。

辛铸九驻足鼓掌，大家立即响应："翁婿唇舌相讥神妙啊，不妨开阔了大家的视野，少的受郭松涛影响，老的取人生磨砺教训，异曲同工之处，知事倒想再问，共产主义学说现今时尚，学运工运乃至民运，大江南北，风起云涌，共产运动迅速扩大和发展，政府唯恐避之不及，强权武力镇压，在所不惜。"

梁石生深知言语上不可莽撞，锋芒毕露只会把自己置于危险当中："无论国民党，还是共产党，都是在寻求民族兴亡的道路上摸索，践行中山先生推崇的'联俄、联共、扶助农工'，才会在民族、民权、民生上达成共识，让国家走上真正的国富民强。"

辛铸九深深地思索着，看看四周，大家沉默不语："今天一番畅谈，不代表我们支持哪党哪派，匹夫有责，只为了国家危亡，让辩论、争执、诋毁趋于认知统一，才能更好地服务于社会，利于人民。"

梁石生带头鼓掌，掌声中仿佛一天的时间，都停留在这一刻，在祖国的大地上，这一刻都在熠熠生辉，共产党人正用理想乃至生命，去诠释共产主义必将引领中国人民去争取民族独立，为走向美好的未来而奋斗！

第十章　风暴

　　就在不久前，胡希林与刁风胜陪同总部首席协理张仲平秘密下到飞机楼的地下金库，盘验库存时直叹息，偌大的地下金库，储备金所剩无几，刁风胜打开靠东北间的两个厚重铁保险柜，百宝箱内是玉佩、手镯、金饰银器、手表及各时期发行的银圆，第二个保险柜内存金砖和大量的股票等。胡希林面带惭愧："24年呀，北大井的二号大井竣工投产，采用德国产的二层罐笼720千瓦直流电绞车提升，加上陶庄分矿先后建8座煤窑，出煤16800余吨，才积攒这笔钱，就是为了解决中兴煤矿海外营销的短板，想着购进8至9艘货轮，公司船运队改组成立中兴轮船公司，只希望将来中兴有个质的飞跃啊！"一席话感动了张仲平："如若平稳发展，中兴辉煌是指日可待了！"

　　辉煌之日被军阀混战无情地阻断了，时逢军阀战事胶着，运送外销煤的火车船舶被各地军阀征用战事，中兴公司经济链几近断裂，一次拿出46.5万元解困，中兴公司举步维艰，中兴煤矿公司驻矿办事委员会，多次召开五人委员会议，采取多家银行信贷，筹募其他款项，加紧各煤井仓储煤保护，暂缓支付后三个季度公司股本息，延缓里工一个月工资，精减辞退老弱病残外工。

一时间，大批外工失业，每个失业外工家庭都面临着流离失所的窘境，纷纷云集中兴公司大门抗议。多家银行因战事暂停信贷业务，驻矿总经理胡希林忙得焦头烂额，公司总部万般无奈，提议动用秘密地下银库购置船舶的本金，胡希林坚决不从，不得不和总经理秘书渠怀水、庶务处长刁风胜，再次北上去天津总部摊牌。

对外说是辞退老弱病残的外工，实际是辞退外工开源节流的无奈。留下的以一敌十，加大了劳动强度，窑头孙晋友带着二把头鲍金牙和佟振江，指挥着包工头袁算盘、彭德彪、谷账本、高启富等把木棍挥舞得更狠了，挨打的多，不挨打的少。往往挨打还得忍气吞声。入矿伊始，刘三生、李磨盘、张碾子等几个弱小的，无端挨打的次数最多，后背道道伤痕，睡觉时不堪忍受伤痛，都得趴着睡。

纪瑞民等120个新窑工，由包工头们带至南大井，外工住的窑户铺在大洼街堂子庙北头，加上先前的外工共计500多人，设12所柜房，8至9人为伙柜，5个伙柜组成包工柜是45人，柜房有掌柜和账房。新招的外工住窑户铺，先扣3个月的工钱，吃住在窑户铺记账，够4个月，才发工资，仍押1个月工钱垫底。里工每天最高的4.8吊（4角8分），每月在14.5元左右。而外工做小工的，工资每天只有0.8吊到1.2吊；井下推车工1.6吊；大工（刨煤工）2吊钱，工头们都搞了包工制，工人都是工头点的，工资由工头发，工头抽头居然高达六成左右，再加上扣去住宿、灯火、水、工具折旧等，所剩无几。下煤窑的工人身份低贱，稍不如意经常遭受工头、职员、矿警的体罚。

纪瑞民与吴均山、颜丙烈、韩邦留、叶奇领、刘二顺、刘三生、李磨盘、张碾子组成伙柜，吴均山与纪瑞民年纪相仿，因纪瑞民是细木匠，年少的喊纪师傅，年龄相近的多喊纪大哥。吴均山胡子拉碴，人懒散硬朗，年龄瞧不准多大，颜丙烈和韩邦留二人30岁左右，长相面目可憎，仰仗于吴均山是早来的老人，欺负新来的下手毫不含糊。叶奇领四十开外，显得老实窝囊，人干瘦累弯了腰，"咳咳"声不停，纪瑞民与刘二顺、刘三生、李磨盘、张碾子先拜了包工柜头高阎王和伙柜头吴均山。窑户铺也分三六九等，新来的穷，腰包里没钱，只能住下陷地面半米深的长条形土坯房，用高粱秸劈成篾子编成的炕席做屋顶，地铺东西走向，新来的住阴暗潮湿的屋两头，伙柜头吴均山吩咐新来的，去包工柜或买或赊两个旧麻袋片，旧麻袋铺盖穿舒服不刺挠。

刘二顺兄弟俩和张碾子不愿意要麻袋片，主要是没钱。颜丙烈拧住张碾子耳朵，张碾子"哎呀哎呀"喊疼，颜丙烈恶狠狠地踹了一脚："逼养的，恁当下煤窑住姥姥家呀，破衣烂衫的待井底下不出三天，烂得连一根布丝都挂不住。"人和衣服鞋哪个金贵，当然是衣服鞋，在井下高温潮湿的环境下，衣服鞋损坏很快，穷窑工几乎一年四季两身衣服，不然没衣服穿，一丝不挂光屁股上井。如此残酷现实，下煤窑的命贱，柜上赊两片破麻袋结实实用，睡觉时一层铺一层盖，下煤井不穿衣服在腰间围住，既遮体又当衣，掌子面刨煤铺身下不硌得慌。

窑户铺陷入地下三尺深，芦苇席覆盖一层黄泥做墙，低矮潮湿，光线阴暗，坏损的坑木摆放一层，铺上草苫子就成了宽敞的大通铺，显眼的地方摆了个陶尿罐子，窑工称"弯腰旅馆"。建矿初期，一间"窑户铺"住五六十人，现每人每天按5分钱计算，供应开水。下完井上来，想洗漱冲澡，简易席棚内备大水缸，窑户铺老板有义务替中兴和包工头监督窑工。户铺光顾不速之客多，臭虫、蚊子、虱子、跳蚤依恋陪伴，户铺狭窄但外面异常热闹，饭馆、宝局、牌场、当铺、卖唱的、窑姐，频频向劳累一天的煤窑工招手。入住第一天，颜丙烈和韩邦留盘腿坐地铺上，两人奸笑着悄声嘀咕，趸摸六个新来的哪个是软柿子，目光落到刘三生和李磨盘身上，等纪瑞民和刘二顺一出门，两人互吹口哨，腻腻歪歪就凑上去，颜丙烈拉住李磨盘的手："哎哟哟，小手还挺白净的，明天就下煤窑了，下190米地底下挖煤，人说没就没了，趁现在喘气，得及时行乐，不枉人生一世呀。"李磨盘用力挣脱手，左手揉揉右手心："俺在东噶哒埠，以后请大哥多多照应。""照顾吗，就看你小子的造化了。"那边韩邦留堵住门不让刘三生走，顺势勒住头仰脸抱住，右手往下滑伸进裤裆里狠狠地摸了一把："乖乖，长矛呀。"刘三生奋力推开他，连连往后退，韩邦留獐头鼠目"嘿嘿"两声："小崽子，窑户铺开荤很容易，叫个试试活，咋样儿？"刘三生吓得大口喘气："俺没钱，俺没钱。"颜丙烈过来伸腿抵刘三生靠墙："煤黑子活得暗无天日，拿命找个乐子，喜欢嫖呀还喜欢赌啊，再不抽两口大烟解解闷，没钱先在柜上记上账，发了工钱补上就是。"刘三生吓哭了，那边的李磨盘哇哇大哭，纪瑞民和刘二顺冲进来，韩邦留和颜丙烈哼小曲，没事人一样儿，吴均山歪躺铺上不吭气，叶奇领眼睛躲避二人，刘二顺拉过弟弟："三生，怎么了？"李磨盘见纪瑞民和刘二顺回来壮了胆，抬手指颜丙烈和韩邦留："他俩欺负俺们。"颜丙烈根本没把刘二顺放在眼里："妈了巴子，小子少管闲事。"刘二顺不等颜丙烈反应飞起一脚，颜丙烈没防备"噔噔"踉跄几步，被歪躺铺上的吴均山绊倒，"哐当"摔到泥墙上，蹭破半张脸，颜丙烈"哎呀"捂住脸，韩邦留冲他使个眼色，二人奔着刘二顺围过来，纪瑞民横在刘二顺前面："穷弟兄们，别伤了和气。"五大三粗的颜丙烈摔了脸，人也灭了嚣张，韩邦留腰杆子挺得直直的："少他娘的，咸吃萝卜淡操心，到了这儿，就得服老子管。"扬起手便扇，纪瑞民怒不可遏一把掐住他的手腕："老子见惯了凶残的军阀，死过几回了，从死人堆里爬出来的，偏不信你这个畜生的邪。"挥手"啪"扇了一巴掌，打得韩邦留没站稳滚到门口，叶奇领顾不得穿鞋，撒丫子跑出去。

窑户铺拳脚相交打成了一锅粥，四个人围攻两个人，颜丙烈和韩邦留很快败下阵来，刘三生和李磨盘骑在二人后背上抢拳，纪瑞民与刘二顺擒拿住二人的腿，落水狗陷泥池真打惨了，韩邦留像扒了皮的狗，拼了命地钻出李磨盘的裤裆，冲向铺门。张碾子弯腰端一盆水进来，撞了个满怀，陶水盆飞起落在吴均山身边，"啪嚓"连盆带水溅了他满身，一屋子的人愣住了，装睡的是不行了，一骨碌爬起来："俺娘啊，打啥的！"把浑身湿衣服一脱，光溜溜屁股倒东头又睡了。"嘿——真清闲呀！"大家猛回头一瞧，叶奇领跟在包工柜头高阎王身后，弯腰冲进来，"打啊！怎么不打了？"一脸横肉的高阎王，身穿灰布长衫，生得肥头大耳，胖肚子把长衫鼓出个球，"吴均山，真睡得着吗？阎王爷把生死簿摊开了，俺要不来，就出人命了。"吴均山砢碜脸翻身坐起来："揍啥呀？"高阎王想把脸仰起来，怎奈户铺檐低，一米八几的大个子伸不直腰，只能伸长脖子，探出大胖脑袋，气哼哼地走过去："封你伙柜头，这帮人咋管的？"张口闭口离不开阎王说事，窑工背后就喊他高阎王。吴均山依然我行我素背对着众人，毫不顾忌地伸手抓抓肚子："好好的呀，一盆水豁俺浑身，俺也没说啥呀？"高阎王来了气，手一指："吴均山，翅膀硬了，俺掌柜问话，敢爱答不理呀。"纪瑞民"呵呵"两声，高阎王扭过头恶狠狠地"哼"了一声："没有规矩不成方圆，到哪说哪的话，中兴公司是中国首家纯民族资本股份制企业，当今全国独一无二，中兴不养刁民，谁敢充能耐窝里横，如同老子碾死一只蚂蚁，不信咱掉罐笼竖着瞧。"颜丙烈和韩邦留顿时来了精神："掌柜的发话了，没糊耳朵眼儿的听着。""想在枣庄混呀，少爹毛。"吴均山光溜溜站起来，大家不解望去，他拽屁股走到韩邦留跟前，摊开右手掌，对着韩邦留用力一吹："这儿有根儿。"韩邦留退两步"呸呸"啐唾沫。

高阎王扭脖子甩手走后，颜丙烈和韩邦留也消停了，两人紧张地靠墙坐住，生怕激出火再动手，非把他俩打趴窝不可。刘三生、李磨盘和张碾子坐在铺沿上，相互抻拽破麻袋片，剔麻袋片上毛草，叶奇领送高阎王没回来，户铺里沉默了，纪瑞民脱了上衣，与刘二顺把地铺上的碎瓦片擦干净，吴均山"吧嗒吧嗒"抽旱烟，静静地注视着一切。

夜深了，人也消停了，大通铺暗中涌动的小食客，撒开腿开始活跃了，臭虫、虮子、跳蚤嗅到酸腥的皮肤，没有硫黄味儿的，争先恐后地加入吸血盛宴，苦了新入住的人，在大通铺上翻滚扭动身子，"咔嚓咔嚓"抓挠着自己的躯体，纪瑞民伸手"啪"拍死一只臭虫，虮子迂回侵扰四处出击，跳蚤翻山越岭狂轰滥炸，刘二顺受不了忽地坐起来："咬死了，简直没法睡呀。"韩邦留很悠然自在，身子溜光一丝不挂，起来小解，浑身一股臭味，通身皮肤仿佛覆盖了一层油毡："窑底待几天，浑身覆上一层煤灰，洗几次留下油灰层，就不怕咬了。"吴均山打开电石灯，户铺里雪亮起来："四五月份凉快，入夏的蚊子更厉害，像你们这样的皮肤，赶上穿件脱毛衫，趴上面一层。"刘三生和李磨盘、张碾子没见过电石灯，好奇地围拢过来嘿嘿哈哈，吴均山悠悠地说："瞧吧，瞧眼里拔不出来了。"三个人嘿嘿乐，吴均山站墙根对着尿罐子"哗哗哗"尿一通，抖抖身子，咳嗽声："今后大家呀，低头不见抬头见，下煤窑挣玩命儿钱，不容易呀，本地有家有业的，指望着卖命的钱养家糊口，外地人——找点乐子也没啥，得有个度，度嘛，真他娘的毒啊！"刘二顺愣愣地问："度啥呀？"吴均山在大通铺前来回走动："矿工村四周的饭馆、宝局、牌场、当铺、卖唱的、窑姐，柜上或入股或收抽成，利益上一家人。今天，颜韩俩兄弟无非给兄弟们通融一下，下煤窑都这样儿，没啥羞耻的。"纪瑞民望着吴均山赤条条一丝不挂，晃来晃去："吴大哥，井下人都不穿衣服吗？"吴均山放一个响屁，靠他坐下："多数人不穿，干起活来也没法穿，瞧这是啥？"纪瑞民坐起来，接过去瞧瞧，张碾子一把夺过去，搁鼻端嗅嗅："俺瞧瞧，啥啊，像是骨头做的？"又递给纪瑞民，吴均山轻笑笑："羊角做的刮汗板儿。挖起煤来，挥汗如雨，汗水混合煤灰贴皮肤上，火辣辣奇痒难忍，比小咬厉害，两只手沾满了炭灰，没法挠，用这骨片刮汗特爽。"刘二顺与刘三生、李磨盘、张碾子，围着吴均山问这问那，对井下世界充满了好奇与遐想。

纪瑞民望着他们，陷入深深的思考中："同一个世界两个天地，中兴煤矿不同于青岛四方机车厂，工人自发成立'圣诞会'彼此团结，拧成一股绳，为了权益去向资本家勇敢地抗争，窑工们搞同族、亲缘、同乡、拜把子，如同一块块软弱无力的豆腐，被奴役压迫习惯了，人与人之间，束缚在个人的利益恩怨中，相互欺辱排斥，依靠群众动员群众在困难中发展有生力量，开辟新的战场，从哪里先开始呢？"那时代，那年月，追逐理想的人能有多少！把理想视为信念勇于实践的寥寥无几，纪瑞民称得上我自横刀向天笑的勇者！

夜色尚浓, 3 点多, 吴均山拿鞋底"啪啪"敲击墙壁: "阎王殿上唱三年, 咱是拔窑的黑无常, 白无常下窑的起床了, 新来的敬窑神, 嘴少张, 多喘气, 推煤的屁股长只眼睛, 刨煤的后脑勺长留点神, 尿尿跟紧老窑工没错呀。"九个人一丝不挂摸黑爬起来, 相互拍打屁股取乐逗趣儿: "数数, 咬了多少疙瘩。""瞧瞧你吧, 后背一层起满了。""磨盘也差不多, 咬成这样儿, 睡得像个死猪。""碾子像条死狗, 毛都咬掉了。"嘿嘿哈哈, 穿利索了, 纪瑞民伸手去提尿罐子, 刘二顺伸手拦住, 他提起走出去。

矿工村几排铺屋之间, 废铁桶内燃烧着炭火, 把四周映衬得红彤彤的, 浓浓的煤烟味儿, 直呛人鼻腔, 柜屋外支起临时的灶台, 熬煮棒子面稀粥、开水, 简单食物烧饼、豆饼、高粱煎饼、辣疙瘩咸菜, 挤满了抱肩膀的矿工, 赶着下井前填饱肚子。颜丙烈手拿一匹油条, 韩邦留捧一摞烧饼, 美滋滋走过来: "新来的啊, 都听着, 总柜那边有好吃的, 敞开吃, 可以赊账。"刘三生拉住刘二顺: "二哥, 俺想吃。"刘二顺望着烧饼油条咽口水: "二哥, 给你赊两个烧饼, 别吃油条了。"吴均山靠近兄弟俩压低声音: "别去, 一旦赊账习惯了, 入了圈套, 背上利滚利的阎王债。多要点豆饼吃, 压饿, 留些井下吃, 不然头一次下井, 要干 12 小时, 非累昏过去不可。"刘三生眼巴巴地望着油条烧饼, 被刘二顺硬拽走了。

越走近中兴煤矿, 越觉得距离这个世界遥远。这里主打的颜色是黑色, 脚下铺满了厚厚的煤灰, 周围的建筑落满了炭尘, 高耸入云的烟囱冒着滚滚浓烟, 一列列飞驰而去的火车, 装满了黑亮的煤炭, 行人走在天桥上, 像移动的黑木桩, 钢筋铁骨矗立着兀立的竖井, 钢铁巨人般要把所有靠近它的人, 吞咽到肚子里发出"轰隆隆"巨响, 消化着窑工的整个身躯, 然后提升、运输、通风、排水、动力供应, 窑工化作煤炭, 再经马达发力通过提升机吐出地面, 变成黑色金子。纪瑞民几个人肩披麻袋片, 紧紧跟在吴均山、颜丙烈、韩邦留、叶奇领身后, 竖井上的天轮"嘎吱嘎吱"飞驰转动, 四盏挂灯的反光罩聚集刺眼的光束, 照亮了竖井, 铁栏杆、信号杆、刹栓反射幽暗的光，两个罐笼上下交替运行，斗车往返穿梭，井口忙碌的工人不时发出嘶吼。"前面的快一点，还没睡醒吗？""喂，当心！"嘈杂声震耳欲聋，有时不得不靠打手势交流。

绞车房硐室地面高出邻近巷道底板 0.3~0.5 米，应采用混凝土等不燃性材料铺底，厚度不小于 100 毫米，并设 3% 的向外流水坡度。硐室有钢丝绳通道和通风巷道，安设调节风门的两个安全出口，马达飞快地转动。张福海站在操纵杆旁，耳听信号铃声，两眼紧紧地盯着指示盘，盘上有一道垂直的齿槽上下移动，标示出整个竖井和不同区域煤层，标示两个罐笼在竖井上下的位置，两个大飞轮彼此向相反的方向转动，钢丝绳如舒筋扭动的游龙，一条卷起一条放下，张福海仔细听听声响："老五，卷轴该上油了。"陶洪源手提油嘴壶走过来："三哥，纪大哥，今天头次下井呀。"张福海盯着指示盘："嗯，纪大哥忙了这阵子，约弟兄们拉拉呱。"陶洪源拭拭油嘴："三哥，兄弟们都佩服纪大哥啊，人家说话有水平，兄弟们商量让纪大哥入伙拜把子。三哥，你说呢？"张福海眼睛一刻也不离开指示盘："下了班再说。"陶洪源欲言又止，瞅张福海没心思听，只好走开了。

30 个矿警站在不同位置，"注意左边，猪啊。""娘的，靠右站。""娘的，西边几个瞎眼的，看不见斗车嘛，挤死你们完事儿。"纪瑞民几个人随着下井的人群，集体站在一座大锅炉房前，窑头孙晋友逐一点名，很多被冠以新名字的窑工，搞不清在喊谁，傻愣愣地瞪着眼瞅，直到木棍打到身上才反应过来，李磨盘和张碾子又挨了打，包工头袁算盘边打边骂："在家叫狗叫猪的，当了窑工，喊名字不知道呀？"李磨盘揉着肩膀："俺叫李磨盘，俺叫李磨盘。"人群中笑起来，韩邦留瞅着幸灾乐祸："多揍几棍子，保准记住了。"纪瑞民伸手提起他的后衣襟："都是苦兄弟，喊你哥呀，与人为善呀！"韩邦留领教过纪瑞民的拳头，缩脖子不吭气了。点完名，人群呼啦啦进入宽大的锅炉房内，大厅内热腾腾的令人舒服，好几十排木格架子，袁算盘、彭德彪、谷账本、高启富等十几个包工头直起嗓子拍手招呼，彭德彪瞅眼吴均山："掌子面的，上这边来。"吴均山向身边招招手，120号人挤过来，老的挖煤工熟练地脱光衣服，把衣服鞋扔进空格里，彭德彪按木格发牌，以免拿混了。

一拨一拨的人排队等候，上百人窸窸窣窣脱光衣服，新老窑工一目了然，老的浑身黑黢黢地发油，新人皮肤白净干涩，非常明显的黑白两个人群，纪瑞民把张福海媳妇特意缝制的兜裆布系好，把麻袋片围腰间，吴均山看了一眼："行家啊，从前下过井？"纪瑞民苦笑笑："没有，老表送的。"刘二顺和刘三生、李磨盘、张碾子几个围过来，掀开纪瑞民腰间的麻袋片，瞧着啧啧称赞："乖乖，小鸡小蛋儿围得真严实呀。"纪瑞民朝刘二顺头上打了一下，几个小伙子忙去脱衣服，腰间围麻袋。

每人排队挨个儿按上手印，报上自己号码，领了一盏电石灯、柳条安全帽、一条毛巾，刨煤工外加一柄刨煤镐，包工头前面领队，一列列地排队等着上罐笼，入井口黑暗幽深，仿佛是地狱的入口，无底的深渊。罐笼最多上20人，22人是极限，硬塞硬挤上了26人，肩碰肩，插脚的空都没有，前胸后背人贴人，挤扁的人胸部起伏喘不动气，张碾子精瘦扛不住挤，"哎哟，俺娘唻，啊——挤出尿啦！"彭德彪怒骂两声："穷叽歪啥啊，没挤出屎，就不错啦。"吱儿吱儿声震耳欲聋，耳鼓向内挤压"嗡嗡"作响，两侧的耳边风声呼啸，耳膜蜂鸣，头发竖立，感觉身体腾云驾雾般上移，年纪小的不自觉地"啊——"，彭德彪喊了声："憋住气，咽口唾沫。"纪瑞民努力咽了一下，头不发蒙了。罐笼发出"轰隆隆"剧烈的响声，在地下180米深的地方停住了。

从4点开始往井下放窑工，三层罐笼双钩提升，每层置两个装满煤的斗车，由井口的卸煤工在每层站口，把装满煤的斗车推出来，换上空斗车放置好，随罐笼逐层下降。刘二顺、刘三生、李磨盘、张碾子睁大惊异的眼睛，好奇地看着黑暗的世界，不放过每个新奇的场景，当罐笼栅栏门"咣啷"拉开，里面的人像迸裂喷出来，运煤巷道远处传来低沉隆隆声，两壁支撑的木桩布满裂痕，矿井内弥漫着甲烷、一氧化氮、氮气、氨气、硫化氢、二氧化硫、二氧化碳、一氧化碳、氢气、氧气、水蒸气、粉尘和潮湿等混合的各种气味，新来的不适应大口喘气，李磨盘不住干呕，老矿工都见怪不怪了，黑白两重天瞬间交叉，人的眼睛不适应，需慢慢在巷道里恢复。

一队列人转入右边的一个新巷道。纪瑞民随大家默默地在老巷道行走，学着老工人的样子把毛巾围头上戴上安全帽，没人吭声，加上巷道内阴森绵长，头顶墙壁的缝隙间不停地渗水，顺着巷道铁轨汇聚成了流水，汇成了成百上千不屈劳工冤魂的血和泪水，巷道里"轰轰隆隆"作响，那是冤死在煤层下累累白骨的抗争，似乎地狱之门就差临门一脚。巷道很深很远，绵延不绝的巷道向前不断地延伸，灯光灰暗似裹挟了寒雾，一排排光脚丫"哗啦哗啦"的蹚水声，如鬼魅凄厉地哭诉。包工头袁算盘脚上的胶靴，丝毫不顾及地踩上尖利煤块，刘二顺、刘三生光脚走惯了山路，纪瑞民的脚感觉走在瓦砾上刺痛，后悔该穿上鞋，现在只能咬牙坚持了。

随着巷道里刺目的光束照射，黑润的巷道有了奇异的光芒，惊诧着新窑工的视觉，忘记恐惧，对这里的一切都充满了好奇。偶尔有了悄悄的笑声，刘二顺、刘三生、李磨盘、张碾子，很快与其他铺户的年轻伙伴有了交流，走后面的包工头彭德彪不住声地开骂："小杂种们，叽咕啥啊，干活的时候，就没笑的工夫了，操你奶奶的，快走。"走到一个十字路口，骡子拉着斗车，一排排地来往穿行。车包工头谷账本和高启富招呼着前面的人，袁算盘和彭德彪招呼着纪瑞民这50号人沿轨道往左走，巷道两侧撑立木桩，巷顶横着松木，越走巷道越窄越矮，巷道墙壁几乎贴着脸，仿佛猫着腰走在巨石下面，随时被压扁的感觉，小个子也伸不直腰了，吴均山扭头喊着："小心些，别碰了头。""哎哟！"李磨盘就惨叫一声，大家嘿嘿笑起来。没有了电灯光，电石灯的火苗闪烁幽蓝色，在黑黢黢的巷道里，一盏盏电石灯闪着蓝色荧火，像伸手不见五指的荒凉坟墓周围忽闪的鬼火。

越往里走，脚下越湿滑，温度在逐渐升高，闷热使人喘不上气来，浑身已开始冒汗了，身上发黏湿乎乎的难受，有的人解开围在腰间的麻袋片，赤条条反而轻松多了。彭德彪招呼年纪小力气弱的去装煤拥斗车，袁算盘安排吴均山带20多个人刨煤，纪瑞民、刘二顺等个头高肩膀有劲儿，编入刨煤组。进入矿脉各附属坑道，这一区域的掌子面是南大井矿脉煤层比较薄的，在五六十厘米之间，斜面的坑顶低矮空间窄，刨煤工借着坑木吃力地爬上去，由于煤层薄，只能在坑顶和坑壁之间匍匐爬行到掌子面，左手还要小心电石灯。纪瑞民右胳膊肘钻心地疼，看着老工人手脚自如，熟练地爬到掌子面，感觉自己在狭小的空间内无所适从，跟着肩膀、腹部、大腿、脚踝不停地被剐蹭伤冒出血，他也学着老工人解开麻袋片，铺前面爬麻袋片，感觉好多了。每个刨煤工如吐丝的蚕蛹窝在掌子面，用断把尖镐镐奋力地凿开空间，以便轮镐刨煤。

刨煤工比拥车工多四毛钱，颜丙烈和韩邦留力气不行，偷奸耍滑在行，言说帮助新来的掌握刨煤要领，比画着让纪瑞民、刘二顺两个人先爬进他俩负责的掌子面刨煤，等掌子面空间扩大能立齐腰了，立刻撵走去只能侧卧的掌子面刨煤。

左右上下的刨煤工彼此间隔，每个人占据不足四米的地方，身下方铺一块木板便于刨出的煤滑下来。纪瑞民才开始刨，浑身就被汗水打湿了，上方的吴均山向他喊着："不要用蛮力，两肩屁股和脚跟抵住发力，用镐尖凿，再用镐撬开，镗开空间，就好抢镐了。"纪瑞民撤身仰面张不开嘴，汗水炭飞沫眯了眼睛睁不开，碎煤渣掉了满脸，他只能凭借感觉猛刨煤，成片碎煤"哗哗"地顺着他的身体滑下去。在高温潮湿的煤层下劳作，人的尊严就剩下一层皮肤了，煤灰泥裹满了全身，没法子穿衣服，浑身的煤灰混合了血水汗水，刺痛难耐，这便是当刨煤工开始的体验，正如吴均山所说，老窑工身上的道道疤痕足以说明一切，能适应才能做刨煤工，在刨煤的同时，哪有工夫匍匐爬出去掌子面小解啊，一股尿顺着身下煤块滑下去，夹杂着汗酸尿味儿和辛酸的泪水，整个人的血肉汗水早已与煤融为一体了。

微光中，弥漫着煤尘，瓦斯味儿直呛鼻腔，纪瑞民腰背四肢，被剐得鲜血淋漓变成血肉炭汁，血肉炭汁把他包裹变成了煤做的人，只需一根火柴，瞬间就能把他彻底点燃。

在巷道游荡的各色工头，如同地狱里的厉鬼，毒打逼迫窑工加速刨煤运煤。窑头孙晋友带着二把头鲍金牙和佟振江，巡查掌子面区域，见年龄幼小体质差的背煤工速度慢，推斗车的效率低，浮煤淤积堵塞运煤巷道，孙晋友嗷嗷地训斥彭德彪、袁算盘监管不到位，三人仰脸走了，彭德彪和袁算盘手中的棒子可就抡起来了。

刘三生和李磨盘、张碾子等十几个新来的不得要领，不是推不动，就是把斗车推出轨道。挨了彭德彪几棍子，屁股都给打炸了，在叫骂声中掌握了拥煤斗的要领，弯下身子、两肩要平、撅起屁股、双臂伸直60度、双手卡住斗车离轨道一尺距离，使出吃奶的劲儿，用力推。整个巷道装煤拥斗车的300多人，每一个煤层人车交错，每一条巷道尽头，掌子面都活跃着挥汗如雨的刨煤工，加上井下井上的辅助工、技术人员、工程师等，达到900多人为这座矿山开凿。

时间在一分一秒地过去，纪瑞民感觉除了会呼吸，他就是移动的煤块，命运被庞大的机器吞噬着，随波逐流，由不得他去思考，他麻木地奋力挥镐，手虎口震出血来，包工头袁算盘喊歇工，他都没听见，刘二顺爬过来拉住了他："叔啊，歇工了。"二人匍匐爬出来，依靠煤堆坐下，看了对方一眼苦笑，微光中眼白和牙齿白得瘆人，一说话脸上掉落煤尘，鼻孔里塞满了煤渣子，由远及近逐渐贯穿巷道，在昏暗的巷道里，传来刘三生喊二哥的声音在回荡，二人累得直不起腰，伸手抓下拴在坑木上的干粮袋。靠近煤层的巷道低矮，人只能爬行，他俩向传来喊声的方位爬过去。刘三生哭丧脸揉着屁股，看见纪瑞民和刘二顺是爬过来，急忙给二人扶起来坐下："张碾子和李磨盘没带吃的，在左边哭呢。"纪瑞民口渴难忍，把干粮递给刘二顺，俯身趴地面水坑，吴均山用脚面抵住纪瑞民的下巴："巷道里的水，只能喝上面渗下来的，久喝非死人不可。"随手把一个水葫芦递过去，纪瑞民接过水葫芦爬起来，仰起脖子喝了两大口，伸手想擦嘴，一瞧满手的煤灰泥，把手在屁股蛋儿上蹭蹭："吴大哥，新来的没经验，多数没带干粮，这后面还得有几个小时活干呀？"吴均山叹口气："下煤窑，一干就得12

个小时，后半夜 4 点起床，加起来，多少个小时啊！"纪瑞民拎起干粮袋手拿水葫芦，向左边巷道走去。

零零散散坐着一排排人，老窑工三三两两地忙着拿干粮敬"灰八爷"，多数新窑工喝着坑水悄悄地抹泪，看着老窑工们扒坑给巷道里的老鼠投食，干咽唾沫，纪瑞民走到中间百感交集："新来的兄弟们，咱们初次下井，经验不足啊，这活后半程，还得干几小时呀，如果有带干粮的，兄弟们彼此分一分，咱们穷苦人要相互依靠，相互依偎，才能挺得住呀！"纪瑞民发自肺腑的言语不多，暖了人心，深受感动的老矿工们，望着这群半大的孩子，远离爹娘的怀抱，赤身裸体，在这地狱般的煤井里当牛做马，被劳累折磨得不成人样子，想到了自己当年的悲惨，纷纷慷慨解囊，拿出干粮和水，与孩子们同甘共苦，纪瑞民眼中的泪水夺眶而出，想到党的殷殷期盼，团结劳工刻不容缓，要让煤矿工人争取有尊严地活着，必须把革命的真理，及早灌输给中兴煤矿广大的工人阶级，要让中兴煤矿的工人阶级走上这历史舞台，当家做主人。

终于结束 12 小时挥汗如雨的劳作，浑身煤灰行走在回劳工村的路上，裹着炭黑色的窑工，已经分不清新旧窑工了，饥饿劳累控制了人的精神，行尸走肉般机械地走着，刘二顺、刘三生、李磨盘、张碾子等年轻人，早已没了对矿山的新奇，只想回去填饱肚子，美美睡上一觉，睡到死也不愿意再睁开眼去看这黑色的世界。

迈着沉重的脚步，疲惫的窑工们如僵尸般，叶奇领几个岁数大的窑工，又一次脱离了鬼门关，下一次还能不能活着上井呼吸新鲜空气，那就由老天爷去说吧，几个人伸长脖子仰天长吼："拔窑了，拔窑了啊——"空旷苍凉的呐喊，划破了天际，乱坟岗枝头上乌鸦"嘎嘎"呼扇翅膀，抖落一片片黑色羽毛，随风飘荡飞舞，那是不屈的灵魂在挣扎。

劳工村大门口，孙晋友和鲍金牙、佟振江站一排，嘴里叼支烟，"二五一十、二五一十"地清点回来人数，包工柜头高阎王挺起大肚子，笑眯眯地扫视过往的窑工："好呀，阎王打盹儿，都喘气活着回来了嘛，往日三五个吹灯也正常。"谷账本伸长手臂紧赶两步："高启富，监管端北区，掌子面冒顶，摊事啦！"有气无力的窑工一听，立刻骚动起来："谁，啊，叫啥的？""哪个户铺的？""东头户铺的，说是一个砸断了胳膊。""哎哟嘞！"孙晋友冲向人群："赶快回去，养足了精神，明天好下井，娘的。"在把头和包工头的眼里，巷道里死一两个人，再寻常不过了，如在市场上屠宰的鸡鸭鹅，有啥稀奇的，在煤矿是炭吃人。

刘二顺与刘三生、李磨盘、张碾子四人累得弓腰驼背，浑身煤灰歪倒铺上就睡了，等闻到饭香了，强打精神睁开眼，双手捧着豆饼狂啃，吴均山笑着摇头："刚开始，累断筋，过阵子筋骨适应就好了，要不是俺帮你们拿饭，后半夜又得饿哭了。"纪瑞民累得连喝口水的劲儿也没有，他靠墙根儿打盹儿，刘二顺拿个布包靠纪瑞民蹲下来："叔啊，醒醒吧。"纪瑞民睁开眼："想着靠一下，就睡着了。"刘二顺把布包放他手上："二把头佟振江，送给叔的，说叔的表弟捎来的。"一旁的颜丙烈和韩邦留转了心思，想这二把头佟振江眼皮活，窑头孙晋友身边的红人，姓纪的跟他有牵扯，日后还得巴结点好，贼溜溜紧盯着这边。

纪瑞民本能地把布包揽在怀里，一脸淡定地把手伸进布包里逐一摸摸，全是窝窝头呀？为什么都是窝窝头呢？纪瑞民心里不停地打着疑问。刘二顺端水碗回来，纪瑞民接过水碗刚想喝水，他把水碗又递给刘二顺："水还热着呢。"刘二顺抿两口："不热呀。"纪瑞民没理会，轻轻打开布包，二十多个榆钱窝窝头，他快速用眼审视着窝窝头，有一个窝窝头比其他的身子长，他果断拿起来把窝窝头口对着自己，窝窝头里面似乎塞了东西，便放下心来："拿给大家尝尝呗。"刘二顺正没吃饱，乐得拿走与大家分享，窑铺里的人欢畅了，大家纷纷过来抢，颜丙烈和韩邦留也抢了5个，刘三生哭喊着："人家还没嚼，狗剩子就一个下肚了。"刘二顺气得打弟弟："人家吃人家的，你再哭，都吃完了，俺这个给你。"李磨盘嘴上叼1个，手中2个不舍得吃，闻闻左手的，嗅嗅右手的，吴均山品尝着榆钱窝窝头头，把布包里剩下的3个，拿了两个递给叶奇领："累了，吃啥都香。"

叶奇领感激地接过去，佝偻身子咳嗽声不断，颜丙烈和韩邦留"吧嗒吧嗒"吃得香，"真有口福呀！""谢谢，纪师傅！"刘二顺愤愤地"哼"了声。

纪瑞民双手捂住窝窝头，悄声走出铺屋，西面五个围三面的芦苇席棚，窑铺为窑工搭建的简易冲澡处，每个席棚里摆放五个或七个大水缸，专门选济宁酱园水容量 500 斤的发酵缸，每个棚配置十几个小铁桶，解决了窑工上井回来的洗浴难题，上井回来的窑工在五个席棚处进进出出，水花溅起声，夹杂嬉笑声打闹声，听得清清楚楚。冲洗完毕的窑工们，三三两两地走出冲澡棚，他们赤身裸体毫无顾忌地从纪瑞民身边走过，纪瑞民望远处劳工村西北枣树林茂密，绝佳幽秘僻静处。来到枣树林，纪瑞民掰开窝窝头，紧贴窝窝头顶塞了棉花，扒开棉花藏了一张小纸条："北山的地已选好，四十七棵红枣树苗移栽上。"

纪瑞民心中窃喜，压在心底的忧虑豁然开朗，今天终于可以释放了，几口就把手上的榆钱窝窝头咽下去，反复仔细看了两遍，把纸条团揉放到嘴里嚼碎咽下去。感念张福海和杜宝财、陶洪源三人在他离开这些天，仍在夜以继日地工作，已召集了 47 个人，他得尽快去见张福海，与这些人见上一面，再多方考察，选出适宜人员，立即向中共山东地方执行委员会汇报情况。

回去的路上，纪瑞民抑制不住兴奋地哼唱着列悲翻译的《国际歌》：起来，饥寒交迫的奴隶，起来，全世界受苦的人！

宇宙间的日月星辰，大地上的江海湖泊，孕育了人类，在长期的狩猎劳作过程中不断进化，逐渐形成了对自身和周围环境的认知和思考，产生了不同的意识和思想。中国共产党人从中国共产党创建伊始，在血雨腥风中不断地完善初心和使命，始终与中国人民站在一起，人民的幸福就是党的目的，中华民族走上繁荣富强就是党的目标。纪瑞民要把中国共产党的思想在峄县地区传播发扬，前面的道路漫长曲折，坎坷艰巨在等待着他去面对。纪瑞民的前面是像张福海和杜宝财、刘二顺这样的年轻人在迎接他，他的脚步也越发坚定起来。

纪瑞民后背被人重重一击："煤山煤海煤窝棚，黑不过煤黑子腰间的破麻袋片，兄弟也成了黑不溜秋的煤黑子啦。"吴均山和刘二顺在笑他，纪瑞民不好意思地系上腰间的破麻袋片，吴均山伸手就把他腰间的破麻袋片拽开："别害臊了，大家都等着冲洗呢。"刘二顺用头顶住纪瑞民后腰，直到芦苇席棚里，刘三生和李磨盘各持一个水桶，迎面泼上去，"哗啦啦"清凉的水由头到脚倾泻而下，让纪瑞民倍感顺畅，张碾子拎过来一桶用水和成稀泥汤的"白炭土"："咱没肥皂使，叶大哥刚用完。"大家用手挖起来相互涂抹全身，虽比不上肥皂好使，两三桶水一冲，浑身透着清爽，身上一股淡淡的硫黄味儿。

日复一日的井下劳作，纪瑞民已完全融入了矿山，他与窑工同甘共苦，了解到很多不为人知的艰辛，窑工们也把这位"细木匠"亲切地视为兄长或纪师傅，他在中兴煤矿窑工中间威望逐渐攀升，窑工们都愿意亲近他，聆听他独到的见解，豁然打开了窑工们压抑已久的心灵窗户。随着他多次与张福海和杜宝财、陶洪源等人秘密接触，有个亟待解决的问题，让纪瑞民陷入深深的思考。

立秋后，秋老虎依旧闷热，佟振江站在中兴公司大门外不停张望，撩起对襟呼扇凉快，望见张福海几个人走出大门，忙挥手："哎，三哥，瞧这边儿。"

张福海向工友们告别，向佟振江这边走过来："老七，瞎叫啥，把你的大分头剪剪，看着别扭，像长毛狗。"

佟振江两手掌一捧，啐两口唾沫，把中分头使劲地往下捋捋："三哥嘞，现在最时兴大分头。"

张福海待佟振江如亲兄弟，心里咋想就咋说："结婚快三个月了，弟妹怀了吗？"

佟振江脸发红，右脚用力碾石子："没那么快，着啥急啊。"

张福海随手拽下肩上的毛巾，递过去："擦擦汗，在这儿傻站着干吗？"

佟振江很认真地看着张福海的脸："三哥，弟弟说句冒犯的话，别生气啊？"说话间，佟振江拉着张福海选一处西瓜摊小方桌，搬来马扎子，二人坐下："快点儿，切半个西瓜。"

老汉掂量一个黑皮西瓜："这位兄弟呀，八九斤。"

佟振江起身过去看着老汉上秤："打高点儿，再打高点儿。"

老汉平移秤砣："高高的，九斤二两，算九斤，七毛二。"

佟振江抱西瓜坐下，拿起小方桌上的长刀，"喊里咔嚓"切了大半个西瓜，拣出一块大的，双手递上去："孝敬三哥，吃吧，吃吧。"

张福海望着佟振江伸衣兜摸出一沓钱，趾高气扬的劲头，兄弟间也在慢慢地疏离："吃它干啥呀，这钱赶上一斗高粱啦！"一斗高粱18斤，抵挡饿肚子穷苦人似千斤重，配上野菜，够五口人吃上十天半个月。

佟振江笑开了眉眼："嗨，俺对三哥，没说的，吃啊。"

张福海低头笑笑，只好啃起西瓜。

兄弟俩几块西瓜下肚，闲聊把兄弟间的是是非非，佟振江自打坐稳了二把头，腰包里鼓起钱，人又长得精神，越发地忘乎所以，对兄弟几个也少了尊重："瞧二哥那抠搜样儿，酒没少喝，他一顿饭没请过，凭啥在九个兄弟里指指点点呀。"

"凭啥？凭年龄长你几岁。"佟振江用这种口气，令张福海听着刺耳。

"是是，三哥说俺，俺啥时候都听，嘿嘿哈——"

"老七，咱是兄弟，有啥话直说。"

"俺说了，俺说了，俺真说了？"

"有屁就快放吧，磨叽啥啊。"

"咱这大表哥真有两下子啊，要不是张宗昌命令马凳瀛缴了矿警队的枪，警局杨竞业早就进矿抓人了，俺和巡警队长刘德奎喝酒，他亲自告诉俺的，名单里就有咱的大表哥呀，要不是三哥的亲戚，俺才懒得问呢。"

在党组织非常严格保密的情况下，纪瑞民在中兴煤矿对外宣称，是电务处机电工张福海的表哥，投靠亲戚在煤矿寻差事，下了煤窑做窑工，深入井下了解工人的疾苦，对工人进行阶级教育，宣传革命道理。入乡随俗与张福海一干兄弟结拜三番子，着重对思想觉悟高的矿工，进行党的知识教育，使矿工们认识到共产党是工人阶级的政党，是为劳苦大众谋利益的政党，启发了矿工参加共产党的积极性和自觉性。通过骨干与矿区的矿工互相串联，像滚雪球一样，由电务处发展到机务处，再逐渐扩大到各个矿井，积极向上的骨干越来越多，覆盖到整个矿区。7月，中共山东地方执行委员会批准，正式建立枣庄矿区党支部，纪瑞民任书记，张福海任委员，成员有张福海、郭长青、蒋福义、王文斌、杜宝财、芮庆红、房洪春、陶洪源、刘雁德、吴均山、刘二顺、孙洪山等十余名青年矿工。纪瑞民的底细也仅限大哥杜宝财和老六房洪春知晓。

老七佟振江敬重三哥张福海为人，句句话靠谱。纪瑞民入矿以来，靠着他个人天赋和魅力，行走在窑工中间游刃有余，得到广泛的认可和称赞。但是，直接侵犯了窑头、二把头、包工头的利益。中兴煤矿的新窑工进矿后，人人都要趋炎附势，攀附窑头、二把头、包工头与之"结干亲"，以便在煤矿上得到相应的保护和工作便利，不"结干亲"很容易遭人欺辱。

窑工之间，老人霸凌新人比比皆是。所以，每年中兴公司招募新窑工，也是窑头、二把头、包工头们一项重要经济来源，与他们"结干亲"的窑工，每逢年节，要向他们送节礼，以求平安。

从纪瑞民来到中兴公司以后，窑工们把他视作领袖，大小事找他商量，原先的"结干亲""拜师费""认帮会"不灵了。窑头孙晋友准备的二十几条开裆裤，才送出去七条，就别说二把头和包工头了，他们对纪瑞民恨得牙根痒痒，要不是张宗昌缴了矿业警察保安队的枪，窑头们早想找机会办了他。

张福海掂量着佟振江的话，明白窑头矿警队不知纪瑞民的底，只是党支部在矿区的地下活动，影响了窑头矿警队的切身利益，佟振江的话也在映射他要注意点才是。党支部正积极筹备，创建枣庄矿区赤色地下工会，以便更好地发挥党组织作用，组织和发动广大的矿区工人，联合起来，勇敢地争取自身权益，勇于斗争。

看来这场西瓜宴，话不投机半句多，各有各的主意，各有各的打算。

张福海对佟振江抱有很大的希望，老七为人出手大方，对人不小气，兄弟们想着拉纪瑞民入伙拜"把兄弟"，他只能推三阻四，惹得弟兄们认为纪瑞民瞧不起他们，兄弟之间闹了嫌隙，可他和纪瑞民又不能把组织纪律挑明，这就让佟振江越发瞧纪瑞民不顺眼，明里暗里处处打击："大表哥平日里说的话，不切实际，穷人想得天下，等太阳从西边出来吧。"

"老七，你现在混得是不错，你家里的人，都是苦水泡大的，和窑工同根生，纪大哥的话，只是说出窑工的心里话，有啥不对的呀？"

"矿主们有钱，养的警察有枪，外面的军阀和他们一个鼻孔出气，穷窑工拿镐头拼啊？"

"所以，咱们窑工要团结起来，拧成一股绳，就会有无穷的力量，就是泰山也搬得动。"

"哼，三哥快被大表哥同化了，说的话和他一样一样的。"

"无论是谁，只要为穷苦人说话，就会有人跟定他，这样儿活着，才会有尊严啊。你成日里吃喝嫖赌的，忘了你吃过的苦日子啦。"

"哼哼，俺看三哥被大表哥迷惑了，他请中兴小学的梁娴家给窑工上识字班，臭挖煤的识字，你瞅颜丙烈和韩邦留都是啥眼神，半大崽子的张碾子和李磨盘，没事就围在女老师身边乱转、笑话，俺是瞧着，大表哥跟这女老师有一腿吧。"

"老七，你敢胡说！"

"嘿嘿，瞧把三哥急得，俺说得没错。三哥，你晓得吗？安宁街又冒出一家南方的妓院，开张个把月，那叫个俊啊！二哥没跟三哥说吧，请弟兄们喝酒没钱，逛窑子大把地花钱，呸！"这样的话，张福海听不下去，看来他和佟振江谁也说服不了谁，注定要走不同的两条道，兄弟俩分道扬镳是迟早的事，张福海好生难过。棘手的是，他必须与纪瑞民见上一面，把佟振江所说的，及早向支部同志们传达一下，要注意平日里的言行，提高警惕，保护自己。

末了，临走时，兄弟俩为剩下的半个西瓜争执半天，佟振江死活让张福海带回家。

1927年5月初，梁石生满怀心事地回到家，他直奔书房，写字台中间的抽屉好像被人打开过，心里不免一惊，急忙打开一瞧，压在申报下面的徐树铮著《建国诠真》不见了，顿觉浑身冒冷汗，不等犹豫，急急忙忙奔前院见母亲。

梁宅拜王寿昌所赐，梁石生回峄县20天后病愈，王佑熙替二姐王佑纯再续姻缘，与梁石生喜结良缘。王寿昌不满女婿放弃留学的大好前程，变得郁郁寡欢。王寿昌陷入深深自责，怪自己看走了眼，选择梁石生做女婿，二女儿为此丧命，还搭上小女儿。嫁女没有大操大办，通书、传启、请期、嫁女、迎亲、拜天地、坐帐、闹房、请安、回门一样不少，严格按照流程办，又怕让小女儿受委屈，嫁妆筹备丰厚，摆了十条街：卧室、客厅、餐厅、书房等全套紫檀黄花梨红木家具，金银首饰四匣、大瓷掸瓶一对、瓷帽笔筒一对、粉彩茶叶罐一对、描金掐银碗碟六箱、二十床两铺两盖锦缎被褥、四季棉单衣物、一对鲜鱼、一对活鸡、数量成双的猪肉、十二盒糖饼等、外加薄板泉的八十亩良田、内河拖轮加十二个驳船、一挂马车等。

等到最后一个环节"回门"，方知百密一疏终有一漏。女婿携手闺女向二老行礼，王寿昌端详女儿娇羞幸福的模样儿，再看一眼女婿风表龙姿，纠结的心释怀了，一口一个"升儿"叫不停。翁婿进了书房畅谈经纶，陪嫁丫鬟石榴和奶妈扶着王佑熙进内宅正房，丫鬟仆妇已下台阶迎候，拜过二娘许氏，大姐王佑莲牵住王佑熙的手，相互问候，吕氏早已按捺不住扑向女儿，母女相视垂泪，免不了众人相劝一番，大家方落座叙离别。

奶妈张氏从王佑熙出生，一直陪伴到去婆家，家长里短的逐一汇报："王家的规矩，在峄县是出了名的，三小姐侍奉公婆礼数周全，客（女婿）样样都好，公公婆婆很知足，没有丁点难为三小姐，只是——"

吕氏瞪大眼睛瞅女儿，王佑熙低头不语。

许氏赔着微笑："只是，梁家烧了哪门子的高香呀，娶了咱小姐，敢情让俺三妮儿，受了委屈呀。"

石榴嘴咬手绢，气鼓鼓地走上前："太太，二太太都在这儿，恳求太太，让石榴回来吧。"

吕氏沉下脸来："随小姐陪嫁，你就是小姐陪嫁的东西，主子没吩咐，啥时候，轮到下人说话了。"

石榴用手绢捂住脸啼哭，张氏、碧云和墨砚两个丫鬟帮其劝解退下去。

王佑熙面无表情："都留下就是，由俺一个人去梁家。"

一旁的张氏不敢瞅吕氏："梁家住得狭窄，别说是三姐一个人住，就是王家的嫁妆还在院子里扔着呢。"

吕氏倒诧异了，王家的嫁妆丰厚，在峄县还没听说有挑眼的，怎么到了梁家就出差了："听这话蹊跷，嫁妆不合亲家满意吗？"

二房的许氏看了三小姐陪嫁，气得七窍生烟，正房娶儿媳妇嫁女，偏房与正房没得比，差得不是一星半点。她生的儿女，娶嫁合起来，也不足三小姐的一个零头，许氏闻听三小姐婆家冒这么一出，乐得拍手，她反话正说："哎哟嘞，梁家真不识好歹啊！让梁家察听察听，慢说在峄县没得比，即便是兖济道辖境的济宁、兖州、泗水、汶上、宁阳、嘉祥、金乡、鱼台、曲阜、邹城、滕县、枣庄，哪家敢充大尾巴狼，与恒隆斗富呀！"

吕氏冲许氏摆摆手："二太太，听听张妈咋说。"

奶妈张氏愁苦着脸："现三小姐在跟前，轮不到俺做老妈子胡言乱语，俺也只是替三小姐出出气罢了。由嫁女到迎亲就凸显了，别说嫁妆进不了院，王家的娘家人，只有陪伴三小姐的女傧相进了洞房，那些嫁妆摆了几条街，咋整啊，恁说太太啊！陪嫁的厨师好说，家就在南街住，俺跟石榴可苦喽。"

许氏越发好奇了，内心窃喜都快笑出声来："再不济，也不能没你两人的房子呀。"

奶妈张氏右手攥拳捶左手掌："哎哟嘞，俺的太太嘞，还房子呢，铺张睡觉床的地儿也没有呀！"

正房内丫鬟仆妇笑开了，窃窃私语，悄声议论，吕氏越发坐不住了："笑话，俺就不信了，堂堂王家的人，就是猫狗也比梁家人尊贵，姑少爷哪，他看不见吗？"

许氏跷起兰花指挖耳朵："姑少爷能说啥呀，他忙着拜天地和入洞房呢，只是苦了咱们王家人，在梁家不受待见，这不是瞧不起咱王家人吗！"

石榴小碎步走上前："亏了梁家人想得出来，居然叫俺跟小姑子一块儿睡，俺才不干呢。俺可见不得整天头发披散开，穿得花里胡哨的，天足穿高跟皮鞋，针黹女红一概不懂，居然识字当先生，就是个怪物嘛，俺跟小姐对付一宿，张妈睡锅屋里。"

众人愣住了，许氏右手捂住嘴"啊"了声，吕氏震怒了："唤大树来，喊老爷，快去喊老爷来，通通给俺下去，下去。"

大家低下头，蔫不唧儿退下，许氏拉着王佑莲一步三回头地走了。

足足等了30多分钟，院子里一声吆喝："二少爷到。"

大管家张守忠与王守业过了垂花门，低头闲聊："二少爷甭查了，力拔'独杆轿'头筹的，是熊耳山大当家的赵喜龙，他这身手谁能比啊，咱输给杆子不丢人。"

"大管家，恁咋知道是赵喜龙呀？"

"清明节的青檀寺庙会，黄瑛姑的亲娘，就葬在青檀寺九鼎山，赵喜龙能不来吗！"

"呵呵，黄静斋养的好闺女，现在成了枪法一流的山大王啦。"

"抱犊崮孙桂枝也来了，与赵喜龙在峄县四处张贴通告，意在招兵买马。"

"俺得空去看了，还拿了两张来。"王守业从口袋里掏出两张红色通告——

"溯自近年来，国事涸淆，是非颠倒，一则曰加税，再者曰筹款、派捐、公债、印花、厘金，种种苛派，纷至沓来，使农不得耕，工不得造，商不得贩。兼以贪官污吏，千般剥削。劣董恶绅，表里为奸，直令英雄豪杰，郁郁而难平也。今天中国，或为士而缘寅者，终南有经。或为军而绅缙者，捷足先登，或为商而多财者，奇货可居。独我同仁等……反待之若草芥，若奴隶。"

"吾同仁奋然起义，纵横齐鲁……平等为主义，均户为目的，志在除尽贪官污吏，杀绝劣董恶绅，将中国之腐败病民政策涤刷一新，熙熙攘攘，打出一个清平世界，为父老兄弟造真幸福。"

张守忠接过手，随便看两眼，狠狠地撕得粉碎："竟在峄县地界，如此妄为，妖言惑众，这年月土匪猖獗至极啊！"

"怎么着，现在的保家局子与红枪会、大刀会、白旗会联手，打得过赵喜龙吗？"

张守忠未置可否，向他摆摆手："世事莫论，二少爷，俺在这儿候着，候着老爷来，二少爷，恁先去回太太吧。"

许氏生的二少爷王守业手提鸟笼子，喜滋滋迈着方步，一摇三晃地走向内宅正房，迈步上台阶，搭眼瞅见石榴和张妈，垂头丧气地站在门口西侧，他眼珠子一晃，收住脚往西走，涎皮赖脸地来到石榴跟前，弓腰仰脸瞅石榴，瞅石榴两眼红肿，二少爷王守业乐颠了："哎哟，这不是梁少爷屋里的石榴姐嘛，进了梁家大院，越发的俊美了，咋听说随三小姐陪嫁，梁家连张床也没有铺。看看看，守着干粮没锅做饭活该挨饿呀！俺说跟太太讨你去我房里，风不吹日不晒，吃香喝辣的不用愁，这住的嘛，金屋藏娇就更不用愁了，做通房，一举两得呀。"石榴闻听把手高高扬起了，王守业歪着嘴合上右眼："打打，给你小蹄子打，嘿嘿——"张妈推开石榴："二少爷呀，恁当主子的，犯得着取笑下人呀，况且还是妹妹房里的人，传出去让人家笑话。"王守业立马黑了脸，刚要还嘴，正房内传来一声："大树，你就死外面吧。""哎哎，听太太吩咐，俺脚不沾地跑过来，俺的亲娘哎。"王守业一连声答应着，快速进了堂屋。不大会儿，急火火地跑出来，头一晃，又折回去提鸟笼跑出院子。

吕氏正在解劝女儿，张妈喊了声："太太，老爷来了。"王寿昌身后跟着王布丁，梁石生尾随后面，三人一前一后地走进内宅正房，王佑熙紧张地望着梁石生，吕氏脸发青，怒视着梁石生，王寿昌一愣，立刻拉下脸来："今天小两口儿回门，女婿贵为客，熙儿就不是咱家的人了，是梁家的媳妇，有啥话，咱听亲家的。今儿，由我在这儿，谁人敢说个'不'字！"吕氏索性掩面大哭："俺苦命的孩子呀，姐姐死了，妹妹跟着遭罪啊，俺可咋办呀，俺可怜的孩子啊，俺死去的纯儿呀，为娘也死了一了百了吧，俺的闺女呀，俺的心头肉啊……"瞧母亲喊着姐姐痛哭，王佑熙眼泪止不住流淌，扭过头去，王寿昌见不得女儿流泪，眼圈立马红了："升儿，你来说，为啥？"梁石生则把头低下，一声不吭，吕氏擦两把泪水："嫁出去的闺女，泼出去的水，纵是梁家有啥，还有老爷做主呢，他梁家也不该把嫁妆不当东西，摞满院子，陪闺女过去的人，连个住的地也没有，俺不怕升儿挑眼，即便是俺死了，也不能再让熙儿受委屈。"梁石生斗胆进一步："爹，娘，实在是家里狭窄，俺大正想着多租几间房子，现在正找着呢。"吕氏"哼哼"两声，懒得瞅女婿梁石生。

　　正房内一时僵住，梁家的现实情况摆在那里，也怨不得女婿梁石生，王布丁打破尴尬："姑少爷，恁带三小姐下面歇息，老夫子有话跟老爷太太说。"梁石生过去扶媳妇，王佑熙推开他，吕氏冲着门口喊："石榴哪。"石榴和张妈小跑进来，冲王寿昌鞠躬，忙不迭去搀扶王佑熙，梁石生望望岳父，王寿昌语气和缓，望望女婿："升儿，去吧。等一下，你去书房瞧瞧那几方砚台，合适选一方，若都不合适，叫人喊大管家带人，去库房选，答应给县知事辛铸九的歙砚，咱得守信呀，你替爹及早送过去。"梁石生点点头："爹，俺知道了。"王佑熙由石榴和张妈搀扶下去，梁石生退出去。

　　王布丁走到门口瞅瞅，折返回身："老爷嘞，太太嘞，梁家吃了上顿等下顿，有两间房住就不错了，得亏陪嫁了大宗的财产，若没有土地和船舶进账，还不饿瞪眼啊，不然腾不出个院落？"王寿昌烦躁地来回走动："房产、商铺、商号我做不了主，王氏宗族也不让啊。"吕氏按捺不住了："凭老爷这句话，由熙儿跟公公婆婆挤一块儿住呗。"王布丁一捼袖子，伸出胳膊："老爷，咱活人还能叫尿憋死，房产、商铺、商号族人把持，城南北大街南段的钱庄，沿街是二层楼，三进院，亲家梁步严不是账房先生吗，老爷派亲家去钱庄打个杂，然后把他安排到库房做账房，象征性地干点哈，然后把后两个院改造一下，对外就说做账务库房，梁家人堂而皇之住进去，咱请族里的长辈多喝几盅酒，灌晕了多塞些钱，族里人谁还敢说什么呀。"说得吕氏满意点头，王寿昌也松了口气。

城南北大街南段的恒隆钱庄，坐南朝北，族叔王福田占三成的股份，先期沿街建了一进院，王寿昌把恒隆商号做大后，改造恒隆钱庄，由北往南扩至三进院，时逢银行露峥嵘，二三院就一直闲置，假借梁步严库房总账房兼钱庄副掌柜，打理清账，后两个院当作账务库房，由梁家人迁入居住，一进院与二进院隔断，在二进院右手打开一个进出门，王氏宗族掌权派默许，其他的人干看着。

梁家新宅邸，前院5间正房灰瓦灰砖硬山顶，原作存库银的，前院正房5间，比正常3.3米南北宽出2米多；后院正房3间；东西配东西耳房，配东厢房3间、西厢房3间。

前院5间西首是账务库房，第四间是梁步严夫妇卧房，第三间是正厅，东首为客房，第二间为梁石生的妹妹梁娴家的闺房。

后院正房堂屋东首是梁石生王佑熙的洞房、西间是书房，东厢房设为厨房、餐厅、储物间，西厢房为女仆的房间，后梁石生把西耳房当作书房，意在清静不受人打扰。

梁石生走出书房，直奔前院，来到前院第四间父母居住的房间，他站立门口："娘，娘。"梁许氏坐床上摘下老花镜，把针线笸箩推开，儿子结婚一年多了，媳妇没丝毫动静，明里暗里提醒小两口儿，奈何儿子避而不谈，当娘的火急火燎的，儿子不好说，媳妇问不得，亲戚们登门便问啥时候"弄璋之喜"，问得老两口儿越发地尴尬，脸上红一阵子白一阵子，这些日子索性不问了，梁许氏爱答不理地跟儿子媳妇怄气："食升呀，娘好好的。""是，娘。""进来呀。"梁石生推门进屋，搬椅子挨着床边坐下："忙啥呢，娘？"梁许氏没理会儿子，唠叨着："这有了80亩良田，恁大呀，见天往薄板泉跑，看不够满地里高粱、玉米呀，咱老梁家祖上冒青烟，有了自己的土地啦！"梁石生内心如焚："娘，佑熙咋不在家啊？"梁许氏先是愣住，过了会儿，她双手一拍："哎哟嘞，媳妇叮嘱俺三遍呀，俺这儿，手头上一忙，娘老糊涂啦，忘了，忘了！她大舅王广利和大管家张守忠来接的佑熙，说啥媳妇的姨哥于洪奎，从本本来了。"梁石生偷偷乐，晓得母亲说的是日本，看来于洪奎从早稻田完成学业归国了："娘，佑熙没说，啥时候回来呀？"梁许氏依旧磨磨叨叨："恁大说，说啥来？"梁石生坐不住了："中兴小学被迫停课，娴家，为啥也不在家呀？"梁许氏戴上老花镜，翻看《三字经》找夹在里面的鞋样子："闺女大了，恁大当爹的，不好问呀，当娘再管不了，你当哥哥的结了婚，心思也该对妹妹关心些呀。"梁石生望望衣橱上的座钟，差一刻不到1点，时间不容他再停留，赶在下午3点前，在枣庄小洋街南马道同顺兴中药店接头，梁石生内心狂喜不已，终于盼来了党组织的信息，在这苦苦等候的日子里，他痛苦绝望地认为，是不是组织把他遗忘了，他甚至以国民党员身份，去滕县党部委查探党在峄县的活动情况，也无任何信息。昨天突然收到一份由徐州发来的加急电报：

升阅红枣树苗已发芽洽谈目录放树铮著3页码速往枣南道同顺兴晤

赤潮社

四月十五日

昨天整夜没合眼，坐在书房里手捧报纸，报纸夹着《建国诠真》，第三页撕扯半页，梁石生抚摸半页纸百感交集。石榴手持煤油灯哈欠连天，身披丝绸棉袄几番催促："姑爷，恁不歇息吗？俺们小姐便跟着苦熬灯油，这都大半夜了！"梁石生惭愧得很，王佑熙深受三从四德熏陶，既嫁从夫。清晨，不等公婆起身，便穿戴整齐，头发一丝不乱，立在公婆门口，等婆婆吩咐，隔一道门，公公梁步严可犯了愁，进出避嫌，赶上大冬天，王佑熙像个铁人依旧不变，末了儿子拿主意，妹妹有时候在中兴小学住校，小姑子的房间做媳妇的回避所。这样天天早上，王佑熙由丫鬟石榴陪着，在小姑子的房间等候婆婆。梁家平常人家，梁许氏没那么多讲究，说出去，又怕亲戚们笑话梁家穷，担当不起富贵，害得婆婆也得跟着媳妇天天早起，再没丫鬟婆子帮着服侍，有时候头发没梳，裹脚布没打，衣服穿得张冠李戴，把老头子的大衫穿上了，等媳妇走了，回到屋才发现，臊得老脸没处搁。第二天，问媳妇，王佑熙道冬季天色黑没留意，梁许氏刚想松口气，石榴忍不住"咯咯"乐，羞得婆婆借故腰疼，半个月没见媳妇。少不了儿子梁石生出面："嗯，佑熙呀，家里的情况，比不得王家礼数周全，咱娘也松散惯了，住的地方狭仄，不便回避退舍，早晨起来，若是清闲，去书房看会儿书好吗？"梁石生一番说辞，无非替当婆婆的开脱，落得大家清净，梁石生让王佑熙躲清静去书房看书，在王佑熙看来，礼数都可以不尊，真乃天下奇闻。不教当媳妇的守住妇德、妇言、妇容、妇功，恪守品德、辞令、仪态、女红，违背了女子无才便是德的道理，丈夫居然让她读书识字，如遭了欺天羞辱，王佑熙气得浑身发颤，下嘴巴哆嗦："男主女从，内外有别，上无违夫子，下勤家持业，你、你妄为作夫，媳妇焉能正身立本！"金钗之年，王佑熙年方 17，豆蔻年华，出水芙蓉般娇媚，那梁石生年长她四岁，先不说爱意几何，初见便珍爱如花蕊，捧手怕晶莹雪花融，恐让媳妇受半点委屈："俺是真心实意，夫人因何发怒啊？"梁石生不敢靠近媳妇。那王佑熙纠结姐姐王佑纯因与梁家结亲，投运河而死，待梁石生退避三舍。自打拜天地，小夫妻何曾洞房花烛共剪，鸳鸯帐内尚温存。每夜里，王佑熙和衣而卧，梁石生躲书房伴夜色。

第十一章　告捷

因临城劫车案，把名不见经传的峄县枣庄，推到了全世界的目光之下，抱犊崮土匪孙桂枝、孙美瑶、赵喜龙也因此声名大噪，数家权威大报争相报道。在劫案发生的极短时间里，上至政府要员、军警各界、外交使团、各大媒体、三教九流、五花八门一齐涌进枣庄，人满为患，数月之内使得弹丸之地峄县枣庄令世界侧目。时至今日，中兴公司南门南北长 100 余米的中兴街商铺，享受了现代化的照明设施，街道两旁新建不少欧式建筑装点了异域风情，每到晚上整条街灯火阑珊，"万福楼""清真饭店""益寿茶庄""仁和馆""喜得来布店"等华灯溢彩，一跃成为枣庄一颗光彩夺目的"夜明珠"，加之中兴煤炭公司日益快速发展，人口逐年剧增，来自山西、河南、河北、江苏、安徽等外乡窑户广为聚集枣庄，原有的小集市已不能满足经济繁荣需求。中兴公司股东大会通过了改建中兴街市的决议，街市建成后，呈棋盘式布局，功能分属明确，按照儒家思想的仁义礼智信和道家思想的福禄寿喜财等，成为枣庄居民主要商品消费区域，老百姓习惯称小洋街。

1926 年 11 月，张福海、房洪春、陶洪源、吴均山、刘二顺、孙洪山、梁娴家和吴云书秘密行动，深夜在中兴公司的惠工村一区、火车站、南大井绞车房、窑户区、西马道杂耍场至小洋街，张贴纪瑞民用毛笔誊抄的中共上海区委发布的《告上海市民书》，这是枣庄矿区党支部建立以来，正式有规模行动起来，激发中兴矿工团结起来，组织起来，加入革命政党，向帝国主义、军阀、官僚、买办进行反抗斗争。一时间引爆枣庄，人们争相围观，在窑工中引起极大的反响，警察和护矿队紧急行动，把各处张贴的《告上海市民书》撕掉，驱赶围观的工人和群众，警察突击搜查各处劳工村，矿窑头和把头配合警察加大了对窑工的看管约束。正是在这种严酷的环境下，矿区党支部不畏风险，积极运作，开展工人运动。12月底，枣庄矿区赤色地下工会成立，张福海任工会主席，陈亚伦为组织委员，郑文洪任宣传委员，程洪年任秘书。从而，更加激发了工人中蕴藏着极大的革命斗争积极性。

时至1927年4月16日，小洋街各类商铺林立，街道上各色人等行色匆匆，仍然可以看见三三两两的警察穿梭在人群中，监视过往的可疑人员。梁石生在枣南道慢慢地行走，掏出怀表以掩饰内心的焦躁，指针在2点43分，眼瞅着时间一分一秒地靠近，衣兜里没有第三页撕扯半页的《建国诠真》，按时接头已注定无法完成，突如其来的情况令梁石生不知所措，迫在眉睫很棘手，大脑一片空白，时间嘀嗒在嘲弄消磨他的忍耐力。他按点如约来到枣南道同顺兴中药店，只能把渺茫幻想成希望来告慰自己，他抱着一丝侥幸，期待接头地点的接洽人是自己熟悉的人，方能破茧而出。先侦查一下接头地点周围的环境，选择离同顺兴中药店300米的地方，他驻足望着枣南道临街一所大院子，沿街是一排五间的茅草房。同顺兴在中药店同行中价格低廉，多为窑工和四乡八里的乡民来此瞧病，梁石生望着大门不时有把脉问诊的病人出入，深感把接头地点安排在人流嘈杂的闹市区欠妥当，他不断地反问自己："接头地点该不会搞错了？可电报明确无误呀，枣南道与小洋街形成丁字路口，中药店设在丁字路口正当中，极为不妥啊，为啥是中药店啊，每天来往各色瞧病的人，缺乏隐蔽性啊？"梁石生正在诧异琢磨时，中药店走出来一群人，简直把梁石生看得目瞪口呆，人本能地晃了两下。梁娴家笑容满面，左右两手挽着衣着简朴、补丁摞补丁的两个劳工，后面三四个劳工紧紧跟着，梁娴家衣着靓丽薄款的红色束腰大衣，梳弹簧卷发式，与劳工挽手并行，惹得行人侧目而立，警察也在注视着各色的人等，惊得梁石生手脚发凉，浑身血往上涌，视力逐渐模糊，恍惚中刘婉珍左手挽住刘延刚，右手挽住刘明洋，身后奔走着孙美熙、朱家鼎、王尽水、李东魁等一大批同学，挥舞着彩旗呐喊，兴高采烈地奔向他！那欢声笑语中伴随着枪声砍杀声，血雨在天空中飘落，梁石生两眼一黑，人险些没摔倒，所幸被路人及时相扶。窑头孙晋友见身边陌生人失去重心摇晃，伸手就拽住，鲍金牙和佟振江则迅速前后扶住他："哎哟，先生咋啦？"孙晋友望着脸色惨白的梁石生，回头望一眼同顺兴中药店。

同顺兴中药店为一进院，沿街五间茅草平房及院内的十二间平房皆为茅草屋顶，中药店经理邱毅岷把家中仅有的 20 亩地卖了 600 元做底金，再众筹股金，准备把同顺兴中药店扩建成青砖灰瓦式建筑，图纸也设计好了。窑头孙晋友入股同顺兴中药店 200 块大洋，今天得空邀几个把头来中药店捧捧场，店主邱毅岷正相求这位股东安排几个亲戚老乡，能顺利进中兴煤矿做窑工，这对孙晋友来说简直是小菜一碟。

梁石生头发晕，踉跄站不稳，他努力淡定自己的神情："谢谢，谢谢！"孙晋友瞧年轻人气宇不凡："没毛病吧，差点摔倒啊！"梁石生拍拍额头，用力晃晃脑袋："没啥，谢谢，谢谢！"鲍金牙和佟振江打量着年轻人："前面不远有家中药店，进去瞧瞧？"梁石生望着小洋街远去的人群："不了，不了，谢谢！"话没说完，拔腿跑向小洋街。佟振江望着跑远的人："干爹，八成这小子魔怔了，看了吗，恁入股同顺兴，中药店生意马上红火了。"孙晋友照佟振江头撸一下："数你小子嘴贱，走，咱找邱毅岷喝酒去，选西集羊肉汤，再不然，去大洼街吃辣子鸡。"鲍金牙乐得拍胸脯："咱喝烧酒，让邱经理请吃辣子鸡。"

梁石生穿过逛街的人群，加快速度跑向梁娴家，一把拽住妹妹："走！

走！"纪瑞民、张福海和刘二顺几个搞不清愣住了，当纪瑞民见到苦苦寻找的梁石生时，真是喜出望外："哎，梁——"梁石生根本没工夫理会这群人，他眼里就妹妹一人，用力拖住妹妹，梁娴家奋力挣脱哥哥的手，怎奈哥哥的手像老虎钳子，死死地卡住她的手腕，街上的人围拢过来，梁石生拽住妹妹，唯恐手一松让梁娴家跑了："这是俺妹妹，找她回家的。"人群诧异地看着，张福海跟了几步："俺说这位先生，梁老师是帮俺们识字的呀。"刘二顺也想过去解劝，纪瑞民怕引起街上行人猜忌，果断劝阻大家离去，由兄妹俩离开。梁娴家碍于满街上的人围观，一时没法和纪瑞民等解释，只得被哥哥一步步拉走了。

　　兄妹俩来到同顺兴中药店东侧胡同，站在药店东门旁，气鼓鼓的兄妹二人谁也不搭理谁，梁娴家背对着哥哥。兄妹俩就这么僵持了一会儿，梁石生主动把手搭在妹妹的肩膀上，梁娴家用力一甩，梁石生双手扳住妹妹的肩头，用力把妹妹拧过身："中兴小学，现在无法正常上课，你不好好待在家里，穿成这样子，臭显摆，满大街的人都在看你呀！""哥哥，你成熟点好吗，我现在在利用空闲时间，义务为中兴煤矿工人扫盲识字，有啥奇怪的。"梁娴家心目中，像哥哥这样有朝气的大学生，在北京抗议过段祺瑞政府，积极参与北京学生运动，经历过三一八惨案的洗礼，秉承五四精神的衣钵，哥哥如同神一样的存在，身边的同学们无不羡慕她，赞美她哥哥，哥哥英俊的照片在同学间传递，同学们扬言快嫉妒死了。可当梁石生真的从北京回来了，梁娴家眼中的哥哥木讷安静，寡言少语，成日里落寞沉寂，盲从世俗教条，没有丁点反抗，遵循父母安排娶妻养家，轻而放弃中兴公司丙类第一级 160 元薪金，甘在峄县县署做教育巡视，每月仅 30 元薪金。工作如此，婚姻也如此，每天寂寥无声地活着，颠覆了梁娴家对哥哥的认知，令她大失所望，由崇拜发展到现在开始鄙视哥哥。

　　"讲究自由平等，我的事由我自己做主，哥哥管好自己吧。"

　　"你若不是我妹妹，俺才懒得管你，书桌里的《建国诠真》，一准是你拿的吧。"

"在长辈眼里，哥哥做孝子贤孙，最合适不过了，我没哥哥想得那么龌龊，嫂子待丈夫相敬如宾，不敢擅自妄动，非拉上小姑子做旁证，才敢打开抽屉拿印章，随手把一摞报纸扔一旁，我拾起来放书柜里面了。"

　　梁石生绷紧的神经舒缓些，大大地松了一口气："市面上纷乱，妹妹，你现在把书读好最重要，哥哥，有机会帮你出国留学深造。"

　　梁娴家觉得已无法与哥哥交流了："梁石生，我看你是脑子里装满了四书五经，万般皆下品，唯有读书高的陈念，缺少了进步思想，懂吗？"

　　"思想！你个小女孩儿，懂得啥叫思想啊，在家孝顺爹娘，在外平静工作，这不是一种思想境界吗？"

　　"浑浑噩噩地活着，岂不辜负了时代的召唤，与其苟且偷生，还不如瞬间来得精彩，真替哥哥害臊啊！"

　　"哥哥，原本就是平常稀松之人，不去随波逐流，更希望妹妹平安度过一生！"

　　"今年伊始，共产党人在武汉领导声势浩大的群众反帝运动，同武汉政府的外交谈判相结合，迫使英国侵略者不得不将汉口和九江英租界交还中国。谁不为之欢呼呀，这是近百年来中国人民反帝斗争所取得的重大胜利！哥哥还能待在家里过着举案齐眉的生活吗？就不能走出封建家庭，为国家和人民奉献一点力量吗？"

　　梁石生面对妹妹的执着，越发说服不了自己，当初他选择投身革命事业，亦如妹妹一样。革命者为了崇高的理想，随时有牺牲的危险，他该想到的都想过，但面对妹妹也要走上他选择的道路时，梁石生纠结了，妹妹有了革命理想令人欣慰，可这理想是要付出生命代价的："娴家呀，咱们渺小得不能再渺小了，在这大动荡时刻，很多人像沙土一样儿，被风吹落到泥污中苦苦挣扎。所以，能好好地活着，就是对国家的贡献呀。"

　　梁娴家双手捂住耳朵："不听，不听。"扭头跑远了。

　　梁石生呆呆地望着跑远的妹妹，心如刀绞，他苦于不能让妹妹理解哥哥的感伤，又不能表白革命并非靠热情，他个人牺牲一切在所不惜，从刘婉珍牺牲之日起，梁石生就做好了面对牺牲那一刻。只是令他没想到的是，妹妹梁娴家也选择了和他一样的道路，坦然与劳工们走在一起，若是他牺牲了，妹妹会怎样？若是他和妹妹都牺牲了，家里的爹娘又会怎样？这一刻把梁石生逼到墙根底下，他多希望妹妹可以无忧无虑地生活，血由他去流，生命由他去奉献啊！梁石生直觉心里堵得慌，他胸口发闷，肩靠墙，双脚用力蹬地，低头闭目，好让自己纠结的情绪缓一缓。

中药店院子东面单扇门"吱扭"一声，慢慢地开了个缝隙，传来两个女人的悄声对话："真是谢谢了，邱经理给我们姑娘开具的药方，我们姑娘吃了几服药，现在好多了，就是药钱，贵了点。"开了门，两个女人裹脚打绑腿，一高一矮走下二层台阶，两人疑惑地望了一眼紧靠墙的人。高个子妇人领着一个四五岁的男孩子，梳发绾拨三匝，盘成一髻脑后，髻心隆起，中贯双旗万寿纹银簪："战事吃紧，阿胶断货了，价码就涨了。"年轻女子左手提了六包中药，右手拿手绢遮住半张脸："经理太太，您请回吧。"二人没再言语，彼此看一眼，扭头瞧瞧低头依靠墙的人，年轻女子扶孕妇上台阶，二人挥手告辞，院门关闭，年轻女子用手绢捂住嘴，仔细打量着这个男人，静静地走近梁石生，她激动得无以言表："天啊！真是您啊！梁爷。"梁石生抬头望去，不敢相信自己的眼睛，下巴都快惊掉了："怎么会啊，朵儿，你怎么会在这儿，在枣庄啊！"朵儿眼中闪着泪花，激动地把中药抱在怀中摇晃："阿弥陀佛，老天爷啊，真应了我们姑娘的话呀，若有缘天涯咫尺，若无缘咫尺天涯！"纵然化作千言万语，也不足以表达梁石生此时此刻的激动心情："你、你们，你们姑娘也在这儿吗？"朵儿已说不出话来，唯有点头示意。

扬州帮多位于南马道安宁街，与中新街交汇处往南的三合庄街，至火车站附近的车站街，二十余家青楼，门前挂有红漆匾额或金字招牌，写着"某某书寓"等。兰素书寓正厅内挂着条屏堂幅，竖批是："玉宇琼楼繁花艳，春红烟柳榻碧霄"。横批："醉卧秦淮"。长杌上摆放马头座钟、红木雕嵌云母石山水纹插屏、粉彩百宝纹掸瓶，居中放置红柞木拐子方桌，桌两旁放红柞木官帽椅，厅堂的前面两侧，又顺着摆放两排红柞木靠背椅，三个椅子间隔一个茶几，堂屋正中间摆放红柞木云纹双拼圆桌，圆桌围摆四个红柞木落塘面、束腰、鼓腿彭牙、三弯腿外翻足凳子及两个红柞木墩子，俨然一副士大夫居家气派。滕县帮人数较多，尤以扬州帮开设书寓为主，当地人称扬州街，经鱼市街东至中新外街往南马道往西，由济宁帮临沂帮开设的二三等十余家青楼，头牌名字写在披红的雕花木板上悬门挂墙，格外地刺人眼目。一等书寓多为临街二层砖石楼，二进院或三进院，房间宽敞明亮，摆设整洁齐全，南边来的容貌俏丽，妆容雅致时尚，吟诗作画，丝弦弹唱，样样不落俗套，达官贵人云集于此，吃喝用度奢侈浮华，警察局颁发的登记证，按月纳捐，公开出账，门挂招牌，引领各家青楼追仿，不似二三等妓院乌烟瘴气，妓女个个浓妆艳抹，白天纸醉金迷醉不休，晚间灯红酒绿卖笑声，二等的裹小脚梳大辫，四季不离绫罗绸缎，低等的来自济宁帮和临沂帮，模样不如扬州帮娇媚动人，装束粗布大脚少绫罗，姿色平常没滕县帮人齐整。

兰素书寓自开张，顾客盈门、络绎不绝，老鸨桑水花笑得合不拢嘴。原本兰素书寓的三位姑娘，嫁的嫁，走的走，门庭日渐冷落，桑水花正盘算着把兰素书寓盘出去，用这笔钱和多年积蓄，打道回扬州买几个年龄在 5 岁到 14 岁之间的瘦马，调教吟诗、弹唱、刺绣、织布、编织等，立志东山再起。兰素书寓濒临关门之际，名噪一时的娇允儿竟登门造访。

桑水花见到娇允儿百感交集，落入烟花时小姊妹才五六岁，过了 10 岁由牙婆卖入南京秦淮河畔的画舫揽生意，皮肉生意命不长，娇允儿频遭转卖流落到京师，她则随主家在运河上揽生意，慢慢地自己也做起了烟花皮肉生意，转眼 20 多年过去了，她和娇允儿年老色衰，她于是做起了书寓的老鸨，娇允儿则成了头牌的老妈子，五十步笑百步，比下三烂捏脚的、剃头的、按摩的强不了多少。

桑水花望着娇允儿身后的一帮人，几个姑娘姿容绝世，便猜出几分，领着这群人后院落座："姐姐呀，莫非在京师混不下去了，流落此地啊？"

娇允儿泪眼婆娑："事到如此，姐姐我也不必相瞒，莳花馆吃了人命官司，男主死在监狱里，王佟氏起了贼心，想趁机卖了姑娘们逃跑，把玉娇姑娘开出 3000 块大洋价码，张宗昌黑吃黑，中间人暗箱操作两张单据，实为 300 块大洋，糊弄王佟氏签字画押，来莳花馆丢下 300 块大洋要人，王佟氏当然不干了，领人的高副官请王佟氏到司令公寓讲清楚，故意说八成是弄错了，让王佟氏带着崔玉娇也一块儿去，人到了公寓，王佟氏就被勒死，埋京郊野地里，一个子也没得着啊！"

桑水花感伤不已："短命香害了多少姑娘啊？到死也没想到栽在恶魔手上，恶人终须恶人磨啊！"

宋妈哀叹世道不平："混世魔王把玉娇姑娘掳走，去了济南，短命香再一死，莳花馆没了主，上上下下的人苦于官司缠身，有的拘押监牢里受罪，玉娇姑娘怎忍心姐妹身陷囹圄啊，悲愤交加落下病疾！正如混世魔王所说'要问女人有几何，俺也不知多少个。昨天一孩喊俺爹，不知他娘是哪个？'见姑娘身带病疾，弃之不闻死活，哪想命运机缘，巴格尔王爷受俄国大公罗曼诺夫之托，来济南寻在张宗昌手下的白俄军乌尔斯基上校，巴格尔王爷惊闻莳花馆遭劫难，头牌被掳掠在济南，忙派手下寻访崔玉娇，并追问娇允儿命运几何，姑娘悲从中来，痛诉莳花馆惨遭厄运，姐妹们生不如死，期望王爷感念旧情伸出援手，救救莳花馆的姐妹脱离牢狱之灾。"

陪同巴格尔王爷寻访崔玉娇的乌尔斯基上校，很同情崔玉娇的遭遇，多次与张宗昌手下斡旋，巴格尔王爷亲自北上打理官司，姐妹们方与崔玉娇相聚在济南。乌尔斯基上校了解崔玉娇心心念念想走一趟峄县，慷慨应允疏通枣庄的驻军，担保去峄县万无一失。乌尔斯基上校与第六旅旅长马毓瀛私交甚密，因十月革命一批又一批的白俄溃兵，从战场上溃败至绥芬河的中俄边境。他流落东北落脚生活，被张宗昌收编，随军东征西伐，马毓瀛极为欣赏这位音乐家出身、长相英俊挺拔的俄国贵族乌尔斯基。有了这层关系，崔玉娇得益于乌尔斯基上校相助，马毓瀛给予多方关照，崔玉娇带着宋妈妈和一帮姐妹，暂时在枣庄落脚。

桑水花望着早已不复当年风采的娇允儿，左手拽住宋妈，右手拉住崔玉娇："姑娘，宋妈妈宛如你眼前的桑妈妈呀，当年是何等的风采啊，流落烟花卖笑营生，终其一生沦落尘啊。"

崔玉娇眼中噙满泪花，昨夜萤火今时流水，不绝风尘十几载，诉不尽烟花苍凉悲中来，轻声唤来徐舒婉："花儿，把皮箱里的首饰盒拿过来。桑妈妈，来时见门头破败不堪，正不解要问妈妈呢。"

桑水花止不住泪水，连连点头："姑娘既说了，实不相瞒，这阵子正为寻不到下家接盘犯愁呢。"

莳花馆一帮人等吃了官司，在北京是难以容身了，众人劝崔玉娇离开北方奔南方去，奈何亲姊妹俩的花儿徐舒婉和朵儿徐舒婷，身怀深仇大恨，誓死要找到祸害徐家家破人亡的大骗子赉章。徐舒婉与前清邮传部左侍郎打茶围，闻有人在山东峄县台儿庄偶遇赉章，而且非常确定就是此人，徐舒婉和徐舒婷哭成了泪人，小姐妹誓死报仇雪恨，方能与爸爸徐茂根和弟弟枝儿团圆。莳花馆一帮人深为徐家姐妹的悲惨遭遇鸣不平，也成全了崔玉娇的一桩心事，一行人流落在峄县枣庄："桑妈妈，落难姐妹流落到此，别的地方无处可去，但求妈妈容留姐妹们共患难，不必风餐露宿，姐妹们同甘共苦相安一生。这乃平生积蓄，帮助妈妈渡过危局。"崔玉娇从首饰盒里取出银镀金红宝石点翠穿珠簪，插在发髻上："小凤仙留下的念想，余下的首饰全凭妈妈去打理。"这一笔钱来得真及时，濒临关门的兰素书寓起死回生。

桑水花挽住崔玉娇款步进了厅堂，矿巡警队长刘德奎向佟振江瞟一眼："振江，快请胡作为胡经理呀。"佟振江向桑水花和崔玉娇点头哈腰："俺去叫胡经理来。"

桑水花瞥眼刘德奎，他一双贼眼滴溜溜地死盯着崔玉娇："刘队长呀，刘队长——"

刘德奎回过神来，尴尬地掏掏耳朵："哎，耳朵没声，敲锣嗓子，瞎喊啥呀。"

崔玉娇面带春意："哪阵风啊，难得胡经理赏光，宾客云集，快请上来，给我和妈妈瞧瞧呀。"

刘德奎嘴角哈喇子差点流出来，他难为情地擦擦嘴角，咽下口水："俺为兰素书寓鞍前马后，玉娇姑娘只认识胡经理呀，不晓得俺刘德奎在中兴也是呼风唤雨的人物，再者说。"

"再者说，玉娇姑娘更不是外人，哈哈哈，特此向妈妈和玉娇姑娘隆重推出，峄县恒隆商会，王老爷的二少爷，王守业，字大树，可谓参天大树啊。"胡作为笔挺一身黑西装，头梳得油光水滑。与王守业小解完，走出卫生间，佟振江站门口正等着，言说崔玉娇亲自来迎，三人快步走进厅堂。

桑水花乐得眉眼放光，伸手挽住王守业："我的二少爷呀，大树干啊，兰素书寓以后就靠您这棵大树财源广进啦！"

王守业不无遗憾地说："兰素书寓现已名冠枣庄，峄县人居然不知晓，罪过啊，罪过！"

胡作为不怀好意地调侃："守业呀，今每打茶围，咱多叫几个姑娘陪陪，啥花啊、朵啊统统上吧，哈哈哈——"

"啊哈哈，啊哈哈——"王守业和刘德奎、佟振江嘻哈笑着，穿过正厅走进院，迎面八字形木楼梯，选了南面一个套间，煮水沏茶无须烦忧，好不快活人逍遥，花儿和珠儿及原兰素书寓的兰馨、素文二人，相伴取乐打麻将。

无巧不成书，梁石生在兰素书寓后罩楼二楼一闪，王守业与花儿打闹，花儿乐不可支，步步后退至花格窗户前，撩起窗帘打王守业，透过隔窗一个人影闪过，王守业先一愣，一把推开花儿，趴隔窗上往外面左右查看："哎，人哪，哎哎，人咋不见了？"花儿望去，见妹妹朵儿从崔玉娇房间走出来，由外挂楼梯走下，正往这边来："哼，二少爷，您吃着碗里的看着锅里的。"王守业没理会花儿，他感觉那个人像是妹夫梁石生，不甘心地又趴隔窗望去，后面二楼甬道没人了，院子里有稀稀拉拉几个人走动："难道是？难道是下楼了？"花儿点点头："对呀，她过来了呀。""你看见了？""是呀，看见往这边来了。"王守业不容分说，飞身下楼，在一楼环形房间，挨间逐个敲门找，开门进去，正在兴头上的嫖客一通开骂，王守业也不理会，敲遍了房间门，独独没见到妹夫，王守业可以肯定瞥见的人影就是妹夫梁石生，别人可能看不真切，自己的妹夫一表人才，看一眼就能记住。王守业纳闷地望了一圈，西南一小间竟疏忽了，瞅瞅门紧闭："臭小子，钻这里面了，非揪出来不可。"花儿娇弱无力也拉不住，火顶脑门子的王守业，抬脚"哐啷"踹开，一对光身子男女正滚床，吓得女的"娘呀！娘呀！"滚床底下躲藏，杨二狗把女的旗袍快速围腰上，从床头掏出一把枪，奔着王守业怒冲冲地冲过去："妈拉个巴子的，你活腻歪了！"花儿吓得花容失色："啊、啊——"王守业瞪大眼睛，不是妹夫梁石生呀，仔细再一瞧，冤家路窄啊："哎哎，误会，误会了。" 临城警察队长杨二狗正得劲儿，无故被人搅兴，凶神恶煞般地用枪抵住王守业的脑门正中："奶奶的，竟然是你个王八羔子，老子毙了你！"杨二狗在临城火车站，无故羁押梁石生，正是王寿昌领了三十几个人，把临城警察队的人打得鬼哭狼嚎，杨二狗的肚子和屁股被王守业踹了好几脚，新仇旧恨涌上杨二狗的心田，扣动扳机"咔"地一响，"啊——"王守业没死，屎尿屁出来了，杨二狗稳住神，对着枪口吹吹气，忙乱中忘了装子弹，王守业捡回一条命。

兰素书寓的吵闹声惊了桑水花和娇允儿，忙命瘪五喊来了胡作为和刘德奎解围。胡作为胆小怕事躲得远远的，刘德奎见杨二狗薅住王守业的头发"啪啪"扇耳光，若让王财神知道了，这还了得啊，他一个箭步跨过去："二狗、二狗，揍啥的呀，没外人啊。"杨二狗头发凌乱喘着粗气，揉揉打麻的手，拨开额头上耷拉的头发："咦，德奎叔，恁咋来了呀？"刘德奎扶起被打得如落汤鸡的王守业："大水冲了龙王庙，自家人不识自家人啊！"王守业被打蒙了，一个劲儿地惨叫："哎哟，哎哟——"胡作为瞥见是杨二狗，人也壮了胆："闹半天，是二狗呀，昨个和恁二叔喝了一通，恁二叔还夸你机灵呢。"杨二狗不傻，听胡作为抬出叔父杨竞业，皆为互通有无的利益关系，犯不着逞一时之快，气焰消了大半，解开旗袍，用旗袍兜住屁股敞开怀，前面一览无余，唬得众人"爹娘"喊转过脸，杨二狗无所谓："胡经理呀，奶奶的，正光身子忙着呢，熊畜生晕头了，没打招呼，就踹开门搅兴，恁说俺能不急吗？"胡作为连忙拽过旗袍遮掩："二狗嘞，二狗，遮住点，咱文明地界，做文明事呀，咱这二少爷是讲究人，估计是误会了，误会了呀。"被打得晕头转向的王守业捂住腮帮子："误会了，误会了！"杨二狗是个吃屎的玩意儿，闻见臭味就摇尾巴的东西，清楚王守业的老爹家财万贯，王守业是个吃喝不愁的公子哥，巴结还来不及呢，借机认识不妨人生一件幸事，一把揽住王守业抚摸着被打的身体："怪俺有眼无珠，没看清是二少爷，只要二少爷不嫌弃俺，二狗就把二少爷当亲哥哥看待，现在就让二少爷打死俺，若是吭一声，俺就是乌龟王八养的。"众人闻听，又争先恐后地过来解劝，那王守业和杨二狗又握手又拥抱，好得像一个人似的，真是臭味相投的人。众人顿时跟着拍手叫好，胡作为岂能错过沆瀣一气的好机会，挥舞着双手："今天，守业兄和二狗老弟不期而遇，结成兄弟情，兄弟我看了好感动啊，看来晚上的水酒，俺是非请不可了。"刘德奎扯开嗓子："好！大家一醉方休，俺赞成。"桑水花忙招呼人去饭店置办酒菜，帮着杨二狗穿上警服，胡作为和刘德奎一旁伺候，王守业与杨二狗手牵手，上二楼推牌九，沏水倒茶另开张。

话说两头，提及梁石生进兰素书寓，那朵儿毕竟阅人无数，晓得以梁石生的身份，直接上青楼不雅，由她前面引路，走南马道小新街，绕路到兰素书寓南侧。兰素书寓三进院，每个院建一栋二层楼，梁石生由三进院的后罩楼南角门，悄悄地跟朵儿进了后院。后罩楼与前面两栋楼朝向一致，坐西朝东，建筑进深小于正厅，高度与临街楼持平。梁石生随朵儿由后罩楼北头外挂楼梯，上楼走外侧走廊甬道，来到二楼由东往西第三个门，敲门没人应答，朵儿一推门开了："姑娘在吗？"朵儿冲梁石生招手："梁爷，快过来呀。"梁石生迟疑下，便迈步走过去，站在门口往里望，内外套间，外间陈设雅致，酒柜、西式沙发、茶几、落地钟等。

朵儿伸手拉难为情的梁石生进屋："梁爷，您就在这儿，待会儿，我这就找姑娘来。"不等梁石生反应，朵儿已快步离开了。屋门敞开，梁石生踱步走到里间门口，随意瞅瞅，木板地面铺满暗红色地毯、红木衣橱、梳妆台、软式太妃椅，当梁石生的眼睛落在黄花梨月洞门架子床时，他屏息凝神望去，棚架床顶有架，故名架子床。床四角有四根立柱，上承床顶，顶盖四周装楣板，床面两侧和后背装有围栏。梁石生不由得走近看床身高束腰，束腰间立短柱，分段嵌装绦环板，浮雕花鸟纹，牙子雕草龙及缠枝花纹，横楣子的牙条雕云鹤纹，梁石生看得怔住了，竟然与王佑熙陪嫁的架子床，木头纹理和浮雕的花纹一丝不差。

一阵轻微的"嚓嚓"脚步声，由远及近，脚步声没了，梁石生感觉后背被一只温暖的小手扣住，他不由得浑身一震，忙回过身来，四目相对，崔玉娇不施粉黛，素色青缎宽袖改良旗袍，满头乌发束一条云青丝带，发鬓插的银镀金红宝石点翠穿珠簪，二十多粒石榴籽的红宝石璀璨夺目，把整个人衬托得光彩照人；梁石生则外套黑色丝麻棉对襟窄袖马褂，下摆至腰腹部，前襟五粒如意结扣，内穿蓝色长袍，没有了青年的稚嫩，增添了翩翩儒雅。二人宛如一对璧人，天眷绵绵，万般情愫化钟情，一股暖流涌上心头，万般激动不知如何是好——

"梁爷，架子床上还藏着一头小狮子呢！"崔玉娇望着梁石生眉锁苦衷泪悬愁，她望着眼前这个久久不能忘怀的情种，心怦怦直跳，浑身发紧四肢发冷，下巴哆哆嗦嗦地颤抖得厉害，崔玉娇用手抵住下巴，眼泪夺眶而出，不容梁石生言说，跨进一步紧紧地把他抱住，用力的双臂仿佛就要断了，她死死地抱住梁石生："我的梁爷呀，熬了多少日日夜夜啊，焚香祈盼，我望断了江河，望星辰，在玉娇最绝望的时候，怎么会再见到你啊？思念的苦啊，真就把神都感动了吗？玉娇就是死了，也无憾啦！"她把头深深地埋在梁石生的怀里，"这是真的吗？真的吗？"

崔玉娇凄厉的哭声，彻底把一腔幽怨喷薄倾诉而出，面对突如其来的拥抱，梁石生张开的双臂僵住了，感情的闸门在这一刻彻底打开，他慢慢地把崔玉娇抱住："姑娘，春夏秋冬夜难眠，石生心里也想念姑娘啊！"

崔玉娇从见到梁石生那一刻，注定爱上了他，但她不愿意相信，说出来怕同行姐妹拿"婊子无情，戏子无义"说笑。那一夜，二人在胭脂巷奇遇，彼此一眼，心顷刻被烧焦了，当梁石生背着她在胡同里疯跑，浑身散发的热情，温暖了崔玉娇整个人的身心，二人左顾右盼情难诉，奈何国恨家仇意难平，便匆匆一别数载，相见缘起在梦中。从那以后，她那颗被屈辱被蹂躏的心麻木了，这颗心早已随着梁石生的远离，被冻住了，没有了温度，心死了，已经不属于任何人。崔玉娇抑制不住苦苦地思念，每时每刻的思念都化成了无尽的绝望，竟在绝望中梁石生飘然而至，近在咫尺，望着他的眼睛，能听见他的呼吸，朝思暮想的人啊，简直把崔玉娇都快幸福死了。

风儿轻柔如丝，云儿驻足偷偷地观望，枝条嫩绿滚满芽头，花儿绽放吐露芬芳，门缝儿羞答答不忍关闭，呀呀！谁能不羡慕谁能不眷恋，心儿醉得比蜜糖还甜，这世界属于热恋的人，属于梁石生和崔玉娇，二人幸福地相拥，紧紧地拥抱，谁也不愿意松手，唯恐一松手，又回到了梦中变成了泡沫。

今晚梁家的餐桌上凉菜居多，仅仅听见筷子碰碗碟的细碎声，每个人吞咽尽量不发出声响，压抑的细碎声让梁娴家爆发了："嫂子，现在是讲人人平等，我们全家人坐着吃饭，当媳妇的只能站着伺候公婆和丈夫，等着吃残羹剩饭吗？"梁步严和梁许氏放下碗筷，瞅儿子的态度，梁石生低头吃菜装作没听见，门口等着接菜的石榴和张妈，唬得大气不敢喘，王佑熙不动声色站在丈夫身后，端一碟烧饼，丝毫不受影响，默不作声把大盘辣子鸡往里推推，极为小心地把烧饼放稳了，低头后退半步，石榴双手端大托盘放轻脚步，来到王佑熙一侧："少奶奶，老爷爱吃的油泼豆腐做好了。"王佑熙面无表情地从托盘上端出油泼豆腐。

梁家娶了儿媳妇王佑熙，等于挖了一座金山，王家的陪嫁丰厚，金银铺地钱飞雪，打破了梁家长久以来的生活习惯，非是一般的穷人乍富挺胸凸肚，享受着穿金戴银，衣来伸手饭来张口的日子，先不说梁家人吃不消，单说早晨饭：煮鸡蛋、油条、馓子、肉包子、素包子、烧饼、馒头等，辣汤、糁汤、粥、牛奶（专供梁石生的）、咸鸭蛋、豆腐乳、咸菜丝、酱豆子、萝卜干、老咸菜。以往天天的棒子面窝头、高粱煎饼、咸粥、辣椒炒咸菜丝，看来老咸菜的日子一去不复返了。

纵观峄县属于富裕人家的，也就看看有没有吃穿，还能不能吃饱。因此，对于现在的一日三餐，梁步严和梁许氏看了就如同剜心割肉般地疼，大碗套小碗，碟子摞碟子一大堆吃食，吃不了端出去，由下人白吃白拿，对过惯苦日子的梁家人来说是一种折磨。早饭毕竟花钱不多，等到午餐与晚餐摆上的鸡鸭鱼肉落满盘，梁许氏直呼赶上吃大户了，末了每个月还得给下人付工钱，老两口儿为此整夜合不上眼，心疼钱白白地便宜了下人。

搁不住天天如此，顿顿酒菜伺候，谁跟享福闹别扭，梁步严把自己劝解开了，劝老伴梁许氏必须接受现状，现在梁家一日三餐花的钱，重点在钱上没损耗梁家一分一厘，全靠儿媳妇娘家带来的财运，80亩良田等着夏秋两季的粮食收成，拖轮驳船南北贩运货物，每个月进账几百块大洋，月份好时过千，老两口儿每天睁开眼打算盘，尽情放开吃喝，月底年底不用愁。吃喝中的梁家人把当年喝刷锅水的日子忘得一干二净，渐渐适应了富足人的生活，很快就找到了挥霍的快感，肉炖得不够烂，西集的羊肉汤好喝，调黄瓜酱油多了，隔天干粮不想吃了，一天不见肉不行，两天不见鱼吃饭没味儿，三天不吃鸡咽不下去饭。梁石生和梁娴家最怕爹娘吃饭时拉长音撇出细词来，"升儿舅，坐碗（昨晚）来的"。王佑熙在饭桌旁布菜听了吭吭，梁家的兄妹俩捧饭碗反胃，石榴捂嘴乐，梁娴家用名贵瓷器吃饭不适应，好看不实用，伸手把碗一推："张妈，拿黑粗瓷碗来，用不惯饮小鸟的碗喝汤。"张妈絮絮叨叨地过来，撤下细瓷碗碟："坐碗来的，赶明儿，坐碟子回去。"梁许氏没明白大家听她撇腔硌硬，随了这两句更绝："哪是坐爹（碟）回去呀，是坐毛驴车回去的。"好嘛，梁石生笑喷了，喷了老爹脖颈左肩黏稠饭渣子，张妈手上的道光官窑五彩龙凤碗，悬悬没滑手摔地上，否则，她这辈子也赔不起啊。

奢靡生活很容易腐蚀人，梁步严清早遛街吃早点，要上两碗粥，喝一碗施舍一碗给要饭的，一碗粥的钱，足以让梁步严挺直了腰板走在大街上。现在梁家人吃完饭开始品绿茶红茶，点评普洱黑茶解腻，功夫茶得喝铁观音。吃的油水太多老打嗝儿，梁步严瞅亲朋好友抽大烟赌博心痒痒，想着一块大洋变两块，两块又变成八块，兜里揣上150块大洋，玩一上午得挣几倍的钱啊，于是他忘乎所以，一头扎进赌馆，玩筛子不到20分钟，眼瞅着100多块大洋没听响就输掉了。梁步严傻眼了，输钱事小，可丢不起这个人，账本在儿媳妇手上，如何交账啊，豁出去老脸，爬到屋脊上发誓戒赌，回家嚷嚷着，如若不信他大头朝下跳。梁家乱成一锅粥，梁石生恰巧去了徐州，钱庄的人都挤进梁家院子里瞧热闹。好在隆兴钱庄的头号伙计，王家大管家张守忠的大儿子奋勇上前，招呼三个年轻伙计搭手，好歹把梁步严从屋檐上解救下来。

隆兴钱庄头号伙计张福修，年纪刚满18岁，虎头虎脑，长得结结实实的，打得一手好算盘，人也聪明伶俐，特招人喜欢。王寿昌感念三闺女深明大义替姐代嫁，内心备感亏欠女儿，所以凡是力所能及的，就不计成本，风光嫁女。庞大的一笔嫁妆，且不说梁家人嘴短手麻了，一时间不知所措，钱该怎么花老少都迷糊了，不花钱吧，怕遭人耻笑梁家人穷惯了，花钱吧，梁家人又怕流水挥霍走西口。

师爷王布丁给老爷王寿昌下捻子："老爷，咱不是说梁家人没见过啥钱，梁家白得一大宗财产，也就三小姐会精打细算。三小姐从五六岁起，就常带在老爷身边行万里路，磨炼到现在，对商铺、码头、钱庄的运作门道，烂熟于心，库房里东西找不着，不用问大管家张守忠，咱三小姐哪项不料理得明明白白的。俺守着老爷说句过头的话，梁家小姐还有点心机，咱这姑爷老实本分，中看不中用的人样子，你让他跑买卖，嗨！好比孔夫子在关公面前耍大刀，笔杆子太轻啦。"就是王布丁不说，王寿昌也深知，这么大一宗财产，光靠闺女柔弱的肩膀扛不住，问题是王家人伸进梁家指手画脚，外人会说岳丈持财欺压清贫梁家人，街坊邻里还不笑话死，正一筹莫展，不知如何是好。

"布丁啊，老牛掉进枯井里，难办呀，没钱难办事，这有了钱更难办了！"

"是是，老爷所言极是，当初欠考虑，神童作神行，过日子差把火啊！"

"这闺女都嫁入梁家了，后悔药就别提了。"

"老爷，咱不能眼睁睁看着梁家人把钱糟蹋了，得赶紧找个人，好歹给三小姐当个帮手呀，外出跑腿打点啥的。"

"布丁，俺倒是想让张守忠得空给把把关，你看合适吗？"

"老爷，绝对不合适，不行不行，王家大管家捎带梳理梁家财产，王家宗族咋想呀，他们会说老爷意在转移财产，拆解王氏资产。"

"哦、哦，真是嘞。"

"老爷，张守忠的大儿子刚满18岁，出徒两年了，打得算盘一流，噼里啪啦响啊。"

"嗯，记得叫张福修，小时候常跟在张守忠屁股后面玩儿，太太倒是很熟悉这孩子。"

"老爷，福修现就在隆兴钱庄做伙计，与梁家一墙之隔，遇见啥事，三小姐隔着墙就安排了。"

"布丁，妙啊！"

王寿昌等三闺女回娘家，如实一说，王佑熙闻听当场一口否决："爹娘考虑得真周全啊，嫁妆抬到梁家，自当有梁家全权料理，闺女仅仅是做儿媳妇的，走每一步，丈夫不点头，何来的三从四德？爹娘既然慷慨把钱财施与闺女，若再三纠结梁家人，这梁家媳妇，恁二老权衡吧。"

王佑熙句句珠玉，说得豪横，吕氏头一回领教了，心里嘀咕："三妮子呀，真是人小心大，怪不得王家长辈们说她外表钟秀，骨子里集结了亲爹的能耐，小事装糊涂，大事不含糊，可以说是大智若愚，当娘的这辈子，何曾说过这等提气的话啊！"

王寿昌被三闺女说得直翻白眼，没料到自己费心巴拉地操碎了心，闺女却说得掷地有声，令他无地自容，读了快一辈子的圣贤书，末了，让小闺女教训一通，他索性撒手，一概不问梁家之事。

怪老天捉弄人，老公公赌博输不起钱，要跳房子玩儿命，丈夫梁石生恰巧出差，婆婆倒是有主见，屋院子仰脸倒地晕倒了，小姑子更是拿定了主意："这家的男人呀，吃喝赌抽占全了，就差嫖了，我要与封建家庭决裂到底。"满院子人为老公公鼓掌喝彩，梁步严羞愧难当没了退路，壮胆子伸头往下瞅瞅，满院子人冲他起哄，抬腿试试，这会子才想起自己恐高，身子一软，踩碎了两片瓦，"咔吧"一响，梁步严趴在屋脊上喊救命，王佑熙身边的张妈喊破嗓子，隆兴钱庄围观的人群中闪出一个后生，招呼人搬来梯子，登上梯子，脱下上衣，把梁步严头蒙住，四个人协力，好歹把老公公给弄下来了，看得王佑熙的心都快跳出来了。

石榴捡起掉在地上沾满灰尘的褂子，冲着被人围观称赞的小伙子喊："哎，褂子不要了。"张妈在和王佑熙悄声耳语："三小姐呀，高个儿就是大总管的儿子，名为张福修，钱庄的人说他是鬼机灵，亏得鬼机灵几个爬上去，给梁老爷平安放下来。"

张福修见了女孩子害羞，况且三小姐还在跟前，小时候随他爹张守忠进王家大院，大太太和二太太因大管家缘故，都很喜爱他，常常跟年幼的王佑熙玩捉迷藏，当大马让王佑熙骑背上满院子爬，两小无猜。一晃童真散去，王佑熙成了梁家的少奶奶，他现在是个钱庄的小伙计，地位差别阻碍二人的交往。

王佑熙乃心性冰冷之人，爹娘尚如此，世间人情冷暖，在她这不过视作过往云烟，对张福修的记忆，仅仅残存一个流鼻涕的小男孩。今儿乍一见，他在屋檐上扶住老公爹挨到梯子上，一手抓老公爹的胳膊，另一只手扶梯子，几次差点失足掉下来，引得围观的人失声"啊啊——"叫，王佑熙揪起心，她怕老公爹跟着一起掉下来，那梁家事可就大了。梁步严平安落地，大家松口气，王佑熙这才稍稍看了一眼张福修，感觉流鼻涕的小孩长大了，眉眼四肢拉长了，人也壮实了，仅仅觉得人变大了好玩儿。当爹娘提及张福修时，王佑熙话语间冷若冰霜，让人寒心，王佑熙俨然把自己当成了梁家的媳妇，婆家为重，满眼的都是丈夫，若说她不爱梁石生，纯粹是瞎话，别人眼里的梁石生都视作珍宝，王佑熙在情感上也精打细算，她要把这块顽石的光芒打磨掉，掌握在自己的手腕之中把玩儿，绝不能在丈夫面前放弃尊严。打磨顽石的工具，就是她身后的金山银山，她要让梁家人在金钱面前屈从臣服，何愁梁石生不在她跟前服服帖帖的，王佑熙拨弄算盘珠子，就是这样打算的。老公爹赌输钱，便寻死觅活的，王佑熙自认为看到梁家骨头里，胜算的概率就越大。

张福修忌惮王佑熙在跟前，硬着头皮过来拿褂子，从石榴手上一把拽过去，褂子往肩上一扛，转身便跑，险些踩了躺地上装死的人。梁步严碍于自家院子里围观的人里三层外三层，装死比较好遮羞，赶来的王布丁招呼四个人把他抬起，梁步严不好再装了："赌博呀，害死人啊，今天，老少爷们作证，俺要把手剁掉戒赌。"王布丁喊了一嗓子："上斧头。"梁步严咯噔闭上眼，不吭声了。

望着险些摔倒跑远的张福修，王佑熙露出一丝冷笑，心里却拿定了主意，梁家生意跑外的人，非张福修莫属。

一连十几天，梁步严羞愧难当，不好意思出门，装病憋闷急了，晚上找王布丁诉苦闷，瞅着王布丁侧卧烟榻，妓女紫芸端来一个紫铜托盘，盘子里放着景泰蓝烟灯、玻璃灯罩、两把烟签子、红木大漆杆大烟枪、烟嘴和烟斗衔接处嵌翡翠。紫芸点燃烟灯，拿出一份鸦片膏，蘸点水，去掉外包装纸，用签子穿上大烟膏拿到火上烤，烤成黏糊糊焦糖状，大烟膏散发出一种诱人的香味儿，王布丁闻味儿，不由人开始"哼哼——"，奇特的香味儿，刺激了梁步严的鼻腔奇痒，连打几个阿嚏。紫芸把烘烤好的熟烟膏揉搓成枣核形的烟泡，仔细把烟泡贴到烟枪的烟斗小孔上，小心递给侧卧的王布丁，王布丁手持大烟枪，把烟斗对准烟灯火上烤，一边烤，一边拿签子把烟斗小孔外溢的熟烟膏，往小孔里拨弄烘烤，整个人屏住气，嘴对烟枪发力均匀吸上一口，香醇的烟雾灌满唇间舒缓流转，王布丁脸上一丝微笑咧开嘴角，淡淡烟雾弥漫在空气中。王布丁在吞云吐雾中，舒服得直"哼哼——"，在一旁的书童仙灵瞌睡打盹儿，双手不停地帮其捶腿。发狠要刹手的梁步严，看着侧卧舒服抽大烟的王布丁，咂摸嘴，吧嗒眼皮，又开始动小心思了。

梁娴家在思想上的觉醒是因为通过维修中兴小学的桌椅板凳时结识了纪瑞民。在与纪瑞民的交往中，梁娴家真被纪瑞民富有哲理的思想折服了，弄懂了革命的意义，了解了共产党是为劳苦大众谋幸福的，是人民的指路明灯，只有跟共产党走，才会推倒压在人民头上的帝国主义、封建主义和官僚资本主义这三座大山，人民才会获得彻底的解放，中国才会走向繁荣富强！

梁石生早晨慵懒地爬起床，照镜子刷完牙，换上一身便装，手一伸，接过石榴奉上的一大杯牛奶，喝得有滋有味儿，报纸一抖，煞有介事地读报，少爷派头十足。梁娴家硌硬哥哥装腔作势，照地狠狠啐一口"呸"，她守着爹娘的面肆意摆谱，故意讥讽当儿子的每月薪酬30元，闺女每个月薪酬居然比儿子多了25元，女儿讥讽哥哥拿钱少，不配当梁家传宗接代的人，梁步严气得拿烟袋锅敲击饭桌"当当"响："本末倒置啊，男儿收入比不过女子，现在成了什么世道啦！"张妈传送鸡蛋汤烫了手，忍不住嘟囔："哎哟、哎哟，慈禧老佛爷就比光绪帝拿得多多了，咋不说本末倒置啊。"梁许氏忽地开了窍："升儿大，对啊，皇老太婆子，咋该比皇上爷拿得多啊？"梁步严一口烟呛得干呕，梁石生和梁娴家一旁咯咯乐，一直板着脸的王佑熙"咳嗽"一声，梁家老少哑口无言了，梁家今天的好日子，全仰仗王佑熙慷慨泽被，梁步严老脸讪讪地，丢下碗，饭也不吃了，手攥旱烟袋，倒背手走了——去哪儿，他自己知道。

梁家老少吃饭不烦琐，没有那么多规矩，饭桌上老少可以自由交谈，王佑熙看在眼里内心羡慕，伺候公婆倒也轻松自在，随便吃两口素菜，手拿烧饼吃不下了，遂放下碗筷，呆坐着愣神儿。石榴和张妈看了担心，一左一右站跟前："小姐呀，辛苦一天了，大晚上的，咋吃得这么少啊？"张妈悄悄地给石榴递个眼色："不少，今儿小姐回娘家吃得多，晚上少吃点，好消化。"王佑熙把手搭在张妈手上："俺正在考虑，这事怎么给少爷说。"张妈把左手摞王佑熙手上："怎么说，想怎么说，就怎么说，梁家人净吃现成的。"石榴又摆手又跺脚的："小点声吧，别让梁家人听见了。"张妈双手交叉往怀里一杵："哟哟哟，现在就护上了，急等着盘头做通房呀。"石榴憋得脸绯红："张妈你再胡说，仔细门口有人呢。"张妈吓得一缩脖子，忙踮起脚来走到门口左右瞧瞧："死妮子，吓死俺啦！"

　　月明星稀，注定是梁家人的不眠之夜。梁步严躺在床上翻来覆去地睡不着，随着津浦铁路的开通，运河在交通运输方面的地位大不如前，往江宁一带运输煤炭频遭兵匪抢劫，再加上各处漕口管辖勒索，利润逐渐降低，由南方走私盐利润丰厚，济宁的贩运商把私盐控制得牢牢的，小小年纪的王佑熙不露声色，能撕开走私盐这个口子，打通漕运各个关口，把梁家生意打理得井井有条，凸显了儿媳妇过人之处，王家大管家张守忠和师爷王布丁逢人便夸："三小姐呀，巾帼不让须眉啊，可惜了女儿身，若不是，必将开创一番惊天地的宏伟事业！"今天儿媳妇刚由娘家回来，搬来账簿，请公公审阅当月的进账款，言明梁家的拖轮再加三个驳船，已交代姨哥于洪奎前去打理，劳大姨父物色三对夫妻上驳船。杭州运河航运督办赉章，帮其在江南造船定制，每条驳船省了67块大洋，让公公放一百个心，赞赉章为人周到，费神费力先行放行梁家的驳船，把焦煤运至镇江、南京、上海出售，煤在上海卖到8元左右，焦炭不超过16元，还能参与现金交易抽成。拖轮返回时，赉章又联系到了峄县滕县临沂的茶商，订购梅家坞龙井茶，这个月进账丰厚，纯利润2030元。儿媳妇把梁家收支说得滴水不漏，老公公啧啧称奇，欣慰梁家娶了一房好儿媳，惭愧神童儿子徒有虚名，白念了几年书，榆木脑袋念书念傻了，回到家关书房里不知做啥。梁步严睡不着，是因为儿子梁石生在梁家担不起事；梁许氏睡不着，是因为儿媳妇擅作主张，从娘家带来一老一少两个仆人，说是伺候婆婆的。婆子刘妈，四十开外，人也干净利索，小丫头青杏岁数尚小，待日后慢慢调教。梁许氏倒不是埋怨儿媳妇没和自己商量，儿媳妇身边左右几个人服侍，当婆婆的羡慕，干瘪嘴说不出啥来，那是儿媳妇家有本事，不涉及梁家一分一毫，只是磨不开亲戚登门时，当婆婆的身边孤零零的，每每等儿子进家，就只能冲儿子喊腰酸腿疼，养活一双儿女，老了不容易，怎奈儿子像无事人一样儿，儿媳妇人精明，猜透了自己的心思，记在心上。今天仆人刘妈和青杏乍一登门，在自己屋里转悠打扫，她又开始担心有了外人进屋，柜子里的金银耳环、银手镯的，别不小心再给顺走了，这可咋办啊？满眼是人在跟前转悠，放个屁也不得劲呀，哀叹自己是小姐身子丫鬟命，享不起这个福啊！

石榴伺候王佑熙到前院，给公公婆婆请过安，二人信步来后院，进西耳房寻姑少爷。书房里冷冷清清的，没见梁石生待屋里，二人纳闷折回堂屋，走进东次间，姑少爷正从上而下抚摸架子床，仰脸伸手摸横楣子的牙条雕云鹤纹，石榴轻声"咳嗽"一声，梁石生收手转过身来："俺正看横楣子的纹理呢，听人说上面有头小狮子？"王佑熙冷漠视之，石榴忙走过去仰脸寻找："哎，横楣子上拴个红布小包呢，少爷恁往上瞧。"梁石生仰脸望去："在哪儿，在哪儿，没有啊？"石榴索性脱了鞋，踩床沿伸手指："横楣子空格里，卡这儿，少爷恁看呀。"梁石生看见了，脱鞋上床，伸手指勾出来，解开红绳拿下来，打开小红布包，桃木合欢狮煞是好看，梁石生羞红脸急忙攥住，石榴抓住他的手晃动："啥啊，拿给小姐瞧瞧。"王佑熙双眼立起来："石榴，姑少爷的手是你攥的吗？"惊得石榴忙撒开手，使劲在衣襟擦："小姐，俺再也不敢了。"梁石生喃喃地说："服侍少奶奶歇息吧，俺回书房去。"王佑熙背对着丈夫："早上急于汇款，拉上小姑子进书房取印章，现在说一声，再者姨哥捎带些礼物，给公婆的已奉上了。姨哥言归来仓促，不晓得喜事，送给姑少爷一顶东京产的圆顶宽檐礼帽，略表祝贺……"梁石生机械地听着，他的脑子在飞速旋转："崔玉娇的架子床横楣子上没有小红布包呀，原以为她调侃说笑，咋洞房里的架子床，居然真有桃木小狮子，难道像崔玉娇说的，感动了神仙，派哪吒脚蹬风火轮给送来的？"石榴瞧姑少爷听得两眼发直，以为他听迷糊了："姑少爷，恁听明白了，红围脖交给刘妈去织补了。"梁石生回过神来："啥啥，哪个刘妈呀？"王佑熙转过身来，面带怒色："给婆婆找来的帮佣，女红好手，你刚才说好好。"石榴哑然失笑："小姐呀，恁是一条条地对牛弹琴呀，姑少爷在这儿，做白日梦呢。"梁石生颇为诧异，偷眼瞅瞅媳妇："石榴，你咋看出来了？"石榴莫名其妙："俺看出啥了？"王佑熙审视着丈夫，梁石生躲避媳妇的眼神："姨哥，从日本归来，在哪儿高就啊？"王佑熙面无表情，人淡淡的："姨哥人外向，在早稻田主攻商学专业，系主任福田嘉盛举荐他去沈阳大安烟草公司，负责营销业务，他出了国，人也志向远大了，不必蹲在家里消磨时光。"梁石生听罢，默默地走开了。

梁石生由枣庄回到家，急忙直奔书房，书橱二层赫然一摞报纸，打开报纸，《建国诠真》呈现眼前，他长长地出口气，在书房内来回地寻找合适的地方，以便稳妥把接头信物隐藏好，不允许再发生第二次这样的低级错误。梁石生双手抱着《建国诠真》一屁股坐睡榻上，忙又翻看第三页，丝毫没变，放心仰面躺着，崔玉娇咬他耳朵的画面又浮现在眼前，伸手摸摸，火辣辣的有点疼，心里甜滋滋的，脸发烫笑意满满，感觉自己今天像坐了过山车，由天上掉在地上，忽地又飞上了蓝天。每一件事都扣人心弦，先是接头信物不见了，心差点跳出来；撞见妹妹与劳工挽手喜笑颜开，感觉头上蹿出血来，望断天涯路；居然在枣庄又见到了崔玉娇，用"日思夜想"来形容梁石生也不为过，可见梁石生流露出的是真情实感。见到对方那一刻，海誓山盟不足以描述喜极而泣的心境，听着崔玉娇经历的种种磨难，梁石生立志要成为一座雄伟的高山，让阳光雨露滋养着娇花弱草，让她自由地呼吸生长。梁石生的思绪像潮水般激荡，波涛汹涌的洪流中，仿佛又看到了刘婉珍、孙美熙、易永芳、蒋梦琳她们，充满朝气、阳光和胜利的目光；革命潮流滚滚而来，妹妹梁娴家像一叶小舟随风漂荡，可革命是要付出生命和鲜血的。梁石生脑海里的波涛，又化作漂浮不定随浪翻滚的浮萍，现在是他和妹妹要一起去面对，作为一个革命者，哥哥如何对向往革命情怀的妹妹去诉说？梁石生在不断地回闪兄妹间在街头的撕扯，梁石生猛地站起来："这个、这个光头的眼睛好熟悉呀，郊县人？"梁石生努力思索着，苦想良久，恍惚间印象越发清晰了，决意等吃完晚饭，家人悉数歇息，自己跟妹妹开诚布公地好好谈一谈。

石榴服侍王佑熙坐下，取来茶叶罐："小姐呀，红茶还是绿茶？"王佑熙静静地坐海棠绣墩上，望着木架床愣神儿，石榴清楚，小姐又得坐上大半夜望天空。从迈进梁家门，夜夜如此，她在洞房睡，姑少爷在书房睡，二人各不相干，只有她和张妈知晓，断不敢对任何人露半点口风。见小姐不吱声，石榴拎起暖水壶去灌热水。王佑熙望着蜡台上的烛火不断流下的蜡痕，如同自己的泪水在不断堆积，她几乎都是在蜡烛燃尽才闭上眼睛，想象着天空的寒星孤独地闪烁，诉不尽漫漫长夜的凄凉。姐姐王佑纯的死，像一根刺扎在心上，丈夫梁石生待她相敬如宾，二人似乎隔着一堵墙，他眼神中缺少爱恋的光芒，王佑熙能深深地感觉到情感游离。新婚之夜，红幔帐、红被子、红盖头、烛光闪烁把洞房映衬得红彤彤的，红盖头遮住了王佑熙视线，只能看见无数只脚在洞房里走来走去，梁娴家高兴得拍手喊："哥哥，快挑红盖头呀。"亲朋好友也跟着喊："挑红盖头呀！"红盖头挑开了，王佑熙哪还敢抬头啊，低垂头满脸娇羞，她感觉不到丈夫梁石生在身边，倒是梁家本族兄弟过来挤她推搡她，伴娘们被冲散，眼瞅着石榴和张妈护不住，梁家本家的婶子和嫂子几个人给解了围，撕开四床棉被角，婶子扔一把："栗子一扔，早生贵子；扔了花生，姑娘儿子插花生，哈哈哈——"嫂子捧一大把扔向一对新人："大豆一扔，孩子多得像金豆，哈哈哈——"直到喧闹声散尽，本家的婶子和嫂子端来子孙饺子、长寿面："梁家子孙万代，新人百年和睦到永远。"王佑熙端起碗，饭的气味儿，令她只想呕吐，梁石生则"呼喽呼喽"喝面条，张妈瞧不顺眼："姑少爷，大喜的日子，咱做样子吃点就行啦。"梁石生则一脸茫然："俺饿了。"

本家的婶子和嫂子笑岔气："把新娘子的这碗面也吃了，晚上好有劲儿。"梁石生听不出好赖话，当真全吃了，咂摸嘴，居然说："有瓣蒜就好了。"本家的嫂子笑岔气："食升呀，真是读书读傻了呀，鸳鸯同枕良宵时，还亲嘴吧？"把个张妈气得不行："傻姑爷哎，哎哟嘞，哎哟嘞——"深夜了，听洞房的孩子们也熬不住了，梁石生还在为石榴和张妈睡的地方犯愁，梁家一下子涌进5个仆人，着实把梁家人难住了，张妈好歹同意暂时睡锅屋，石榴抱住王佑熙哭着不肯去，因为梁娴家的床挨着父母的床。梁家底子薄，王佑熙有心理准备，可没准备自己的奶妈和贴身丫鬟没得睡呀，王佑熙的大小姐脾气柔中带刚："石榴就跟俺睡。"梁石生识趣儿，抱被子睡柴房。亏了老岳父雪中送炭，变通钱庄的院子，梁家人得以解困。一对新人硬杠上了，谁也不退让，王佑熙难启齿让丈夫回洞房，梁石生不输大丈夫气概，不睡柴房夜卧书房。

　　石榴轻手轻脚地出了堂屋，她轻轻地掩上门，来到东厢房厨房灌热水，抽身回去，西厢房传来阵阵笑声，忍不住折返来到西厢房，推开门直奔南间，张妈和刘妈、青杏围着梁娴家笑弯了腰。走近瞧，梁娴家在向刘妈学做针线活，刘妈在一旁指点着："梁小姐，平针绣法，简单好学，先在鞋垫上，画出草图，然后沿着痕迹刺绣，把针鼻儿顶住顶针，好使劲儿。"梁娴家一手拿针线，一手拿鞋垫，"啊"了声，趴桌子上："太难了呀，写篇文章，也没这么费事儿！"张妈自豪地说："姑小姐呀，俺们家的小姐呀，哪个不是针线活好手，针线、纺织、刺绣、缝纫，拎起来做得有模有样儿，姑小姐也就是碰上这年月，再这样下去呀，找婆家可就难喽！"青杏嗲声嗲气道："找啥婆家啊，在这儿有吃有喝的，挺好啊。"张妈用手戳了她一下："小孩子家的，就知道吃喝，懂啥呀。"刘妈抬眼瞧见石榴，不好意思起来："石榴，俺和青杏刚来，不懂规矩的地方多，日后提醒呀。"石榴恭敬地喊了声："姑小姐。"梁娴家没瞅石榴，仔细地排各色丝线："少爷歇息了？"石榴迟疑下："没呢，少爷说去书房读会儿书。"张妈悄悄地撇撇嘴，石榴会意，没再多说啥，静静地离开了。

梁娴家今天心情大好，几乎陪纪瑞民走了一整天。挨门挨户敲开窑工家的房门，窑工们饥寒交迫的惨景，震撼了梁娴家的心灵，纪瑞民充满激情的讲演，豁然打开了梁娴家重新认识世界的窗户。她常跟随着纪瑞民，听他在夜校识字班上讲革命真理，到窑工家里去唤醒人们的斗志。她现在毫无顾虑，无拘无束地和窑工们在一起谈论生活，与窑工们畅想着美好的未来，她不再是温室里的花朵，她要像飘扬的旗帜，去为劳苦大众奔走呐喊。她对纪瑞民由敬仰到深藏在心底，一股暖流让她久久不能平静，看着他终日劳作日夜奔波，衣衫破烂却不能为其缝补，梁娴家想拿出女性特有的温暖去关怀他，拿起针线努力学习女红，针扎手指钻心疼，梁娴家却乐在其中。好在家里又请来一位女红高手，梁娴家欢喜不尽，她丢下饭碗，就跑去央求刘妈手把手教。刘妈打开包袱，拿出好多种类鞋垫花样，特别是毛茸茸的鞋垫，令梁娴家爱不释手，看了又看，内心暗暗地想："平针绣、挑花绣、剪纸贴花绣，我要统统学会，亲自给纪大哥绣两双鞋垫，该多好啊！"回到自己的屋里，梁娴家把煤油灯捻亮些，戴上顶针，试着刘妈绣的半只鞋垫，分拣不同色彩的丝线。

"咚咚、咚咚——"敲门声谨慎又微弱，似乎怕人听见。

"谁啊？"吓得梁娴家连忙把煤油灯关小点。

"妹妹，是我，哥。"梁石生尽量把声音压得低低的。

梁娴家估计一定是哥哥为下午的事，夜里避开父母来质问她。梁娴家光脚下地，踮起脚尖，蹑手蹑脚地靠近门缝："哦，哥，我睡下了，有啥话，明天再说吧。"

"好吧，就是，那个光头，回头再说吧。"

"哥哥不用再说了，你觉得妹妹和一群破衣烂衫的光头在一起，丢了你的人是吧？我还告诉你，窑工虽穷苦没文化，但凭借自身的劳力吃饭，比当寄生虫，靠榨取穷苦人的血汗滋养自己的人强。"

妹妹的话暗含讽刺，梁石生心里不好受："妹妹，你误会哥哥了，那群人里，是不是有个郊县人？"

这会子，梁娴家正在气头上，哥哥说啥也不好好地听，找话抢白梁石生："穷窑工来自五湖四海，除了地上的，天上的不知道。"

兄妹二人话不投机，声音隔着门越说越大，僵持一会儿，梁石生见父母的窗户亮出光来，不敢再犹豫，急忙走开了。

听着哥哥远去的脚步声，梁娴家好惬意，痛痛快快地打击了哥哥一番。她轻轻打开门，一阵冷风袭来，冻得她浑身发紧，连打两个喷嚏，急忙关上门："好冷啊！真讨厌，爹娘不管了，哥哥又来劲了，光头咋啦，穷人就不是人啦，我还要嫁给他呢。"梁娴家忙捂住嘴，诧异自己脱口说要嫁给他，脸上开始发烫，不知是冻得还是心里发热，跑上床，对着玻璃灯罩吹了一口气，歪头裹紧被子闭上眼，猛地又睁开眼："光头，郊县人，这不是说纪大哥吗？"

梁娴家裹被子坐起来，真耐人琢磨，她在接触中逐渐地熟悉了纪瑞民这个人，说啥都条理清楚，句句深含哲理，她纠结的社会阶层问题，在纪大哥这里都能讲得明明白白，工友们都愿意围绕他的身边，聆听他的教诲，混沌的世界经他一说，豁然敞亮。在梁娴家眼里，纪瑞民不但为师长，还是让人景仰的人，他睿智果敢，一双深邃的大眼，深深地吸引了梁娴家，她想进一步靠近他，奈何纪瑞民拒人于千里之外，她想向他倾诉情怀，纪瑞民退避三舍没有丝毫的表情，徒留给她无限的惆怅。

今天与哥哥在小洋街不期而遇，兄妹二人起争执，梁娴家心烦意乱，纪瑞民没关切自己，而是急切地追问拽她走的人，"梁老师，在小洋街发急的人，是你哥哥吗？"

"哪跟哪呀，管闲事的邻居，烦死啦。"梁娴家气在纪瑞民不问缘故，追着问是否是家里人。

"梁小姐真会说笑，看那人的眼神，不是亲戚，就是——"

"是啥？"梁娴家反问纪瑞民，意在他的态度是否在她身上。

"俺不说，梁老师心里明白。"

"我不明白，倒是问问纪大哥，不觉身边少个人吗？"梁娴家就差把话向纪瑞民挑明了。

"俺四海为家，跟了俺的人，都得吃苦受罪啊！"

"有的人吃苦受罪也心甘。"梁娴家苦于纪瑞民不解女孩子的心，眼里噙满了泪水。

"不说这个，梁老师，那个人俺想知道。"

"纪大哥，别说那个人了，提起他，让人心烦，我得回家了，再见。"梁娴家说声"再见"，多希望纪瑞民能说一句挽留她的话啊，哪怕丁点虚情假意，她也乐意接受，可纪瑞民根本没留意她的心情，梁娴家眼泪流出来了，她不想让纪瑞民看见，骑上自行车猛蹬。自行车在公路上飞驰，她感觉心口热得不行，索性解开衣扣，让迎面的风灌满全身才痛快，可这颗滚烫的心，还是凉不下来啊。

纪瑞民询问没觉得啥，现在细品品，深更半夜的，哥哥冷不丁问郊县人，梁娴家坐不住了："不行，我现在就得去找哥哥。"掀开被子，自己又笑了，"真蠢呀，哥都结婚了，身边还有嫂子呢。"这么一折腾，梁娴家来了精神，睡意全无了，重新点燃煤油灯，在煤油灯下，一针一线地绣鞋垫——

晨鸡报晓，梁娴家挣扎着爬不起床了，不是没睡醒，而是人发高烧，连累梁石生请假，四处请医生抓药。王佑熙想起姨哥于洪奎捎来一些西药，梁石生兄妹俩信西医，叮嘱丈夫请中医路上捎带回趟娘家，取点西药来。梁石生马不停蹄地跑去岳父家，吕氏闻听姑小姐病了，忙命大管家张守忠包些西药给女婿，梁石生心急火燎地出了垂花门，迎面与垂头丧气的王守业撞个满怀，鸟笼子也滚落地上。梁石生扶住二丈哥王守业："二哥，脸怎么了，酒喝多了吧？"王守业一见梁石生，气不打一处来："啊、哎——"梁石生惦记发高烧的妹妹，一溜烟早走远了，王守业恨得咬牙切齿："奶奶的，俺二妹妹因你而死，三妹妹才嫁过去，臭小子上青楼嫖妓呀，别让俺逮住！"王守业气疯了无处发泄，抬起脚踩碎鸟笼子，"哎哟，俺的亲爹嘞呀！"蓝靛颏鸟硬被王守业一脚踩死了，王守业跌坐地上哭得那叫个惨，"啊啊——啊呀、啊呀嘞——"内宅的家眷们，听见一声声哭号，纷纷奔垂花门而来，许氏第一个跑过来，一瞧真是不争气的儿子王守业，儿子丢人现眼，许氏气得牙根痒痒，吕氏前呼后拥地走过来，王守业哭号着爬过去，抱住吕氏一条腿："俺娘啊，俺亲娘嘞呀，恁可给二儿做主啊，啊啊——"许氏死命地拖拽，王守业蹬腿打滚越哭越惨，吕氏总算听明白了，怪女婿走路不长眼，与二儿子撞个满怀，挤死了名贵的蓝靛颏鸟，王守业才哭得眼泪鼻涕淌。"花了180块大洋买来的，俺的亲爹呀，蓝靛颏儿呀！俺的蓝靛颏儿啊，啊啊啊——"

吕氏犯了愁，亦不能告诉老爷王寿昌，自己从账上支出这么多钱，凭什么呀，可女婿的面子也得顾及，急得百爪挠心，喊来大管家张守忠商议如何是好。张守忠支开众人："太太大可不必着急，二少爷是个鸟痴，夜里不搂媳妇，傍鸟睡，这180块大洋怎么来的，老爷知晓了，后果谁敢担呀。适才把师爷的手都咬烂了，太太恐怕还不清楚呢。"吕氏听了这话，人都坐不住了："180块大洋，难道是从王布丁手上拿的？"张守忠愤愤道："咱峄县哪条街上，没有几爿烟馆，城里明面上就有三十多家，暗里还不知有多少家呢。老爷早饭还没吃呢，福寿馆的老板请见老爷，手上拿一摞账单追上门。"吕氏叹口气："家里抽大烟的，何止他一人呀。"张守忠点点头："老爷气得把桌子掀了，传来二少爷，见他竟鼻青脸肿的，说啥夜里看月姥娘，不小心摔的。老爷手拿着账单，斥责二少爷赊账烟馆，活该被打。"吕氏好生纳闷："怎么会呀，必定有蹊跷。"张守忠哀其不争，"师爷说是，去枣庄小洋街嫖妓，嫖客们争风吃醋给打的。问二少爷说实话，他不吭气就是了，居然说客（女婿）也上青楼嫖妓。太太，恁说说呀，老爷的眼珠子瞪出来了，一脚踹倒二少爷，抄起痒痒挠就往身上打啊，二少爷没命地哭喊，师爷扑上去用手捂住二少爷嘴，'二少爷身子弱，打死老奴吧'。真把老爷感动了，夸赞王布丁是忠仆。哼，俺怀疑，大烟馆的赊账，跑不了师爷撺掇二少爷吸食，王布丁没少揩油。"吕氏手紧紧地抓住衣襟："大管家的意思，是王布丁怕二少爷说漏嘴，把他抖出来，他捂不住守业的口，就把手伸进他嘴里是吧。"张守忠解恨道："咬烂狗爪子，才好呢。"

王家闹得鸡飞狗跳的，梁家也差不离。梁娴家烧糊涂了，抓住哥哥的手，哭一阵子，闹一阵子："石头人、石头人呀，石头人吗？"兄妹俩表情怪怪的，梁石生不时低头耳语妹妹，下人们都不敢近前伺候，张妈则是另一番描述："梁小姐神情皆乱，印堂发黑，屋梁上妖气缭绕，必定遭了鬼打墙，吃啥药也没用，石榴、青杏快去城西阎王庙烧高香，见了石人像，照胸口窝砸几下，没错。"亲爹娘急了眼，左不是右不是，没了主意，梁许氏拿皱巴巴的大手绢擦干眼圈："俺心肝儿，兄妹感情深呀，得病了，不找爹娘，就找哥哥呀！"一向默不作声的王佑熙黑了脸，冲着丈夫发了脾气："这个家，你一回来，就不消停，去烧高香，砸石人像吧。"梁娴家遭鬼打墙，撞鬼就等嫂子发脾气，石榴与青杏结伴，二人在县西面的阎王庙烧毕高香，两人乘人不备摸起砖块，照着供奉的神像随手扔过去，她俩拔腿便跑，这边的梁娴家果真不哭不闹了，烧也退了。可是，县知事辛铸九与县署要员卜谷修领着阎王庙住持找上梁家，辛铸九手握文明手杖，把堂屋青砖地戳得"嘭嘭"作响："荒唐，哎，荒唐啊，大逆不道啊，这可是祖宗留下的宝贵财产啊！"梁步严和梁许氏、梁石生弓腰站着像石像，负责给阎罗王敲木鱼的小沙弥，哭得梨花带雨，指证是梁家的佣人砸了神像，具体是哪个人不确定，只听见阎王左边靠花公花婆旁，那尊牵红线月老的手指，"咔嚓"硬生生地给砸断了。

　　公路上三辆黑色轿车急速驶向中兴公司飞机楼，胡希林人等由天津中兴总部返回峄县枣庄中兴公司，随即召开传达总部会议决议：一、中兴总公司召开第17次股东会，决定管理机关迁往上海等事宜。二、国内战事骤变，任国民革命军独立第二师师长贺耀祖，率部北伐。在攻克北洋军阀孙传芳主力扼守的九江后，以迅雷不及掩耳之势快速挺进鲁西南一带，战火快速逼近徐州区域，峄县当地的豪绅和大股东携家带口，纷纷逃至天津避祸。三、枣庄驻矿的各管理层，关停各煤井生产，做好本部关停事宜，妥善处理好设施的保护事宜，公司管理层分批向武汉及天津转移。四、驻矿总经理留守矿区，主动与独立第二师师长贺耀祖接洽，处理相关事务。

下午，驻矿副经理兼总矿师朱严筹与总经理秘书渠怀水，向胡希林汇报"二大井"添足本500万块，因拖欠20年未发股息，历年累积以股息1分计算发放，核账发放完毕。中兴诸多事务庞杂，话题自然扯到风云突变的战事，对中兴的影响迫在眉睫。北伐军将至，张宗昌部迫于局势放弃枣庄仓皇逃走，百废待举的中兴不得不面对动荡时局，应对中兴煤炭的产、经、销带来的新危机。中兴公司董事会长黎元洪与总经理朱启钤对此深感忧虑，难以预料危害究竟有多大，急电命胡希林去天津总部商议应付时局的措施，确保中兴公司达到损失最小化。胡希林背负重托而归，中兴的生产问题再次摆在眼前，枣庄中兴公司将以什么样的举措应对，同样考验着中兴公司上层的管理者。

总经理随从敲门，推开点门缝："报告总经理，刁处长和杨局长请见。"胡希林抬手挥挥，庶务处长刁风胜与中兴煤矿巡警局长杨竞业前后走进来，杨竞业两腿并拢冲坐老板椅的胡希林行礼，刁风胜瞅眼不得劲儿，尴尬地向胡希林弯弯腰。胡希林站起身，拿出由英美烟草公司在天津推出的大前门香烟，抽出几支烟分散诸位品尝："此次二位与鄙人，共担枣庄中兴公司留守事务，事关中兴的未来和发展，责任重大啊！"

杨竞业显得坐立不安，手指捻一支烟，与刁风胜彼此看了一眼，相互点点头。

朱严筹把烟横鼻端嗅嗅："味儿挺好的，不知道好抽不。"

渠怀水则把烟递给了杨竞业："鄙人不抽烟，杨局长代劳吧。"

刁风胜手搭凉棚，悄悄笑："杨局长抽惯了三炮台，一般的烟瞧不上眼的。"

杨竞业仰起头，咧开嘴哈哈大笑："俺可没有刁处长财大气粗啊，兄弟平日里抽的，都是廉价的美丽牌香烟。"

胡希林从老板桌抽屉里摸出两整盒大前门，随手扔给杨竞业："犒劳一下杨局长，中兴矿警在第六旅马凳瀛缴械武器的危局中，确保了仓储焦煤最小的损失。现在时局突变，北伐军即将进入峄县，在做好应对措施的同时，整个矿区的财产设施安全保护，尤为重要啊。"

朱严筹感叹中兴不但忙于生产，打理各界的应酬，还得频于应付各路军阀讹诈勒索："在中兴警察没有枪械的情况下，峄县八大家功不可没，恒隆王寿昌和梁步渊的社众保家局子，齐村与前槐村大财主黄静斋的红枪会，协助中兴出人出力，减少了仓储煤和焦炭的疯抢啊。现在问题纠结在国民革命军与奉军六旅是不是一丘之貉，到了枣庄到处为非作歹，恐怕是，中兴又要面临一场劫难啊！"

胡希林为中兴的发展忧心忡忡，糟心事一桩又一桩，张宗昌为了逼迫中兴公司就范，令直鲁军第七军第六旅进驻枣庄横征暴敛，四处抢劫，强征中兴小学做军营，中兴学校 400 余名学生被迫停课，又以筹措军费为名，向中兴公司强征所谓的煤炭出产税，限期上交 28 万元巨款，把百废待兴的中兴公司逼到绝境，中兴不遗余力到处筹措借贷，以满足混世魔王张宗昌，这才刚刚松口气，国民革命军又要来枣庄，是福是祸难料啊，"年初，张宗昌 1.3 万人的军队强行入驻中兴，每天供给的粮食 6000 多斤，勒索了两万多元慰劳费，强征木料、焦煤不计其数，加上成群的士兵持枪疯抢，中兴损失巨大呀！现在国民革命军势如破竹，进驻峄县是早晚的事，中兴要考虑好万全之策啊！"

渠怀水神情一扫阴霾，仿佛看到希望："好在北伐军高歌猛进，张宗昌节节败退，中兴再也不会受军阀的挟制了。"

朱严筹颇为怅然，他对扛枪的没好印象："走了饿狗，谁知来的是不是一群狼啊！"

胡希林掐灭手上的烟，冲大家一挥手："所以，中兴要趁着北伐军进攻歼灭各路军阀的相持阶段，尽快调整各煤井关停事务，减少焦煤仓储量。怀水呀，各部门关停协调章程，务必明天上午拿出来，尽快在驻矿办事委员会上通过。"

杨竞业干咳两声，扭动胖身子："总经理，兄弟俺有个小小的建议，中兴被张宗昌搅和一阵子，去年有人张贴煽动文章，蛊惑窑工，现在听说北伐军要来，各处的窑工也乘机兴风作浪，如不加以管束，恐怕事态将难以控制。"

胡希林皱起眉头："现在各个矿，窑工闹事的多吗？"

刁风胜语气极为慎重："枣庄满大街到处张贴'打倒军阀''拥护北伐军''打倒土豪劣绅'的标语，老百姓兴高采烈得像过大年一样热闹。胡经理，南井六段煤巷透水事故，死亡72人，补偿快4年了，又有人上矿翻旧账，说补偿不合理，提出了7条理由。"

杨竞业神情自然："窑工闹事都习以为常了，没啥大不了的，刁处长说的那七条，非一般人文笔，就咱人才济济的中兴秘书室，也未必拿得出呀。"

渠怀水听了不自在，跷起二郎腿："穷煤黑子，找算命先生瞎写的，有啥吹嘘的呀。"

胡希林神情严肃，手指轻轻敲击沙发扶手："从上海22家日商开办的工厂工人，和胶济铁路工人，相继举行的大罢工，到去年的三一八惨案，工运学潮风起云涌，都存在共产党的渗透，好在中兴天高皇帝远，共产党的活动不成气候。"

杨竞业摆出一副恐惧神态："总经理呀，咱可不能过早下结论。大前天，南大井和北大井的臭窑工，又暗地里组织上夜校，中兴小学的老师也跟着凑热闹，说啥学识字，娘的，俺看有问题，特别是杜宝财、张福海、陶洪源几个，趁北伐军没来之际，逮几个挑头的，先关押起来，以绝后患啊。"

朱严筹哑然失笑："时下中国劳工神圣，窑工也牛气了，刁处长、杨局长，招募窑工时，咱能不能神圣一下人格呀，难怨窑工劳累十几个小时，蜂拥着上夜校识字去。"

杨竞业瞪起眼来："总矿师，咱把话说清楚，中兴需要尊重窑工吗？矿井死头骡子60元，还比窑工一条命多40元钱呢。"

胡希林拉下脸来："竞业，政府接受了西方民主共和的思想，压制则立即暴动，敷衍亦必全溃，这个你不懂吗？"

刁风胜阴阳怪气"哼哼"两声："在下，倒是想听听总矿师所说的，怎么个神圣窑工呀？"

朱严筹打开文件包，抽出一摞包工单，甩给刁风胜："这都招录些啥人啊？朱镐头、刘螺丝，竟然还冒出李磨盘和张碾子，再是穷苦力呗，起个名，不费事吧？下一次招工，辉煌的大中兴，指不定鸡鸭鱼鹅、牛狗猫羊全下井啦！"

刁风胜和杨竞业先"咯咯"乐起来，真让胡希林无语了，中兴公司管理一层一级，历经过上至大总统下至贫苦贱民，贵贱天壤之别，由1878年到1927年，是董事会领导下的总经理负责制，用工分里工和外工，窑工是外工，多来自破产农民和贫民，无以生计，赖以煤矿雇佣的柜头把头获取微薄收入，其社会地位极低，随着社会不断进步，工人争取权益的斗争运动此起彼伏，逼迫资本家不得不重新认识社会底层人员的合法权益，这种对人格极尽侮辱的行径，令胡希林感到了社会阶级差别问题的严重性，成了点燃阶级冲突的导火索。在中兴跳跃式发展的道路上，两个阶级的斗争必将走上武装暴力的局面，比发展经济来得还要棘手和紧迫，他神情凝重地从书橱搬起一套十二本线装《康熙词典》，郑重地放到刁风胜眼前，"这件事不涉及杨竞业，问题在你刁风胜身上，庶务处干什么吃的，下次招工，把这套字典带上，若再出现类似李磨盘、张碾子的，发薪酬时，你刁风胜的名字直接改成刁磨盘，刁处长你别不信。"在座的，哭笑不得，刁风胜像霜打的茄子，蔫了。

从今往后，刁风胜磨盘雅号算贴牢固了，中兴公司经常有人背地里咒骂刁磨盘，一传十，十传百，包工头们闲着没事时也骂磨盘，李磨盘郁闷了大半年，后来弄明白了，此磨盘非彼磨盘："人家好不容易起个名字，刁处长也来抢，啥都叼呀，石头磨盘你能叼得起吗？"直到后来，梁娴家重新给他和张碾子起了有意义的名字，他才明白，是资本家不把老百姓当人看，肆意戏谑穷窑工。

此时，没有人格的李磨盘和张碾子正在抹泪，纪瑞民弯腰进了铺户，忙着收拾东西没注意到，刘二顺捅捅纪瑞民的腰，颜丙烈躺铺上跷起二郎腿哼唱青楼窑调："眼看黑了天，太阳落西山。奴好比，一朵鲜花无人采，琵琶断弦无人弹；奴好比，貂蝉思吕布；又好比，婆惜思张三。哎嗨嗨，俺思婆惜逼貂蝉……"

韩邦留一脸坏笑，强作淡定："哎嗨嗨，磨盘碾子开了荤。"

纪瑞民环视屋里人，刘二顺双手攥拳，李磨盘和张碾子止不住哀号："你俩咋回事儿？"

张碾子咧开大嘴哇哇哭得说不出话来，韩邦留嬉皮笑脸，盘腿挠脚心："纪大哥，瞅瞅呀，李磨盘和张碾子逛窑子，哎哟嘞，舒服得哭啦。"

李磨盘一听这话，气急眼了："他俩非逼着俺和张碾子一块儿去鱼市街，说看卖金鱼的，谁知道他俩坏心眼子，哄骗俺俩进了窑子，俺和张碾子啥都没做，回来柜头高阎王说，俺俩在窑子消费了10块大洋，账都记好了，按月扣除，啊啊——"

张碾子咯噔不号了："李磨盘比俺还强点呢，他摸了老鸨的手，俺连个毛儿也没碰着呀，啊啊——"

纪瑞民听罢，怒从心中起，恶向胆边生，睁开眉下眼，咬碎口中牙。他非常清楚包工柜内辖制窑工，每出一斗车煤三毛钱，包工大柜扣两毛七，窑工只得三分，中兴半个月一开支，包工柜每月20日开借，若是窑工工码不够，借支九毛抵一元，偿还时增至一元一，柜房和账房在窑户铺周围开设赌场、烟馆、妓院相勾连，公开放赌涉高利贷，巧取窑工的血汗钱，若是窑工不参与嫖赌抽大烟、与柜头包工头拜干亲送礼，柜头包工头就会变着法子欺压窑工，逼迫窑工就范，更加重了整体对窑工的剥削和压迫，一年到头所剩无几，有的甚至还欠了包工柜的阎王债，利滚利永远遭受柜头包工头的压榨。

韩邦留暗地里串通柜头高阎王，向矿巡警队长刘德奎举报有人蛊惑窑工作乱，吴均山身陷囹圄，惨遭羁押鞭打，纪瑞民新仇旧恨，面对这两个无耻作恶的工贼，攥得手指"咔吧"响，韩邦留见势不妙："纪大哥，纪师傅呀，咱有话好说，下窑的都是穷苦人，不能动肝火呀。"纪瑞民一步步逼向韩邦留："你你，你们，还算是个人吗？"韩邦留见情形不妙："纪大哥，纪师傅呀，俺知道，俺不是人，是畜生，畜生啊。"刘二顺和刘三生、李磨盘、张碾子随手抄起家伙，颜丙烈想跑被刘二顺死死地堵住门，一伙人怒火燃烧持棒夹刀，二人魂吓掉了，扑通跪倒在地："亲爹嘞，恁都是俺的亲爷爷呀，咱别动手，咱别动手啊，求求纪大哥，纪师傅呀。"颜丙烈跪地上，双手作揖："实话实说，实话实说，没10块大洋，不足1块大洋，俺俩这就去销账，纪大哥，纪师傅呀，好吧，销账。"叶奇领过来抱住纪瑞民的胳膊："兄弟呀，饶了俩畜生吧，下不为例，夜班下井快到呀了。"刘二顺冲到韩邦留跟前："你俩听好了，如若胆敢外面胡说，就没有下次了。"韩邦留和颜丙烈挤出笑脸："不敢不敢，原是弟兄们闹着玩儿，这有啥呀，嘿嘿——"二人贼眉鼠眼爬起来，揉揉膝盖，逐一向每个人点头，众人一不留神，两人刺溜跑出去。

这二人撒丫子没命地跑出老远，瞧没人追赶，总算放下心了，边走边咒骂纪瑞民一伙人坏了他俩好事——

"娘的，碰见细木匠就倒霉呀！"颜丙烈愤愤道。

"你小子，咋把实话说出来了，佟把头和高阎王、袁算盘可等着敲一笔呢。"韩邦留对颜丙烈的表现愤愤不满。

"你喊声爹就行了，俺一听爷爷都喊了，还不赶紧说实话呀。"

"噢，喊爷爷就说实话，给你一角钱，你现在就喊。"

"俺是感觉细木匠这个人，让咱捉摸不透呀，窑工成立赤色工会，也敢跟把头瞪眼了，跟他脱不了干系。"

"娘的，你是没挨过细木匠捶呀，拉锯推刨子抡锤的手，像一柄钢锤头，捶得你骨头疼，俺可真怕了！要不是佟振江说他是把兄弟的表哥，俺早举报他了，这些人没事围着细木匠转的，俺早就清楚是个祸患，逮吴均山意在敲打细木匠，不识好歹的东西，哼哼。"

"听话音儿，立马去举报。"颜丙烈拱把火，好让韩邦留跳出来，窑工们怒火记在他头上。

"你小子缺脑子啊，北伐军眼瞅着就到枣庄了，现在举报了细木匠，咱俩的小命，可没人保护，劳工村里里外外都是他的人，咱俩敢对他们动小心思，脑壳非得让这帮小子砸扁了不可，小不忍则乱大谋，咱走着瞧！"

走着瞧——

纪瑞民初到枣庄中兴煤矿伊始，深有体会枣庄的帮会组织由来已久，那些举目无亲的外地人，在暗无天日的井下劳作，生命安全根本得不到保障，想在煤矿生存，只能相互抱团取暖，结拜仁义兄弟，认干亲拜师傅，仰仗各种帮会加以关照。中兴煤矿95%以上的矿工，都拜师傅和结拜仁兄八弟，每个人参加的不止一伙，相互勾连借势，已经具有帮会性质。枣庄有名的帮会"三合会""哥老会"等，渗透中兴煤矿矿工帮派中间，四处兴风作浪，加之资方和把头对广大矿工的剥削和压迫，更加重了煤矿工人的苦难。中共山东省委为了配合北伐战争，积极组织工人运动，前后两次派人到枣庄中兴煤矿开展工人运动，打下了良好的基础，纪瑞民正是抓住这个良好的契机，通过长时间观察和了解，甄选出十多名有理想有抱负的青年矿工，建立了枣庄矿区党支部，为成立枣庄矿区赤色地下工会铺平了道路。矿区党支部紧紧地围绕工会工作，迎接北伐军到来的活动排上日程，连日不分昼夜地奔波，工作连轴转，不辞辛苦，纪瑞民才感觉到身心疲惫到极点，每天连续12小时暗无天日地在井下劳作，出了井口，整个人骨头都散架了，现在一门心思筹划第一次枣庄工人罢工运动。枣庄矿区党支部的每个成员，性情秉直、觉悟较高、有正义感、有活动能力的工人同志，充分发挥党员作用，及时把党的思想向广大的矿工们传播，极大地鼓舞矿工们的斗志。

5月3日，晚上7点，纪瑞民与张福海等十几个党员，在机电处秘密召开支部会议，向在座的党员同志，进行党的纪律教育，严格要求他们服从党的领导，保守党的秘密，树立为共产主义事业奋斗终身和不怕牺牲的精神。摆明枣庄矿区党支部当前首要任务：迎着北伐军胜利的消息，团结广大劳工，充分做好打倒军阀统治，拥护革命党的准备，积极行动起来，向着胜利前进。枣庄矿区党支部每个党员都要发挥应有的作用，走在困难的最前沿，肯定了与会党员，在筹建枣庄矿区赤色地下工会工作中，发挥自己应有的作用。眼前工会各项工作在有条不紊进行中，从发展第一批会员 50 余名，到今年上月初，工会会员人数已到达 1273 人。加快落实赤色工会的主要任务：一、广泛联系工人大众与资方做斗争；二、工会实行民主集中制，自己管理自己的组织；三、搞好宣传、组织活动等。选出会议各项筹备组，走入矿区、劳工村，要做到每条街每个胡同的每一户每一人，要实质性地为劳工办实事、解决疾苦，赢得劳工的信赖和拥护，及早宣传赤色地下工会是劳工的娘家人，代表和维护广大劳工的利益，是为广大劳工当家作主的呐喊人。

张福海反映劳工村周围的赌局、烟馆、娼妓近日异常红火，包工柜头高阎王和二把头鲍金牙，撺掇包工头袁算盘、彭德彪等十几个人，带着矿警及护矿队，巡逻盘查每个井口的窑工，干涉窑工的人身自由，同时引诱逼迫窑工参与赌博，去烟馆妓院逍遥，意在削弱窑工们上夜校识字班的意识，在思想意志上瓦解窑工，分散窑工的凝聚力，从而破坏窑工们参加赤色工会的积极性。纪瑞民要党员们在工作的同时，首先要注意自身的安全，保全了自身，才能保证工作的顺利执行，每个党员就是一面革命的旗帜，每个井口，每个劳工村，都要有迎风飘扬的旗帜，勇敢地引领广大劳工为自身的权益团结战斗，勇往直前，让党的事业在鲁西南大地上生根发芽，茁壮成长。

枣庄矿区党支部月度会议上，纪瑞民向在座的党员报告一个振奋人心的特大好消息，上级党组织时刻关心枣庄矿区党支部的工作，为勇敢工作在第一线的同志们骄傲，同时将有一大批党员干部，进驻峄县走入矿区，与在座的党员同志们并肩战斗。向着美好的未来前进吧！

第十二章　怒潮

　　来自山西、河南、河北、江苏、安徽等外乡窑户，多居住在枣庄中心镇大洼街一带，东大庙劳工村、堂子庙东大洼、石候岭劳工村，及南马道枣树行、杨树底、后窑神庙、前窑神庙。

　　一首歌谣话苍凉："坑木支撑万里巷，滑煤木板夜当床。一粒豆豉吃半饱，野菜馊饭炊断粮。"外省的窑工饥寒交迫，一脚在窑下，一脚在窑上，天天在死亡线上挣扎，弯腰驼背受压榨，贫贱人命枯草黄，残病缠身命休矣，乱坟岗上白骨堆。

　　可怜窑户饿断肠，被压榨、被奴役生活在社会最底层，拖儿带女住顶遮盖草席的地窨子，寒酸棉絮铺草毡，破盆烂锅碗裂纹，几乎成了窑户们的标配家当。

　　5月27日晚，7点10分，枣庄中兴煤矿公司空气清凉，枣庄矿区党支部在机务处的翻砂车间召开特别会议。书记纪瑞民就中兴煤矿公司目前的形势，做了具体的分析："外部环境，北洋军阀节节败退，北伐军取得了决定性的胜利。枣庄矿区赤色地下工会，由秘密转向公开，在中共山东地方执行委员会员会的正确领导下，在矿区党支部和赤色工会的积极配合不断努力下，中兴工人运动形势一片大好，工会会员达到 2073 人。在国民革命军即将解放峄县之际，矿区党支部经过深思熟虑，上报中共山东地方执行委员会同意，决意在 6 月下旬，动员广大矿工反抗被压迫被奴役的命运，团结起来争取自己的权益，勇敢行动起来，捍卫劳工神圣，勇敢地向资本家抗争："罢工！"

　　组织和动员煤矿工人团结起来，积极踊跃参加赤色工会，迎接北伐军的到来。矿区党支部分成两组，一组由纪瑞民与陶洪源、刘雁德、吴均山、刘二顺、孙洪山等同志组成；二组由张福海与郭长青、蒋福义、王文斌、杜宝财、芮庆红、房洪春等同志组成。每组人根据实际情况进行调整，确保不少于三人，走访枣庄全矿区，聆听窑工们的心声。

　　前窑神庙坐落于峄县北，枣庄中心镇南马道马宅子西南的庙前村，与庙后村的后窑神庙相隔不足六七里地。前窑神庙山门坐北面南，33 级石台阶。大门内迎面为青砖雕花影壁，右折北转上台阶后即正殿大院。大殿坐北朝南，硬山式建筑，殿前东西两边立十几通石碑。殿内青砖铺地，有半米粗立柱四条，进深三间，供奉主神五尊，神农、舜、昆吾、雷公、太上老君。大殿前两侧为东西配殿，东南与西北角又各有配殿一座，整个院内建筑形成对称格局。大院用长方形窑基铺地，偏东北向位置，有古槐两株，古柏四株。东西配殿各三间，额嵌于西配殿的北山外墙上见嘉庆六年（1801年）请名人孙镇撰写的《创建窑神庙记》碑记，峄县窑户集资于前后庙村重修窑神庙。沿大殿西山墙向北，建有西房五间，为庙户所居之处，由西殿北山墙下西折，有场地数亩，北端为青石铺设的古戏台，南端与西端之下均为挡土高墙，可远眺中兴煤矿公司。阴历年春节，窑神庙祭奠神灵的场景更是壮大，整猪整羊三牲大礼，放炮挂红，好戏连台，除了戏台上敢于叫板红脸魏二和小生么五唱的梆子戏，就数苏家班苏笑天唱的拉魂腔强势了。那时的苏笑天相貌虽不及现在的苏小天貌若潘安，可嗓子牛，一嗓子冲破天际，三天炮戏三两金的艺名，不是白叫的。

　　今天由纪瑞民率领陶洪源、吴均山、刘二顺，还有积极向党靠拢的鞠仁医院女护士吴云书、中兴小学教师梁娴家，晚上 7 点前赶到前窑神庙，向来自山西、河南、河北、江苏、安徽等外乡的窑户，宣传革命思想，组织迎接北伐军的到来。纪瑞民几人提前一刻钟来到前窑神庙古戏台，只见乌泱泱的人群操持不同地域的口音，早已坐满了古戏台广场前，吴云书和梁娴家正忙着向男女老少分发传单，梁娴家忙得一头汗水："大家，等一等，可能大家都不识字，所以，请大家注意聆听纪师傅的讲话，就会明白枣庄矿区赤色地下工会是我们煤矿工人的娘家人。"梁娴家忽见戏台广场人群骚动，人们纷纷站起来，抢着与纪瑞民握手："纪师傅，恁可来了呀，大家伙都盼着呢！""纪大哥，俺们这帮煤黑子，就喜欢听恁讲话，句句都说到俺们的心坎里啊！"面对拥挤的人群，纪瑞民都快招架不住工友们的热情了，吴均山走在前面为其挡驾。

吴云书挽住梁娴家的手："好羡慕纪大哥啊，都成工友们的主心骨了！"吴云书冲着梁娴家微笑，见她目不转睛地望着纪瑞民，她索性向纪瑞民和吴均山、刘二顺挥手："二顺，请纪大哥上戏台呀，梁老师有事请教他。"

刘二顺挥手向她俩喊："吴小姐、梁老师。"

纪瑞民被众人绊腿，吴均山和刘二顺费好大的劲儿挡住群众，纪瑞民才得以脱身走上古戏台，四周的墙上树干上张贴着"起来，不愿做奴隶的人们""劳工神圣""拥护北伐军""拥护革命党""打倒军阀统治""打倒土豪劣绅"等标语口号。

纪瑞民欣慰地望着吴云书和梁娴家："吴大哥、吴小姐和梁老师把工作都做到咱们前面了！"

"瑞民，论写字，俺们真不行啊，瞧瞧，梁老师的毛笔字，笔走龙蛇、力透纸背。"

刘二顺嘿嘿乐了："吴叔，烧土窑整出细瓷了，厉害！"

吴云书和梁娴家"哈哈"笑起来——

"这都是梁老师的功劳，教会了咱窑工很多的知识呀，红绿纸上的毛笔字，哪像是出自女孩的手啊。"

"吴大哥，标语真不是我写的，亏了德顺兴中药店的邱毅岷先生相助，他写得一手好楷书。"梁娴家内心想着，若是哥哥也能倾向革命就再好不过了，哥哥梁石生下笔如神助，笔力遒劲，行书、楷书、草书样样精通，奈何他安于现状，两耳不闻窗外事。

纪瑞民搭手分解一摞传单，吴均山和吴云书、刘二顺弯腰向戏台下的工友们分发传单，拟定了改善工人待遇的"十六条要求"，梁娴家手持一摞传单愣神，纪瑞民扭头望去，会心一笑："梁老师，想啥呢？"

经纪瑞民这一问，梁娴家低下头："没想啥。"二人一下子闷住，梁娴家不好意思，奔吴云书跑过去。

"大表哥，人赶来了呀。"佟振江头戴礼帽，身穿深蓝色窄袖短衫，黑色马裤打绑腿，白袜黑布鞋，人也特精神，急火火地从南面跑过来。随着北伐军隆隆前进的炮声，枣庄矿区赤色地下工会的蓬勃发展，佟振江眼热把兄弟的大哥杜宝财、老三张福海、老四陶洪源，加上老八房洪春，居然成了矿区劳工人人羡慕的赤色工会骨干，这几个人前人后被簇拥着称赞，他这个风光无限的二把头老七很不甘心，把兄弟聚会借故发泄不满，三番五次缠着大哥杜宝财和三哥张福海诉委屈："俺老七，平日里没白了兄弟们，出力出钱算头份，到头来倒生分了，咋的！瞧不起兄弟呀？不行俺就撤摊子。"张福海内心是纠结的，老七佟振江会来事，人活泛脑子灵，平日里待人也热情，有啥事，言必行，行必果，就是兄弟们嫌弃他油嘴滑舌为人不实在，为他兄弟几个商量过多次。纪瑞民的观点一针见血，干革命事业不是吃吃喝喝，更不是拉帮结派拜把兄弟，可在艰难的岁月里，如何甄别一个人的思想境界，同样考验着纪瑞民，不到生死攸关的那一刻，谁敢保证自己是最坚定的革命者。对于积极热情地要求参加革命的人，是请进来，还是推出去，纪瑞民首先要尊重同志们的意见。杜宝财和陶洪源、房洪春架不住佟振江软磨硬泡，对比其他的积极分子，佟振江出钱出力没的说，疏通关系，协调错综复杂的问题，不愧是一把好手，于是召开支部会议，会上同志们着眼于长远，利用其长处，打消了纪瑞民和张福海的顾虑，同意将佟振江列入积极分子行列。

　　北伐军的胜利，势如破竹，枣庄矿区赤色工会趁势由秘密到公开，极大地震动了中兴公司的管理上层，他们正苦于中兴的发展被裹挟在军阀混战的泥潭中，还在焦头烂额地忙于与各路军阀交涉，没料到共产党能以迅雷不及掩耳的态势渗透到中兴煤矿。面对被奴役、被压迫的窑工由愚昧到开始觉醒，中兴公司也意识到了事态的严重性，因为窑工们不愿做任人宰割压榨的奴隶，愿意为真理而斗争，任凭煤矿管理层采取何种手段加以阻止也显得绵软无力，他们迫切地需要管理层给予化解劳工纠纷的方案和措施。枣庄驻矿委员会就中兴公司当前的局势及窑工趋于革命化的斗争热情，预感到山雨欲来风满楼的态势在逐渐形成气候。中兴煤矿巡警局长杨竞业，一方面命令护矿队加强对仓储焦煤及地面设施的 24 小时保护，另一方面部署矿巡警与柜头、把头、包工头联手配合，加大安插窑工内部眼线监视举报力度，严加监管和控制窑工的一举一动。中兴煤矿巡警局在各个矿区张贴告示：坚决制止任何形式的聚会及夜校识字班，对于那些不服管教、宣传赤色思想、鼓动窑工造反的激进者，中兴煤矿巡警局严阵以待，绝不手软，拘押扭送至峄县警务局，严加惩戒组织煽动者，格杀勿论。

　　峄县警察局人单势孤，维护地方治安，在人数和枪械上甚至比不了地方豪绅的保家局子、红枪会、白旗会的武装，人多势众占山为王的土匪常拿警察局当猴耍。峄县警察局在枣庄设警察所，所长为二等警佐褚福槐，30 多岁，黄面皮、大长脸、个头粗壮，6 个巡警加上他共 7 人，应付不了庞大中兴煤矿公司的通盘治安，对中兴公司的治安，只能睁一只眼闭一只眼。中兴公司的各个矿井、惠工村、劳工村，全仰仗煤矿巡警局的把控。局长杨竞业一说到枣庄警察所，气就不打一处来。单说头阵子，煤矿巡警局为打压窑工团结的高涨势头，针对性地把吴均山几个窑工扭送到枣庄中心镇警察所拘押，以此达到威慑窑工们斗志的作用，岂料枣庄警察所收了钱，一味地吃喝玩乐不作为，不出三天，吴均山几个窑工竟安然无恙地走回劳工村，那欢呼声、鞭炮声不绝于耳，好似在杨竞业脑袋上炸响。

1905 年，峄县、滕县始建巡警署。峄县巡警署设于峄县衙内，滕县巡警署设于滕县衙内，分别设巡官、巡警六七名，负责维护地方治安，守护县衙。1908 年 12 月，峄县、滕县巡警署分别改称峄县、滕县巡警局。峄县巡警局设于峄城南门里魁星神庙，滕县巡警局设于滕县衙内。巡警局分别设文案、书记、巡官、巡警等，官警共 20 余名，至 1912 年时其组织解体。1912 年 8 月，峄县、滕县分别建立峄县、滕县警察所。峄县警察所设于峄城南门里水月庵，滕县警察所设在县衙内。

1927 年 6 月，峄县、滕县警察局分别改称峄县、滕县公安局，负责守护县衙和四处城门，维护地方治安。峄县公安局设总务、行政、司法 3 科和枣庄分局；滕县公安局设总务、行政、司法、卫生 4 科和临城分局。峄县公安局警察队 250 人，滕县公安局警察队 282 人。峄县、滕县公安局分别有枪支 240 支、276 支。

全国的警察局将在 6 月份更名为公安局，中兴公司特意出钱给枣庄警察所定制竖式标牌：枣庄中心镇警察所。中兴巡警队长刘德奎带领几个矿警，吆喝着扛着竖式标牌，前往警察所，特意说明一番道贺，转入正式话题："褚所长，中兴公司发展离不开当地政府支持呀，话说回来，中兴也没白了县警局，逢年过节的，从来没漏了警所，维护治安，也是咱兄弟们的职责，咱不能吃喝完了，一抹嘴，就不问事了吧？"褚福槐一听就毛了："俺向局长戴德章汇报，差点把官撸掉，现在都啥时候了，还敢抓劳工！让杨竞业睁开死猪眼看看形势吧，国共合作的北伐军眼看着兵临城下，满大街喊劳工万岁，到那时指不定谁拘谁呢，奶奶逼的，老子摊上恁这群乌龟王八蛋，算倒了血霉啦。"褚福槐摔桌子砸板凳一通叫骂，把刘德奎的警帽都吓掉了，拾起警帽跑回中兴，去向杨竞业如实汇报，把杨竞业的鼻子都气歪了，直奔飞机楼向总经理胡希林汇报，正赶上总经理因向四大银行贷款不利在气头上，又无辜被总经理呛呛一顿，杨竞业灰溜溜地回到矿巡警局，抬腿踢飞痰盂流了一地，奔 50 岁的人了，身子肥胖蠢笨，脚踩浓痰"哐当"

滑倒，扭腰爬不起床来，请假休息静养。杨竞业趴了窝，中兴煤矿巡警局听闻北伐军杀富济贫，支持劳工造反，巡警们乱了阵脚，三五成群地磨洋工，见到窑工没了张狂，勉强龇牙笑笑，中兴煤矿的窑工们，团结得空前高涨。柜头和把头、包工头们看在眼里急在心上，赤色工会积极倡议窑工戒赌戒嫖，拒绝吸食大烟，眼瞅着劳工村周围的各色赌局、大小烟馆，门可罗雀，鱼市街东至南马道的济宁帮临沂帮招揽的三等青楼，风光不再，日渐萧条。柜头和把头、包工头们急红了眼，这些场所他们是最大的股东，也是压榨窑工见效最快的手段，他们看在眼里急在心上，特别是对赤色工会挑头的人恨之入骨。

一时间，整个枣庄到处洋溢着欢呼声：打倒军阀，拥护北伐军，劳工神圣，打倒土豪劣绅等，灌满了柜头高阎王与二把头鲍金牙的耳朵，他们再不敢对窑工肆意辱骂，拳打脚踢，整个人垂头丧气，没有了往日的嚣张气焰。高阎王面色铁青倚靠门框，鲍金牙用鞭挞窑工的木棒顶住腰，二人冷眼瞅着兴高采烈回劳工村的窑工。刘二顺高唱北伐军歌《打倒列强》："打倒列强！打倒列强，除军阀！除军阀！国民革命成功、国民革命成功，齐欢唱、齐欢唱！"李磨盘、张碾子和刘三生几个扯嗓子故意附和："赌局歇了菜，烟馆关了门，高利贷眼看就玩完！"高阎王气急败坏，他恶狠狠地把嘴皮子都啐破了："呸呸、呸，从古至今，就没见过扛枪的为穷鬼卖命，畅快死吧。"鲍金牙挥舞木棒叫骂着："一群傻儿狗剩子杂碎，穷鬼敲破锅，闹个啥呀。"吴均山、刘二顺和孙洪山十几个人把高阎王、鲍金牙二人团团围住："鲍金牙，你吃狗屎了，信不信打得你满地找金牙？""高阎王，胆敢猖狂，俺们就拆了你的阎王殿，让你待在十八层地狱别想出来。"高阎王和鲍金牙望着窑工们抢起的拳头，吓得嗷嗷乱喊："想造反吗？""造反啦！"受惯了被欺压的穷窑工们，焕发了从未有过的斗志，岂能轻易饶了这两个为非作歹的畜生，高阎王连躲带爬滚进炭泥坑里，口鼻眼如涂满了黑泥糨糊，像只遭马蜂蜇的黑狗熊；鲍金牙更好不到哪去，塞了满嘴的鸡鸭狗屎鸟粪，这回真知道木棒挨身上咋疼了。幸亏窑头孙晋友带着佟振江及时给解了围，才平息了一场争斗。

高阎王和鲍金牙越想越窝囊，穷窑工竟敢蹲在他们头上拉屎，这还了得啊！找来包工头彭德彪和高启富等，齐聚小洋街天井建筑式的万福楼，在二楼西包间内推杯换盏排解郁闷，饮酒至深夜不散场，老板娘提茶送水厌烦了，言差语错，与鲍金牙争执起来，朱老板拿了四盒哈德门，亲自上二楼包间支走了老板娘，向在座的各位赔不是。

万福楼老板娘气不顺，夜里睡得不安稳，日照三竿才睁开眼，一边收拾餐桌一边咒骂高阎王一伙人，一抬眼见了熟人，佟振江正嗫牛肉灌汤包呢，她眉头一皱计上心来："稀客呀，俺的佟把头嘞，今儿这盘包子算俺请客了，恁就敞开了吃吧。"老板娘热乎地与佟振江套近乎，一扭头："伙计，再来盘刚出笼的包子，盛碗咸汤。"佟振江剥着蒜瓣儿，美美地吃着热包子："够了够了，吃不了呀。"老板娘抽出一支哈德门烟，点着烟深深吸一口，缓缓吐出烟雾："吃不了，打包晚上吃，俺这牛肉灌汤包吃三天也不腻呀。"佟振江惬意北伐军来临之际，自个儿捞上赤色工会的委员名头，在窑工跟前一站，也像那么回事儿："老板娘，北伐军打到徐州了，矿井开始陆续停产了，有钱的主基本上都跑路了，恁这生意大不如前了吧？"老板娘翻翻眼皮，欲言又止，弹弹手上烟灰："北伐军来了，跑路的都是些大富大贵的，做生意的往哪跑呀，丢下店铺还有啥呀，凑合着过呗。"佟振江放下筷子，擦把嘴："现在动不动时兴说革命，革革命命，命命革革，不是敲锣鼓唱小曲，也不是军阀混战抢地盘，更不是财主老爷们娶妻纳妾玩戏子，革命干吗的，国民革命之目的，在造成独立自由之国家，以拥护国家及民众之利益，乃是国民革命军的北伐宣言，不会伤及无辜大众的，到那时，万福楼生意会更红火。"老板娘听得眉开眼笑，索性与他对脸坐下来，右手叉腰歪头瞅佟振江："佟把头一表人才呀，说出话来，可人心啊。矿上柜头，不吃干抹净不算完，佟把头长了一颗菩萨心呀！"佟振江抬头仔细打量着老板娘，冷笑着："咋听这话，暗戳戳在骂俺呀。"老板娘揉了一把佟振江："哎哟嘞，佟把头真会说笑话，高阎王和鲍金牙几个长得牛头马面的，咋能和佟把头比呀，俺心里有档子事，咋说呢！"老板娘话里藏话，吊佟振江的胃口，他端起碗喝了一大口小米稀饭："瞧恁，对俺还心里藏话呀？"老板娘弹掉烟灰，把烟在饭桌上用力掐灭："就给佟把头一人说，说给第二个人，俺不是人。高阎王歹毒，是鲍金牙坏，他们商量着害人啊！说是把南大井东大庙劳工村的几个碍眼的，神不知鬼不觉地弄死在煤巷里，哎哟哟，一群吃人豺狼啊！"煤矿的柜头和把头、包工头们，私底下经常咒骂窑工，张嘴死猪闭口死狗的，灭了这个杀了那个，佟振江也见惯了把头肆意抽打窑工："嘿嘿，老板娘多虑了，无非一句玩笑话，何必当真呢。"老板娘把长条凳往佟振江身边拽拽，身子靠近佟振江肩膀，嘴巴贴近佟振江耳朵："高阎王他们喝了半夜的酒，提名骂啥孙洪山、二顺，噢，还说个张福海、细木匠啥的，反正几个统统弄死完事儿。"老板娘煞有介事地嘀咕，把新上的一盘包子往佟振江面前推推，佟振江垂眼皮听，老板娘嘀咕孙洪山、二顺啥的，他怡然自得地夹起包子吃，冷不丁说张福海、细木匠时，佟振江走神，他忘了刚端上的灌汤包热，烫了嘴唇，"哎哟"一声，老板娘挥手扇了一下烟雾："咋啦，烫嘴了？"佟振江按按下嘴唇，咧嘴吸吸："心急吃不了热豆腐，吃灌汤包也急不得呀。"老板娘抽出一支烟，递给佟振江："等包子凉会儿，先喝汤吧。"佟振江接过烟点上，瞅眼老板娘心里打鼓，望着新上一盘冒热气的包子，佟振江琢磨着老板娘的话，心跳加速，忐忑不安，木讷站起身，愣愣地径直走了，牛肉灌汤包也忘打包了。

战事吃紧，矿井陆续停产，矿巡警队副陈学伦带着二十几个护矿队人员，把守南大井的一号大井罐笼升降站口。罐笼每层的斗车装满了各种设备，井口负责搬运设备的工人，不同往日，身材高大魁梧，站在每层站口，把装满井下设备的斗车推出来，再换上空斗车放置好后，随罐笼"咕隆隆"逐层下降。今天负责调度指挥的二把头鲍金牙眼含凶光，包工头彭德彪、袁算盘和高启富几个人贼眉鼠眼偷偷瞅着窑工，跟在鲍金牙身后马首是瞻，一帮亲信喽啰充当下手，直到把井下的七头驴骡马逐一驱赶进罐笼，提升至地面。彭德彪和高启富急火火地张罗着附属巷道停电，井下人员陆续升井，副井、主石门等陆续关闭电闸，仅主井、井底车场、阶段运输大巷和进风巷还没关闭电闸。韩邦留不时跑来跑去在鲍金牙耳畔嘀咕，鲍金牙招呼袁算盘，二人一排伸开双臂挡住了纪瑞民、吴均山、孙洪山、刘二顺和颜丙烈等人："你们几个把井底车场的通风、排水设备，一件不落统统推出来，集中在主巷道，运完了，咱一块儿上井。"吴均山慢慢地走近鲍金牙："二把头，这几个人怕不够吧？"鲍金牙没理会吴均山径直走开，袁算盘怒目圆睁，高声呵斥："吴均山，没看见，这还带着16个人呢，大家都去搭把手，俺今天也做回推车工，都是为了中兴煤矿嘛。"鲍金牙一挥手，这20多个人渐渐向纪瑞民、吴均山、孙洪山和刘二顺围拢，纪瑞民看看这伙人，鲍金牙嘴角抖抖："走吧，纪师傅，干完了，大家了心事呀。"纪瑞民向吴均山、孙洪山和刘二顺示意，四个人后退几步："快跑。"四个人转身加快速度往巷道深处猛跑。高启富凑近鲍金牙："大家少安毋躁，巷道尽头是死胡同，看几个穷鬼能跑多远。"鲍金牙恶狠狠地吐了一口："兄弟们，抄家伙，给我追。"20多个人各自抄起镐头、铁锨和木棒，韩邦留提镐头冲在最前面："站住，别跑了，小子们跑不了，死期快到了。"这群爪牙吱哇乱叫："站住，站住，饶你们不死。"20多号人在后面玩命地追，蹚过30多米齐小腿肚子深的水，接下来巷道都是淤泥路，气喘吁吁地又跑了5000多米的距离，煤灰掺杂在淤泥里特别滑，有几个人扛不住打趔趄滑倒，加上井下空气闷热，每个人都累得精疲力竭，脚下的铁轨在震动，传来敲击铁轨"嘭嘭——"的声响，整个巷道突然停电了，巷道内黑黢黢的，这伙人急着抄家伙没顾得上提矿灯，黑暗瞬间吞没了这伙人，四周一片死寂，令人窒息，黑暗里"嘭嘭——"的声音，回荡在巷道里，似地狱在召唤。颜丙烈紧紧地攥住韩邦留的手："韩邦留，咱八成被算计了，现在往回跑还来得及呀。"鲍金牙听见了怒不可遏，咬牙怒斥："颜丙烈，你慌乱什么，单单五六个穷鬼，奈何得了咱们20多个人呀，给我往前冲。"没人响应鲍金牙的命令，鲍金牙推一把高启富，高启富则拎着袁算盘衣领：

"你他娘的，带头冲。"袁算盘就势躺倒："哎哟，俺的脚崴了，爬不起来了呀。"鲍金牙没法子，照着韩邦留和颜丙烈每人踹了一脚："你俩不给冲，现在就废了你俩，给我冲。"韩邦留和颜丙烈硬着头皮往前跑几步，又畏缩不敢往前跑，鲍金牙一伙跟在他俩身后："快点追，出了差错，先弄死你俩，给我冲。"韩邦留和颜丙烈豁出去了加快脚步。落在后面的袁算盘孤零零一人，瞅人都走了，黑暗中好像一只无形的大手要扼制住他的脖子，"哎哟，哎呀——"，爬起来，跌跌撞撞追过去。

穷凶极恶的这伙人跑着跑着慢下来，依靠巷道喘息着，远处传来击掌声，这伙人搞不清啥情况，到处东张西望。刹那间，巷道两端，煤块如冰雹般从两边"嗖嗖"飞满整个巷道，"哐哐"地劈头盖脸砸向这伙人，密集猛烈，"啊——""哎呀——""俺娘呀，砸了头啦——""啊呀呀——""哎哟，俺的娘啊——"整个巷道内鬼哭狼嚎，惨叫声撕裂人的耳膜，躲没地方躲，藏也没地方藏，这伙人也顾不得泥水煤灰了，与其站着挨砸，不如趴下了，结果横七竖八地全给砸趴下了。鲍金牙不甘心，强撑着爬起来，张嘴想喊一声，十几块煤块砸过来，一块矸石不偏不倚正砸在左眼上，鲍金牙疼得满地打滚，"啊、啊啊——"杀猪般惨叫，吓哭了不少人，"啊啊——"高启富和袁算盘惊吓得直嗓子哀号，"爷爷们，爷爷们，高抬贵手啊——"吓傻的这伙人也跟着哀号求饶，"爷爷啊，爷爷啊，饶命吧——"

巷道里只剩下哀号尖叫声了，没了矸石煤块飞落，一滴水声，足以吓破这伙人的胆，吱哇乱叫一通。渐渐地，惨叫声弱了，巷道尽头似乎晃动着光影，影影绰绰，传来脚步声，令人感觉阴森恐怖，这伙人吱哇乱叫抱到一块儿喊叫，"啊啊——救命啊——救命啊——"五六盏矿灯忽闪着微光，随着"哗啦、哗啦"的蹚水声由远及近，恍惚间看见了人影，鲍金牙被砸伤了左眼，跪在地上哀号，早已灭了气势。高启富则和袁算盘被一通矸石煤块狂砸，头破血流，鼻青脸肿，睁不开眼睛，爪牙们更是惊掉了魂、吓破了胆，哭号不止。颜丙烈抱脸，韩邦留捂头，偷眼瞄瞄纪瑞民、吴均山、孙洪山和刘二顺等，见五六个人手上没有动武的家什，韩邦留悄悄地捅捅跪前面的高启富，高启富脑袋上顶几个大血包，让身高瞬间长了三厘米，他死命地拽起被砸掉半只耳朵的韩邦留："哼哼，兄弟们，都站起来。"袁算盘摸着被砸掉两颗门牙的肿胀嘴唇，说话漏风："好啊，胆大包天的东西，今天就是你们的忌日，兄弟们给我上。"纪瑞民毫无惧色，一挥手："恶魔们，回头看看吧。"前后灯火晃动，六盏矿灯在闪亮，跟着是十几盏，是望不尽的一盏盏灯火，袁算盘和高启富立马服软了，在这黑黢黢的巷道里，埋几十人很容易，双腿一软扑通跪倒："别误会，别误会呀，兄弟们快跪下，求爷爷们饶命吧。""爷爷呀，饶命吧。"

杜宝财和房洪春带着 56 个窑工，紧紧地与纪瑞民、吴均山、孙洪山和刘二顺拥抱在一起，巷道内的灯光也亮起来。几十人轮番上阵，拆下巷道里的坑木，二十几把刨煤镐齐动手，塌方了十几米，直到听不到鲍金牙一伙人的求饶声音了。大家伙陆续上了井，矿巡警队副陈学伦总感觉哪不对头，瞧瞧左，"哎、哎哎——"又瞅瞅右，"哎哎、哎——"陈学伦一把拽住吴均山："不对呀！哎，还少人呢？"刘二顺清清嗓子："陈队副，下面西段冒顶了，快找人抢救吧。"矿巡警队副陈学伦张大嘴，瞅瞅罐笼，"快救人啊，快救人啊——"

一场将计就计的反击战，经过大家的精心部署，打得对方一个措手不及，巷道里杜宝财和房洪春与硐室里张福海等及时传递消息，守在井下主变电配电硐室的刘雁德关闭巷道电闸，黑暗中的纪瑞民、吴均山、孙洪山和刘二顺等则引恶狗入埋伏区域，巷道里摆龙门阵，两边把矸石煤块当作炮弹投掷，关起门打狗，两边同时一顿猛砸，大家伙没敢用大煤块，教训一通足够了。吴均山轻笑笑："狗畜生们忘了，在井下巷道，可是咱窑工的天下，由不得恶狗咬人了！"

高阎王和谷账本神清气爽，沐浴春风般，兴高采烈地在柜房摆下了丰盛的酒宴，二人望穿双眼，黑了天，等来了刘二顺兄弟俩过来赊酒水，高阎王吃了一惊，以为鬼魂前来向他索命，吓得半晌说不出话来，他用力把谷账本推过去，谷账本结结巴巴瞪着眼："你、你俩，是鬼是人呀？"

门口传来窑头孙晋友的呼喊声："高掌柜，高掌柜在吗？高启富和袁算盘二十几个人，在井下给冒顶砸伤了，都无大碍，救上井在鞠仁医院里。哎哟嘞，个个砸得破头烂蛋儿，鲍金牙被砸瞎了一只眼。"

北大井巷道激烈的煤石雨战斗刚刚结束，峄县守城战已濒临界点，奉军孙百万旅3000多人据守峄城负隅顽抗，拒绝向革命军李宗仁第三路军贺耀祖部投降，决意与峄县城共存亡，而峄县民众受够了奉系军阀的残酷统治，与翘首企盼北伐军到来的态度形成了鲜明的对比。孙百万犹如热锅上的蚂蚁，面对北伐军势如破竹的态势，数封加急电报发向直鲁联军总司令张宗昌请求军火人马支援，却犹如石沉大海，张宗昌置之不理，孙百万正举棋不定，刘副官立门口行军礼，"报告旅长，峄县知事请见。"孙百万两眼放贼光："瞌睡送个枕头，正是时候，速速快请！"孙百万把披肩上的上衣军装穿好系上领扣，命令传令兵速传参谋长。

刘副官笑容可掬地引领着峄县知事辛铸九和商会会长王寿昌，走在前面，身后是士绅袁镜湖、刘洪绪和贾金秋等，县秘书助理卜谷修和督学巡视梁石生随后。

"哎呀呀，太阳从西面出来了，父母官驾到，有失远迎呀！"孙百万与胡参谋迎至大门，二人拱手行礼，孙百万说罢转身双手抓住辛铸九和王寿昌的手，热情地往会客室走。

奉军孙百万旅，旅部设在县署西面的二郎庙内，坐东向西，右手为马神庙，左手为捕厅；二郎庙供奉的是二郎神杨戬，分为三部分：一座东向的殿宇，其右前方为一座南向的殿宇，左后方有一座北向的殿宇，整个寺庙的三座殿，二郎庙没有院墙，没有山门，没有偏殿，宾客进入北向的殿宇，逐一按照主次落座，两个勤务兵奉上盖碗茶。

"本部久居此地，多方滋扰，惊扰县署，蒙知事不计前嫌，峄县父老慷慨犒劳将士，令匹夫惭愧啊！惭愧啊！"孙百万身着戎装，面容清癯，神色冷峻，鼻梁高挺，上嘴唇翘八字胡须，特别是一双贼亮的小眼睛透着狡诈。

"旅座在上，何来如此客套，将士为国征战，且将生死置之度外，杜绝匪患，确保峄县父老一方平安，理应效犬马之劳，何足挂齿啊。"辛铸九自当一番客套还礼，说得孙百万狂挠头"哈哈"大笑。

孙百万瞟了一眼胡参谋，轻轻地咳嗽声，胡参谋翻翻眼皮，一脸谦卑地向辛铸九和王寿昌点点头："各位先生，卑职不才，奉旅座旨意，已与督学梁先生去徐州查勘时局，战祸兵燹，恐难免屠戮，本旅为国为民决一死战到底，承望在座上宾，筹措军需粮草，多多益善啊！"

王寿昌刚想说，被辛铸九制止住："食升呀，此次去徐州了解战事，你掌握了翔实的战况，北伐军八个军，有你不少的同窗吧？"

梁石生慎重地站起身："知事在上，食升鲁莽了，此番北伐军八个军，学子同窗是不少，李东魁现已是第一军何应钦手下的副师长，军职最高。几方面来信详细说明，北伐军装备情况，武器装备主要来自德国、苏联、日本，步兵中使用了多种步枪，毛瑟枪、莫辛纳甘步枪、日本三八式步枪、粤造七九式毛瑟枪、卅节式重机枪、马克沁重机枪、冲锋枪、大炮和捷克式轻机枪；军官配备勃朗宁手枪、毛瑟C96手枪；在弹药和装备上，北伐军的弹药供应相对充足，总计拥有约1800万发子弹。此外，苏联还提供了大量的弹药和武器，如莫辛纳甘步枪和MP18冲锋枪。而此次国民革命军李宗仁第三路军贺耀祖的人马，是峄县城守备军的两倍以上，贺耀祖为国民革命军第四十军军长，清政府公派日本留学生，先期在日本振武学校学习，后再度赴日本陆军士官学校主学辎重科，是难得的军事天才，所部手下多出自国共合作的黄埔军校士官，骁勇善战且年轻有为，峄县本地武装加上保家局子、红枪会、白旗会，人数虽众，但多为老弱乡民，不足以与正规军抗衡。所以，在武器装备和人员配比上，绝对不占优势。纵观峄县所处的地理环境，也不适合打阵地消耗战，峄县城地处鲁中南山地丘陵与淮北平原的衔接带上，县城被丘陵环绕，县城四周平原，北伐军轻而易举便可长驱直入，县城四个城门，仅东西两个城门建筑瓮城，西城门前有一条天然屏障氶水河，除此都难守易攻，特别是北城门年久失修，靠近城门的庙宇寺院林立，若遭重火炮进攻，一旦城门失火殃及县署，加上县城内的众多庙宇寺院集中在县署附近，恐将燃遍全城。打则全军覆灭，城池俱焚；和则两全，奉军不伤一兵一卒。"

原本踌躇满志的孙百万，听了梁石生一番陈述，整个人呆若木鸡，两眼空洞发直，嘴唇不停地发抖，直到烟烧到了手"哎哟"声，满屋子的人激灵一下。孙百万胡匪出身，手下 2000 人左右，得益于张宗昌在东三省召集之胡匪，招抚费 10 万元被收编，先前靠绑票起家，低人一等，官府对他戒备提防，在奉系不被看中受冷落，所以屡屡不得重用。早已心灰意冷的孙百万，觉得还不如当土匪来得干脆，正所谓该队侯青纱帐起，寻旧日风光无限好，投降的意念渐渐占据上风，何必替他人挡枪子："鄙人率一众兄弟闯世，经改编收归国有，地方治安同负其责，做一介匹夫庸愚，粗明大义，励之以名节，身为公家之禄，应怀报国之义，忠信为先，虽死不惜。现纠结战祸屠戮，民众遭涂炭，于心不忍啊！"

辛铸九望望在座的人，大家心照不宣，梁石生一番北伐军的军备分析，震慑了狡猾的孙百万，把退路堵死了，逼着孙百万表明态度，只有一条出路，辛铸九替他表明心迹："食升分析得透彻啊，本县主张，放弃抵抗，诚意受降。"

王寿昌第一次真正懂得了女婿梁石生不贪图仕途经济，实乃胸怀鸿鹄之志，令人刮目相看，叹后生可畏啊！他也得老当益壮，要为峄县父老再下一城："放下屠刀，立地成佛，奉军撤离所需资费，本商会竭诚承担全部。"

孙百万眼巴巴地望胡参谋，催促他该说话了，胡参谋用力拽拽衣领："旅座素有为民之心，即便旅座为了峄县百姓安危着想，卑职免不了多说几句了，三千将士，老弱病残占多数，已拖欠三个月的军饷，粮草严重不足，撤离安置费，仅仅杯水车薪呀。"

胡参谋这一番话落实到问题的关键，殿内鸦雀无声，辛铸九右手攥拳头琢磨着，放下右手臂松开手，深望着袁镜湖、刘洪绪和贾金秋等："本县感谢各位士绅，为峄县做出诸多的贡献，花费了不少心血和财力，王会长浑身是铁也不足填补庞大的军资缺口，吾辈同心协力，方能破解战局，确保峄县一方平安啊！县署无以回报，立碑铭记。"

6月22日，梁石生随胡参谋火速奔往徐州，与革命军第三路军贺耀祖部接洽，谈判和平解决峄县战略事宜，双方谈判三个小时，梁石生以峄县调和方身份，用同样的策略阐述峄县军民誓死保卫家园的决心，和则两全，北伐军不伤一兵一卒。贺耀祖第一个站起来热烈鼓掌，促成两军达成共识，奉系孙百万部与北伐军贺耀祖部签订了"和平协议书"，无条件投降。23日，峄县商会筹措了21万军饷交予孙百万奉部守军，袁镜湖、刘洪绪和贾金秋等峄县士绅捐了2.6吨粮食和30匹布。孙百万这回拉住辛铸九和王寿昌的手，笑得合不拢嘴，"辛县长、王会长，俺滴个亲娘嘞，俺失算，要少了呀！"辛铸九涨红了脸："旅座，举全县之力呀。"王寿昌面带忧伤："大部分款项，乃是峄县27家商铺在交通银行和中国银行做的抵押，已尽全力了。"孙百万仰脸哈哈大笑起来："俺不要钱，俺也不要粮了。"辛铸九诧异了："不要钱粮，峄县再无可要之物了呀？"孙百万松开辛铸九，两只手紧紧地攥住王寿昌的右手："让贵婿梁石生跟俺当个副官，这人俺是要定喽。"王寿昌拽了又拽，好容易把右手从孙百万紧握的双手中抽出来，偷眼一瞧手腕，脱层皮都青了。

1927年6月24日，北伐军李宗仁第三路军四十军贺耀祖部占台儿庄，次日占峄城。峄县人民免于战火硝烟侵害，夹道欢迎北伐军，民众感念为峄县和平做出贡献的志士，集资立碑，辛铸九与县署同仁，地方各界名流，立碑培土，第一铁锨的土，辛铸九力邀梁石生先来，梁石生岂敢造次，王寿昌请上袁镜湖、刘洪绪和贾金秋等士绅，大家齐动手，见证了在峄县城南门外东侧立碑。

陈克逊部25日占韩庄，次日占临城。当夜，梁娴家内心久久不能平静，想着白天纪瑞民带领劳工们，筹备欢迎北伐军所辖文鸿恩部开抵枣庄，工人们的革命热情日益高涨，从井下的外工，到井上的机务处、电务处、材料处、煤务处等八大处的工人，都积极投入了迎接北伐军的活动中，中兴公司成了欢乐的海洋，欢呼声此起彼伏，"欢迎北伐军""拥护孙中山的三民主义""打倒封建军阀""打倒帝国主义"。人们欢呼雀跃着，彩旗招展，锣鼓喧天，纪瑞民高兴地抱起梁娴家原地转了两圈，结实的臂膀，浑身充满了力量，梁娴家望着纪瑞民深邃的一双大眼睛，看到了热烈和光芒。梁娴家激动得几乎窒息，她心目中的英雄居然紧紧地抱起来她，怎么不令人激动啊！她多想对纪瑞民说我爱你！真的好爱你啊！

梁娴家很想把这喜悦与哥哥分享，但她又因不能分享这份幸福而痛苦。她苦恼哥哥不憧憬革命，安于循规蹈矩的现状。今天在欢迎北伐军上，兄妹俩在气势上达到了高度契合，梁娴家为劳工呐喊而欢迎北伐军，梁石生为峄县人民的生命安全而迎接北伐军，兄妹俩的关系得到了暂时的和解，哥哥很乐意帮助妹妹刻蜡纸，特意从县署搬来了手摇油印机，连夜加班印制《告劳工同胞书》《改善工人待遇的十六条》。

"娴家，向资方提出改善劳动条件，增加工资，减少工作时间的十六条，你确定校对好了？"梁石生把一份刻好的蜡纸，双手拎起来递给妹妹。

梁娴家拿起蜡纸对着烛光照，仰起头来仔细比对：

1. 工会有代表工人之权。凡遇工人犯厂规者，必须通过本会派代表双方讨论处理办法，确属工人理屈，才准开除，并按其最近薪金数目，发给半年的薪金作为川资。

2. 工资一律提高。原工资五元至十元者加一倍；二十元以下者加七成；三十元以下者加四成；四十元以下者加二成五；五十元以下者加一成五；五十元以上至一百元者加一成。

3. 每年须要加薪一次，起码不得少于四元。不得无故开除工人，工人自退者须发给三个月的工资。

4. 每年分派花红，工人与职员一律平等。工作时间每天均为八小时，自七月一日起实行。

5. 公司需要建造工人住房，电灯、自来水一切齐全，地点由工人指定，限半年内完竣。大小工每月一律发给煤炭一吨。

6. 工人退休时必须发退休金，工作满一年者发一个月薪金的退休金，满三年者发给三个月的，满五年者发一年的，满十年者发给二十年的，均按最近薪水数目发给。

7. 凡遇工人生疾病，要双方指定医院调治，医药费均由公司负担，病人工资照给，因工受伤者要发给双资；因公毙命者，要按其最近工资数目发给三年工资的抚恤金，以安家室。

8. 工作满三年者给假三个月，每逢星期日、纪念日、节令日（即清明、端午、中秋、冬至等节日）须休息一天，春节休息七天，元旦休息三天，休假日一律照发工资，如不休息的要发给双薪。

9. 学徒满三年者开工匠，由工科员考试，按其成绩优劣而定薪金，最少二十四元。

10. 建立工人学校，培养工人子弟，学校经费由公司负担。

11. 建立工人俱乐部，使用家具由公司购办。公司每月津贴工会经费三百元。

12. 机务处、五厂取消一切包工制，转入里工节制。

13. 井下里工一律照上规则办理。

14. 本会有权指派监督员，监察工人做工。

15. 本会有开除压迫工人的公司职员之权。

16. 工人工作满二十年者按其最近工资数目给四五年养老金。

梁娴家拿起蜡纸对着烛光忍不住念出声来："第十条，建立工人学校，培养工人子弟，学校经费由公司负担。"每念一条，时不时回头瞧瞧哥哥啥眼神。

梁石生瞅妹妹手拿蜡纸对着烛火越来越近，忙伸手挡住："小心，离烛火远点儿。"梁娴家瞅瞅哥哥，坏笑笑："当然了，这是多少中兴劳工的血水凝结的呀，每一条，每一句，都是经过深思熟虑的，才拟订了"改善工人待遇的十六条"。哥哥呀，你真有两下子啊，刻得真好呀！"梁石生遗憾不能向妹妹显摆，他可是在清华刻钢板的高手，同样一张蜡纸，他刻的油纸能多印刷四五十份传单："这有啥，玩玩呗。"兄妹俩小时候亲昵，梁石生呆萌任由妹妹打闹从不还手，处处呵护着妹妹，碰见妹妹磕破头，妹妹还没哭，哥哥先哭了。娘说得没错，妹妹对哥哥的依赖很深，寒冬腊月天，妹妹常把手伸进哥哥的后背取暖，当娘的心疼儿子责打女儿，哥哥护着不让打。那时候的梁娴家心目中的哥哥，像一座坚固的山峰，永远为她遮风挡雨。现在兄妹俩关系疏离不是因为哥哥结婚，有了知冷知热的媳妇，而是在对待革命的观点上，兄妹俩各藏心事。

梁娴家有了哥哥帮助刻钢板，她主动打下手，兄妹俩一鼓作气，2000份《告劳工同胞书》《改善工人待遇的十六条》大功告成。

梁娴家整理印刷品，梁石生抬眼瞅见妹妹床上的鞋垫，随手拿起来，针脚工整细密："哟，妹妹啥时候做起女红了，鞋垫绣得不错啊，给哥的。"

梁娴家放下蜡纸盒，连忙赶过来，一把夺过去："想得美，嫂子身边一大群女佣绣鞋垫，够你用的啦。"

梁石生扭扭腰拧拧脖子，人劳累困倦，走到门边的脸盆架处洗手擦把脸，使自己精神些："妹妹现在不给哥哥做，将来嫁到婆家，可就没机会做了。"

梁娴家望着哥哥的脊背，没有纪瑞民的宽厚结实，书卷气在哥哥身体现得很浓，她所爱恋的人拥有一股火山一样的爆发力，在纪瑞民身边就充满了向上的张力："哥，你过来，妹妹告诉你一件事儿。"

梁石生轻笑着摇摇头，他受够了女生的鬼把戏，瞧妹妹那故作神秘的小眼神，不听也罢。

梁娴家见梁石生不理会她，气得噘起小嘴，拿来毛巾递哥哥手上："哥人大了，心也老了。"

梁石生擦干净手，把毛巾扔给妹妹："哥累一天了，这都后半夜了，晚安啦。"

梁娴家过来把毛巾套在哥哥的脖子上拉住，眼睛盯住梁石生："哥哥，说了，别恼我呀？"

兄妹俩长这么大，头一次脸对脸望着对方，梁石生伸手刮妹妹响鼻："小毛头，净耍鬼机灵，少让哥为你操心便好。"

梁石生摆出教训口吻，梁娴家听了不乐意："哥哥，你还是操操自己的心吧。"

梁娴家伸手就拧哥哥的鼻子，梁石生扭头躲开，梁娴家手挥毛巾追着哥哥打，梁石生在屋里无处躲藏，挨了妹妹好几下打，兄妹俩打作一团，碰倒了椅子才歇了手。兄妹二人气喘吁吁仿佛回到了童年般美好，都渴望从对方眼神中找回当年的影子，可终归是逝水流年，眨眼间，哥哥娶了媳妇，妹妹有了心上人，兄妹间断了嬉戏打闹，有时兄妹碰面各自走开形同路人，见了面难得说上一句，也仅仅局限在工作上的关爱，再无旁话。动荡的时局成了兄妹俩回避不了的话题，各自抒发观点，便是水火不容地争执，梁家上下也慢慢地适应了兄妹二人据理力争的场面，一旦兄妹二人发生争执，梁家上下呼啦闪开，由兄妹二人吵去，越发加深了兄妹间的隔阂。在对待北伐军的观点上，难得兄妹二人高度契合，观点一致，这才出现了哥哥亲自操刀上阵、妹妹铺纸滚墨甘当下手，兄妹二人联手刻钢板印制宣传单的感人画面。

匆匆忙碌一天，兄妹俩又赶制宣传单忙到大半夜，劳累困顿，梁石生依靠被褥想歇会儿。梁娴家端来热水，哥哥微微打起鼾声，望着哥哥的倦容，不忍心叫醒，少不了拿来毛毯给哥哥压脚。她凑近哥哥仔细端详，眉眼如画，鼻梁高挺，五官精致，难怨受女人追捧。她微笑着翘起嘴角，那个五官刚毅，目光深邃的纪瑞民，却是占据了她的整个心，她想象着纪瑞民也像哥哥似的，容忍她在他身上撒娇、任性、顽皮，怎奈隔了一座山，纪瑞民稍碰情感便退避三舍，不容二人夹杂一丝一毫的情感。梁娴家暗自神伤无处诉，眼泪往肚里流，她多希望得到哥哥的理解和帮助，在她身陷情感泥泞中能伸手拉妹妹一把，奈何哥哥鲜明的态度不容置疑，令梁娴家苦恼郁闷，恼不能抛开情感束缚，苦没有知心体贴理解她的人。家里人数次催婚，爹娘不容她擅作主张，梁娴家把唯一的希望寄托在哥哥身上，迫切需要哥哥站在婚姻自主的立场上支持她。

儿子梁石生结婚当日，梁家就把女儿的婚姻大事排上日程，峄县大户人家思想观念守旧，见不得穿洋装天足散发的女孩儿，唯恐避之不及，鲜有富贵人家登门求亲。平常人家倒是有几家，梁家长辈嗤之以鼻，这一来二去的，爹娘后悔把女儿的婚姻给耽搁了，好在儿子显得很轻松，说时机成熟了，就送妹妹出国留学，到时候不愁找不着有作为的青年才俊，爹娘也只能认命，全凭儿子为妹妹拿主意。犯愁时媒人不登门，想开了媒人倒屁颠颠地跑来了，说啥肥水不流外人田，亲戚联姻赛蜜甜，堪比天底下第一巧宗。梁石生岳母娘家大姐，大太太的外甥于洪奎，家境、相貌、人品，且刚留洋归国，提亲的踏破于家的门槛等，若是二人有缘，于梁两家说合了，哪项都得算梁家高攀了。

吕氏嫌弃梁家家贫，大外甥家境殷实，留洋日本学成归来，提亲的不计其数，台儿庄富贵人家多了去了，愿意哪家不好呀，真就邪了门。4月底，王守金带着妹妹王佑熙和她的小姑子梁娴家，去西仓孙家做客赏梨花，刚从日本归来的大外甥于洪奎作陪，一路上对梁娴家热情异常，嘘寒问暖像个小跟班似的，回来就中邪了，非逼着爹娘到二姨家帮其提亲，吕氏一听就火了："于家找不着媳妇啦，巴巴地跑王家给自己的亲家提亲呀，一百个一万个也不乐意，在二姨家打住，叫外甥死了心吧。"于洪奎倒是没跳运河上吊啥的，他把自己关屋里绝食，爹娘可吓坏了，儿子好不容易从日本归来，当初就是因为与二姨妹王佑纯相恋，被活活拆散，落得个王佑纯投运河而死，于洪奎差点随二姨妹一块儿去，爹娘双双跪地央求儿子往远处看，于洪奎看着看着，看到了日本是中国留学生热门去处，一年后，17岁的于洪奎去了日本留学。于洪奎的爹娘晓得了儿女抗婚的厉害，儿子上回算捡回半条命，如今这半条命，于家即便砸锅卖铁，也要成全儿子的意愿。吕氏想得倒也简单，凭她一张口，娘家姐姐家的条件明摆着，梁家还不得跪谢呀。吕氏给闺女说了两遍，没见梁家有任何动静，闺女毕竟做儿媳妇在婆家不适合多说话，还得她老将出马，派遣大总管张守忠把本家二姨奶奶刘马氏请来，细说于家详情。

刘媒婆保媒拉纤因北伐军闹腾，兵荒马乱的年月，红白喜事也随战事简化或草草了事，靠红白喜事过活的礼房、主管、总管、提调、支客、支宾、忙头、代东等也少有主家问津。天上无云不下雨，吃"媒妁"饭的刘媒婆，有日子没吃"媒百餐"了，一连两个月没人登门求说媒，断了给媒人送鸡、鸭、肘子、鞋袜、布料，也见不着圆媒的谢媒钱，刘媒婆清闲得满院子撵狗赶鸡追鹅，儿子刘恶应呵欠连天流清鼻水，整个人歪倒屋门框，身子快支撑不起头来："俺娘哎，俺滴亲娘嘞，哼哼哼——"

刘媒婆手拿拐棍指指天戳戳地，真想狠揍一顿大烟鬼的儿子，眼看着半死不活的儿子能咋的，没法子，从腰间摸出几个铜板递给儿子，刘恶应喘口气激灵起来，接过铜板，趁娘不备伸手拔下一根银簪子，四肢抓地猛爬，刘媒婆撵上去狠狠地打了两拐棍，气喘吁吁，由着儿子爬远了。

打了儿子两棍子，这口恶气算出来了，眼泪眼屎一块儿掉，哀怨短命丈夫走得早，老了老了，连儿子也指望不上了，她想想就后怕，怕到了咽气那一天，棺材本的钱也让儿子给抽了大烟去，她这样苦熬日子还活个什么劲啊，索性找根绳子上吊算了。她磨磨蹭蹭地回到院子，想着抽会儿水烟袋，再做了断。

喝了半碗凉茶，刘媒婆轻轻含一小口茶水，嘴含住白铜水烟袋吸管徐徐将茶水吐入盛水斗，她试着吸气，盛水斗轻松发出"咕噜噜""咕噜噜"的声响，刘媒婆用镊子从烟仓取出烟丝，往烟管一头的烟碗装上烟丝，点燃一炷香，对香吹了一口，用香对着烟碗轻轻地吸气，"咕噜噜"的声音节奏悦耳分明，悠悠不绝，犹如鸟啼凤鸣，顿时使人来了三分惬意，刘媒婆开始如泣如诉：

正月里，正月正

家家门前挂红灯

奴家门前无灯挂呀

哎哟哟嘞，俺的天，狠心贼两腿一蹬，俩眼闭啊——

只好灵前哭亲人哪死鬼呀

二月里，是清明

手拿纸钱上新坟

三尺黄泉阴阳隔唻

哎哟哟嘞，俺的天，狠心贼两腿一蹬，俩眼闭啊——

奴家见坟欲断魂哪死鬼呀

三月里，荠菜花

家家媳妇回娘家

人家回门成双对啊

哎哟哟嘞，俺的天，狠心贼两腿一蹬，俩眼闭啊——

奴家一路哭到家呀

……

"二姨奶，二姨奶在家吗，咋听着还唱上了呢？"院门外传来招呼声。

刘媒婆搁下水烟袋，撩起大襟擦擦眼："谁呀？"

笑容可掬的张守忠，一手提水果，一手提点心，小心地迈进院子里："二姨奶，大太太念叨恁，老日子没来了，想恁老啦，这不让俺来接恁住两天呢。"

"俺娘嘞，大管家呀，恁再晚会儿来呀，恁二姨奶就勒死自己了呀，哎哟嘞，嗯嗯嗯——"

"哟，这咋说的呀，快别哽咽啦，咱这就去太太家享两天福吧。"张守忠明白，一准被大烟鬼蠢儿子气的，也不是一两回了。

刘媒婆抹把脸就乐了："唉，去太太家，俺得收拾下再走呗。"

"收拾啥呀，18 岁的大闺女，也赶不上二姨奶俊呀！"

"三六九，那咱就走，大管家。"

"咱走，出了屋院子，驴车早已套好，单等着二姨奶上车呀。"

东厢房方桌摆了小酒小菜，刘媒婆吃饱喝足了，丫鬟碧云和墨砚前后脚进屋请客人上正房。

吕氏端身正坐右边的官帽椅，稍微欠身，示意刘媒婆坐下，丫鬟嫣红用拂尘掸掸东面第一张靠背椅："姨奶奶，这阵子不来啦，别说太太整日念叨，这满屋里，哪个不念叨呀，姨奶奶一来就巧了，杭州的狮峰龙井昨个到的，刚刚沏的新茶，恁老先尝尝鲜呗。"嫣红端起青花三才杯，奉与刘媒婆手上。

"俺滴个心肝儿哟，姨奶奶也想姑娘们呀，姨奶奶，这回养了 20 多只小公鸡崽，等到八月十五，抓 10 只公鸡崽挨个儿放血，姨奶奶赶早过来登门，亲自下厨，给太太和姑娘们炒辣子鸡吃，辣椒搁得多多滴，炒辣呼滴，咱娘们儿拉会子馋啊！"

逗乐了满屋人，吕氏摆摆手，留下嫣红，丫鬟婆子俱退下。

吕氏今天心情不错，找了本家二姨唠嗑，主要是为姐姐家儿子的婚姻大事，让本家二姨亲自登门为于家保媒拉纤，这事一准就成了："二姨，恁老还记得洪奎吗？"

刘媒婆正细品龙井茶："好，好，真好呀！"

吕氏悬着的心彻底放下来："二姨说好，牵线搭桥，便是秦晋之好呀。"

刘媒婆鼓囊嘴："清明龙井，赶上一两银子一两茶了，还不好的呀！"

吕氏拍拍八仙桌，震得桌上的铜茶盘"嗡嗡"响："瞧恁老，俺这说洪奎，恁老还记得吗？"

刘媒婆盖上茶碗盖，翘手指敲敲脑门："娘哎，啥洪奎呀，哎哟嘞，太太直说祖根呗，啥洪奎洪奎的，真把俺给说蒙了。"刘马氏从干了媒婆这一行，阅人无数，由少到老，像于洪奎这样的，从小看大，三岁看老，胎带的坏，一群孩子里有一个哭的，一准是祖根惹的；谁家的花被掐了，狗被砸了，葫芦秧断了，有祖根在，保准没别人的事。

吕氏无奈笑笑，整理一下抹额，转动一下金发簪："恁老快守住嘴，洪奎留洋刚回来，别再提祖根啦，现在长成大人啦，小时候的歪名，咱可不能再喊了。恁老没见过现在的洪奎，相貌呀、学问呀、知书达理啊，每一样儿，咱得说好。"

刘媒婆瞅吕氏头上的金发簪，她目不转睛，只管听着，嘴里应承着："嗯，好，嗯，好，好啊，忒好喽！"

吕氏越说越来劲儿："洪奎呢，无不良嗜好，不嫖、不赌、不抽，恁老给估摸估摸，把食升妹妹许配洪奎合适吗？"

吕氏吧嗒嘴，赞美祖根不嫖不赌不抽，宛如一把锋利匕首，捅了刘媒婆的心口窝，自己儿子是遭人唾弃的大烟鬼，吕氏为她外甥筑高台，就不怕摔下来栽泥沟里："哎哟，男人嘛，吃喝嫖赌抽呗，多少总得占一样儿，要不活个什么劲儿，咋说也是阴阳之别，地上的女人，天上的男人，父母之命媒妁之言，只要两家长辈满意，做儿女乐意，还能逃出父母的手掌心呀。"

吕氏闻听沾沾自喜，姐姐相托之事，眼看着有了眉目，心里这块石头总算落了地，"就凭二姨这张巧嘴，要吃十八嘴也不够呀，洪奎是于家三代单传啊，备了谢媒礼，只怕二姨拎不起来呀。"

刘媒婆坐正身子，顿时来了精神："哎哟，哎哟，太太的外甥，真有出息啦，嗯嗯，咋说好呢，好比不食人间烟火的东西，哟，不能用'东西'形容，用啥好呢，仙！神！哎哟哟，咋是庙里供奉的东西呀，嗯嗯，俺的意思，地上爬的找不着，天上飘的没见过，天底下就没见过这样的好女婿。"

吕氏听着不入耳："没恁老说得这么邪乎，十个洪奎也赶不上俺的一个食升，这俺都清楚，单论于家的财产丰厚，梁家资产薄，男才女貌，称得起门当户对。"

刘媒婆意识到说过了头，夸于洪奎天上难找地上难寻，竟忘了赞太太的金龟婿万里挑一，找摸着补救："嗯嗯，当女婿的谁人敢跟食升比呀，那不是找难看吗？幼时神童，现时当个县长啥的满把攥，哎哟嘞！咱峄县八大家，也就是王家积德行善的仁爱人家，其他家打着灯笼也找不着呀。不过呢，洪奎留洋镀金，身价眼看着蹭蹭地长，恁二姨没夸错呀，是吧，太太？"

吕氏认真听刘媒婆排解外甥于洪奎，她对于梁两家的婚姻有信心："您老上心，勤跑着点，亲自到梁家说合这门亲事。按说那，手心手背都是肉，于家是俺娘家姐，梁家更不用说了，是俺亲家，这亲上加亲联了姻，好上加好啊！"

刘媒婆双手拍大腿："天赶地催的，修来的福哟，太太呀，恁就擎等着享福吧，忒好喽！忒好喽！"

于洪奎家境没的说，梁家长辈自然欢喜不尽，于家得了喜信急等着与梁家换帖纳彩，梁家那头倒是姜太公稳坐钓鱼船，十月熬老咸菜不急不躁的，于洪奎怕夜长梦多出变故，逼着当娘的亲自跑趟二姨家，好歹给梁家说道一番，换帖的事务必定下来，吕氏差人，请杭州运河航运督办赉章的夫人，樊氏上门作陪。女亲家难得开次口，梁许氏盛情难却，推辞不了，带着儿媳妇顺便回娘家，一举两得。

席面上，女眷们谈笑风生，吕氏尽地主之谊，上了三道微山湖鱼鲜，香辣四鼻孔鲤鱼、油炸红鳍鲌、乌鳢汤，樊氏杭州人沾不得辣，四鼻孔鲤鱼吸引住樊氏的目光，宾客交口称赞乌鳢烧的黑鱼汤鲜美。吕氏有话没话套亲家话："湖区人说，'宁丢爹和娘，不丢乌鱼肠'，可怜咱天下爹娘心啊，活一世，就为了子女活呗！"梁许氏在吕氏身旁拘谨，伸不开腰："亲家说啥都对，听着就是那个理。"两个人一来二去都这种口气，吕氏也问不出个子丑寅卯，一直到用餐完毕。

女主人挽住樊氏的手，盛情邀请客人到堂屋落座品茶，吕氏再也沉不住气了，邀亲家去内室说几句要紧的话，婉转向樊氏表示歉意，留王寿昌姜室许氏和三闺女王佑熙暂时相陪。吕氏和梁许氏不在，许氏碍于是王寿昌妾室，王佑熙现已是亲家的儿媳妇，两人谦让一番，末了还是许氏坐王佑熙上位。吕氏一走，在座的都与樊氏不熟，言谈间几度冷场，王佑熙遂向樊氏说些熟知的话题，说到这阵子因北伐战事，京杭大运河与长江交汇处的镇江，封锁漕运，南边的货过不来，台儿庄这边的驳船积压货物严重，一下子打开了话头，宾客言来语去的，谈笑风生。樊氏关切地问道："不晓得少夫人说的杭州龙井茶，还有多少担没运过来？"一下子把王佑熙给问住了，吩咐丫鬟嫣红上前院把梁家账房张福修喊来。

不大会儿，嫣红带着张福修进了内院，因后院居住女眷，张福修只能抱账本站在堂屋门口外，等少奶奶吩咐。

嫣红进了堂屋，悄悄给石榴使个眼色，石榴靠近王佑熙悄声道："少奶奶，账房来了。"

王佑熙冲着门口吩咐："福修，督办的礼品，备齐了吗？"

张福修站在门外，依旧毕恭毕敬地应承："回少奶奶，金银饰各两套、东阿阿胶、张裕葡萄酒、龙口粉丝、德州扒鸡已备齐，微山湖的藕粉、莲米、松花蛋和咸鸭蛋，随去随买新鲜，想必等赍夫人离开峄县时，再备齐。"

王佑熙听了没异议："福修，明前茶叶，还有多少担没运过来？"

张福修翻开账本，手指在账本上一划："回少奶奶，黄山毛峰、六安瓜片、太平猴魁、歙县滴水香，已陆续到齐，只因3月24日，北伐军占领南京不久，游弋在长江江面的英、美军舰借口保护侨民，猛烈炮轰南京，钱塘江的杭州段六个渡口都封锁了，4月初漕运才得以通行，4至6月份运河驳船经常被各路军阀征用军需，现在还差明前狮峰龙井12担，1200斤。"

王佑熙推开石榴奉上的盖碗茶，沉吟一会儿，掐指算算，追问一句："福修，你每天把龙门账，进、缴、存、该的账目，看清了再回复，不可遗漏。本月7日，下午3点，泊头船队通过古邵杨闸官，不是捎带了四担绿茶吗？"

大家凝神静气，听张福修回答得头头是道，王佑熙步步追问，堂屋里静的掉根针仿佛也听得见，没人再言语，屏住气望向门口。

少奶奶追问条目需详细，张福修只得把头探进屋："回少奶奶，泊头船队捎来的，是梅家坞的四担明前茶。再回少奶奶，督办老爷托府上置办的豆腐石磨和香油石磨，因候桥的石匠头侯宗哲一直在南京紫金山，为中山陵建博爱坊、墓道、陵门、石阶、碑亭和墓室，这个月由南京回峄县，在裴山、白马山、青石山、鹰嘴山和笔架山，为陵寝选石料，捎带着取了山亭桑村的优质砂石，两盘石磨已錾制完毕，现已派人套牛车到候桥去取石磨。再者家里老爷说侯宗哲乃石雕手艺人，非彼一般的石匠做石磨、石臼、石凳的，两盘石磨按细匠付钱……"

堂屋里的人正在听王佑熙主仆一问一答錾石磨，岂料樊氏盯住张福修仔细瞧，瞳孔放大"啊"的一声，整个人从官帽椅上歪倒了。

唬得众人不知所云，竟没人前去搀扶，吕氏听声从内室急奔出来："哦哟，赉夫人呀，都愣着干啥，快快扶起啊！"

樊氏翻白眼，不省人事！

第十三章　星火

　　1927年6月26日，天蒙蒙亮，红彤彤的太阳缓缓升起，离开了地平线，云雾层层叠叠恰如波涛海浪滚滚涌来，太阳的射线透过云海熠熠生辉，云海在重峦叠嶂之间飘浮着缓缓流动，奇峰怪石云雾缭绕中悬浮的光晕若梦若幻，洁白的流云衬托得巍峨的抱犊崮更加雄伟，壮丽山川似锦绣的画卷，传出美若仙境的山间瀑布声，一阵阵在丛林山谷间回荡，灵动的溪流哗啦啦地打湿了青青绿草，百鸟争相鸣唱娇羞了含苞待放的花蕾，茂密的林间水雾笼罩，漫林碧透，枝叶婆娑，漫山遍野的硬毛棘豆、鼠尾草、鸡腿堇菜、沼生繁缕、虎耳草、藜芦、萱草、黄精、龙须菜、白檀、缬草、筋骨草、毛茛、峨参、鹅绒藤、荚蒾、木犀、牵牛花，美不胜收的野花竞相开放。一团团一簇簇争艳如海，随着微风摇曳多姿。山峦云雾叠翠崖，孕育了万物生灵，相伴相生向夕阳，凭谁主宰凭谁亡，等你来——

　　山间扑鼻的花香，陶醉了熊耳山压寨二夫人黄淑女，这阵子住在抱犊崮崮顶上，适应了抱犊崮的雄伟，趁着太阳刚露头，带上随从林慧凤和郑三妹，与赵喜龙的四个手下从崮顶下来，在半山腰挖野菜，采摘薄荷、马齿苋、灰灰菜、苦苦菜等一些时令野菜。

赵六子红光满面光着脊梁，浑身汗淋淋的，汗珠顺着脖颈滑落，一滴滴的汗珠顺着脊椎骨一路滴下，用上衣兜了一些花，乐呵呵地跑过来："二夫人，瞧瞧，这是啥呀？"

黄淑女不施粉黛，岁月的风霜布满脸庞，早已不是当年深藏闺阁里的娇小姐，头盘高髻系蝴蝶结红头巾，上身着暗红色氅衣窄袖镶黑色绣花边，系紫色腰襻、下身为上红下黑双截宽腿直筒裤，脚蹬千层底绣花布鞋，浑身一股飒爽英姿，望着跑过来的赵六子。

"让俺瞧瞧，啥呀？咦，啥花呀，好像？"

"嘿嘿，槐花呀。"

"慧凤，你家男人就是机灵，眼看着快7月啦，北山坡上居然还有槐花呀！"

"六子，老大不小的人了，数你调皮，糊弄二夫人，哪里是槐花呀，这是国槐花。"林慧凤从丈夫赵六子布兜里抓起一把花，甩丈夫脸上，郑三妹则在一旁拍手称快。

郑三妹提着一篮马齿苋、灰灰菜和苦苦菜："六嫂，六子哥拜师二夫人，摔跤赢了司令，眼里就没有司令了，只有二夫人呀。"

"好你个胖丫头，敢挑唆俺和司令的关系，看俺怎么收拾你。"赵六子说着话，便张牙舞爪地扑向郑三妹，抱犊崮山坡陡峭，郑三妹站在上坡，用菜篮子用力一推，赵六子仰脸蹬陡坡站立不稳，人滑倒顺山坡滚了五六米远，幸亏被橡子树拦住。

林慧凤心疼丈夫，丢下野菜篮子，蜂蜇般"哎呀哎哟"跑下去，扶起赵六子。

赵喜龙肩扛6岁的孙秉承，一只手扶住孩子，另一只手抓住树枝往坡上攀登，4岁的儿子赵荣光在身后爬行哭喊着："啊啊，爹啊，抱抱呀——"孙桂枝怀里抱着赵六子2岁的闺女赵妞妞，冲山坡上不住地喊："喜龙，喜龙啊，哎嗨嗨，喜龙啊。"军师刘玉斗想把妞妞接过去，孙桂枝还不让，非得自己抱孩子，刘玉斗只好搀扶着孙桂枝，祖孙三人步履蹒跚着往山坡上爬。黄淑女、林慧凤和郑三妹见状忙快步下来，赵六子一挥手，四个手下飞跑过去，接过孩子，搀扶孙桂枝和刘玉斗，赵六子抱起浑身沾满草的小光，孩子"啊啊——"哭得上气不接下气的，赵喜龙充耳不闻，肩扛着秉承摆出无所谓的做派，黄淑女、林慧凤和郑三妹也走过来了，小光见妈妈过来，伸出小手向妈妈挣扎着。黄淑女接过孩子："好了，好了，娘来抱你，别哭啦。"赵喜龙走到近前，放下秉承："臭小子，娇里娇气的，一点也不随他爹呀，一步也不想走，不是背着就得扛着，瞧瞧哥哥，上山下山，都是自个儿，你咋这么没出息呀？"小光搂住妈妈的脖子，赌气不理爸爸。大家都围过来，赵六子接过妞妞，孙桂枝和刘玉斗也爬上来，二人找块大石头，各自坐下喘口气，孙桂枝磕磕旱烟袋："喜龙呀，你个混小子，犯着跟不懂事的孩子怄气呀，哎哟！"孙秉承跑到爷爷孙桂枝身旁："爷爷。"赵喜龙笑嘻嘻蹲在孙桂枝眼前，帮其点上烟："四叔，恁看了吗，俺扛着秉承一跑，这小子居然也爬上来了，嘿嘿嘿。"孙桂枝吧嗒烟："喜龙，有时候呀，你就像个不懂事的孩子，秉承6岁了，小光才4岁呢，能比吗？"郑三妹走过来："爷爷，恁是不知道呀，俺赵叔，前天还把小光扔进水坑里，说锻炼他游泳。"孙桂枝听罢，瞪起眼，举起烟袋就砸，赵喜龙连忙双手扶地后退，爬起来，躲一边去："四叔，恁就偏听偏信吧。"黄淑女过去，把怀里的孩子递给丈夫，小光喜欢找爸爸，扑在赵喜龙怀里又嬉笑着和秉承玩乐，孩子的脸像六月的天说变就变。妞妞看见秉承拿狗尾巴草逗小光，在六子怀里闹着扭动，孩子们一高兴，大家心里也舒畅了。

军师刘玉斗接过孙桂枝的旱烟袋，往烟袋锅里装上烟丝："六子，你们带孩子往坡上面转转吧，多长点儿眼，小心别摔着碰着孩子。老寨主跟司令说点事儿。"

黄淑女接过赵喜龙怀里的孩子，孙桂枝看了眼："侄媳妇，让三妹带孩子吧，你留下坐会儿。"

赵六子他们挎篮子带孩子嬉笑着走远了，欢声笑语在林间回荡，阳光洒进了山林，风摇树叶在阳光下闪动着金色的光芒，小鸟们振翅苏醒了，叽叽喳喳的叫声此起彼伏，欢快地飞出了树林或在林间穿梭，6月的抱犊崮，每一片山林、每一棵花草都是最具风情的时刻。抱犊崮是沂蒙七十二崮之首，号称鲁南擎天柱，位于苍山、费县、兰陵三地交界处，山形雄伟险峻，山势奇绝陡峭，周围是无垠的碧野；远处群山如黛；山间树林葱郁，溪水如练，楸树杈上飞落一只布谷鸟，额浅灰褐色，头顶、枕至后颈暗银灰色，背暗灰色，腰及尾上覆羽蓝灰色，中央尾羽黑褐色，羽轴纹褐色，沿羽轴两侧缀白色细斑点，两侧尾羽浅黑褐色，羽干两侧白色斑点，内侧边缘列白斑，两翅内侧覆羽暗灰色，外侧覆羽和飞羽暗褐色，布谷鸟"布谷布谷，布谷布谷"地鸣叫着，孙桂枝示意大家别吱声，他眯起眼嘴角含笑地听布谷鸟鸣叫，赵喜龙却望着媳妇黄淑女微笑，刘玉斗抽了两口烟："司令，山下的探子回信了，有那么回事儿，中兴的窑工跟煤老板闹得很邪乎，具体啥情况也不太清楚，老寨主同意咱们下山，走一趟枣庄，好摸摸底。"赵喜龙乐得胡噜胡噜后脑勺："嘿！俺要说下趟山呀，四叔他呀，一准不允许。"刘玉斗瞅瞅孙桂枝，神情极为慎重："司令，思来想去，咱这次下山，淑女也一块儿跟着去呗。"赵喜龙立马跳起来："啥！女人跟着碍事，四叔恁是咋想的呀？"孙桂枝眼不瞅赵喜龙，伸头望西边的楸树："瞅瞅你呀，牛脾气，瞎咋呼啥，布谷鸟飞走了，侄媳妇，你说说看？"黄淑女摸摸腰间的驳壳枪，这枪还是黄静斋送女儿上熊耳山时给的护身符，赵喜龙爱枪甚至超过爱女人，如果把驳壳枪扔给他，他赵喜龙就能抱着枪美美地睡一整夜，平时得空就在媳妇跟前软磨硬泡，求要驳壳枪。这次黄淑女经不过丈夫死皮赖脸地哀求，随手就把枪丢给了丈夫，不承想赵喜龙挨了孙桂枝一巴掌，夺了驳壳枪还给黄淑女："没俺的话，任何人不许给喜龙枪使，侄媳妇是不知道呀，这臭小子腰间别了枪，如鱼得水拢不住啊！"赵喜龙不敢冲孙桂枝发疯，回了屋开始拍桌子砸板凳找碴儿，黄淑女懒得理他，赵喜龙就直挺挺地躺床上，躲被窝里以不吃饭相要挟，黄淑女遂搬来孙桂枝，老寨主一句话不说，抢起顶门杠砸过去，赵喜龙结结实实地挨了一下子："俺娘哎，打死人啦！"孙桂枝掀开被子，照屁股上猛打，赵喜龙躺不住了，爬起来坐饭桌旁老实了，煎饼卷老咸菜，一口气吃了五张，喝了三碗地瓜干汤。孙桂枝双手握住顶门杠怒视着，赵喜龙不敢对视，老寨主气得流泪了："俺呀，早该死了，身边就你们这些糊涂玩意儿呀，由着性子胡闹，你大哥和五哥怎么死的，混小子不知道啊？你瞒着俺下了几趟山了，官府满大街上贴告示逮你，不知道呀？你小子嫌四叔死得慢是吧？"赵喜龙望着黄淑女抱着儿子抹泪，赵六子一众人也在门口哇哇哭，他闷头站起身，扶孙桂枝坐下，郑重给老寨主跪下："四叔，恁打完了，该出气了，恁老有啥说啥，别掉眼泪呀，喜龙心里难受啊！"孙桂枝拉起赵喜龙："你说，恁四叔打你对不？"赵喜龙难为情偷眼瞅瞅大家："四叔看不惯的，尽管放手打，喜龙在您老跟前，连个屁也不敢放呀。"孙桂枝乐了："侄媳妇，你可听见了，多咱这混小子敢使性子，你给俺打，恁四叔老了，也打不动了呀。"赵喜龙撇撇嘴："头一棍子把肚子砸瘪了，五张煎饼，三大碗汤，哎哟，撑死俺了！"

郑三妹进屋来抱起小光："俺看呀，是爷爷，把司令的牛脾气揍瘪了。"

赵喜龙两眼一瞪："三妹，说谁呢？谁牛脾气呀？"

黄淑女走到赵喜龙跟前："说你哪，说赵喜龙的，不信问问四叔？"

赵喜龙干砢碜脸："哟哟，忘了四叔还在呢，四叔，恁老瞅瞅吧，有恁老撑腰，女的都上房揭瓦了，三从四德让咱毁了，咱这山规还要不要呀，哎嘿嘿。"

孙桂枝拉下脸，又抄起顶门杠："咋不要呀，先从你个混小子开始打，好立规矩。"

赵喜龙毫不犹豫，拨开人群就跑出去："三妹呀，你护着你婶子，处处跟俺作对，你等着，你等着。"赵喜龙拽着赵六子跑远了。

郑三妹追了几步："爷爷还没发话呢，你俩撒丫子跑啥呀。"

敦实的郑三妹，15岁，是赵喜龙习武师父赵廷凯的外孙女，6岁时跟着姥爷习武形意拳，练就了一身好武艺，她肤色黑且发黄，大圆脸盘，鼻翼微张，两只黑眼珠骨碌滚圆，一笑起来露出两颗白虎牙，像个泼小子。

熊耳山和抱犊崮的年轻小子，没人敢招惹她，她迎头一击便把人打得满地找牙。郑三妹自带一股霸气，由她保护二夫人黄淑女再合适不过了。当初黄静斋组建红枪会力邀现世名拳师，黄淑女耳濡目染加上名师指导，渐渐深谙了太极拳、形意拳和王八拳的章法，虽体质差些，一招一式却打得气定神闲。那赵六子跟赵喜龙学得一知半解，便在媳妇林慧凤面前卖弄，这一来二去的，林慧凤逢人便夸赵喜龙武艺超群，赵六子跟他学形意拳打得行云流水。黄淑女与郑三妹见过，便看出他根基浅打得不扎实，黄淑女叮嘱林慧凤偷偷喊来赵六子，夜间在后院，由她和郑三妹加以垂范指点。这样赵六子偷偷习武半年，武功大进，逢人便跃跃欲试，不再把师父赵喜龙放在眼里。农历四月二十六"母仓成天医，白虎不还家"，梅高七尺，雨水偏多，各路杆子歇脚，云集抱犊崮比武言欢，也是每年熊耳山寨主赵喜龙最出风头的日子，无论太极或形意，赵喜龙当仁不让，不出三个回合，非得把对手打趴下不可。此时赵喜龙正在扬扬得意地满场拱手："各路兄弟，见笑了，承蒙各寨主的哥哥承让兄弟，喜龙在此谢谢哥哥们厚爱了，兄弟们水码子（穷人）出身，难得抿山（喝酒）呀，喜龙使揽头（钱），备水酒十坛，咱今每开怀畅饮，大口吃肉，大口喝酒，一醉方休。"

正当兄弟们要散场去畅饮，赵六子绷不住浑身的劲："嘿嘿，今天司令大获全胜，兄弟们也高兴，不如俺跟司令比划比划，再给兄弟们助兴一把，如何啊？"

兄弟们高兴还来不及呢，随即热烈鼓掌通过，赵喜龙正赢得高兴，意犹未尽，畅快迎战。

只见赵喜龙轻松上场，气沉丹田，淡定自若，两足跟踏地，足心上提。

赵六子定神望望赵喜龙，双拳下沉，头顶项竖，含胸拔背，塌腰收臀，自成弧形，形成一张躯干弓。

赵喜龙一瞧，微微一笑，看来赵六子是有备而来，赵喜龙双手塌腕，掌心内收，十指各分，虎口圆撑，双手形成弓形。

孙桂枝旱烟袋也不抽了，黄淑女怀里的儿子不闹了，林慧凤怀里的闺女不哭了，军师刘玉斗手心冒汗，黑老七站直了身子，看得一众兄弟摩拳擦掌跃跃欲试，队副孙美言一旁瞎比画："哎嘿，打六子的左侧呀，哎哟，小心司令的飞腿，哎，牵住了，对对，按住了，卡住脖颈，好好，哎哟，恶虎掏心了，注意，扫横腿，好——"各路兄弟们大眼瞪小眼地屏住呼吸，喉咙里发出粗重的喘息声。

赵六子身由后向前，一分一分地缓缓而推，与赵喜龙手一探一回，赵六子的肩颈如瀑布一样倾泻而下，抡臂劈掌，发重力"啊——"力如抡斧劈柴般迅猛，劈向赵喜龙。

赵喜龙也不是吃素的，由脚到肩胯，身子反转螺旋，两手如撕绵，腰胯脆脆地拧转90度，"呀——"侧身飞龙摆尾，右脚"啪"踏在赵六子脑门上，赵六子"哎呀"一声，赵喜龙与赵六子你来我往，硬碰硬打起来，二人把形意拳的正架、反架、正推、反推、正追、反追、正转、反转、正拳、反拳，招招比得精彩绝伦，真是龙腾虎跃，打得难解难分。

围场子的弟兄们看得眼睛都不够使了，掌声叫好声不断，那孙桂枝满眼都是赵喜龙："这样打下去，不出三招，喜龙非把六子打得找不着北。"

郑三妹一旁看得是不急不躁的，她向赵六子打了一个行云掌手势，反手一勾。赵六子心领神会，趁其不备，单腿一弓，仰面而卧，赵喜龙不解屈身擒之，赵六子右腿猛地插入赵喜龙两腿空当，赵六子飞身翻滚，赵喜龙整个人被赵六子绊住动弹不得，赵六子发力拧腿，赵喜龙"扑通"摔倒。

整个比武场鸦雀无声，孙桂枝以为自己的耳朵失聪了，左右看看，才明白人都愣住了，摔倒的是赵喜龙，不是赵六子，黑老七高兴得可地蹦高："好啊！真他奶奶的过瘾呀，赵喜龙终于被打翻在地啦！好，好啊！"没人响应，兄弟们心目中的英雄是赵喜龙，英雄坍塌出乎意外。队副孙美言高喊："赵六子使诈，这次不算。"赵喜龙爬起来，掸掸泥土："输了就是输了，这回六子呀，凭实力拔得头筹，俺输得心服口服。"

各路兄弟酒罢，欢欢乐乐地回山寨去了，赵喜龙与赵六子一干兄弟，跑到山间溪流里痛快冲澡，等他们回山上，黄淑女已把儿子哄睡下，望着丈夫坐屋门台阶上默默地抽旱烟，她拢拢头发，翻身下床，静静地挨着丈夫坐下，看着被打青的额头，摸摸赵喜龙的胡楂下巴："俺去把剃胡刀给磨磨。"赵喜龙一把拉住黄淑女："小光娘，坐会儿。"时不时发出一声叹息，"吧嗒吧嗒"抽闷烟，赵喜龙好郁闷，枪法没有媳妇黄淑女打得准，每年的农历四月二十六比武，居然输给媳妇调教的手下，看来大户人家出来的人懂得多、本领强，他赵喜龙不服也得服这口气，今晚上听媳妇的，老老实实地先学识字吧。黄淑女把头靠在丈夫的肩头上，赵喜龙坐直了身子挺胸让媳妇枕大腿，黄淑女枕在赵喜龙大腿上，抚摸着丈夫油亮的胸膛，赵喜龙很想弯腰亲一口媳妇，见黄淑女直视着他，忙掩饰尴尬磕磕烟袋锅："呛着了吧？"黄淑女只是闭上了双眼。细细端详着媳妇：亭亭玉立，雪肤花貌，灿若桃花，鹅蛋脸，柳叶眉，丹凤眼，鼻如玉葱，粉唇小口，如下凡的仙女，月宫中舒广袖的嫦娥，居然是俺赵喜龙的婆娘，感觉在做美梦中美梦成真——

70多岁的赵廷凯由外孙女郑三妹连夜引路，上抱犊崮求见孙桂枝，见了老寨主开门见山，细说山亭大北庄前槐村士绅黄静斋遭了难，连夜赶来就为求老寨主出手相助，救黄静斋堪比水火之灾。孙桂枝闻听感触颇多，一为两个孩子感伤，二为黄静斋所不值："赵师傅年高德邵，不顾一把年纪，攀山登岩，来抱犊崮求俺，力所能及的在所不辞，只是，只是！"赵廷凯站起来，紧紧地抓住孙桂枝的手："老寨主，怎是怕喜龙不愿意，是这么回事儿吧？"孙桂枝摇摇头："凭恁这把年纪，俺喊声大爷，也说得过去呀。"赵廷凯把手握得愈加发力了："人在江湖身不由己，可人老了，心静如水淡如山，目光平和深似海啊！"孙桂枝扶赵廷凯坐稳了："赵师傅，桂枝俺就实话实说吧，俺不信服黄静斋的为人。当年抱犊崮也打劫过黄家，开仓放粮，赈济灾民，那黄静斋不敢找竿子算账，把损失计算在百姓身上，加重地租税，从这点上就看出，此人乃蛇蝎心肠，俺岂能信他。"赵廷凯深深叹口气："唉，纵是他蛇蝎心肠，念那苏笑天父子命丧黄泉，咱不能眼睁睁地看着这闺女死路一条吧？”这句话，让孙桂枝吸了一口凉气，救人一命胜造七级浮屠，想着自己落草为寇，颠簸大半生，厮杀过多少人的性命啊，今夜居然被一段凄美的恋情所动摇，百转纠结，孙桂枝默许了，招呼军师刘玉斗马不停蹄地连夜奔熊耳山。

黄静斋为了救女一掷千金，送到熊耳山的各色财物不论，单单 20 支枪让人看着心跳，口径为 7.92 毫米，全长为 955 毫米，全重为 3.166 千克，枪管长为 442 毫米，表尺射程 1800 米，发射 7.9×57J 圆头步枪弹，5 发漏夹供弹汉阳造步枪，令赵喜龙大喜过望，头点得像磕头虫，他是满口答应，对黄静斋的要求，悉听尊便，一一照办。

按照黄静斋部署，山亭大北庄红枪会人马，由黄家大管家任千奏悉数带至峄县，参加峄县商会保家局子组织的射击军训，为期四天。红枪会人马走的第二天，三更天，熊耳山与抱犊崮的两队人马，突然夜袭了黄家大院，家财损失不大，粮食损失大半，老爷黄静斋，痛心疾首的不是财物粮食，而是宝贝闺女被匪首赵喜龙掳走了，黄老爷捶胸顿足哭得撕心裂肺，任谁也劝不住——望着 80 多袋子粮食，熊耳山和抱犊崮上卜乐开了花，据说兄弟们每人给做了一件新衣裳，赵喜龙乐颠了，得了婆娘得了枪，乐得大方出钱，给众兄弟们配双鞋穿。百密一疏终有一漏，还是传出了《明抢暗嫁》的笑谈戏文。大北庄方面谴责抱犊崮不守道义，抱犊崮方面埋怨熊耳山乐极生悲，买哪门子鞋。种种衍生的事，只有赵喜龙本人在乎，熊耳山和抱犊崮的兄弟们随着时光流逝也渐渐地遗忘了，但是让孙桂枝久久不能释怀，一直憋闷在心底，从不示人。黄静斋头天派师爷王布丁送来一封绝密信：“务必，见机，除掉姨太黄闫氏。”孙桂枝思前想后，决意不与赵喜龙说，若有啥变故，由他孙桂枝一人承担。

赵喜龙则是端起枪，与兄弟们在熊耳山和抱犊崮疯跑，围猎取乐，丝毫没把抢来的媳妇放在心上，由着一块儿抢来的小丫头樱桃和奶妈顾妈悉心照料。娶妻生子，在寻常人家再平常不过了，对走江湖逼上梁山的人来说，绝少儿女私情最妥帖。今朝有酒今朝醉，朝不保夕的命运，染指家庭的竿子，随时都面临被仇家追杀的命运，这还不算官府的缉拿。赵喜龙的第一个婆娘走失后，一直猜疑是被仇家拐卖或已不在人世了，这在赵喜龙心底埋了心结，索性放任自己逍遥，立志孤身一人闯荡生活。

两年前，熊耳山的兄弟们没少因寨主没人疼，替司令操闲心，趄摸下山抢个佳人，为寨主圆了梦。岂料竟把滕县守备军，一个副团长的三姨太，掳掠上了熊耳山。三姨太寇三梅年龄比赵喜龙大一岁，姿色妖艳，风情万种，早年混迹济宁青楼卖笑为生。滕县守备团的贾团副，早先在济宁驻防，是青楼里的熟客，二人眉来眼去对上眼，贾团副花了300块大洋为她赎身，寇三梅风风光光地做了两年姨太太，愁不能生养一男半女的，很难入贾家的门，落下心病，四处求医不得，闻清明节峄县青檀寺庙会，寺庙香火旺盛，何不求丈夫允许她逛庙会，进青檀寺向菩萨焚香祷告求子，贾副团长架不住姨太太哭鼻子抹泪，派了两个勤务兵雇车，保护姨太太一路来到了青檀寺，正赶上比赛"独杆轿"，逛庙会的人山人海，插脚的空都没有，两个勤务兵好不容易帮姨太太挤进青檀寺山门，寇三梅踏进青檀寺，逢神便拜，上香磕头。来到飞檐斗拱面阔五间大雄宝殿，跪拜三世佛，念念有词，向寺院长老问这问那，久久不肯离开，两个勤务兵惦记着"独杆轿"比武热闹，便跟姨太太说要去方便，请姨太太就在大雄宝殿四周礼佛，务必等他二人回来。寇三梅见大雄宝殿四周摩肩接踵都是人，便安心允许二人速去速回。久等不见勤务兵回来，寇三梅绕着殿前院内的一株银杏树走上两圈，一个年轻的沙弥向她双手合十："女施主，这棵银杏树树龄逾千年，蕴含神性，消灾很灵验的。"寇三梅见沙弥长得眉清目秀，仙姿倜傥，放下戒心与之攀谈，越谈越欢，沙弥道大雄宝殿这株是雌树，大雄宝殿后面的岳飞养眼楼旁是株雄树，若上香跪拜，来年一定有喜。沙弥说得真诚，寇三梅深信不疑，说等勤务兵来了，有劳沙弥指引。沙弥举目望天："女施主，过了午时就不灵验了，由大殿去养眼楼三十几步远，很近的，女施主随俺去去就回。"寇三梅仰望天空，时间是够紧的，来趟青檀寺不容易，下一次来指不定猴年马月的，她欣然随沙弥去养眼楼了。等寇三梅睁开眼，没见着养眼楼与雄银杏树，却发现自己躺在深山老林的山洞里，她吓得魂不守舍，小沙弥一改和善面容，凶神恶煞地告诉她这是在熊耳山，寨主为赵喜龙，找的那棵雄银杏树便是寨主，从了寨主做压寨夫人，自然有好吃好喝的，免遭皮鞭之苦，不然人悬梁上，非打得皮开肉绽不可。寇三梅跟着副团长享福惯了，这荒山野岭的土匪窝里一天也不想待，扯头发撒泼，誓死不从，赵六子一鞭子下去，寇三梅便磕头如捣蒜，愿意伺候寨主吃喝拉撒睡。兄弟们大喜，吹柳笛敲铁锅，简简单单贴了红喜字，立马就给寨主办了喜事送入洞房。寇三梅青楼出身，这两年厮守兵痞，风月老手。岂料寨主如此英气，见了赵喜龙反倒扭捏起来，她伺候这样的主也算两情相悦，单等雄银杏树落叶时，她再寻机会逃跑不迟。寇三梅来个一百八十度大转弯，整日里与赵喜龙饮酒调笑，哼唱艳曲，卖弄风情，把个赵喜龙伺候得颠鸾倒凤，缠绵昼夜不分，整个熊耳山队伍松垮不堪，私自下山抽大烟逛青楼的不在少数。兄弟们气不忿儿一颗老鼠屎坏了一锅汤，骚狐狸迷住了司令的眼睛。主政的兄弟有事没事在屋前转转说风凉话："睡得快满月了，不会等吃百天酒吧。"赵喜龙听得真真的，披上衣服，裤子不穿，拉开门吼："猴崽子们，少咸吃萝卜淡操心，都给俺滚一边去，爱干啥干啥去。"司令依然我行我素，寇三梅淫荡声刺耳，兄弟们用茅草堵耳朵。

熊耳山风向大变，竟然把游荡集市，不入流的下等妓女招惹上山，熊耳山少了刀光剑影，林间溪畔一派歌舞升平气象。妓女骑驴龟奴撑伞，弹弦唱曲的也跟着吆吆喝喝登山行乐，溪流漂浮着脂粉，山林少了清爽，淫词艳曲随处可闻，调笑声不绝于耳，赵喜龙与赵六子一干亲信，挥霍蓄养山寨的救命钱，放浪形骸没个日月，山上的众兄弟敢怒不敢言，真是咬断舌根后悔死了，总不能眼睁睁地看着熊耳山被寇三梅荒淫崩塌了。一连几天，天天有熊耳山的弟兄们跑去抱犊崮哭诉，熊耳山没人操练武艺，林间悬灯，涧溪漂粉，成了名副其实的青楼山，恳请老寨主出山清君侧捉狐妖。孙桂枝让队副孙美言陪着军师刘玉斗敲门，屋门紧闭，孙桂枝撸袖子亲自上阵，好一通敲山震虎砸门，屋内飘出狐媚腔："哎哟嘞，司令呀，屋院子闹得像獾狗子刨坑，你咋睡得这么沉呀，恁老呀，就别巴巴地站着，干着急啦，等司令睡足了，再说呗。"寇三梅低估了孙桂枝抓骚狐狸的能耐，老寨主走到窗根底下："喜龙，喜龙嘞，喜龙嘞。"孙美言站一旁嬉皮笑脸："四叔啊，睡着了好喊，装睡喊不醒呀！"屋里传来寇三梅娇滴滴的声音："恁老，勿躁呀，俺和喜龙还没穿衣服呢，恁老进侄儿的洞房，不合适吧。"孙桂枝恶狠狠地"呸"啐了一口："闭上你的狗嘴吧，母狗不调腔，公狗不龇牙，没日头害啥臊呀，尽管露鸡露蛋的出来，如若不然，俺端门进去，把两个不要脸的玩儿，拖出屋晒屁股。"赵喜龙扑棱爬起来，脸贴着窗户："四叔啊，俺亲四爹嘞，恁老干吗呀，侄儿睡会儿觉，哎嘿嘿，至于吗？"孙美言和刘玉斗好言相劝："四叔呀，年轻人贪睡，咱几十年过来人，等过阵子腻歪了，自然瘪球消停了。"孙桂枝不依不饶地卖老味儿："六子，准备的宰牛刀搁哪了，俺非把喜龙偏牛牛割下来喂狗不可，俺让混小子，睡到日照三竿揉闲蛋。"满院子人哭笑不得、谁也劝不住孙桂枝，熊耳山的弟兄们提气，往院子里扔六七把剃头刀来，孙美言吆喝一声："哎嘿，杀鸡焉用宰牛刀，剃刀锋利割牛筋啦。"刘玉斗大呼小叫起来："俺娘嘞，俺娘嘞，老寨主恁别闪了腰呀，司令，快开门吧，俺娘嘞，老寨主要玩命啦！"孙桂枝搬来大石块"哐哐"砸门，任谁都阻拦不了，院子里闹哄哄的赶上唱大戏，都等着看大幕拉开。

直捣黄龙府阵仗谁受得了，赵喜龙没法子只得爬起床，哭丧脸乖乖地开了屋门，睡眼惺忪地挡住屋门，仰起脸，抬起右腿抵住门框："谁糊弄老寨主，敢毁俺，俺跟谁没完！"赵喜龙摆出一副吊儿郎当的劲头儿，谁敢把俺怎么着。院子里的人熟知赵喜龙牛脾气，纷纷往后撤，孙桂枝瞪起眼怒冲冲把赵喜龙扒拉一边："谁敢糊弄俺，就你个混小子糊弄俺的，咋的，你个臭小子，还敢在俺跟前耍横呀？"老寨主发疯般冲进屋，几个人也没能拦住气吞牛斗的老寨主，把个寇三梅一巴掌打出狗叫声"哎呀——"她鬼哭狼嚎钻到床底下死活不敢出来，孙桂枝转身抬起腿把赵喜龙踢跪下，兜手扇一巴掌："奶奶的，熊玩意儿，黑白死床上打洞，沾腥酥骨头啊？"

赵喜龙眼巴巴地瞅刘玉斗和孙美言，巴望着趁机拉兄弟一把，刘玉斗和孙美言装作看不见，孙桂枝歇了一口气，跳着高骂："熊玩意儿，山上千百号弟兄，就跟着你这样的熊玩意儿啊，占山头喝西北风是吧？"赵喜龙跪地狼狈相，显得滑稽可笑，赵六子充大头斗胆辩称："四爷爷，四爷爷嘞，容小的说句话行吗，这阵子山上还行，兄弟们三天两头喝羊肉汤吃烧饼。"孙桂枝抬手就要打，赵六子连忙跪在赵喜龙身后，孙桂枝哆哆嗦嗦地指着赵六子："你个龟孙就是个烧瓶，当俺不清楚呀，就你几个龟孙吃饱撑的，弄个骚狐狸进山，生生把俺喜龙糟践了，俺娘哎，喜龙唉！"赵六子护主被骂得狗血喷头，却让赵喜龙见缝插针缓过劲来："各位兄弟，都愣着干吗呀，麻利给老寨主倒碗水喝，可别累着俺四爹呀。恁老，歇会儿再骂，骂得好，骂得俺痛快，忒好了，侄儿听着。"孙桂枝骂得头发晕，赵喜龙跪地上扶着他，孙桂枝捂住胸口顿足。猛然间，老寨主揉揉模糊的眼睛，直勾勾地盯住赵喜龙："喜龙，脸咋这么黄呀？"满屋人搞不清老寨主因何这样发问，个个呆呆地发愣，赵喜龙转眼珠子，瞅瞅刘玉斗和孙美言，刘玉斗轻咳嗽声："老寨主，屋里热闷的，恁瞅美言的脸吧。"孙桂枝没吭气，倒背手走了。孙美言摸摸自己的脸，赵喜龙和赵六子爬起来，二人忙着拽床底下的寇三梅，孙美言凑过去："出去吧，晒会儿太阳，去去晦气。"赵喜龙气得哼哼，寇三梅披头散发在床底下蹭一鼻子灰，前怀的纽扣还没系，低头呜呜哭。赵喜龙好言相劝，寇三梅一撸头发，竟然跟没事人一般，勾手又揽住赵喜龙的脖子媚笑，唬得刘玉斗和孙美言忙不迭跑出去。

孙美言追着刘玉斗："军师，等会儿，等会儿呀，凭啥说俺脸黄呀？"刘玉斗夹头快步走没言语，绕来绕去，竟把孙美言绕进去了。

熊耳山日出日落，一晃半个月过去了，抱犊崮风和日丽，自当风平浪静。抱犊崮深秋之际，层林尽染，满山红叶更加浓艳，如火如荼红似丹霞，赵喜龙发疯般满抱犊崮找婆娘寇三梅，孙桂枝招呼刘玉斗和孙美言四下转了转空手回来，朝着赵喜龙摊手，兄弟们三缄其口，人人推诿说没看见，个个都成了神机妙算，有的估计是后半夜乔装打扮从山前跑走了，有的信誓旦旦分析，天擦亮从后山索道溜走的等——这在熊耳山与抱犊崮算不上悬案，倒好像只有赵喜龙被蒙在鼓里。赵喜龙没法子，只能跟四叔孙桂枝听和尚念经，每日里吃斋念佛，人静安心了。赶上劫浮财的好时候，孙美言偷偷地邀赵喜龙逛扬州荡船，赵喜龙不咸不淡地说："七叔，咱一把年纪了，瞅瞅你个黄瘪脸儿，嗯！"孙美言明白，赵喜龙嫌他关键时候不帮衬。孙美言热脸贴了冷屁股，受了窝憋气，找军师刘玉斗嘀咕泄私愤："这是咋说的呀，这阵子各山头马散笼头，喜龙不任性了，学乖了呀，老虎头上挂佛珠八成不是好事儿，咱走着瞧，哼！"

熊耳山的兄弟们被讥讽吃饱撑的操闲心，逗摸个狐狸精来魅惑寨主；70多岁的武师父赵廷凯生拉硬拽促姻缘，只能说是善心泛滥，上演了一出精彩绝伦的爱恨情仇大戏，可惜大戏唱出圈了，直教人生死相许。

再说那黄淑女被众兄弟抬上熊耳山，香魂一缕荡悠悠，皆曰心死了，人活不出一个月，慢慢熬着呗。赵喜龙落草为寇，提着脑袋挎大刀，视人生当儿戏唱，日落星稀凉枕石，哪管东西南北中。对于师父言说的明抢暗嫁的婚姻，四叔孙桂枝说做筹码，20支汉阳造步枪可谓真家伙，赵喜龙动了心。对占山为王的人来说，一支枪抵得上20条人命，哪个山头若得了七八支枪，就相当于多了100多人手。赵六子率领手下，把黄淑女抬上熊耳山，赵喜龙正喜滋滋地揽住步枪来回拉大栓，"咔咔、咔咔"清脆的拉枪栓响声，令赵喜龙对这桩婚姻很满意，至于新娘子如何，就等着咽了最后一口气，给人送回大北庄前槐村。

入秋的熊耳山区凉爽宜人，孙桂枝遍请名医悉心调治，命人按时给黄淑女服用抱犊崮、熊耳山产的黄精，用微火熬煮的米汤薄粥，让气息奄奄的黄淑女慢慢地有了起色，眉目有了些许的神韵，脸颊也红润了，人渐渐地有了些气力，清晨或日落时，樱桃和顾妈搀扶着在山林间走走，呼吸一下大山孕育的精华。黄淑女精神日渐恢复，人平复了很多，望着夕阳西下，想着后母王寿龄临走时拉着她的手："孩子呀，这世道是男人的天下，咱女子的命如草芥，荣华富贵，生不带来死不带去，世道艰难，由说书唱戏把情说尽，抵不上一个窝头来得实际，看淡了就活得通透了。"黄淑女敬佩后母的处世哲学，出身家财万贯不为所动，每日里粗茶淡饭，不喜绫罗穿粗布，乐在其中。黄淑女心有所感，不由得念韵白："夕阳西下几时回，无可奈何花落去，似曾相识燕归来，奈何啊！奈何！一抹斜阳映黄昏，一念旧人方知深，万丈悬崖何足惜呀！哎！孤灯相对，怎不凄凉人！"

南梆子：
展鸾笺不由得寸心如剪，
想前时陪欢宴何等缠绵。
论深情似不应藕丝轻断，
难道说未秋风团扇先捐。
或许是恋新欢日长生厌，
定有时寻旧梦笑并香肩。
但到今月儿圆翠华不见，
在楼东卷珠箔望眼都穿。
赋此篇怎解得愁肠百转！
待何日诉相思泪落君前？

黄淑女顾影徘徊，浅吟低唱情绵绵，如泣如诉话衷肠，诉不尽无限的幽怨，山崖峡谷间也被涂抹了哀怨的色彩，青草萋萋锁愁肠，枝杈斩断枯叶黄，一段南梆子慢板、流水板、尖板、哭板，直唱得高亢、激越、慷慨、悲忍，令黄淑女沉醉其中不能自拔。樱桃和顾妈恨不能为小姐排忧解难，站一旁悄悄抹泪。

咽喉婉转如珍珠颗颗落玉盘，袅袅余音回荡在空谷幽幽山间旷野中，松涛滚滚也掩盖不了泣血吟唱的凄凉，震撼了躲藏在大石头后面偷听的赵喜龙和赵六子，似乎这山再高也难阻断黄淑女凄美的情愫。想那黄静斋和王寿龄痴迷戏曲，留恋不同曲种流派，堪比资深的老戏迷，玩票登台来上一段不在话下，黄静斋常与山东梆子和拉魂腔的戏班子切磋新戏码，编纂唱本，收集皮黄戏各类唱片。王寿龄更是了得，尤其对皮黄和昆曲的唱腔研究得透透的，令苏小天佩服得五体投地。黄淑女生长在一个痴迷戏曲的富贵之家，从小就耳濡目染，再经王寿龄精心指点，黄淑女的戏曲造诣不输专业人士，她一开嗓，行腔婉转悠扬，惊艳了苏小天，让苏小天对黄淑女刮目相看。所以，二人因戏相悦，耳鬓厮磨，一对金童玉女羡煞旁人。岂料闫翠连施毒计陷害二人，只落得天涯各一方。

好在赵喜龙知之甚少，道富家女痴迷戏曲梦不醒，人生如戏太矫情。领略了黄淑女浅吟低唱，如丝如缕，竟唱得比百灵和黄鹂还动听空灵。虽听不懂黄淑女唱的是啥，但知绝非寇三梅哼哼淫词艳曲，听着让人腻歪，当听到黄淑女呼天抢地令人心碎的感伤唱腔，赵喜龙的心灵似乎有同样的感悟，听着听着不觉泪目，赵喜龙唯恐被赵六子瞧见，忙转过头擦了一把眼泪。

赵六子听曲入了迷，看人也入了迷："司令，二夫人长得真好看呀！"

"六子，你婆娘唱戏吗？"

"司令，她才不唱呢，就喜欢掐人。"

赵喜龙伸手掐了一下赵六子肩膀："就这样吗？"

"哎哟，男人掐不行，女人掐的才叫舒服呢。"

"臭小子，懂得还不少呢，夫人唱的什么曲呀？"

赵六子挠挠头："有点梆子戏，也不是瞎腔和拉魂腔，俺去问问二夫人吧。"

赵喜龙一把拉住赵六子："昏头你，让她们知道咱躲在这儿偷听，怕是不会再唱了，怪好听的呢,嘿嘿。"从此，黄淑女天天会收到各种时令花草，那是赵喜龙安排手下在山间采集后，先交到赵喜龙手上，再由樱桃转交给黄淑女。

时光荏苒，在赵喜龙无微不至的关爱中，黄淑女待赵喜龙处处留心静静观察。赵喜龙待黄淑女言听计从，绝少动粗，外人看来二人能维持相敬如宾的状态。如此娇柔的弱女子，面对身边有一众千百号剑拔弩张的兄弟保驾，赵喜龙没理由不相信女人会不喜欢他这样的男人。千百号兄弟任凭他指挥，召之即来挥之即去，打个喷嚏，山上不滚落石头也得倒几棵大树，熊耳山区绝了老虎，猎民慨叹是被赵喜龙吓跑回东北了；熊耳山区鲜有山洪肆虐，山民戏说是赵喜龙山间洗脚洗的；四季的花草因赵喜龙的喜悦而越发地葱郁芬芳，这都说明赵喜龙在百姓眼里是神一样的存在。在短短几个月里，黄淑女能深深地体会到赵喜龙威震一方的霸气，眉宇间英气十足，二人在相互接触中，难免不生一分敬意。赵喜龙绞尽脑汁只为博得黄淑女一笑，可谓挖空心思，山区林茂地广，设围打猎最能展示赵喜龙的英雄气概，遇到溪流险滩，赵喜龙二话不说背起黄淑女勇往直前，简直美死了，兄弟们看得直流口水。

　　这崭新的世界，让黄淑女走进了另一番天地，赵喜龙对她来说是实实在在的存在，不像苏小天只存在神话里，她得对他敬仰，仿佛是倒映在水面下，手一伸人就碎了。赵喜龙不这样，脸对着她说话，声音洪亮，那火一般的张力，黄淑女是回避不了的，她开始试着去了解赵喜龙的世界。围猎的刺激不在于扑杀，而是弹无虚发的快感，赵喜龙可以在黄淑女面前卖弄枪法，错在他低估了媳妇是见过大世面的人，黄家财力雄厚，蓄养家丁，筹建红枪会，枪支弹药黄淑女见多了，她属于典型的假小子性格，黄静斋任由闺女摆弄各类枪支，打靶场上父女显神威，黄静斋感叹闺女是女儿身，不然一定会是个威武的将军。看到赵喜龙枪打得痛快，她技痒难耐，拿过赵六子的步枪，手指柿子树，抬手"啪啪"连续几枪，弹无虚发，三个柿子炸裂，惊呼了一众兄弟，赵喜龙手持驳壳枪"啪啪啪"三发子弹，打飞了两颗子弹，自个儿找台阶："俺这把枪，准星该矫正了。"黄淑女一言不发，夺过驳壳枪，正反两手"啪啪啪"打了三发子弹，同样三个柿子炸裂，兄弟们彻底欢呼了。

赵喜龙的缺点打造成了优点，他争强好胜意在给黄淑女表现自己的强势，在熊耳山上摘星星掰月亮展现他的情绪，光膀子伐树，攀岩取鸟蛋，悬崖之上荡绳索采灵芝为黄淑女调养身体，他要用自己的体魄去征服黄淑女。但是他选错了对象，黄淑女所受到的优质良好教育，对于遭受生活苦难的赵喜龙来说，是不可比拟的。在山上兄弟们眼中他是凤毛麟角，搁在黄淑女这里只是玩儿剩下的雕虫小技。赵喜龙愧于在黄淑女面前屡屡出糗，恰恰让黄淑女看到他刚强的外表下藏着一颗脆弱的心，他彰显不了刚强就举手投降示弱，温顺得像一头小绵羊，不像苏小天孤傲自赏，待人情寒义冷，一招一式追求美妙绝伦，绝不容半点瑕疵。赵喜龙与黄淑女比才智不是对手，贵在虚心好学，而赵喜龙所谓的不服输，表现在媳妇跟前如同孩子般的狡辩耍赖，认输了也得让媳妇赞美一下，他赵喜龙是这样那样的情况下才失手的，这种小才情，最能讨女人欢喜，况且是正处于多愁善感期的黄淑女。

　　吃饭吃到一半鼓腮帮子打嗝儿，丢下饭碗揉肚子翻眼皮，黄淑女立起双眼跷起手指碗，赵喜龙赶忙端起碗狼吞虎咽吃了，捎带把媳妇剩的也吃了，饭碗舔得干干净净。睡觉前三下五除二脱光衣服，赤条条浑身散发着壮美的山野气，展开双臂袒露油亮亮的胸膛如高耸的峭壁，他赵喜龙就是一座雄伟的高山，他要屹立在黄淑女的面前。媳妇手持扫床的笤帚"啪"地一摔床上，如长剑劈山的不可侵犯气势，迫使赵喜龙收了狂野，忙穿得板板正正的，老老实实地由媳妇在油灯底下教识字，打哈欠也得争取媳妇同意了。赵喜龙为了堂而皇之上床睡，采取了很多小伎俩，均以失败而告终，也就豁出去脸面，招呼抱犊崮的刘玉斗和孙美言上熊耳山喝酒言欢。赵喜龙坐上首，与刘玉斗、孙美言和赵六子，好一通高声行酒令，四个人轮番打着手势，"五魁首啊""八匹马啊""六六六呀"——那赵喜龙划拳输了也高兴，脚蹬椅子，左手叉腰，右手端酒碗，一碗一碗大口喝酒，嗓子喊破了天，樱桃和顾妈紧紧地依偎在黄淑女身边，吓得大气不敢喘。刘玉斗狡猾，瞧出端倪，偷偷地给孙美言和赵六子使眼色："哟嘿，司令喝多了。"孙美言趁机献殷勤："俺娘哟，司令娶了媳妇高兴，多喝畅快，六子，愣着干啥呀，麻利地给司令铺床去。"

好嘛，赵喜龙醉得不省人事，名正言顺地睡在洞房床上打鼾儿，樱桃哭哭啼啼地被刘玉斗的媳妇和孙美言的两个姨太太劝走，顾妈则死活要守在小姐身边不肯走，赵六子不敢规劝老妇，惹毛了军师刘玉斗，费心巴力地谋划出良机，不能让个做粗活的老妈子毁了呀："俺亲娘呀！顾妈啊！樱桃都懂，恁老，老了老了犯蠢了，耽误人家好事，大逆不道啊！"顾妈拉住黄淑女哭天抹泪，她恋恋不舍地一步三回头地随刘玉斗和赵六子掩上门，外人都走了。

油灯的油熬干了，屋里黑下来，醉酒的眼珠子忽然转起来："喝水，喝水——"黄淑女理也不理，听着赵喜龙喊得烦人，索性背对着赵喜龙和衣躺下，她能感觉到赵喜龙在后背做小动作，由他做去，置之不理。赵喜龙咬住嘴唇，狠命地挥挥拳，奈何媳妇背对着他看不见，他光脚下地，抱起地上的水罐，"咕咚咕咚"喝足，前大襟都弄湿了，窸窸窣窣脱光了衣服，坐床上用衣服擦擦脚，"嘿嘿哈"躺下，摸摸媳妇肩头，拍拍媳妇的腰。黄淑女猛地一翻身，抡圆了胳膊照准赵喜龙的脸，"啪"的一声，打在赵喜龙的鼻梁上，"死眼吧，睡觉！"赵喜龙苦孩子出身，从小挨打受骂也习惯了，上山当了土皇帝，除了老寨主孙桂枝口口声声"儿啦，肝啊"地打一通，都是他打人家的份，就没挨过女人打。这回算领教了什么是大小姐脾气，黄淑女一巴掌把赵喜龙的兴头打得丁点不剩，人老实了，一动不动，酒也喝大了，头一歪呼呼大睡。赵喜龙生龙活虎一整天没闲着，一倒头真就睡着了，黄淑女则一夜没敢合眼，她怕赵喜龙装睡。后半夜，光溜溜的赵喜龙蜷曲身子，不忍心冻着他，拿被子给其盖好，枕头铺平，她则裹被子坐了一整夜——经风雨即将枯萎的花蕾，因爱滋润盛开出别样的璀璨。

清早，赵喜龙一翻身睡醒，瞧黄淑女两眼怒视，他厚着脸皮笑笑："俺要尿尿，男人嘛，在自己屋里想干吗干吗，嘿嘿嘿——"黄淑女依旧直愣愣地瞪着他，赵喜龙掀开被子，黄淑女双拳紧攥，惊呼一声："穿上衣服。"

赵喜龙刺溜钻进被窝里："别打俺，这就穿，穿穿，都成夫妻啦，怕啥呀。"好在二人心默契自然水到渠成，从此二人睡在一张床上相安无事，黄淑女每每背对着丈夫而卧，赵喜龙只要媳妇不嫌弃他挨着睡足矣。问题是人很奇妙，赵喜龙能安安稳稳地睡旁边，而且是紧靠床边，尽量保持一尺距离，后半夜滚地上两次，坐地上"哎哟，哎哟"喊痛，黄淑女背对着纹丝不动，赵喜龙为自己委屈："啥媳妇啊，丈夫俺摔地上这么大动静，真听不见啊，睡得跟死人一样儿！"听赵喜龙滚落地上自艾自怜，黄淑女于心不忍，真想去扶一把，可转念一想，摔地上未必是真的，她铁了心置之不理。赵喜龙没法自个儿站起来，俯身嗅嗅媳妇后背"哼哼"两声："嘿嘿，俺尿尿了，动静大点呀？"赵喜龙站到墙根，脱了裤子放屁，对准尿罐子撒尿，"哗哗哗——"尿响大作，尿到得意时，嘴巴闲不住了："啊啊——待何日呀、诉相思啊，咿、咿——泪落君前——"黄淑女捂住耳朵不想听赵喜龙扯嗓子瞎咧咧，冷不丁唱到"泪落君前——"合辙押韵，她猛地坐起来："你？"赵喜龙吓得一激灵，忙提起裤子："你啥你，深更半夜的，吓得俺都尿不出来了。"

赵喜龙努力放松一下身体，"滴滴答答"总算是尿完了，点了油灯，他怪模怪样地靠近媳妇躺下，舰着脸来故意哼唧，"泪落君前——"像一只"嗡嗡"恼人的苍蝇，来回在脑门上盘旋，黄淑女硬生生地被气乐了，烦躁无奈地坐起来薅自己的头发。赵喜龙见目的达到了，心里乐开了花啊，坐起身用肩膀碰媳妇："老婆，你唱的叫啥戏呀？嘿嘿，怪好听的！"犯戏瘾的人，最受不了别人赞你唱得好听，黄淑女背对着赖皮脸释怀了："知道皮黄吗？"赵喜龙心猿意马了，认为女人入夜都一样犯花痴，挑逗她春心荡漾："啊，床笫间就那点事儿，男女合欢，脸皮，黄呀。"黄淑女听了直恶心，真是天下男人犯贱一个德行："滚一边去。"赵喜龙被呵斥糊涂了，好容易两人刚刚搭腔对上火，媳妇一口气就给吹灭了，又不敢冒失动粗，也就咬牙挥挥拳，蔫了吧唧消停了。赵喜龙现在对黄淑女爱不够瞧不够，领略了大家闺秀的雅致韵味，一言一行规矩得体，举手投足之间无不散发着迷人的魅力。赵喜龙看在眼里爱在心底，越发对黄淑女呵护珍惜，顺着她的脾气下菜。奈何有夫妻之名，没有夫妻之实，赵喜龙急得像发情的小狗遭了打，万般无奈舔脚趾，气哼哼撅屁股顶住媳妇后背抱头睡，存心把媳妇往墙根顶。这可把黄淑女愁坏了，她被赵喜龙顶住靠墙，想舒展一下身子动弹不得，索性爬起来，下床穿戴好，伸手要开门找樱桃去。

眼看着媳妇要弃丈夫而去，赵喜龙可丢不起这人，翻身下床一把拽住媳妇："老婆，咱这老山里林子深呀，狗熊饿狼在屋门外转悠，嗷呜嗷呜叫，哪年不叼走小孩儿小媳妇的吃了呀，仔细听听。"黄淑女侧耳听听，屋门外真传来"嗷呜嗷呜——"凄厉的狼吼声，叫得让人头皮发麻，黄淑女惊恐地咬手指头，赵喜龙顺势往门口推了一把："老婆，你不怕被狼群叼走，尽管出去呀，去呀。"黄淑女牢牢地抓住顶门杠，赵喜龙张开手掌用力往外推，推着推着，黄淑女回身紧紧地抱住赵喜龙的腰，美得赵喜龙浑身过电般麻酥酥的，他就势搂住媳妇一脸的坏笑："俺晚上睡觉，俺不喜穿衣服，俺脱了，脱了，脱了行呗？"

天不亮，赵喜龙神采飞扬地把赵六子一十丰卜全哄起来，嚷嚷他们下山买几只剥皮羊来。赵六子几个乐颠了："司令，煮羊肉汤多搁姜，肉煮得嫩。"赵喜龙镇定一下情绪："嗯，嗯，弄几只羊，留着晚上喂狼用。"赵六子几个傻了眼："啥呀！为嘛给狼吃？"赵喜龙坏坏地"嘿嘿"两声："听狼吼，过瘾！"

至于赵喜龙和黄淑女恩爱几何，孩子赵荣光也4岁多了，留着后话再说吧。

1927年6月25日晚，枣庄矿区党支部成员陆续经西马道，按时来到三合街大桥东路，在房洪春家的小旅馆内，召开第五次关于欢迎北伐军进矿总动员的部署会。支部书记纪瑞民着重强调了党的纪律性原则："我希望大家一定要维护党的团结统一性，共产党员必须自觉接受党的纪律约束，欢迎北伐军和成立劳工会，不是少数个人的行为，事关中兴煤矿工人的未来。所以，每个党员一定要听从党支部的指挥，完成党交给的任务。福海同志请你把具体分工给大家说说吧。"

张福海站起来，望望在座的大家："同志们，26日，欢迎北伐军和成立劳工会的活动正式开始了，为确保欢迎北伐军进矿和成立劳工会等各项准备工作顺利完成，矿区党支部决定成立临时筹备委员会和纠察队、宣传队及工作队。临时筹备委员会由纪子瑞同志全权负责调度指挥，郭长青任纠察队长，吴均山、孙洪山、陶洪源、刘雁德和刘二顺等同志做配合工作，重点是带领纠察队员日夜巡逻警戒，维护中兴公司和矿井以防坏人破坏，维护各项活动的正常秩序。房洪春任宣传队队长，王文斌、杜宝财和芮庆红等同志做配合工作，主要是布置控诉会和劳工会的两个会场工作，印制会议材料，标语张贴，制作各类横幅、彩旗，宣传品等。工作队分两个组，第一组由我负责，负责成立劳工会的组织安排，第二组由蒋福义负责，负责成立劳工会的代表选举事宜。"

纪瑞民站起来："大会临近，大家有什么困难，畅所欲言吧。"

房洪春迟疑地慢慢举起右手："俺就说几句，就几句，对于俺和杜宝财、吴均山、刘二顺，还有孙洪山饮酒误事问题的处理，我们几个没意见，就是，就是……"

纪瑞民望着房洪春："洪春同志，是有困难了吧？"

房洪春瞅瞅郭长青站起来："明天揭露资本家罪行的活动，俺和杜宝财连夜还得去沧浪渊接人，宣传队还得在主要街道和两个会场张贴标语，纠察队能否代劳在各个矿井发放小旗？嗯，再汇报一下，印制宣传单，梁娴家老师，今天晚上就赶印出来。"

郭长青看着房洪春坐下，他失笑站起来："洪春同志的简单几句，分量可不轻啊，不愧是宣传队呀，有思想，觉悟高。房队长把工作分得很细，去各个矿井发放小旗由纠察队负责，连印制传单，也让梁老师代劳了，佩服啊。"

房洪春把手举得高高的，纪瑞民向他俩示意一下："工作中碰到困难不要紧，大家共同协商嘛，就说这次宣传的彩旗和纸张的费用，大家劲往一处使，出力捐钱了，还有很多党外人士，为工人阶级的利益慷慨解囊，比方说像梁娴家老师，这样的党外人士，积极向党靠拢，不辞辛苦主动承担责任，印制宣传材料，我们有的同志不惭愧吗？遇到困难，就看你能否有主动化解困难的魄力，越是困难越能考验共产党员的意志啊！"纪瑞民在新的环境中推动党的事业，深深地感觉到不同地域所处的环境不同，就会遇到新的问题，中兴煤矿工人的思想波动面比较大，要做到思想上高度统一，还需要党员同志们从多方面实际情况入手。这是因为中兴公司财力雄厚，往往采取花钱怀柔方式，息事宁人，区别于其他地方的工人运动，面对军阀的屠刀和武力镇压，矛盾的尖锐性突出，工地工人感同身受，党组织的号令，能充分响应。纪瑞民组织和领导过胶济铁路员工和青岛纱厂工人的大罢工，是党不可多得的人才，有着丰富的革命经验和勇往直前的斗志，经历过胜利，同样也经历过失败，但他对党的信念从来没有动摇过，为维护劳工切身利益而战斗，经过不断的斗争锻炼，思想观念得到彻底解放，逐渐成长为工人领袖，他有决心，也有毅力，去完成党交给他的光荣任务。

26日，纪瑞民亲自组织中兴煤矿工人欢迎北伐军进矿，在枣庄矿区党支部和枣庄矿区赤色地下工会积极运作下，在北马道十八间房广场，胜利召开了欢迎北伐军的群众大会。枣庄矿区党支部书记纪瑞民站在主席台的中央，慷慨激昂地唤起广大民众：

"广大的工友们，劳苦大众们，历史会铭记峄县人民从胜利走向胜利的这一天，这是伟大的一天！

"国民革命军从宣告北伐战争正式开始，建设统一政府，盖一则中华民国之政府应由中华人民自起而建设，一则以凋敝之民生，不堪再经内乱之祸，故总理北上之时，即谆谆以开国民会议，解决时局，号召全国。

"孰知段贼于国民会议，阳诺而阴拒，而帝国主义者，复煽动军阀，益肆凶焰。卖国军阀吴佩孚得英帝国主义者之助，死灰复燃，竟欲效袁贼世凯之故智，大举外债，用以摧残国民独立自由之运动。帝国主义者复饵以关税增收之利益，与以金钱军械之接济，直接帮助吴贼，压迫中国国民革命，间接即所以谋永久掌握中国关税之权，而使中国经济生命陷于万劫不复之地。吴贼又见国民革命之势力日益扩张，卖国借款之狡计势难得逞，乃一面更倾其全力，攻击国民革命根据之地。既使匪徒，扰乱广东，又纠集党羽侵入湘省。

"中国人民一切困苦之总原因，在帝国主义者之侵略，及其工具卖国军阀之暴虐；中国人民之唯一的需要，在建设一人民的统一政府。而过去数年间之经验，已证明帝国主义者及卖国军阀，实为和平统一之障碍，为革命势力之仇敌。故帝国主义者及卖国军阀之势力不被推翻，则不但统一政府之建设永无希望，而中华民国唯一希望所系之革命根据地，且有被帝国主义者及卖国军阀联合进攻之虞。

"中国人民之唯一的需要，统一政府之建设，为巩固国民革命根据地，不能不出师以剿除卖国军阀之势力，为民请命，为国除奸，成败利钝，在所不顾，任何牺牲，在所不惜。

"如今北伐军兵分 3 路，西路军为主力，担任正面作战，兵力约 5 万，进攻两湖地区，直指武汉；中路军保障西路侧翼安全，进攻江西孙传芳部；东路军向敌兵空虚的浙闽进军。第五军留守广州根据地。北伐军在不到半年的时间里，打垮了吴佩孚，消灭了孙传芳主力，进占到长江流域和黄河流域部分地区，沉重地打击了帝国主义和封建军阀的反动统治。

"统一政府之建设，将愈有保障，而国民革命之成功，亦愈将不远矣。"

台上的张福林和郭长青、杜宝财、芮庆红、房洪春振臂高呼："统一政府建设万岁！"

"国民革命成功万岁！"

"中国人民自由解放万岁！"

"中国国民革命军万岁！"

当天晚上，枣庄矿区党支部书记纪瑞民与张福林，率宣传队骨干房洪春、王文斌、杜宝财和芮庆红等同志，在中兴煤矿南大井绞车房旁，召开由30余人参加的积极分子会议，研究27日召开的揭露资本家剥削压迫和公开成立劳工会等有关事宜。

枣庄中兴煤矿工人运动愈演愈烈，革命烈火以燎原之势，让峄县方圆几十里的人们为之哗然，远在抱犊崮和熊耳山的孙桂枝和赵喜龙闻听也坐不住了，跃跃欲试，要下山一看究竟——

27日，天不亮，赵喜龙、黄淑女和军师刘玉斗乔装打扮先行一步，队副孙美言与赵六子等12个人断后，潜入了枣庄中心镇。在南马道火车站，与孙美言与赵六子等会合，越往里走越震撼这伙人，中新街成了欢乐的海洋，迎面而来的是铺天盖地欢庆的锣鼓，游行队伍最前面是威武英勇的北伐军将士，人们挥舞着彩旗迎接北伐军，人们的脸上洋溢着幸福的笑容，彩旗飘锣鼓响，孩子们唱起了《迎接北伐军》歌曲："革命血，如花红，哪怕牺牲，直向前攻，封建军阀，日暮途穷；北伐军，大胜利，北伐事，快成功，齐心奋勇，直捣黄龙，中华统一，进步无限，幸福无穷。"沿街商铺墙面上贴满了标语：欢迎北伐军；打倒帝国主义的走狗——军阀；打倒土豪劣绅贪官污吏；耕者有其田；劳工神圣；拥护孙中山的三民主义等。标语前聚集很多人围观，梁娴家等一众老师学生，一边散发传单，一边向围观的群众宣读标语。

军民同乐，不分彼此，亲如一家人，在枣庄中心镇的街道上随处可见，欢庆场面足以震撼赵喜龙他们。今天的窑工和老百姓成了真正的主人，人人扬眉吐气，趾高气扬，把头、窑头与地主老财们只是静静地观望着，没有了往日嚣张跋扈的神态。赵喜龙、刘玉斗和孙美言亲身经历过临城劫车案，当时全国报纸的头条争相报道，各国的外交团闻风而动纷纷谴责北京政府不作为，由北京、济南、徐州各处赶到枣庄商议谈判的大员，山东督军田中玉、省长熊炳琦、交通总长吴毓麟、曹锟代表杨以德、徐海镇守使陈调元、江苏交涉员温世珍等坐镇指挥，各国驻济南的领事等，上海总商会、记者公会以及滕县、峄县的士绅等也云集于此，枣庄的主要街道及路口实施净街戒严，严禁一切闲杂人员自由出入。与今天人们走上街头迎接北伐军的场面，形成了鲜明的对比，这也在赵喜龙心底打了个大大的问号："人民为何如此地热烈拥护北伐军，这支军队与同样握枪的北洋军有何不同，北伐军倡议的'打倒土豪劣绅，耕者有其田'，又与逼上梁山的侠士呼吁的'杀富济贫'是否异曲同工？"这里的一切，让赵喜龙整个人热血沸腾，他似乎看到了光明，也看到了希望，他也要领着弟兄们做让人民拥护的队伍。有同样心境的当数广大的煤矿工人，他们要挺直了腰杆朝前走，去迎接未来的光明。

上午 7 点，欢迎的气氛热烈激昂，赵喜龙他们尾随着兴高采烈的游行队伍，穿过中兴公司南大门，站在大门两边的不但有矿警察，而且加入了中兴煤矿工人纠察队，只要是人民群众就一路畅通，一直来到了中兴公司飞机楼前。办公楼台阶前摆放了主席台，枣庄矿区赤色地下工会在此举行隆重的欢迎北伐军大会，旨在控诉北洋军阀和资本家迫害矿工的罪行。与会矿工 2000 多人，加上围观群众达 5000 多人，中兴公司办公楼前是人山人海。

张福海望着会场挤满了人，眼眶里闪着泪光，其中 2000 多人的挖煤窑工属于中兴公司的外工，在里工上层眼中是被奴役被剥削的贫贱之人，谁敢相信能挺直了腰板站在中兴公司办公楼前，与资本家面对面地平等对话，这是向勇敢捍卫自己权益迈出的第一步。仅仅是这一步，却是中兴煤矿窑工近 50 年的血泪史啊！

第十四章　燎原

　　山亭沧浪渊,史传孔子听"孺子之歌"处,"沧浪之水清兮,可以濯我缨;沧浪之水浊兮,可以濯我足"。沧浪渊地处抱犊崮西南群山环抱的盆地中,面积五六平方公里,按照《峄县志》的记载,历史上沧浪渊山清水秀,树茂林荫的茂密林区,为峄城承水河的源头,东凫山一带有个王家湾村建在半山坡上,山坡头曲径通幽处,拐了几道弯,因经年暴雨季节洪水连绵不断,水流激川数尺,渊泉有数丈之深,潭水清澈,溪流浪花飞溅,故名"沧浪渊"。在紧靠渊西北壁架起一单拱石桥,名叫"水火桥"。桥下"咕咕"冒出一汪泉水清澈见底,涓涓细流汇入渊中。过桥30米在山涧溪流的河道旁,筑一座霖泽庙的小庙。据传说秦汉年间,赵国谋士李左车隐居在沧浪渊山区,为赵国名将李牧之孙,秦汉之际谋士。秦末,六国并起,李左车辅佐赵王歇,为赵国立下了赫赫战功,加封为广武君。赵亡以后,韩信曾向他求计,李左车提出,"百战奇胜"的良策,才使韩信收复燕、齐之地。李左车给后世留下了"智者千虑,必有一失;愚者千虑,必有一得"之名言,他还著有《广武君略》兵书一部。汉高祖刘邦敬佩其才学,封李左车为千户侯。李左车信奉一臣不保二主之节,故而隐居东海丞县,东海丞即峄县境内的沧浪渊。而李左车隐居此地时，周济百姓，恩惠穷人，死后被崇为雹神，行雨、雹之司。后人敬仰李左车泽被后世，众筹建一庙宇，名为霖泽庙，尊称李左车通天的沧老爷，为管理冰雹之神，故沧浪渊又曰雹神寺。传说每年三月初三卯时三刻，沧老爷驾祥云携家眷下凡降临沧浪渊故土施恩父老乡亲。这一天祥瑞，峄县周边数百里民众扶老携幼纷至沓来，在霖泽庙内焚香祈福，拜祀"沧老爷"，祈求消灾赐福，乡间流传着"亲帮亲，邻帮邻，沧老爷向的是山东人"的佳谣。形成了每年三月初三规模空前的沧浪渊庙会。

1927年，三月初三沧浪渊庙会，商贾云集，车马辐辏，人声鼎沸，霖泽庙内外香火鼎盛，四面八方来的信徒们虔诚地燃香祈福，场面庄严而热闹。纪瑞民与张福海、房洪春、王文斌、杜宝财，跟着刘二顺、刘三生兄弟俩，翻山越岭行夜路，上午9点，来到了沧浪渊。庙会上人流如织，各种民间艺人前来献艺，热闹非凡，飘香的各种小吃，充斥着卖糖葫芦的、卖泥塑玩偶的、风车喇叭拨浪鼓的、吹糖人和耍猴戏的，两耳灌满了此起彼伏的吆喝声，此时霖泽庙里香火缭绕，路两旁人声鼎沸，纪瑞民一干人等无心流连喧嚣热闹的庙会，直奔王湾村刘二顺的家。一路上层峦叠嶂，远离尘嚣纷争，如世外桃源般清幽恬淡。随着党的事业在峄县地域由萌芽到蓬勃发展，组织活动越发频繁稠密，从事革命活动的人员也逐渐壮大起来，早先几个聚集点的危险性增大了，极易被人发现缉拿，既不利于组织党的各项筹备活动，也不利于起到安全妥善保管党的机要文书和转移大批革命物资的中转站作用，更不利于党的事业对外拓展，这些都让纪瑞民忧心忡忡，亟待考虑。如中兴公司的机务处、电务处、房洪春家在三合街大桥的小旅馆和杜宝财家等，作为秘密联络点尚可，但已远远不能应付人员众多的筹备会和紧急活动及物资保存，寻觅一处隐匿安全的地方，成了纪瑞民和张福海的首要任务。

早在1923年6月，中共三大召开，党中央就十分重视鲁西南地区的革命工作，在随后中共中央三届一次会议上通过的《劳动运动进行方针议决案》中指出："山东之坊子、淄川、博山、峄县等处矿工运动，山东同志应把它和津浦、胶济路工运动同时并重。"1926年初，中共山东地方执行委员会员会坚决执行党中央的精神，先后派李萍踪与张鸿礼两位同志奔赴枣庄中兴煤矿，深入矿区开展革命工作，环境的艰难超出想象，险关重重，局面很难打开。中共山东省委经深思熟虑后，当即决定派遣有着丰富工运和建党工作经验的纪瑞民同志，来枣庄中兴煤矿，开展中共枣庄党组织的创建和工运工作。纪瑞民曾任"胶济铁路总工会"执行委员，有组织地开展了胶济铁路员工大罢工，开启了青岛工运史上由中国共产党领导政治罢工的先河，为我们党将组织领导工人运动引向深入积累了宝贵经验。纪瑞民同志先后组织青岛的大康纱厂、内外纱厂等成立工会。积极运作大康纱厂、内外纱厂、隆兴纱厂等日商纱厂工人在四方工人联合会领导下，组织第一次同盟罢工，并取得胜利。纪瑞民同志是一位出色的工人领袖，秉承革命智慧和宝贵经验，勇往直前地投入了枣庄中兴煤矿的革命事业，于1926年7月，正式建立了枣庄矿区党支部，成为党在峄县地区开路先锋的第一个党支部，12月底，成立枣庄矿区赤色地卜工会。枣庄矿区党支部是党的一粒火种，终将成燎原之势，成为中国共产党不可多得的一支重要力量。为了更好地巩固和发展这支有生力量，党中央时刻紧密地关注着鲁西南的斗争形势，迫于外部大环境形势瞬息万变，党中央加大优秀的党员干部投入苏鲁豫皖四省的党组织建设，积极开展工人运动。与此同时，山东峄县、枣庄、滕县的三个秘密联络点正在加紧完善建设中。

刘二顺的家，居王湾村西北头，院门朝西开，坡势高，登五级台阶才能进院子，由三间坐北朝南的石瓦覆顶的石屋，院子内石头器具比比皆是，石磨、石杵臼、石槽、石瓮、石桌、石凳、石锤、石锁等，锅屋里的石灶台，几乎全是由石头堆砌出牢固的棱角，除了喘气的人如石磨般，在屋里院内转动。刘二顺爹娘刘老栓和刘艾氏务农一辈子，几乎没出过大山。刘艾氏年长刘老栓八岁，早先饥荒年间婆婆和丈夫先后病疾而死，她带着13

岁的儿子讨饭流落到王湾村。寒冬腊月天，母子俩饿得奄奄一息，昏死在村口，被好心的村民相救，奈何家家饥寒交迫，食不果腹，救得了一时，救不了一世，这母子早晚也得饿死。村上的地主刘安堂不忍视可怜的母子，动了慈悲心，道家里的长工刘老栓媳妇因病刚刚离世，撇下一个闺女和两个儿子，家境虽贫寒，但刘家人厚道，若妇人不嫌弃贫寒人家，改嫁入了刘家门续弦，再不济，母子也有个落身之处。为了儿子活命，妇人应允改嫁刘老栓，成了刘艾氏，视刘老栓先前的三个孩子如亲生一般，愁的是三个孩子岁数小，闺女大嫚五岁了，二狗蛋（刘二顺）三岁，三狗蛋（刘三生）刚刚一岁多点，日子虽贫苦，但也其乐融融，把拖油瓶的儿子改了姓氏，刘安堂为其起名刘和顺。

两家合一家，刘老栓一家人相安至今——

去年开春，二狗蛋和三狗蛋跟着大哥刘和顺担木柴往中兴公司食堂送，厨师长魏长顺招呼兄弟三人坐下喝茶谢谢，先说了中兴公司招外工的事，让老大回家，问问刘老栓，让二狗蛋下煤窑合适吗？

三狗蛋不等大哥说话："魏大爷，俺快13岁了，11岁就能应招，俺也想下煤窑。"

魏长顺呵斥道："毛孩子懂个啥呀，下煤窑，下煤窑，你当是掏鸟蛋玩儿呀，你嫂子因啥得病呀，恁刘家为啥避讳呀，商量你二哥下煤窑，回家也得瞒着你嫂子呀。唉，俺苦命的孝莲呀！俺苦命的孩子呀！老天爷啊，发发慈悲吧，什么时候找到大宝和二宝啊！"

魏长顺见了刘和顺，开口总要问问老大媳妇的病情。吴孝莲12岁进刘家当童养媳，16岁嫁给刘和顺。吴孝莲的二叔吴言虎拜魏长顺为干爹，魏长顺对吴家知根知底，所以对吴孝莲格外地上心。

吴孝莲祖籍安徽省桐城麻溪，到了1915年，吴家在枣庄中兴煤矿下煤窑已是三代人了。吴孝莲的爷爷吴永忠，因父亲追随太平天国英王陈玉成，在清军围攻太平天国重镇安庆，参加了为保卫安庆进行了两年之久的战斗。安庆失陷，2万多人壮烈牺牲，父亲带着儿子吴永忠由安徽避难来山东峰县中兴公司下煤窑，后陆续把老家的妻儿也带出来，在枣树行搭窝棚安了家。

1897 年，中兴公司考虑到枣庄"地近胶澳，必须招洋股或借洋债"，"借以联络，以杜争夺"，还能解决资金不足和技术缺乏的困难，遂与德国驻天津税务司德璀琳达成在峰县枣庄合办煤矿的协议，中兴矿局遂把招洋股与德国合作办煤矿议程上奏朝廷。1899 年十二月初三，山东峰县华德中兴煤矿公司创办一事奉朱批：该衙门知道，钦此。

1899 年，经慈禧太后批准，成立中外合资企业——山东峰县华德中兴煤矿股份公司，摒弃官督商办制形式的"中兴矿局"。华德中兴煤矿股份公司与原中兴矿局显著不同的是，新中兴公司坚定不移地学习西法，用西法开办机器大矿。中兴公司明确规划在枣庄至台儿庄运河之间修建 90 里路运煤铁路，中兴矿十里之内，不得用土法采煤，百里之内不得用机器照西法开矿——枣庄周围百里之内的土地归中兴煤矿公司矿产所有。中兴早期筹钱募股初建伊始，东大洼西南一带，是茂密连成片的枣树行，每到农历八月十五中秋节，一颗颗饱满的长红枣像一盏盏小灯笼，一簇簇、一串串垂挂在枝头间，散发着淡淡的诱人清香，果实呈深红色，咬一口，果肉鲜美多汁，清甜可口，晒干了变成夺目的枣红色，具有补脾和营、益中生血、养心安神的作用，被奉为红枣中的上品。传说储秀宫西配殿和体和殿连接的廊子底下，有日夜不断的铜茶炊，老佛爷早晨起来，第一口饮的银耳红枣羹，指名点长红枣，这馥郁香甜的大红枣，就是峰县枣庄产的长红枣，枣树围绕的小村庄被人称作枣庄。

枣庄在夏朝时期，地域南属鄫国，北和西部属滕国和薛国。至商朝时期，枣庄地域西北部为滕国、郳国和薛国，东北属鄫国，中部为蒉国，南部属偪阳国，西部属薛国，北部属滕、郳二国。至春秋时期，枣庄地域东属鄫国，南属偪阳国，西部属薛国，北部属滕国和小邾国。至战国时期，枣庄地域东部为兰陵、南部为傅阳，西部为齐之舒州，北部为齐之滕国。公元前254年，枣庄地区全境属于楚国。到了清末民初，当地的富甲开始有规模地民间采煤，枣庄周围出现"名字号"窑场，枣庄形成一个规模不大的农村集贸市场集散地。1878年，清政府和洋务派领袖李鸿章支持创办洋务民用企业。深受李鸿章提携的山东兖州漕济道兼运河道的张莲芬，请辞山东盐运使官职，光绪皇帝特授光禄大夫加一等正一品，专理中兴矿业，张莲芬也被后世誉为"弃官营业毁家纾难五十年来一人而已"，从此中兴煤矿公司一步步历经波折走向中国首家纯民族资本股份制企业的辉煌。

枣庄因煤炭而兴，成为中兴公司产煤的核心区，生长在中心镇的成片枣树林，却因煤粉尘肆虐，炼焦厂昼夜不停，煤炭中的硫、磷、氟、氯和砷等有害成分侵入土壤河道，枣树林大面积枯萎，结出的红枣干瘪，风味夹带苦涩，逐渐失去了采摘销售市场。这一带的枣树行及杨树底，大洼街一带，东大庙、堂子庙东大洼、后窑神庙、前窑神庙、石候岭成了窑户居住区。中兴公司针对来自山西、河南、河北、江苏、安徽等外乡单身窑工，由柜头和包工头牵头，陆续又建了几所劳工村。

枣树行里西头居住90多户人家，西头偏北的17户是来自安徽的人家。傍晚6点，枣树行四周渐渐暗下来，吴永忠手持砂锅走出窝棚把中药渣倒在路边，默默祈祷来年老伴病愈，小儿子吴言虎的婚姻大事定下来，朝着大儿子吴言牛的窝棚走去，远远地看见窝棚门闪着亮光，估计大儿子一家都在吃饭，他快步走过去，站在门口朝里喊："大牛，没吃，就去爹那儿吃，豆饼烀好了。"窝棚里传来双胞胎孙子大宝、二宝的嬉笑声，两个孙子眼瞅着快到七岁，讨狗嫌的年龄，有点吃喝就满足，平日里追着二叔打闹没个够，见了姐姐，小兄弟俩的顽劣性便收敛些，姐姐照顾小兄弟俩吃喝洗漱，姐姐说明天用捡来的煤渣换鞭炮，小兄弟俩兴奋有鞭炮放，正欢实缠姐姐要多换几挂鞭炮。大宝和二宝从4岁就跟在姐姐身后拾煤渣。所以，一家人再苦再累，也让两个孙子不挨饿。大宝娘除了刮风下雨天，几乎天天在中兴公司矿大门旁，招揽缝补浆洗的活好贴补家用。吴家的两个双胞胎孙子长得可人，两个孩子嘴甜，谁见了都喜欢，住在周围的窑户，碰上谁家做好吃的，总要拿些给双胞胎尝鲜。去年，吴言虎的干爹魏长顺赶集路上，看着光着脚的大宝、二宝跟着姐姐在黑泥水里捡拾煤渣，拉着两个孩子冰凉的小手："孝莲呀，大宝和二宝吃饭了吗？"吴孝莲摇摇头："这个月工钱又拖欠了，奶奶的病一直不见好，娘去柜上赊高粱面了，回家就给大宝、二宝烧粥吃。"魏长顺看着瘦弱的姐姐，摸出两个棒子面窝头，递给姐姐一个，掰开一个给大宝、二宝，两个小家伙狼吞虎咽地吃起来，姐姐只是眼巴巴地望着俩弟弟吃，魏长顺见当姐姐的舍不得吃："孝莲，你也吃一口呀。"吴孝莲满眼都是两个弟弟，两个弟弟能吃上饭，她就高兴："魏大爷，棒子面窝头好香啊，奶奶病了，好久没吃棒子面窝头了，俺带回家去给奶奶吃。"吴言虎感叹："唉，穷人家的孩子早当家呀！"

大儿子一家人口多，常常入不敷出，经常去高阎王柜上赊米面，背上高利贷，日子越发艰苦了。吴永忠看在眼里也无能为力，年仅十来岁的二儿子，竟在半截筒子煤窑透水事故中死亡，矿井淹死100多个人，活不见人，死不见尸，二儿子的遗骨就埋在废弃煤窑里，直到南大井建设，100多个窑工的遗骨才得见天日。公司协理戴绪力令人收拾遗骨，并将在各处井下死亡的矿工集体安葬在此，建造一座白骨塔。大宝奶奶从此落下心病，每日里见丈夫带着大儿子和小儿子下煤窑，便磨磨叨叨要全家人回安徽老家去，饿死故土，一家人好歹在一起呀。奈何穷人这条活路就是拿命换来的。大宝奶奶受不了精神折磨，最终病倒了。窑户就怕家里出病人，医药费让吴家人背上了利滚利的阎王债，为了偿还高阎王的债，父子三人在井下没日没夜地刨煤，竟然也换不来一丝的温饱，在这吃人的社会，窑工血汗流尽，哪敢奢望片刻喘息啊。

大宝和二宝听见爷爷的声音，晃动小脑袋从窝棚里爬出来："爷爷、爷爷"地连声叫，兄弟俩撒欢地拉扯着爷爷，大宝往爷爷的后背爬。大宝娘与闺女走出窝棚："俺娘俩，正劝大宝爹今天就别去了，脚砸伤了，就歇两天，眼瞅着过年了。"

"大宝娘，下煤窑的，见天磕碰，大牛的伤不碍事，井下有俺和虎子照看着呢。"

"唉，井下有爹照应着，俺就放心了，俺这去给大宝爹准备去。"

"爷爷，二叔说，过年的时候，带俺和二宝去中兴办公大门看电灯，说亮得像太阳。"当人们第一次见到电灯泡时，真是被发亮的电灯泡震撼住了，光绪帝尚如此，更何况是穷苦百姓们啊。

吴永忠也是在 11 岁时候，随老父亲下窑背煤，而今脸上布满了皱纹，经年在煤井下刨煤背煤，背驼得厉害，两只手严重地变形。老父亲走了多年了，自己现在 60 岁开外的人了，老伴生养了 3 个儿子，大儿子吴言牛 32 岁，小儿子吴言虎刚满 20 岁，大儿媳妇 30 岁出头，孙女吴孝莲 12 岁，双胞胎孙子大宝、二宝过了年就 7 岁，日子虽穷苦，吴永忠也过上了儿孙绕膝的欢乐日子，美中不足就是二儿子亡于煤窑透水事故。

祖孙正说笑间，小儿子吴言虎拎着一个包袱破衣裳走过来："大嫂，大嫂。"

"别喊了，正给你哥哥忙活呢。"

大宝和二宝见了二叔，吴言虎被两个孩子拦腰抱住："二叔，拔窑回来，别忘了带俺和大宝看电灯呀？"

吴言虎蹲下身，二宝顺势骑脖子上，大宝见了也要骑上去，吴言虎把包袱递给侄女，顺手抱起大宝，叔侄嬉笑原地打转。

大宝娘扶丈夫出来，见了忙过来拽下大宝："大宝、二宝，快下来，老大不小了，皮起来没够。"

二宝骑二叔脖子上不肯下来，吴言虎就这么扛着侄儿："大嫂，工友们都说恁的针线活好，昨个儿，拿来的 17 件，裤子是 5 件，就是脏点，恁和大妞清洗费点事。"

窑户家的针线活好的妇人，结伴在矿门口揽缝补浆洗活，大宝娘针线活手艺是出了名的，衣服浆洗得干净，缝补的针脚细密结实，遇到容易磨损的裆部，用双股线加衬缝补，结实耐穿。自从奶奶病了，夜间眼神不好，吴孝莲用她柔弱的肩膀也挑起家庭的重担，无论春夏秋冬，总看见她与母亲在河岸边清洗缝补的窑工衣服，白天带弟弟在拾完煤渣的路上，夜间挑灯，帮母亲一针一线地做针线活，挣一分一毫来贴补家用。天上的星辰眨眼，地上的草木葱郁，仿佛感觉到小姑娘在诠释父母的殷殷期盼。吴家的重心几乎都在两个双胞胎男孩子身上，吴孝莲默默无语，她总被冷落一旁。长到十几岁的吴孝莲，何曾穿过一件女孩样式的花衣服，浑身上下补丁摞补丁，哪怕是戴一朵小小的头花，也不曾奢望过。羡慕地看着爷爷奶奶为二叔准备的彩礼，一对银光闪闪的银手镯，吸引了吴孝莲的目光，忍不住悄悄拿一只放在手腕上比试，奶奶见了立马要拿回去，娘伸手就给拽过去："女孩家的，乱动啥呀，没规矩。"吴孝莲只是想看看摸摸，满足一下好奇心，可家里的长辈当面斥责，吴孝莲感觉很委屈，她没有属于女孩子的任何东西，吴孝莲控制不住眼眶里的泪水，她跑出去躲大树旁抹泪。吴言虎看在眼里痛在心上，他受不了侄女受委屈垂泪，开口斥责爹娘，非要拿一只银手镯留给侄女戴："娘，嫂子，大妞还是一个孩子嘛，不就拿着戴戴又怎么了？她小小年纪，每日里起早贪黑为了这个家，受过多少累吃过多少苦啊！白天洗衣做饭拾煤渣，夜里挑灯帮着嫂子缝缝补补，吃过几顿饱饭呀！有一口好吃的，眼里心里都是惦记老的少的，照顾幼小的两个弟弟，这么多年了，俺没见大妞穿过一件新衣服，就为这只银镯子，爹娘若是不给大妞，俺这婚就不用结了。"吴言虎的一席话，每一句都像刀子一般捅在爹娘的心上，贫穷让他们几乎忽视了柔弱孙女的存在，一口饭一件衣也紧着两个小孙子，吴家负债累累，家徒四壁，吴孝莲柔弱的肩膀早早就担起了家庭的重担，爷爷奶奶清清楚楚，爹娘也看在眼里。但是，吴家吃了上顿没下顿，在这吃人的世道又有什么法子啊，小儿子不怜惜爹娘这份苦心，拿吴家的痛点指责爹娘和哥哥嫂子说事，惹恼了爹娘。吴家为了尽快给小儿子娶上媳妇，掏干了家底，不惜去借高阎王的高利贷，孙女小不懂事，儿子也拿话怼老的不明事理，当娘的怎么不伤心，骂小儿子混账，当爹的追着儿子打，哥嫂劝阻爹娘，数落闺女不懂事，害爷爷奶奶伤心落泪，连累二叔遭责打。满肚子委屈的吴孝莲面对来自爹娘的数落，她咬碎牙让泪往肚里流，一口气跑出去40多里地，跑到群山围绕的沧浪渊。吴孝莲赌气离家出走，没有目标，只顾往前走，在小姑娘的记忆里，领着弟弟在运煤的南马道和火车站捡煤渣，在枣树行南边的顺河岸上与母亲漂洗衣裳，这就是她眼里的全部世界。吴孝莲由东大洼一路北上，过了石猴岭、西集、西河岔村、东河岔村来到凫城，山谷中一棵棵二三十米高的楸树，婆婆挺拔屹立山谷间，满树繁花层林尽染，累累束束花朵密密丛丛，山间弥漫着花香令人沉醉，花海般布满了山间，深深地吸引住了12岁的小姑娘，她沿着花海走进深山里，直到天色渐渐地暗下来，她迷茫地走着，一直走往前走，蹚过溪流，看见了霖泽庙。

吴孝莲呆坐在霖泽庙空门石台阶上，想起爹娘、爷爷奶奶和二叔弟弟，身边没有了亲人，黑暗让她感到前所未有的恐惧，她把头埋在蜷曲的双腿上呜呜痛哭，哭声惊动了守庙的老和尚，孤身一人与神仙相伴，不便收留孤单女孩子入庙夜宿，老和尚思来想去，忙去王家湾找来乡绅刘安堂商议办法。长工刘老栓挑灯笼走前面，随着主家与老和尚来到了霖泽庙，远远地就能听见女孩子的抽泣声。三个人走到女孩子近前，任凭怎么问她，女孩子就是一句话也不说，老和尚给刘安堂悄声耳语："刘老爷呀，大黑天的，怕是小姑娘对咱有戒心，找个妇人问问看。"刘安堂连连点头，招呼刘老栓速回王湾村，招呼几个上年纪的妇人，如此这般一说，刘老栓手提灯笼急火火地回王湾村。半个多时辰，刘老栓带着刘艾氏和两个村妇过来。

女孩子名叫吴孝莲，家在中兴煤矿枣树行，爹娘俱在还有两个弟弟。大家感叹12岁的小姑娘哪来的勇气，与爹娘呕气，孤身一人跑到沧浪渊来。

刘老栓婆娘握住小姑娘的手："哎哟嘞，孩子呀，你胆子太大啦，外面人牙子专骗不着家的妇女，俺这儿王湾，经常有狼出没山林呀，家里的爹娘找不着你，还不急坏了啊！"

高个妇人看了眼："看看呀，大人们都为你担心呀，你这丫头都12岁了，还不懂事吗？"

长脸的妇人一旁叹息："天都黑了，这可咋好呀，得想个法子赶紧找她爹娘啊。"

大家你一言我一语也没想出啥办法，刘安堂想起来啥："老栓，你常砍柴往矿上伙房送，明天跑趟枣庄吧，找面案师傅魏长顺，去枣树行查听查听，有姓吴的人家走失孩子的吗？"

刘老栓弯腰答应着："哎，哎。刘老爷，先让孩子去俺家吧，虽说吃不饱，但冻不着呀。"

一旁的小姑娘愣愣地站起来，拽住刘老栓的胳膊，"魏长顺，俺喊大爷。"

大家听了自然欢喜放了心，竟然这么巧啊，有了熟悉的人，小姑娘就有了着落，大家心里总算一块石头落了地。

吴孝莲在刘老栓家住了一晚，刘家上下没有不喜欢吴孝莲的，孩子们央求老爹，务必留下这位姐姐多住一天，刘老栓望着孩子们的期望目光，硬着头皮应承下，自个儿担着两筐新采摘的樱桃，直奔枣庄。

1915 年的中国乌云密布，国家正面临着内忧外患的严峻挑战。国内政治愈加动荡不安，军阀割据，战火不断，乱象丛生和民不聊生成为社会的常态。1 月 18 日，日本向袁世凯主政的北洋政府递交了丧权辱国的"二十一条"，西方列强加紧了侵略和势力争夺也给中国带来了巨大的压力。南北政治的分裂和内战的爆发让本就积贫积弱的中国更加雪上加霜，偏安一隅的山东峄县华德中兴煤矿股份公司，在 1908 年，公司呈农工商部注销"华德"字样，成为完全由华资经营，更名为商办山东峄县中兴煤矿股份有限公司。公司已拥有了煤井 26 座、抽水机 8 台、矿地 2806 亩、运煤船 15 艘，北到济宁，南到镇江，沿京杭运河设 8 个分销厂，产煤 10 万吨，盈利 14 万元，股金增至 100 余万元。至 1912 年，台枣铁路建成之后与津浦路临（城）枣（庄）支线连轨通车，并修建机器厂和车辆修理厂。到了 1913 年，南大井建成投产，电厂竣工发电，从而使中兴公司走上了近代机器采煤和铁路运输的崭新阶段。截至 1914 年底，两年时间共产煤 45.8 万吨，运销 60 余万吨，共获利 41.3 万元，股金增至 210 万元，中兴煤矿公司迎来了焦煤外销的空前发展高峰时期。

临近春节，矿井上的马达轰隆隆鸣叫，原煤源源不断地运送到地面储煤仓，中兴公司告别了靠漕运往南方输出焦煤的单一方式，大量焦煤经台枣铁支线和津浦路临枣联轨线运输，中兴焦煤直达京、津、沪等地，甚至远销到日本，积压多年的仓储煤也依靠火车高速的运输能力销售空了，但仍不能满足台枣和临枣两个支线的吞吐量。中兴公司由铁路运输代替蓄力和人力运输所获得的利益，每年亦达 30 万元以上。中兴公司为加快煤炭产出，各个矿井额外增加外工下井人数，加之临近年关，窑工收入微薄养家糊口不容易，舍命多挣些钱，加入两班倒的窑工大有人在。

1 月 31 日，腊月十七，大洼集市无不洋溢着临近过年的喜气，安宁街的戏园子与洋街异常热闹，惠工村的几个区时不时传来鞭炮的炸响声，职员们喜气洋洋为即将到手的花红（一般里工工资是 3 块大洋，花红翻一倍，中层是 2 倍，高层是 5 倍）而兴奋，枣庄街各色年货琳琅满目，整条街人头攒动好不热闹。在热闹的集市中，人们经常见到搽脂抹粉的雷村刘马氏，她年轻的时候就好吃懒做，不下地种庄稼，转街听算命的胡诌麻衣相，丈夫去世后，刘马氏照葫芦画瓢穿戴一番，做起耍嘴皮子的媒婆营生，喜欢在庙会集市上游逛，趸摸保媒拉纤的生意。临近大年，刘媒婆这些天就在枣庄繁华街市上转悠，碰见合适的便凑上前一番说辞，东家的财势阔，西家的闺女俊，天下的巧宗全凭她两片嘴皮子。刘媒婆拿一个铜板买了四朵水红色头花，讨价还价多得一朵红色的，内心不平："这要是在大清国呀，十文钱能买六朵。"她左手拎着用麻绳扎一束的油条，随着逛街的人流漫无目的地走着，东瞧瞧，西望望，走到洋街的外街，路西坐一溜招揽缝补衣裳活的妇人，面前摆着针线篮子，刘媒婆眼神停留在吴家母女身旁的半袋白面粉、一捆粉条及一袋子红萝卜、上供香烛等东西上。

"哎哟嘞，俺给大妹妹拜个早年，大妹妹呀，这年货都置办齐了？"

"刘姑婆早呀，给恁拜个早年，这不和闺女置办些年货，正想回去呢。"大宝娘一边收拾着针线筐箩，又忙着叫闺女站起来，把小木凳递给刘媒婆。

刘媒婆结结实实地坐下，把一束油条放到手提篮子里："俺先歇会儿，腿都走麻了。大妹妹，这接近年关，找缝缝补补的人多，大妹妹咋着急走呀？"

大宝娘则把缝补好的三件衣服用布包好，放到针线筐箩上："姑婆，谢您还惦记着俺，这会子过来置办些年货，捎带把前几天缝补好的，等人来取走的。昨天傍晚，她二叔送来十几件要缝补的脏衣服，正想着回去漂洗呢。"

"还真是的呢，大妹妹不说言虎，俺都忘了，佟家为点彩礼，算盘珠子不拨不动，闹哄了两年多，俺鞋底可磨出洞，好歹算同意了，要是早点同意，言虎都抱上儿子了。"

"那样就敢情好，啥事不靠姑婆惦记呀，大宝奶奶一直念叨着呢，过了年，她二叔的喜日子，第一个就得请刘姑婆喝喜酒啊。"

刘媒婆瞅吴孝莲瞧她的沾满泥泞的绣花鞋愣神，随手从手提篮里拿出一朵头花："去年连天的暴雨不断，一月份没见着雪，又是两场暴雨，道路满是泥水，瞅瞅俺的绣花鞋哟，都成了泥鞋啦。大妞，眼瞅着要过年了，刘姑婆送你一朵红头花，纱料做的，多鲜亮呀。"

大宝娘忙阻拦："姑婆您留着戴呗，小孩子家的，有衣服穿就好了。"

刘媒婆不问，抓过吴孝莲的手，把头花放到手心上："大妞长得俊呀，一身补丁衣裳，也遮盖不了花朵般模样儿！"

"也就姑婆夸呗，吃糠咽菜的，能长啥样儿呀。"

刘媒婆又从篮子里拽了三根油条，用油纸包上："得亏篮子里有几张油纸，大妞、大宝和二宝一人一根，这根是姑婆特意给大妞的，吃吧。"

大宝娘见闺女迟疑，主动接过去，把油纸包递给闺女："既然姑婆说了，大妞吃根油条吧。"

吴孝莲搁鼻端闻闻："好香啊，谢谢姑婆，俺得留给奶奶吃。"

望着瘦弱的小姑娘，说出的话让人可怜劲的，刘媒婆连声感叹："哎哟，谁家得了大妞当儿媳妇，修来八辈子的福哟！老山里的刘老栓一家子，就喜咱大妞，托魏面案找俺好几回了。"

大宝娘苦笑笑："一到夏秋季，老刘哥就让狗蛋们送些新收粮食来，就是大妞的爷爷不乐意，说啥也不同意让孩子嫁到老山里呀，恁说姑婆。"

刘媒婆赔笑着："不怨她爷爷不乐意，一开始，俺就看着不合适，谁家愿意把闺女往老山里嫁，瞅瞅，老山里的光棍汉子吧，有的穷家，两个儿子都过40岁了，上哪找媳妇呀，打一辈子光棍呀。俺说过魏长顺，乱点鸳鸯谱，就咱大妞这样的，不说进高门大户，找个吃喝不愁的人家，还不容易嘛。"

大宝娘搓搓手："姑婆，她爷爷呀，也不是那个意思，咱穷家破业的人家，就是想找个稳妥人家，平平安安的便好。"

刘媒婆又打量一番吴孝莲："俺大妞可是好孩子，出了名的孝顺啊！狗蛋娘搭眼一瞧呀，稀罕大妞呀，就是看大妞帮她缝补衣裳，一手的针线活没得挑，认准了咱大妞啦。"

大宝娘知道刘媒婆用意，意在保媒拉纤，她望望日头："姑婆呀，儿女大事，日后少不了麻烦恁老，她奶奶还卧床不起，让大宝、二宝在家里看守，俺不放心，就先回去了。过了年，她二叔的婚事，少不了恁忙活，恁要得闲的时候，就来家坐会儿，家里有啥缝缝补补，尽管送过来就是。"

刘媒婆望着这娘俩肩扛手提地走远了，感念吴家人的善良厚道，遇上家里穿的盖的需要缝缝补补时，吴家母女都是精心漂洗缝制，念叨她孤寡之人尽心相帮，刘媒婆待吴家有亲情般感激："等大妞她二叔也结了婚，吴家就过了最后一个难关呀，这老少一家人该多幸福啊！"

晚6点半，吴永忠带着大儿子吴言牛和小儿子吴言虎，父子三人拖着疲惫的步子，随着各处居住的窑户和劳工村的窑工，组成浩浩荡荡700多人的队伍，像往常一样到南大井，陆续下井去进行采煤作业。

吴永忠近几天心里就不是个滋味，他在换班的罐笼处，被老窑工吴世兼一把拉住，吴世兼带着儿子吴均山和徒弟叶奇领，由井底坐罐笼升到地面，眼巴巴地盼着吴永忠，老哥俩一搭眼皮就知道有事："老哥呀，终于见到恁了，咱同宗同门的，有几句要紧的话，俺得说说，正如恁判断的，煤层开始发潮发暗，巷道壁和煤壁挂汗了，顶板淋水滴成串呀！都这样儿，矿上还加人手下去刨煤呢，这矿上就数恁下井年岁长，为了咱老少爷们的命啊，恁就再舍老脸，好歹给把头孙晋友说说看，这总不是个法啊。"吴永忠心里咯噔一下，现在南大井每次都在八九百人，光在井下700多人，一旦出现闪失，后果不堪设想啊。吴永忠与吴世兼匆匆告别，由主井罐笼下降到巷道，工友说窑头孙晋友去车场机电硐室了，在车场硐室没找到孙晋友，只见到了在此打盹儿的鲍金牙，吴永忠了解鲍金牙为人歹毒，懒得与他磨牙。若要是这样回去，事关井下几百号人的身家性命，岂不辜负窑工们对他的重托，硬着头皮走过去，向鲍金牙深深地鞠躬："二把头，恁行行好，请矿上派人看看掘进和采煤区域，这两天的巷道壁和煤壁挂汗面积不断增大，顶板淋水严重了呀。"鲍金牙两眼立刻瞪起来："老东西，胡说什么，臭挖煤的，快滚一边去吧。"吴永忠气得浑身发抖："二把头呀，人命关天啊，俺求求恁啦！"鲍金牙挥起手上的鞭子："老东西，再敢磨叽，俺鞭子可不认人的。"周围的窑工气不忿儿，纷纷地围过来："老吴头也是好心呀，咱问不着呀。""吴大爷，走吧。""这里哪有咱穷人说话的地方呀。"窑头孙晋友与几个电工走过来，见几个人围着吴永忠闲聊，便发了火："你们活干得咋样啦，围在这儿生蛆呀？"鲍金牙见窑头过来了，忙迎上去："管事的，没恁掌管，真不行呀，这吴老头八成魔怔了，跑这儿穷磨叽，俺正教训他呢。"孙晋友没理会鲍金牙，吴永忠前后两次向他反映巷道壁和煤壁挂汗的情况，他已经向公司汇报过了，公司也派副矿师朱严筹带技术员现场勘探过了，总矿师高夫曼是德国人，目空一切且高傲无礼，没有采取副矿师朱严筹的建议，采取先打钻孔放水，然后再考虑采掘问题。怎奈公司仍按原计划作业，当工头的听吆喝，丁点权力也没有："吴老头，恁吴家在中兴下煤窑，算三辈人了，干好自己的活，少管闲事，一家人还指望矿上吃饭呀。"吴永忠泪水在眼眶转动，默默地低下头，转身离开。孙晋友望着吴永忠步履蹒跚的背影，意识到若问题严重了，待在井底的人谁也好不了啊，他追了两步："吴老头，有啥话直说。"吴永忠听罢，站住一动不动，他以为听错了，迟疑下，又迈步往前走。"老东西，耳朵聋了，总把头问你话。"吴永忠咯噔站住，鲍金牙的吼声，他听清楚了，转身来到孙晋友跟前，把掘进区与采煤区出现的险情，一五一十地说得明明白白。

孙晋友带着鲍金牙跟在吴永忠身后，先从采煤区再到掘进区认真走一遍，真乃触目惊心，北面石门的顶板"出汗"多呈尖形水珠，顶板淋水加大，煤层开始发潮发暗，巷道壁和煤壁挂汗挂红，瓦斯味浓，工作面温度明显下降许多。孙晋友从心底敬佩吴永忠，在他眼里，中兴煤矿井底深处最宝贵的就是像吴永忠这样经验丰富的老窑工，他是窑工生命的灵魂和看护者。老窑工吴永忠的经验毋庸置疑，孙晋友安排完鲍金牙，便火速升井，一路上盘算着先找谁反映这紧急情况，公司经理张莲芬和董事长周学渊都在北京，中兴煤矿现在由协理戴绪万主管，孙晋友望着黑暗无际的天空犯愁，吃饭点最难找主管事的人，这件事已反映过两次了，总矿师也亲自实地勘查了，若再向分管安全的总矿师汇报，怕是行不通，权衡再三，他觉得先找权理董事胡希林最稳妥，由权理董事向协理汇报井下出现问题的严重性，具有权威说服力。

顾不得吃晚饭的胡希林，认真听取了窑头孙晋友对南大井北石门处情况的反馈，顶板"出汗"多呈尖形水珠，顶板淋水，煤层发潮发暗，巷道壁和煤壁挂汗，工作面温度明显较三天前低了7℃。他如坐针毡，决意亲自去找中兴副矿师朱严筹反映。等胡希林迈进灯火通明的朱严筹办公室，朱严筹正和秘书们蹲在地上整理地质资料，抬头见权理董事急火火地进来，手里拿着一摞资料，无奈地向胡希林耸耸肩："权理董事不用说，我知道怎么回事，是南大井北石门'挂汗'的事吧？"胡希林面带忧郁："我还觉得自己先掌握第一手资料呢，不愧是中兴煤矿的副矿师呀！"朱严筹一脸严肃，把开滦煤矿测绘技术人员陈惟士向公司协理戴绪万提交的矿情报告书放到胡希林手上："胡董事，老窑工吴永忠向孙工头反映多次，陈惟士的矿情报告书就指出南大井建成所亟待解决的问题，'自新式大井投产以后，表面规模日渐宏大，内中缺点尚多，管理不得其法'。'该矿一道行以上之煤，大半由小井以土法取出，所余者不及半数，其隙处积水必多，势须按照详图，预为防备，方可采取。缘大井之工作图，尺数不尽可靠，而无深数度数。原小井草图，乃用铅笔随便记载者，尚未用测量器考校，方向、度数、深数均付阙如……'南大井西北侧仍有废弃上百年的两座老窑土井，虽已废弃不能用，但井内积聚了近百万吨的老塘积水，正处在南大井煤层上端，老窑一旦透水后果不堪设想啊，从去年到今年初，地面雨水累计超过历年，问题已非常明显了，总矿师就是固执己见，两个方案全否了。"胡希林内心纠结，安全生产无小事，中兴煤矿正积极向现代化采煤方式转型，先进的采煤技术完全被西方人控制，中兴煤矿安全生产的主动权掌握在总矿师高夫曼手上，即便中兴总部对高夫曼的建议也是极为重视，中兴公司无人与之匹敌，高夫曼代表了井下安全生产的话语权，如同圣旨。问题就摆在眼前，容不得胡希林和朱严筹犹豫，二人一同来到协理办公室。

煤矿安全如生命，刻不容缓，戴绪万立即派人请来总矿师高夫曼，令胡希林和朱严筹亲自陪同总矿师高夫曼到南大井勘验，落实反映的问题，务必拿出整改措施，确保煤矿安全生产。高夫曼对朱严筹数次要更改他的方案极为不满，在这个德国人眼里，中国人只是会说话的低能儿，出苦力还行，动脑子玩智慧还是算了吧。

在中兴煤矿，聘请外国矿师把控煤炭生产的技术环节，不但不容置疑，而且是高高在上的。德国人高夫曼，生得人高马大、肤色浅白，棕色头发秃脑门、有棱角的长方脸，眼窝深邃配一对狡诈的绿眼睛，直鼻梁大鼻头、薄嘴唇上翘起细长的精致八字胡，爱惜胡子甚至超过眼睛，他宁可花费一上午时间修剪八字胡，也不能让不完美的八字胡示人。他具备德国人所固有的性格特质，严谨、实在、勤奋、准时、节俭，做事一板一眼，不肯苟且的精神，这些在高夫曼身上就显得过于刻板固执了。他信奉德国宗教革命时期的领袖人物马丁·路德所倡导的，"即使我知道整个世界明天将要毁灭，我今天仍然要种下我的葡萄树"。而今，高夫曼正在践行马丁·路德的信条，即使中兴煤矿全毁灭了，高夫曼今天仍要仔细修剪自己的八字胡。

中兴东花园北面的六座白墙青瓦的两层单独小洋楼，仅供上级职员居住，如正副经理及矿师、鞫仁医院院长等。高夫曼居住在七、八、九、十号四座相似的第十号小洋楼。渐浓的夜色中映衬几分静谧，却难消朱严筹的焦躁，他在十号小洋楼花园栅栏门口来回踱步，不耐烦地望望小洋楼大门，胡希林则站在一旁打手势，示意朱严筹少安毋躁，连同四个技术员，一帮人就这么干等着。一个多小时过去了，十号小洋楼里的用人打开了大门，高夫曼仰脸捋胡子走出来，胡希林向大家一招手，大家顿时站直了身子，恭迎总矿师高夫曼终于出了帅府。

窑头孙晋友则与二把头鲍金牙和包工头袁算盘、彭德彪等，前面开道，忙着指挥井下的窑工及时回避躲闪，高夫曼率领胡希林和朱严筹及矿安全技术员等，在南大井北石门区域实地调研。吴永忠带着小儿子吴言虎协助技术员，用探水钻在煤层断层走向打眼探放积水，水自正面流出，在场的人没人言语，目光望向总矿师高夫曼，高夫曼走上前用手指试试水压，水花溅了他一身，鲍金牙手持雪白的毛巾忙不迭地挤过去，像哈巴狗一样给高夫曼擦身上的水渍，被高夫曼一把推开："朱矿师，正如我所料，水压还属正常，你们向协理汇报的言过其实了，你们要相信科学呀，这是非常关键的。"胡希林在朱严筹身后掐来一把，朱严筹径直走到高夫曼面前："总矿师，700尺的大巷两侧储藏煤层较厚，第三煤层厚达30米，上层老塘积水近百万吨啊，若这样一味地开采，滴水能穿石啊！"高夫曼闻听冷笑一声："在渗水区域修筑两道防水闸门，就可以万事大吉啦。"朱言筹据理力争："总矿师，设备是人造的，井下变化万端是不可抗逆的，我们这刨煤的老窑工积攒了多年的经验啊！"高夫曼感觉这群中国人简直不可理喻，头摇晃得像拨浪鼓："老窑工，哪里来的老窑工啊？"胡希林拉住吴永忠的胳膊："总矿师，就是这位，经验很老到呀。"高夫曼一双绿眼珠子放贼光："老头儿，说说你的高见吧。"吴言虎过来扶住老父亲："爹，不碍的，恁大胆地说。"吴永忠定了定神："俺们下煤窑的总结过，顶板淋水滴成串，煤层发潮就怕暗，巷壁挂汗不冒尖啊！"高夫曼突然神经质地"啊哈哈哈"发出冷笑："朱矿师，权理董事阁下，我们西方人讲究科学，科学懂吗？所有的数据报告，足以证明掘进区是有数据保证安全的，难道你们中国人靠拜窑神和老迷信发展现代化采煤吗？不，绝不，德国造的机器设备，受到上帝庇护，是不会屈服你们的神怪迷信的。"科学与数据，真能唬住当时的中国人，西方列强用武器敲开了中国的大门，科学与民主更是被国人视为走向美好未来的信条，高夫曼抬出的"科学与数据"两个撒手锏，谁敢去辩驳，谁敢挑战科学，谁就代表了愚昧无知的蠢蛋。高夫曼真切领会到"科学"在中国土地上的威力，介绍德国生产的三层罐笼600马力汽绞车，悬挂装置、导向装置及本体的上中下盘、阻车器和立柱，他用德语发音，技术特性用英语发音，这样即便是留过学的听得也云里雾里，不懂外语的中国人，简直把他视若神明。长此以往，高夫曼也越发感觉自己就是上帝派来的使者，在股东大会上或在中兴煤矿安全生产会议上，高夫曼的发言如同红衣主教做圣神降临瞻礼弥撒："哦，现代化的设备，会让开采挣脱落后愚昧的束缚，上帝将与中兴同在！"从中兴公司上层就没人质疑过他的能力，下面的人更不敢怀疑他的水平，咿里哇啦的德英双语，掩盖了原系五金矿师高夫曼煤矿开采经验不足的真相，他在安全生产上的权威，毋庸置疑。

高夫曼在南大井北石门区域的一通"科学"理论支撑，没人敢驳斥这荒唐的谬论，他非常自信地认为驳倒了所有的中国人，满意地走开了，走了几步，回头望望胡希林和朱严筹等一众人，面带微笑地回过身来："哼哼哼，送给大家一句中国话'毋庸惊慌'，尽管大胆继续挖煤吧。"

2月1日，腊月十八，早晨5点，天空飘着零星的雪花，北风呼啸划过枣树林，把树枝吹得哗哗直响，卷起一阵阵煤尘灰土，家家户户忙着闭门关窗，大宝娘早早起来和面，招呼闺女拿盖帘把和面盆盖上。吴孝莲拿来盖帘："娘，和这么多面呀？"大宝娘拍拍手上的高粱面："你二叔昨个拔窑回来，看见买了白面粉，嫌乎没擀面条吃，和你奶奶恌气呢，饿肚子就下煤窑去了。"吴孝莲用手抚摸着面团："娘，这么大一块面呀，让俺二叔多吃一碗呗。"大宝娘"哼"了声："当老的偏心呗，见不得小儿子受委屈，今天说啥呀，也要让你二叔吃上一碗面条，若是你爹这样儿呀，早挨骂了。"吴孝莲用盖帘盖上和面盆："娘，二叔下煤窑出力猛，累啊！有了白面粉，无非想着擀面条，一家人美美地吃一顿呗。"大宝娘望着白面口袋，撩起衣襟擦眼泪："大妞呀，谁让咱吴家穷啊！一年到头吃豆饼和高粱面，买这 30 斤白面，为了过年炸果子上供，包饺子吃的呀，你奶奶惦记家里没钱，咱还欠着柜上的高利贷，一松口，这点白面哪经嚼啊！"吴孝莲过来替娘擦眼泪："娘，恁别难过了，俺这碗面条，留给二叔吃，让奶奶也高兴呀。"大宝娘破涕为笑："俺大妞就是善良呀，到底是你奶奶的亲孙女，知冷知热知长辈，这么好的一颗心，你要是生在有钱的人家，该多好啊！"吴孝莲微笑着："娘，俺在这个家就很好呀。"大宝娘拉住闺女的手："大妞，你奶奶呀，昨天就发话了，'大宝娘，一家子敞开吃一顿面条，咋的啦，不吃也富不了咱'。你瞅瞅，和了一大团面，咱等你爷爷他们回来，中午这顿饭呀，咱一家好好吃一顿白面条。"吴孝莲抱住娘开心地笑了。

买一挂鞭炮鸣放，能让穷苦的孩子们高兴一年。大宝和二宝小兄弟俩，想着姐姐说今天用捡来的煤渣换鞭炮，小兄弟俩兴奋放鞭炮，也不睡懒觉了，就盼着等爹和二叔早点回来，全家人一块儿放鞭炮，小兄弟俩喊姐姐快点捡煤渣去。大宝娘从口袋里摸出两枚铜板来："大妞，你二叔偷偷给的，这五分钱给大宝、二宝买鞭炮，还有五分钱是给你买花戴的，娘呀，又要偏心啦，想着刘姑婆送你一朵纱料做的红头花了，容娘留下买香烛吧，你二叔过了年结婚，咱吴家可要去窑神庙多上香呀，保佑咱老吴家平平安安的！"吴孝莲拉住娘的手："瞧恁，只要娘高兴。"

吴孝莲帮娘把给奶奶烧好的面片汤盛瓦罐里，领着俩弟弟和娘去奶奶住的东边的窝棚。

几个人蹑手蹑脚地进了窝棚里，望着沉睡的奶奶，吴孝莲给两个弟弟打手势，大宝和二宝安静坐下了。

大宝娘把瓦罐里的面片汤倒出一碗，吴孝莲握住奶奶的手："奶奶，奶奶。"

老太太有气无力地慢慢睁开眼睛："大宝娘呀，唉！"

"娘，恁醒了？"

"俺没睡呀，一直迷糊着。"

"奶奶，俺娘给恁做了面片汤，恁多吃点。"

"大宝娘呀，俺这快死的人啦，有口汤汤水水就行了，留着给虎子和大宝、二宝吃呗。"

"娘，眼瞅着要过年了，一家人，都盼着恁早点养好病，儿孙才有福气啊。"

"俺活着就是个拖累呀，唉，家里也不至于欠了阎王债呀。"

"奶奶，俺扶恁起来，坐着吃。"

"大妞，带着大宝、二宝去捡煤渣吧，奶奶怕闹，由你娘来伺候吧。"

大宝娘跟着儿女走出窝棚，冷风飕飕，四周黑黢黢的，看着孩子们衣着单薄："大妞呀，带着弟弟们先回去，等出了太阳再去捡煤渣吧。"望着孩子们回去了，大宝娘把窝棚上草苫子捋顺，用石头压实了，才回到婆婆身边，用手摸摸碗："娘呀，还有点热，再等会儿。"

"大宝娘，坐下，俺有话要说。"

大宝娘给婆婆披上棉袄，静静地坐下。

"大宝娘呀，俺也说不了你公公，一句话也不让说呀。"

"娘，家里再穷，也不能眼看您有病不治呀，幸亏遇见从邳州来的挑药箱的郭春湖郎中，吃了他开的十几服中药，这才慢慢地见好了，现在能下地走两步了呀。"

"只怕治病治不了命啊，俺才向公公念叨，咱一家人呀，落叶归根回安徽吧，说嘛，咱也不能下煤窑了。"

"娘，为啥这阵子，恁老为这吵呀？"

"大宝娘，你往跟前坐坐，俺说实话吧，从去年就做梦，梦见妞的大叔了，一劲哭煤井下冷，俺就叫你公公，糊纸房子，偷偷地烧了，心想便没事了吧，哪承想呀！"

"娘，快别说了，俺听着瘆人。"

"大宝娘，不是老人爱磨叽，这两天后半夜，老二就跪在俺床头哭呀，俺一把年纪了，儿子的鬼魂俺怕啥，俺就坐起来，面对面呀，大宝娘嘞，就是他活着那模样儿，两个眼都哭肿啦！"

大宝娘听得心惊胆战，紧紧地抓住婆婆的破棉被："娘，恁没问她大叔哭啥呀？"

"俺没问，俺向鬼魂发火，恁娘也是快死的人了，你不用装神弄鬼来哭丧，俺明天就死了陪你去，纸房子纸钱也烧了，你做鬼魂，跑娘床前哭吗呀？"

大宝娘听着听着，眼泪哗哗地流，她一把攥住婆婆的手："娘，她大叔哭啥啊？"

"大宝娘，她大叔就跟你一样儿，也是紧紧地攥住俺的手，那手冰凉冰凉的，'娘，叫俺爹快走吧，井底下好冷啊，好冷啊，好冷啊，好冷啊——'俺一睁眼，天亮了，可耳朵里还听见'好冷啊，好冷啊——'"

大宝娘再也抑制不住，放声抽泣："娘，这是真的吗？娘啊！"

老太太头发竖立，瞪大双眼，浑身发抖，指着门口："大宝娘，一到后半夜，门就'呼嗒呼嗒'地响个不停。"

大宝娘望着门口，门被北风吹得发出"呜呜"哀鸣，一阵阵如泣如诉，催人瑟瑟发抖："娘，那是风呀，是在刮风呀。"

婆婆惊恐地睁大眼睛，不停地絮叨着："那沉重的脚步声，'咚咚——'仿佛要把脚下的土地震裂，清清楚楚地听见了头顶上方，阴森森的冤魂哭泣声，好冷啊，好冷啊！"

东方发白，"轰"山崩地裂般巨响，天塌地陷也不过如此，大地在颤抖中发出刺耳的撕裂声，脚下大地在不停地晃动着，粗壮的枣树一排排拦腰斩断，震得窝棚瑟瑟发抖，门窗掉落，一个黑影子慢慢地向她们扑过来，眼里流淌着鲜血，抬起残肢断臂伸过来，桌子上的一碗热面条"啪"地滚落地上，摔得粉碎。

早晨5点，吴永忠在防火门硐室找到孙晋友，反映北石门东正巷渗水："老硐内的积水厉害了，两道防水闸门不坚固太小了呀。"孙晋友看下怀表："再过一个小时，该换白班，咱去水窝泵房看看。"

"爹！爹！不好了！掘进面下水啦！"

吴永忠望见小儿子吴言虎和另外两个窑工急慌慌地发疯般跑过来，巷道深处传来巨大涌动的"哗哗"流水声。

孙晋友大惊失色地惨叫一声："快走啊！"

13个人进了罐笼，吴永忠忽然想起大儿子吴言牛撤身出来。

"虎子，你哥哪？"

"爹，你上来，俺去找。"

"虎子，不要下来，哎嗨，虎子快走吧！"

滚滚水流已经漫进主巷道，孙晋友急眼了："快走啊！"罐笼升至井口，孙晋友发了疯地喊："透水啦！透水啦！"井口已站满了准备换班的窑工。

井下的吴永忠对着迎面而来的水流逆向而行，工友们朝他呼喊："老吴呀，往外走啊！""吴大爷，快躲躲呀，哎嘿！"越往里走，水势越强烈，激流翻滚着煤泥水击倒了巷道内无处躲藏的窑工，在湍急的煤石流里拼命挣扎，翻滚哀号，水流声、惨叫声冲击着耳膜，不少人来不及反应，便被劈头盖脸的煤泥活活地掩埋了。老硐内坍塌式透水，冲垮了不堪一击的两道防水闸门，被潮水般的激流冲得无影无踪，水与瓦斯一起大量涌出，排山倒海般冲墙倒壁，巷道内各硐口硐室陷入水中，水势异常汹涌，摧枯拉朽般冲垮一切阻挡水流前进的障碍物，湍急的水流裹挟着2700吨煤末冲向大巷，700米大巷东西之路每边塞满约500米，瓦斯浓度在不断地升高，大巷内还闪亮着灯火——6点17分，滚滚的煤石流快速挤压着大量的瓦斯涌向大巷内，高浓度的瓦斯触碰灯火，瞬间"轰"的一声巨响，巷道内轰燃爆炸，封闭的十多个小井也同时爆炸，声若雷鸣，形成高强度的气压流，排山倒海般的气浪激水，冲墙倒壁，瓦斯爆炸引燃支架，灼烤煤层，水火交融，整个巷道浓烟滚滚，爆炸冲击波将旧木、铁车、煤末充塞了井口，几乎将大井填平，罐笼不能升降，水泵亦被淹没。井下劳作的窑工有673名，事发突然，仓促中，只逃出12人，其余全部被阻隔在深198.89米的井下。

如雷鸣般的巨响声中，地动山摇，大地在颤动中瑟瑟发抖，浓烟滚滚犹如一条巨龙腾空而起，升入云端直冲天际，井口冲出烈烈火焰高达数十丈，远在65里外的临城车站，都能看到冲天的火光，烈火恨不能把整个井架熔化了，要把整座矿山燃烧成灰烬，地面井口上所有的人魂飞魄散，爆炸声响彻云霄，撼人心悸，强声波让耳膜"嗡嗡"瞬间失鸣，惊恐的人们四散而逃，撒开双腿挥动双臂，没命地疯跑，张开大嘴向空中呼喊着"啊啊——"，不时侧身回望着烈焰下冒着浓烟火光的井口，惨烈的似人间地狱的入口，生死两重天顷刻分明，生命就像燃烧的纸钱渐渐熄灭的灰烬，转眼间便烟消云散破碎了。地面上的窑工们纷纷跪下向天举起双臂，人人惊得张着嘴两眼发直像个木偶，吴言虎两眼仿佛喷射出火苗，时间似乎凝固了他的整个身心，压抑的情感在火光中升腾，大地和天空在泪光中闪动着殷红的血色："爹——"

飞机楼的门窗玻璃在巨大的爆炸声中破裂，中兴公司管理上层多数还在睡梦中——协理戴绪万养成早起的习惯，简单洗漱，吃完早饭，便早早进飞机楼办公室，审阅上午9点召开的年终经营分析会名单后，又把书橱里的去年收支款项，造成财产目录资产负债表、营业报告书、损益计算书、纯益分配案拿出来，逐项仔细翻看。

戴绪万（1874—1923），又名戴理庵，安徽寿州人，曾任候补知县、试用知府。安徽寿县戴氏家族和枣庄煤矿事业有着割不断的渊源。从 1878 年合议开办中兴矿局，到 1896 年中兴矿局倒闭；从 1899 年商办峄县华德中兴煤矿股份有限公司成立，到 1908 年注销"华德"字样，改名商办山东峄县中兴煤矿股份有限公司。戴华藻、戴宗骞为中兴煤矿的创始人，到戴绪万时，寿县戴氏在枣庄煤矿的开办过程中参与管理达 37 余年。

损益计算书中的数据，看久了视力有些模糊，戴绪万戴上胡希林送的英国造老花镜，果然看得清清楚楚："俗语说'四十花一花呀'，我这刚过来 40 岁眼睛就花了呀！"他摘下老花镜，对着窗外望镜片，"咣"的一声，窗户玻璃震碎，戴绪万脱口而出："不好！"手上的老花镜掉地上，戴绪万弯腰拾起摔裂的老花镜，走近窗户往下望，楼道里传来纷乱的脚步声，不大一会儿，一楼值班的巡警队长杨竞业和矿巡警刘德奎惊慌失措地破门而入："报、报告，南大井突然爆炸，具体原因尚不知晓。"戴绪万血往上涌，头晕目眩，杨竞业和刘德奎见状急忙上前扶住："协理，协理。"戴绪万努力克制住自己："快安排人来随我去南大井，通知矿师高夫曼、朱严筹和权理董事速速前往。"三个人急慌慌走出办公室，值夜班的电气师、秘书处等已在门口候着，一行人便冲下楼，迎面总煤师一众人，总煤师一众人见了，不等开口，"扑通"跪倒在地，放声大哭："协理啊！协理啊！南大井突发透水，引起瓦斯爆炸，好几百人还在井底下啊，井底下啊！天不容中兴啊！还差几天就过年了啊，啊啊，啊啊——"

护矿大队长八极拳宗师韩化臣，率护矿队员急速前往南大井看守现场，周围挤满了哭得撕心裂肺的矿工家属，几百个家庭瞬间失去丈夫和儿子，她们不但是失去了丈夫和儿子，更重要的是失去了依赖家庭生活的最后保障，天塌地陷对她们也不过如此，她们拼命地呼喊着亲人的名字。吴孝莲双手牵住大宝和二宝，在拥挤的人群中穿梭，大宝和二宝呼喊着："娘，娘——"吴孝莲咬紧牙关不让自己哭出来，她怕吓到两个年幼的弟弟，找啊找，不知找了多少时候，大宝和二宝望着姐姐喊饿，吴孝莲泪眼婆娑紧紧地搂住两个弟弟，绝望地望着浓烟滚滚的井口："爷爷、爹、二叔，你们千万不要丢下奶奶、娘和两个弟弟呀，没有你们，俺们怎么活啊！"姐弟三人就这么无助地寻找着娘，大宝和二宝也喊累了，邻居刘奶奶一把抓住大宝："孝莲呀，恁娘让你二叔背走了，你们快回家吧。"吴孝莲压抑的心豁然开朗，眼泪夺眶而出："刘奶奶，真是俺二叔吗？是俺二叔背俺娘回家的吗？"刘奶奶早已哭得老泪纵横，用衣袖擦擦眼睛："大妞，没错呀，是你二叔啊，你爷爷他们还在井下呀！"吴孝莲扶着刘奶奶坐下，喊来刘家儿媳妇照顾，她则领着两个弟弟往家跑去。

几千名矿工家属惊闻噩耗，哭喊着从四面八方蜂拥而至南大井，井架周围到处是放声大悲的老弱家属，伴随着寒冬腊月阵阵呼啸的北风，呼啸声充满了冷酷和无情，加重了井架周围悲凉凄惨的景象。矿工家属们扶老携幼伏地痛哭，哭声震天动地，泪水遮住了人的眼睛，仿佛天地都颠倒了。此时的总矿师高夫曼低下高傲的头颅，矿井周围的凄凉景象令人不忍直视，他语无伦次显得惊慌失措，淡定从容消失得无影无踪。

枣庄中兴公司几乎被泪水淹没了，吴孝莲不敢停留，拽着两个弟弟猛跑，距离枣树行不远了，她听到了奶奶和娘的哭声，姐弟三人加快了脚步，跑到窝棚前站住了，窝棚里传来一阵阵的哭声。

"俺的天啊，大宝爷爷呀，你和大牛要有个好歹，这家以后可怎么活呀？媳妇怎么养活这三个孩子啊，俺可怜的媳妇呀，老天呀！俺二儿子被你收走了，难道你还要收走他爹和哥哥呀，俺老命不值钱，尽管收走俺的命吧，啊呀，啊呀——"

"嫂子，嫂子啊，你醒醒，醒醒啊——"吴言虎大哭起来。

大宝和二宝望着姐姐扑簌簌的泪水，小兄弟俩哇哇大哭起来："俺爷爷——俺爹啊——"吴孝莲拽住弟弟泪水止不住流淌："爷爷啊——爹啊——快回家呀，今天和白面了，俺和奶奶盼着恁回家呀，快回来吧，爷爷啊，爹啊——"

吴言虎听见孩子们的哭声，擦把泪水走出来，大宝和二宝扑向二叔，一人抱住一条腿："二叔，俺爹哪？""爷爷哪，找俺爷爷回家啊！"吴言虎一动不动地仰望天空，他不想在孩子们跟前流泪，泪水在眼眶里闪动："大姐，别哭啦，烧水去，恁娘晕倒了，大宝、二宝也别再哭啦，好孩子啊，咱别让奶奶和你娘伤心，都别哭啦，二叔也不哭，不哭啊。"

姐弟三人跟着二叔进了窝棚里，见娘脸色苍白两眼紧闭，不省人事躺在床上，病重的奶奶歪靠床边坐在地上，病痛心痛交至，让老太太都没有力气抬起头来，嘴里向天哭诉着，大宝和二宝扑到奶奶的怀里："奶奶呀，俺爷爷哪？俺爹哪？"老太太紧紧地搂住两个孙子："老天爷呀，可怜可怜俺这老太婆吧，可怜可怜俺吧，可怜俺苦命的孙子啊——"吴言虎双手捂住脸，不让自己发出哭声，泪水顺着手指缝流出来，吴孝莲强打精神，提起瓦罐去窝棚外烧水。水还没烧开，二叔走出来："大姐，奶奶和你娘就由你照顾了。"吴孝莲愣愣地走过来："二叔，你这是？""二叔得回矿上看看去，得想办法救你爷爷他们上来呀，俺得走。"吴言虎说完，头也不回，决绝地走了。

提着烧开的热水，吴孝莲推开门静静走进来，大宝和二宝又累又饿靠着奶奶睡着了，老太太眼皮低垂，脸上挂满了泪水，一颗颗泪珠还在滴答滴答着，吴孝莲倒了半碗开水："奶奶，奶奶？"老太太睁开眼睛，擦擦泪水，把怀里的两个孙子紧紧地搂住："大姐呀，大宝和二宝都饿了，饿了呀，擀面条吧，哦，对了，连恁爷爷和恁爹的，都擀出来，恁二叔能吃，一块儿擀出来吧。"吴孝莲端起水碗冲奶奶点点头："俺娘醒了吗？"老太太"哎哟"长叹一声："恁娘缝补衣裳大半夜，天不亮去河边洗衣服，回来又和面，和俺没说几句话，就被刘奶奶给喊走了呀！出了这泼天大事，悲伤过度啊，让恁娘歇着吧，喊大宝和二宝帮帮你，奶奶去看炉火。"吴孝莲把水碗递给奶奶："恁喝口吧。"老太太摇摇头："孩子呀，奶奶胸口闷，喝不下呀，恁娘把面盆搁在方桌下面呢。"吴孝莲从方桌底下端出面盆，撤下盖帘，和面盆里白白净净的面团，原本寄托着全家人幸福的一天，却被无情的矿难扼杀了，爷爷和爹生死不明，奶奶的病看着越发地严重了，娘悲伤得昏死过去，二叔心急如焚又回矿上去，两个弟弟尚且年幼，她成了吴家此时最要保持清醒的人，无尽的悲凉令吴孝莲周身发冷，她也想痛哭一场来释放自己压抑的情绪，可残酷的现实容不得她哭，她必须清醒地来照顾全家的老老少少，才不至于让全家人因凄惨而倒下。眼中的泪水由不得吴孝莲坚强，止不住流下来，"啪嗒啪嗒"滴在面团上，奶奶眼巴巴地望着孙女的颗颗泪水，老太太百感交集，祖孙二人相望着任由泪水流淌："大妞呀，好孩子，若是奶奶也走了，外面有你二叔顶着，家里就靠你和你娘了，俺不放心的是大宝和二宝呀，以后这一家人呀，可怎么活，怎么活啊！"吴孝莲靠近奶奶坐下，擦去奶奶脸上的泪水："奶奶，恁得活着呀，咬牙也要活着呀，奶奶啊，恁不能不要我们呀，不要大宝、二宝啊。啊啊——"老太太的头发全白了，白发苍苍，人显得憔悴不堪，有气无力地睁开眼睛，望着孙女眼睛红肿，如万箭穿心般痛，伸手给孙女擦去泪花："大妞不哭，好孩子，大妞不哭，奶奶不死，奶奶怎么能死呀，奶奶看着你们好好地活，看着你出嫁，看着大宝、二宝娶媳妇，咱们好好地活着呀。"吴孝莲的泪水如断线的珍珠："奶奶啊，等二叔回来，俺爷爷和爹就回来了，奶奶啊，我们回安徽去，一家人再也不分开了，奶奶啊啊——"老太太不忍心看孙女伤心痛哭："大妞啊，别哭啦，别哭啦，你爷爷和你爹呀，一定能回来的，你二叔去救他们呀，好孩子，别哭啦。"吴孝莲咬住嘴唇，怕哭声惊扰娘和弟弟们："奶奶，等爷爷他们回来，擀好的面条全给爷爷他们吃，俺再给奶奶和弟弟擀，恁说好吗？"老太太使劲地点头："老天爷在天上看着呀，就凭俺大妞这颗孝心啊，这颗孝心啊！恁爷爷他们就回了，一定会回来的！"老太太绝望地仰望着，她要向老天爷问一问，天理何在啊？把穷苦人都逼到绝路上了，老太太再也抑制不住自己，伸手也把孙女揽过来，祖孙二人放声痛哭。

每一位矿工要承担养活一个家庭的重任，600多条鲜活的生命，包含着祖孙三代人、父子、父子三人、兄弟俩、兄弟三人等，困在暗无天日的井底，生死不明，活生生的人间悲剧，在枣树行，在杨树底，在大洼街，在劳工宿舍，在石猴岭，在大地，在天空，在人们的心上，在枣庄的这片天地间，同样的泪水伴着凄惨的哭声，回荡在每家每户，全矿一片泣声、叫声，悲情令人目不忍睹，枣庄这个时候如此的惨烈，中兴这个时间如此的悲凉，大地在一片泣声里悸动，天空翻卷乌云电闪雷鸣，谁敢再踏进哭声震天的枣庄啊，夹带着呼啸凄厉的北风，穿过矿区，撕裂了所有人的心。

中兴煤矿南大井突发透水和瓦斯爆炸事故的连续三份加急电报，很快交到远在北京的中兴公司经理张莲芬和董事长周学渊的手上。惊闻南大井被淹，设备俱损，井下近 700 人劳作，只逃出区区 12 人，惊得已 64 岁的张莲芬一句话也说不出来，跌坐在地上，身边随从急忙扶起经理，张莲芬向大家摆摆手，他颤巍巍地在写字台前坐下，提笔写道："深维临难苟免之戒遂不果辞，在京闻耗，驰往抚视，百计补苴……"

秘书向经理汇报由天津至临城的最早一次头等列车的车厢已经客满，预订了二等车厢，张莲芬点点头，嗓子眼儿发甜，他忙拿手绢捂住嘴，鲜血还是一滴滴地滴在电报稿上，"即刻准备出发"。

南大井突生灾变，在中兴公司经理张莲芬和董事长周学渊日夜兼程赶来之前，暂由协理戴绪万主持处理矿难各项事宜。矿难事发突然，中兴公司上层此时最担心的就是涉及的矿工、家属和当地群众，数千人闻讯赶到时，因情绪愤恨到极限，数次冲破护矿队拦截人墙，随时都会发生大规模骚动。戴绪万在处理救助现场，派胡希林等立即通过台枣铁路派车去峄县公署请县知事，速派驻军进驻中兴公司维持秩序。县知事派驻军营长陈孝营等带兵"稳定秩序，弹压地方"，前往南大井和中兴公司办公楼维持治安。护矿队、县大队和防营也在围墙四周和其他要害地段布满岗哨，荷枪实弹，如临大敌。

凌晨 3 点 50 分，临城火车站，风尘仆仆的张莲芬一行人走下火车，胡希林率一众人迎了上去，望见张莲芬等顾不得行礼，似久别的亲人重逢，哭声一片，引得下车旅客纷纷侧目，张莲芬擦擦双眼，示意大家快走。

几辆车由临城直接驶向南大井，一路上，胡希林加快语速向张莲芬和周学渊汇报矿难初步判断出的成因，及协理戴绪万着重解决的首要棘手问题："当时在井下的矿工有 673 人，逃生了 12 人，井下因瓦斯爆炸，整个巷道引起大火，高夫曼建议采取水灌注灭火……"

张莲芬忧思成疾在火车上辗转难眠，听着胡希林的汇报，真实情况比想象的还要大出许多倍："井口被井下的煤末和杂物堵塞，罐笼难以升降，生还者难以脱难，务必疏通井解危呀。"

周学渊满脸愁云，连连叹气："因工受伤及抚恤，公司有相关的规定，这次你们怎么协商的？"

胡希林想了想："公司拟定凡外工因公殒命者，均给予一次抚恤金京钱 100 千文，并给丧葬费京钱 50 千文。只是这次波及面众多，涉及人员广，初步打算凡外工因公殒命者，均给予一次抚恤金京钱 200 千文，凡家属取具切结按手印的，并给丧葬木棺一具。"

张莲芬和周学渊沉思良久后，二人均表示赞同，中兴要不惜一切财力，把安抚金落实到位。

汽车驶进南大井，张莲芬等没看着协理戴绪万，迎过来的是副矿师朱严筹，哽咽得说不出话来："协、协、协理和总矿师在井口呢。"一众人二话不说，直奔井口。

由于南大井没有完备救援设备，也无法判断井下巷道状况，只能等井口大火熄灭后再组织力量救援。第二天凌晨 4 点，火势渐渐地减弱并逐渐熄灭后，吴言虎与矿上工人纷纷赶来参加救援，疏通被旧木、铁车、煤末充塞的井口。高夫曼与朱严筹在现场召集总煤师、煤师、监工和副监工等，怎奈无法确定井下通风与否，岂敢贸然下井探查险情。老窑工吴世兼提议："老爷们，弄两只公鸡装编筐里，慢慢放入井底个把小时，公鸡活着就没事。"矿师们皆认为此法可行，戴绪万命护矿大队长韩化臣速速派人找来两只大公鸡，用绳子系住编筐投入井下。大约两个小时后，见公鸡安然无恙地提出井口，大家松一口气，测知井下的风路已通，无大妨碍。

"理庵，理庵。"戴绪万听见有人喊他，他回身望去，就见张莲芬和周学渊一行人走过来，戴绪万拍拍手上的灰尘，急忙迎上去，欲行跪礼，被张莲芬一把拉住，戴绪万眼眶里充满了泪水："理庵，无能啊，祸及经理和董事长，捶胸顿足，罪不可赦啊！"张莲芬急于追问："井下情况如何啊？"戴绪万搀扶着张莲芬一步步地走向井口："井口已疏通，罐笼在事故中损坏了，无法升降，修复罐笼至少还需要一天的时间。"周围抢险的矿工们牵挂亲人，现场哭声一片，张莲芬弯腰拾起一截被炸裂的坑木，不觉老泪纵横。

灾变后的第三天，水势稍退，机电工修理罐笼时，隐约听见井下传来微弱的呼救声，大家欢喜不尽，煤师立即报告了公司协理戴绪万，矿上加派人员参与顺通，经过一天多的时间，才将塞满煤末、石块、木棒、铁车的大巷挖开一通道，意外救出 202 名幸免于难的矿工。

两天两夜不曾合眼的吴言虎仿佛看到了希望，迈着疲惫的脚步回家报喜讯。家门口挤满了十几家人，嚷嚷着找吴言虎，吴孝莲和大宝、二宝忙着给杨树底过来的人倒开水，刘奶奶回头望见了奔回家的吴言虎："大妞呀，快给奶奶看看，是你二叔回来了吧？"大宝和二宝早就跑了过去："二叔，二叔，二叔。"刘奶奶忙喊住大家伙儿："走，咱老少都给虎子磕个头去。"刘奶奶带着三个孙子，身边的老少 50 多口人扑通跪倒一片，吴言虎手拉着大宝、二宝跑过来，急忙扶起跪在前面的长辈们，吴言虎满眼的泪花，刘奶奶拉住吴言虎的胳膊："虎子呀，你们救了 200 多人啊，也救了你大娘的三个孙子呀，你爹和你哥哥，也一定能救出来的！"

南大井所面临的形势不容乐观，井下的设备和工程遭到严重的破坏，首先搜救遇难矿工，而后井下分步骤开始灭火、排水、输风、清理维修巷道等各项抢险修复工作，上平巷与掘进区域，因煤泥堵塞进不去勘察是否还有幸存的矿工人员，而现在棘手问题是瓦斯爆炸引起的井下煤层失火自燃，随着大巷疏通，过火面积大，引燃的面积愈加严重，如若不及时灭火，整个新建的第一大井将要被毁灭。总矿师高夫曼的建议是刻不容缓，水灌灭火。中兴上层管理者都默许了这个救急方法，张莲芬内心阵阵绞痛，他清楚漫水灌井灭火是非常可行的，也是必须要即刻实施的。不然南大井毁了，经历了 37 年漫长积累起的中兴煤矿有限公司将彻底垮掉了。

张莲芬布满血丝的眼睛，望向高夫曼，高夫曼对视着，他又望向董事长，周学渊躲闪他的目光，他再望向协理戴绪万、胡希林和朱严筹等，他们都垂下了眼皮。谁都清楚，漫水灌井，井下搜救将终止。

高夫曼命朱严筹呈上井下分布图："经理先生，各位，因为水流湍急，裹挟大量的碎煤末，塞满大巷约 500 米，爆炸没有波及井口这一段，滞留在大巷井口处的 202 位矿工的性命才得以保全。所以，水滞留区域与爆炸区域，很难有人存活，即便是疏通整条大巷，没有十几天也是不行的。"没有人对高夫曼提出异议，大家沉默了。

枣树行的窑户盼望着明天再出现奇迹，老太太心疼小儿子仅仅过了三天工夫，脸瘦凹陷，骨瘦如柴，执意让儿子躺下睡一会儿，她让儿子把头枕在腿上，轻轻地抚摸儿子，大宝和二宝给二叔揉腿，大宝娘低头给缝补衣裳，一家老少大气不敢喘，吴孝莲忙着给二叔烙单饼炒鸡蛋，看二叔睡着了，把单饼紧紧地抱在怀里，静静地坐在奶奶身边，盼望着二叔睡足吃饱了，尽快地把井下的爷爷和爹救上来。

窝棚外突然传来呼叫声："虎子，虎子在吗？"一家老少愣住了，吴言虎猛地爬起来，吴世兼带着儿子吴均山急火火地进了窝棚："虎子，不好了，矿上要往大井灌水了，可井下还有 400 多人呀！"

"虎子哥，外面 2000 多人等你拿个主意呀！"

吴言虎翻身下床，顺手抄起一根木棒："走。"

等吴孝莲反应过来，双手抱着单饼追出去老远，2000 人走远了："二叔——二叔——"

一家人战战兢兢地等到后半夜，吴言虎手提木棒回来了，老太太撑不住了，头一歪晕倒了，一家人七手八脚地把老太太服侍好，吴言虎端一碗水，跪在床边："娘，喝点水吧。"老太太示意扶她坐起来，吴孝莲和娘给老太太扶住了，老太太拉住儿子的手："虎子呀，咱这一家人再也不能，不能出事了呀！"吴言虎强作笑脸："娘，矿上答应了，先救人，俺千八百人，就是不吃不喝，也要疏通大巷，救出大伙呀！"老太太目光呆滞，人也恍惚，"大宝娘呀，大宝爷爷的棉鞋，明天晌午头，拿出去晒晒，回来就得穿呀。"吴孝莲怕眼泪流下来，站起身，把头转向一边："二叔，吃点饭吧。"吴言虎来到方桌旁，见是单饼还有一盘炒鸡蛋，想着爹和哥哥尚在井底下生死不明，娘又连病带急气息奄奄，嫂子带着三个孩子以后怎么活啊？吴言虎此时此刻怎么咽得下去，望着侄女轻声说道："给奶奶和宝儿留着吧，有高粱煎饼吗，俺用盐水泡着吃。"吴孝莲难过在大难之下，这个家现在全靠二叔里外奔波，恨自己只能眼睁睁空着急，不能为其分担一二，只能是力所能及地尽其所为，精心做出来的一张张单饼一盘炒鸡蛋，涵盖了吴孝莲的拳拳孝心，她也想为这个家付出全部，为二叔分担一些愁苦，心疼连日奔波瘦成皮包骨头的二叔，一张单饼一口炒鸡蛋也舍不得吃。吴言虎见侄女哭得肩膀抖得不行，一阵心酸，泪水夺眶而出："大妞，二叔吃呀，吃呀，瞧这单饼烙真好啊。"吴孝莲眼含泪水："二叔啊，多吃点啊，啊啊啊——"吴孝莲放声大哭，啊啊啊——吴家老少再也绷不住了，哭到一块儿，老太太俯身摸索着拿起一块手巾："大妞呀，别哭了孩子，好孩子，让你二叔，吃点饭呀！"

"虎子，快跑啊！快跑啊！"刘奶奶急慌慌地整个人摔倒在门口，顾不得疼，爬起来，"虎子，快跑啊。"

枣树行、杨树底、大洼街已被县大队和当地驻军的人马团团围住，矿警队按照名单抓人。不等吴言虎走出来，矿警队长杨竞业带着县大队的戴德章、褚福槐等人闯进来，拖住吴言虎就往外拽，窝棚周围站立着持枪的驻军营长陈孝营和士兵。

大宝和二宝一个人拖住二叔一条腿，吴孝莲和娘死死地拉住吴言虎不松手："老总，大爷啊，你们不能随随便便抓人呀。""放了俺二叔，放了俺二叔。"孩子们凄惨的哭叫声划破了天际，抓人的士兵慌了手脚，连推带搡。

刘奶奶坐在地上呼喊着："街坊邻里呀，虎子可是为了咱呀，大家出来救救虎子吧，救救孩子啊！"

鲍金牙上去就踢一脚："老不死的，不想活了你。"

刘奶奶也不顾一切扑向吴言虎："老总啊，不能这样抓人啊，还让这家人活吗？"

枣树行的老老少少闻声纷纷跑出来，围拢过来："老总啊，不能抓人啊，他爹和哥哥还在井底下呀。""你们抓了他，剩下孤儿寡母的，可怎么活呀？""行行好吧！"

陈孝营举起手枪朝天"啪"开一枪："他妈的，穷鬼们都老实点，抓的就是挑头闹事的，与你们无关，不然老子的枪可不认人呀。"

"老总啊，俺们老少爷们儿，都给大老爷们跪下啦，求求大老爷们，放了言虎吧！"呼啦啦，一片片的人，跪了一地，人们向荷枪实弹的军警哀求着。

一队士兵持枪把人群隔开，吴世兼带着儿子吴均山奋力拨开士兵的枪："怎么与我们无关呀，我们的亲人还困在井下，是死是活还不清楚，你们就来抓人呀？"

陈孝营一挥手，七八个士兵蜂拥上来，把吴世兼打翻在地，吴均山趴在吴世兼身上："不要打俺爹，不要打呀。"

正在这时，老太太一步一步地爬出窝棚，用尽全力呼喊着："求求你们了，放了俺儿子，俺就这一个儿子了，他一个哥哥死在井下了，他爹和大哥还在井底下没出来呀……"老太太抬起手慢慢地放下，人倒在地上一动不动。

众人奋力推开士兵："大娘呀！""吴奶奶！吴奶奶啊，恁快醒醒啊——""大宝娘，快来呀，大娘不行了呀！"

大宝娘发疯般地跑过来，俯下身抱住婆婆："娘，娘，娘啊——"

那一边，大宝和二宝被戴德章、褚福槐连踢带打给拽下来，两个孩子被打得口鼻冒血，吴孝莲依旧死死地拖住二叔不松手，身上的破烂衣裳哪禁得起这样野蛮地拖拽，双腿被地面上尖利的砾石划出道道血口子，任凭踢打就是死死地不松手："放了俺二叔，放了俺二叔。"被拖拽厮打的小姑娘，浑身流血，却依然刚强不屈，镇住了厮打的警察，松了手。刘奶奶拽住吴言虎的衣袖："虎子呀，虎子，你走了，你娘和你嫂子她们怎么办呀？孩子们怎么活呀？老天爷呀！你怎么不睁开眼呀！这是什么世道啊？还给我们穷人一条活路吗？苍天啊——"吴言虎望着远处躺在地上的老母亲，泪流满面，扑通跪倒在地："大爷，大娘们，虎子给你们跪下来，俺娘和嫂子就靠你们费心啦，怕是虎子不能尽孝了，三个孩子恐要受罪了！"吴孝莲紧紧地抓着吴言虎哭喊着："二叔呀，二叔，爷爷和爹都不在了，奶奶还病着呀，你不能丢下我们呀，二叔啊，二叔啊——"吴言虎望着凄惨的侄女，心如刀绞，嘴唇都咬破了："大姐呀，奶奶就靠你和你娘了，千万要照顾好两个弟弟啊！"

一大群老矿工冲过来："老总啊，可怜可怜吧！吴家父子俩还埋在井下啊，留下的孩子们可怎么活啊——"

"可怜可怜吧！奶奶啊，眼看着不行了，家里还有三个吃饭的孩子啊！这家人可怎么活啊——"

戴德章和褚福槐又招手唤来士兵，连推带搡把刘奶奶给拽住，戴德章抬起手用枪托子砸向吴孝莲，吴孝莲额头上顿时流出鲜血，摇晃两下摔倒了。发了疯的吴言虎抬起一脚就把戴德章踢飞了，滚到河沟里，又用头拱倒两个士兵。县大队的人和驻军士兵蜂拥过来，十几个人把吴言虎打倒在地，硬生生地给拖走了。

浑身是血的吴孝莲，在后面紧紧地追赶着："二叔，二叔——"

凄惨的哭喊声划破了天际——

血泪滚滚永不止，只教苍生唤我今。我哭啊！我这哭苦难的煤矿工人！我哭这黑暗的世界！

窝棚里微弱的油灯忽明忽暗，闻讯赶过来的魏长顺看了长吁短叹，吴孝莲和娘扶住老太太，刘奶奶试着喂米汤："大宝娘呀，恁婆婆看着快不行了呀，俺苦命的嫂子呀，你丢下孩子们可咋办呀？孩子们可咋活呀？你真的舍得留下孩子们不管了呀，俺嫂子啊，嫂子啊——"

魏长顺哭得呜呜的："大娘，大娘呀，您可要好好地活着呀，大娘呀大娘呀——"

大宝娘哭肿了双眼，现在一滴眼泪也没有了，她就痴痴地望着婆婆，一句话也不说。

吴孝莲想哭不敢哭，她望着两个趴在奶奶脚下痛哭的弟弟，感觉如同天塌下来了，任凭泪水流淌。

窝棚外，邻居们默默地垂泪，看着凄惨的吴家人，想着自己也将面临着家破人亡，感觉黑暗将永远地伴随她们的一生。好心的邻居们，知道奶奶快不行了，执意劝走了吴孝莲和两个弟弟。

天快亮了，老太太睁开了双眼，一声声喊大宝和二宝，刘奶奶近前道："孩子们睡了，嫂子，恁就安心吧。"

大宝娘靠近婆婆："娘呀，恁有什么话就说吧。"

魏长顺把油灯端过来："大娘，家里再难，还有穷苦的弟兄们呀，恁有什么话，尽管说。"

老太太闭上眼睛，又慢慢地睁开，老太太临死也不放心啊，留下孩子们可怎么活啊？老太太有气无力地抬起手："大宝娘啊，咱就是饿死，也不能把孩子们卖了呀。"

魏长顺哭出声来："大娘呀，恁别这样说啊，我们有口饭吃，就不会让三个孩子饿着，大娘啊——"

老太太有气无力地抬起手，指指门口："地下冷，俺的被子烧了，给爷儿几个盖，俺有张席子下葬就行。"

刘奶奶抓住老太太的手："苦命的嫂子呀，为了孩子们，咬牙也得活着啊，咱等虎子回来呀，等虎子回来呀——"

老太太眼角流出一串泪滴，头一歪，咽气了。

"娘，娘，娘啊——娘啊——"

"嫂子，嫂子啊——嫂子啊——"

矿难笼罩了枣庄的上空，成百的窑户人家沉浸在悲哀中，大宝娘靠大家伙相助，草草掩埋了婆婆。老太太走的这一天，中兴煤矿总矿师高夫曼命引地面水向井下灌，淹没井筒 150 尺。两周后火灭排水，至 5 月方排干，共清理出遇难矿工尸体 499 具。

资方软硬兼施，护矿队稳定局面，县大队和当地驻军配合矿巡警武力恫吓群众。峄县县知事亲自出面调停，规劝窑户在"传集各家属取具切结"上按手印，当众按名发给京钱 200 千文，其经救出者，每人发给京钱 100 千文。已经起出的尸体，也由家属认领棺殓埋葬。

各色的人贩子、骗子、三姑六婆开始游荡窑户居住区，游说蛊惑失去生活依靠的窑户卖儿卖女，多数卖给有钱大户做丫鬟和奴仆，姿色好的女孩子送入青楼。

高阎王和袁算盘捧着账本挨家挨户追债，两个黑了心的家伙，用脚踢开吴家的门，见吴世兼、魏长顺和刘媒婆在此，立马换了一副嘴脸，高阎王和和气气地坐下："唉！现在窑户们难，俺也知道，好几百家都成了孤儿寡母啦，可日子总得过呀，恁说是吧，吴嫂子。"

袁算盘抖抖嘴角："老吴家的，这么说吧，高掌柜是出了名的大善人，遇到矿难，吴家老少就走了爷俩，老太太也走了，言虎万不该受人蛊惑，被抓进大牢，想活着出来，只怕是不可能了呀。"

吴世兼愤而站起来："袁算盘，头顶三尺有神明，休要狗仗人势，作恶多端呀，给自己留条后路吧。"

高阎王站起身，拉住吴世兼："唉，俺理解大家的心情，咋说也得为喘气的想呀，是这个理吧？"高阎王一双贼眼来回在吴孝莲和大宝、二宝身上踅摸，他又瞅瞅刘媒婆。

刘媒婆瞅瞅高阎王，咕哝嘴没敢言语。

魏长顺起身站在孩子们前面："高掌柜，既然来了，就打开天窗说亮话，你们究竟想干什么？"

袁算盘从褡裢里掏出账本算盘，放到方桌上，翻到借贷账目，跷起小拇指"噼里啪啦"打响算盘："高掌柜、吴家嫂子，你们听好了，五年欠账利滚利，合起来欠327吊，今年1月份，借20吊钱，共计欠款，347吊。"

刘媒婆手持手绢抵住下巴："怎么着，吴家爷俩的抚恤金是400吊，发放抚恤金的时候，不是大家伙拦住，二把头鲍金牙就替高掌柜扣去300吊，吴家就用这100吊，发了爷俩的丧呀，看在孤儿寡母的情分上，高掌柜高抬贵手再缓一缓。"

袁算盘立起双眼："哼"了声，"刘婆子，积德行善你说得轻巧，这次中兴矿难，走十户，得七户人家遭难，由着心可怜，谁可怜高掌柜呀，高掌柜家又不是开票号的，你们要找，就找中兴喊去。"

高阎王皮笑肉不笑地点着头："嘿呵呵，难啊，这年月谁不难啊，大宝娘，俺既来了，多少补补账，俺也不废话，还得去下一家追账呢。"

大宝娘从小木橱里，拿出一个布包，打开布包，数数钱，37吊500文钱。

袁算盘写下字据，收了30吊钱："嗯，吴家还欠高掌柜17吊钱，不过嘛，最好近期还上，若是过了年再还，就成了51吊呀，可听清楚了，到时候不能反悔呀。"

高阎王斜眼瞅瞅字据，按上手印，递给大宝娘："老吴家的，咱活人不能让尿憋死呀，俺瞅大妞的模样儿，不走鱼市街和南马道，走徐州或济南，还愁卖不出30块大洋呀，还了债，还落了钱，一举两得啊。"高阎王一步步逼近吴孝莲。

大宝娘一步跨过去，护住孩子："高掌柜，俺就是饿死，也不能卖孩子。"

高阎王倒是一脸轻松："哦，老吴家的，实话说了吧，就这矿难死了499人，还有32个受伤的，500多家失去劳力，落难家的孩子插草标随处卖，卖价比往年降了一半还多，各处青楼妓院挑花了眼，求俺的人多的是。"高阎王自以为是地仰着脸，他撇开大嘴满口胡吣，一旁的袁算盘拽拽他袖子，高阎王低头望去，吴世兼抄起菜刀，魏长顺举起铁镐，袁算盘转身蹿出去，高阎王没回过神来吓住了，手指着吴世兼、魏长顺："你们，你们想干什么，俺、俺俺，是好意，好意啊。"刘媒婆死命地拽住吴世兼胳膊："哎哟，这咋说的呀，高掌柜仔细瞅瞅，这儿不是胡说八道的地方呀，高掌柜快请回吧。"高阎王慢慢地往后退，窝棚低矮，"咣当"碰了他的后脑勺，双方都一愣，高阎王揉着后脑勺："咱君子动口不动手，有话好说嘛。"魏长顺放下铁镐，抓起账本、算盘狠狠地扔向高阎王，"啪"算盘摔地上炸开，高阎王忙弯腰去拾，魏长顺一脚踏账本上："高阎王，你利滚利吃了吴家多少钱啊，还要把魔掌伸到孩子们身上吗？滚！"高阎王双手发力搜出账本，连滚带爬地跑出去。

阎王债逼进家门，吴家人已无路可退，工友们凑了盘缠，魏长顺陪着刘媒婆去王家湾找刘老栓，细说了吴家遭难经过，只求能保佑吴家女儿有个容身之处，若刘家不嫌弃吴家是守丧期间，就把吴家孙女吴孝莲收为童养媳，年纪12岁，彩礼不论，量力而行。

刘老栓与刘艾氏在锅屋里商量来商量去，穷山沟做长工的，穷家破业，租种两亩薄地，要养活四个孩子，也是欠着地主刘安堂家的债，哪有钱给儿子说媳妇呀。今天有刘媒婆保媒，中兴的厨师做中人，刘家也穷掉腔了，还有啥不乐意的，爽快答应了刘吴两家结姻亲。第二天，刘老栓用从东家借来的毛驴，驮100斤高粱米，老婆刘艾氏怀里揣六块大洋，大儿子刘和顺背上装六只鸡的筐子，跟着魏长顺和刘媒婆往枣庄走，来到大洼街，进卖布店铺扯了两米二尺七宽的红布料，寒酸的彩礼算凑齐了。

自打矿难以来，吴孝莲夜夜攥住娘的手入眠，常常半夜时惊醒，她怕娘想不开寻短见。大宝娘望着闺女半夜哭醒，紧紧地攥住闺女的手，一句话也没有。吴孝莲见娘坐起来，她才放了心："娘，又把恁闹醒了？"大宝娘瞧瞧四周："大姐呀，你奶奶到死也不放心呀，咱娘几个就是饿死，娘也不能把你们卖了呀，你就安心去刘家吧。咋说呢，刘家在老山里穷些，厚道人家，都是老实本分人呀。"吴孝莲强忍住自己，泪水在眼眶里打转：

"娘，只要是活路，俺就听恁的，恁和大宝、二宝，以后可怎么办呀？"大宝娘低下头："俺想好了，把大宝和二宝托付给舅舅家，娘去给有钱的人家做帮佣，等你二叔回来，咱就好了呀。"吴孝莲呆呆地望着娘。大宝娘从枕头里摸索出一只银手镯，给闺女戴上，忍不住泪水滚落："大妞呀，你二叔心疼你呀，说啥也得留下一只，末了呀，你爷爷奶奶拧不过你二叔，算点头了，想着大年三十，偷偷放你枕头下面嘞，这明天你就去刘家了，今晚上就戴上吧。"吴孝莲扑进娘的怀里："娘啊，二叔还能活着回来吗？娘啊啊——"悲戚戚，北风寒，孤月悬，生死相逼，谁人怜，惨惨惨！娘俩哭到天发白，相拥睡着了。

吴孝莲迈进刘家门，不到十日，魏长顺、宋二、吴世兼、吴均山等披星戴月来到王湾村，个个愁容满面，七八个人刚落座堂屋，锅屋里烧水的吴孝莲便听见婆婆刘艾氏号啕大哭，吴孝莲感觉家里一定是出事了，急忙跑进堂屋。大家一见吴孝莲都站起来了，魏长顺走过来，双手握住吴孝莲的手："好孩子呀，咱回家去，恁娘病了，叔叔大爷们呀，赶来接你回去的，不能再耽搁了，咱这就走，走、走、走啊！"

一行人还没走进枣树行，远远地听见一众哭号声，吴孝莲在判断着哭声，听见了刘奶奶的号哭声："大宝娘呀，俺苦命的侄媳妇呀，你就舍得扔下三个孩子走呀，俺苦命的侄媳妇呀，俺的天呀！大妞回来，俺们怎么跟孩子交代啊！老天爷啊！你让大妞可怎么活呀，你让大宝、二宝没了亲娘了呀，虎子回来可咋办呀，俺的娘啊！老天呀！老天爷！这苦命的三个孩子，没了爷爷奶奶，没了爹，这又没了娘啊，孩子们可咋办啊！老天爷啊！睁开眼看看吧，还让穷苦人活吗啊？"吴孝莲挣脱开婆婆的手，不顾一切冲过去，窝棚外的一张席子上，直挺挺地躺着一个覆盖草席的人，吴孝莲"扑通"跪倒在地，哭喊着爬过去："娘，娘啊，俺娘啊，恁走了，两个弟弟可怎么活啊，爷爷奶奶都不在了呀，爹也走了，俺二叔在哪也不知道呀，娘，娘啊，俺娘啊，大宝、二宝可怎么办呀，娘，娘啊，俺娘啊——娘，娘啊，俺娘啊——"吴孝莲哭着喊着，哭声惊天动地，椎心泣血，哭哭哭！

直到哭昏过去。

就这一年，枣树行的窑户，哪一家没有失去丈夫，哪一家没有失去儿子啊，活着的妻子儿女横遭柜头和人贩子贱卖，枣树行的枣树一棵没剩全死了，枣庄没枣树了，空留下一个枣庄的名字，刘奶奶对天说，流的泪水太多了，太咸了！太咸了啊！

大宝娘眼巴巴地望着闺女，跟着王湾村的长辈们走远了，搂住大宝、二宝痛哭一场，刘奶奶几个好言相劝一番，自然是相安无事过了七天。第八天，托人找来孩子的舅舅："家里有七吊500文钱，大姐婆家给见面礼拿来六吊，俺就留下两吊，这阵子花了些，剩下四吊和100斤高粱米，你拿着，哎，姐姐也知道弟弟家的难处，给大宝和二宝呀喝上一口汤，吃一口饭，饿不死，权当舅舅赏口饭吃呗。"

"姐，恁是咋想的，把大宝、二宝交给俺，不合适吧？"

"姐就是想让大宝和二宝待在舅舅家住一阵子，俺这阵子做帮佣，等他二叔回来呀，姐就去接他俩回来。"

大宝舅肩挑高粱米，带着俩孩子回佟楼去了。

等枣树行来人，告诉他姐姐当夜就上吊自尽了，大宝舅舅哭坏了，想带着两个孩子奔枣树行，不想追债的高阎王和袁算盘一伙人，正往这边来。黑了心的二人正不甘心吴家媳妇上吊，账面损失17吊钱，带着一帮讨债打手追到佟楼村，二十几个人直接闯进家门。

一家人吓坏了，不知所措地望着凶神恶煞的一帮人，高阎王眉头一皱计上心来，给袁算盘努个嘴："昨夜里，你姐上吊了是吧？"大宝舅低头不语，高阎王围着他转一圈，瞅瞅两个孩子，七八岁光景，聪明伶俐的双胞胎，看着就让人稀罕："你姐账面上还欠俺17吊钱呢。"大宝舅推开高阎王就要带两个孩子走，被袁算盘一把拽住："想溜呀，没门，现在就把话说明白，欠债还钱，天经地义。"大宝舅小声说道："俺不清楚，找不着俺。"高阎王嘿嘿坏笑起来："哼，俺也犯不着找你呀，你算老几呀，俺找吴家的两个儿子算账，总可以吧，不过当舅舅的愿意替姐姐还债，最好不过了。"

大宝舅没了主意："俺要钱没有，要命一条，你们想咋办呀？"高阎王搓搓手指："哎哟嘞，咱都乡里乡亲的，你姐姐家遭了难，谁见了不同情呀，别说是17吊钱，就是170吊钱，又如何呀，俺这善心啊，在枣庄是出名的，谁家有难有灾的，只要张口，砸锅卖铁，俺也借。这次中兴矿难闹得哪儿都知道了，政府准备收养孤儿，有吃有喝的，还能上学堂读书呢。"一旁的袁算盘，马上明白高阎王打啥鬼主意："真的哟，入了孤儿院，主家还得钱，300多家求高掌柜帮忙呢。"袁算盘说着话，从褡裢里掏出一本花名册，随便翻看着："这都登记了，有名有姓的。"大宝舅听说过，但不知真假，据说是中兴公司出钱办孤儿院，收养矿难孤儿："怎么登记呀？"高阎王板起脸来："僧多粥少，这次矿难的孤儿多了去了，不过……"袁算盘冲着高阎王赔笑脸："高掌柜呀，俺这吴嫂子家，因矿难接连死了四五口人呀，俺亲娘啊，恁高抬贵手，给这两个孩子混口饭吃，恁瞅瞅，舅舅家还养四个孩子呢。"袁算盘打得精明，一语中的指出，想多养两个孩子，正值七八岁年纪，男孩子吃不死你，也得吃穷你。大宝舅媳妇动心了，悄悄拽拽丈夫，大宝舅想姐夫一家人就剩下三个孩子，这两个外甥即便跟着他，媳妇也不会同意的，家里还养着四个嗷嗷待哺的孩子："高掌柜，就是俺有这个心，只是两个孩子？"高阎王很不耐烦："这好办呀，暂且由俺带两个孩子去矿上报名，你先去奔丧，回头带两个孩子找你，由你亲自送两个孩子进孤儿院，就成了吧，俺姓高的最讲诚信，哼哼哼。"大宝舅犹豫再三，媳妇先应允了。高阎王和袁算盘相视一笑："先给你出个字据，有凭有证的也有个交代，别让人家说咱欺负老实人。"袁算盘瞅瞅高阎王，又从褡裢里掏出一摞凭证，抽出两张："高掌柜，恁先按手印，省得犯疑心。"高阎王接过印盒，按上手印。大宝舅两口子看了半天，也看不明白，袁算盘扔出两块大洋："去孤儿院也不白去，半年时间，每人发给主家一块大洋呀。"一块大洋，够一家人吃上一个月了，大宝舅也动心了，不再犹豫，顺利地按了手印，大宝和二宝被高阎王一伙人从舅舅家被带走了。

魏长顺和吴世兼正商量丧事如何办理，大宝舅奔丧赶过来，大伙没见大宝和二宝，便问两个孩子因何不跟来，发丧还得两个儿子守灵、路祭、摔老盆和安葬诸多事等。大宝舅说了实话，被高阎王领着去矿上报名去孤儿院，报完名就送过来。魏长顺和吴世兼一听就傻了眼，知道两个孩子被高阎王一伙人骗走了，火急火燎地召集一帮人，跑到中新街南门外路西宋家店，央求宋二好歹地出面说和，先救两个孩子回来。怎奈为时已晚，哪里还找得到高阎王，揪住袁算盘就要动手，让他放了两个孩子，袁算盘挣脱众人，从褡裢里拿出一张签字画押的凭证，呈给大家看："咱兄弟爷们，说话先讲理，拿凭据说话。大宝舅舅，说好的事，咱不能反悔啊，一个孩子，俺按高价花了 20 块大洋买的呀。"大宝舅目瞪口呆，简直被气疯了，他恨不能撕碎了袁算盘："你血口喷人啊，你什么时候给俺 20 块大洋呀，就给两块大洋，现在还给你们，快把两个孩子还给俺。"袁算盘眼疾手快，顺手拾起两块大洋装进衣兜里："大宝舅舅，买卖不成仁义在，你还了两块大洋，还差 18 块呢。"大宝舅焉能辩驳了心黑歹毒之人的口舌，袁算盘拿出看家本领，一头撞墙，没撞死撞出个大血包，真把大宝舅吓得不知所措。外人看着他也存嫌疑，人心隔肚皮，亲戚靠不住的多了。袁算盘瞧出大家伙的心松动了，他又拿刀要捅自己："俺死给你们看，大宝舅是什么人，姐姐一家遭了难，当舅舅的不讲情不讲义，卖亲外甥换钱，大爷大娘们啊，咱能信这种人的话呀。"对骂起来，袁算盘比谁都跳得高："俺对天发誓，谁要胡说，明天让雷劈死，走马路让驴踢死。"见不着高阎王，也看不见两个孩子，急得魏长顺和吴世兼抱头痛哭，宋二怒视着袁算盘，一拍胸脯："俺认了，你先把两个孩子交出来，剩下的 18 块大洋，明天凑齐了，一定送过来，俺宋二说话算数。"袁算盘没咒念了，只得吐露高阎王一伙人，带着 17 家窑户人家的 18 个孩子，由天津奔北京去了。

魏长顺和吴世兼只能仰天长叹，大宝舅没脸见人了，抬腿悄悄地溜回家，一家人卷铺盖南下。从此，大宝舅一家人音信皆无，任由高阎王一帮人编造亲舅舅卖了两个外甥。

当吴孝莲惊闻两个弟弟被舅舅卖到天津卫，拼命地摇头不相信，半天哭不出来，刘奶奶忙着掐人中："孩子呀，俺孩子呀，哭出来吧，哭出来吧。"吴孝莲发出撕心裂肺般的惨笑"哈哈哈——"人昏死过去。

一连几天，临城火车站出站口，都能看见一身孝服的小姑娘，长跪在地上，不停地向走出车站的旅客叩头："南来的，北往的，爷爷奶奶们呀，大爷大娘们呀，行行好吧！俺双胞胎的弟弟，大宝和二宝，被人牙子卖到了天津卫，若是能见到他们，就说姐姐吴孝莲，在峄县枣庄等着他们呀，等着他们呀，啊啊啊——"

1927 年 6 月 28 日，旨在控诉北洋军阀和资本家迫害矿工的罪行的大会正式开始，主席台上落座北伐军所辖代表第五十八师师长文鸿恩、副师长李东魁等，峄县代表梁石生、朱道南等，中兴煤矿方面代表纪瑞民、张福海、郭长清、梁庆德等。上午 8 点，资本家胡希林、巡警局长杨竞业被押上审判台，工人代表梁庆德愤怒地控诉了军阀残酷镇压工人的罪行，讲述了工人们在物价飞涨时期工资低微的悲惨生活，郭长清等代表斗争了依仗主子的势力肆意欺压工人的巡警局长杨竞业。平日里专横跋扈的杨竞业狼狈不堪，低头认罪，不断向工人们求饶。当吴均山、陈亚伦和刘二顺搀扶吴孝莲走上主席台，吴均山眼含热泪："工友们，这位就是咱们的前辈吴永忠的孙女，矿工吴言牛的女儿吴孝莲，她的叔叔吴言虎，就是为了争取矿工的利益，失去了生命，吴家老少，受尽了资本家的剥削和压榨。今天，我们请吴孝莲来说说我们矿工心中苦难吧。"吴孝莲一家人的悲惨命运把大会推向了高潮，杨竞业听到"吴言虎"三个字瘫倒地上，与会矿工及围观群众达 7000 多人，群情激奋，为吴孝莲报仇的呐喊声此起彼伏，"反对剥削压迫！""劳工神圣！""推翻剥削制度！""为吴孝莲报仇雪恨！""统一政府建设万岁！"

心潮澎湃的赵喜龙，被大会上浓厚的革命气氛所感动，他也随着口号声，振臂高呼："拥护北伐军。""推翻剥削制度。""为吴孝莲报仇雪恨。"

赵喜龙自己也没有想到，十年后他会带领熊耳山上的弟兄们，与鲁南民众抗日自卫团合作，以临城、峄县为中心，扒火车，拆铁路，炸桥梁，劫弹药，虏伪军，拔据点，搞得侵华日军和皇协军苦不堪言。又三年接受铁道游击队整编，与日本侵略者展开浴血奋战，成为了一支重要的革命力量。

瘫倒在地、磕头如捣蒜的杨竞业，在惊慌失措中感觉喊口号最响的声音咋这么熟悉呀，杨竞业胆怯地抬起脑袋四下张望，竟然与赵喜龙四目相视。杨竞业不免一惊，张嘴高喊："抓，快抓赵……"不等杨竞业说完，陈亚伦和刘二顺把杨竞业的头死死地按住："狗畜生，这个时候还惦记着抓人呀。""现在就是抓你个老狗的时候。"杨竞业不断地挣扎着，拼了命往西南后排指："赵喜龙，赵喜龙下山了。"台下群情激昂的工人早就按捺不住了，以为杨竞业负隅顽抗，拒绝认罪，呼啦啦冲上去十几人，把杨竞业打翻在地，打得他鬼哭狼嚎，李东魁、梁石生、张福海和郭长清见状，费好大的劲，才把激动的工人们劝回去。

纪瑞民眼含热泪，走上主席台中央，深情地说道：

"工友们，天下的劳苦大众们，刚才大家伙听了吴孝莲的血泪控诉，没有人不流下泪水啊！中兴公司的每一块煤都滴着煤矿工人的鲜血，每一锹煤都流尽了工人们的汗水，工人们衣不蔽体，在暗无天日的煤层下挥汗如雨，吃的是发霉的豆饼、高粱煎饼，住的是地窖窝棚，过着牛马不如的日子。大家想一想，为什么受苦受难的总是穷苦之人，为什么作威作福的是军阀和资本家，那是因为这个吃人的社会，让这些军阀和资本家作威作福，靠剥削和压榨天底下劳苦大众的血汗，来养肥满足他们。工友们，天下的劳苦大众们，我们要团结一心，组织起来抱成团，勇敢地推翻这个反动军阀政府，建立起一个民主、自由、博爱的新社会，建立一个劳苦大众当家作主的新政权。今天，终将成为中兴煤矿工人走向胜利的伟大的一天，也是中国工人阶级最光辉的一天，我代表枣庄中兴煤矿劳工会，宣读枣庄中兴煤矿劳工会向资本家提出的 16 条要求——"

胡希林亲历了 1915 年南大井透水瓦斯爆炸特大矿难，对于矿难是有深刻体会的，但亲耳聆听了吴孝莲的血泪控诉，其心灵受到了巨大震撼，曾经骄傲的头颅也不得不低下认罪。此次大会郑重地向胡希林提出：胡希林必须接受劳工会以全体工人的名义提出的正义合理的16条诉求，必须在6月29日前，在枣庄中兴煤矿劳工会向中兴公司提出的16条文件上签字。

大会结束，6月27日下午，纪瑞民亲自主持召开了由300名矿工代表参加的工人代表大会，大会决定正式成立公开的枣庄矿区工会，选举了张福海、蒋福义、陈亚伦和刘二顺等21人为工会委员，推举张福海为工会主席。从此，枣庄中兴煤矿工人有了自己的组织、自己的家。

工人们在党组织和劳工会的组织发动下，纷纷参加罢工，举行各种集会。声势浩大的工人运动，激励了中兴煤矿工人永不屈服的斗志，在全矿12000多名工人中，积极参加工会的多达9000余人，枣庄矿区工会以崭新的姿态呈现在工人面前。

历史在这一刻，彰显了山东峄县工人阶级在党的领导下反对压迫、反对剥削迈向胜利的第一步，更是在党中央的正确领导下，中共山东省委为了配合北伐战争，积极组织工人运动，以工农联合为基础，继而达到国民革命在全国范围内的胜利。这是一次伟大的胜利！

枣庄工人运动的蓬勃兴起，揭开了枣庄革命斗争的历史新篇章，并以星火燎原之势，燃遍鲁西南！

第十五章　涅槃

国共两党领导的国民革命军挥师北伐，从 1927 年 6 月，武汉政府的北伐军与北方国民军会师中原，革命势力迅速发展到黄河流域，席卷大半个中国，给帝国主义和封建军阀在中国的统治以沉重打击，与此同时，工农运动如雨后的春笋，如火如荼，规模空前。在北伐前进的途中，中国共产党各级组织在粤、湘、鄂、赣、闽、豫、皖、苏、浙、鲁等省领导工农群众积极参与运输、救护、宣传、联络等工作，为北伐胜利进军提供了有力保障，中国共产党在血与火的洗礼中经受锻炼，规模得到很大的发展，党员数量成倍增加，自身建设推进，组织完善，得到进一步加强，阶级基础和群众基础日臻完善，进一步扩大。北伐战争是国共两党共同进行的一场旨在推翻北洋政府的统一革命的正义战争，政之所兴在顺民心。正当北伐军将士英勇奋战，高歌猛进中，一路向北所到之处，各路军阀节节败退，反动的北洋政府统治被撼动，北洋军阀岌岌可危，这是用鲜血和生命换来的北伐战争的辉煌战果，事关中华民族摆脱枷锁之际，并未能扼制革命阵营的危机。

1927 年 4 月 12 日，蒋介石率先实施"国民党清党运动"，意在清共反俄，大批青红帮武装流氓凌晨从租界冲出，向分驻上海总工会等处的工人纠察队发动突然袭击，国民党第二十六军周凤岐部荷枪实弹借口"工人内讧"，强行将工人纠察队缴械，解除了 2700 名工人纠察队的全部武装，冲突中造成纠察队员死伤 300 余人。驻在上海的帝国主义军队也纷纷出动，帮助蒋介石大肆屠杀革命群众。蒋介石在上海制造了震惊中外的四一二反革命政变，大肆屠杀共产党人和进步人士，大批无辜群众惨遭屠戮。7 月，汪精卫在武汉实行"分共"，在武汉发动七一五反革命政变，屠杀共产党人和民主人士，随即与蒋介石合流，第一次国共合作破裂，北伐战争所取得的胜利果实被以蒋介石、汪精卫为代表的大地主大资产阶级窃取，公开背叛孙中山的国共合作政策，从而葬送了北伐军乘胜追击的战果，使国共合作的北伐战争中途夭折。血淋淋的白色恐怖，伴随着血雨腥风，考验着每一位共产党人的意志和决心，为了捍卫崇高的理想，直至奉献一切，即使牺牲性命也在所不惜！

在胜利的时刻，北伐军进驻峄县的第三路军贺耀祖部及进驻枣庄的文鸿恩部，接到南撤急电，情况急转直下，令峄县的党组织和人民群众始料未及。梁石生与李东魁站在台儿庄运河码头，二人分别在即，少了离别之情，多了几番忧思苦楚的感慨。时至今日，运河依旧摆脱不了用于军事操纵的战火命运。梁石生与李东魁从走出校门的那一刻，他们的命运如同饱经战火摧残的运河，时刻都有断流的风险。望着嘈杂忙乱的士兵往驳船上搬运辎重，天气炎热，士兵们个个汗流浃背，梁石生让马车夫把劳军的西瓜卸下来，李东魁命令各部排长安排人领取西瓜。

"石生，跟部队走吧，峄县这里的空间窝憋，不适合雄鹰飞翔啊！"

"谢谢兄台，我这个人慵懒闲散，缺乏雄心壮志，乐意闲情逸致。"梁石生一脸的惆怅，举目远望。

"哦，听着这可不像当年意气风发的斗士呀，当年你和刘婉珍是怎么鼓动同学们去战斗的啊，'要有崇高理想'，'要心系国家和人民'，多么激动人心。"李东魁望着梁石生邪魅地笑笑。

"东魁，你还是改不了典型的无政府主义嘴脸，是否还对君主立宪制感兴趣呀？"

"大江东去，浪淘尽，君主立宪，早就被我丢进历史垃圾堆里了。扛枪的军人以服从命令为天职，我对政治不感兴趣，指哪打哪。"

"历经风霜雨雪，方领无限风光。天道酬勤怀旧梦，砥砺前行付韶华，枪在你手上，心在哪里呀？"

"石生，分别在即，咱俩就别再谈古论今舒胸怀了，毕竟同窗一场，军部正在秘密通缉共产党人，格杀勿论。上层风闻4月份，国民革命军总司令就在上海对共产党大开杀戒了，俺心里总觉得杀气重重啊！"

"兄台所言极是，峄县新任县长张寿卿从济宁回来，迅速传达了南京国民政府关于'国民党清党运动'的相关部署，说是说，峄县距离中央政府远，现在仅仅就走了个过场，这以后……"梁石生一阵心绞痛，在中兴煤矿工人诉苦大会上，与纪瑞民相视一笑，没来得及说上几句话便匆匆告别，想着来日方长，居然接到纪瑞民一封告别信，迫于当前的形势，北伐军挥师南撤，矿区党支部组织500人的工兵营，配合贺耀祖部撤离，撤离前工兵营奉命破坏了枣庄至台儿庄之间的铁路，炸毁了王沟和峄县候桥、南关等铁路大桥，用以阻止北洋军阀张宗昌的部队，纪瑞民随工兵营奉命离开了枣庄奔赴新的战场，二人留下无尽的遗憾啊。

梁石生当然明白，经历了二七惨案的惨痛教训后，中国共产党认识到，仅仅依靠工人阶级的力量是不够的，只有团结一切可以团结的力量，才可能把中国革命引向胜利。为此，中国共产党决定同孙中山领导的国民党合作，建立革命统一战线。在北伐即将取得胜利之际，蒋介石背叛革命，掉转枪口，大肆屠杀共产党人和革命群众，中山先生壮志未酬身先死，其"联俄、联共、扶助农工"的三大政策付诸东流。

北伐军奉命南撤，峄县正反两派人都在积极运作。中兴公司大门的电灯没亮，矿警躲到大门内侧守卫，枣庄街上鲜有人出来闲逛，一眼望去商店、旅馆、饭铺、剧院及青楼鸦雀无声，纷纷关门歇业，让枣庄在夜幕中呈现一丝寂寥。空气中弥散着炮火味让人胆寒，偶尔远处传来"轰轰"的炮声，告诉行色匆匆的赶路人，安国军副总司令兼第二军团军团长张宗昌的部队离这不远了，混世魔王的部队杀回来，闹得人心惶惶，峄县、滕县、枣庄地区，一时间家家闭户，人人自危。进入后半夜，惊恐的人们便能听到皮靴声在街道上回荡，紧张的心提到嗓子眼儿里，谁也不知道哪家即将遭殃，除双手合十求神仙保佑外，只能听天由命了。

闹工潮，北伐军进驻枣庄，峄县周围的富贵人家避祸跑路，兰素书寓在此期间就处在半停业状态，看护的几个大茶壶把门看院，姑娘们难得清闲，也跑上街追着瞧热闹。姑娘们嘻嘻哈哈聊北伐军如何军姿威武，中兴煤矿工人摇旗呐喊，桑水花和娇允儿只是静静地听着，内心盘算着每次闹匪和兵变，不论啥等级的青楼妓院都必遭劫难，崔玉娇身体娇弱，大病未愈，只得派人去峄县寻梁石生相助。

梁石生风尘仆仆赶来，花儿、朵儿姐妹奉茶递烟，一番寒暄，大家自然识趣，由珠儿引路去后院上二楼，各自闪开，留下相思人诉衷肠。

"一炷香没烧完，心里念着梁爷，巴巴就来了，叫玉娇如何担待呀？"崔玉娇强撑着坐起来，用手绢抵住嘴角不住地"吭吭"咳嗽。

梁石生放下包裹，连忙坐到床边，一句话不说，把崔玉娇拥到怀里紧紧地抱住。

崔玉娇轻轻地抚摸着梁石生的脸颊："这阵子难得见梁爷一面，竟瘦成这样呀！"

"喊食升呀，再别叫梁爷梁爷的。"梁石生感觉到崔玉娇在他的怀里颤抖着，心里涌起无限的怜爱。

"食升，食升啊，见了你真好呀，病也好了一大半啦！就那天，中兴煤矿工人开大会。"

"姐姐，你也去了，对吧？"

"没有，就在矿大门站了一会儿，我是远远地看见了你，看见食升了，我高兴地和宋妈妈走过去，见你和一双眼睛深邃的人交谈，姐姐我呀，喊了两声梁爷，梁爷没理会，我和宋妈妈可怜巴巴地走开了。"

"姐姐在撒谎，若是姐姐喊了我，食升一准听见的。"梁石生想起来了，他与纪瑞民匆匆寒暄几句，内心里的许多话还没来得及说，就被游行的队伍冲散了。

"食升呀，姐姐怎么能在那种场合喊梁爷呀，我都是在梦里喊梁爷，喊食升啊！"

"姐姐还病着，尽量少走动呀，只是姐姐遇事喊食升，别再喊梁爷啦。"

"老话讲规矩岂能破，免不了的，姐姐在外场合，岂敢造次呀，梁爷还是要喊的。"崔玉娇轻轻地推开梁石生。

梁石生舍不得，又去拽住崔玉娇的双手，捧到嘴唇上，闭目静静地闻着。

"偶尔来一次，总闻见食升身上有烟土味儿，担心又不敢说，只是怕毁了身子，家财散尽呀。"

"姐姐，你真闻见大烟味儿，可见鸦片毒害国人之深啊！周围的人十之三四吸食大烟，常与他们在一起做事，衣服上难免不熏上气味儿，整个峄县城烟馆布满街道，怎么不令人看了痛心啊！"

崔玉娇双手合十，仰望屋顶："阿弥陀佛，这便极好，了却姐姐一桩心事。"

梁石生嘿嘿乐，他羞红脸头拱枕头上，使劲拽住崔玉娇的手："俺困了，困了。"

崔玉娇瞥了一眼，懂得石生藏啥小心思："大白天的居然嚷嚷困了，食升夜里没睡觉呀。"

梁石生满脸的羞愧，索性把头钻进被单里："俺困了，困了就是困了呗。"

崔玉娇没由着梁石生胡闹，俯身枕在他胸口上："食升，你也是有家有业的人啦，把钱留着吧，不用担心姐姐。"

梁石生翻身坐起来："俺反复交代不让告诉姐姐的，又是宋妈妈说的吧，就拿了16块钱，给你养身子用的，这笔钱是我替人家抄族谱得的。"

"是吗，食升有这份心，姐姐心领了，只是这包袱里又是啥呀？"

"俺偏不说，姐姐猜猜看？"

"包袱叠得四四方方的，感觉里面是衣服？"

"姐姐猜中九十九分，棉衣棉裤。俺拿来打开，给姐姐瞧瞧，你瞧啊，苍山梨花村织的印花老土布，絮了5斤6两沙沟坡北棉花，棉袄右衽，棉裤最具鲁南特色，高腰缅裆裤。"

崔玉娇拎起棉裤仔细端瞧："高腰缅裆裤，裤腰够肥的呀？"

"姐姐有所不知，在枣庄比不得北京垒土炕，到了冬天，屋里外面一个温度，穿上当地做的棉裤棉袄，又暖和又舒服呀。"

崔玉娇把棉袄铺开，面料坚实摸起来铧手厚密，透气性强，棉花香味扑鼻，针脚细密齐整："真是难为食升，考虑周全，有这份心就足够了，玉娇虽死无憾啦！"

"峄县南城门西侧的水月庵，这家住持极好，庵内居六个沙门尼，还有一个带发修行的乞士女，姐姐带着珠儿，不妨暂居在水月庵休养，一来清净之地利欲常新，二来方便食升悉心照应，不离左右呀。"

忽闻门"咔嚓"一响，传来一阵银铃般的笑声："哈哈哈，果真应了宋妈妈的话，姐夫处处考虑周全，只怕是做妹妹的要挨板子了。"

"花儿，死丫头还不快快进来，躲门口偷听什么呀？"

梁石生起身过去，拉开门闩，古灵精怪的朵儿推开门，回身又把姐姐徐舒婉拉进房里："姐姐说，从今往后，姑娘们把梁爷称作姐夫，姑娘可愿意啊？"

"你俩瞧，姑娘早笑了。"梁石生自己也笑了，指着崔玉娇说。

"桑妈妈可是说了，允许梁爷带我出去避几天？"

"问我们，守着姐夫，直接问他不就得了。"

"哦，上楼前，我向桑妈妈和宋妈妈都说了，北伐军不扰民，放心就是了。"梁石生意在让崔玉娇安心。

宋妈妈挽住桑妈妈一并进来，珠儿手捧一盘洗净的黄瓜跟在后面，梁石生忙走出套间，请两位妈妈上座，崔玉娇令花儿、朵儿前去奉茶，宋妈妈拉住梁石生让他也坐下："梁爷坐，实不相瞒，我们姐妹风尘几十年受够了兵匪之乱，哪一次不是基业散尽呀，只要人好好的，就阿弥陀佛啦！"桑妈妈深表同感："自古兵匪是一家，梁爷让我们放宽心，这北伐军、南伐军，肩膀上都是扛枪的，到时候枪抵胸口上，这可上哪说理去啊，心里总是不踏实呀。"

"北伐的目的是推翻北洋军阀的反动统治，实现中华民族的独立、民主、自由和统一，以拥护国家及民众之利益，二位妈妈尽可放心便是。"梁石生嘴上这样说，心里些许担忧崔玉娇，欲言又止。

正如坊间所说，应验了梁石生所言，北伐军进驻峄县、枣庄、滕县，相安无事，与民同乐，以至于老百姓还没怎么回过味儿，北伐军仓促南撤，惊闻张宗昌的部队又要打回枣庄，崔玉娇好不容易逃离混世魔王，又见不着梁石生，她越发地坐立不安。

转眼间，半个月过去，怕啥真就来啥。前院"嘭嘭"剧烈的砸门声，敲得让人心惊肉跳，少不了由桑妈妈和宋妈妈壮着胆，带着几个大茶壶前面应付，随即传来刺耳的打骂声，连同桑妈妈和宋妈妈的哭喊声，声声凄厉刺耳，听了撼人心魄。瘪五带着一群姑娘逃至后楼，眼看着破门蜂拥而至的士兵闯进来，姑娘们无处可去，纷纷地躲进崔玉娇套房里，瘪五和姑娘们紧闭房门，靠着门浑身哆嗦："这么多士兵闯进来，如何是好呀？"崔玉娇经历过风吹雨打，人倒是很淡定："既然持枪闯进来了，区区一扇门焉能阻挡得了呀。"崔玉娇手上紧紧地握住一把剪刀，望着屋门。

一大群持枪兵痞已蜂拥闯进后院，呼啦啦的脚步声跑上二楼，挨门踹开，瘪五、珠儿、花儿和朵儿等根本挡不住，门被七八个士兵一通狂踹，屋门踹倒，瘪五和姑娘们摔倒在地，十几个士兵把崔玉娇和姑娘们团团围住，个个高鼻梁，眼睛不是蓝色就是绿色和棕色。看见崔玉娇这样绝色佳人，张开大嘴狂笑，异常兴奋，十几只手去撕扯姑娘们的衣服，柔弱女子焉能抵抗住十几个壮汉的撕扯，姑娘们被强行分开，按到地上动弹不得，屋里哭喊声乱作一团。两个围住崔玉娇不敢上前,他们看见崔玉娇把剪刀抵住自己的脖子,怒视着他们,急得两个士兵吱哇乱叫。恰在这时,宋妈妈引着一个军官冲进来:"老总,老总呀。"

"都给我住手,立正。"

十几个衣冠不整的士兵,忙不迭地爬起来,立正站好:"是,上校。"

"滚蛋,统统都给我滚出去。"

"乌尔斯基上校!"崔玉娇呆呆地望着乌尔斯基流下一串泪珠。

"姑娘,是上校呀。"宋妈妈把乌尔斯基推到崔玉娇面前。

惊魂未定的姑娘们喜极而泣:"姑娘,咱有救了呀。"

虚弱的崔玉娇再也支撑不住,身子一软,剪刀"啪嚓"掉地,乌尔斯基跨上步一把抱住,众人帮忙放到床上。

乌尔斯基深望着崔玉娇:"真没想到啊,与玉娇小姐这样重逢,女士们没事了,我先下去处理一下。"

"瘪五,你陪着上校去前厅瞧瞧,好让桑妈妈放心。"宋妈妈喊过瘪五,与姑娘们送乌尔斯基。

煎好的中药早凉了,珠儿端起来要去热一热,崔玉娇有气无力扶起身:"珠儿,就这样喝吧。"

宋妈妈拦住崔玉娇的手:"姑娘呀,中药汤万不能凉着喝呀,伤了身子要命呀。"

崔玉娇脸色惨白,说话的气力也没有了:"生不如死,纵然活着,又有何意啊!"

宋妈妈握住崔玉娇的手:"今天遭此一劫,不是乌尔斯基上校及时救难,我看食升还有什么脸面来见姑娘。"

崔玉娇哭出声来:"宋妈妈,石生他,他会不会出事了?"

花儿和朵儿也在床边解劝:"姑娘呀,不会的,想必姐夫因事被绊住腿呗,一时不得脱身呀。""姐夫是仔细人,姑娘不必担心。"

宋妈妈擦擦眼角:"就咱姑娘是操心的命,想着念着这个狠心贼啊!

咋还不来呀？"

在场的姑娘们想着自己悲惨的命运，贱如草芥，任人摧残，只落得残花枯枝风摧折，谁人眷恋，谁人疼，深为崔玉娇能遇见梁石生这样重情重义之人而欣慰，皆为崔玉娇的痴情垂泪。

7月15日，汪精卫在武汉召开国民党中央"分共"会议，宣布了国民党与中国共产党的决裂，结束了国共合作。汪精卫此次会议与蒋介石发动四一二反革命政变阴谋如出一辙，汪蒋大肆攻击中国共产党，所谓"分共"意在驱逐苏联顾问，清除共产党员和革命团体，停止工农运动，恢复地主和资本家的利益等，随之在上海、武汉等地，国民政府对共产党员和革命群众进行了大规模的逮捕和屠杀，使国民革命遭受了前所未有的重大挫折。国内政治局势陡然逆转，欣欣向荣的中国革命进入低潮，鲁西南笼罩在白色恐怖之中，军警大肆逮捕共产党人和进步人士，血腥镇压工人运动，纪瑞民在青岛被捕，张福海、郭长清、蒋福义、孙洪山等人相继在枣庄被捕，陆续押往泰安和济南监狱。刚刚成立的枣庄矿区工会遭受严重破坏，工会负责人和工人积极分子纷纷逃亡外地，血与火的洗礼考验着峄县地区的每一位共产党员。

佟振江搀着高阁王，身后跟着瞎了左眼的鲍金牙和豁齿袁算盘，四个人趾高气扬地走进劳工村，四周插满了彩旗，矿巡警队长刘德奎和队副陈学伦，他俩掐腰扯嗓子指挥着矿工们横七竖八排成四五列队伍，彭德彪、谷账本和高启富维持后面队列："都规规矩矩站好了，瞧你们一个个死皮奔拉眼的样子，都给俺打起精神来。""西面的，往前站。"砸掉半只耳朵的韩邦留，拉着颜丙烈跑出队列，两人屁颠屁颠地跑到高阁王身边耳语，高阁王不住地点头，他搓搓手，恶狠狠地望着7000多名矿工："蹦呀，跳呀，怎么不唱啦，啥'北伐军，大胜利，北伐事，快成功'，唱的什么玩意儿。"鲍金牙带头一通狂笑，袁算盘、彭德彪、谷账本和高启富等皆笑。多数工人看在眼里没人理睬，不齿佟振江转身投靠赔笑脸，韩邦留和颜丙烈鼓动亲近他们的人跟着鼓掌。稀稀拉拉地拍了一通，高阎王很满意："咱又是老调重弹，俺姓高的，最讲仁义，大人不计小人过，何必哪，都是低头不见抬头见的老乡们，受了个别人的蛊惑，俺高某，从今天开始，既往不咎，不过啊，对于那些跟着纪瑞民、张福海穷闹腾的，绝不心慈手软。穷鬼穿绫罗，下井不利索，翻不了啥身，捏鼻子吃葱，忍气吞声（生），老老实实地下井刨煤去，城隍庙里打饥荒，就是个穷命鬼，穷折腾个啥呀。"

巡警队副陈学伦守着局长杨竞业，好一通吹捧："局长，恁是没见呀，就高掌柜摆出的架势，把煤黑子唬得一愣一愣的，谁敢不老实呀，逮住了立马枪毙，不来几句厉害的，镇不住这群煤黑子呀。"

高阎王和鲍金牙、袁算盘、巡警队长刘德奎一旁赔笑，高阎王跨前一步："局长，鄙人才疏学浅，仰仗着局长照应，也就学点皮毛吧。"

杨竞业似乎陷入遐想中，一口口吸烟，"哼哼"两声，"现今不比以往了，煤黑子也非受人挑唆，你们几个喊'打倒北伐军'，如今宁汉合流后，国民政府在南京发表宣言，表示要'继续北伐，以完成全国之统'，独独剩下奉系主政的北洋政府，自任的安国军大元帅张作霖孤掌难鸣，张宗昌也是兔子尾巴长不了。"

高阎王几个人，你瞅瞅我，我瞅瞅你，刘德奎抽出一支烟，递给杨竞业："局长，现在直鲁军打过来，老毛子炮轰枣庄，张宗昌扬言对闹工潮的积极分子抓住统统杀掉。不过恁的意思是，纵观全局，国民政府执意二次北伐，最终谁平定天下，难说，对吧？"

高阎王和鲍金牙、袁算盘一听，头上冒出汗来，吓得惊慌失措，袁算盘说话嘴漏风："北伐军若再来，这帮煤黑子还不要了咱们的命呀！"

鲍金牙一拍胸脯："那就趁直鲁军打过来，把那些挑头的煤黑子通通抓起来，枪毙了完事，以绝后患。"

高阎王头点得像磕头虫："所言极是，所言极是啊。局长，恁看哪，回去我们就造花名册，按照花名册挨个儿抓，要及早灭口呀。"

杨竞业站起来，一脚踢翻凳子："杀杀，你们就知道杀，参加枣庄矿区工会的就有9000多人，你们杀得完吗？"

高阎王斗胆进言："杀就杀挑头的。"

杨竞业一拍桌子，照着高阎王的猪脸，"呸，高阎王，你他娘的，当是开刀问斩呀，那几个主要挑头的早就跑了，剩下的没几百也得上千人，一人一个枪子还不少钱呢。就你们几个，筹划的馊主意，还没吸取教训吗？"杨竞业一指鲍金牙，"他被砸瞎了眼，袁算盘被砸掉了两颗门牙，非得让煤黑子刨掉你们的脑袋，才顺服吗？都他娘的听着，现在老老实实地顾好自个儿，等看清形势再说吧，活着就不错了，滚，都滚出去。"

高阎王、鲍金牙和袁算盘几个人窝在本地，一脑门都是为钱活着，什么派系党派的懒得搞清楚，就认钱权枪去开路，杀来杀去的，无非就是为了抢钱抢地盘，啥时候有下煤窑和穷要饭的天地。可刚才，听了杨竞业的分析，个个像泄了气的皮球，灰溜溜地走了。高阎王、鲍金牙等原指望这次直鲁军打回来，他们见机行事，好好出这口恶气，多杀几个犯上作乱的煤黑子，杀一儆百，这样他们依旧能在煤黑子头上作威作福，恣意压榨剥削，放高利贷，便又回到吃喝嫖赌抽的好日子。所以他们执意要虐杀几个挑头的，把看着不顺眼的人，拟定出名单，单等杨竞业一松口，他们立马就向直鲁军秘密通报。到那时，军警通力合作，封锁劳工村及窑户铺，该抓的抓，该判的判，该杀的杀，仇报了，祸患也消了。岂料杨竞业经过煤黑子审判吓破了胆，来个一百八十度的大转弯，临了把他们当狗撵出门，就差照腚再踢一脚了，高阎王这个气呀，感觉自己的胖肚子快气炸了。

"巴盆箍漏锅，巴盆箍漏锅，巴盆箍漏锅。"张福修唱了三声，吓得缩头弓腰跑进西厢房。

张妈追过来，拽住张福修："张账房，叮嘱恁多吆喝几句，恁咋吆喝了三声就跑回来了呀？"

张福修憋得脸通红，整个人磨不开："俺说不行，你们非让俺去吆喝，还埋怨俺，你们去吆喝吧，别让俺吆喝。"

石榴手叉腰，立起双眼："哎哟哟，这少奶奶还在跟前呢，还没怎么着呢，张账房就敢摆谱端起架了，沿街吆喝的都是男的，不然谁求你呀。"

青杏在一旁满脸的疑惑："石榴姐，张账房这吆喝是为哪一出呀？"

张妈板着脸："青杏，你个小丫头问啥呀，快去伺候太太去。"

青杏嘟囔着嘴出了门，王佑熙起身要走，张妈急忙拦住："小姐呀，不是俺和石榴多事儿，来来回回几回了，只要听见吆喝'巴盆箍漏锅，巴盆箍漏锅'，姑少爷一准走出院子，手里还拿一份报纸，怪就怪张账房只吆喝了三声。"

石榴连连摆手，往窗户外一指："张妈，别说了，你们瞧。"

王佑熙屏住气，凝神望去，梁石生身着长衫，手持一份报纸，若有所思地走出书房，刻意往堂屋望望，快步走出院子。

张妈忙拽住张福修，把他往门口推："你快去，快跟上去，瞧瞧少东家。"

张福修哭丧个脸："饶了俺吧，俺怕少爷知道了，一准打俺呀。"

王佑熙面无表情，她思索一下："等等，等少爷回书房，福修，你再去多唱几声，就能确定了。"

张妈轻拍着手："对呀，还是小姐聪明，这一招就十拿九稳了。"

果然，不大一会儿，只见梁石生沮丧地又回来了。西厢房的人跃跃欲试，张福修小心翼翼地走出屋，后背贴在西墙根吆喝："巴盆箍漏锅，巴盆箍漏锅，巴盆箍漏锅，巴盆箍漏锅，巴盆箍漏锅。"张福修紧张兮兮地吆喝完，拔腿就跑回屋里，不忘掰手指头数数邀功，"这回呀，俺吆喝了五声呢。"

石榴哼了声，冷眼瞅瞅："张账房，瞧你那点出息，不用显摆，屋里人都听见了。"

石榴的话还没说完，梁石生还是那身装束，脚步急速地走出了院子。

真如所料，西厢房里的所有人反倒是不知所措了，张妈既兴奋又忐忑，连比画带说："小姐，恁可瞧见了，街上吆喝'巴盆箍漏锅'，少爷一准走出来，鬼打墙也没这么灵验呀。"

王佑熙微微思索着："少爷什么时候开始这样的？"

张福修感觉一丝紧张，怕闹出闲事来，他无辜受牵扯岂不冤枉："哎哎，都是你们闹的呀，俺可没参与啊。"

石榴一步步走近张福修，一把抓住他的大襟："哼，你们，你指谁啊，难道少奶奶也算'你们'吗？"

张福修急红了眼，奋力打掉石榴抓住他的手："石榴，俺说的'你们'，不包含少奶奶。"

王佑熙冷着脸："别吵啦，俺亲自问问少爷就是了。"

张妈和石榴一下子毛了，张妈双手合十祷告："哎哟嘞，小姐呀，怪俺和石榴多嘴，就是好奇少爷咋一听见'巴盆箍漏锅'就出院子，还是石榴先发现的呢。"

石榴跳起脚来："张妈，不是恁跟俺说的吗，就昨天，恁还说呢，刘妈可以为俺作证，恁一把年纪了，不能诬赖人呀。"

张妈照自己嘴狠打了一下："怪俺为老不尊，石榴，你小妮子也说过呀，咱喊刘妈过来，咱当面对质，咱不能猪八戒抡家伙，倒打一耙呀。"

石榴急得跺脚，极力辩白："俺是说过不错，主要是听恁先说的，源头在你身上啊。"

张福修见仆妇二人因这吵起来，他可不想蹚浑水："哎哎，少奶奶呀，俺账目还等着理顺呢，俺先走了。"

"巴盆箍漏锅，巴盆箍漏锅，巴盆箍漏锅——"由远及近一声声传进梁家院，西厢房里的人像展翅的鸟支棱站起来，相互看着对方，大气不敢喘，张福修望着王佑熙："少奶奶，这不是俺，不是俺吆喝的。"王佑熙气恼不已，自己竟然与下人搅和一块儿猜疑丈夫，有失大小姐尊贵："都听好了，少爷的一举一动，自有他的道理，做下人的不要乱了规矩，主人是你们猜忌的吗？"王佑熙稳定一下情绪，大大方方地走出西厢房，与梁石生迎了个对面："夫君，今天出出进进的因啥呀？"梁石生见张妈、石榴和张福修在王佑熙身后挤眉弄眼的，他很坦然微微一笑，从报纸里拿出一把精巧的紫砂虚扁壶，递给王佑熙："爹给了三把紫砂壶，石瓢、美人肩、虚扁壶，就这把虚扁壶的壶盖不牢靠，俺想让锔碗的，给壶巴锔个银钮，系住壶盖，让箍匠打制个银钮。"王佑熙把虚扁壶端详一下，打开壶盖，探头闻闻："石榴，说过多少次了，少爷体质寒，不适合饮绿茶，不是特意给少爷准备了福鼎银毫了吗？"石榴忙近前施礼："回少奶奶，少爷说送人了，就忘了回少奶奶。"梁石生脸一下子绯红，人显得不自然，王佑熙装作没看见："夫君，家里的一切由恁安排，缺少啥的，恁尽管吩咐下人，补上便是。石榴，再给少爷准备些福鼎银毫，家母派人送来的祁门红茶，也给少爷备些。'没有金刚钻，别揽瓷器活。'福修，这把壶，你找锔瓷，按照少爷说法，锔个银钮，这么精致的紫砂壶，怎么能让锔生铁锅的箍匠修啊。"张福修怯生生地接过紫砂壶，偷眼瞅瞅梁石生，小心抱在手上，梁石生微微笑："夫人考虑周全，这样更好，俺去跟箍匠说声，推掉便是，要不福修跟俺一块儿去。"王佑熙长出一口气："夫君自便吧。"

梁石生款步走出二进院，从一进院大门走出去，就看见停在大门南边的榆木独轮架子车，架子车上摆着锔好的盆、铁锅、大缸、盆碗器具，小火炉挨着风箱旁摆着：金刚钻钻头、锤子、钳子、剪刀、铁钻、砧子、尺子、弧勾刀、铜丝、铁丝、火枪、皮老虎等，箍匠刘和顺正忙着给炉子生火，嘴里还吆喝着："巴盆箍漏锅，巴盆箍漏锅，铜盆、铜锅、铜大缸了，巴盆箍漏锅，巴盆箍漏锅，铜盆、铜锅、铜大缸了——"

"箍匠师傅，几点从王湾村来的呀，俺定制的紫砂壶银钮，做好了吗？"梁石生加快脚步走过去。

刘和顺抬起头不经意四下瞅瞅，西面走来一位手拿铜盆的老太太，一扭一拐地走过来，刘和顺迎过去，接过裂开的铜盆，搀扶老太太坐石台阶上，这才走向梁石生："先生，让恁久等，俺是早上4点离开的家。"刘和顺弯腰打开工具木盒，拿出两个银钮："先生恁瞧，俺打制了两种样式，银龟钮和蟠螭钮，还有一种梅花钮，恁看看，要哪种呀？"

梁石生把银龟钮和蟠螭钮放手心上掂量："这粒蟠螭钮，做得生动好看，只是暂时不弄了，这个银钮的工钱付给你。"梁石生偷眼瞅瞅大门，压低声音，"这个接头点废了，下个月6日，下午3点，在苏家堂路对面接头。记住了，再说一次，下个月6日，下午3点，在苏家堂路对面接头。"

刘和顺心头一紧："梁先生，出事了吗？"

梁石生装作掏钱："没有，咱俩频繁接触，家里人好奇，为安全起见，接头地点必须转移，俺会向上面汇报的。"

刘和顺接过钱，趁着找零钱，把一个纸团递给了梁石生。梁石生接过零钱，装衣兜里，转身便走开了。

梁石生进了院子，并没急于回书房，而是沉住气进了父母的房间，梁步严一见儿子进来，变得非常紧张，不等儿子说话，说了声有急事，就急忙走了。梁许氏瞅着父子俩各怀心事，把芭蕉扇递给儿子："食升呀，快给你大送去，大中午的天热。"梁石生接过芭蕉扇追出大门："大，大。"梁步严没法子，站住脚："俺，俺是找王师爷说个事儿，不用，你拿回去吧。"梁石生没吭气，由着老爹走远了。他瞥了一眼大门南边的榆木独轮架子车，刘和顺正在铜铜盆，一群人围着瞧热闹，居然看见张妈也在人群里叽咕，梁石生默默地走开，进了家院子。

回到书房前，梁石生特意去了二进院的堂屋，王佑熙正聚精会神地翻看账目，石榴则是手持苏绣团扇，站少奶奶旁边挥扇子："少奶奶，少爷来了。"王佑熙抬起头来，见丈夫一脸的汗水："穿长衫不热吗，石榴，给少爷拿冰丝绸短衫。"梁石生喊住石榴："不用了，过会儿，俺得去枣庄应酬，会个朋友。"王佑熙没理会丈夫："石榴，打盆热水，送少爷书房，让少爷擦擦汗再走。"瞧石榴磨蹭着不动步："给少爷打盆热水，送书房去。"石榴磨磨蹭蹭地走了。

"夫君，梁家大小事，你也该打理一下，俺做媳妇的不便抛头露面，夫君总该有点数吧。"

"嗯，夫人，知道了，只是在县署事务庞杂，恐难脱身来打理家务。"

"按家规，俺应该尊夫君一声'官人'才是，纵是官人志在四方，倘若家徒四壁，这一大家子人谁来养活呀，这上上下下的十几张口，全凭80

亩良田地租和驳船运输支撑，守着亲戚们说出去，俺怕官人挂不住呀。单就一石米售价为 5 块银圆，账房月薪是 9 块银圆，人力车夫月薪是 7 块银圆，两个厨师每人月薪为 6 块银圆，四个女佣包吃包住，每人月薪为 2 块银圆，合着这一大家子每月不少于 200 块银圆。不说俺从不伸手问官人索要薪水，好在家里有收账收入，不缺官人这点薪水，官人心里应该有点数才是，也不能由着性子大把花钱吧？"

"那钱，那钱……"梁石生听了媳妇的诉说，也是阵阵心痛，为迎接北伐军，同志们有钱出钱、有力出力，也是在所不惜。崔玉娇拿出 300 块体己钱，交予他支持工运，令梁石生感伤不已。

"公爹每个月支出不少于 30 块大洋，官人和小姑子，连续两个月的月薪蹦子没见，小姑子，这两个月支出了 17 块大洋，官人加上先前支出的，合计 69 块大洋，这些官人都清楚吗？"

"怪不得呀，大见了俺就躲呀，每个月 30 块大洋，拿去找王布丁下烟馆是吧？"

"媳妇是做晚辈的，不便多问，自由婆婆和丈夫去问询，做媳妇的，只是言明给丈夫事实，知道便是，即便是吃喝嫖赌抽，也让人心里明白。官人和小姑子醉心政治，大把花钱游说运动，入了无底洞，这才是令人担心的。"

梁石生无言以对，事实正如媳妇所说的，顾大家舍小家，说起来容易，做起来难，为了理想去实现抱负，没钱饿肚子也是不行的。他与纪瑞民接触仅仅三次，每一次，纪瑞民都坦诚地言明组织每次行动捉襟见肘是摆在面前的最大难题，每次行动，若是依靠大家慷慨解囊推进工作，可谓举步维艰。但是，大家也要养家糊口，若长此以往，困局将很难打开，处处受到制约。拓展党的事业，残酷的事实就摆在同志们的眼前。与此同时，每位同志在工作上时刻身处险境之中，随时都可能献出生命。原本想象的完美接头地点，不经意间便让家里人感觉出异常，暴露出工作中缺乏细致缜密的安排部署，每一个环节都存在着不同形式的短板，若不是他及早警觉化解，同样会给工作带来不必要的麻烦，若是被敌对方发现，将会给党的事业带来巨大的损失。他必须向党组织提交一份完善各交通联络站安全的方法措施。

石榴收拾完书房，拎了两壶热水一桶凉水，摆放好脸盆，等少爷回来。梁石生进了书房，见石榴立在一旁："你走吧，俺自己来。"石榴欲言又止，仍站着不动，梁石生望着她，"石榴，有什么事吗？"石榴嘴咬手指，迟疑会儿："少爷，少奶奶给老夫人挑明了，今年再不见喜，就收俺做通房，可俺，可俺……"梁石生一脸不耐烦，他走近石榴："本少爷是'进德会'会员，是不允许纳妾收通房的，你去给太太和少奶奶，哦，你的尊贵小姐说清楚。"石榴丝毫没退却，而是对着他迎了上去："少爷嫌弃俺，俺知道，俺迟早要放出去嫁人的，即便梁老爷收俺做偏房，俺也誓死不从的。"梁石生简直错愕了，他抓住石榴的双手："你说啥，少夫人知道吗？"石榴奋力挣脱开梁石生的手："少爷，若是小姐知道了，还了得呀。"见梁石生摇头不信，石榴索性直说了："梁老爷说，少爷常光顾兰素书寓，叫俺死了这条心吧，不如从了老爷做偏房。"犹如晴天霹雳，梁石生简直不能相信这是他爹说的话："哪家兰素书寓？哪家兰素书寓啊？"石榴吓得双手抱肩，感觉少爷要吃人了："哪家兰素书寓？就是在枣庄呀！"梁石生简直是掉进冰窟窿里，他瞪大眼睛："老爷怎么说的？"梁步严自从跟着王布丁整日泡一块儿，这大烟抽上了，闲暇也跟着王布丁藏头捂脸地逛青楼，多在二三等妓院狎妓游乐。一日，二少爷王守业与师爷王布丁一对大烟鬼，吸食完大烟，王守业带王布丁去了枣庄南马道安宁街的兰素书寓，王布丁可开了眼啦，绝色美女令他眼花缭乱，自打回去以后，每日里总是念念不忘。王布丁翻眼皮惦记着梁步严怀里揣着的30块大洋和商会银票，王布丁上下嘴唇这么一吧唧，把梁步严的魂都说飞了，王布丁则死活不去枣庄，梁步严又掏银圆又掏银票的，王布丁假模假样地算是勉强同意，雇驴车直奔南马道安宁街。

驴车沿着南马道安宁街拐弯处，走100米到三合庄街兰素书寓门口停下，驴车夫搀扶王布丁和梁步严下了车，二人还没进门，两个大茶壶就跑出来恭候。王布丁摇头晃脑，美滋滋地走在前面，梁步严如履薄冰胆怯地跟在身后，桑妈妈自来熟，自然是热情款待，姑娘们敬茶端瓜子盘，正如王布丁所说个个美若天仙，梁步严看得目不暇接。王布丁悄声与梁步严商量，怕年纪大被南方姑娘糊弄，二人各自点了当地的兰馨和素文二位姑娘，王布丁早就按捺不住、丢开梁步严，与兰馨勾肩搭背地进客房，素文瞧梁步严矜持，少不了蜜意挑逗一番，引梁步严随她进了客房。接近晚上9点，王布丁年纪大了经不起折腾，依旧酣睡正浓，梁步严就开始着急上火坐不住了，这要是后半夜回家，让老婆孩子们知晓，他这张老脸往哪搁呀，死活让素文离去，他独自在客房里喝会儿茶。瘪五进来送茶水，说是快10点了，梁步严真坐不住了，瘪五给指了厕屋在后院，梁步严想方便完，他说啥也得把王布丁喊醒了，赶快回峄县去。

梁步严方便完，提裤子走出门。一瞧不好，亲家的老朋友黄静斋一伙人正嘻嘻哈哈往厕屋来，好在10点多夜深，他急忙低头往后躲，后院一楼有盏灯，照得通亮，他没处躲，只好从北侧外楼梯快步走上二楼。这二楼甬道廊面向院子敞开式的，梁步严徘徊在二楼走廊更觉得不雅，要是黄静斋一抬头瞧见他在二楼走廊，好说不好听，急得梁步严挨个儿房间推门，暂且进屋里避一避，等黄静斋一伙人走了，他赶紧走。推到第五个门，居然被他推开了，梁步严也顾不得那么多了，急忙侧身进屋，这颗悬着的心总算放下，侧耳听见一楼院子里一阵阵笑声，叽叽咕咕聊天，黄静斋一伙人，恐怕一时半会儿走不了，梁步严只能认命，委屈自己在黑黢黢的屋里干着急。他四下打量，是个套间，还没等他喘口气，走廊里传来脚步声，灯笼的光射进门缝，梁步严心说完了，黄静斋一伙人上二楼这可咋办！听动静，就是奔这间屋来，梁步严急得百爪挠心，急出一身的冷汗，忽见套间内的架子床硕大，床底下空间大，他急中生智钻进架子床底下。

进屋的是两个年轻女子，不是黄静斋一伙人，梁步严稍稍松口气，想着待点亮烛台，他爬出去给姑娘们解释一下，若是这样莽撞爬出去，吓着两个姑娘，就好说不好看了。

珠儿点亮烛台，要往套间走，崔玉娇拦住："别价，梁爷还睡着呢，烛光晃眼。"

床底下的梁步严越发不敢动了："梁爷，哪个梁爷呀，哎哟，若是梁步渊就糟糕了，这本家户族的亲戚，躲在青楼里，一个在床上，一个钻床底，算哪门子事啊！"

崔玉娇轻轻走到床边，撩起帷幔："珠儿，你过来，瞧，睡得真香啊！"

珠儿瞧了笑嘻嘻："梁爷的鼻子又挺又直，通关鼻梁。"

床底下的梁步严摸摸自己鼻梁："瞎眼了，就梁步渊那个蒜头鼻子，还啥通关鼻梁呀，俺儿子食升鼻梁才是通关鼻梁呢。"

崔玉娇看着欢喜，忍不住俯身亲吻一下梁石生脸颊："食升啊食升，乖乖地睡吧。"

床底下的梁步严听女的唤食升，以为听错了，他用力晃晃脑袋。

崔玉娇和珠儿就坐在床沿上，悄声细语，说不完的悄悄话，幸福满满。

床底下的梁步严可是度日如年，时间就这么一分一秒地过去。梁步严终于熬到床上的"梁步渊"睡醒了，"啊——俺睡醒了。"

"真是个大懒虫，足足睡了快四个钟头，饿了吧？拿来一盘油炸馓子。"

"姐姐喂我吃吧。"

床底下的梁步严牙都酸倒了，心里这个骂呀："啊呸，奶奶的，没老死你个梁步渊，老不要脸的东西，恶心死俺，哎哎，这声音咋像是、是……"

"梁爷，姐姐呀，过一个小时，就来看你，怕你一个人呀，睡醒了害怕，我们来了几次，梁爷都睡着。"

"睡得迷迷糊糊，好像来了五次。"

"又胡说，来了四次，怎么会是五次呀。"

"听见门响，好像是五次。"

"咦，姑娘，八成进了贼呀。"

"珠儿，你别说得那么吓人。"

"哼，有我梁石生在此安歇，何来大胆的贼人呀。"

三个人哈哈笑起来——简直要了床底下梁步严的老命！他居然钻在儿子的床底下偷听，只能说老天在戏弄他，梁步严是咋回去的，任凭王布丁骂祖宗八代三天，梁步严紧闭嘴就是不吭气，他简直窝囊死，见了儿子就恶心、干呕。

4月5日，梁石生与刘二顺乔装成商仆二人，上午8点50分，由临城火车站上车至徐州，下午1点便早早来到近圣街，走进文庙，人潮如织，会集了不少清明节来文庙的香客。梁石生与刘二顺走过影壁、棂星门、大成门、大成殿、明伦堂，来到了重檐丁字背歇山顶的尊经阁，上下两层各五间，存放大乘经卷和儒家典籍。二人无心览胜，站在尊经阁西侧焦急等待着接头人。

下午2点，一位穿着驼色全毛呢篷篷衣的时尚女子，戴墨镜从他俩身边走过，随手打开挎肩膀上的鹿皮包，掏出一面纯白色折叠小镜子，迎面照镜子梳理着自己的披肩发。梁石生看了好激动，这件驼色全毛呢篷篷衣是婉珍姐留给孙美熙的，他再熟悉不过了。梁石生感觉那女子也在刻意观察他俩，他小心翼翼把手上的《建国诠真》递到右手上，以便遮挡些。时尚女子并没留意他俩，梳理好头发，又把折叠小镜子装进鹿皮包里，不小心从鹿皮包里掉落一本书，时尚女子没发现，转身就走出了尊经阁。

梁石生见状赶忙拾起来，一瞧《建国诠真》，随手一翻第三页撕扯半页，内心狂喜不已，一把拉住刘二顺："快走，跟上刚才穿风衣的女子。"二人拨开游人，急忙忙地追上去。

时尚女子并没有停下来的意思，走走停停，欣赏着文庙的明伦堂，又走进歇山式单层檐屋顶、绿琉璃瓦剪边的大成殿，殿内立8根金柱和莲花浮雕柱础，梁石生与刘二顺只能远远地盯住她的一举一动。时尚女子走出大成殿，由大成门直奔东南角的奎星楼，时尚女子越走越快，梁石生与刘二顺也加快脚步跟过去。

三个人前后走到一僻静处，时尚女子猛地一转身："青天白日下，胆敢尾随年轻的女孩子。"

面对时尚女子质问，刘二顺一下子愣住了，不知所措。梁石生熟悉这声音，他毫不犹豫地径直走过去，把《建国诠真》递给她："小姐，你的书掉了，还给你。"

时尚女子接过去，随手翻看："咦，书怎么被你撕了一张呀？"

梁石生不紧不慢地又拿出一本《建国诠真》递过去："我这儿还有一本，是不是搞混了。"

当时尚女子翻看这本《建国铨真》的第三页时，她摘掉墨镜："石生啊！"泪水顺着眼角流淌下来。

不想重逢在今朝，让二人真是百感交集，梁石生抑制不住激动，"孙美熙，真是你啊！"

一旁的刘二顺大大地松口气："俺娘啊，总算接上了！"

梁石生和孙美熙久别重逢好一番感慨，道不尽在革命征程上的风风雨雨，二人早已不是恰同学少年，风华正茂，而是搏击长空，挥斥方遒，浪遏飞舟到中流击水。

孙美熙带着梁石生和刘二顺来到了徐海蚌特委总部，阮书记热情地接待从峄县来的二位同志。孙美熙把梁石生和刘二顺请上前座："阮书记，这两位就是从峄县来的梁石生和刘二顺同志。"

"峄县党组织的情况，中央领导很关注，你们就是党的事业在峄县的火种啊！从国民党'清共'伊始，时至今日，全国已有2.6万名党员惨遭屠杀啊！"

"阮书记，峄县党组织破坏严重，特别是工运工作近乎停滞，急需上级派遣优秀同志，到峄县枣庄地区重建党组织和开展工人运动。工运这方面，刘二顺知道得比较详细。"

"俺叫刘二顺，不太会说话，阮书记恁多担待呀。国民党军队从1928年4月再次占领鲁南以后，在峄县和枣庄建立了县、区政府和党部，派特派员进驻煤矿，成立了中兴煤矿整理委员会，强行没收煤矿的经营权，查封了运河沿岸煤栈的所有存煤和物资，与中兴资本家狗咬狗，闹得不可开交。同时，中兴公司又唆使胡作为、孙晋友、袁算盘和彭德彪等人成立了中兴矿工同业工会筹备处，工人们叫他们里工会，与工人阶级成立的劳工会对着干，经常从中造谣中伤，暗地里搞破坏，国民党驻矿整理委员会，甚至把外工会组织的中兴煤矿失业工人工会的代表，张福海、郭长清、蒋福义和王文彬这些人扣押在中兴大楼地下室，又秘密押往泰安。中兴公司仰仗有国民党撑腰，大肆对煤矿工人的运动进行血腥镇压，枣庄矿区工会的负责人和工人积极分子只能背井离乡。"

"听了刘二顺的话，我心里非常沉重呀，又有多少勇敢无畏的好同志，牺牲在敌人的屠刀之下啊！梁石生，你这次完成任务，尽快与枣庄地下交通站取得联系，徐海蚌特委将派遣两名干部进驻枣庄，加快恢复重建党组织和开展工人运动。"

梁石生与刘二顺激动得站起来："阮书记，真是太好了，早就盼着这一天了！"

"你俩先不要高兴，请你俩来，是有一项非常艰巨的任务，徐海蚌特委派7名得力同志做掩护，你俩配合特科同志惩办叛徒。具体行动由特科同志部署，我就先告辞了。"

送走阮书记，孙美熙沉默良久："这次行动未必是最后一次，因为在北京、天津、上海、武汉等多地，这个叛徒非常狡猾，多次在我们眼皮底下逃脱，不但没能惩治叛徒，还牺牲了三名同志。"

梁石生和刘二顺坐直了身子："这个叛徒是谁？"

"戴舒伦。"

梁石生不觉失声"啊"了声！

"戴舒伦长期在中共北方区委工作，掌握了大量的组织秘密，在国民党'清党'过程中，提供大批党员翔实名单，造成京津两地16名党员被捕，9名党员牺牲了，罪行累累呀！"

梁石生非常熟悉这位入党介绍人戴舒伦，推算年纪在32岁上下，此人戴一副金丝边眼镜，高高的个子，很睿智，待人谦逊和蔼，与人交谈不急不躁的，以至于梁石生对他的印象不错，感激他对自己的赏识，才有幸被党组织吸纳。时过境迁，当宣布他是叛徒时，对梁石生的震撼很大，他不愿意相信这是真的："孙美熙，能千真万确地确认他就是叛徒吗？"

"党组织是不会冤枉任何一个好人的，但也绝不放过任何一个坏人。李恩泽、赵宏存、易永芳、陈天磊就是因他而牺牲的！"

刘二顺很诧异："这位领导，为什么找我们俩来协助惩治叛徒呀？"

"因为戴舒伦怀疑任何人，非常谨慎，深居简出，一旦有风吹草动，他便逃之夭夭。梁石生是他发展的党员，二人彼此信任，而梁石生早早离开北京，戴舒伦对他的情况不了解，正好借清明节，戴舒伦秘密回徐州扫墓，身边没有卫士，行动起来安全许多。"

刘二顺听了顿时来了精神："感觉任务很艰巨呀，俺和梁先生怎么打配合呀。"

孙美熙没有回答，反问他："惩治叛徒，非同儿戏，首先要具备过人的胆识，关键时刻不能掉链子，你参加过类似的行动吗？"

刘二顺一拍胸脯："在矿上参加过几次，经常参加纪大叔安排的任务，在巷道内痛打过包工头和把头。关键时候，俺勇敢不怕死！"

孙美熙笑笑，扭头望着梁石生："石生，你呢？"

梁石生伸出右臂："报告孙同学，石生同学有话申明。"

孙美熙一脸凝重："石生你说吧，我了解你。"

梁石生犹豫了，站起身，在屋里来回踱步。

孙美熙瞧出来端倪，她不去挑破，她要让梁石生自己亲口说出来："说啊？"

刘二顺沉不住气了："俺替他说，梁先生是文人，动刀动枪的，他不适应。"

孙美熙摇摇头："石生，还是你来说。"

梁石生非常纠结："刘二顺说对了一半，俺对动刀动枪的有心理障碍，再者戴舒伦，他做过俺的介绍人。"

"梁石生，你应该放下一切作祟心理，勇敢去迎接战斗，你的每一次进步，同学们都看在眼里，别忘了刘婉珍和刘明洋为了真理是怎么牺牲的，更不能让李恩泽、赵宏存、易永芳、陈天磊同志们的鲜血白流！"

梁石生慢慢地坐下，思考片刻，勇敢接受任务："孙美熙，俺接受任务，请同志们考验俺。"

"好！这次袭击地点，在徐州火车站。据可靠情报，戴舒伦，是4月2日预订了南京至徐州的往返车票，6日上午，11点20分，由徐州站开往南京的卧铺票，在二号车厢。这次特科的三名同志，徐海蚌特委派七名同志打掩护，石生你和刘二顺负责引蛇出洞，具体是这样部署的——"

徐州站面向西，1910年1月车站站房验收竣工，称徐州府站，建筑样式为英国风格的砖木结构平房建筑。车站站房竣工后，接入津浦铁路正线，铺设了两股旅客列车接发站台，用竹竿苇席搭起简易的车站候车室，内设20条条椅，车头房（机务段）建筑面积为2736平方米。徐州府站建成通车后，改称徐州站。站前广场四条贯穿东西南北的马路在车站前面相互穿插，形成了一个大致像"井"字的形状。在靠近车站这块的"井"字周边，马路两侧是鳞次栉比的旅店、商店、饭店、南北杂货店，在大路东头，开有一家包子铺，右手是一家咖啡馆，埋伏六名袭击队员。

简易车站候车室，竹竿苇席挡不住冷飕飕的寒风，增添一些肃杀气，乌泱泱挤满了各色候车的旅客，多数旅客是被生活所逼出门，也有不少"跑单帮"的贩子，这些人利用南北物资短缺或物价价格差异，做起了贩卖货物的生意，频繁来往南北，把粮食、瓷器、牛羊肉、皮毛、毛毯贩运到北京，这些人再把北京的茶叶、食盐、糖、土布、棉线贩卖到张家口，再把张家口购买的粮食、马匹、骆驼、玉石等贩运到北京。从衣着上就能看出哪些是"跑单帮"的人。火车站一带鱼龙混杂，各色人等、三教九流也混迹于此。

客运规则规定，旅客携带的物品分为行李和包裹两种，包裹上车的数量受限，若包裹数量庞大属于货运范畴。坐一、二等车的，一般不会与贩夫走卒为伍，泾渭分明，检票口的检票员身后跟着两名荷枪实弹的宪兵，维持检票时的秩序。

坐一、二等车的人尊贵，人和行李一进火车站，带有编号的红帽子脚夫就跑过来抢着扛行李，送至候车室，随着旅客进站把行李送上车。

戴舒伦神色紧张地下了人力车，他穿长衫戴礼帽，长围脖遮住大半个脸，只露出一点点，怎奈金丝边眼镜老有哈气，非得摘下来时不时擦擦。三个红帽子脚夫，远远地瞧见他拎着一个大行李箱，一路快跑冲过来，三个红帽子脚夫你争我夺，戴舒伦怀疑一切，统统打发了，就靠自己吃力地拎起来，一步步地走向候车室。火车站对一、二等的旅客，在检票口旁边设贵宾室，过于狭小，戴舒伦不敢进去，怕有刺客来不及跑，他拎着行李箱，来到了拥挤的候车室，拥挤的候车室坐满了贩夫走卒，乌烟瘴气的，戴舒伦进退两难，正犹豫时被一个胖旅客挤了一下，把行李箱碰倒了，胖旅客埋怨行李箱绊了他的脚，旁边一个好心的旅客扶起行李箱："你撞倒了人家的行李箱，也不扶起来，就走呀？"胖旅客一听不乐意了，转过身冲着好心人不依不饶，戴舒伦可不愿意在这嘈杂的候车室里与人起争执："哎哎，行李箱是我的，没事的，没事的，都散了吧。"胖旅客骂骂咧咧地走了，戴舒伦很感激这位仗义执言的人，不由得多看了两眼："哎，你你，梁？"那人突然握住戴舒伦的手："兄台，我，梁石生呀。"戴舒伦非常紧张地审视梁石生，他身边还站着一个仆役，标准的做买卖人搭配，戴舒伦紧张的神经舒缓了些："啊啊，对对，梁石生呀，怎么？"梁石生回过头："二顺，帮戴先生扛行李去那边。兄台，西边人少，咱们上那边去。"戴舒伦没挪动身子，而是向西面观察了一会儿，为了掩饰尴尬，他特意从口袋里掏出一个精美的烟盒，打开抽出一支烟递给过去，梁石生摆摆手，戴舒伦用打火机点燃，深吸了一口烟："怎么，还是不抽烟吗？好，好，好啊！"梁石生不好意思地挠挠头："没办法，烟酒都不行。"戴舒伦弹弹烟灰，用眼角扫了一下四周："在哪高就呀？"梁石生随手掏出一个账本："时局纷乱，长辈不让远行，跑跑岳父经营的隆兴钱庄业务，一个星期前来徐州的。现在兴盛银行，钱庄银钱兑换得少了，南京的天盛和鸿泰两家钱庄，都与隆兴有业务交集。"戴舒伦听着梁石生侃侃而谈，说天盛的张三李四，道鸿泰的业务经营规模，严丝合缝，找不出一丝差错，他的戒备心稍稍地释怀了些："时下政府财政吃紧，试图进行政治体制的变革，石生兄没有大展宏图的打算吗？"梁石生难掩羞愧："不瞒兄台，碰了几次壁，心气就灭了，老喽！"戴舒伦扑哧乐了："呵呵，食升，真会开玩笑呀，你若老了，那我们还不得入土呀。当今国共两党……"梁石生忙用眼神制止他，戴舒伦会意地点点头，二人一前一后地就往行李箱方向走去。

戴舒伦通过与梁石生交谈，了解他已成婚，岳父家"恒隆"资产雄厚，开设钱庄、粮店、当铺、酒店、油坊、磨坊和开煤窑等，不说富可敌国，也是称雄当地的人物，早把政治视为玩物，不屑再提，这些都让戴舒伦非常赞许，唯有应付："对，对；对对，对对对。"仆役建议去茶社歇歇脚，戴舒伦当即表示拒绝，绝不离开火车站半步。梁石生和刘二顺傻了眼，倘若半个小时内，戴舒伦依旧不肯离开火车站，行动小组的第二套方案，就是就地处决。梁石生努力克制住自己的情绪，慢慢地掏出怀表："兄台，几点的车啊？"戴舒伦也掏出自己的怀表瞅瞅："11点20分的，石生兄，是上行，还是下行呀？"梁石生打开列车时刻表，他仔细看着："我是来接站的，接东方汇理银行天津分行的账房副经理，佟查理。他从天津来到徐州，11点30分的。"天津分行的账房副经理佟查理，经常帮北京的教授和学生代买火车票，戴舒伦熟悉，关系也非常好，再有就是他观察梁石生仆役粗手大脚的，赤脚给梁石生拿行李，与出行做买卖的生意人无二。戴舒伦完全放松了对梁石生的警惕，干站着闲聊，不如趁着还有40分钟的空闲，找茶室歇歇脚，松弛一下自己："石生兄，不如歇杯茶吧，我来请客。"梁石生差点笑出声，倒是把嘴唇咬破了，不然他得笑戴舒伦你可真沉得住气呀，末了还是落网了："哪里哪里，兄台，我来请，喝什么茶呀，我请兄台喝咖啡，那地方清净安逸。"戴舒伦则更是赞同，关键是那地方清静安逸。

三个人出了火车站候车室，一步步地往大路东头包子铺右手的咖啡馆走，三个人各怀心事，独梁石生的心里可以说是翻江倒海般碰撞，越靠近咖啡馆，越心跳得让梁石生呼吸困难，他大口地喘气。到了咖啡馆门前，梁石生粗重的喘气声，让戴舒伦停住了脚步，他分明看见了梁石生额头上冒出大颗汗珠。戴舒伦心说不好，也容不得他转身了，刘二顺把一锋利的匕首死死地抵住他的后背，梁石生用力一推，戴舒伦踉跄地进了咖啡馆，梁石生和刘二顺快速把门关上，戴舒伦奋力地反抗着，被守在门口的六个人打翻在地，合力按住，捆绑上绳索，蓐住衣领给拎起来。

一位穿着驼色全毛呢篷篷衣的女子背对着，戴舒伦反倒安静了，他四处寻找梁石生，恶狠狠地用眼瞪着他，梁石生不敢与他对视，刻意地低下头，刘二顺迎面照他脸上一拳："放老实点，低下头。"穿着驼色风衣的女子站起来，拾起地上的金丝边眼镜，仔细地给戴舒伦戴上。戴舒伦仔细一瞧："是你呀，孙美熙，是你把梁石生找来的吧？"孙美熙悲愤到极点，手臂颤抖着："戴舒伦，你个无耻的叛徒，双手沾满了多少同志们的鲜血啊！不是梁石生来，还抓不住你个败类，石生他宁愿自己死，也不愿意相信他所敬仰的学长是个无耻的叛徒，你你你！作恶多端，不觉得羞耻吗？戴舒伦，你死到临头了，还有什么好说的啊！"戴舒伦的脸煞白，冷汗流下来，双膝一软翻白眼："同志呀，同志呀，我戴舒伦，为革命立过功呀，立过功的呀，饶了我这条狗命吧，饶命吧，饶命吧。"孙美熙一拍桌子："把这个叛徒带下去。"戴舒伦用力挣扎，扯嗓子直喊："救命呀，救——"六个壮汉牢牢地把他按住，刘二顺用力把破抹布塞进他嘴里，戴舒伦拼命地乱甩头，破抹布又被他吐出来，死死地咬紧牙关不张口，刘二顺捏住鼻子，戴舒伦张口了，刘二顺趁机快速地把破抹布用力塞进去："再不老实，俺拧断你的脖子。"戴舒伦依旧折腾，嘴里鼻腔"嗯嗯嗯，嗯嗯嗯——"不住声，刘二顺照太阳穴挥了一拳，戴舒伦咯噔不动了。几个人合力把戴舒伦装进麻袋扎紧口。时间一分一秒地过去，每个人手心都冒出汗来，仍不见放风的同志发暗号，孙美熙看看怀表："过了17分钟了，再过10分钟，如有情况，就地处决叛徒。"需要再坚持10分钟，仿佛都能听见同志们的心跳声，时间一分一秒地过去，滴答声中，咖啡馆外放风的人"咚咚"敲门三声，接着又是"咚咚"敲门三声："组长，拉饲料的大马车到了。"孙美熙脸上露出胜利的笑容："同志们，尽快把这个叛徒拉出火车站，送到簸箕山，接受人民对他的审判。"

　　一场有惊无险的锄奸行动，终于胜利地完成了。刚刚重逢，又要分别，孙美熙望着梁石生依依不舍："石生，前面的革命道路还很长呀，考验历练着我们的意志，你要不断学习领会啊！"梁石生望着远方，云龙山、云龙湖尽收眼底："美熙，每一次的行动，都在磨炼我的意志，我想我会在今后的革命斗争中，更加的成熟，成长为一个大无畏的革命者。"

　　刘二顺想过去喊住二人，阮书记一把拉住："二顺，叫他俩多谈会儿吧，这一别，又不知道还要等多少年再见上一面呀！"

　　此时的云龙山万物复苏，绿树成荫，山花烂漫，鸟语花香，当人们漫步在山间小径，潺潺的山溪在身边流淌，仿佛置身于一幅曼妙的山水画卷之中，大自然的清新和宁静如此的亲切，这片土地上充满诗意与韵味，让人徒增了向往。可这一切，都没能留住梁石生和孙美熙即将要踏上各自的征程，似乎有许多话要说，可话到嘴边又咽下，他们结识在为民请愿的战场上，成长在血与火的洗礼中，远大的抱负时刻激励着年轻人，在白色恐怖下不屈不挠，对党的信念从不动摇。崇高的激情过后，用实际行动去践行革命的真谛，才知晓危险重重，领略了刀光剑影的残酷，知晓实现最后的胜利绝非易事，甚至要付出几代人的生命，每一步都流淌着鲜血，每一个紧要关头都要用生命去捍卫。同时也考验着每一个革命者，能否坚持到最后一刻，为了信念和理想，勇敢地去战斗。